# Преступление и наказание

Фёдор Достоевский

# 罪与罚

## 学术评论版

广西师范大学出版社
· 桂林 ·

（俄）费奥多尔 · 陀思妥耶夫斯基 著　曹国维 译

# 译　序

　　《罪与罚》是陀思妥耶夫斯基创作中的一座高峰，它为作家带来了世界声誉。

　　这是一部以刑事案件为框架的思想小说，触及十九世纪六十年代俄国"生活的最深处"。在马尔梅拉多夫一家的悲惨命运中，作家展示了人间苦难的极致。怎样造福人类？俄国思想界历来存在两种观点：一、改造社会；二、完善自我。拉斯科尔尼科夫憎恨社会的不公，决意改造社会。在他看来，历史由"超人"创造，"超人"什么都可以做，他们通过流血建立的秩序，便是"常人"遵守的规范。他想试试自己是不是超人，杀了一个放高利贷的老太婆。但杀人后，他陷入极度的痛苦，杀人的阴影笼罩了他的全部生活。"难道我杀了老太婆？我杀了我自己。"

　　在主人公的"罪与罚"背后，蕴藉着作者对人类永恒母题的思考：生和死，善和恶，上帝和魔鬼。拉斯科尔尼科夫的"罪"，不是他本性的罪，而是他思想的罪，他从沉湎幻想回归现实生活的历程，标记着他的复活，他从"改造社会"走向"完善自我"。拉斯科尔尼科夫相信杀老太婆是为社会除害，然而"逻辑只能预测三种情况，实际情况却有千千

1

万万"。他想不到在杀死老太婆的同时，还不得不杀死无辜的莉扎韦塔，想不到他的行动会导致母亲的死亡，导致索尼娅的惊恐和悲伤，导致斯维德里盖洛夫用他的罪孽胁迫杜尼娅就范，导致漆匠尼科尔卡的磨难……作者认为，善和恶有时紧紧纠缠在一起，不是理智和逻辑就可以把它们分开，不能为了行善而去作恶。拉斯科尔尼科夫不信上帝，接受了魔鬼的诱惑。这里诱惑并不表现为享乐，而是形诸自信：自信真理在握。尾声的梦境是作家对暴力结合自信必然造成灾难的警示。

探索灵魂的奥秘是陀思妥耶夫斯基毕生的艺术追求。他强调人的天性的独特，拒绝环境决定一切的主张。在拉斯科尔尼科夫帮助马尔梅拉多夫一家和他杀人及杀人前后思想斗争的反复交叉中，作者淋漓尽致地刻画了主人公的两重性格。同时人性的复杂又表现在拉斯科尔尼科夫和周围人物的关系上：他们各不相同，但他们身上都有主人公的影子。索尼娅为了拯救全家，毁了自己；杜尼娅为了哥哥的前途，决定嫁给市侩卢任——这些也是犯罪，尽管犯罪的对象只是她们自己。拉斯科尔尼科夫在卢任的经济思想里听出了"可以杀人"；斯维德里盖洛夫则在第一次见到拉斯科尔尼科夫时就发觉，他们是"一块田里的浆果"。

《罪与罚》全面展现了陀思妥耶夫斯基的创作特色：

一、人物性格的塑造，不是通过作者对人物由外入内的描写，而是通过人物意识由内向外的表述；

二、在人物独立于作者的基础上，人物的思想和他们对话中表达的不同观点，和作家的声音处于平等地位，构成小说的复调；

三、运用象征、梦境、典故、暗示等艺术手法，扩展作品的思想容量。例如：拉斯科尔尼科夫几乎一直处于病态，神志不清，象征他思想的病态。又如：村民打死瘦马的梦，凸现了拉斯科尔尼科夫的良知,梦中他是清醒的。又如:姓氏拉斯科尔尼科夫含有分裂的意义,暗示主人公分裂的人格,他会倾其所有帮助受难的马尔梅拉多夫一家,也会狠下决心劈死放高利贷的老太婆;姓氏卡佩尔纳乌莫夫源于古城迦百农,在他家发生的一切使人想起《圣经》对于这座城市屡有神迹的记载。果然,在这里拉斯科尔尼科夫向索尼娅坦白了杀人的事实和动机,又从这里走上了自新的道路。

连绵的悬念,跌宕的情节和急促的文字,使小说始终具有紧张感、压抑感,具有震撼人心的艺术力量。

陀思妥耶夫斯基作品对文学的开创意义举世公认,现代派作家把他尊为先驱。


俄罗斯一位学者认为,陀思妥耶夫斯基最难译的是他笔下歇斯底里的情绪。译者在翻译过程中,尤其是小说前半部,确实感到这种情绪有股裹挟的力量。

这次重译,译者主要关注拉斯科尔尼科夫思绪的紧张、突变、跳跃和文字的急促,以便传递原作的艺术魅力。

二〇一八年八月

# 目　录

第一部 ／ 1

第二部 ／ 95

第三部 ／ 211

第四部 ／ 303

第五部 ／ 389

第六部 ／ 467

尾　声 ／ 563

# 评　论

论陀思妥耶夫斯基的《罪与罚》　　　德·谢·梅列日科夫斯基 / 583

《罪与罚》　　　　　　　　　　　　约翰·米德尔顿·默里 / 609

《罪与罚》的城与人　　　　　　　　　列·彼·格罗斯曼 / 627

《罪与罚》与三一律　　　　　　　　　康·德·莫丘利斯基 / 685

罪与罚：我们自己犯下的谋杀罪　　　　R.P.布莱克默 / 695

拉斯科尔尼科夫的世界　　　　　　　　约瑟夫·弗兰克 / 721

《罪与罚》的背景　　　　　　　　　　约瑟夫·弗兰克 / 737

《罪与罚》的"人名诗学"　　　　　　　　　糜绪洋 / 759

编后记 / 769

# 第一部

## 一

七月初，一个异常炎热的傍晚①，有个年轻人走出他在 C 巷从住户手里租下的斗室，来到街上，慢慢地，仿佛犹豫不决地朝 K 桥走去。

他下楼时顺利地避开了自己房东。他的斗室在一幢高大的五层楼的屋顶下面，看起来不像住所，倒像柜子。房东（他向她租了这间斗室，包括伙食和女仆）住着底下那层独用套间，他每次上街，必定经过房东的厨房门口，厨房几乎永远敞开着，对着楼梯。于是每次经过，年轻人都有某种痛苦和胆怯的感觉，这种感觉使他羞愧、皱眉。他欠了房东许多钱，很怕和她照面。

并非他胆小怕事，甚至完全相反；但从某个时候起，他始终处于一种易怒和紧张的状态，仿佛患了多疑症。他深深沉浸在自己的思绪里，不和任何人来往，甚至害怕见人，倒不仅仅是怕见房东。他穷困潦倒，然而近来连窘迫的经济也不再使他苦恼。他已经停止谋生，也不想为这操劳。其实他根本不怕房东，无论房东打算怎么收拾他。但停

---

① 指一八六五年，奇热不仅是气候特征，更是无可忍受的环境的象征。

在楼梯上,听她唠叨和他毫不相干的琐事,缠着他要钱,威胁,抱怨,而他只能推托,道歉,撒谎——不,最好像猫似的悄悄下楼,溜走,不让任何人看见。

不过,这一次和债权人照面的恐惧,在他上街后,连他自己都感到震惊。

"我想干的是什么,还怕这些!"他想,嘴角露出一丝怪笑。"嗯……对……一切都在人手中,胆小就会失去机会……这是公理……真想知道人最怕什么?最怕走出新步子,说出新意见……不过,我说得太多,因为说得太多,所以什么也不做。不过,也许是这样:因为什么也不做,所以说得太多。这是最近一个月才学会的,说个没完,成天躺在角落里瞎想……豌豆沙皇①。我现在去干吗?难道我能干**这事**?难道**这事**当真?根本不当真。无非想多了,自己哄自己:玩具!对,也许就是玩具!"

街上奇热,还又闷又挤,到处是石灰、脚手架、砖块、尘土和租不起别墅的彼得堡人熟悉的夏天特有的臭味——这一切顿时使年轻人扫兴,刺激了他原本已经脆弱的神经。这一带众多酒店②传出的腥臭,即便不是假日也比比皆是的酒鬼,为这幅图画抹上最后一道令人反感的阴郁色彩。极度厌恶的神色刹那间掠过年轻人清秀的脸。顺便说一下,他长得一表人才,漂亮的黑眼睛,褐发,中等略高的个子,瘦削,匀称。但他似乎很快陷入了沉思,甚至,准确地说,默默出神了。他朝前走去,对周围的一切视而不见,也不想看见这一切。他只是偶尔自言自语,出于他现在已经自己承认的爱好独白的习惯。此刻,他连自己都意识到,他的思想有时相当混乱,而且人很虚弱:他已经一天多几

---

① 俄罗斯童话中的形象,远古时代的统治者。这里指根本不存在的事情。

② C巷(木匠巷)共有十六幢房子,其中设有十八家酒店。

乎什么都没吃了。

他穿得非常寒酸，如果换了别人，哪怕穷惯的人，也羞于白天穿着这种衣服上街。不过这一带就是这样，随你怎么穿戴，都很难使人惊奇。邻近的干草广场，众多的酒店，集聚在彼得堡中区这些大街小巷蜗居的工人和手艺人，有时会给街区景色增添许多怪异的过客，因此即便遇见什么怪物，人们也见怪不怪。年轻人的内心充满对周围世界的愤怒和轻蔑，尽管他极爱面子（有时出于年轻人的虚荣心），他在街上最不忌讳的就是自己破旧的衣服。如果遇见他不想遇见的熟人或者原先的同学，那是另一回事……这时街上驶来一辆套着高头大马的板车，车上不知为什么载着一个醉鬼，也不知这个时候载着他去哪里。大车从旁驶过时，醉鬼突然朝他喊了一声："喂，叫你呢，德国帽匠！"旋即用手指着他，不住大声嚷嚷。年轻人突然停下，一把捂住自己的礼帽。这礼帽高，圆，齐默尔曼①出品，但已十分破旧，整个儿褪成棕红色，满是窟窿和污点，没了帽檐，还不成体统地歪戴着。但不是羞愧，而是某种近乎恐惧的感觉攫住了他的心。

"我料到会是这样！"他慌张地嘟哝着，"会是这样！真糟透了！这种无意的疏忽，平常不过的小事，会把我的整个计划给毁了！是的，这礼帽太招眼……太怪，所以招眼……我这身破衣服一定得配大盖帽，哪怕旧的贝雷帽也行，就是不能戴这顶帽子。这种帽子没人戴，一俄里②外都会瞧见，都会记住……主要是记住了，往后就是罪证。这种时候，应当尽量不惹人注意……小事，小事重要着呢！……历来就是这些小事毁了一切……"

他要去的地方不远，他甚至知道，从他的房子门口起要走几步：

---

① 当时彼得堡知名的帽子商人。

② 一俄里等于一点零六公里。

正好七百三十步。有一次他把步子数了，在他想入非非的时候。当时，连他自己都不信，自己这些设想竟会成真，无非用这些设想荒唐，但又诱人的胆识挑逗自己。现在，一个月后，他的看法开始变了，尽管他在独白中反复抱怨自己没有勇气和决心，却又不知怎的无意中已经习惯把"荒唐"的设想当作自己的事业，虽说他对自己仍然缺乏信心。他现在就是为了自己的事业去作一次**试探**，每走一步，他都心慌，越来越慌。

他心惊胆战地走近一幢分外高大，一面朝河，一面临街的房子。房子里面全是窄小的居室，住着从事各种行当的房客——裁缝，钳工，厨师，形形色色的德国人，妓女，小官员，等等。进出的人全都来去匆匆，从房子的两个门洞和两个院子穿过。这里有三四个人轮班看管院子。年轻人十分满意，因为没有遇见他们中的任何人，他悄悄溜进大门，往右一拐，上了楼梯。楼梯又暗又窄，是"后楼梯"，但他早已摸熟了这里的一切，甚至喜欢这个环境：在这样的昏暗里，甚至好奇的目光都没有危险。"要是现在我都这么害怕，那当真**干事**的话，还行？"他情不自禁地想，一面朝四楼走去。这里，几个当搬运工的退伍士兵正从一套房间里往外搬家具，挡住了他的路。他早已知道，这套房间住着一个已经成家的德国人，官员。"这么说，这个德国人搬家了，也就是说，这道楼梯的四楼，暂时只有老太婆的房间住人。这太好了……万一……"他又想，接着拉了拉老太婆的门铃。门铃轻轻一响，似乎是白铁做的，不是铜铃。这类房子的一套套差不多窄小的房间里，装的几乎都是这种门铃。他已经忘了这只门铃的铃声，现在这特殊的铃声似乎使他想到了什么，清晰地勾画出……他猛地打了个寒战，这一次他的神经实在太脆弱。不一会儿，房门开了一条小小的缝：里面的人带着明显的怀疑从门缝里打量来客，昏暗中仅仅露出她忽闪忽闪的小眼睛。看到梯台上有许多人，她顿时胆大了，开了门。年轻人一步跨

4

拉斯科尔尼科夫（彼·博克列夫斯基绘，1880 年代中期）

过门槛,走进昏暗的过道,过道的板壁后面是小小的厨房。老太婆站在他面前,一声不响,询问地看着他。这是个瘦小干瘪的老太婆,六十岁上下,长着一双尖利凶恶的小眼睛,鼻子又小又尖,没戴头巾。刚刚花白的浅色头发抹得油光光的。仿佛鸡腿似的细长颈脖上,围着破旧的法兰绒衣服,这么热的天,肩上还晃荡着一件泛黄的旧皮衣。老太婆不时咳嗽、呻吟。准是年轻人看她的目光有些异样,她的眼睛里突然又闪过一丝原先的怀疑。

"拉斯科尔尼科夫①,大学生,一个月前上您这儿来过。"年轻人赶紧含糊地说,一面点头行礼,因为想到应当客气一些。

"我记得,爷,记得很清楚,您来过。"老太婆一清二楚地说,仍像原先那样没从他脸上移开自己询问的目光。

"对……还是那事……"拉斯科尔尼科夫继续说,脸上有点尴尬,也对老太婆的怀疑感到惊奇。

"不过,也许她一直这样,我上次没发现。"他不快地想。

老太婆默默站了一会儿,似乎盘算着什么,随后朝边上让了让,指着里面的房门,让客人走在前面,说:

"进去吧,爷。"

年轻人走进一个不大的房间,贴着黄色墙纸②,窗台上摆着天竺葵,挂着抽纱窗帘。此刻,房间被夕阳照得很亮。"就是说,**那时**太阳也这么照着!……"这个念头似乎无意中在拉斯科尔尼科夫脑海中一闪。他迅速扫视了房间里的一切,想尽量熟悉和记住它们的位置。但房间里没什么特别的摆设。家具全都十分陈旧,黄木的。一张曲木背沙发,沙发前有张椭圆形桌子,一张放在窗间的梳妆台,几把沿墙的椅

---

① 陀思妥耶夫斯基笔下的姓名都有各自的含意。拉斯科尔尼科夫这个姓氏源于十七世纪中期俄国历史上的分裂教派,含有"分裂""决裂"的意义。

② 黄色是整部小说的背景色。黄色在俄罗斯人心目中是一种使人压抑的颜色。

子,还有两三张镶黄色框子的廉价油画,画着几个手托笼鸟的德国小姐——这就是全部家具。房间一角,一尊不大的耶稣像前点着神灯。一切都很干净:家具、地板,擦得锃亮,处处泛着光泽。"莉扎韦塔干的。"年轻人想。整套房间找不到一丝灰尘。"只有凶恶的老寡妇家才会这么干净。"拉斯科尔尼科夫继续思忖,随即好奇地瞥了一眼遮住里面小间的印花布门帘,里间放着老太婆的床和柜子,可他从没进去过。屋里就这么两个房间。

"干什么来了?"老太婆厉声问,走进房间,她仍像原先那样在他面前一站,直勾勾盯住了他的脸。

"抵押呗,瞧!"他从口袋里掏出一块旧的扁扁的银怀表。怀表背面铸着地球仪。表链是钢的。

"这不,上次的抵押到期了。到前天就是一个月。"

"我付你一个月利息,再等几天吧。"

"那就看我怎么办了,爷,再等几天,还是现在就把您的东西卖了。"

"这表能押不少钱吧,阿廖娜·伊凡诺夫娜?"

"你拿来的尽是小玩意,爷,这值不了多少钱。戒指我上次给了您两张票子①,其实到手饰商那儿买只新的,也就一个半卢布。"

"给四卢布吧,我会赎的,父亲的表。我很快就能收到钱。"

"一个半卢布,先扣利息,要是您愿意。"

"一个半卢布!"年轻人惊叫。

"那随您便。"老太婆把表递还给他。年轻人接过表,气得真想抬腿就走,但旋即变了主意:他无路可走,另外他来还有其他目的。

"算了!"他粗暴地回答。

---

① 两卢布。

7

老太婆把手伸进口袋去掏钥匙,一面朝挂着门帘的里间走去。年轻人独自留在房间中央,好奇地倾听,忖度。可以听到她打开柜子的声音。"准是第一个抽屉,"他想,"这么说她把钥匙放在右面口袋里……全串在一起,串在钢圈上……有一把钥匙比别的都大,大两倍,有锯齿,当然不是柜子钥匙……就是说,还有一个小匣子或者小箱子……有意思。小箱子都用这种钥匙……不过这些念头都很卑鄙……"

老太婆回来了。

"您瞧,爷:一卢布月息十戈比,一个半卢布您得付十五戈比。先扣一个月。原先的两卢布照这个办法还得扣二十戈比,加在一起就是三十五戈比。您押了表,现在到手的一共一卢布十五戈比。收钱吧。"

"什么! 到手一卢布十五戈比!"

"没错。"

年轻人没有争辩,收了钱。他看着老太婆,并不急于离开,似乎他还想说什么或者做什么,又似乎他连自己都不知道他究竟想做什么……

"阿廖娜·伊凡诺夫娜,也许这几天我还会给您拿样东西来……一只银子的……上等……烟盒……等我从朋友那儿取回来……"他尴尬了,没再往下说。

"到时候再说,爷。"

"再见……您老是一个人在家,妹妹不在?"他尽可能随便地问,一面朝过道走去。

"您找她什么事,爷?"

"没什么特别的事。我就这么问问。您现在……再见,阿廖娜·伊凡诺夫娜!"

拉斯科尔尼科夫心慌意乱地走出来。这慌乱的感觉越来越强烈。

8

阿廖娜·伊凡诺夫娜（彼·博克列夫斯基绘，1880 年代中期）

下楼时他甚至停了几次,似乎突然受了什么打击。来到街上,他终于大声说:

"噢,上帝! 这多恶劣! 难道我……不,这是胡扯,荒唐透了!"他断然说,"难道我会有这种可怕的念头? 可我居然想干这种肮脏的勾当! 主要是肮脏,恶心,卑劣,卑劣! ……我整整一个月……"

但他无法用言语或者吼叫表达自己内心的不安。早在他去老太婆家的路上,便开始压抑和扰乱他心绪的无比厌恶的感觉,现在是那么强烈,清晰,他都不知道该躲到哪里,才能摆脱内心的烦恼。他走在人行道上,像喝醉了酒,看不见行人,还不时撞到他们身上。直到下一条街,他才清醒。他朝周围一看,发现自己站在一家酒店边上,酒店开在地下室,得从人行道上沿着台阶下去。恰巧这时,酒店里出来两个醉汉,他们相互搀扶着,对骂着,朝街上走来。拉斯科尔尼科夫没多想,立即走了下去。在这以前他还从没进过酒店,然而现在他头晕,极度的干渴使他浑身无力。他想喝杯啤酒,况且他觉得自己突然脱力,是因为他饿了。他在又暗又脏的角落里找了一张黏乎乎的餐桌坐下,要了啤酒,贪婪地喝了一杯。旋即一切都缓解了,他的思绪又变得清晰。"这些全是胡闹,"他满怀希望地说,"别慌! 无非身体太弱! 只要来那么一杯啤酒,一块面包干——瞧,一下子,脑子好使了,思维也清晰了,想做什么都很明确。呸,都是些什么鬼念头! ……"他鄙夷地啐了一口。他已经高兴了,似乎突然摆脱某种可怕的重负,友好地扫了一眼周围的客人。然而即便这时,他也隐隐感到,把一切往好处想,实际上也是一种病态。

这时酒店里已经没几个客人。除了台阶上碰到的两个醉汉,后来又一下子走了一批,大约五个人,带着一个姑娘和一架手风琴。他们走后,店堂里变得安静和宽敞了。在座的客人中,一个稍稍有了醉意,喝着啤酒,模样很像小市民,他的朋友又胖又高,穿着收腰竖领上衣,一部花白的络腮胡子,醉倒在长凳上打盹,偶尔他像从梦中醒来,突然分开双手,开始打响指,每打一个响指,上身就抖一下,嘴里还哼着使劲记起来的乌七八糟的小调,像是:

> 我和老婆一年到头亲亲热热
>
> 我和老——婆一年——到头亲亲——热热

要么突然醒来,重又唱着:

> 我去波季亚
>
> 找到从前的相好

但谁也无意分享他的艳福。他默不作声的朋友,对这一阵阵歌声甚至怀着敌意和疑问。店里还有一个人,看上去像是退职官员。他单独坐着,面前放着一个酒杯,偶尔喝上一口,朝四周看看。他似乎同样心神不宁。

## 二

拉斯科尔尼科夫不大合群,正像已经说的那样,总是避免和人交往,特别是最近一段时间。然而现在他突然想找人聊聊。他身上似乎正在发生新的变化,同时,他感觉到交际的渴望。他太累了,整整一个月,他被这种无可宣泄的苦恼和烦躁弄得精疲力竭,他想在另一个世界,不管怎样的世界,喘口气,哪怕短短一分钟也好。尽管环境很脏,这会儿他还是乐意留在酒店里。

酒店老板在另一间屋里，不过常常从不知安在哪里的楼梯下到店堂，而且首先出现的总是他油光锃亮、猩红大翻口的时髦靴子。他穿一件收腰的长外衣，里面是件油腻不堪的黑缎坎肩，没有领带，他的脸似乎整个儿抹了层油，就像铁锁。柜台后面站着一个约莫十四岁的孩子，另一个孩子更小，专替客人上酒送菜。摆着切碎的黄瓜、黑面包干和切成小块的鱼，这一切都散发出难闻的气味。店堂里又闷又热，甚至坐着都难受，而且所有东西都带酒味，似乎只要闻闻这空气，要不了五分钟，人就醉了。

　　我们遇见素不相识的人，常常没说话，就那么一看，不知怎的突然，倏忽间，对他有了兴趣。那个坐得稍远，好像退职官员的客人，给拉斯科尔尼科夫的印象恰恰就是这样。年轻人后来几次想起这第一印象，甚至把它当作一种预感。他不断抬眼打量官员，当然这也是因为官员本人同样在一个劲儿地打量他，看来，那人极想和他攀谈。对酒店里的其他客人，包括老板在内，官员多少已经看惯了，甚至感到无聊，神色中透出几分傲慢和鄙夷，仿佛他们全是地位低下、头脑简单的粗人，跟他们没什么可说的。这是个已经五十开外的汉子，中等身材，长得很结实，头发花白，秃了好大一片，因为常年酗酒，脸有些浮肿，黄里透青，微肿的眼皮底下闪烁着一对细缝似的，然而灵活的，带点血丝的小眼睛。但他身上有种非常怪异的神气；他的目光里似乎流露出欣喜——也许含有深意和智慧——又似乎闪烁着疯狂。他穿一件十分破旧的黑色燕尾服，纽扣差不多全掉了，只有一粒还勉强系着，他就是用这粒纽扣扣上燕尾服，显然希望不失自己的体面。土布坎肩下面翘着满是皱折、污垢和油渍的胸衣。按照官场习俗，他没留胡子，不过已经好久没刮脸了，长着浓密青黑的短髭。他的一举一动确实有点官员风度。但他心里烦躁，一会儿抓抓蓬乱的头发，一会儿把袖管破损的臂肘撑在又脏又黏的餐桌上，两手托着脑袋。终于，他直勾勾望了拉斯科尔尼科夫一眼，大声而又坚决地说：

"我能不能冒昧地，我的阁下，和您攀谈几句？你的衣着不算讲究，但我的经验告诉我，您受过教育，还不大会喝酒。我历来尊重诚挚的文化人，另外，我是九品文官①。马尔梅拉多夫——就这么个姓②；九品文官。我冒昧问一句，阁下是否已经供职？"

"不，我在读书……"年轻人回答。官员造作的语气和跟他说话的直捷，多少使他惊奇。

尽管刚才刹那间，他还想无论找个什么人聊聊，然而真的有人和他聊了，刚一发问，他突然就对任何企图触及，或者只是稍稍触及他私事的外人，产生了惯常的反感和恼怒。

"这么说是大学生，或者说以前是大学生！"官员大声说，"我就这么想！经验，阁下，不止一次的经验！"他用手指抵着前额吹嘘。"以前是大学生，或者在大学里听过一些课！请问……"他欠起身，晃了一晃，拿起自己的酒瓶和一只不大的玻璃杯，凑到年轻人的餐桌上，在斜对面坐了。他已经喝醉，不过健谈，语速很快，只是偶尔在某些地方说得有点脱节和啰唆。他简直急不可待地找上了拉斯科尔尼科夫，仿佛也是整整一个月没跟人说话了。

"阁下，"他几乎激昂地说，"贫非罪，这是真理。我也知道，酗酒不是美德，这更是真理。但一贫如洗，阁下，一贫如洗可就是罪啰。您穷，您还能保持天生的高尚情操，要是一贫如洗，那就谁也不会这样做了。社会清除一贫如洗的人，甚至不是用棍子赶，是用扫把扫，好让你感到更大的侮辱。这也公平，因为一贫如洗，我就第一个准备侮辱自

---

① 按彼得大帝制定的"官阶表"，所有文武官员分为十四等。九品文官相当于大尉。

② 马尔梅拉多夫这个姓源于 Мармелад（水晶软糖）。在马尔梅拉多夫一家的生活和命运中，作者写出了穷人的种种不幸，写出了沙俄社会的"甜蜜"。

己。所以有酒店。阁下，一个月前，我太太被列别贾特尼科夫①先生打了，我太太可不是我这种人！您明白吗？允许我再问您一个问题？就算纯粹为了好奇：您有没有在涅瓦河的干草船上睡过②？"

"没有，没睡过，"拉斯科尔尼科夫回答，"您这是什么意思？"

"喏，我就是从那儿来的，已经第五夜了……"

他倒杯酒，一气喝了，又陷入沉思。确实他的衣服上，甚至头发里还有沾上的草屑。可能他一连五天没脱过衣服，也没洗脸。特别是两只手，肮脏，油腻，红兮兮的，指甲里尽是污垢。

他的话似乎引起了大家共同的，尽管只是慵懒的注意。柜台后面的两个男孩开始低声窃笑，老板好像特地从上面那间屋里下来，想听听这个"小丑"会说些什么。他在稍远的地方坐下，慵懒而又傲慢地打着呵欠。显然，马尔梅拉多夫是这里的常客，谁都认识。他说话文绉绉的，想必他和酒店里形形色色的陌生人常常攀谈。这种习惯对某些酒客来说，已经成了需要。他们在家里大多受人管束，受人使唤。因此置身在酒友中间，他们似乎总是力图给自己争得一点面子，如果可能，甚至争得尊重。

"小丑！"老板大声说，"你干吗不去上班，不去办公？还官员呢！"

"我为什么不去办公，阁下，"马尔梅拉多夫接口说，仅仅对着拉斯科尔尼科夫一个人，似乎这是他提的问题，"为什么不去办公？我低三下四地当差，结果全是白搭，难道我心里不难过？一个月前，列别贾特尼科夫动手打我太太时，我醉醺醺地躺在床上，难道我不痛苦？请问，年轻人，您有没有……嗯……向人借过钱，尽管对这不抱希望？"

"借过……就是说，怎么不抱希望？"

---

① 列别贾特尼科夫这个姓中含有巴结逢迎的意思。

② 十九世纪六十年代，那里是彼得堡的乞丐和流浪汉过夜的地方。

"就是完全不抱希望,事先知道这绝对成不了。譬如,您事先明明知道这个人,这个最乐善好施的公民,说什么也不会借钱给您,请问,他为什么要借? 不是明明知道我还不出吗? 出于同情? 列别贾特尼科夫先生关注新思想,前几天他刚刚说过,同情,在我们这个时代,甚至是科学所禁止的,这在英国已经做了,那儿创立了政治经济学①。那么我问,他为什么要借? 您瞧,明明知道他不会借,可您还是去了……"

"为什么要去?"拉斯科尔尼科夫追问。

"没人可找,没路可走呀! 要知道,总得让人有条路走吧。常常是这样,不管什么路,人是非走不可! 我的独生女儿第一次出门接客时,我也出门了……(我女儿是领黄派司②过日子的……)"他加了一句,似乎是在解释,略显不安地朝年轻人看了看。"没什么,阁下,没什么!"他赶紧若无其事地说,因为柜台后面两个孩子扑哧一声笑了出来,连老板听了也微微一笑。"没什么! 这些人摇头我不在乎,因为这事大家都知道,所有的秘密都会暴露③。我对这些不是瞧不起,而是没办法。随它去! 随它去! '你们看这个人!'④请问,年轻人:您能不能……不,这话应该说得更有力,更生动;不是您**能不能**,是您**敢不敢**现在看着我,肯定说,我不是猪?"

年轻人一句也没回答。

---

① 英国经济学家约·斯·穆勒(1806—1873)认为人的思想、愿望和行为都是由其经济地位事先决定的。陀思妥耶夫斯基反对这种观点,认为人的天性中有非理性的一面。

② 指警察局发给妓女的黄色执照。

③ 出自《新约全书·马可福音》第一章第二十二节:"因为掩藏的事,没有不显出来的,隐瞒的事,没有不露出来的。"

④ 引自《新约全书·约翰福音》第十九章第四、五节:"彼拉多又出来对众人说,我带他出来见你们,叫你们知道,我查不出他有什么罪来。耶稣出来,戴着荆棘冠冕,穿着紫袍,彼拉多对他们说:你们看这个人。"

"说呀，"等店堂里又一阵窃笑声停止后，演说家庄重地，这次甚至分外自尊地接着说，"说呀，就算我是猪，可她是女士！我的模样像野兽，可卡捷琳娜·伊凡诺夫娜①，我太太，是有教养的人，是校官的女儿。就算我是无赖，可她受过教育，有颗高贵的心，人好。可是……噢，要是她能可怜我！阁下，阁下，要知道不管什么人，总得有个地方可怜他吧！卡捷琳娜·伊凡诺夫娜虽说宽宏大量，但不大公道……我心里明白，即使她揪我头发，也是可怜我，不为别的（我再说一遍，没什么不好意思的，她揪我头发，年轻人——他以双倍的自尊肯定说，因为重又听到嘻嘻的窃笑），不过，上帝，要是她哪怕有一次……不！不！这些全是白搭，没什么可说的！没什么可说的！……因为已经不止一次让我称心过，已经不止一次可怜过我，可惜……我就是这个德性，我是天生的畜生！"

　　"可不是！"老板打着呵欠说。

　　马尔梅拉多夫猛一拳敲在餐桌上。

　　"我就是这个德性！您知道吗，知道吗，阁下，我甚至把她的袜子都押掉买酒喝了？不是把鞋子押了，因为这还多少像个话，是把袜子，她的袜子押了！羊绒头巾也被我押掉买酒喝了，别人送的，原先她自己的，不是我买的。我们住的角落挺冷。去年冬天她感冒了，开始咳嗽，咯血。我们有三个孩子，都还小。卡捷琳娜·伊凡诺夫娜从早做到晚，刮呀，洗呀，还给几个孩子洗澡：从小干净惯了。她的肺不好，像是得了痨病，这我心里明白，难道我心里不明白？我越喝心里越明白。我喝酒，就是图个同情心，图个明白……我喝酒，就是想让自己加倍痛苦！"他仿佛绝望了，把头倚在餐桌上。

　　"年轻人，"他重又抬起头，继续说，"我看您似乎愁眉苦脸。您一

---

　　①　卡捷琳娜出自希腊语，意为"永远纯洁的"。

拉斯科尔尼科夫和马尔梅拉多夫在酒馆
（奥·谢·叶夫谢耶夫绘，1955—1956 年）

进来,我就发现了,所以立刻找上了您。我把我的经历告诉您,不是为了让这些好事的人笑话我。我不说,他们也全知道。我想找个有同情心,受过教育的好人。您得知道,我太太是在省立贵族女子学校上的学,毕业典礼上披着披巾跳舞①,省长和有关人士全都在场。她得了金质奖章,还有一张奖状。奖章……嗯,奖章卖了……早卖了……奖状直到现在还在她箱子里,不久前她拿出来给房东看过。她跟房东一直吵架,不过总还想在哪个人面前夸耀一下,说说自己的好日子。我不怪她,不怪,因为这件事她还记着,而其余的全都忘了个干净!是的,是的,她是个急躁、高傲、倔强的女人。自己刷地板,靠黑面包过日子,可就是不许别人不尊重她。所以她不想原谅列别贾特尼科夫先生的粗话。就为这个,列别贾特尼科夫先生打了她,她病了,倒不是因为挨打,是咽不下这口气。我娶她时,她是个寡妇,带着三个孩子,一个比一个小。她的第一个丈夫是步兵军官,她爱他,跟他一起私奔。她太爱丈夫,可惜他赌牌赌上了瘾,后来上了法庭,就这么死了。最后几年他常常打她,她虽然不肯原谅他——这我确实知道,还有证据——但直到现在一提起他,她就掉泪,拿他来责备我,我反倒高兴,我高兴,因为在她的想象里,她看到自己从前是幸福的……丈夫死后,她带着三个幼小的孩子住在我所在的边远、野蛮的县城里。她太穷,看不到希望,尽管我见过各种世面,也没法形容她的难处。亲戚都不认她,她又很高傲,出奇的高傲……当时,阁下,当时我是鳏夫,前妻留给我一个十四岁的女儿,于是我向她求婚,因为不能看她这样受苦。她有文化,有教养,又是大户人家出身,居然同意下嫁给我,单凭这一点您就可以断定,她遭难遭到什么程度!她嫁给了我!哭着,闹着,拧着两只手——还是嫁给了我!无路可走呀。您明白吗,明白吗?阁下,什么

---

① 披着披巾跳舞是这类学校优等生的特权。

叫无路可走? 不! 这您还不明白……整整一年我虔诚、高贵地履行自己的责任,没碰过这玩意(他用手指碰了碰酒瓶),因为我还有感情。不过即使这样我也没能使她满意,这时我丢了差使,倒不是有什么过失,是紧缩编制,于是我喝上了! ……一年半前,我们一路漂泊,历尽千辛万苦,终于到了这个金碧辉煌、到处都是名胜古迹的首都。这里我又弄到一份差使……弄到了,可又丢了。您明白吗? 这次可是我自己弄丢的,我的老毛病犯了……现在我们住在角落里,那是阿马利娅·费奥多罗夫娜·利佩韦赫泽尔的房子,我们的日子是怎么过的,房租是怎么付的,我都不知道。住在那儿的人可多啦,除了我们……所多玛①,尽胡来……嗯……对……这时,我前妻的女儿长大了,她,我女儿,那几年受了后母多少气,我就不说了,卡捷琳娜·伊凡诺夫娜虽然心肠好,但脾气躁,容易发火,动辄不让人说话……是的! 唉,也没什么可回想的! 您能想见,索尼娅没受过教育。四年前,我试着教她地理和世界通史,不过我自己懂得不多,也没什么像样的教材。只有几本小册子……嗯! ……现在连这几本小册子也没了。这样,课也就结束了。才上到波斯的居鲁士②。后来成年了,她读了几本爱情小说,再就是不久前,通过列别贾特尼科夫先生,借了刘易斯的《生理学》③来读,您知道这本书吗? 她兴趣十足地读完,还给我们念了几段:这就是她受的全部教育。现在,我的阁下,我想从我自己角度问您一个私人问题:一个穷苦、正派的姑娘,依您看,能用诚实的劳动挣多少钱? ……一天挣不到十五戈比,阁下,要是这个姑娘正派,又没有特别

---

① 据《圣经》记载,所多玛和蛾摩拉两城居民因道德沦丧、胡作非为受到上帝的严厉惩罚。

② 居鲁士系波斯国王,公元前五五八年在位。

③ 指英国实证主义哲学家乔·亨·刘易斯(1817—1878)的《日常生活的生理学》。该书在十九世纪六十年代具有唯物主义观点的俄国青年中流传很广。作者站在自然科学立场解决道德问题的尝试,在陀思妥耶夫斯基看来是不可接受的。

的才能,哪怕她一刻不停地干活!再说,五品文官克洛普什托克,伊凡·伊凡诺维奇,您听说过这个人吗?做了半打荷兰衬衫,直到现在不仅一个钱没付,还跺着脚骂人,气呼呼地把她赶出来,借口是领子似乎做得尺寸不对,歪了。可那会儿三个孩子在挨饿⋯⋯卡捷琳娜·伊凡诺夫娜拧着手,在屋里急得团团转,脸上泛着潮红——生这病就是这样:'你这个寄生虫,'她说,'住在我们家里,又吃又喝又暖和',可家里有什么好吃好喝的,连几个孩子都三天没见一块面包皮了!我当时正躺着⋯⋯唉,有什么好说的!醉醺醺地躺着,我听到我的索尼娅说(她从不顶嘴,声音又轻又随和⋯⋯浅黄头发,脸总是那样苍白,瘦削),她说:'怎么,卡捷琳娜·伊凡诺夫娜,难道我得去做那种事?'达里娅·弗兰佐夫娜通过房东已经来过三次,这女人心术不正,警察局对她都很熟悉。'怎么啦,'卡捷琳娜·伊凡诺夫娜嘲笑着回答,'有什么好爱惜的?这宝贝!'不过您别怪罪,您别怪罪,阁下,您别怪罪!这话不是脑子清醒时说的,她太激动,又在生病,孩子们没吃的,哇哇直哭。她说这话主要是侮辱她,倒不是真有这意思⋯⋯卡捷琳娜·伊凡诺夫娜生就这脾气,孩子一哭,哪怕因为饿,她也举手就打。我看见大约五点多钟,索涅奇卡站起来,戴上头巾,披好斗篷,从屋里出去。到八点多已经回来了。她一回来,就径直朝卡捷琳娜·伊凡诺夫娜走去,把三十卢布默默放到她面前的桌上。她一句话没说,哪怕抬眼看一下也好呀,可她只是拿起我们家的绿呢头巾(我们家合用的头巾,绿呢的),没头没脸地盖上,往床上一躺,脸朝墙,肩膀,还有整个身体,不停抖动⋯⋯我还像刚才那样躺着⋯⋯我看到,年轻人,我看到卡捷琳娜·伊凡诺夫娜也是一句话没说,走到索涅奇卡床前,在她脚旁跪了整整一晚上,吻她的脚,不想起来,后来她俩抱在一起,就这么睡着了⋯⋯两人一起⋯⋯两人一起⋯⋯是的⋯⋯可我⋯⋯醉醺醺地躺着。"

马尔梅拉多夫沉默了,仿佛他的嗓子哑了。随后他突然急急忙忙倒了杯酒,喝下,干咳一声。

"从那时起,阁下,"他沉默了一会儿,继续说,"从那时起,因为一桩倒霉的事情,再加上一些不怀好意的人暗中告发——都是达里娅·弗兰佐夫娜拼命煽动的,似乎没有好好孝敬她——从那时起,我女儿索菲娅·谢苗诺夫娜只好去领黄派司,这样她就不能和我们住一起了,因为房东,阿马利娅·费奥多罗夫娜,不同意她住(原先还是她纵容达里娅·弗兰佐夫娜来的),另外列别贾特尼科夫先生……嗯……就是为了索尼娅,跟卡捷琳娜·伊凡诺夫娜吵的。原先他自己想占索涅奇卡的便宜,这下可好,突然摆出一副生气的架势:'怎么,'他说,'我这样一个有学问的人,能跟这种女人住一幢房子?'卡捷琳娜·伊凡诺夫娜气不过,说了几句……结果闹成这样……现在索涅奇卡多半是傍晚来,帮卡捷琳娜·伊凡诺夫娜做点家务,钱能给多少就给多少……她住在裁缝卡佩尔纳乌莫夫①家,向他们租了间房。卡佩尔纳乌莫夫是个跛子,口齿不清,他一家好多人,都口齿不清,连他老婆也是……他们挤在一个房间里,索尼娅单独有个房间,隔着板壁……嗯,是的,这一家子穷得不能再穷,又都口齿不清……是的……于是有一天我早上起来,穿上破衣服,两手朝天,祈求上帝给我一条路走,随后去见伊凡·阿法纳西耶维奇大人。您听说过伊凡·阿法纳西耶维奇大人吗?……没有?那您可是不知道一个天大的好人!这是蜡……上帝面前的蜡,会像蜡一样熔化!……他听我说完都掉泪了。'嗯,'他说,'马尔梅拉多夫,上次你辜负了我的期望,现在我再用你一次,由我个人担保,'他就是这样说的,'你得记住,走吧!'我吻了他脚上的尘

_____

① 卡佩尔纳乌莫夫这个姓源于卡佩尔纳乌姆。《圣经》中译迦百农,城市名,离抹大拉不远。抹大拉的马利亚跟着耶稣上了髑髅地。此处暗喻索尼娅也像马利亚一样,跟着拉斯科尔尼科夫上了髑髅地。

土,在我心里,真要这样做,他不会允许,因为他是大官,主张文明治国,思想开明。我回到家里,刚一宣布我又被录用了,有薪水了,上帝,当时全家高兴呀……"

马尔梅拉多夫重又十分激动地住口了。这时街上来了一大批酒鬼,进门便已带着醉意。门口响起雇来演奏的手摇风琴的琴声和唱着《小村》的七岁孩子的颤抖歌声。店堂里嘈杂起来。老板和跑堂忙着招待进来的客人。马尔梅拉多夫没理会这帮人,继续说自己的故事。他似乎已经相当乏力,然而越醉话也越多。不久前找到差使的回忆似乎使他兴奋,甚至使他脸上出现了某种光彩。拉斯科尔尼科夫注意听着。

"这是五星期前的事,我的阁下。是的……她们两个,卡捷琳娜·伊凡诺夫娜和索涅奇卡,一听到这消息,上帝,就好像我进了天堂。原先你就躺着吧,畜生似的,只有挨骂的分!可这会儿:她们踮起脚尖走路,还不让孩子吵闹:'谢苗·扎哈雷奇上班累着了,在休息,嘘!'上班前给我喝咖啡,烧炼乳!替我买炼乳,您听到没有!再说,她们打哪儿积攒的钱,居然替我添了一套体面的衣服?十一卢布五十戈比哪,真不明白。靴子、细布胸衣都是最好的,还有文官制服,才十一卢布五十戈比就把所有东西办得气派极了。第一天上午我办公回来,一看,卡捷琳娜·伊凡诺夫娜做了两道菜:一道汤,一道洋姜腌牛肉。这菜是怎么弄出来的,我到现在都闹不明白。她没什么衣服……就是说没什么像样的衣服,可这会儿好像要去做客似的,打扮过了,倒不是穿了什么衣服,没衣服她也能打扮:梳了个好看的头,换了条干净的领子,装了翻袖,像是完全换了个人,年轻了,漂亮了。索涅奇卡,我的心肝,只是拿钱接济我们,她说我现在暂时不便常来你们这儿,不体面,除非傍晚,没人看见。听到没有,听到没有?有一天,我回来睡午觉,您猜怎么着,卡捷琳娜·伊凡诺夫娜忍不住了:一星期前她刚和房东阿马利娅·费奥多罗夫娜狠狠吵了一场,可这会儿请她来喝咖啡。她俩坐了有两小时,一直悄悄说话,她说:'现在谢苗·扎哈雷奇有了差使,可以领薪水。是他自己去见大人的,大人亲自出来,吩咐大家等着,单单拉着谢苗·扎哈雷奇的手,当着大家的面,把他领进办公室。'听到吗,听到吗?'谢苗·扎哈雷奇,'他说,'我当然记得您的长处,尽管您有这个缺点,但您现在答应改正,而我们这儿没您,事情也办不好(听到了,听到了!),我希望您立志自新的话说到做到。'这话,我告诉您,全是她临时编的。倒不是她轻率,她只是想吹嘘一下!不,这一切她自己都相信,她是用想象安慰自己,真的!我不怪她,不,我不怪她!……六天前,我把第一个月的薪水——二十三卢布四十戈比——原封不动拿回家,她当时高兴得管我叫宝贝。她说:'你真是个可爱的小宝贝!'那是我们单独在一起的时候,您明白吗?唉,说起来我有什么好,算什么丈夫?可她不这么看,她在我脸上拧了一把,说:'你真是个可爱的小宝贝!'"

马尔梅拉多夫停下,想笑一笑,不料,他的下巴突然抖动起来。但他忍住了。这家酒店,他潦倒的模样,干草船上露宿的五夜和这瓶酒,还有对妻子和家庭病态的爱,凡此种种,使听他说话的人不时感到困惑。拉斯科尔尼科夫紧张地听着,但心里很难受。他后悔自己进了这家酒店。

"阁下,阁下!"马尔梅拉多夫恢复了常态,大声说,"噢,我的阁下,也许您和别人一样,觉得这一切都很可笑,我尽拿我家里这些愚蠢的琐事打扰您。但我不觉得可笑!因为这一切都是我的亲身体验……这是我一生中像进了天堂似的一天。白天余下的时间和整整一晚上,我都是在飞快的想象中度过的:我要怎么安排好这一切,给孩子们穿上好衣服,让她安心过日子,再把我的独生女儿接回家,洗掉她的耻辱……还有许多许多事情……只要我能办到,阁下。嗯,我的阁下(马尔梅拉多夫突然似乎哆嗦了一下,抬起头,直勾勾朝对方看了一眼),嗯,第二天,这样畅想一番后(就是说正好五天前),傍晚,我做贼似的偷了卡捷琳娜·伊凡诺夫娜箱子的钥匙,取出薪水里剩下的钱,究竟多少,我都记不得,这不,您看我,完了! 离家第五天了,家里在找我,差使丢了,制服在埃及桥边的酒店里押着,给换了这件衣服……一切都完了!"

马尔梅拉多夫用拳头敲了敲自己前额,咬咬牙,闭上眼睛,一个臂肘牢牢撑在餐桌上。过了一会儿,他的脸突然变了,他带着佯装的调皮和无耻,抬眼看了看拉斯科尔尼科夫,笑着说:

"今天我去了索尼娅那儿,求她给我几个醒酒钱! 嘿—嘿—嘿!"

"真的给了?"进来的客人中,不知谁在一旁问,旋即哈哈大笑。

"这瓶酒就是用她的钱买的,"马尔梅拉多夫只对拉斯科尔尼科夫一个人说,"她亲手拿出三十戈比,这是她仅剩的一点钱,我亲眼看见的……她什么也没说,只是默默看了我一眼……尘世上没有这样做的,那是那儿……只有难受、落泪,但绝不责备,绝不责备! 这反而更痛苦,更痛苦! ……三十戈比哪,阁下。要知道现在她也需要钱,是吗? 您怎么想,我亲爱的阁下? 要知道她现在得保持整洁,需要花钱,这整洁,特殊的,您明白吗? 明白吗? 嗯,得买口红,不买不行;还有上浆的裙子,那种皮鞋,比较花哨的,跨水洼时,脚伸出来好看些。您明白吗? 明白吗,阁下,这整洁意味着什么? 嗯,可我这个亲生父亲,拿这三十戈比给自己醒酒去了! 只管喝酒! 把钱全喝掉了! ……嗯,谁会可怜我这种人? 是吗? 您现在可怜我吗,阁下,还是不可怜? 说呀,阁下,可怜还是不可怜? 嘿,嘿,嘿,嘿!"

他想倒酒,但已经没酒了。酒瓶是空的。

"干吗可怜你?"老板大声说,他又突然到了他们身边。

响起一阵哄笑,甚至辱骂。听和不听的人都在笑,都在骂,他们全都看着退职官员孤苦的模样。

　　"可怜！干吗可怜我！"马尔梅拉多夫突然吼叫，朝前伸出一只手，站起来，神色激动，仿佛就等着这话。"干吗可怜，你说？对！我不值得可怜！应当把我钉死，钉死在十字架上，不该可怜！钉死他，法官，钉死他，钉死后，再可怜他！那我就自动来你这儿受刑，因为我渴望的不是快乐，而是悲伤和眼泪！……老板，你是不是以为你这瓶酒我喝着是甜的？悲伤，我在酒瓶底上寻找的是悲伤，悲伤和眼泪，我尝到了，找到了。可怜我们的只有可怜一切人，理解一切人，也理解一切的主，他是主，所以他是法官。到那一天，他会来的，会问：'那个为了凶恶的、生痨病的继母，为了继母年幼的孩子，出卖自己肉体的女儿在哪里？那个可怜自己尘世的父亲，没用的酒鬼，不怕他的兽行的女儿在哪里？'他会说：'你来吧！我已经宽恕过你一次……宽恕过你一次……现在你的许多过失也会得到宽恕，因为你有爱心……'他一定会宽恕我的索尼娅，会宽恕的，这我知道，会宽恕的……前几天我到她那儿去过后，心里就感到这一点！……所有的人他都会审判，都会宽恕，无论好人还是坏人，聪明人还是老实人……审完所有的人，他会呼唤我们说：'你们也出来吧！出来吧，酗酒的，出来吧，懦弱的，出来吧，无耻的！'于是我们大家都出来，无所谓羞愧，站着。他会说：'你们都是猪！都是兽，带着兽的印记①，不过，你们也来吧！'圣人大叫，智者也大叫：'上帝！为什么你接待这些人？'他会说：'我所以接待他们，圣人，所以接待他们，智者，因为这些人中没有一个人认为自己配有这样的对待……'他向我们伸出双手，于是我们跪下……痛哭……我们都会明白！到时候我们都会明白！……大家都会明白……连卡捷琳娜·伊凡诺夫娜……连她都会明白……上帝，你的天国一定降临！"

---

　　①　《福音书》中把基督的敌人描绘成兽，其信徒都带着兽的印记。

他颓然坐到长凳上，一副精疲力竭的样子。他谁也不看，仿佛忘了周围的一切，陷入沉思。他的话给人某种印象，一时间静寂无声，但很快重又响起原先那种哄笑和辱骂：

"真能说！"

"胡吹！"

"官员！"

以及诸如此类的种种怪话。

"我们走，阁下，"马尔梅拉多夫突然抬起头，对拉斯科尔尼科夫说，"扶我回去……科泽尔公寓，外面有院子。该去见……卡捷琳娜·伊凡诺夫娜了……"

拉斯科尔尼科夫早就打算走了，他自己也想扶他回家。马尔梅拉多夫的腿，远不如他说话有劲，他牢牢撑着年轻人。要走的路不过两三百步。离家越近，酒鬼的羞愧和恐惧也越强烈。

"我现在不是怕卡捷琳娜·伊凡诺夫娜，"他不安地喃喃着，"不是怕她揪我头发。揪头发算什么！……揪头发不算事！这是我说的！揪我头发倒好了，我怕的不是这个……我……怕看见她的眼睛……对……眼睛……也怕看见她脸上的潮红……还有，我怕听见她喘气……你见过这种病人是怎么喘气的吗……激动的时候？我还怕听见孩子的哭叫……要是索尼娅不养他们，那……真不知道会怎样！真不知道！挨打我不怕……你要知道，阁下，这样打一顿我不觉得疼，反倒觉得快活……不打，我自己就受不了。打了反倒好些。让她打，出出气……打了反倒好些……瞧，就是这幢房子。科泽尔公寓。一个钳工，德国人，有钱……扶我进去！"

他们从院子里进去，上了四楼。越往上楼梯越暗。都快十一点了，虽然，这个季节彼得堡没有黑夜，但是楼梯顶端还是很暗。

楼梯尽头，最上面，一扇被烟熏黑的小门开着。一个蜡烛头照着一个大约十步长的陋室，从门口望去，整个房间看得清清楚楚。东西扔得到处都是，乱糟糟的，特别是各种各样孩子穿的破衣服。里角拉着一条破被单，被单后面想必是床，房间里只有两把椅子和一张破旧的漆布长沙发，沙发前摆着一张厨房用的旧的松木桌子，未上油漆，也没有桌布。桌子一角的铁烛台里立着即将燃尽的蜡烛头。原来马尔梅拉多夫住在一个特别的房间里，而不是角落里，不过他的房间原本只是一条过道。过道深处的门稍稍开着，里面是阿马利娅·利佩韦赫泽尔的住房，隔出许多笼子似的小间。那里人声嘈杂，又喊又笑。似乎在打牌、喝茶。有时传出几句脏话。

拉斯科尔尼科夫立刻认出了卡捷琳娜·伊凡诺夫娜。这是一个瘦得可怜的女人，单薄，修长，匀称，长着漂亮的浅褐色头发，面颊上确实泛着两团潮红。她在自己不大的房间里走来走去，两手按着胸口，嘴唇干裂，呼吸忽快忽慢，似断似续。她的眼睛仿佛发疟疾似的闪闪发亮，但目光尖利而又呆滞。这张带有肺病症状、焦躁不安、颤动着蜡烛头最后光亮的脸，给人心力憔悴的印象。拉斯科尔尼科夫觉得她大约三十岁，确实和马尔梅拉多夫不般配……她没听见，也没发现有人进来。似乎她正想得出神，听不见，也看不见。房间里很闷，但她没开窗。从楼梯上飘来臭气，但朝楼梯的门没关上，从里屋没关严的门里，弥漫出一阵阵香烟的烟雾，她咳嗽，但没去关门。最小的女孩，约莫六岁，坐在地板上睡着了，蜷着歪斜的身体，头倚在沙发上。比她大一岁的男孩浑身发抖，缩在角落里哭鼻子，大概刚挨过打。最大的女孩，九岁吧，长得又高又细，像根火柴，穿着一件窄小的、到处都是窟窿的衬衣，裸露的双肩上披着一件大概两年前替她做的、现在已经遮不住膝盖的薄呢斗篷。她站在角落里，弟弟边上，用自己细长的、仿佛火柴那样干瘦的手臂搂着他的脖子。她似乎在哄他，悄悄对他说着什么，竭力不让他再哭，同时怀着恐惧，抬起大大的黑眼睛注视母亲，黑眼睛在她瘦削、惊慌的脸上似乎更大了。马尔梅拉多夫没进房间便在门口跪下，把拉斯科尔尼科夫推到前面。女人看见陌生人，心不在焉地在他面前停下，刹那间回过神来，仿佛在想：他这是进来干什么？大概她立刻想到他是去别的房间，因为他们的房间只是过道。想到这里，她已经不再注意他，径直朝门口走去，想把门关上。突然她惨叫起来，看到跪在门口的丈夫。

"啊！"她发疯似的吼叫，"回来了！囚犯！恶棍！……钱呢？你口袋里装的什么，给我看看！连衣服都没了！你的衣服呢？钱呢？说！……"

她扑上去搜他口袋。马尔梅拉多夫立刻驯顺地朝两边摊开手，让她搜查。一戈比都没有。

"钱呢？"她大叫，"噢，上帝，难道他把所有的钱都喝光了！箱子里还有十二卢布！……"突然她发疯似的揪住他头发，把他往房间里拖。马尔梅拉多夫本就想让她省力，顺从地在她后面爬。

"这样我很快活！这样我也不疼，反倒快——活，阁——下，"他虽被揪着头发，有一次甚至前额撞到了地板，但还在喊叫。睡在地板上的孩子醒了，哇的一声哭起来。角落里的男孩吓得浑身打战，惊恐地喊叫着，倏地扑到姐姐怀里。惊醒的姐姐抖得像片叶子。

"喝光了！全喝光了！全喝光了！"可怜的女人绝望地喊叫，"连衣服都没了！他们在挨饿，挨饿！（她把手指捏得咯咯直响，指了指三个孩子。）噢，这该死的生活！你们，你们不害臊，"突然她朝拉斯科尔尼科夫发火了，"从酒店来！你跟他一起喝的？你也跟他一起喝！滚！"

年轻人赶紧离开，一句话也没说。这时，里间的门突然洞开，几个好奇的人从门里朝外张望，伸出叼着香烟、衔着烟斗、戴着小圆帽的脑袋，放肆地笑着。可以看见敞着睡衣，穿着不成体统的夏装的身影，有人手里还拿着牌。他们笑得尤其开心的,是马尔梅拉多夫给揪住头发拖进来时,还大叫这样很快活。有人甚至进了房间。终于响起一声不祥的尖叫:这是阿马利娅·利佩韦赫泽尔自己在往前挤,她要抖抖威风,第一百次吓唬吓唬这个可怜的女人,骂上几句,命令她明天就搬走。拉斯科尔尼科夫边走边把手伸进口袋,摸出几枚他在酒店里用一卢布付账找回的铜币,悄悄放到小窗的窗台上。后来,已经到了楼梯上,他变了主意,又想转身回去。

“我这是干的什么傻事,”他想,“他们这儿有索尼娅,我自己还缺钱呢。”但考虑到把钱取回,已经没有可能,即使可能,他也不会去取,于是他一挥手,朝自己的住所走去。“索尼娅也要买口红,”他走在街上继续想,旋即刻薄地冷冷一笑,“这种整洁是要花钱的……咳!要知道,索涅奇卡自己也许今天就会破产,那也是冒险,就像捕猎珍贵的野兽……采金……没有我这些钱,他们明天就会两头落空……不容易啊,索尼娅!不过他们挖出来的是口什么井!还用呢!这还不是,还用呢!已经习惯了。哭过一阵,也就习惯了。人是卑鄙的,对什么都会习惯!”

他陷入沉思。

“嗯,要是我错了,”他突然情不自禁地说,“要是人、人类,就是说,总体上人类并不**卑鄙**,那么余下的一切都是成见,都是故意散布的恐惧,没有任何障碍,所以,应该这么办!……”

三

第二天他醒得很迟,心慌意乱地睡了一夜,但睡眠并未使他好起来。他醒来时肝火很旺,烦躁,凶狠,随后憎恶地看了看自己的斗室。

29

这是一个小小的笼子，长不过六步，简陋不堪，黄色墙纸上有许多灰尘，边角都已翘起。这笼子极低，稍稍高些的人站着都害怕，好像脑袋马上就会碰到天花板。家具也和斗室一样简陋：三张破旧的椅子，一张漆过的桌子靠着墙角，桌上放着几本本子和书。单看上面的灰尘，就知道这些本子和书已经好久没人动了，最后，一张笨拙的大沙发几乎占了整整一面墙，足有半个房间宽。这张原本包印花布，现已破烂的沙发，便是拉斯科尔尼科夫的睡榻。他常常就这么和衣睡觉，不脱衣服，没有床单，盖一件上大学时穿的旧大衣。床头上放着一只小小的枕头，底下垫着所有干净和肮脏的内衣，好让枕头高些。沙发前立着一张小桌。

再要落拓和邋遢也难，但以拉斯科尔尼科夫眼下的心情，这甚至使他高兴。他离群索居，就像乌龟躲进自己的铠甲，甚至连应该替他打扫的女仆，有时把头伸进房间，也会使他发火，使他惊厥，就像有些过分专注于某事的偏执狂。他的房东已有两星期没给他供餐，而他直到现在都无意下楼去和她解释，尽管没吃的。娜斯塔西娅，房东的厨娘和唯一的女仆，对房客的这种情绪多少感到高兴，干脆不再为他收拾、打扫，这样她只是一星期一次，无意中偶尔拿起扫把。现在，正是她把他叫醒了。

"起来，还睡什么！"她在他头上喊，"九点多了。我给你送茶来了。想喝茶吗？兴许都饿瘦了？"

房客睁开眼睛，猛地一颤，认出了娜斯塔西娅。

"茶是房东让送的，是吗？"他问，病恹恹地从沙发上慢慢欠起身。

"哪里是房东！"

她把自己有裂缝的茶壶放到他面前，里面的茶叶已经煮得没味了，随后放了两块发黄的方糖。

"这些，娜斯塔西娅，你拿着！"他在口袋里摸了摸（他就这样和衣睡了一夜),掏出一小把铜币,"你去给我买个面包,再去香肠店稍稍买点香肠,便宜点的。"

"面包我这就给你拿来。你想不想喝点菜汤,香肠就不买了。很好的菜汤,昨天的。还是昨天我给你留的,可惜你回来太晚。很好的菜汤。"

菜汤拿来了,他开始喝汤。这时娜斯塔西娅挨着他在沙发上坐下,唠叨起来。她是个乡下婆娘,非常唠叨的婆娘。

"普拉斯科维娅·帕夫洛夫娜想到警察局告你。"她说。

他狠狠皱了皱眉。

"到警察局告我?她想干什么?"

"你不付钱,又不把房子让出来。她想干什么,挺清楚。"

"唉,见鬼,还有这种事,"他嘟哝着,把牙齿咬得咯咯响,"不,这对我现在……不合适……她是傻瓜,"他大声加了一句,"我今天就去找她,和她谈一下。"

"说她傻瓜,她倒真是傻瓜,跟我也差不多,可你呢,聪明人,尽躺着,像个面粉袋,看不出你有啥本事。原先你说你在给孩子补课,这会儿怎么啥都不干?"

"我在干……"拉斯科尔尼科夫不大情愿地说,一脸严肃。

"干啥?"

"干活……"

"啥活?"

"我在想。"他沉默了一会儿,认真回答。

娜斯塔西娅笑死了。她是个爱笑的人,一听到什么好笑的事,就不出声地傻笑,全身摇晃抖动,直到自己难受为止。

"怎么,想出很多钱来了?"她终于吐出一句话。

"没靴子,没法给孩子补课。再说我也瞧不起这玩意儿。"

31

"你可别往井里吐痰。"①

"补课,人家不过付几个铜币。几个戈比能干什么?"他不大情愿地继续说,仿佛在回答自己考虑的问题。

"你想一下子发财?"

他古怪地看了她一眼。

"对,发财。"他沉默片刻,坚定地回答。

"嗯,你还是慢慢来,要不挺吓人的,可怕着哪。面包去拿还是不拿?"

"随便。"

"对,我忘了! 昨天你不在,来了你一封信。"

"信! 我的! 谁写的?"

"谁写的,我不知道。我给了邮差三戈比,那钱是我自己的。你还吗?"

"快去拿来,看在上帝分上,快!"拉斯科尔尼科夫激动地喊起来,"上帝!"

不一会儿,信拿来了。一点不错,是母亲从 P 省②写来的。他接信时,甚至脸都白了。他已经很长时间没收到信了。但现在还有别的什么突然攫住了他的心。

"娜斯塔西娅,走吧,看在上帝分上。这是还你的三戈比,不过,看在上帝分上,快走!"

信在他手里颤抖,他不想当她的面开拆:他想**一个人**看这封信。娜斯塔西娅一走,他就把信拿到唇边吻了吻。随后久久地端详信封上的笔迹,端详使他倍感熟悉和亲切的斜体小字,那是最早教他念书、写

---

① 俄国谚语:别往井里吐痰,将来你也许会喝井里的水。

② 指梁赞省。

字的母亲的笔迹。他迟迟没有动作，甚至像是害怕什么似的。终于，他把信拆了，信很长，很厚，有两洛特①重，两大张信纸上写满密密麻麻的小字。

　　我亲爱的罗佳，我已经两个多月没好好给你写信了，为此我很痛苦，有时甚至想得整夜都睡不着。不过，你大概不会责备我，因为这也是没办法。你知道我有多爱你，你是我们，我和杜尼娅，唯一的亲人，你是我们的一切，我们的全部希望，我们的全部期待。当我知道你没有生活费用，已经几个月没去大学读书，补课和其他收入也已断绝，我有多难过！我一年才一百二十卢布的抚恤金，我能拿什么帮你？四个月前我寄给你的十五卢布，是我用这笔抚恤金作抵押，向这里的商人阿法纳西·伊凡诺维奇·瓦赫鲁申借的。他是好人，又是你父亲的朋友。不过给了他代领抚恤金的权利后，我得等待还清这笔债务。事情直到现在才算结束，所以这段时间我一直没法给你寄钱。不过现在，感谢上帝，我觉得又能给你寄钱了，并且一般地说，我们现在甚至可以夸耀一下新近交上的好运，这就是我急于告诉你的。第一，你能料到吗，亲爱的罗佳，你妹妹和我住在一起已经一个半月了，从今以后我们再也不会分离。感谢上帝，她的苦难结束了。不过我想把一切顺着次序原原本本地告诉你，让你了解事情的经过，这事直到现在我们还一直瞒着你。两个月前，你来信说，你从谁那儿听到，好像杜尼娅在斯维德里盖洛夫先生家受了许多气，让我把情况说说清楚。当时我怎么给你回信？要是我告诉你全部真相，你也许会扔了一切，哪怕走也会走回来，因为我知道你的脾气，你的感情，你

---

　① 一八九九年六月四日以前俄罗斯重量单位。一洛特等于十二点八克。

一定不会让你妹妹受欺侮的。当时，连我自己都绝望了，但怎么办？连我自己都不知道事情的全部真相。主要的难处，在于杜涅奇卡去年上他们家当家庭教师时，预支过整整一百卢布，条件是每月从工资里扣钱，因此在没有还清欠债前，是不能辞职的。她预支这笔钱（现在我可以把一切都告诉你了，罗佳宝贝），主要是为了能寄给你六十卢布，当时你急需这笔钱，于是去年你收到了我们的汇款。我们当时骗你说，这是杜涅奇卡从前的积蓄，但事情并非如此，现在我把全部真相告诉你，因为现在一切都突然变了，那是上帝的意志，再说也是为了让你知道，杜尼娅有多爱你，她的心是多么高贵。确实，起先斯维德里盖洛夫先生对她非常粗暴，在餐桌上常常无礼地嘲笑她……我不想多说这些痛苦的往事，白白让你生气，因为现在一切都已结束。简单说吧，尽管玛尔法·彼得罗夫娜，斯维德里盖洛夫先生的太太，还有他们家的其他人都待她很好，客客气气，但杜涅奇卡的日子相当难过，特别是斯维德里盖洛夫先生按他在团里服役时的老习惯，受巴克科斯①影响的时候。可后来怎么了？你看，这个疯子居然早就对杜尼娅起了歹念，但他一直把这种意图隐藏在粗暴和傲慢的外表下。也许，看到自己上了年纪，又是一家之主，还有这种贼心，连他自己都感到羞愧、可怕，所以下意识地对杜尼娅发火。也许，他只是用自己的粗暴和嘲笑在别人面前掩饰真相。终于，他忍不住了，厚着脸皮向杜尼娅求婚，答应给她各种各样的礼物，甚至答应抛弃一切，和她一起远走他乡，要不移居国外。你能想见，她有多痛苦！马上辞职不行，倒不仅仅是欠债没有还清，她还可怜玛尔法·彼得罗夫娜，要是太太突然起了疑心，势必造成家庭纠纷。

---

① 希腊神话中的酒神。

况且,对杜尼娅来说,这也是很丢脸的,事情不会就此结束。这里还有许多各种各样的原因,所以不再待上六个星期,杜尼娅无法摆脱这个可怕的家庭。当然,你了解杜尼娅,知道她有多聪明,性格有多坚强。杜涅奇卡很会忍耐,即使在最极端的情况下,也很豁达,柔中有刚。甚至对我,她都没有透露一切,怕我伤心,虽说我们常常通信。结局来得相当突然。玛尔法·彼得罗夫娜无意中听到丈夫在花园里苦苦哀求杜尼娅,误解了一切,把一切都归咎于杜尼娅,认为事情都出在她身上。她们当场就在花园里闹开了:玛尔法·彼得罗夫娜甚至动手打了杜尼娅,什么话也不想听,大吵大闹,嚷嚷了整整一小时。最后她让人立即把杜尼娅送回城里还给我,派了一辆简陋的农用板车,把她所有东西,里里外外的衣服全都扔到车上,没给收拾,也没给包扎。恰恰这时,下起了暴雨。杜尼娅受尽委屈,侮辱,还得跟车夫一起,坐在没遮没盖的板车上,走上整整十七俄里。现在你想想吧,接到你两个月前的来信,我怎么给你回信?我能给你写什么?我自己都绝望了。对你实说吧,我不敢,这样你会非常痛苦、伤心和愤怒,再说,你又能做什么?大概,你还会毁了自己,而且杜涅奇卡也不让我这样做。拉拉扯扯尽写些琐事和别的什么,内心又那么痛苦,我实在办不到。整整一个月,这件事情的谣言在我们城里流传,闹得我和杜尼娅连教堂都去不了,到处都是蔑视的眼光和交头接耳的议论,有人甚至当着我们的面说三道四。所有熟人都躲着我们,见面也不招呼。我确实听说有些商店伙计和办公室职员想用下流手段侮辱我们,把煤焦油涂在我们房子的大门上①,所以房东开始要求我们搬家。这一切都是玛尔法·彼得罗夫娜造成的,无论走

---

① 俄罗斯古老风俗,表示该户女人不贞。

到哪里,她都要责备杜尼娅,败坏她的名声。她认识我们这儿所有的人,那一个月她不时往城里跑,她有点唠叨,喜欢讲自己家里的事情,特别是逢人便要抱怨自己丈夫,这很不好,于是在短短的时间里就把事情传遍了全城,甚至全县。我病了,杜涅奇卡反倒比我坚强。要是你能看见她是怎样挺过来的,怎样安慰我、鼓励我,那有多好! 她是天使! 不过上帝是仁慈的,我们的苦难很快到头了:斯维德里盖洛夫先生良心发现,认错了,想必是他可怜杜尼娅,让玛尔法·彼得罗夫娜看了充足而又明显的证据,证明杜尼娅没有过错。那是杜尼娅早在玛尔法·彼得罗夫娜在花园里遇到他们前,不得不写好交给他的一封信,好避免当面解释和他坚持的秘密约会。这封信在杜尼娅离开后,仍在斯维德里盖洛夫先生手中。在这封信里,她异常激烈、异常愤怒地斥责他行为不轨,对不起玛尔法·彼得罗夫娜,明确告诉他,他已经做了父亲,有了家庭,并且说到底,折磨一个本来已经无依无靠的姑娘,使她更加不幸,在他是多么卑鄙。总之,亲爱的罗佳,这封信写得那么高尚,感人,读的时候我直哭,即使现在,我一读这封信,还是忍不住掉泪。另外,几个仆人也终于出来作证,帮杜尼娅说话,他们看到的和知道的,远比斯维德里盖洛夫先生料想的要多,这也是历来如此。玛尔法·彼得罗夫娜异常震惊,又伤心透了,就像她自己对我们承认的那样,但她已经完全相信杜尼娅是无辜的。第二天,那是星期天,她径直来到教堂,双膝跪下,流着眼泪祈求圣母给她力量,经受住这一新的考验,尽到自己的责任。随后她哪里也没去,从教堂直接来到我们家,把事情全都对我们说了。她痛哭流涕,非常后悔地抱着杜尼娅,请她原谅。就在那天上午,丝毫没有耽搁,她直接从我们家出发,挨家挨户地在城里到处拜访,竭力称赞杜涅奇卡,流着眼泪为她恢复名誉,说她的感情和行为都是高尚的。不仅如此，她还把杜涅奇卡写给斯维德里盖洛夫先生的亲笔信拿出来给大家看，读给大家听，甚至让人抄下来（我看这已经是多余了）。这样她不得不接连几天走访城里所有的人家，因为有人已经为拜访的先后生气了。于是排了次序，玛尔法·彼得罗夫娜每去一户人家，事先都会有人等在那里，而且人人知道她将在哪一天，哪个地方读这封信。每次读信都聚集了不少人，甚至那些在自己家里和熟人家里已经轮着听了几遍的，也会跑来再听一遍，我看这里有许多做法是多余的，但玛尔法·彼得罗夫娜就是这脾气。至少她彻底恢复了杜涅奇卡的名誉。这件丑事给她丈夫烙下了无法洗刷的耻辱，他成了罪魁祸首，我反倒有些可怜他了；对这个疯子的惩罚已经过于严厉。立刻有好些人来请杜尼娅到他们家里上课，她都谢绝了。一般地说，大家突然开始对她特别尊敬。主要是这一切促成了一个意外的机遇，正是这一机遇，现在我们的命运可以说整个儿发生了变化。你要知道，亲爱的罗佳，有人向杜尼娅求婚了，杜尼娅已经答应，这正是我急于告诉你的。这件事尽管没和你商量，想来你不会对我、对你妹妹不满，因为你自己也会理解，这是出于无奈，我们不可能拖着，等收到你回信再作决定。再说你人不在，也不可能商量出万全的办法。事情经过是这样的。他已经是七品文官，名叫彼得·彼得罗维奇·卢任，是玛尔法·彼得罗夫娜的一个远房亲戚，这件事也是她大力撮合的。开始他通过玛尔法·彼得罗夫娜表示愿意结识我们，我们按规矩接待了他，请他喝了咖啡，第二天他派人送来一封信，信里他很有礼貌地解释了自己求婚的原因，请求给予迅速、果断的答复。他是个办事认真的人，又很忙，眼下正急着去彼得堡，所以他对每一分钟都很珍惜。自然，起先我们十分惊讶，因为这一切来得太快，太突然。我俩一起翻来覆去地考虑了一整天。他为人可靠，生活有规律，在两个地方供职，还有一笔财产。确实，他已经四十五岁，不过外表相当可以，还能讨女人喜欢，一般地说，他是个相当稳重、体面的人，只是有些忧郁，又好像有些傲慢。也许这只是一种初步印象。我还想先告诉你，亲爱的罗佳，你很快会在彼得堡见到他，见面后，如果一眼看上去，你有什么不喜欢他的地方，你可千万不要匆忙下结论，不要冲动(你就是这脾气)。我说这些是为了以防万一，尽管我深信他会给你留下愉快的印象。另外，无论了解什么人，都得一步步来，和他谨慎相处，免得出错，陷入偏见，日后难以纠正和消除。彼得·彼得罗维奇至少从许多迹象上看，是个十分可敬的人，初次登门，他就告诉我们，他虽然是个稳妥的人，但在许多方面，用他自己的话说，赞同'我们年轻人的最新观点'，是一切成见的敌人。他还说了许多许多，他似乎有些虚荣心，喜欢别人听他讲话，不过这也几乎说不上是缺点，我自然不大听得懂，但杜尼娅替我解释说，他虽然没受过多少教育，但人很聪明，似乎也还善良。罗佳，你知道你妹妹的个性。这孩子坚强、聪明、宽厚，很会忍耐，尽管有颗火热的心，这我很了解。当然无论从她这方面，还是从他那方面，都说不上有什么爱情，但杜尼娅除了是个聪明的姑娘，又是个像天使一样高尚的女子，她必定会把丈夫的幸福当作自己的义务，如果丈夫同样关心她的幸福，而对这一点，我们暂时没有很大的理由可以怀疑，虽说事情决定得匆忙了些。况且，他是个非常精明的人，当然，自己也会看到，杜涅奇卡跟着他越幸福，他的婚姻也就越幸福，越牢靠。至于两人性格的某些不同，某些老习惯，甚至想法上的某些差异(即使最幸福的婚姻，这也难免)，对于这一切，杜涅奇卡自己是这样对我说的，她相信自己，没什么可担心的，许多事情她都能忍耐，条件是日后的关系必须是真诚的、平等的。譬如，开始连我都觉得他有点厉害,不过,这也许正是他说话直爽的缘故,一定是这样。例如,第二次上门,他已经知道我们答应了,在交谈中他说,早在认识杜尼娅以前,他就决心娶个正派姑娘,不要陪嫁,而且一定得是吃过苦的姑娘,因为,按他的解释,丈夫不应当求助妻子,反过来说,如果妻子把丈夫看作自己的恩人,那会好得多。我得补充一句,他说得比较婉转、亲切,不像我写的那样,因为我忘了他的原话,只记得大意。另外,他说这话绝不是事先想好的,显然是兴头上说漏了嘴,以致后来想尽量纠正,缓和一下。但我总觉得这似乎厉害了点,过后便对杜尼娅说了。杜尼娅不这样看,她甚至恼火地回答我:'说的跟做的不是一回事。'这当然也对。做出决定前,杜涅奇卡一夜没睡。她以为我已经睡着,在房里走来走去考虑了一夜,最后她双膝跪下,在圣母像前激动地祈祷了好久,第二天早上她对我说,她已经决定了。

我已经提到,彼得·彼得罗维奇现在要去彼得堡。那里他有几件大事要办,还想在彼得堡开设律师事务所。他早就在为各种各样的案子奔走,不久前刚刚打赢一场重要的官司。他所以现在去彼得堡,是因为参政院①即将审理他办的一桩要案。这样,亲爱的罗佳,他对你也许十分有用,甚至在各方面都是这样。我和杜尼娅已经断定,你可以从今天开始,明确地安排自己未来的事业,认为自己的命运已经决定。噢,要是这一切都能成为现实!要是这样,就是一件莫大的好事,只能把它看作上帝直接对我们的恩赐。杜尼娅一心希望好事成真,我们已经冒昧地就这个问题对彼得·彼得罗维奇作了一些表示。他回答得很谨慎,说当然啦,他没有秘书不行,把钱付给外人,自然不如把钱付给亲戚,只要这位

---

① 沙俄最高司法机构,负责监督各级法院,并对上诉作出终审判决。

亲戚称职(你还会不称职!),旋即他又表示怀疑,说你在大学上课,怕不会有时间来他事务所办公。那次,话就说到这里,但杜尼娅现在除了这件事什么都不想。她现在,已经几天了,简直像发疯似的,制定了一个完整的计划,好让你日后成为彼得·彼得罗维奇处理诉讼事务的助手,甚至他的合伙人,况且你读的本来就是法律系。罗佳,我完全同意她的想法,赞成她的所有计划和期望,觉得这一切完全可以实现。尽管彼得·彼得罗维奇目前的说法模棱两可(这也完全可以解释,因为他还不了解你),杜尼娅坚信,凭她对自己未来丈夫施加的良好影响,一定能达到目的,她坚信这一点。当然我们特别小心,避免对彼得·彼得罗维奇透露我们进一步的设想,主要是你将成为他的合伙人。他为人正派,也许听了也不以为然,因为这一切在他看来完全是设想。同样,无论是我还是杜尼娅,在他面前都只字不提我们内心的一个渴望,就是帮我们资助你读完大学。我们所以不说,因为第一,这在以后是自然的事,大概不用多说,他就会主动有所表示(他哪会在这件事上拒绝杜涅奇卡),况且你会是他事务所里的得力助手,到时候你得到的就不是恩赐,而是你应得的薪水。杜涅奇卡希望这样安排,我也完全同意。第二,我们所以不说,因为我非常希望在我们即将见面时,你和他能够处于平等地位。杜尼娅在他面前夸你的时候,他说对任何人都应当首先观察,尽量接近,然后再对他作出判断,他想在认识你以后,自己决定对你的看法。你知道吗,我的宝贝罗佳,我觉得,从某些考虑出发(不过,这跟彼得·彼得罗维奇毫无关系,是我个人的某些考虑,甚至也许是上了年纪的女人的怪脾气),——我觉得也许他们婚后,我最好单独住开,就像现在这样,不跟他们住在一起。我完全相信,他是那样高尚,有礼貌,一定会自己开口请我住在一起,建议我不要再和女儿分开,至于直到现在他还没开口,自然是因为不说也是这样。但我会拒绝。我这辈子不止一次地发现,岳母常常不讨女婿喜欢,我不仅不想成为任何人哪怕小小的累赘,而且自己也想过得自在,至少暂时我还有自己的一点面包,还有你和杜涅奇卡这样两个子女。如果可能,我会住在你们两人附近。罗佳,我把最愉快的消息留到了信的末尾:听着,我亲爱的朋友,也许我们很快就会团聚,在几乎分手三年后,我们三人又将重新拥抱在一起!已经**肯定**,我和杜尼娅将去彼得堡,究竟什么时候,我不知道,但无论如何是非常非常快了,甚至也许是一星期后。这取决于彼得·彼得罗维奇的安排,只要他一熟悉彼得堡的环境,马上就会通知我们。他出于某种考虑,希望尽快举行婚礼,如果可能,甚至就在现在这个开斋期里结婚,万一不行,时间太紧,那就过了圣母升天节。① 噢,我将多么幸福地把你搂在心口上!想到和你见面的喜悦,杜尼娅激动极了,有一次她说,当然是开玩笑,单为这一点她也愿意嫁给彼得·彼得罗维奇。她真是天使!她现在不想在这封信里附上什么话,只是让我写上,她有许多话要对你说,许多话,但她现在无法握笔,因为短短几行字里什么都写不了,只会使自己伤心。她让我紧紧拥抱你,无数次地吻你。尽管我们也许很快就会见面,我还是要在这几天里尽量给你寄钱。现在,当大家知道杜涅奇卡要嫁给彼得·彼得罗维奇后,连我的信誉也突然提高了。我敢肯定,现在以抚恤金作抵押,阿法纳西·伊凡诺维奇甚至肯借我七十五卢布,所以我也许会寄给你二十五,甚至三十卢布。真想多寄一些,但我怕我们路上也要用钱。尽管彼得·彼得罗维奇好心

---

① 按照东正教习俗,只能在开斋期内去教堂结婚。圣母升天节斋期为八月一日至八月十五日。

地承担了我们去京城的部分费用，主动提出由他出钱，把我们的行李和一只大箱子运去（通过他在那里的熟人），但我们毕竟得考虑在彼得堡的开销，不能到了那里，一个钱也没有，至少开头几天是这样。不过，我已经和杜涅奇卡仔细算过，结果发现路上的花费不多。从我们这里到火车站一共才九十俄里，我们已经跟我们认识的一位车夫说好，万一需要，就坐他的板车走。到了那里，我和杜涅奇卡乘上三等车厢，这一路上也就十分顺当了。所以，我也许能寄给你三十卢布。行了，两张纸全写满了，没有地方能再落笔。我们的遭遇是整整一个故事，这不，前前后后多少事情！现在，罗佳，我的宝贝，让我在我们即将见面前拥抱你，替你画个十字，像母亲祝福孩子一样，祝愿上帝保佑你。你要爱杜尼娅，你的妹妹，罗佳。要像她爱你那样爱她。你要知道，她太爱你了，爱你超过爱她自己。她是天使，而你，罗佳，你是我们的一切，我们的全部希望，我们的全部期待。只要你幸福，我们也就幸福。罗佳，你是否仍像原先那样祈祷上帝，是否仍像原先那样相信我们造物主和救世主的仁慈？我怕，我担心，你是否受了最近风行的无神论的影响？要是这样，那我就为你祈祷。想想吧，亲爱的，你小时候是怎样坐在我膝盖上，咿咿呀呀祈祷的，那时你父亲还在，我们全家有多幸福！别了，不，最好说**再见**！紧紧、紧紧地拥抱你，无数次地吻你。

永远是你的

普利赫里娅·拉斯科尔尼科娃

拉斯科尔尼科夫读信时，几乎始终泪流满面，然而读完后，他的脸是苍白的，整个儿被痉挛扭歪了，一丝沉痛、刻薄而又凶恶的笑容在他嘴唇上扭动。他一头倒在自己薄薄的破枕头上，思考着，久久地思考着。他的心在剧烈跳动,他的思潮在剧烈翻滚。终于,他觉得待在这间黄色的,仿佛柜子或者箱子似的斗室里,太过憋闷。目光和思想都需要广阔的空间。他抓起帽子便走,这次不再顾虑会不会在楼梯上撞见什么人,他已经忘了这些。他穿过 B 街,朝瓦西里岛方向走去,似乎急于去那里办什么事。他匆匆走着,习惯地对路上的一切视而不见,嘴里自言自语,甚至出声地和自己说着什么,这使过往行人觉得十分奇怪。许多人都以为他是醉鬼。

## 四

母亲的信使他异常痛苦,但对信中最主要、最根本的一点,他没有片刻怀疑,甚至在他读信的时候。最关键的事情在他头脑里已经决定,并且决定得相当彻底:"只要我活着,就不会有这门亲事,让卢任先生见鬼去!"

"因为这事很明显,"他自言自语,嘴角露出一丝冷笑,恶狠狠地预先品尝着自己必将如愿的喜悦,"不,妈妈,不,杜尼娅,你们骗不了我!……还道歉呢,说没征求我的意见,没和我商量就把事情定了!那还不是!以为这下子不能毁约了,咱们看看:能,还是不能!借口还真像回事儿:'彼得·彼得罗维奇是大忙人,忙得连结婚都非得在驿马上,甚至在火车上。'不,杜涅奇卡,我看得很清楚,我知道你想跟我说的那**许多话**是什么,我也知道,你在房间里走了一夜,想的是什么,跪在妈妈卧室的喀山圣母像前,祈祷的又是什么。秃山①不是好上的。嗯……这么说,已经最后决定了:你要嫁给一个能干实在的人,阿夫

---

① 耶稣殉难处。

多季娅·罗曼诺夫娜,一个小有资产的人(**已经**小有资产,这更稳当,更能给人留下印象),在两个地方供职,赞同我们年轻人的最新观点(妈妈是这么说的),而且,'似乎也还善良',就像杜涅奇卡自己说的。这个'**似乎**'最妙!这个杜涅奇卡就要嫁给这个'**似乎**'了!……妙!妙!……

"……不过,真想知道,为什么妈妈在信上写到'年轻人'?单是为了介绍方便,还是有进一步的目的:投我所好,让我喜欢卢任先生?噢,真有心计!还有个情况也想弄弄清楚:那天,那天夜里和后来所有的日子里,她们究竟相互坦率到什么程度?她们之间是否把话全都直说了,还是她俩明白,她们心里想的完全一样,所以不必把话全都说出来,也不必把话说得那么彻底。大概事情多少就是这样。从信上可以看出:妈妈觉得他厉害了点,于是天真的妈妈硬是对杜尼娅说了自己的看法。杜尼娅自然生气,'恼火地回答'。那还不是!谁不恼火?事情明摆着,何必提那些天真的问题,况且一切都已决定,还说它做什么。再有,为什么妈妈在信上对我说:'你要爱杜尼娅,罗佳,她爱你超过爱她自己',是不是为了儿子,她同意牺牲女儿,暗暗受到良心的谴责。'你是我们的全部期待,你是我们的一切!'噢,妈妈!……"他的火气越来越大,如果现在他遇见卢任先生,准会把他杀了!

"嗯,这倒不假,"他跟着满脑子飞旋的思绪继续往下想,"这倒不假,'无论想了解什么人,都得一步步来,和他谨慎相处',不过卢任先生的为人一清二楚。主要是'人很能干,似乎也还善良':开玩笑吗,承担了行李,主动出钱把一个大箱子运走!还不善良?而她们两个,**未婚妻**和岳母,只好自己雇个车夫,乘着板车走,遮上席篷(我就这么走过)!真不赖!不是只有九十俄里吗,'到了那里,乘上三等车厢,这一路上也就十分顺当了',那可是一千俄里。说起来也有道理:有多少钱办多少事。可您呢,卢任先生,您在干什么?要知道,这是您的未婚妻……您不会不知道岳母在用抚恤金作抵押,向别人借路费!当然,这是你们合做的一笔生意,既然这笔生意对双方有利,股份又相等,那就是说,费用平摊。面包共享,烟叶分开,俗话就这么说。这位能人还稍稍骗了她们:运行李可比她们路费便宜,也许根本不花钱。这一点她们两个怎么看不出来,要不就是故意装糊涂?那还不是,满意了呗,满意了!想想都害怕:这只是刚刚开花,好果子还在后面!本来嘛,这里重要的是什么:不是吝啬,不是计较,而是这一切定下的**调子**。要知道这是将来婚后的调子,预兆……妈妈怎么胡来呢?她能带多少钱来彼得堡?三卢布还是"两张票子",就像那个……老太婆……说的……嗯!以后她指望拿什么在彼得堡过日子?要知道,出于某种原因,她已经猜到,他们结婚后,她**无法**和杜尼娅住在一起,即使是最初一段时间?那个可爱的人大概不知怎的**说漏了嘴**,让她知道了自己的厉害,尽管妈妈不想合住:'我会拒绝的。'可她怎么办,指望谁呢:指望一百二十卢布的抚恤金,还要还阿法纳西·伊凡诺维奇的债?这把年纪,她还在编结冬天的头巾,绣女装翻袖,不怕弄坏自己眼睛。这些头巾一年不过给那一百二十卢布增加二十卢布,这我清楚。就是说,她们终究还是指望卢任先生的恩典:'他会自己请我去住的。'别做梦了!这种席勒笔下的好人总是这样:直到最后一刻还用孔雀羽毛打扮别人,直到最后一刻还指望能有好事,不肯朝坏处想,哪怕预感到奖章会变成奖章反面①,绝不会事先对自己说一句真话;一有这种念头就浑身不自在,他们竭力回避真相,不到他们心目中的好人亲手耍了他们,不会死心。真想知道卢任先生有没有奖章,我敢打赌,扣眼上安娜奖章②一定有,他去那些商贾家里赴宴肯定戴。也许自己的婚

---

① 指事与愿违的结果。
② 安娜奖章用于表彰公务人员,共有四级。这里指普通的四级安娜奖章。

礼上也戴！不过,让他见鬼去! ……

"……妈妈就不说了,愿上帝保佑她,她就是这样的人,可杜尼娅怎么啦? 杜涅奇卡,亲爱的,要知道我了解你! 我们最后一次见面,你已经二十岁:你的个性我清楚。这不,妈妈信上写了,'杜涅奇卡很会忍耐'。既然忍受得了斯维德里盖洛夫先生,忍受得了丑闻的风波,那就是说确实很会忍耐。瞧,现在她和妈妈以为,她忍受得了卢任先生,尽管这位先生的理论认为,最好娶个出身贫寒,依靠丈夫的妻子,而且几乎初次见面,就把这套理论讲了出来。好吧,就算他'说漏了嘴',就算他是个实在的人(也许他根本不是说漏了嘴,他是有所指的,想尽快把话说白了),那杜尼娅呢,杜尼娅怎么了? 杜尼娅对这人肯定一清二楚,她是要和这人过日子的。要知道她宁肯只吃黑面包,只喝白水,也绝不会出卖自己的灵魂,绝不会为了舒适放弃精神的自由。即使为了石勒苏益格-荷尔斯泰因①也不会这样做,更不用说为了卢任先生。不,杜尼娅不是这样的人,据我了解……当然,现在她也没变! ……有什么可说的! 斯维德里盖洛夫一家难弄! 为了两百卢布去当家庭教师,一辈子都在外省漂泊,也不好受。但我毕竟知道,我妹妹宁可做农场主的黑奴或者波罗的海那边德国地主的佃户②,也不会辱没自己的人格和情趣,和她既不尊重,也不合拍的人结合,不会仅仅为了一己私利和他终身结伴! 哪怕卢任先生是纯金铸的或者整块钻石做的,她也不会同意当卢任先生的合法姘妇! 为什么现在她同意了? 原因呢? 谜底呢? 事情明摆着:为了自己,为了自己的舒适,哪怕为了救自己的命,她也不会出卖自己,可为了别人,瞧,她把自己卖了! 为了自己

———————

　　① 石勒苏益格-荷尔斯泰因是日德兰半岛南部的一片土地,它的归属引发了一八六四年普鲁士和丹麦的战争,一八六六年普鲁士和奥地利的战争,为当时报刊的热门话题。

　　② 美国黑奴和波罗的海东部省份拉脱维亚农民的悲惨境遇,也是当时报刊报道和评论的热点。

心爱的、深爱的人，她会把自己卖了！这就是我们的谜底：为了哥哥，为了母亲，她会把自己卖了！把一切都卖了！噢，这种时候，我们每每践踏道德、情感，把自由、安宁，甚至良心，一切的一切，都拿到旧货市场上去。哪怕毁了一生！只要我们这些心爱的人幸福就行。我们还会想出一套自我辩解的理由，向耶稣会①会员学习，暂时也许可以安慰自己，使自己相信应当这样，确实应当这样，因为目的是好的。我们就是这样的人，一切都像白天那样明白。这里不是别人，而是罗季昂·罗曼诺维奇·拉斯科尔尼科夫的前途最重要。那还不是，他应当幸福，应当供他上大学，应当让他成为律师事务所合伙人，一生都有保障，也许日后他还会成为富翁，小有名望，受人尊敬，说不定还会像显赫的要人那样撒手人世！那母亲呢？要知道，这关系到罗佳，宝贝罗佳，大儿子！哪能不为这样的大儿子牺牲哪怕这样的女儿！噢，可爱的偏心，那还不是，到这个分上，我们连索涅奇卡的命运也许都不会拒绝！索涅奇卡，索涅奇卡·马尔梅拉多娃，永远的索涅奇卡，只要世界存在！这牺牲，这牺牲你们两个是否充分权衡过？权衡过吗？能承受吗？有利吗？值得吗？你是否知道，杜涅奇卡，索涅奇卡的命运丝毫不比嫁给卢任先生的命运糟糕？'这事谈不上什么爱情'，妈妈这样写。要是撇开爱情，连尊敬都没有呢，甚至相反，已经有了反感、蔑视、厌恶，那会怎样？那又只好'**保持整洁**'。不是吗？你明白吗，明白吗，明白吗，这整洁意味着什么？你明白吗，卢任太太的整洁和索涅奇卡的整洁一样，也许更坏，更丑恶，更卑鄙，因为你，杜涅奇卡，毕竟是贪图多余的舒适，而那里事情直接牵涉到会不会饿死！'这整洁代价太大，杜涅奇卡，代价太大！'再说，要是以后你承受不了，你会后悔吗？

---

① 耶稣会是天主教的一个团体，创建于十六世纪，其宗旨为不惜一切手段，加强教会权力。由此产生了著名的口号："目的证明手段的正确。"耶稣会会员泛指一切狡猾虚伪的两面派。

那会有多少悲伤，忧愁，诅咒，背着大家偷偷流泪，因为你毕竟不是玛尔法·彼得罗夫娜吧？到那时候，母亲会怎样？要知道她现在已经犯愁了，心里难受，等她看清一切，那会怎样？我又会怎样？……你对我究竟怎么想的？我不需要你的牺牲，杜涅奇卡，不需要，妈妈！绝不会有这事，只要我活着，绝不会有，绝不会有！我不接受！"

他突然回到现实中，站住了。

"绝不会有？为了防止这事，你能做什么？禁止？你有什么权利？反过来说，你能向她们许诺什么，既然想有这种权利？**等你毕业，找到工作**，把自己的一生，未来的事业全部献给她们？这话我们听过，要知道这是**未知数**，可现在呢？这可是现在就得做成什么，你懂吗？可你现在在做什么？你在搜刮她们。要知道这钱她们是拿一百卢布抚恤金作抵押，请斯维德里盖洛夫先生一家担保后借来的！你拿什么保护她们，使她们不受斯维德里盖洛夫一家和阿法纳西·伊凡诺维奇·瓦赫鲁申的盘剥，未来的富翁，主宰她们命运的宙斯？等你十年？妈妈要编结头巾，不用十年，她的眼睛就瞎了，也许哭也哭瞎了，长年省吃俭用，身体也不行了。妹妹呢？你想想吧，十年后或者在这十年里妹妹会怎样？想清楚了？"

他就这样折磨自己，用这些问题刺激自己，甚至怀着某种乐趣。不过，这些问题都不是新问题，不是突然冒出来的，而是亟待解决而又多年未能解决的老问题。很久前，这些问题便开始暗暗折磨他，使他心碎。很久前，所有眼下的烦恼便在他内心萌生，滋长，积累，最近又突然归结，浓缩成一个可怕、怪异、荒诞的问题，这问题无可回避地要求解决，伤透了他的心和脑筋。现在母亲的信仿佛一个惊雷，突然打在他身上。显然，现在需要的不是烦恼，不是难受，消极地一味断言，问题无法解决，而是必须做些什么，现在就做，越快越好。无论如何应当下决心做些什么，要不……

"要不,混日子算了!"他突然疯狂地喊起来,"顺从命运,永远这样混下去,扼杀内心的一切,放弃任何行动、生活和爱的权利!"

"您明白吗,明白吗,阁下,什么叫无路可走?"突然他想起了马尔梅拉多夫昨天的问题,"总得让人有条路走吧……"

突然,他打了个战栗:一个想法,也是昨天的,重又掠过他的脑海。但他战栗,不是因为这个想法重又掠过脑海。难道不是吗?他知道,他**预感到**,这个想法必定会"掠过"脑海,都在等它了,况且这个想法也根本不是昨天才有的。但差别在于一个月前,哪怕昨天,这只是瞎想,而现在……现在,这突然不再是瞎想,而是以某种新的、可怕的、完全陌生的样子出现了,他突然连自己都意识到了这一点……他脑袋里嗡地一响,眼前一阵发黑。

他赶紧朝周围扫了一眼,他在寻找什么。他想坐下,于是寻找长椅。当时,他走在 K 林荫道上,长椅就在前面,离他一百步左右。他尽快朝长椅走去,但半路上发生了一桩小事,有几分钟时间,吸引了他的全部注意力。

寻找长椅时,他发现自己前面,二十步左右,走着一个女人。开始他丝毫没注意这个女人,就像没注意他面前所有闪过的物体。他常常都是这样,譬如说回家吧,他完全不记得他走的是哪条路,他已经习惯这样走路。但前面的女人有些异样,而且一眼就能发现。他的注意力不由慢慢锁住了她——起先带着几分勉强,似乎还很恼火,后来却越来越坚决。他突然希望明白,这个女人究竟异样在哪儿?第一,她大概是少女,这么热的天走在路上,没戴帽子,没打阳伞,没戴手套,还可笑地挥着双手。她穿一件轻盈的真丝连衣裙,但穿得也很怪,勉强扣着扣子,后腰边上撕破了,一块绸子耷拉着,晃来晃去。一条小小的头巾披在裸露的颈脖上,又翘又斜。还有,少女走路不稳,磕磕绊绊,甚至东倒西歪。这一切终于彻底引起拉斯科尔尼科夫的注意。他和少女在长椅边上走到了一起，但一到长椅那儿，她就颓然倒在长椅一角，把头靠在椅背上，闭上眼睛，像是累垮了。但仔细一看，他立刻猜到她喝醉了。这光景让人看了奇怪，可怕。他甚至想到他是否错了。在他面前纯粹是一张少女的脸，约莫十六岁，甚至只有十五岁——娇小，浅黄头发，相当漂亮，但透着醉后的绯红，似乎还稍稍有些肿。少女像是已经糊涂，把一条腿搁到另一条腿上，露出了大腿不该露出的部分。从种种迹象上看，她几乎没有意识到她在街上。

拉斯科尔尼科夫没有坐下，也不想离去，只是困惑地在她面前站着。这条林荫道一向冷落，眼下又是一点多钟，赤日炎炎，几乎一个人影都没有。然而在边上十五步左右，林荫道一侧，有位先生站住了，看样子，他很想走近少女，以便达到某种目的。想必他也远远看见了她，一路尾随，却在这里被拉斯科尔尼科夫挡住了。那人朝他投来凶恶的目光，又想尽量不被他发现，焦急地等着这个衣服破旧的讨厌家伙走开。事情明摆着。这位先生三十左右，结实，胖乎乎的，脸色白里透红，玫瑰色的嘴唇上蓄着小胡子，衣服非常讲究。拉斯科尔尼科夫顿时火透了，他突然想要侮辱一下这个胖乎乎的花花公子。他暂时撇下少女，走近这位先生。

"听着，斯维德里盖洛夫！您想在这儿干什么？"他大叫，一面握起拳头，唾沫飞溅，恶狠狠地咧开嘴唇冷笑。

"什么意思？"先生严厉地问，皱着眉头，一脸傲慢和诧异。

"滚，就是这意思！"

"你敢胡来，流氓！……"

他随手扬了扬马鞭。拉斯科尔尼科夫握紧拳头，朝他扑去，甚至没有在意这个壮实的先生足以对付两个像他这样的人。但这时有人从背后紧紧抱住了他，一名警察站到他们中间。

"得了吧，先生们，请不要在公共场所打架。你们想干什么？您是什么人?"他发现拉斯科尔尼科夫衣服破旧,严厉地问。

拉斯科尔尼科夫注意地看了他一眼。这是一张威武的军人的脸,留着灰白的络腮胡子,目光理智。

"我就想找您,"他抓住警察的手大叫,"我原先是大学生,拉斯科尔尼科夫……这个您也可以去打听,"他转而对那位先生说,"劳驾您走几步,我让您好好看看……"

他拉着警察的手朝长椅走去。

"这不,您瞧,醉成这样,刚才还在林荫道上走:谁知道她是什么人,不过,不像是干这一行的。准是在哪儿让人灌醉了,骗了……头一次……懂吗?就这样把她赶到街上。瞧,裙子撕破了,瞧,这衣服怎么穿的:分明是人家给穿的,不是她自己,还是不会穿的男人给穿的。这一看就知道。现在您再看这儿:这个花花公子我不认识,头一次见,刚才我真想揍他。他也是刚才在路上注意到她的,看她醉醺醺,糊涂,就想过来拦她——她醉了——把她弄到什么地方去欺侮她……肯定是这样,请您相信,我说的没错。他是怎么注意她、跟踪她的,我都亲眼看见了,只是我挡了他的道。这会儿他就等我走。瞧,他现在走远点了,站着,假装卷烟……我们怎么阻止他?我们怎么送她回家?想想办法!"

警察立刻明白了一切。胖墩先生的企图当然是清楚的,问题是少女怎么办。警察俯身朝她,想凑近些,看看仔细,旋即他脸上露出真诚的同情。

"唉,真可怜!"他摇头说,"还是个孩子。让人骗了,准是这样。听着,小姐,"他开始喊她,"您住哪儿?"少女睁开醉眼,迟钝地看了看发问的人,挥了挥手。

"听着,"拉斯科尔尼科夫说,"这儿(他伸手在衣袋里摸了摸,掏出二十戈比;恰好有钱),这儿是钱,请叫辆车,让车夫照地址送她回

51

去。只要我们问清地址就行!"

"小姐,小姐?"警察收了钱,重又呼唤,"我这就给您叫辆车,亲自送您回家。您说您去哪儿? 啊? 您住哪儿?"

"我走! ……缠个没完! ……"少女含糊地说,重又挥了挥手。

"唉,唉,这多不好! 唉,多丢人,小姐,多丢人!"他重又摇头,声音中带着羞辱、惋惜和愤慨。"这可不好办!"他转而对拉斯科尔尼科夫说,旋即又把他从头到脚扫了一眼。他肯定觉得这人很怪:衣服这么破旧,还出钱周济别人!

"您在哪儿发现她的,离这儿远吗?"他问拉斯科尔尼科夫。

"我告诉您:她在我前面走,摇摇晃晃,就在这条林荫道上。一到长椅这儿,就倒下了。"

"唉,现在这世上什么丢人的事都有,上帝! 这么小的妞儿,都喝得烂醉! 上当受骗,这不假! 瞧,连衣裙都让撕破了……唉,眼下尽是淫乱! ……也许她家原先也是正派人家,穷……眼下这样的姑娘多啦。看这模样,也是娇生惯养的,像是小姐。"他重又朝少女俯下身去。

也许,他也有这样的女儿,"像是小姐,也是娇生惯养的",一副上等人派头,学会了各种时髦……

"主要是,"拉斯科尔尼科夫关切地说,"千万别让这浑蛋得手! 他肯定还会糟蹋她! 他想干什么,我全清楚。瞧这浑蛋,就是不走!"

拉斯科尔尼科夫说得很响,直接用手指着他。那人听到了又想发火,但旋即变了主意,只是投来轻蔑的一瞥。接着朝远处走了大约十步,又站住了。

"别让他得手,这好办,"警察沉思着回答,"只要她说该送她去哪儿,要不……小姐,小姐!"他重又俯下身去。

少女突然睁开眼睛,注意地看了看,像是明白了什么。她从长椅上站起,又朝来的方向走回去。

"呸,不要脸,缠个没完!"她说着又挥了挥手。她走得很快,仍像原先那样摇摇晃晃。花花公子跟上,不过走的是另一条林荫道,眼睛一直盯着少女。

"别担心,我不会让他得手的。"络腮胡子坚决地说,紧紧跟住他们。

"唉,眼下尽是淫乱!"他叹息着又说一遍。

这时,仿佛有什么东西刺了一下拉斯科尔尼科夫,刹那间他像是变了主意。

"听着,喂!"他朝络腮胡子的背影大叫。

警察转过身。

"算了!您干吗跟着?别管了!让他开心去(他指了指花花公子)。您跟着干吗?"

警察不懂,两只眼睛瞪得溜圆。拉斯科尔尼科夫笑了。

"唉—唉!"警察叹了口气,一挥手,重又盯上花花公子和少女,想必他把拉斯科尔尼科夫当成疯子,或者比疯子更糟的什么家伙。

"拿了我二十戈比,"只剩拉斯科尔尼科夫一人时,他恼火地说,"他再问那家伙要钱,让那家伙把她带走,事情也就完了……我干吗帮她!轮得到我来帮她?我有权帮她?让他们互相活活吃了——这跟我什么相干?我怎么能把这二十戈比送人。难道这钱是我的?"

尽管他说了这些怪话,心里还是十分难受。他坐到空出的长椅上,思想怎么也集中不起来……此刻,他根本无法考虑什么。他真想好好睡一觉,忘掉一切,醒来后,全都重新开始……

"可怜的小妞!"他看了看空空的椅角。"等她醒了,准哭,过后母亲知道了……先揍几下,接着抽打,狠狠地,还骂得极难听,也许会把她赶走……就是不赶走,那些个达里娅·弗兰佐夫娜也会找上门的,妞儿开始忙活,这儿那儿……不用多久就得去医院①(那些和老老实实的母亲住在一起,又背着她们陪客的姑娘总是这样),以后……以后又是医院……酒……小酒店……又是医院……两三年一过,就成废人,一共才活十九岁或者十八岁……难道我没见过这种姑娘? 她们是怎么夭折的? 就是这么夭折的……呸! 不过,随她们去! 据说应该这样,据说每年都应该有百分之几离开……这个世界……去见魔鬼,大概,是为了让其他人活得更精神,不妨碍他们。② 百分之几! 真的,这几个字他们用得太好了,那么宽慰、科学。说得明明白白,百分之几,所以不必担心。要是换个说法,那……也许就会让人不安……要是杜涅奇卡也落进这个百分之几! ……不是落进这个百分之几,就是落进那个百分之几? ……"

"现在我去哪儿?"他突然想。"奇怪,我是有事才出来的。读完信,就出来了……我是去瓦西里岛找拉祖米欣,对,就是去那儿,现在……这我记得。不过,干吗去? 去找拉祖米欣的想法怎么恰恰现在闯进了我的脑海? 这太妙了。"

他暗自惊奇。拉祖米欣是他原先的大学同学,引人注意的是,拉斯科尔尼科夫在大学时,几乎没朋友,他不和大家来往,从不做客,也讨厌在自己斗室里接待客人。不过,很快大家也不理他了。无论聚会,无论聊天,无论娱乐还是别的什么,他不知怎的从不参加。他读书很用功,毫不吝啬自己,因此大家尊敬他,但谁都不喜欢他。他很穷,又不知怎的傲慢、孤僻,似乎内心藏着什么。有些同学

---

① 指性病。

② 指比利时数学家、经济学家、统计学家 A. 凯特列及其追随者德国庸俗经济学家瓦格纳所持的观点。这种观点认为必须牺牲占人口百分之几的天生的罪犯和妓女,甚至可以用统计学的方法准确预测这个数字。

觉得,他把他们全都看成孩子,居高临下,似乎论才华、论知识、论信念,他都远在他们之上,他把他们的信念和志趣全都看作某种低级的东西。

但不知为什么,他偏偏和拉祖米欣合得来,准确地说,不是合得来,而是比较愿意和他交往,对他比较坦率。不过,和拉祖米欣也不可能有其他关系。这是一个异常快乐和活跃的小伙子,善良,甚至单纯。不过在这种单纯下面,隐匿着深沉和自尊。他的亲朋好友了解这一点,大家都很喜欢他。他相当聪明,尽管有时确实有些单纯。他的外表很有特点:高挑、瘦削,永远没刮干净的脸,黑发。有时他会胡闹,而且是个出名的大力士。有一天夜里,他和几个朋友在一起,一拳打倒十二俄寸①的警察。喝酒,他可以喝个没完,也可以完全不喝;有时他会恶作剧,甚至闹到使人无法容忍的地步,但他也可以完全不干这种淘气的勾当。拉祖米欣还有一个令人注目的特点:无论什么挫折都不会使他灰心,无论什么恶劣的处境都不会使他沮丧。他可以住在哪怕屋顶上,忍受极度的饥饿和寒冷。他很穷,但坚持自己养活自己,独自一人打工挣钱。他知道的挣钱门道多得数不清。有一年,他整整一个冬天没在自己屋里生炉子,还一再断言,这样甚至更舒服,因为冷,睡得更沉。眼下他也不得不辍学,不过时间不会太长,他正在全力改善经济状况,以便继续自己的学业。拉斯科尔尼科夫已经有四个月没上他那儿去了,而拉祖米欣根本连他的住址都不知道。有一次,大约两个月前,他们险些在街上劈面相遇,但拉斯科尔尼科夫把脸一扭,甚至走到了马路对面,不让对方看见。拉祖米欣虽说看见他了,但也低头匆匆走过,不想打扰朋友。

---

① 即二俄尺十二俄寸,表示身高以二俄尺为基数,一般省略。一俄尺为十六俄寸,一俄寸合四点四厘米。二俄尺十二俄寸约一点九四米。

# 五

　　"确实，不久前我还想请拉祖米欣找份工作，让他替我找些课上，或者别的什么……"拉斯科尔尼科夫想出来了，"不过现在他能帮我什么？就算他能给我几节课上，就算他会把仅有的几个钱和我平分，如果他还有钱，这样，我甚至可以买双靴子，把衣服弄弄整齐去上课……嗯……下一步呢？靠这几个钱我能干什么？难道现在我要的是这个？真是，好笑，我居然去找拉祖米欣……"

　　为什么他现在去找拉祖米欣，这个问题弄得他十分烦躁，甚至比他自己感觉到的更强烈。他不安地在这似乎最平常不过的行为里寻找某种不祥的征兆。

　　"怎么，难道我想靠拉祖米欣一个人来改变一切，把所有希望都寄托在拉祖米欣身上？"他惊讶地问自己。

　　他苦苦思索，用手揉着前额，说怪也怪，无意中不知怎的，突然而又几乎自然地，在长久思索后，他脑海里冒出一个异常怪诞的想法。

　　"嗯……拉祖米欣，"他突然十分平静地说，仿佛作了最后决定，"拉祖米欣我会找的，这毫无疑问……不过——不是现在……我要完**事**后，第二天再去找他，等完**事**后，一切重新开始……"

　　突然，他回过神来。

　　"完**事**后，"他大叫，从长椅上一跃而起，"难道会有**那事**？难道当真会有？"

　　他撇下长椅就走，几乎在奔跑。他想回去，回家，但突然他又非常讨厌回家：正是那里，角落里，这个可怕的柜子里，慢慢萌生了这一切，这不，都一个多月了。于是，他开始乱走。

神经质的战栗变成了疟疾发作似的颤抖，他甚至觉得寒战，天那么热，他反倒觉得冷。他像是费劲地，几乎无意识地，顺从某种内在需要，注意迎面遇上的物体，仿佛在努力寻找消遣，但他很难做到，仍然不时陷入沉思。每当他战栗着，重又抬头环顾四周，便立刻忘了他刚才在想什么，甚至忘了刚才走过的路。就这样，他穿过整个瓦西里岛，到了小涅瓦河，过桥后，转弯朝那群小岛走去。青翠欲滴的树木，起初愉悦了他疲倦的眼睛——它们看惯了城市的灰尘、石灰和使人压抑的拥挤的房屋。这里没有憋闷的感觉，没有臭味，没有众多的酒店。但这些新鲜愉快的体验很快又变成病态的恼怒。有时他在种满花草树木的别墅前停下，朝栅栏里张望，远远看到阳台和露台上衣着漂亮的女人和花园里奔跑玩耍的孩子。尤其使他感兴趣的是鲜花，他会久久地把目光停在那儿。一路上他遇到好些华丽的四轮马车，骑马的男人和女士。他好奇地目送着他们，不等他们从视野中消失，便把他们忘了。有一次他停下，数了数剩下的钱。还有大约三十戈比。"二十戈比给了警察，三戈比还给娜斯塔西娅算是邮资……这么说，昨天我给了马尔梅拉多夫一家四十七戈比或者五十戈比，"他想，不知为什么这样盘算着，但不一会儿，他甚至忘了，干吗把口袋里的钱掏出来。他想起这事，是在一家餐厅模样的酒店门口，他觉得饿，走进酒店，喝了一小杯伏特加，吃了一块不知什么馅的馅饼。他嚼完馅饼已经是在路上。他很久没喝伏特加了，酒劲立刻冲上来，尽管他只喝了一小杯。两条腿突然变得沉重，人也昏昏欲睡。他朝家里走。已经到了彼得岛，他又停下，终究是精疲力竭，于是他离开大路，走进树丛，一头倒在草地上睡着了。

病人的梦境往往异常清晰、鲜明，和现实惟妙惟肖。有时出现的画面极其荒谬，然而周围环境和事情经过却是那么真实可信，伴随着那么巧妙、突然，又和整个梦境丝丝入扣的细节，就连这个做梦的人醒着也想不出来,哪怕他是普希金或者屠格涅夫这样的艺术家。这样的梦境,病态的梦境,总是记得很牢,对已经失调和染病的人的机体产生强烈的印象。

拉斯科尔尼科夫做了一个可怕的梦。他梦见他的童年,还是家乡的小城,他大约七岁,一个节日的傍晚,他跟着自己父亲在城外散步。天色已经灰暗,异常闷热,地点完全和他记忆中保存的一样,甚至他记忆中的地点远比现在他梦见的模糊。小城袒露着一切,仿佛在掌中那样清晰,周围一棵柳树都没有。远远望去,天际有一片黑黢黢的树林。城边最后一片菜园附近,开着一家酒店,很大的酒店。他跟着父亲每次从旁经过,酒店每次给他留下不快的印象,甚至恐惧。那里总有那么一群人,大叫,大笑,对骂,扯着嘶哑的嗓门乱唱,还常常打架;酒店周围总是游荡着可怕的醉鬼……每次遇到他们,他都紧紧依偎着父亲,浑身打战。酒店边上那条路,乡间小路,总是布满尘土,路上的尘土总是那么乌黑。小路弯曲地向前延伸,在三百步左右的地方,从右边绕过小城的墓地。墓地中间有座石头教堂,盖着绿色圆顶,他大约一年两次,跟着父母一起去教堂做弥撒,祭祀早已去世、他从未见过的祖母。他们每次都带上盛在白盘子里的蜜粥,包着餐巾。蜜粥,是用大米煮成的甜粥,面上嵌着葡萄干做的十字架。他喜欢这个教堂,喜欢教堂里供奉的大多没有金银装饰的圣像,也喜欢脑袋不住颤抖的老司祭。盖着石板的祖母坟墓边上,还有他弟弟的一座小墓。弟弟出生六个月就死了,他也根本不知道弟弟的长相,记不得。但父母告诉他说,他有过一个弟弟。每次扫墓,他都按宗教礼仪,恭恭敬敬地站在小墓前画个十字,朝它鞠躬,再在小墓上吻一下。这不,他梦见他跟父亲走在通向墓地的小路上,从酒店旁经过;他拉着父亲的手,害怕地回头看着酒店。一个特殊的场面吸引了他的注意力:这次,那里像在狂欢,聚集着一群打扮得花枝招展的城里和乡下婆娘、她们的丈夫和形形色色看热闹的人。所有的人都喝醉了,所有的人都在唱歌。酒店门廊边上停着板车,奇怪的板车。这是通常套着高头大马,用来运送货物和酒桶的板车。他一向喜欢看拉车的高头大马,长长的鬃毛,粗壮的腿,不慌不忙地走着,步子匀称,像是拉着整整一座山,毫不费力,似乎拉货比不拉货更轻松。然而现在,奇怪,偌大的板车上竟套着一匹瘦小的黑鬃黄毛的农家驽马。他常常看到这种马拉着一车高高的劈柴或者干草,有时累得气喘吁吁,特别是板车陷进泥泞或者车辙的时候,这时,庄稼汉总是使劲地、狠狠地用鞭子抽它们,有时直接抽在脸上、眼睛上,看着这一切,他是那么难过,难过得几乎要哭,而妈妈总是拉他离开小窗。突然,声音嘈杂起来:酒店里出来一群又喊又唱,弹着三弦琴的醉鬼,个个五大三粗,穿着红色和蓝色衬衫,披着厚呢上衣。"上车,大家上车!"一个人吆喝,他还年轻,脖子挺粗,一张胖脸红得就像胡萝卜,"我送大家回去,上车!"随即响起哄笑和喊声:

"这么一匹瘦马能拉得动!"

"嗨,你呀,米科尔卡,疯了不是:这么瘦的母马套这么大的板车!"

"本来嘛,这匹黄马都二十多岁了,弟兄们!"

"上车,我送大家回去!"米科尔卡又喊。他第一个跳上板车,抓起缰绳,直挺挺地站到板车前端。"枣红马前几天让马特维牵走了,"他站在车上喊,"这匹母马,弟兄们,尽让我糟心:把它打死才好哩,白吃粮食。我说,上车!我让它飞跑!它会飞跑的!"他拿起鞭子,得意地准备抽打黄马。

"上车呀,干吗愣着!"人群中响起一阵狂笑。"听到吗,它能飞跑!"

"它大概有十年没飞跑了吧。"

"会飞跑的!"

"别可怜它,弟兄们,每人拿条鞭子,准备抽!"

"就是! 抽它!"

大家爬上米科尔卡的板车,一边大笑,一边说着俏皮话。上去了大约六个人,还可以再坐几个。又把一个满面红光的胖女人拉了上去。她穿一身大红衣服,戴着缀有玻璃珠子的双角帽,脚上一双暖鞋,嗑着花生,还不时嘻嘻地笑。周围的人也都在笑。确实,怎能不笑:这么瘦弱的母马,能拉这么重的板车飞跑! 车上的两个小伙子,当即各拿一条鞭子,好帮米科尔卡一起赶车。响起一声吆喝:"驾!"母马拼命拉起来,但它不仅没飞跑,连走都走得很勉强,只是踏着碎步,喘着粗气,在三条鞭子雨点般的抽打下,身体一蹾一蹾地往前挣扎。车上和周围人群里的笑声更响了,米科尔卡气得不行,狂怒地连连鞭打母马,像是当真以为它能飞跑。

"让我上车,弟兄们!"人群里一个来劲的小伙子大叫。

"上车! 全上车!"米科尔卡又喊,"全上车,它也拉得动。我打死它!"他死命地抽,抽,已经不知道用什么打它才解恨。

"爸爸,爸爸,"他喊着对父亲说,"爸爸,他们干什么! 爸爸,他们在打可怜的马!"

"我们走,走!"父亲说,"他们喝醉了,胡闹,一群混账。我们走,别看!"说着便想拉他走,但他挣脱了父亲的手,发疯似的朝母马跑去,可怜的母马已经支撑不住了。它喘着粗气,停下,又拼命一拉,险些跌倒。

"打死它!"米科尔卡吼叫,"活该。我打死它!"

"怎么,你戴十字架吗,死鬼!"人群中一个老头在喊。

"见过吗,这么瘦的马拉这么重的车。"另一个人附和。

"你会把它累死的!"第三个人喊。

陀思妥耶夫斯基手稿（文字解读见后页）

## 提　纲

### 梦之后……

　　拉祖米欣才来三天，愤恨。第三天自己来了。房东在楼梯上，我在彼得堡徘徊，见面。**怪脾气多次发作**，妞儿，**蠢山羊臭老头儿**。见扎梅托夫。恐惧中，**小牛**，马。小酒馆，谈话。拉祖米欣走进来，我想搬家。"让我独处！"——"见你的鬼！"

　　出发。冷酷起来，冷淡，计算。发这些神经是为了什么？拿出钱袋。回忆起这件事的经过。母亲的信。他的全部故事和杀人的全部动机。完全缓过神来了，去找拉祖米欣。那里在开会，还有扎梅托夫，还有巴卡温。谈话。加斯。

　　注意：路灯边的谈话，我们原谅了小偷。拉祖米欣送他的时候。第二天。绕过了。

　　苦难和问题——夏夏。若干插曲。**寡妇卡佩**。基督，街垒。我们是没被加工完的部落。最后的抽搐。承认。

　　短暂地回忆起他童年时所见：童年时人们揍的那匹马，杀的那头小牛，机要通信员。

"甭管！我的马！我想怎么着就怎么着。再上！全都上车。我准能让它飞跑！……"

突然，一阵哄笑盖过一切，母马经不住雨点般的鞭打，开始有气无力地尥蹶子。甚至老头都忍不住笑了。也真是的，这么一匹瘦马还尥蹶子！

人群里又有两个小伙子，一人拿一条鞭子，跑去抽打马的两肋。两人分头跑到马的两侧。

"抽它脸，眼睛，抽眼睛！"米科尔卡吼叫。

"唱起来，弟兄们！"车上有人喊，于是车上的人都唱起来。响起狂放的歌声，铃鼓的拍打声，副歌中还夹杂着一声声口哨。胖女人嗑着花生，嘻嘻地笑。

……他在母马身边奔跑，他跑到母马前面，他看到人们怎么抽它眼睛，直接抽它眼睛！他哭了。心提到喉咙口，泪水不住地往下淌。有个打手的鞭子碰到了他的脸。他毫无感觉，他急得直搓手，喊叫着朝摇头指责这种暴行的须发苍白的老头跑去。一个女人抓住他的胳膊，想把他拉走，但他挣脱了，重又朝母马跑去。那马已经在作最后挣扎，但又尥蹶子。

"这鬼东西！"米科尔卡一声狂吼。他甩掉鞭子，俯身从车板上拖出一根又长又粗的辕木，两手抓住辕木顶端，对准瘦马使劲抡起来。

"会砸死的！"周围的人大叫。

"会打死的！"

"我的马！"米科尔卡吼叫着，把抡起的辕木砸下去。响起沉重的打击声。

"快打，打！怎么不打啦！"人群中有人起哄。

米科尔卡重又抡起辕木，重又把它砸到不幸的驽马背上。马一屁股坐下，随即又跳起来，死命地拉，朝不同方向，想把板车拉到路上。

但六条鞭子从四面八方一齐抽它,辕木重又高高抡起,第三次砸下,接着第四次,带着节奏,带着狠劲。米科尔卡满脸疯狂,因为没能一下把马打死。

"还死不了呢!"周围的人嚷嚷。

"这就倒下了,弟兄们,这就完了!"人群中一个看热闹的喊。

"干吗不给它一斧子! 一下就结果了。"第三个人喊。

"嘿,都嚼舌头去! 闪开!"米科尔卡狂叫,扔了辕木,俯身从车上拖出一根铁棍。"给我小心!"他吼叫着,抡起铁棍,使足劲朝可怜的母马打去。打得结结实实,母马摇晃着瘫软下去,它还想挣扎,但铁棍重又狠狠砸在它背上,它倒下了,仿佛被一下子砍了四条腿。

"打死它!"米科尔卡吼叫着,发疯似的跳下板车。几个也是喝得满脸通红的小伙子,拿起什么算什么——鞭子、棍棒、辕木——朝奄奄一息的母马跑去。米科尔卡往母马边上一站,抡起铁棍在马背上乱打。驽马伸长脖子,沉重地吐出一口气,死了。

"打死啰!"人群里一片喊声。

"谁叫它不跑!"

"我的马!"米科尔卡大吼,手持铁棍,瞪着充血的眼睛。他愣在那儿,像是惋惜没什么可打了。

"这么说,你当真不戴十字架!"人群中已经有许多声音在骂。

但可怜的孩子已经无法控制自己。他哭叫着穿过人群,朝黄马跑去,一把抱住它没有生命、血肉模糊的脑袋,吻它,吻它的眼睛、嘴唇……突然,他一跃而起,握着两只小拳头,发疯似的朝米科尔卡扑去。刹那间,已经追了好久的父亲终于抓住他,把他拖出人群。

"走! 走!"他对儿子说,"回家!"

"爸爸! 他们凭什么……把可怜的母马……打死了!"他哽咽着,喘不过气来,胸口堵得难受,说话像喊叫似的断断续续。

"他们喝醉了,胡闹,不关我们事,走!"父亲说。他一把抱住父亲,但他仍然觉得胸闷,闷得发慌。他想喘气,大喊一声,于是他醒了。

待到彻底苏醒,已是一身冷汗,头发都湿了。他喘着粗气,恐惧地欠起身来。

"感谢上帝,这只是梦!"他说着坐到一棵大树下,深深喘了口气。"这是怎么回事? 我是不是发烧了:居然做这种噩梦!"

他像是浑身散了架,心里一片迷惘。他把臂肘搁在膝盖上,两手撑住头。

"上帝!"他扬声说,"难道,难道我当真会拿起斧子,砸她脑袋,砸碎她的头盖骨……踩过滑脚、黏热的血,撬锁,偷钱,打战;躲藏,一身血污……拿着斧子……上帝,难道是这样?"

他一边这么说着,一边抖得像片树叶。

"我这是怎么啦?"他接着说,重又抬起头,似乎深感诧异,"我明明知道,我受不了,干吗我一直折磨自己? 本来嘛,早在昨天,昨天,我去……**试探**时,我就完全明白,我受不了……现在我这是干吗? 干吗我到现在还犹豫不决? 其实昨天下楼时,我就说了,这卑鄙、丑恶、下贱,下贱……其实,**清醒**时只要这么一想,我就恶心,害怕……"

"不,我受不了,我受不了! 哪怕,哪怕我对整个计划没有丝毫怀疑,哪怕这个月决定的一切,像白天一样清楚,像算术一样正确。上帝! 反正我下不了决心! 我绝对受不了,受不了! ……干吗,干吗直到现在……"

他站起来,诧异地朝四周看了看,似乎连他来到这里都使他奇怪,于是他朝 T 桥走去。他脸色苍白,眼睛红肿,四肢无力,但他的呼吸似乎突然轻松了些。他觉得他已经卸下这个久久压抑他的可怕的包袱,心情突然变得轻松、平和。"上帝!"他暗自祈祷,"给我指条路吧,我放弃我这个该死的……设想!"

过桥时,他平静地望着涅瓦河,望着夕阳火红的余晖。尽管他很虚弱,但他甚至没有丝毫倦意,仿佛整整一个月,一直在他心里糜烂的脓包破头了。自由,自由! 他自由了! 现在,他已经摆脱这些妖法、巫术、魔力和邪祟的控制!

后来,每当他想起这一刻,想起这些天来他所经历的一切,一分钟又一分钟,一点又一点,一件事又一件事,有一个情况总是使他惊讶,甚至使他迷信,尽管这个情况其实并不十分反常,但后来他往往觉得那是他的宿命。这个情况就是他怎么也不明白,怎么也不能向自己解释,为什么已经精疲力竭的他,回家不走最近最方便的直路,走了完全不必走的干草广场。绕的弯子不大,但显然走了远路,而且完全没必要。当然,他回家记不得走的是哪条路,已经有几十次了。但为什么——他总是问自己——为什么在干草广场上(他完全不必经过那里),对他这样重要,这样关键,同时又是这样偶然的相遇,恰恰现在发生在他生命的这一刻,这一分钟? 恰恰赶上他这样的心情,这样的状况,以至这一相遇对他整个生命产生了最具决定意义的终极影响? 就像它故意在这里等他!

他经过干草广场,大约九点。在桌子上、托盘上设摊的小贩和大大小小铺子的老板,不是收拾货物,便是纷纷关门,正和他们的顾客一样,四散回家。在铺面的几家小吃店附近,在干草广场周边楼房又脏又臭的后院里,尤其是几家酒店门口,聚集着一群群形形色色的手艺人和衣衫褴褛的穷人。每当拉斯科尔尼科夫外出闲逛,他多半喜欢这些地方,就像喜欢附近的所有小巷。这里,他的衣服不会招来谁的鄙夷目光,穿戴可以随便,绝无触怒旁人的忧虑。在 K 巷的拐角上,一个小贩和一个婆娘,他老婆,原本摆着两个桌子,出售线、带子、印花布头巾和诸如此类的小商品,这会儿也在收摊回家,但他们忙着和走到摊前的一个熟人说话,耽搁了。这个熟人就是莉扎韦塔·伊凡诺夫娜,

干草广场，彼得堡（石印画，1850 年代）

或者像大家称呼她那样,就叫莉扎韦塔,就是昨天拉斯科尔尼科夫抵押怀表,作了**试探**的十四等文官遗孀,放高利贷的阿廖娜·伊凡诺夫娜的妹妹。他早已知道这个莉扎韦塔的一切,甚至莉扎韦塔也有点认识他。这是个高大、笨拙、胆小而又温顺的老姑娘,跟白痴差不多,三十五岁,一直被姐姐当奴婢使唤,白天黑夜地干活,见了她就发抖,甚至忍受她的打骂。她拿着包袱,若有所思地站在小贩和婆娘面前,认真听他们说话。那对夫妻正起劲地给她讲什么事情。拉斯科尔尼科夫突然看到她时,一种异样的感觉,仿佛极度的惊讶,一下子攫住了他的心,尽管这次相遇没什么可以惊讶的。

"您呀,莉扎韦塔·伊凡诺夫娜,就自己拿主意吧,"小贩大声说,"您明天来,六七点钟,那边也会来的。"

"明天?"莉扎韦塔拉长声音,若有所思地说,似乎拿不定主意。

"唉,您可真是让阿廖娜·伊凡诺夫娜吓怕了!"泼辣的小贩老婆像爆豆似的说,"我看您呀,就像孩子。她又不是您亲姐姐,跟您不是一个妈,可瞧,什么都得她说了算。"

"您这次什么都别对阿廖娜·伊凡诺夫娜说,"丈夫打断她,"这是我的忠告。您就过来,不用问她。这是件好事。过后,您姐姐自己也会明白。"

"您来吗?"

"六七点钟,明天,那边的人也来。您就自己拿主意吧。"

"我们生上茶炊。"老婆又加了一句。

"好吧,我来。"莉扎韦塔说,像是还在考虑,随后慢吞吞地走了。

拉斯科尔尼科夫这时已经从他们身边走过,没再听到什么。他悄悄走过,毫不引人注目,尽量不听漏一个字。最初的惊讶渐渐变成恐惧,仿佛有股寒气倏地从他背上掠过。他知道了,他突然,意外地,毫无思想准备,知道了明天晚上七点正,莉扎韦塔,老太婆的妹妹,唯一和她住在一起的人,不在家,这么说,晚上七点正,老太婆**家里只有她一个人。**

离他的住所只剩几步了。他走进自己的斗室,就像一个被判死刑的犯人。他不再思考什么,并且完全失去了思考能力。他突然全身心地感到,他再也没有思考的自由,选择的自由,突然,一切都最后决定了。

当然,哪怕他蓄谋已久,整整几年都在等待下手的时机,大概也很难指望比现在突然出现的这个机会,更加容易成功的安排。无论怎样,很难在行动前夜,这样准确、稳妥,不作任何危险的询问和寻觅,万无一失地打听到明天,某时某刻,你要杀的老太婆,只有一个人在家。

# 六

后来,一个偶然的机会,拉斯科尔尼科夫知道了小贩和他的婆娘,为什么要请莉扎韦塔去自己家里。事情其实很平常,也没什么特别的地方。无非有个外来的破落户要卖掉一些衣服之类的东西,都是些女人用品。因为卖给市场上的商贩不合算,所以想找个捎客,莉扎韦塔干的正是这种活:收点佣金,替人跑跑腿,还真做了不少生意。她为人老实,总是开的最低价:开什么价,就什么价成交。一般地说,她话不多,另外,正如上文所说,她挺随和,胆子也小⋯⋯

但拉斯科尔尼科夫近来变得相当迷信。这种迷信的痕迹,后来还将长久保留,几乎不可磨灭。在这件事情的整个过程中,他总是倾向于看到某种奇怪、神秘的症候,似乎存在某种诡谲的力量和巧合。早在冬天,一个和他熟悉的大学生,波科列夫,在动身去哈尔科夫时,不知怎的对他说了老太婆阿廖娜·伊凡诺夫娜的地址,如果一时缺钱,他要抵押什么东西的话。很长一段时间，他都没去找她，因为他在给人补课，日子勉强过得去。一个半月前他想起了这个地址。他有两件可以抵押的东西：父亲留下的旧的银怀表和妹妹临别时送他留作纪念的小小的镶着三粒红宝石的金戒指。他决定先把戒指送去。找到老太婆后，刚看了一眼，对她还一无所知，他就对她产生了难以克制的反感。他从她那儿押到两张"票子"，回家路上，弯进一家简陋的小吃店。他要了一杯茶，坐下，陷入沉思。一个奇怪的想法，仿佛小鸡将要出壳似的啄他脑袋，使他非常非常感兴趣。

几乎就在他身旁的另一张餐桌上，坐着一个大学生和一个年轻军官，这个大学生他根本不认识，也不记得是不是见过。他们打完桌球，开始喝茶。突然他听到大学生正和军官谈论放高利贷的阿廖娜·伊凡诺夫娜，十四等文官的遗孀，对他说了她的地址。单单这一点就使拉斯科尔尼科夫觉得奇怪：他刚从那里出来，这里恰恰就在谈论她。当然，这是巧合，可瞧，现在他正好无法摆脱一个怪诞的印象，恰恰这时有人似乎来为他效劳了：大学生突然对朋友讲了这个阿廖娜·伊凡诺夫娜的种种情况。

"她很有名，"他说，"任何时候都可以从她那儿押到钱。富得就像犹太人，可以一下子借出五千，只押一卢布的小玩意也不嫌弃。我们中间许多人都到她那儿去过。不过老太婆太坏……"

于是他说了她的狠毒、乖戾，只要抵押的东西过期一天，这东西就没了。她给的钱只有抵押品实际价钱的四分之一，还要百分之五，甚至百分之七的月息，等等。大学生越说越多，还说老太婆有个妹妹，叫莉扎韦塔，尽管老太婆那么瘦小、丑陋，竟还不停地打她，像管小孩似的，管得她服服帖帖，其实莉扎韦塔的个子，至少有八俄寸①……

---

① 一点七六米。

"这也是个怪物!"大学生大声说,哈哈笑了。

他们谈起了莉扎韦塔。大学生议论她时似乎特别开心,一直咧着嘴笑,军官也听得兴致勃勃,还请大学生介绍这个莉扎韦塔来给他补衣服。拉斯科尔尼科夫没放过一个字,一下子便了解了一切:莉扎韦塔是老太婆的妹妹,和她同父异母,已经三十五岁。她没日没夜地替姐姐干活,在家里既是厨娘,又是洗衣的女仆,另外,还做些针线活儿拿出去卖,甚至还替人家擦地板,挣到的钱全都交给姐姐。没有老太婆同意,什么活儿都不敢接。老太婆已经立了遗嘱,莉扎韦塔本人也知道。按照遗嘱,莉扎韦塔除了一些动产,椅子之类的东西,一文钱都拿不到,所有的钱都捐给 H 省的一所修道院,用来永远祭祀老太婆的亡灵。莉扎韦塔是小市民,不是官太太,老姑娘,丑得出奇,个子挺高,一双朝外撇的大脚,永远穿着磨损的羊皮鞋,身上倒是很干净。大学生觉得奇怪和好笑的,主要是莉扎韦塔常常怀孕……

"你不是说她很丑吗?"军官问。

"是啊,皮肤很黑,就像当兵的穿了一身女人衣服。不过你得知道,说丑她倒也不丑。她的脸,她的眼睛挺和气,和气极了,许多人喜欢她,就是证明。她文静,随和,听话,什么都同意。她笑的时候还很好看。"

"你也很喜欢她?"军官咧嘴笑了。

"那是觉得她怪。不,我告诉你,我真想把这个死老太婆杀了,把她抢光,我向你保证,我良心上绝不会有什么过不去。"大学生激动地加了一句。

军官又哈哈大笑,拉斯科尔尼科夫打了个战栗。这太奇怪!

"对不起,我想对你提个严肃的问题,"大学生激动起来,"当然,我刚才开个玩笑,可你瞧,一方面是愚蠢、卑劣、狠毒、病恹恹的小老太婆,没用的社会渣滓,尽干坏事,连她自己都不知道,干吗活着,明天就咽气了。你明白吗？明白吗？"

"嗯,我明白。"军官回答,眼睛盯着激动的朋友。

"你听下去。另一方面是年轻的新生力量,因为没有接济,白白夭折。这种例子成千上万,到处都是！老太婆的钱可以用来办许多好事,用来改善社会,现在却要送给修道院！她这些钱能让几百,甚至几千人走上生路,把几十家人家从贫困、崩溃、毁灭、堕落、性病医院里救出来。杀死她,夺走她的钱,日后再用这些钱为人类服务,给社会做好事:你怎么想,千千万万桩好事还抵不了一桩小小的罪行？牺牲一条命,就能救活几千条受苦受难的命。一个人的死换来一百人的生——这是简单不过的算术！再说,在社会的天平上,这个愚蠢、狠毒、病恹恹的小老太婆又算得了什么？无非一只虱子、一只蟑螂,连虱子蟑螂都不如,因为小老太婆更坏,能把别人活活吃了:前几天她在莉扎韦塔手指上狠狠咬了一口,手指险些给截掉！"

"当然,她不配活,"军官说,"不过你要知道,这是天意。"

"唉,老兄,天意可以改变,否则只好听天由命。否则没有伟人。都说'要有责任、良心',我丝毫没有不要责任、良心的意思,可我们怎么理解责任和良心？别忙,我还要给你提个问题。听着！"

"不,你别忙,我先给你提个问题。听着！"

"说！"

"瞧,你这不是聊天,你在演讲,不过请你告诉我,你会不会**亲自去**杀老太婆？"

"当然不会！我只是要个公道……问题不在是不是我干……"

"可按我看,既然你自己不干,就无所谓什么公道！咱们还是再打一盘！"

拉斯科尔尼科夫异常激动。当然,这些都是年轻人最普通、最常有的议论和想法,他已经听到不止一次,只是形式不同,话题不同。但

72

为什么偏偏现在,当他自己头脑里刚刚产生……**同样想法**的时候,他偏偏听到这样的议论,这样的想法?为什么偏偏现在,他刚对老太婆产生这一想法,便恰好听到人家议论老太婆?……他总觉得这种巧合很怪。在日后的事态发展中,这场无足轻重的小吃店里的谈话,对他却有异乎寻常的影响:仿佛这里确实存在某种宿命,某种天意……

　　从干草广场回来,他一下子瘫在沙发上,整整一小时坐着,一动不动。这时天黑了,他没有蜡烛,也没想到要点蜡烛。他一直回忆不起,当时他在想什么。最后,他觉得身上又像刚才那样一会儿发热,一会儿发冷。他不无得意地发现,沙发上也能躺下。铅一样沉重的睡意很快向他袭来,似乎把他压倒了。

　　他睡了很久很久,没做梦。娜斯塔西娅走进他屋里,已是第二天上午十点,她好不容易把他推醒。她送来了茶和面包。又是煮得没味的茶,又是装在她自己的茶壶里。

　　"唉,还睡!"她气呼呼地嚷嚷,"睡个没完!"

　　他费劲地欠起身。他头疼,刚站起来,在自己斗室里转个身,重又在沙发上倒下。

　　"又睡!"娜斯塔西娅大叫,"你病了,是吗?"

　　他什么也没回答。

　　"想喝茶吗?"

　　"过会儿。"他费劲地说,重又合上眼睛,朝墙壁转过身。娜斯塔西娅在边上站了一会儿。

　　"也许,当真病了。"她说,转身走了。

　　下午两点,她又来了,手里端着汤。他还像原先那样躺着。茶没动过。娜斯塔西娅甚至生气了,恶狠狠地开始推他。

　　"睡什么懒觉!"她吼了一声,厌恶地看着他。他欠起身,坐了,但没对她说什么,眼睛看着地板。

"病了,是不是?"娜斯塔西娅问,又没得到回答。

"你哪怕到街上走走也好哇,"她默默待了一会儿,说,"哪怕去吹吹风。想吃,是吗?"

"过会儿,"他没精打采地说,"去吧!"说完挥了挥手。

她又稍稍待了会儿,同情地看看他,走了。

过了几分钟,他抬起眼睛,久久地看着茶和汤。然后拿起面包,拿起汤匙,吃起来。

他吃得不多,没胃口,大约三四汤匙,似乎机械地。头疼好些了,用过午餐,他又直挺挺倒在沙发上,不过已经睡不着了,只是一动不动地趴着,把脸埋进枕头。脑海里不断浮现出形形色色的景象,全都稀奇古怪。他常常想见,他在非洲的什么地方,埃及吧,沙漠中的一片绿洲。商队在休息,骆驼驯顺地躺着,四周棕榈环绕。大家都在用餐。而他一个劲地喝水,伏在溪水上,小溪在身旁流淌,潺潺有声。真是凉爽极了,清纯碧透的溪水,冷冰冰的,在色彩斑斓的石头上,在干干净净、金光闪闪的细沙上奔流……突然,他清楚地听到了钟声。他打个战栗,回过神来,抬头看了看窗,这才猜到时间不早。他终于完全清醒了,倏地跳起来,像是被人从沙发上一把揪了起来。他踮着脚尖走到门口,轻轻把门打开一条缝,倾听楼下的动静。他的心在狂跳。但楼梯上很静,仿佛所有的人都睡了……他诧异和不解的是,他居然这么死死地从昨天一直睡到现在,还什么都没做,什么都没准备……现在也许已经过了六点……异常的狂热和莫名的慌张,骤然使他手忙脚乱,睡意和迟钝全没了。不过,要做的准备并不多。他打起精神,尽量把一切考虑周到,什么也不忘记;他的心怦怦直跳,跳得他喘不过气来。第一,应当做个环套,把它缝在大衣里面——这不过是一分钟的事。他伸手到枕头底下,从胡乱塞在一起的内衣里,找出一件没洗过的破旧衬衫,撕下一条一俄寸宽、八俄寸长的布条。他把布条折成两折,从身上脱下自己夏天穿的,宽大结实的布大衣(他唯一的外套),把布条两端缝在左腋下的大衣里子上。他缝的时候,两手发抖,但他控制住了。缝完,他重又穿上大衣,外面什么也看不出。针线是他早已准备好的,放在桌子抽屉里,用纸包着。至于环套,那是他自己十分巧妙的设计:环套是挂斧子用的。总不能拿着斧子在街上走。即使藏在大衣里,也得用手按着,引人注意。现在有了环套,只要把斧铁放进去,斧子就会安静地挂在里面腋下。把手伸进大衣插袋,他甚至可以按住斧柄,不让它晃荡。因为大衣相当宽大,就像布袋,所以,外面根本看不出,他隔着衣袋用手按着什么。这个环套也是两星期前早已想好的。

做完这一切,他把手指伸进他"土耳其"沙发和地板之间的窄缝,在左角附近摸了一会儿,取出早已准备的,藏在那儿的**抵押品**。其实这根本不是什么抵押品,而是一块刨平的木板,大小和厚薄都跟银烟盒差不多。这木板是他散步时在一个院子里偶尔捡的,院子的厢房里是个什么作坊。后来他又给木板加了一块薄薄的光滑的铁片——想必是什么边角料——也是当时从街上捡的。他把两块东西合在一起(铁片比木板稍小),用线捆了几个十字,拿干净的白纸整齐、漂亮地包好,再用线结结实实捆上,不费周折不可能解开。这是为了转移老太婆的注意力,让她在小包上磨蹭,赢得一分钟时间。加上铁片是为了增加重量,使老太婆至少在第一分钟无法猜到"东西"是木头的。这一切在时机没有成熟前,都藏在他沙发底下。他刚取出抵押品,突然院子的什么地方有人喊了一声:

"六点早过了!"

"早过了!我的上帝!"

他冲到门后,侧耳听了听,抓起帽子,走下自己的十三级楼梯,小心翼翼,悄无声息,就像猫。现在要做的是最重要的事——从厨房里偷出斧子。这事得用斧子干,是他早已决定的。他还有一把折叠的园艺刀,但他对小刀,尤其是对自己的力气,不抱希望,因此最后选择了斧子。顺便说一下,在这件事上,他所作的最后决定都有一个特点,一个奇怪的特点:决定越是成熟,在他看来就越是粗疏,越是荒唐。尽管经历了痛苦的思想斗争,但在这段时间里,他自始至终、一时一刻,都不敢相信自己的计划可以实现。

即使有时一切都已彻底考虑清楚,彻底决定,再也没有任何怀疑,转眼间,似乎他又否定一切,就像否定一个荒唐、可怕、无法实现的计划。其实没有解决的难题和疑问还有整整一堆。至于去哪儿弄斧子,这件小事丝毫没有使他不安,因为没有比这更容易的。事情是这样的:娜斯塔西娅,尤其晚上,常常不在家:不是上邻居家,便是去小铺子,而厨房门总是开着。房东就为这个,常常和她争吵。所以,到时候只要悄悄溜进厨房,取走斧子,然后,过一小时(一切都已结束)再溜进去,放回原处。但也有疑问,譬如,一小时后,他来还斧子,娜斯塔西娅偏偏在家,回来了。当然,应当从门口走过去,等她再次外出。万一这时她发现斧子丢了,寻找起来,大喊大叫——那就会引起怀疑,至少是可能引起怀疑的漏洞。

但这些都是小事,他还没考虑,也没时间考虑。他考虑的是主要问题,小事可以暂时放一放,**等他自己对一切有了把握**再说。但对一切都有把握是绝对办不到的,至少他自己这样看。譬如,他无法想象什么时候他会考虑停当,站起来——就上那儿去了……甚至不久前的**试探**(就是那次旨在最后熟悉一下环境的造访),他也只是稍稍**试探**一下,远远没有当真,就像俗话说的:"让我试试,不用多想!"——果然,他立刻觉得受不了,他不干了,逃走了,对自己窝了一肚子火。其实,从道义上解决这一问题的所有分析,似乎已经结束:他的辩护词就像磨好的剃刀一样锋利，他在自己头脑里已经找不出理智的反驳理由。即使这样，他还是不相信自己，固执地、盲目地试探着在周围寻找反驳的理由，似乎有人强迫他，拉着他这样做。然而，昨天在无意中倏地决定的一切，几乎完全机械地影响着他：就像有人拉住他的手，在拖他走，不容抗拒，不容思考，以非人的蛮力，没商量。就像他衣服的一角被机器齿轮咬住，他被慢慢卷进机器。

起先——不过，那已是很久以前的事——他感兴趣的只是一个问题：为什么所有罪行，都那么容易发现，败露，而且几乎所有罪犯，都会留下那么明显的痕迹？他渐渐得出各种非同一般的结论。在他看来，最主要的原因，并非在物质手段上无法掩盖罪行，而在罪犯本人；罪犯本人，并且几乎任何罪犯，在犯罪瞬间似乎都是意志消沉，头脑糊涂，恰恰在最需要理智和谨慎时，意志和理智反倒让位于孩子般罕见的轻率。根据他的信念，这种糊涂和消沉就像疾病，控制着人的身心，并且渐渐发展，在犯罪前夕达到顶点，在犯罪瞬间和犯罪后的若干时间内——时间长短因人而异——仍以顶点的态势继续着，然后消失，就像任何疾病都会痊愈。但究竟是疾病导致犯罪，还是犯罪由于本身的特性，总是伴随着某种类似疾病的状态——他觉得自己暂时还没能力解决。

尽管得出这样的结论，但他断定，他本人，在他这件事上，不会有类似的病变，在实施计划时，他不会失去理智和意志，绝对不会，原因只有一个，那就是他的计划——"不是犯罪"……我们不妨暂时略去他作出最后决定的整个过程，就这样我们已经扯得太远……我们只想补充一点，实际的，纯粹物质准备上的困难，一般地说，在他头脑中只是最次要的东西。"只要沉着冷静，到时候我会彻底弄清事情的所有细节，一切困难都能解决……"但事情还没开始。他仍不相信自己的最后决定，结果，时候到了，一切都和设想不同，一切都出乎意料，甚至几乎防不胜防。

他还没走下楼梯，一个微不足道的情况顿时使他陷入困境。房东的厨房和往常一样敞着。他走到门口，小心翼翼地朝里面斜了一眼，想先看一下：娜斯塔西娅虽说不在，房东本人是不是在，如果不在，那么她的房门是否关好，免得他进去拿斧子，被她从房里看见。谁知他突然看见，娜斯塔西娅这次不但在家，在厨房里，而且还在干活：从篮里取出内衣，晾到绳子上——这一惊非同寻常！娜斯塔西娅一看到他，便不再晾衣服，转过身，一直看着他走过去。他移开目光走了，似乎什么也没看见。但完了：没有斧子！他惊呆了。

"我凭什么肯定，"走到大门口，他想，"我凭什么肯定，她一定不在家？干吗，干吗，干吗我对这事这样有把握？"他灰心丧气，甚至自尊心都受了伤害。他想狠狠嘲笑自己……兽性的怨恨隐隐在他内心沸腾。

他沉思着在大门口停下。就这样佯装上街散步，他不甘心；回家——更不甘心。"多好的机会就这么彻底丢了！"他喃喃着，毫无目的地站在大门口，正对管院子人也是敞开的黑洞洞的小屋。突然，他浑身一震。离他两步远的管院子人的小屋里，长凳下，右面，有样东西倏地一亮，映入他的眼帘……他一看周围——没人。踮起脚尖，他走近小屋，下了两级台阶，轻轻唤了一声管院子人。"没错，不在家！不过就在附近，就在院子里，因为门开着。"他猛地朝斧子窜去（这是斧子），把它从长凳下，两块劈柴中间抽出，随即，当场，把斧子在环套上挂好，两手插进衣袋，走出管院子人的小屋：谁也没发觉！"考虑不周，还有魔鬼！"他想，一面怪里怪气地笑着。这个机遇对他的鼓舞太大了。

他在路上慢慢走着，**稳重**，不慌不忙，免得引起怀疑。他尽量少看，甚至完全不看行人的脸，尽量不让他们注意自己。这时，他想起他的帽子。"我的上帝！前天我就有钱了,怎么没换顶制帽!"他打心底里咒骂自己。

他偶然瞟了一眼小铺子,看见那里挂钟上已经七点十分。得走快点,还得绕点弯路:兜个圈子走近房子,从相反方向……

原先他想象这一切,有时以为他会非常害怕,但他现在并不非常害怕,甚至完全不怕。这时,他想的甚至是些毫不相干的事,不过全都时间不长。经过尤苏波夫花园时,他甚至忽发异想,觉得应该建造许多高大的喷泉,喷泉将使所有广场上的空气变得非常清新。渐渐地他又相信,如果把夏园扩展到整个战神广场,甚至和宫中的米哈伊洛夫花园连成一片,那将成为城市一大胜景。这时,他突然感到奇怪:为什么在所有大城市里,人似乎不是单纯出于无奈,而是不知怎的,特别喜欢住在那些没有花园,没有喷泉,又脏又臭,尽是各种垃圾的地方。这时,他想起自己常在干草广场上散步的情景,立即回过神。"荒唐,"他想,"不,最好什么都别想!"

"大概押赴刑场的人,就是这样恋恋不舍地想着他们一路上遇到的景物,"这想法在他头脑里倏地闪过,但只是闪过,就像闪电,连他自己都急忙扑灭这想法……瞧,已经近了,就是这幢房子,就是这个门洞。不知什么地方,时钟突然敲了一下。"这算什么,难道七点半了?不可能,准是快了!"

他很走运,进门时又是一切顺利。不仅如此,甚至鬼使神差似的,恰恰这时有辆装满干草的大车,赶在他前面驶进大门,他进门时一直遮着他。大车刚刚从门洞驶进院子,他倏地右拐。那边,大车的另一边,可以听到几个声音在喊叫和争吵,但谁也没看见他,迎面也没遇到什么人。面向这个正方形大院的许多窗户这时都开着,但他没抬头——没力气。去老太婆家的楼梯就在近旁,门洞右侧。他已经到了楼梯脚下……

他喘口气,用手按住怦怦直跳的心,旋即又一次摸了摸斧子,把它挂好,这才小心翼翼、悄无声息地开始上楼,不时听听动静。但楼梯这时也是空空的;所有房门都关着;没遇到任何人。二楼的一套空房间,确实,敞着门,里面有漆匠干活,但他们连看都没往外看。他站了一会儿,想了想,继续往上走。"当然,最好这儿根本没人,不过……离他们还有两层呢。"

瞧,四楼到了,这就是门,这就是对面的房间:房间空关着。三楼——从所有迹象上看——老太婆底下那套房间也空关着:钉在门上的名片已经拿掉——搬走了!……他喘不上气来。刹那间,脑海里闪过一个念头:"回去?"他没回答自己,反而凝神倾听老太婆房间里的动静:一片死寂。然后,又一次倾听楼下的动静,听了很久,全神贯注……接着最后一次看了看周围,理理衣服,让自己平静一下,又摸了摸怀里的斧子。"我是不是……太苍白?"他想,"太慌张?她多疑……是不是再等一下……让心跳平息?……"

但心跳没平息。相反,仿佛故意作难,越跳越重,越跳越重,越跳越重……他忍不住慢慢朝门铃伸过手去,拉一下。过了半分钟,又拉一下,拉得更响些。

没回答。白白拉铃,没必要,对他也不合适。老太婆自然在家,但她多疑,又是一个人。他多少了解她的习惯……他又一次把耳朵贴在门上。不是他的感觉异常灵敏(简直难以想象),就是确实可以听到,反正,他突然像是听出了手在门锁上小心翼翼的摸索声和衣服擦在门上的沙沙声。有人悄悄站在门锁边上,就像他在这里门外,躲在屋里倾听,似乎也把耳朵贴在门上……

他故意动了动,稍稍提高声音说了什么,没一点躲避的意思,随后,第三次拉响门铃,但很轻,很稳重,没有丝毫的不耐烦。后来,每当他想起这一切,鲜明地,清晰地,这一刻就像烙印似的永远烙在他头脑里;他不明白,他怎么会有那么多花招,况且他的头脑当时似乎常常熄火,连自己的身体他都几乎感觉不到……不一会儿,听到了打开钩子的声音。

# 七

门,像上次一样,开了小小一条缝。又是两道尖利、多疑的目光从黑暗中盯住他。这时,拉斯科尔尼科夫心一慌,差点出了大错。

他担心老太婆对只有他们两人感到害怕,也不指望他的模样能消除她的疑虑,所以,他抓住门朝外一拉,免得老太婆突然又想把门关上。见他拉门,老太婆没有拼命关门,但也没有放开门把手,于是,他险些把她连门一起拉到楼梯上。看她挡在门口,不让他进去,他直接冲她走去。老太婆惊恐地往边上一闪,想说什么,似乎又说不出来,两眼直勾勾瞪着他。

"您好,阿廖娜·伊凡诺夫娜,"他尽可能随便地说,但声音不听使唤,颤抖,断断续续,"我给您……拿来件东西……这不,最好进来……亮些……"他撇下老太婆,不等邀请,径直朝屋里走去。老太婆赶紧追他,舌头也利索了。

"上帝!您这是干吗?……您是什么人?想干什么?"

"哪能呢,阿廖娜·伊凡诺夫娜……您的熟人……拉斯科尔尼科夫……瞧,把抵押品拿来了,前几天答应的……"他把抵押品递过去。

老太婆朝抵押品看了一眼,旋即直勾勾盯住这位不速之客的眼睛。她的目光专注、凶狠、多疑。过了约莫一分钟,他甚至觉得,她的眼睛露出类似嘲笑的神色,似乎她已经猜到一切。他觉得心慌,简直可怕,可怕极了,似乎只要她这样看着,一言不发,再有半分钟,他就会从这里逃走。

"您干吗这样看我,像不认识似的?"他突然也是恶狠狠地说。"想要就收下,不要,我找别人去,我没工夫。"

他其实不想说这话,不料这话突然自己蹦了出来。

老太婆回过神,客人坚决的语气显然使她振作。

"你干吗这么突然,爷……什么东西?"她问,眼睛盯着抵押品。

"银烟盒;我不上次说了。"

她伸出手。

"您怎么脸这么白? 瞧,还手抖! 洗澡了,是不是,爷?"

"发疟子。"他生硬地回答。"哪能不白……要是没吃的。"他补充一句,勉强把话说完。他又没力气了。不过回答听起来像是真话,老太婆这才接过抵押品。

"什么东西?"她问,重又专注地打量拉斯科尔尼科夫,掂了掂手里的抵押品。

"好东西……烟盒……银子的……您看看。"

"什么呀,好像不是银子的……瞧,还捆成这样。"

她使劲解绳子,朝窗户转过身,对着亮光(尽管闷热,她的窗全关着),有几秒钟时间,她把他撇在一边,背朝他。他解开大衣,从环套上取下斧子,但还没完全拿出来,只是在衣服里用右手握着。他的手一点没力气,他自己都感到,随着时间一秒秒过去,他的手越来越麻,越来越僵。他真怕一松手掉了斧子……突然他似乎头晕了。

"他这是捆的什么呀!"老太婆懊丧地喊起来,朝他的方向动了动。

一秒钟也不能再浪费。他完全拿出斧子,双手抡起,稀里糊涂,几乎没使劲,几乎机械地,用斧背砍到她头上。他似乎这时没力气,但他刚砍一斧,身上立刻有了力气。

老太婆,像平时一样,没戴头巾。她花白、稀疏的浅色头发,习惯地抹得油亮,梳成一条老鼠尾巴似的辫子,盘在后脑勺上,插了半把断裂的角梳。斧背正好砍在头顶上,因为她矮小。她喊了一声,但很轻,突然整个儿瘫坐到地板上,尽管还抬起双手,想护住脑袋。一手仍握着"抵押品"。这时,他使出浑身力气砍了一下,又一下,都用斧背,都砍头顶。血涌出来,就像打翻了玻璃杯,身体仰面往下倒。他后退一步,让她倒下,旋即俯身看她的脸。她已经死了,眼睛瞪得溜圆,像是要从眼眶里蹦出来,额头和脸皱着,被痉挛扭歪了。

他把斧子放在地板上,死尸旁边,立刻把手伸进她口袋,尽量不让流淌的血沾上,——右口袋,上次她就是从这只口袋里掏的钥匙。他很清醒,麻木和眩晕都已消失,但手还在抖,他后来想起,当时他甚至非常留神,小心翼翼,一直没让血沾在身上……钥匙立刻被他掏出,和上次一样,全都串在一起,串在小钢圈上,他立刻拿着钥匙奔向卧室。这是一个不大的房间,摆着一个供了不少圣像的很大的神龛。另一面墙旁放着一张大床,相当干净,上面有条丝绸零料拼成的棉被。第三面墙旁是只抽屉柜。真是怪事:他刚试着把钥匙插进柜子,刚听到钥匙的响声,似乎一阵战栗从他身上掠过。他突然又想扔下一切,走。但这只是瞬间的念头;要走已经晚了。他甚至嘲笑自己,突然,另一个可怕的念头闯进他的脑海。他突然觉得老太婆也许还活着,还会苏醒。撇下钥匙和柜子,他跑回尸体旁,抓起斧子,又在老太婆头上抡起,但没砍下。毫无疑问,她已经死了。他俯身重新查看,凑得比刚才更近。他清楚地看到头骨给砍碎了,甚至稍稍侧向一边。他想用手指摸一下,但又缩回;其实不摸也清楚。这时,血已流了一大摊。突然,他发现她脖子上系着绳子,他拉了一下,但绳子很牢,没断,还浸透血。他试着从怀里把它拉出来,但连着什么东西,卡住了。他急得抡起斧子想朝绳子,朝尸体,砍下去,但又不敢,于是他费劲地,不顾弄脏手和斧子,折腾了两分钟,才把绳子割断,没让斧子碰到尸体,取下。他没弄错——钱包。绳子上有两个十字架,一个柏木的,一个铜的,另外,还有个小小的珐琅圣像。和这些东西串在一起的是只不大的油腻腻的麂皮钱包,箍着钢边,连着开关用的钢圈。钱包装得鼓鼓的。拉斯科尔尼科夫把它塞进衣袋,没细看,把十字架扔在老太婆胸口上,旋即,这次还带上斧子,又朝卧室跑去。

他心急火燎地抓起钥匙,重又试着开锁。但不知怎的总是不行:钥匙插不进锁孔。倒不是他手抖,但他总是弄错:譬如,明明看到钥匙不对,配不上,还是一股劲地往里插。突然,他想起了,明白了,这把大钥匙,带锯齿的,混在小钥匙中间,肯定不是开抽屉的(上次他就明白),是开箱子的,也许这只箱子里藏着所有东西。他撇下抽屉柜,立刻钻到床下,他知道老太婆一般都把箱子放在床下。果然:放着一只不小的箱子,长一俄尺①多,拱形箱盖,包着红色上等山羊皮,钉着钢钉。大钥匙正好插进去,打开。上面,白色床单下,放着红色图尔绸面子的兔皮袄,皮袄下是真丝连衣裙,往下是披巾,再往下,箱子深处,似乎都是旧衣服。起先,他想在红色图尔绸上擦一擦沾血的手。"红绸子,嗯,血擦在红绸子上不显眼,"他琢磨着,突然,他清醒了:"上帝!我是不是疯了?"他想,内心充满恐惧。

他刚翻动这些旧衣服,突然从皮袄下滑出一块金表。他立即兜底翻。果然,这些旧衣服里夹着许多金首饰——大概全是抵押品,买下的和没买下的——镯子、项链、耳环、别针和诸如此类的东西。有的在盒子里,有的就用报纸包着,但包得很整齐,很仔细,有两层纸,还用带子捆着。他赶紧把这些东西塞进裤子和大衣口袋,不挑,也不打开纸包和盒子,但他刚拿了几件东西……

突然,他听到死了老太婆的房间里有人走动。他住手,沉寂,就像

---

① 一俄尺等于零点七一米。

死人，但周围静悄悄，这么说，是错觉。突然，清楚地听到一声轻轻的喊叫，要不，就像有人轻轻呻吟一下，便没了声音。又是一片死寂，有一分钟或者两分钟。他蹲在箱子边等待，轻轻喘气，突然他跳起来，抓起斧子，跑出卧室。

房间中央站着莉扎韦塔，两手提个大包袱。她木然望着被杀的姐姐，脸色煞白，似乎没力气喊叫。看到他跑出来，她像片叶子似的微微颤抖，脸上一阵阵抽搐。她抬起手，张嘴想喊，但还是没喊出声，接着慢慢地，往后，离开他朝墙角退去，专注地，直勾勾盯着他，还是没喊叫，似乎她气短，喊不出来。他抢起斧子朝她扑去。她的嘴唇扭曲了，一脸悲伤，就像小小孩被什么吓着了，直勾勾盯着吓唬她的东西，想喊。这个不幸的莉扎韦塔真是老实到了极点，她给折磨傻了，永远那么胆小，她甚至没抬起手，保护自己的脸，尽管此刻这是最必然，也最自然的动作，因为斧子已经对着她的脸举起。她只是稍稍抬起自己空着的左手，远远没到脸那儿，便慢慢朝前伸去，像要推开他。斧子直接砍在头顶上，斧刃朝下，一下子砍碎了整个前额，几乎砍到头顶中央，她倏地栽倒。拉斯科尔尼科夫魂飞魄散，抓起她的包袱，又把它扔了，撒腿往过道跑去。

恐惧越来越强烈地控制了他，尤其是这第二次，完全出乎意料的凶杀后。他想尽快逃离这里。如果此刻他能比较正确地观察和思考，如果他能想见自己处境的种种艰难，想见他的绝望、罪孽和荒唐，明了他还要闯过多少难关，也许，还要再干多少坏事，才能从这里潜逃回家，很可能他会扔了一切，立刻跑去自首，甚至不是因为担心自己的结局，而是出于对他刚才行凶的恐惧和厌恶。随着时间一分一秒地过去，这种厌恶在他内心异乎寻常地升腾和膨胀。现在说什么他也不会再去翻箱子，甚至不会再踏进房间。

但某种颠顶，甚至像是深思慢慢控制了他：有几分钟他像是迷糊了,或者不如说忘了主要的事情,尽想一些小事。不过他朝厨房望了一眼,看见长凳上的水桶里有半桶水,终于想到应当把手和斧子洗干净。他手上全是血,黏黏的。他把斧刃浸在水里,拿起窗台上破碟子里的一小块肥皂,直接在水桶里洗手。洗完后,他拎起斧子,洗净斧铁,又久久地,大约有三分钟,洗刷斧柄上的血迹,还用肥皂擦了。接着用晾在厨房绳子上的内衣擦干一切,又久久地,留神地在窗前查看斧子。血迹没了,斧柄还是湿的。他把斧子仔细地挂进大衣里面的环套,又在厨房昏暗的光线里查看大衣、裤子和靴子。乍一看,外表似乎没什么异样,只是靴子上有些血迹。他把抹布浸湿,擦干净靴子。不过他知道他检查得不够仔细,也许还有什么刺眼的地方他没发现。他沉思着站在房间中央。一个痛苦、忧郁的念头在他脑海浮起——这念头就是他疯了,此刻无法思考,也无法保护自己,也许根本就不该做他现在做的事……"我的上帝!得逃,逃!"他喃喃着朝过道冲去。谁知这里等待他的却是他从未体验过的恐惧。

他站住,看着,不相信自己的眼睛:门,外面的门,过道通向楼梯,刚才他拉铃进来的那道门,没关,甚至开着整整一巴掌宽的缝:没锁,也没放下钩子,一直,整个这段时间!老太婆没关,在他进门后,也许,出于谨慎。噢,上帝!他不是后来看见莉扎韦塔了!他怎么会,怎么会没猜到,她从哪儿进来! 总不能穿墙进来。

他冲到门口,放下钩子。

"不,又错了! 该走了,该走了……"

他拉起钩子,开门,倾听楼梯上的动静。

他注意地听了很久。远处什么地方,楼下,大概大门口,两个响亮刺耳的声音在嚷嚷,争吵,骂架。"他们干吗?……"他耐心等着。终于,一切倏地静了,声响全无,人走了。他已经想出去,不料下面一层一道通楼梯的房门突然哗地打开,有人下楼,还哼着小调。"他们怎么

杀人后（奥·谢·叶夫谢耶夫绘，1956 年）

老是爱闹!"这念头闪过脑海。他重又掩上房门,等着。终于,一切都静了,没人。他刚要一步跨到楼梯上,突然重又听到脚步声。

这脚步声听起来很远,只是刚上楼梯,但他记得十分清楚,一听到脚步声,不知为什么他就怀疑,这一定是**来这儿**,来四楼,找老太婆。为什么?是不是脚步声是那么特别,异样?这脚步声沉重、均匀、不慌不忙。这不,**他**上了二楼,还在往上走,脚步声越来越清晰!都能听到来人粗重的喘气声。这不,要上三楼……来这儿! 突然,他觉得他似乎僵硬了,这就像做梦,梦见有人追你,追近了,想杀你,而你像长在地上,连手都动不了。

终于,客人上四楼来了,他猛一哆嗦,这才迅速、灵活地从门口及时退回屋里,掩上房门。随后抓住钩子,轻轻地,悄无声息,把它钩进钩眼。本能起了作用。做完这一切,他便躲在门后,屏住呼吸。不速之客也到了门边,现在他们面对面站着,就像刚才他和老太婆一样,中间隔着门。他凝神听着。

客人几次粗重地喘气。"肯定是大胖子。"拉斯科尔尼科夫想,手里紧握斧子。确实,这像做梦。客人抓住门铃,狠狠拉了拉。

门铃刚打出白铁的声响,他突然依稀觉得,房间里有动静。有几秒钟他甚至在认真倾听。陌生人又拉了一次门铃,又等了等,突然,他不耐烦了,开始在门边猛拉把手。拉斯科尔尼科夫惊恐地看着钩子在钩眼里跳动,怀着麻木的恐惧等待这钩子立刻跳出钩眼。确实,这看来很可能:拉得那么猛。他想用手按住钩子,但那人可能猜到。他似乎又头晕了。"要晕倒!"他脑海里一闪,不料陌生人开口了,他立刻回过神。

"她们干吗,睡大觉还是被人掐死了? 天杀的!"他像在水桶里吼叫,"喂,阿廖娜·伊凡诺夫娜,老巫婆! 莉扎韦塔·伊凡诺夫娜,大美人! 开门! 嘿,天杀的,都睡了还是怎么的?"他又发疯似的一连拉了十次门铃,还使足劲。当然,这是个可以在这里抖威风,跟她们关系很近的人。

这时,不远的楼梯上突然响起细碎匆忙的脚步声。又有人上来。拉斯科尔尼科夫起先甚至没听见。

"难道没人?"上来的人响亮而又快活地问还在拉铃的第一个来客。"您好,科赫!"

"听声音,这人很年轻。"拉斯科尔尼科夫突然想。

"鬼知道,险些把锁都拉坏了,"科赫回答,"您怎么认识我的?"

"瞧您说的!前天在'加姆勃利努斯'①我连赢了您三盘桌球。"

"啊—啊—啊……"

"这么说,她们不在?奇怪。愚蠢,不过可怕。老太婆能去哪儿?我有事。"

"我也有事,爷!"

"怎么办?回去。唉—唉!我还想到手点钱呢!"年轻人大声说。

"当然,回去。干吗约我?老太婆自己给我约的时间。我还是特地弯过来的。再说,这不见鬼吗,她能去哪儿,真不明白?老巫婆一年到头都在家,病恹恹的,老说腿疼,这下倒好,突然到外面溜达去了!"

"要不要问问管院子的?"

"问什么?"

"她去哪儿,什么时候回来?"

"嗯……见鬼……问问……她可是从不出门……"他又拉了拉门把手。"见鬼,真没办法,走!"

"慢!"年轻人突然喊起来,"瞧:看到吗,这门晃得多厉害,要是使劲拉?"

———————

① 啤酒店。

"那怎么啦?"

"就是说,门没上锁,只是钩着,就是用钩子钩着!听见钩子声了?"

"那怎么啦?"

"您怎么还不明白?就是说,里面有人,要是她们两个都走了,得用钥匙从外面锁门,不是从里面把门钩上。现在,您听,这钩子的声音多响?从里面把门钩上,得屋里有人,明白了?就是说,屋里有人,就是不开门!"

"唉呀!还真是这回事!"科赫惊奇地喊起来。"她们在里面干什么!"他又发疯似的拉门。

"停!"年轻人又喊,"别拉门!这事儿有点不对劲……您都打过铃,拉过门了——里面就是不开,就是说她们两个不是昏过去了,就是……"

"什么?"

"这么办:咱们去找管院子的,让他来叫醒她们。"

"有道理!"两人一起下楼。

"停!您留在这儿,我下去找管院子的。"

"干吗留在这儿?"

"要有事呢?……"

"好……"

"我学的就是法院侦查!这儿显然,显一然,有点不对劲!"年轻人起劲地嚷嚷着,跑下楼梯。

科赫留下,又轻轻拉了拉门铃,那铃当的一响,随后他轻轻地,仿佛一面考虑一面查看似的,拉拉门把手,一拉一放,想再次确认房门只用钩子钩着。接着,又气喘吁吁地俯身朝锁孔里张望,但锁孔里有钥匙反插着,什么也看不见。

拉斯科尔尼科夫站着,紧握斧子。他就像在梦中。他甚至准备和他们搏斗,只要他们进来。他们打门和商量时,他有几次突然想立刻结束一切,从门后朝他们吼叫。有时他想跟他们骂架,嘲弄他们,趁门没打开。"尽快了结吧!"他脑海里一闪。

"他怎么啦,见鬼……"

时间在过去,一分钟,又是一分钟——没人上来。科赫开始走动。

"见鬼!……"他突然一声大叫,不耐烦地离开自己岗位,也下去了,急急忙忙,靴子踩得楼梯噔噔响。脚步声沉寂。

"上帝,怎么办?"

拉斯科尔尼科夫取出钩子,把门稍稍打开,毫无动静。突然,他无所顾忌地出来,随手把门尽量关紧,一溜烟地下楼。

他已经走下三道楼梯,突然下面传来嘈杂声——往哪儿躲!哪儿都躲不了。他正想重新回上去。

"唉,这该死的,魔鬼!抓住他!"

下面不知哪套房间里,大喊大叫地冲出个人来,不是跑下楼梯,倒像一下子跌到了底层,拼命喊叫:

"米季卡!米季卡!米季卡!米季卡!米季卡!让鬼来抓你——你—你!"

喊叫最后成了尖叫,末尾的声音已经来自院子,一切重又沉寂。但就在这时,有几个人大声交谈着,乱哄哄地上了楼梯。他们一共是三个人或者四个人。他听出了年轻人响亮的声音。"来了!"

他绝望地迎着他们走去:管它呢!要是给拦住,那就完了,不拦,也完了:会记住的。他们都快遇上了,相互间仅仅隔着一道楼梯——突然,有救!离他几级楼梯,右手,是套空房间,还敞着门,就是二楼漆匠刚才油漆的那套房间,这会儿他们,似乎故意,走了。刚才大喊大叫跑出去的准是他们。地板刚刚漆好,房间中央放着桶和盛着油漆和漆刷的钵子。刹那间,他闪进敞开的门洞,躲到墙后,还正是时候:他们已经到了楼梯平台上,接着拐弯,从门口经过,去了四楼,大声交谈着。他等了一下,踮着脚尖出来,旋即朝楼下跑去。

楼梯上没人!大门口也没人。他迅捷出了大门,朝左去了街上。

他非常清楚,他非常非常清楚,这时他们已经进了房间,看到刚才还钩上的房门现在没钩上,一定十分惊讶,知道他们已经看到尸体,知道过不了一分钟,他们便会猜到,便会完全明白,凶手刚才还在这里,无非及时在什么地方躲了一下,从他们身边溜走,逃了。也许,他们还会猜到,他们上楼时,凶手就躲在那套空房间里。但他怎么也不敢加快步子,尽管离第一个巷口大约还剩一百步。"要不要溜进哪座大门,在陌生的楼梯上躲一躲?不,不行!要不要扔了斧子?要不要叫辆马车?不行!不行!"

终于到了巷口,他拐进小巷,人已半死。到了这里,他已有一半得救,他明白这一点:嫌疑小了,而且这里人来人往,他混在这股人流里,就像顺势而下的一粒沙子。但刚才的种种磨难已经把他弄得筋疲力尽,他勉强走着,虚汗一滴滴往下淌,脖子全湿了。"瞧,醉成这样!"他走到滨河街时,有人冲他喊了一声。

现在他迷糊了,越往前走越迷糊。但他记得到了滨河街,他突然吓坏了:这里人少,容易招眼,他想重新折回小巷。尽管快跌倒了,但他还是绕个圈子,从相反方向回到了住处。

他稀里糊涂地进了自己房子的大门,至少他走到楼梯脚下,这才想起斧子。他还有一桩非常重要的事要办:把斧子放回去,并且尽量避人耳目。当然他已经无法思考,也许,更好是他根本不把斧子放回原处,把它扔进,哪怕以后,随便哪个别人的院子。

然而一切顺利。那间小屋的门虚掩着,没锁,因此,很可能管院子人在家。但他已经完全丧失思考能力,居然径直走近小屋,推门进去。

运河滨河街,彼得堡(穆·多布任斯基绘,1920 年代)

要是管院子人问他:"什么事?"他也许就这样直接把斧子给他。但管院子人又不在家。他有足够的时间把斧子放回长凳下原来的地方,甚至还用一块劈柴按原样掩上。没遇到一个人,没看见一个人影,直到后来他回到自家门口;房东的门关着。走进房间,他一头倒在沙发上,没脱衣服。他没睡,但是昏昏沉沉。要是有人此刻走进他的房间,他会立刻跳起来,冲着来人大喊大叫。一些断断续续的想法在他头脑里蠕动,但他一个想法也抓不住,一个想法也想不清,尽管使了很大的劲……

# 第二部

## 一

就这样他躺了很久。他似乎醒过几次,在这些短暂的时刻,他发现早已是夜里,但他没想到起来。终于,他发现已经有了白天似的光亮。他仰卧在沙发上,一脸刚从昏迷中醒来的麻木。他耳朵里传来街上可怕、绝望的号叫,不过这种号叫,天天夜里两点多钟,他都能在自己窗下听到。现在正是这种号叫吵醒了他。"啊!酒鬼们已经从酒店里出来了,"他想,"两点多了。"突然,他一跃而起,就像有人从沙发上把他揪了起来。"怎么!已经两点多了!"他往沙发上一坐——旋即想起了一切!突然瞬间想起了一切!

最初的一刹那,他想他准会发疯。可怕的寒战使他浑身发冷,不过这寒战部分是因为他睡着时早已发作的疟疾。现在,在寒战的突袭下,他的牙齿险些抖落,连脏腑都在哆嗦。他打开房门,听了一会儿:整幢房子都已沉睡。他惊奇地打量自己,打量房间里的一切,他不明白:他昨天进来时怎么没把门钩上,怎么就这样倒在沙发上,不仅没脱衣服,甚至没脱帽子:帽子从沙发上滚下来,掉在枕头旁的地板上。"要是有人进来,他会怎么想?以为我喝醉了,可……"他冲到小窗边

95

上,光线已经足够,他赶紧检查自己,上上下下,从头到脚,检查身上的衣服:有没有血迹? 但这样检查不行:他打着寒战,脱了所有衣服,重又开始角角落落地检查。他把一切都翻过来,直到最后一条线,最后一块布,临了还不相信自己,又接连检查了两遍。但什么也没有,似乎没有任何痕迹,只有一个地方,磨损的裤脚边沿,耷拉的一缕棉线上,沾着干枯的血迹。他抓起大折刀,一刀割了这缕棉线。似乎再也没什么了。突然,他想起钱包和他从老太婆箱子里翻出来的东西,直到现在还在他的衣袋里! 他居然直到现在还没想到要把这些东西掏出,藏好! 甚至刚才检查衣服时,他都没想起这些东西! 这是怎么啦? 他立刻把这些东西掏出,扔到桌上。扔完,还把衣袋都翻出来,看看有没有什么留在里面,然后,他把这堆东西搬到一个角落里。那里,角落下面,有个地方翘起的墙纸破了:他立刻把所有东西塞进这个窟窿,墙纸后面,"全进去了! 连影子都没有,钱包也藏妥了!"他高兴地想,欠起身,怔怔地看着那个角落,看着墙纸更翘的窟窿。突然,他吓得浑身一颤:"我的上帝,"他绝望地喃喃着,"我怎么啦? 这算藏妥了? 有这么藏的吗?"

确实,他并不打算拿东西,他以为拿回来的都是钱,所以事先没准备藏匿的地方,"那现在呢,现在我高兴什么?"他想,"难道东西是这么藏的? 我真是昏了头!"他疲惫地坐到沙发上,一阵难以忍受的寒冷又使他不住打战。旁边椅子上放着原先他上大学穿的冬季大衣,暖和,但已几乎散架,他机械地把它拉过来盖在身上。睡意和噩梦又倏地向他袭来。他睡着了。

没过五分钟,他又跳起来,旋即发疯似的朝自己衣服扑去。"我怎么又睡了,还什么都没做! 就是,就是:到现在还没把胳肢窝下那个环套拆掉! 忘了,这样的事都忘! 这样明显的罪证!"他一把拽下环套,急忙把它撕碎,塞进枕头下的内衣里。"碎布绝不会引起怀疑,也许是,也许是!"他重复着站在房间中央,重又紧张地——紧张得头都疼了——审视周围的一切,看看地板上,还有其他地方,有没有忘记什么?深信一切,甚至记忆力,甚至简单的思考能力,正在离他远去,他感到难以忍受的痛苦。"怎么,难道已经开始了,难道这就是惩罚?瞧,瞧,没错!"确实,刚才他从裤子上割下的一绺棉线就掉在地板上,房间中央,好让第一个进来的人看到!"我这是怎么了!"他又失声喊起来,就像丢了魂。

这时,他脑海中出现一个奇怪的想法:也许,他的衣服上全是血,也许有许多血迹,只是他没看见,没发现,因为脑子转不动,不管用……脑子糊涂……突然,他想起钱包上也有血。"唉呀,这么说,裤袋里也有血,我把钱包塞进裤袋,血还没干!"他倏地翻出裤袋——果然——袋布上有血迹,还不少!"这么说,脑子还没完全糊涂,这么说,还能思考,还有记性,既然我自己想起了,发现了纰漏!"他得意地想,高兴得深深换了口气,"无非是虚弱,发疟子,一时糊涂。"他撕下左侧的整块袋布。这时,太阳照到他左脚靴子上:露在破靴子外的袜头上似乎也有血迹。他脱下靴子:"真有血迹!整个袜头都让血浸透了。"想必,他当时不小心踩到了血……"现在怎么办?这袜子、棉线、袋布藏哪里?"

他把这些东西全捏在手里,在房间中央站着。"丢进炉子?人家首先就在炉子里找。烧掉?拿什么烧?火柴都没有。不,最好去什么地方,把东西扔掉。对!最好扔掉!"他一遍遍想着,又坐到沙发上,"现在就去,立刻,不能耽搁!……"但他的脑袋又倒在枕头上,难以忍受的寒战重又使他浑身冰凉,他又把大衣拉到身上。接着,久久地,有几小时,他都迷迷糊糊地觉得一阵阵冲动,"最好现在,马上,就去什么地方,把东西扔了,扔没了,赶紧,赶紧!"他几次挣扎着,想从沙发上起来,但都没成功。把他彻底惊醒的是一阵猛烈的敲门声。

"喂,开门,活着还是死了? 老睡觉!"娜斯塔西娅喊着,不住用拳头打门,"整天整天睡觉,像狗似的! 就是狗! 你开不开? 十点多了。"

"兴许没在家!"一个男人的声音说。

"唉呀! 这是管院子人的声音……他来干吗?"

他跳起来,坐在沙发上。心怦怦直跳,都疼了。

"那是谁把门钩上了?"娜斯塔西娅反驳,"瞧,还锁门呢! 怕自己被人偷走? 开门,聪明人,醒醒!"

"他们想干什么? 管院子人来干吗? 全明白了。这门开还是不开? 去它的……"

他欠起身,朝前一弯腰,启下钩子。

他的房间小得不下床就能启下钩子。

果然,门外站着管院子人和娜斯塔西娅。

娜斯塔西娅有些异样地扫了他一眼。他一副挑衅和拼命的样子,抬眼看着管院子人,后者默默递给他一张对折的灰纸,纸口用封瓶的火漆封着。

"传票,局里来的。"他说,把纸递过来。

"哪个局里?"

"警察局,就是说,传你,局里。谁都知道,哪个局里。"

"警察局! ……干吗?"

"我哪知道。让你去,你就得去。"他注意地看了看他,朝周围扫了一眼,转身走了。

"病得厉害,是吗?"娜斯塔西娅目不转睛地看着他。管院子人也回头瞅了他一会儿。"昨天就发烧。"她加了一句。

他没回答,手里拿着那张纸,没打开。

"千万别起床,"娜斯塔西娅心软了,看见他从沙发上伸下腿来,接着说,"病了,就别去;不着急。你手里拿的什么?"

他抬眼一看：右手拿着割下的棉线、袜子和撕下的袋布。他竟拿着这些东西睡着了。后来，他仔细琢磨这事，这才想起，他在高烧中似醒非醒的那会儿，狠狠捏紧这些东西，捏着捏着又睡过去了。

"瞧，都捡了些什么破烂，还捏着睡觉呢，就像捏着宝贝……"娜斯塔西娅神经质地咯咯笑了。他倏地把东西塞到大衣底下，眼睛死死盯着她。虽然那一刻他脑子不大好使，但他感到，要是来抓他，就不会这样和他说话。"那……警察局呢？"

"喝杯茶吧？想喝是不是？我去拿，还有……"

"不喝了……我去，我这就去。"他喃喃着站起来。

"大概你连楼都下不去？"

"我去……"

"随你。"

管院子人走了，她也走了。他旋即冲到亮处察看袜子和棉线："有血迹，但不明显，都弄脏了，捏没了，褪掉了。谁要是原先不知道，什么也看不出来。就是说，娜斯塔西娅站得远，什么也发现不了，感谢上帝！"于是，他战战兢兢打开传票，看起来。他看了很久，终于看懂了。这是警察分局发来的普通传票，让他今天九点半到局长室去一次。

"怎么回事？我跟警察局从不打交道！又刚好是今天？"他不解地苦苦思索。"上帝，快了结吧！"他本想跪下祈祷，但他自己都笑了——不是笑祈祷，是笑自己。他赶紧穿衣服。"完就完，反正一样！穿上袜子！"他忽发异想，"再在灰尘里走走，血迹全没了。"但他刚穿上袜子，立刻厌恶而又恐惧地把袜子脱了。脱了，转念一想，没别的袜子，拿起袜子重又穿上——他又笑了。"一切都是有条件的，都是相对的，一切都只是形式，"这个念头在他脑海里倏地闪过，稍纵即逝，但身体不住哆嗦，"这不穿上了！结果不就是穿上了！"不过，讪笑立刻变成绝望。

"不行,走不动……"他想。他的腿在哆嗦。"害怕了。"他暗自嘟哝。因为发烧,头又晕又疼。"这是耍花招! 这是他们想骗我去警察局,再突然治我。"他继续思忖,朝楼梯走去。"糟就糟在我几乎像在做梦……会说蠢话……"

下楼时,他想起他把所有东西就这样留在墙纸的窟窿里,"也许,故意把我引开,好搜查。"这么一想,他站住了。但深深的绝望和所谓的不管不顾,突然控制了他,他一挥手,又往下走。

"快了结吧! ……"

街上又是奇热难忍:都这么些日子了,哪怕下一滴雨也好。又是尘土、砖头和石灰,又是铺子和酒店的臭味,又是不时看到的酒鬼、芬兰小贩和破烂的出租马车。阳光明晃晃地直扑他的眼帘,眼睛生疼,晕头转向——发烧病人在阳光明媚的日子突然走到街上,常有这样的感觉。

走到**昨天**那条街的街口,他痛苦而又不安地看了看那条街,**那幢**房子……旋即移开目光。

"要是问起,我也许会坦白。"他想,一面朝警察局走去。

警察局离他的住所大约四分之一俄里。警察局刚刚迁入新址,在一幢新房子的四楼。旧址他曾匆匆去过一次,都很久以前的事了。进了大门,他看见右边有道楼梯,一个汉子正从楼梯上下来,手里拿着户口簿:"管院子的,没错,这么说,这儿就是警察局。"他估摸着走上去。他谁也不想问,什么也不想问。

"进去就跪下,彻底坦白……"
他想,一面朝四楼走去。

楼梯又窄又陡,上面全是污水。四层楼面所有的厨房,都朝这道楼梯敞着门,几乎整天这么敞着,所以异常闷热。腋下夹着户口簿的管院子人、警察局听差和前来办事的男男女女,有的上去,有的下来。

警察局的大门也敞着。他走进去，在过道里停下。这里始终站着好些等候办事的汉子。这里同样异常闷热，另外，重新装修的房间散发出没干透的臭烘烘的油漆味，令人作呕。他等了一会儿，断定应当再朝前走，去里面的房间。房间都是又小又低。极度的焦躁驱使他不断朝前走。谁也没注意他。第二个房间里坐着几个忙于抄写的司书，衣着只是比他略好，从外表看，个个都很古怪，他找了其中一个。

"你有什么事？"

他出示了警察局的传票。

"您是大学生？"

那人抬眼看了看传票。

"是的，原先是大学生。"

司书打量了他一眼，不过丝毫不是出于好奇。这人一头乱发，目光呆滞。

"这人嘴里问不出，他对什么都无所谓。"拉斯科尔尼科夫想。

"你上那儿，找文书。"司书说，手指往前一戳：最里面的房间。

他走进这个房间（按顺序是第四个房间），房间很窄，里面挤得满满的，和其他房间相比，这里的人穿得整洁些。来访者中有两位太太，一位正在服丧，衣着寒酸，和文书面对面坐在桌子两边，按他口授写着什么。另一位很胖，脸色绯红，有斑点，是个显眼的女人，不知为什么穿得十分艳丽，佩一枚茶碟大小的胸针①。她站在边上等候。拉斯科尔尼科夫把自己的传票塞到文书面前。那人眼角一扫，说"请稍等"，又继续办理服丧太太的事情。

他松了口气。"大概不是那事！"他渐渐振作起来，但对这股尽量振作和镇静的力量感到羞愧。

------

① 此人是妓院老鸨。

"一句蠢话，一个小小的失误，我就把自己暴露了！嗯……可惜这里空气不好，"他想，"闷……头更晕……脑子也更差劲……"

他觉得浑身上下像散了架。连他自己都怕控制不住自己。他竭力想找到什么目标，想些什么，想些毫不相干的事，但怎么也办不到。倒是文书使他感兴趣：他想从他脸上琢磨出什么，把他吃透。这人十分年轻，约莫二十二岁，一张黝黑机灵的脸，看上去比实际年龄大些，衣着时髦，像个花花公子，头发在后脑勺上分开，梳得很整齐，还抹了许多发蜡，刷得干干净净的白皙的手指上，戴着几个嵌宝戒和指环，背心上挂着一条金链。他甚至跟一个来这里办事的外国人说了两句法语，说得相当可以。

"路易莎·伊凡诺夫娜，您最好坐下。"他顺便对衣着招眼的红脸太太说。她一直站着，似乎自己不敢坐，尽管椅子就在身边。

"谢谢①。"她说着轻轻坐下，伴着一阵丝绸的声响。她的洁白花边的浅蓝色连衣裙，仿佛气球似的在椅子周围张开，几乎占了半个房间，散发出一股香水味。太太显然觉得羞愧：占了半个房间，身上还有浓重的香水味，虽说她胆怯而又无耻地笑着，但带有明显的不安。

服丧的太太终于写好了，开始站起来。突然，随着一阵嘈杂声，雄赳赳地进来一名警官，每走一步都潇洒地扭一下肩膀，佩帽徽的大盖帽往桌上一扔，坐到圈椅上。妖艳的太太一看到他，从座位上倏地跳起来，怀着某种莫名的欣喜，不住地行屈膝礼。警官对她不屑一顾，而他一来，她就不敢再坐。这是警察局副局长，留着两撇平伸的红胡子，五官奇小，不过除了有些蛮横，脸上没什么特别的表情。他不无憎恶地斜了拉斯科尔尼科夫一眼：他的衣服太差，而且，尽管地位低下，他的神态却和衣服不大相称；拉斯科尔尼科夫一时疏忽，直勾勾朝他看

---

① 德语。

了很长时间,警官甚至觉得受了侮辱。

"你来干什么?"他吼了一声,想必感到奇怪:这样一个衣服破烂的人,在他闪电似的目光下居然没有退缩。

"叫我来的……有传票……"拉斯科尔尼科夫随口回答。

"是要债的事,向**大学生**要债。"文书放下公文,赶紧说。"瞧!"他在本子上指了个地方,便把本子扔给拉斯科尔尼科夫,"看看吧!"

"要债? 要什么债?"拉斯科尔尼科夫想,"不过……反正不是那事!"他高兴得一颤,突然觉得异常轻松,说不出的轻松。如释重负。

"传票上让您几点来,先生?"中尉大吼,不知为什么他越来越感到受了侮辱,"写着让您九点来,现在都十一点多了!"

"传票送到我手里才一刻钟。"拉斯科尔尼科夫回头,响亮地甩出句话,他也突然不由自主地发火了,甚至从中得到某种满足。"我发烧还来,够可以了。"

"请别嚷嚷!"

"我没嚷嚷,我说得很平静。是您在对我嚷嚷。我是大学生,不许人家对我嚷嚷。"

副局长火得一下子说不出话,只是嘴里喷着唾沫。他从座位上跳起来。

"住一口! 您是在政府机关里! 请别无一礼,先生!"

"您也是在政府机关里,"拉斯科尔尼科夫大声说,"您不但大喊大叫,还抽烟,不尊重我们大家。"这话一出口,拉斯科尔尼科夫顿时觉得说不出的痛快。

文书笑嘻嘻地注视着他们。暴躁的中尉显然怔住了。

"这不关您事!"他终于不大自然地大叫,"请您按要求交出书面答复。给他看一下,亚历山大·格里戈里耶维奇。人家告您! 欠债不还! 真是,来了这么条好汉!"

但拉斯科尔尼科夫已经不再听了,他一把接过状子,想尽快解开这个谜。他看一遍,又看一遍,但没看懂。

"这是什么?"他问文书。

"这是按借据向您要钱,讨债。您应当要么还钱,加上种种费用、罚款和其他开销,要么给个书面答复,什么时候能够还钱,再写个保证,还清债务前不离开京城,不变卖,也不隐瞒自己的财产。债权人有权变卖您的财产,对您采取符合法律的措施。"

"我……谁也不欠!"

"这就不是我们的事了。我们收到一张依法作过拒付公证的一百五十卢布过期借据,要求追讨。借据是您出给八品文官太太扎尔尼岑娜的,九个月前,后来又从守寡的扎尔尼岑娜手里转给七品文官切巴罗夫。我们请您来就是让您对这件事作个答复。"

"她不就是我房东?"

"是房东又怎样?"

文书看着他,露出宽容而又遗憾的微笑,还带着几分得意,就像看着一个刚刚落进敌人炮火的新兵:"怎样,现在是什么感觉?"但他现在哪还管什么借据,什么追讨!现在这还值得他稍稍忧虑,甚至稍稍注意吗!他站着,看着,听着,回答着,甚至还自己发问,但这一切都是机械的反应。庆幸自己没有暴露,死里逃生,摆脱了沉重的压抑——这就是此刻充满他全身心的感受,不用预见,不用分析,不用算计,不用怀疑,也不用发问!这是充满欢乐的时刻,自然的,纯粹动物的欢乐。不过,这时局长室里像是炸起响雷,电光闪闪。中尉被刚才的不敬所震怒,浑身冒火,显然他想维护自己受了伤害的尊严,冲着"妖艳的太太"大发雷霆,也该她倒霉,其实打中尉进来后,她一直愚蠢地对他赔着笑脸。

"你这没羞没臊的臭娘们,"他突然直着喉咙大叫(服丧的太太已经走了),"你那里昨天夜里怎么了?啊?又是丑闻,闹得满街不太平。又是打架、酗酒。想进拘留所!我都对你说了,对你警告了十次,再有第十一次,我决不饶恕!可你一次次地没完,你这没羞没臊的臭娘们!"

其至状纸都从拉斯科尔尼科夫手里掉了,他诧异地看着这位被人痛骂的妖艳太太,但很快明白了是怎么回事,旋即,这一切甚至使他觉得欣喜,他满意地听着,甚至想大笑,大笑,大笑……他所有的神经都乐不可支地跳动着。

"伊里亚·彼得罗维奇!"文书关切地刚一开口,又把话咽了下去,他在等待时机:要想制止暴跳如雷的中尉,不抓住后者的两只手根本不行,这是他本人的经验。

至于妖艳的太太,起先倒是抖得不行,架不住这电闪雷鸣的怒骂,然而奇怪,中尉骂得越多,越凶,她反倒越是显得殷勤,对声色俱厉的中尉越是笑得迷人。她在原地频频倒脚,行屈膝礼,急不可耐地等着最终总会给她说话机会,她等到了。

"我那里没闹事,没打架,大尉先生。"她突然像撒豌豆似的噼里啪啦说起来,带着浓重的德国口音,尽管算得上是流利的俄语,"也没有,根本没有什么丑闻,他们来的时候就醉了,这些我都会原原本本说的,大尉先生,我没错……我那里可是规矩的堂子,大尉先生,待人接物一向规矩,大尉先生,我自己任何时候,任何时候都不愿看到什么打打闹闹的事。他们来的时候已经醉了,后来又要了三瓶酒,后来一个人抬起脚,用脚弹钢琴。这在规矩的堂子里绝对不行。他把钢琴全弄坏了,这完全,完全没风度,我说了。他拿起酒瓶,就挨个从背后捅人。我赶紧去叫管院子的,卡尔来了,他抓住卡尔,就揍他眼睛,亨利埃特眼睛上也挨了揍,我还挨了五个耳光。这在规矩的堂子里太不礼貌,大尉先生,我就喊了。他打开面河的窗子,像小猪似的拼命号叫,真丢人。怎么可以在临街的窗口上像小猪似的号叫？呸—呸—呸！卡尔从后面抓住他的燕尾服，想把他从窗口上拖开，这时，确实，大尉先生，把他的燕尾服撕破了。他大喊大叫，让赔十五卢布。是我自己，大尉先生，赔了他五卢布。这是个不规矩的客人，大尉先生，尽胡闹！他说，我要登你们一篇大大的讽刺文章，因为我在所有报纸上都能鞭挞你们。"

"这么说，他是作家？"

"对，大尉先生，这位客人太不规矩，大尉先生，在一个规矩的堂子里……"

"行—行—行！够了！我已经对你说过，说过，我早就对你说过……"

"伊里亚·彼得罗维奇！"文书重又意味深长地说。中尉瞥了他一眼，文书稍稍点了点头。

"……这是我给你的最后警告，最尊敬的拉维扎·伊凡诺夫娜，这是最后一次，"中尉继续说，"只要你那个规矩的堂子里再出一次丑闻，用个高雅的说法，我就唯你是问。听见了？这么说，一个文学家，作家，在'规矩的堂子'里，为了一片后襟敲了你五卢布？你倒瞧瞧，还作家呢！"他朝拉斯科尔尼科夫轻蔑地瞥了一眼。"前天在一家小餐厅里也是：用餐了，可就是不付钱。'我，'他说，'要在文章里好好讽刺你们。'还有个家伙在轮船上也这样，上星期吧，把尊敬的五等文官一家，他的太太和女儿，臭骂一顿。前几天又有个家伙被人连推带搡从糖果店赶出来。瞧，都是些什么货色，作家，文学家，大学生，老百姓的喉舌……呸！你走吧！我会自己去你那儿查看的……到时候你得小心！听见了？"

路易莎·伊凡诺夫娜赶紧殷勤地朝前后左右行屈膝礼，一面行礼，一面退到门口，不料，在门口她的屁股撞上了一位显赫的军官，这

106

人开朗,精神,留着相当漂亮、浓密的浅色络腮胡子。这是尼科季姆·福米奇,警察局局长。路易莎·伊凡诺夫娜行了一个深深的屈膝礼,膝盖几乎碰到地板,随即踩着碎步,蹦蹦跳跳地飞一样离开了局长室。

"又是雷电交加,又是狂风大作!"尼科季姆·福米奇客气而又友好地对伊里亚·彼得罗维奇说,"又惹你发火啦,又是大发雷霆! 我在楼梯上就听见了。"

"瞧您说的!"伊里亚·彼得罗维奇豁达而又随便地回了一句(甚至不是"瞧您说的",而是有些像"瞧——瞧你说哩——哩!"),拿着什么公文朝另一张办公桌走去,每走一步都潇洒地扭一下肩膀,起哪个脚,扭哪个肩膀,"这不,您倒瞧瞧:作家先生,不,大学生,从前的大学生,不还钱,尽出借据,也不腾房子,告他的状子不断,反倒怪我在边上抽烟! 自己耍赖不算,这不,您倒瞧瞧:他现在这副尊容多讨人喜欢!"

"贫非罪,朋友,这有什么! 谁都知道,他是火药,受不得气。您准是对他恼火,忍不住了,"尼科季姆·福米奇客气地朝拉斯科尔尼科夫转过身,继续说,"不过,您可是完全没必要:我告诉您,他是个大大的好人,只是脾气火暴,火药! 发火了,爆炸了,烧完了——也就没事了! 全过去了! 说到底,他有颗金子一样的心! 在团里大伙儿就管他叫'火药中尉'……"

"多棒的团!"伊里亚·彼得罗维奇大声说,有人这样舒服地奉承他,他很满意,但还在生气。

拉斯科尔尼科夫突然想对大家说些非常讨好的话。

"哪能呢,大尉,"他突然朝尼科季姆·福米奇转过身,相当随便地说,"请设身处地为我想想……我甚至准备向他道歉,要是我有什么不敬的话。我是大学生,还在生病,苦闷透了(他就是这么说的:'苦闷透了'),穷呗。原先我是大学生,现在我都没法养活自己,不过我会有钱

107

的……我母亲和妹妹在外省……她们肯定给我寄钱，我……也肯定还。我房东是个好心的女人，不过她火透了，因为我丢了补课的差使，三个多月没交钱，她甚至不给我供餐……我真不明白，这算什么借据！现在她凭这张借据问我要钱，我拿什么还她，您倒说说！……"

"这可不是我们的事……"文书又插嘴了……

"对不起，对不起，我完全同意您的看法，不过也得让我解释一下，"拉斯科尔尼科夫又接过话头，不是对着文书，仍然对着尼科季姆·福米奇，也尽量对着伊里亚·彼得罗维奇，虽然后者执拗地装出一副寻找公文的模样，对他不屑一顾，"也得让我从我这方面解释一下，我住她的房子快三年了，从外省来这里开始，原先……原先……我干吗不承认，从一开始我就答应，要娶她女儿，那是说说的，并不当真……这是个年轻姑娘……不过，她确实讨我喜欢……尽管我没爱上她，一句话，年轻，反正，我想说，当初房东让我赊了许多账，我在某种程度上就是这样过日子的……我很轻率……"

"没人要您公开这类隐私，阁下，再说也没时间。"伊里亚·彼得罗维奇粗暴而又带着几分得意地打断他，但拉斯科尔尼科夫激动地截住了他的话，尽管他突然觉得说话十分费劲。

"对不起，让我，多多少少，把话说完……是怎么回事……尽管我也……同意您的看法，说这些是多余的。一年前，这姑娘生伤寒死了，可我仍然住着，像原先一样。房东一搬进现在这套房子，就对我说……说得很客气……她绝对相信我……问我是不是愿意给她出一张一百五十卢布的借据，她算下来欠她这个数。瞧，她就是这么说的，只要我出这张借据，她就再让我赊账，赊多少都行，在我还清前，她永远永远——这是她原话——不会动用这张借据……可现在我连补课的差使都丢了，没吃的，她反倒讨债了……现在我能说什么？"

"这些感情上的事，阁下，和我们毫无关系，"伊里亚·彼得罗维奇蛮横地打断他，"您应当作个答复，作个保证，至于您恋爱了，还有这些曲折的悲剧，和我们毫无关系。"

"您这可是……太残酷……"尼科季姆·福米奇喃喃着坐到办公桌旁，开始批阅公文。不知为什么，他觉得难堪。

"写吧。"文书对拉斯科尔尼科夫说。

"写什么?"后者很不礼貌地问。

"我会给您口授的。"

拉斯科尔尼科夫觉得，文书听了他的自白后对他更轻慢了——然而真是怪事——他突然对任何人的看法都无所谓了，这个变化似乎发生在一刹那，前后不到一分钟。如果他愿意稍稍想一想，他当然会觉得奇怪：一分钟前，他怎么会这样跟他们说话，甚至想用自己的感情打动他们? 这些感情从哪里来的? 恰恰相反，现在即使房间里突然不是坐着警察局局长，而是挤满他最好的朋友，他大概也找不到一句人话对他们说，他的心突然变得空落落的，一无所有。痛苦的、没有尽头的孤寂和冷漠的阴暗感觉，突然在意识的支配下触及他的灵魂。不是他在伊里亚·彼得罗维奇面前袒露一切的下贱，也不是中尉庆幸自己胜利的卑劣，突然改变了他的心情。噢，现在一切的一切都和他不相干，无论自己的卑鄙还是旁人的傲慢，中尉还是德国女人，讨债还是警察局! 即使现在判他火刑，他也不会动一动，甚至未必会认真听完判决。他内心发生了某种对他来说完全陌生的、全新的、突然的、从未有过的变化。倒不是他明白，而是他清楚地，全身心地感到，他不仅不可能像刚才那样感情冲动，甚至根本无法和局长室里的这些人说话，哪怕这里全是他的兄弟姐妹，不是警察中尉之类，他也根本不想和他们说话，甚至无论发生什么情况;在这以前他还从未有过这种奇怪和可怕的感觉。并且最痛苦的是，这与其说是意识、顿悟，不如说是感觉，一种直觉，一种他有生以来所有感觉中最痛苦的感觉。

文书开始向他口授这种情况下通常使用的答复格式，即我无力偿付债务，保证某年某月（随便什么时候）归还，决不离开本市，决不变卖和赠送财产，等等。

"您没法写，笔都拿不住，"文书说，好奇地端详着拉斯科尔尼科夫，"您有病？"

"对……头晕……往下说吧！"

"完了，签名。"

文书收了字据，着手办理别人的事。

拉斯科尔尼科夫还了笔，但他没有起身离开，反把臂肘搁在桌上，两手紧紧抱住头，仿佛钉子正在钉入他的头顶。一个怪异的想法突然向他袭来：这就站起，走到尼科季姆·福米奇跟前，对他坦白昨天的一切，完全彻底，直到最小的细节，随后带他一起去自己住处，向他指认藏在墙角窟窿里的赃物。这个愿望是那样强烈，他都站起准备做了。"是不是再考虑一分钟？"他脑海里倏地一闪，"不，最好别考虑，彻底了结！"他突然站住，像被埋进了土里：尼科季姆·福米奇正激动地和伊里亚·彼得罗维奇说话，一字一句都传进了他的耳朵：

"这不可能，两个人都会放的。第一，矛盾太多，您想：他们干吗叫管院子的，要是这是他们干的？自己告自己？想要花招？不，这招数太花！说到底，大学生佩斯特里亚科夫进去时，两个管院子的和一个女人都在门口看到过他：他是和三个朋友一起来的，直到门口才和他们分手，还当着朋友的面，向两个管院子的打听住址。要是来人有这种打算，会打听住址？至于科赫，去老太婆家以前，先在楼下银匠那里坐了半小时，八点缺一刻才从他那里出来，上楼去找老太婆。现在您想……"

"请问，他们的说法怎么这样前后矛盾：自己说敲门了，门钩着，三分钟后，跟管院子的一起上去，原来那门没钩？"

"问题就在这儿：凶手肯定在里面，这才把门钩上，要不是科赫犯傻，自己跑去叫管院子的，肯定能把凶手当场抓住。他就是在这段时间里下楼，设法从他们身边溜走的。科赫两手画着十字说：'要是我留在那儿，他准会跳出来，用斧子把我杀了。'他都想做一次俄罗斯祈祷，嘿—嘿！"

"凶手谁也没看见？"

"哪会看见？这房子是诺亚方舟①。"文书插了一句，他坐在自己座位上仔细听着。

"事情很清楚，事情很清楚！"尼科季姆·福米奇一迭连声地重复。

"不，事情很不清楚。"伊里亚·彼得罗维奇作了结论。

拉斯科尔尼科夫拿起帽子，朝门口走去，但没走到门口……

他醒来时，看见自己坐在椅子上，右边有人扶着他，左边也站着人，手里拿着一只黄兮兮的玻璃杯，杯里的水也是黄兮兮的。②尼科季姆·福米奇站在他面前，注意地看着他。他从椅子上站起来。

"这是怎么啦，您有病？"尼科季姆·福米奇厉声问。

"刚才他签名时，笔都拿不住。"文书说，一边坐到自己座位上，重又开始处理公文。

"您病了多久啦？"伊里亚·彼得罗维奇坐在自己座位上喝问，手里同样翻着公文。病人晕倒时，他当然也来看过，但病人一醒，他立刻回到了自己座位上。

"昨天病的……"拉斯科尔尼科夫含糊地回答。

"昨天出门了？"

"出门了。"

---

① 表示住户众多。
② 十九世纪六十年代彼得堡的饮水取自遍布全市的河道，河水浑浊发黄。

"病了？"

"病了。"

"几点？"

"晚上七点多。"

"去哪儿，请问？"

"上街走走。"

"简明扼要。"

拉斯科尔尼科夫回答得很生硬，很干脆，他的脸白得就像头巾，他没在伊里亚·彼得罗维奇的逼视下，垂下红肿的黑眼睛。

"他都站不住了，你还……"尼科季姆·福米奇想说又没说下去。

"没—关—系！"伊里亚·彼得罗维奇怪里怪气地说。尼科季姆·福米奇本想再说几句，但他看了看同样注视着他的文书，便没作声。突然他们都不作声了。奇怪。

"好吧，"伊里亚·彼得罗维奇说，"我们不耽搁您了。"

拉斯科尔尼科夫走了出来。他还能听见，他走后屋里突然一下子议论开了，听得最清楚的是尼科季姆·福米奇发问的声音……走到街上，他完全清醒了。

"搜查，搜查，马上就要搜查！"他暗自重复，匆匆赶回家去，"强盗！怀疑了！"原先的恐惧又控制了他的全身，从头到脚。

# 二

"要是已经搜查了？要是回去正好碰上他们？"

瞧，这就是他的房间。没事，也没人。谁也没来过。甚至娜斯塔西娅都没动过什么。上帝！当时他怎么会把这些东西都放在这个窟窟里?

他冲向角落,伸手到墙纸后面,掏出一件件东西,装进衣袋。原来一共八件:两个小盒,装着耳环或者耳环之类的东西——他没好好看;四只不大的羊皮套,一根金链子简单地用报纸包着。还有一件包在报纸里的东西,像是勋章……

他把这些东西放进大衣口袋和留下的右侧裤袋里,尽量让人看不出。钱包他也一起拿了。然后走出房间,这次甚至就让房门大敞着。

他走得很快,很稳,虽然觉得浑身像散了架,但脑子很清楚。他怕追踪,怕再过半小时,再过一刻钟,也许就会下令监视他,因此无论怎样,应当在这以前毁掉罪证。应当办掉这事,好在他多少有点力气,还能思考……去哪儿?

这早已决定:"把东西扔进河里,罪证没了,事情就完了。"昨天夜里,迷糊中,在想起这事的瞬间,他就这样决定,几次挣扎着想起来把它办掉:"快,快,把东西扔了。"不料,扔掉还真难。

他在叶卡捷琳娜滨河街徘徊了大约半小时,也许不止半小时。他一次次遇到下河的斜坡,一次次看了斜坡。但要如愿,真是想也别想:斜坡边上不是停着木筏,木筏上还有女人洗衣服,便是泊着小船,到处是人,乱哄哄的,而且从滨河街,从四面八方的任何角度,都能看见,发现:可疑,有人故意下到水边,站住,把什么东西扔进水里。再说,要是套子不沉下去,反而漂上来?肯定漂上来。任何人都会看见。即使不是这样,所有的人也都在看他,迎面过来,把他从头看到脚,似乎他们就在怀疑他。"这是怎么啦,要不,也许是我的错觉。"他想。

最后,他开窍了:去涅瓦河的什么地方不更好吗?那里人少,不显眼,不管怎样,比较方便,主要是离这一带远些。突然他惊讶了:他怎么会徘徊足足半小时,苦恼,惊慌,还在危险的地方,没能早些想到这办法!所以,把整整半小时浪费在这种冒失的事上,可这还是梦里,迷糊中,断然决定的! 他变得异常颠预、健忘,他知道这一点。一定得抓紧!

他沿着 B 大街朝涅瓦河走去。但路上,突然又出现了新想法:"干吗去涅瓦河? 干吗扔进水里? 走得远远的不更好,哪怕再去群岛,到那里随便找个没人的地方,树林里,小树底下,把这些东西全埋了,也许再做个记号?"尽管他觉得此刻他无法清晰而又理智地考虑一切,但这个想法像是绝对没错。

但群岛他也注定到不了,实际情况完全是另一回事:从 B 大街去广场的路上,他突然看到左边有个院子入口,院子四周围着严严实实的围墙。一进大门,右侧是毗邻的四层楼房未经粉刷的外墙,这墙没窗,远远地一直延伸到院子尽头;左侧,和这堵外墙并行,也从进门的地方开始,有一道伸向院子深处的板墙,长约二十步,然后拐向左面。这是一个僻静、围严的地方,堆着不知什么材料。稍远,院子深处的板墙后面,露出低矮、被烟熏黑的石头棚子的一角,显然是什么工场的设施。这里大概是家什么厂子,马车厂或者五金厂,反正就是这类厂子。几乎从门口开始,到处都是乌黑的煤粉,"扔这儿不挺好,扔了就走!"他突然想。发现院子里没人,他悄悄溜进大门,随即看到离大门不远的板墙脚下,恰好装着小便槽(凡有许多工人、匠人和马车夫等等的院落里,常常装有这类小便槽),小便槽上面的板墙上,用粉笔写着这种场合常见的俏皮话:"嘘处禁子停留。"真太好了,就是说他弯进来稍作停留,不会引起任何怀疑。"把东西往哪个地方一扔,扔了就走!"

他又朝四周看了看,已经把手伸进衣袋,突然发现院墙旁,大门和小便槽之间才一俄尺宽的地方,有块粗糙的大石头,重约一普特半①,紧挨临街的石头院墙。墙外便是大街,人行道,可以听到行人来往的

① 一普特为十六点三八公斤。

114

叶卡捷琳娜运河,彼得堡(费·巴甘茨绘,1860年代)

声音：这里行人一向不少，但隔着大门谁也看不见他，除非有人从街上进来，不过这很可能，必须抓紧时间。

他俯下身，两手紧紧抓住石头上端，使出浑身力气，把石头翻起。石头底下露出一个不大的坑：他立刻把衣袋里的东西全都扔进去。钱包在最上面，但坑里还有地方。然后他又抓住石头，把它翻过来。石头恰好落在原处，无非看上去稍稍高些。他朝石头四周扒了些土，用脚踩实。毫无痕迹。

他出了院子，朝广场走去。又是一阵强烈的、难以抑制的喜悦，像刚才在警察局里那样，刹那间流遍他的全身。"东西埋了！谁会找到这石头底下来？这石头也许从房子造好起就一直这么扔着，也许还会扔上许多年。即使让人找到了，谁又会想到我？一切都结束了！没有罪证！"他笑了。是的，后来他记得，那是一种神经质的、细碎的、无声而又长久的傻笑，他从广场经过时，一路都这么笑着。然而，一踏上 K 林荫道，来到前天遇见少女的地方，他的笑意突然消失。另一些想法钻进他的头脑。他突然觉得，他现在非常厌恶从他坐过的长椅边上经过（少女走后，他坐在长椅上想了很久），也非常厌恶再遇见他给过二十戈比的小胡子警察。"让他见鬼去！"

他走着，看着周围，颠顸，凶狠。现在他的想法全都围绕一个主要问题。连他自己都感到这确实是主要问题，现在，正是现在，他将单独面对这个主要问题，这在近两个月中甚至还是第一次。

"让这些全都见鬼去！"他突然气血上冲，恶狠狠地想，"开始了，到底开始了，什么新生活，让它见鬼去！上帝，这多蠢！……今天我撒了多少谎，干了多少坏事！刚才多么恶劣地巴结讨厌透顶的伊里亚·彼得罗维奇，跟他演戏！不过这也不值一提！我不在乎他们这帮家伙，不在乎刚才巴结他们，跟他们演戏！完全不是那回事！完全不是！……"

116

拉斯科尔尼科夫
（彼·博克列夫斯基绘，1880 年代中期）

突然他停住脚步,一个完全意外而又异常简单的新问题,一下子把他弄糊涂了,使他痛苦,惊讶:

"如果这事确实是有意做的,不是胡闹,如果你确实有明确无疑的目的,那你怎么直到现在都没打开钱包看看,不知道你究竟得到了什么,凭什么你要承担所有的痛苦,主动去干那样卑鄙、丑恶、下流的勾当?刚才你不是想把它扔进水里,钱包,还有你连看也没看的东西……这是怎么回事?"

是的,是这样,确实是这样。不过这些他原来就知道,对他来说,根本不是新问题,昨天夜里决定把东西扔进河里时,他没有丝毫的犹豫和疑问,仿佛这是应当的,仿佛不可能不是这样……是的,他知道这一切,也记得这一切,是的,这几乎昨天就决定了,就在他蹲在箱子旁,从里面掏出一个个套子时……确实是这样!……

"都怨我病得太重,"他终于忧郁地断定,"我自己把自己折磨苦了,连自己都不知道在做什么……昨天也好,前天也好,这段时间一直在折磨自己……等身体好了,我就……不折磨自己……万一身体好不了呢,那怎么办?上帝!我对这一切都厌烦了!……"他不停地走着。真想用什么办法散散心,但他不知道该怎么做,该用什么办法。一种新的、不可抗拒的感觉,几乎一分钟比一分钟更强烈地控制了他。这就是对周围一切极度的、近乎肉体的反感,顽固而又充满狠毒和仇恨的反感。他憎恶劈面遇到的所有行人——憎恶他们的脸,步态,一举一动。如果有人跟他攀谈,他准会啐他,也许还会咬他……

他突然站住,原来到了小涅瓦河,瓦西里岛的桥旁。"瞧,他就住在这儿,这幢楼里,"他想,"这算什么,总不是我有意来找拉祖米欣吧!又走到这里来了,跟上次一样……不过也挺有趣:究竟是我有意来的,还是走着走着,无意中到了这里?反正一样。我说过……前天吧……完事后,第二天就去找他,好吧,我这就去找他!好像现在我不能找他似的……"

他到了五楼,拉祖米欣的住所。

拉祖米欣在家,在自己斗室里,这时正在工作,写着什么,还是自己替他开的门。他们有四个月没见了。拉祖米欣穿着破旧的睡衣,赤脚穿一双便鞋,头发乱蓬蓬的,没刮脸,也没洗脸。他很惊讶。

"你怎么啦?"他喊起来,从头到脚打量着进来的朋友,接着稍稍沉默了一会儿,吹了声口哨。

"难道真这么遭难? 老兄,原先你可比我们谁都穿得潇洒。"他看着拉斯科尔尼科夫身上的破衣服,补充说,"坐,你大概累了!"拉斯科尔尼科夫一下子倒在土耳其漆皮沙发上(这沙发比他自己的沙发还差),这时,拉祖米欣突然发现,他的客人有病。

"你病得很重,你知道吗?"他开始按他的脉搏,拉斯科尔尼科夫把手挣脱了。

"不用,"他说,"我来……是这么回事:我没课上……我想……不过,我也根本不想上课……"

"知道吗? 你这是在说胡话!"注意观察他的拉祖米欣说。

"不,我没说胡话……"拉斯科尔尼科夫从沙发上站起来。上楼找拉祖米欣时,他没想到他得面对面地跟他待在一起。现在,刹那间,他突然明白,根据已有经验,此刻他最不愿意做的,就是面对面地跟这个世界上的什么人待在一起。他恼火极了,一踏进拉祖米欣的门,就把自己恨得险些喘不过气来。

"再见!"他突然说,径直朝门口走去。

"你等等,等等,怪人!"

"不用! ……"他又说,再次把手挣脱了。

"那你干什么来了! 犯傻,是不是? 这不……气人。我决不放你走。"

"听着：我来这儿，是因为除了你，我不知道谁会帮我……开始……因为你比谁都好，就是说比谁都聪明，想得周到……不过现在我发觉我什么都不需要，听见吗，完全不需要……不需要任何帮助、关心……我自己……一个人……唉，行了！让我安静一下！"

"等等，你这个扫烟囱的！实打实的疯子！按我的心思，你爱怎么着就怎么着。看见吗，我也没课上，也不想上。不过旧货市场有个书商，叫赫鲁维莫夫，这在某种意义上也是课。现在拿五节课来换他，我都不干。他搞点出版，出些自然科学的小册子——销得真快！单凭书名就来钱！你总说我笨，真的，老兄，还有比我笨的。现在他也赶潮流，自个儿啥也不懂，我自然给他打气。瞧，这儿有两个多印张的德文——我看是傻透的东西，不懂装懂：一句话，研究女人是不是人。不用说，郑重其事地论证一番，是人。赫鲁维莫夫准备出这个东西，讨论女人问题。我在翻译。他会把这两个印张的东西拉成六个印张，再想个最招摇的标题，印上半页，卖它半卢布一本。准能脱手！给我的稿费是一印张六卢布，就是说一共十五卢布。我预支了六卢布。干完这个，再译描述鲸鱼的书，还从《忏悔录》①第二卷里挑了些枯燥透顶的废话，也得译。有人告诉赫鲁维莫夫，说在某种意义上，卢梭就是拉季舍夫②。我自然不反对，管它呢！想译《女人是人吗？》，第二印张，想译，就把原文拿去，笔也拿去，还有纸——这都不用花钱——再拿上三卢布：我预支的是整本书的稿费，第一印张跟第二印张，就是说，这三卢布是你的名分。译完这个印张，再拿三卢布。还有，别以为这是我帮你。相反，你一进来，我就想好了，你能为我做什么。第一，我拼写不行；第二，我的德语有时简直就是瞎蒙，多半是自己编造，可以自

---

① 法语。
② 拉季舍夫(1749—1802)，俄国作家。

120

拉祖米欣（彼·博克列夫斯基绘,1880 年代中期）

慰的是这样反而更好。不过谁知道,也许不是更好,而是更差……你拿不拿?"

拉斯科尔尼科夫默默拿了几页论文原文,拿了三卢布,一句话没说,走了。拉祖米欣惊讶地看着他的背影。但刚走到一号街,拉斯科尔尼科夫突然转身,重又上楼找拉祖米欣,把那几页德文和三卢布往桌上一放,又是一句话没说,走了。

"你这是发酒疯,还是什么!"拉祖米欣终于发火了,大吼,"你演什么闹剧? 把我都搞懵了……见鬼,你这么做,究竟干吗来了?"

"我不要……翻译……"拉斯科尔尼科夫含糊地说,已经开始下楼。

"那你要什么?"拉祖米欣在上面喊。拉斯科尔尼科夫默默地继续往下走。

"喂,问你呢! 你住哪儿?"

没回答。

"你见鬼—鬼去! ……"

但拉斯科尔尼科夫已经走到街上。在尼古拉桥上,他又一次彻底清醒了,那是一桩对他极不愉快的事。他被一辆四轮马车上的车夫在背上结结实实抽了一鞭,因为他险些撞到马蹄下面去了,尽管车夫朝他喊了三四次。这一鞭打得他火透了,他倏地跳到栏杆旁(不知为什么,他走在桥中央走车而不是走人的地方),恶狠狠地把牙齿咬得咯咯响。周围自然响起一片哄笑。

"活该!"

"一个无赖。"

"明摆着,硬装酒鬼,故意往轮子底下钻。责任都是你的。"

"他们干的就是这一行,老兄,干的就是这一行。"

他站在栏杆旁,依然无畏而又凶狠地望着远去的马车,揉着脊背。

这时,他突然感到有人往他手里塞钱。他看了看,是个商人太太,戴头巾,穿一双羊皮鞋,她身边有位姑娘,戴凉帽,手里拿着一把绿伞,想必是她女儿。"收下吧,爷,看在耶稣分上。"他接过钱,她们从他身边走过。这是一枚二十戈比的硬币。看他的衣着和外表,很可能她们把他当成乞丐,当成在街上讨钱的真的叫花子。得到整整二十戈比的施舍,他大概还得感激那一鞭,是那一鞭唤起了她们的同情。

他把二十戈比握在手里,走了十来步,随后朝涅瓦河扭过脸去,望着冬宫方向。天上没一丝云彩,河水几乎是湛蓝的,这在涅瓦河上十分罕见。以撒大教堂的圆顶熠熠生辉,从这里,桥上,离尼古拉小教堂二十步左右的地方望去,再好不过,透过洁净的空气,甚至可以清晰地看到大教堂的每一件装饰。鞭打的疼痛消失,拉斯科尔尼科夫忘了那一鞭。现在,一个不安而又不太明确的想法完全控制了他。他站着,久久凝视远方。这地方他特别熟悉。他去大学上课那阵子——常常是回家路上——他也许有一百来次,正是在这里驻步,凝视这片确实雄伟壮丽的景色,而且几乎每次都对自己一种朦胧而又反常的印象感到惊讶。莫名的寒气总是从这雄伟壮丽的景色向他飘拂,对他来说,这豪华的画面充满与世隔绝的冷漠……他每次都对自己这种忧郁和神秘的印象感到奇怪,却又每次都不相信自己,希望以后再来解开这个谜。现在,他突然异常清晰地想起了自己原先的疑问和困惑,他似乎觉得他现在想起这些绝非偶然。单凭他仍在原先的地方,仍像原先那样驻步,就使他感到怪异和离奇,仿佛他当真以为,现在他还能像原先那样思考相同的问题……还能像不久前那样,对原先的题目和景色发生相同的兴趣。他险些觉得好笑,同时又难受得心口隐隐作痛。现在他似乎觉得,这原先的时光,原先的想法,原先的疑问,原先的题目,原先的印象,还有这全部景色,以及他自己,一切的一切,全都堕入深渊,在他脚下勉强可以看见的什么地方……似乎他正朝云端飞去,一切在他的视野里慢慢消失……他下意识地抬了抬手,突然察觉手里握着二十戈比硬币。他松开手,凝神看了看硬币,一挥手把它扔进水里,随即转身回家。他似乎觉得此刻他亲手用剪刀剪断了他和这个世界的一切联系。

他到家已是傍晚,就是说一共走了大约六小时。他是打哪条路回来的,又是怎样回来的,这些他都不记得。他脱了衣服,抖得像匹累垮的马,一头倒在沙发上,盖上大衣,旋即进入梦乡……

黑暗中,他被一阵可怕的尖叫惊醒。上帝,这是什么叫声!这样声嘶力竭!这样的哀号、惨叫、咬牙、眼泪、毒打和臭骂,他还从没听到过,也从没见到过。他甚至不能想象这样的兽行,这样的狂怒。他惊恐地在沙发上坐起来,一动不动,心如刀绞。但殴打声、号叫声、臭骂声越来越响。使他震惊的是,他突然听到房东的声音。她痛哭,号叫,哀求,又快又急,含含糊糊,很难听清她在哀求什么——当然是哀求人家停手,因为有人在楼梯上死命打她。打人的人声音可怕极了,凶恶,疯狂,都已经嘶哑,但仍然说着什么,同样说得很快,很含糊,急急忙忙,气喘吁吁。突然拉斯科尔尼科夫像片叶子似的哆嗦起来:他听出了这声音,这是伊里亚·彼得罗维奇的声音。伊里亚·彼得罗维奇在这里,在打房东!他用脚踢她,按着她的头往楼梯上撞——这很清楚,这从碰撞、哭叫、踢打的声音上可以听出!这是怎么回事,都乱了套,是吗?可以听到所有楼面上,楼梯上,陆续聚集了许多人,他们说话,惊叫,上楼,敲门,关门,全都跑出来。"这是为什么,为什么……这怎么行!"他重复着,当真以为他完全疯了。不,他听得太清楚!……这么说,马上会来他这儿,要是这样,"全是因为……对,全是因为昨天的……上帝!"他想扣上门钩,但手抬不起来……再说也没用!恐惧像冰一样团团围住了他的心,他吓坏了,冻僵了……终于,这持续足足十分钟的喧闹开始慢慢平息。房东在呻吟,叹息,伊里亚·彼得罗维奇

拉斯科尔尼科夫(杰·什马里诺夫绘,1955 年)

还在吓唬她，骂她……不过，似乎他也终于不闹了。这不，已经听不到他的声音。"难道走了！上帝！"对，房东也走了，她还在呻吟，啜泣……这不，她的门也碰上了……这不，看热闹的四散着从楼梯上回房去——叹息着，争论着，互相呼唤着，忽而响得像喊叫，忽而又轻得像耳语。想必看热闹的人很多，几乎整幢房子的人都出来了。"上帝，这难道可能吗！他干吗来了，干吗！"

拉斯科尔尼科夫颓然瘫倒在沙发上，但已无法合眼。他躺了大约有半小时，忍受着极度的痛苦，忍受着难以忍受，也从未忍受过的极度恐惧。突然，明晃晃的亮光照进他的房间：娜斯塔西娅拿着蜡烛和一盘汤进来。她朝他注意地看了看，发现他没睡，便把蜡烛支在桌上，把送来的东西一一摆好：面包、盐、盘子、匙子。

"大概昨天就没吃东西。逛了整整一天，还发烧呢。"

"娜斯塔西娅……他们干吗打房东？"

她留神看了看他。

"谁打房东？"

"就刚才……半小时前，伊里亚·彼得罗维奇，警察局副局长，在楼梯上……他干吗这样打她？他干吗来了？"

娜斯塔西娅默默地，皱着眉头，朝他上下看着，就这样看了很久。这样看他，他觉得很不舒服，甚至觉得害怕。

"娜斯塔西娅，你干吗不作声？"他终于胆怯地说，声音很轻。

"这是血。"她终于轻轻回答，像是自言自语。

"血！……什么血？"他喃喃着朝墙壁退去，脸色发白。娜斯塔西娅仍然默默看着他。

"没人打房东。"她用严厉、坚决的口气说。他看着她，大气都不敢出。

"我亲耳听到的……我没睡……我坐着，"他更加胆怯地说，"我

126

听了很久……警察局副局长来了……大家都跑到楼梯上看，从所有房间……"

"谁也没来过。这是你身上的血在叫。血流不动，结块，就有各种各样错觉……吃吗？吃不吃？"

他没回答。娜斯塔西娅一直站在他面前，留神看他，没走。

"给点水喝……娜斯塔西娅。"

她下楼去了，两分钟后，拿着带把的白陶杯盛了杯水回来。但他已经记不得后来发生了什么。只记得刚喝下一口凉水，他就把杯子里的水洒到了胸口上。旋即失去知觉。


# 三


不过，他不是始终病得人事不省：这是一种疟疾病人常有的状态，时而昏迷，时而半昏迷。许多事情他后来都想起来了。一会儿他似乎觉得他身边来了许多人，想抓他，把他押去什么地方，就怎么处置他争吵，一会儿他又突然觉得房间里只有他一人，大家都走了，都怕他，只是偶尔把门稍稍打开看他，威胁他，相互间偷偷商量什么，嘻嘻哈哈，拿他开心。他记得娜斯塔西娅不时站在他身边，还有一人他也认出来了，似乎很熟悉，但究竟是谁，怎么也想不出，他很伤心，甚至哭了。有时，他似乎觉得他已经躺了一个月，有时，又以为还是那天。但**那事——那事**他忘得干干净净，然而他时刻记得他忘了一件不该忘的事——他难受，痛苦，回忆，呻吟，陷入疯狂或者无法忍受的极度恐惧。他挣扎着想起来，逃走，但总有人硬把他按住，于是他又瘫在床上，失去知觉。终于他完全醒了。

这是上午十点。在上午这个时候，只要天好，总有长长一道阳光照在他右面墙上，一直照到靠门的角落。他的床边站着娜斯塔西娅，还有一个非常好奇地打量他，但又完全不认识的陌生人。这是个年轻小伙子，穿着束腰长衣，留着络腮胡子，看模样像是伙计。房东在半开的门外张望。拉斯科尔尼科夫欠起身。

"这是谁，娜斯塔西娅？"他问，指着小伙子。

"瞧，醒了！"她说。

"醒了。"伙计也说。站在门外张望的房东知道他醒了，立刻掩上门，躲起来，她原本害羞，就怕跟人说话解释。她大约四十岁，肥胖，黑眉毛，黑眼睛，因为又胖又懒，面相倒很和善，长得甚至还很不错。不过羞怯得完全没必要。

"您……是谁？"他转过脸，直接问伙计本人。但这时门被倏地推开，高大的拉祖米欣躬身进来。

"好一个船舱，"他一进门就嚷嚷，"老是碰头，这不，也叫住房！你老兄醒了？刚听帕申卡说。"

"刚醒。"娜斯塔西娅说。

"刚醒。"伙计又附和说，微微一笑。

"请问您是谁？"拉祖米欣突然转身问他，"我是，请注意，弗拉祖米欣，不是拉祖米欣，尽管人家一直这么叫我，其实是弗拉祖米欣，大学生，贵族子弟，他是我朋友。请问，您是谁？"

"我是我们铺子的伙计。老板舍洛帕耶夫让我来这儿办件事。"

"请坐这把椅子。"拉祖米欣自己在小桌对面另一把椅子上坐了。"老兄，你醒了，这就好，"他接着对拉斯科尔尼科夫说，"都第四天了，你几乎不吃也不喝。对，用匙子喂过你茶。我带佐西莫夫来看过你两次。记得佐西莫夫吗？他对你作了仔细检查，查完就说，没什么大不了——大概受了什么打击，神经性昏厥，还说你营养不良，啤酒、洋姜吃得太少，所以生病，不过没关系，会过去的，到时候就好了。佐西莫夫真了不起！刚开始看病就看得那么准。行,我不耽搁您,"他又转身对伙计说,"您能说明您的来意吗? 你得知道,罗佳,他们铺子已经第二次来人了,上次来的不是这位,是另一位,我还跟他说过话。这原先来的是谁?"

"这应当是前天,对。这是阿列克谢·谢苗诺维奇,也是我们铺子的人。"

"他可比您能干,您说呢?"

"对,他更稳重。"

"有道理,您往下说。"

"阿法纳西·伊凡诺维奇·瓦赫鲁申——我想这名字您听到过不止一次——按您家老太太的请求,通过我们铺子给您转来一笔钱,"伙计直接对拉斯科尔尼科夫说,"要是您神志清醒,我得当面交给您三十五卢布,因为谢苗·谢苗诺维奇收到阿法纳西·伊凡诺维奇按您家老太太的请求,用老办法发来的通知。您知道这事?"

"是的……我记得……瓦赫鲁申……"拉斯科尔尼科夫若有所思地说。

"听见吗: 他认识瓦赫鲁申老板!"拉祖米欣喊起来,"神志不清能行? 不过我现在发现,您也挺能干。就是! 聪明话听着也高兴。"

"您家老太太通过瓦赫鲁申·阿法纳西·伊凡诺维奇,已经用这个办法给您转过一次钱,这次他也没拒绝,前几天从当地通知谢苗·谢苗诺维奇,请他转给您三十五卢布,祝您好运。"

"'祝您好运',这话您讲得再好不过,'您家老太太'这称呼也不赖。您看他究竟神志清醒不清醒,啊?"

"我怎么看没关系。只要按规矩签字就行。"

"肯定签! 您带的什么,本子,是吗?"

"本子,给。"

"递过来。我说，罗佳，起来吧。我扶着你，给他签上拉斯科尔尼科夫，拿住笔，老兄，这会儿对我们来说，钱比蜜糖还重要。"

"不要。"拉斯科尔尼科夫说着，推开笔。

"怎么不要？"

"我不签。"

"嘿，见鬼，不签怎么行？"

"不要……钱……"

"钱都不要！老兄，这是胡说，我可以证明！您别担心，他无非这么说说……又是胡话。不过，他清醒时也常常这样……您是聪明人，我们一起指点他，就是说把着他的手签字，这样他就把字签了。来吧……"

"我可以下次再来。"

"不，不，干吗麻烦您。您是聪明人……我说，罗佳，别耽误客人……看见吗，他等着。"他当真打算把着拉斯科尔尼科夫的手签字。

"放手，我自己签……"拉斯科尔尼科夫说，拿起笔在本子上签字。伙计掏出钱，走了。

"好！老兄，那你现在想吃东西啦？"

"想。"拉斯科尔尼科夫回答。

"您那儿有汤？"

"昨天的。"娜斯塔西娅回答，她一直站在边上。

"土豆大米汤？"

"土豆大米汤。"

"我都背出来了。去拿汤吧，再来点茶。"

"这就去拿。"

拉斯科尔尼科夫看着这一切，深感惊奇，内心充满模糊而又无谓的恐惧。他决定默默等待事态的发展。"好像我没昏迷，"他想，"好像这是真的……"

两分钟后,娜斯塔西娅端着汤回来了,说茶马上就好。与汤一起送来两把匙子、两只盘子和全套调味瓶:盐瓶、胡椒瓶、拌牛肉的芥末,等等,已经好久没这样周到了。桌布干干净净。

"娜斯塔西娅,最好让普拉斯科维娅·帕夫洛夫娜送两瓶啤酒来,我们干一杯。"

"真有你的,机灵鬼!"娜斯塔西娅喃喃着,跑去拿啤酒。

拉斯科尔尼科夫古怪而又紧张地继续旁观。这时,拉祖米欣坐到他的沙发上,笨拙地,像熊一样,用左手抱住他的头——尽管他自己也能坐起来——右手把一匙汤送到他嘴边,还先吹了几下,免得他烫着,但汤不热。拉斯科尔尼科夫贪婪地喝了一匙子,接着又喝了第二匙、第三匙。喂过几匙后,拉祖米欣突然住手了,他说能不能再喂,得和佐西莫夫商量。

娜斯塔西娅拿着两瓶啤酒进来。

"想喝茶吗?"

"想。"

"快去拿茶,娜斯塔西娅,喝茶没事,这话好像不读医学系我也敢说。瞧,来啤酒了!"他坐到自己椅子上,一把拉过汤和牛肉,拼命吃起来,像饿了三天似的。

"我呀,罗佳老兄,现在每天都在你们这儿大吃大喝,"他满嘴牛肉,说话含含糊糊,"这全是帕申卡,你那房东,安排的,她真心招待我。我自然不硬要,也不回绝。瞧,娜斯塔西娅拿茶来了。真麻利!娜斯塔西娅,给你来点啤酒?"

"去你的,淘气鬼!"

"那来点茶?"

"茶可以。"

“倒吧。等等,我自己给你倒,坐到桌上来。”

他立刻张罗好了,倒了杯茶,接着又用另一个杯子倒上,撤下自己的早餐,又坐到沙发上。他仍像原先那样用左手抱住病人的头,稍稍托起身体,用茶匙喂他喝茶,又不住地,分外使劲地朝匙子吹气,似乎这么吹气就是医治病人的最好办法。拉斯科尔尼科夫没说话,也没推辞,尽管感到自己有足够的力气坐起来,不用扶也能独自坐在沙发上,不仅能拿匙子或者茶杯,甚至可以起床走动。但是出于某种奇怪的,近乎野兽的狡黠,他突然觉得应当暂时隐瞒自己的力气,不要声张,如果需要,还得装出一副没完全清醒的样子,同时耐心探听周围的情况。不过,他没能制服自己的厌恶:喝了大约十匙茶后,他突然把头挣脱了,任性地推开匙子,又倒在枕头上。现在他脑袋下面确实是真正的枕头——羽绒枕头,还套着干净的枕套。这他也发现了,引起他的思考。

“得让帕申卡今天给我们弄点马林果酱。”拉祖米欣说着,坐到自己原来的位子上,又开始喝汤,喝啤酒。

“她上哪儿给你去弄马林果?”娜斯塔西娅问,又开五指托着茶碟,“叼住糖块”啜茶。

“马林果嘛,我的朋友,她到小铺子里准能买到。看见吗,罗佳,你一昏迷,这儿大大热闹了一场。你是诈了我,从我那儿逃走的,连住址也没说。我当时便来火了,发誓一定要找到你,骂你一顿。当天我就干上了。我走呀,走呀,问呀,问呀,问了不知多少人!这个,现在的住处,我忘了,不过我也从不记得,因为根本不知道。原来的住处,——记得在五角场附近——是哈尔拉莫夫公寓。我找这幢哈尔拉莫夫公寓找了很久,后来发现,这根本不是哈尔拉莫夫公寓,是布赫公寓,有时你会把名称全搞混了!我生气,这一气我就豁上了,第二天去了住址查询处,你看:那儿只花两分钟就替我找到你了。那儿有你。”

"有我!"

"那还用说;但科别列夫将军,我在的时候,那儿怎么也找不着。嗯,说来话长。我一到这儿,就了解了你的全部情况。全部,老兄,全部,全都一清二楚。这不,她也看到了:我认识了尼科季姆·福米奇,伊里亚·彼得罗维奇也指给我看了,还认识了管院子的,认识了扎梅托夫先生,亚历山大·格里戈里耶维奇,这儿警察局的文书,最后还认识了帕申卡——这可是到顶了。这不,连她都知道……"

"你用糖把她沤酥了。"娜斯塔西娅嘟哝着,狡黠地笑了笑。

"换了您,准把糖放到茶里吃了,娜斯塔西娅·尼基福罗夫娜。"

"去你的,狗东西!"娜斯塔西娅突然骂道,旋即扑哧笑了。"我叫彼得罗娃,不是尼基福罗娃。"笑完,她突然加了一句。

"一定另眼相看。老兄,我不想多说,本打算在这儿上上电,清除一下这儿的种种偏见,不料,帕申卡赢了。我呀,老兄,怎么也没料到,她会那样……讨人喜欢①……啊?你怎么想?"

拉斯科尔尼科夫没作声,虽然一刻也没从他身上移开自己惊恐的目光,而且现在仍然执拗地盯着他。

"甚至很讨人喜欢,"拉祖米欣继续说,丝毫没有因为对方的沉默感到难堪,倒像在随声附和得到的回答,"相当过得去,在所有方面。"

"瞧这坏蛋说的!"娜斯塔西娅又骂了一句。这场谈话看来使她有说不出的快乐。

"老兄,问题是你一开头就没处理好这事。跟她不能这样。要知道这种个性,这么说吧,实在少见!嗯,对了,个性这东西咱们以后再谈……只是事情怎么会弄成这样,譬如说吧,她竟敢让你挨饿?又譬如说,这张借据?你疯了是不是,居然在借据上签字!再譬如说原先

---

① 法语。

谈妥的这门亲事,当时她女儿娜塔利娅·叶戈罗夫娜还在……我全知道!不过,我看这是条脆弱的弦,我真是头蠢驴,抱歉。不过顺便谈谈愚蠢也好:你怎么想,老兄,普拉斯科维娅·帕夫洛夫娜根本不像一眼看上去那么蠢,啊?"

"对……"拉斯科尔尼科夫从牙缝中挤出个字来,眼睛看着边上,但他心里明白,继续这场谈话比较有利。

"那还不是?"拉祖米欣大叫,显然对终于有了回答感到高兴,"但也不算聪明,啊?处处让人感到意外!我呀,老兄,实话实说,真有点拿不准……她肯定有四十了。她说——三十六,她也完全有权说这话。不过,我向你发誓,我对她的看法多半是理性的,形而上学的。我跟她的关系,老兄,就像你的代数!我一点儿都不懂!不过这些全是胡扯。无非她看到你已经不是大学生,没课上,没礼服,小姐死后,也没必要把你再当亲戚,她突然害怕了。从你这方面说,你老躲在房里,扔了原先的一切,她就起了赶你的念头。她有这种打算已经很久了,只是舍不得借据。再说你自己一再保证,说你妈妈会还的……"

"我说这话挺卑鄙……我母亲自己都差不多是叫花子……我撒谎,目的是想在这儿住下去……吃下去……"拉斯科尔尼科夫响亮而又清楚地说。

"对,这么做也有你的道理。但问题是这当口冒出了切巴罗夫先生,一个七品文官,商人。没他,帕申卡不会玩什么花招,拉不下面子,商人就不一样了,他不讲面子,自然首先提出问题:借据有没有希望兑现?回答是:有,因为你有个好妈妈,哪怕自己饿着,她也会从一百二十五卢布的抚恤金里抠出钱来解救罗季卡,你还有个好妹妹,为了哥哥,甘心去当奴隶。这就是他的算盘……你动什么呀?老兄,我这会儿已经把你的底细弄得一清二楚,你跟帕申卡攀亲那阵子说的话没白说,现在我是拿你当朋友才跟你交底……问题就在这儿:诚实多情的好人尽掏心里话,商人边听边吃①,到头来把你全吃了。这不,她把借据让给了切巴罗夫,像是抵债,那家伙回头就来要钱,一点不觉得难堪。我一了解这些情况,本想给他上上电,这么说吧,净化净化灵魂,恰好那时我跟帕申卡谈妥了,我担保说,你肯定还钱,让她撤诉,把这桩案子彻底了掉。我替你担保,老兄,听见了? 我们叫来切巴罗夫,塞给他十卢布,要回了借据,这不,我荣幸地把它交给你——现在人家有您一句话就行——这不,收下,我按规矩把它撕破了。"

拉祖米欣把借据放到桌上,拉斯科尔尼科夫抬眼看了看,一句话没说,背转身对着墙壁。甚至拉祖米欣看了都觉得厌恶。

"老兄,"他过了一会儿说,"我又做了一次傻瓜。本想让你乐一乐,东拉西扯地开开心,看来只是惹你发火。"

"我说胡话时,没认出来的人是你?"拉斯科尔尼科夫过了一会儿问,头也不回。

"是我,为这个你闹得可凶了,特别是我把扎梅托夫带来的那次。"

"扎梅托夫?……文书?……干吗?"拉斯科尔尼科夫倏地转过身,两眼死死盯着拉祖米欣。

"你干吗这样……着什么急? 他想认识你,是他自己想认识你,因为我跟他常常谈起你……要不,我打哪儿知道你那么多事情? 这人很不错,老兄,挺好……从某个方面说,当然。现在我们是朋友,几乎天天见面。我不是搬到这个地段来了? 你还不知道? 刚搬来。我跟他一起到拉维扎那儿去了两次。拉维扎记得吗,拉维扎·伊凡诺夫娜?"

"我说胡话了?"

"那还不是! 迷糊了呗。"

---

① "边听边吃"出自克雷洛夫的寓言《猫和厨子》。

"我说什么啦?"

"嗨!说什么啦?说胡话呗——行了,老兄,咱们别浪费时间,这就把事办了。"

他从椅子上站起,拿起制帽。

"我说什么啦?"

"咳,怎么又来了?!是不是怕泄漏什么秘密?别担心:伯爵夫人的隐私一点没透露。这不,说了什么哈巴狗、耳环、链子,说了十字架岛,还有什么管院子的,还有尼科季姆·福米奇,伊里亚·彼得罗维奇,警察局副局长,说的可多啦。另外,您老念叨您自己的一只袜子,念叨个没完!可怜巴巴地说:给我吧。翻来覆去这句话。扎梅托夫为你那双袜子把房间的角角落落都找遍了,还亲手——那是香水洗过,戴戒指的手——把脏袜子给了您。您才不闹了,成天把这脏袜子攥在手里:夺都夺不走。按说这袜子现在还在你被窝里。还要什么裤子上的一绺棉线,眼泪汪汪的!我们都问了:究竟什么棉线?根本闹不明白……行啊,办事吧!这儿是三十五卢布,我拿走十卢布,过两小时就来报账。我再叫一下佐西莫夫,他早就该来,都十一点多了。娜斯坚卡,我不在,请您多来看看,看他想喝点什么,要点什么……帕申卡那儿该说什么我都会说的。再见!"

"管她叫帕申卡!嘿,你这个滑头!"娜斯塔西娅望着他的背影说,随后,开门,悄悄偷听,但忍不住又跑下去。她很想知道,他在那儿跟东家说些什么,可以看出,她完全被拉祖米欣迷住了。

门刚在她身后合上,病人便掀掉被子,像疯子似的从床上跳起来。他心急如焚,迫不及待地等着他们尽快离开,好乘他们不在的机会把事做掉。但做什么,做什么?——他似乎这会儿偏偏忘了。"上帝!只要你告诉我:他们全知道,还是不知道?要是他们知道,只是装作不知道,耍我,因为我病了,然后突然闯进来说,一切都早知道了,他们只是没点穿……现在该做什么？忘了，真要命，说忘就忘，刚才还记得！……"

他站在房间中央，痛苦而又困惑地看着周围，接着走到门口，把门打开，凝神听了一会儿。但这不是那事。突然，他似乎想起来了，猛地冲到角落里那个墙纸窟窿边上，开始查看一切，把手伸进窟窿，摸了摸，但这也不是那事。他走近炉子，打开炉门，又在炉灰里摸索：裤子上割下的棉线和撕碎的袋布仍然散在那儿，跟他扔进去时一样，就是说，谁也没查过！旋即他想起拉祖米欣刚才说的袜子。确实，这袜子就在沙发上，被窝里，但打那时起，已经把血迹弄没了，还弄得这么脏，当然，扎梅托夫不可能发现什么。

"哦，扎梅托夫！……局子！……干吗叫我去局子？传票在哪儿？哦……我搞错了：那是原先传过一次！当时我也把袜子颠来倒去看了又看，现在……现在我病了。扎梅托夫来干吗？拉祖米欣干吗把他带来？……"他精疲力竭，嘟哝着又坐到沙发上，"这是怎么回事？我还在说胡话，还是当真醒了……啊，想起来了：逃走！赶快逃走，一定，一定得逃！对……不过，往哪儿逃？我的衣服呢？靴子没了！给拿走了！藏起来了！我懂！啊，大衣还在——他们疏忽了！钱还在桌上，感谢上帝！借据也在……我带上钱就走，另外租个房间，他们找不到！……不，不是还有住址查询处吗？会找到的！拉祖米欣会找到的。最好彻底逃走……逃得远远的……逃到美国，甩掉他们！把借据也拿了……那里用得上。还拿什么？他们以为我病了！他们不知道我能走，嘿，嘿，嘿！……我看他们眼神就能猜出，他们全知道！只要下楼就行！要是有人守着大门，派了警察！这是什么，茶？这不，还有啤酒，半瓶，冷的！"

他抓起酒瓶，瓶里还有整整一杯啤酒，他美美地一口气喝了，仿佛在浇灭胸中的烈火。但不到一分钟，酒力直冲脑门，背上掠过一阵阵轻微的,甚至惬意的寒战。他躺下,把被子拉到身上盖好。他的思想本来就是病态和无序的,这时变得越来越乱,不一会儿,轻微而又舒适的睡意流遍全身。他在枕头上把头枕枕舒服,更紧地裹上这条替代了原先破大衣的柔软的棉被,轻轻叹了口气,一头沉入颇具疗效的梦乡。

他醒了,听到有人进来,睁开眼睛,看见拉祖米欣把门开得笔直,站在门口犹豫不决:进去?还是不进去?拉斯科尔尼科夫在沙发上倏地撑起半个身子,看着他,像在竭力记起什么。

"嗬,你没睡,这不,我来了!娜斯塔西娅,把包裹拿这儿来!"拉祖米欣朝楼下喊了一声。"我这就给你报账……"

"几点了?"拉斯科尔尼科夫问,不安地四下张望。

"你狠狠睡了一觉,老兄:都晚上了,六点,你睡了六个多小时……"

"上帝!我这是怎么了!……"

"那有什么?对身体有好处!着什么急?赴宴是不是?现在我们有的是时间。我已经等了你三小时,进来过两次,你在睡觉。还找了佐西莫夫两次:没在家,就是没在家!没关系,他会来的!……还去办了些私事。要知道,我今天搬家,彻底搬家,跟舅舅一块儿。舅舅现在住我那儿……嗯,见鬼,还是先把咱们的事给办了!……把包裹拿来,娜斯坚卡。咱们这就……老兄,你身体怎样?"

"我很好,没病……拉祖米欣,你来这儿很久了?"

"我说了,等了三小时。"

"不,我指原先?"

"什么原先?"

"你打什么时候来这儿的?"

"我不是上午对你说过好几遍了,你不记得?"

拉斯科尔尼科夫沉思起来。仿佛做梦似的依稀想见了不久前的事。但他独自一人无法想起什么，便询问地看着拉祖米欣。

"嗯！"拉祖米欣说，"忘了！上午我还觉得，你没完全醒……这会儿睡了一觉，大有起色……真的，看起来好多了。好样的！行，咱们把事办了！你会想起来的。瞧这儿，亲爱的朋友。"

他开始解包裹，显然，他对包裹兴趣十足。

"你相信吗，老兄，这事我特上心。再说也应当让你有个人样。咱们开始！从上面说起。你看到这顶便帽了?"他说，从包裹里取出一顶挺好，但又十分普通和便宜的帽子。"试试?"

"以后吧，过会儿。"拉斯科尔尼科夫说，一面不满地连连摇手。

"不行，罗佳老兄，别犟，以后就迟了。再说我得一夜睡不着，我买的时候没尺寸，瞎猜。正好！"他一试便大叫，"大小正好！帽子，老兄，这是服装里首要的东西，就像自我介绍。托尔斯佳科夫，我的朋友，每次去到公共场所，都要脱帽，可其他人都戴着礼帽或者制帽。大家都以为他低三下四，其实他是厌恶自己鸟窝一样的帽子：害臊！嗯，娜斯坚卡，给您两顶帽子，您要这顶帕麦斯顿①（他从墙角里拿起拉斯科尔尼科夫难看的圆礼帽，不知为什么管它叫帕麦斯顿），还是要这顶精致的玩意儿？估估看，罗佳，你猜我花了多少钱？娜斯塔西尤什卡?"他转过头问她，因为前者没作声。

"二十戈比，大概。"娜斯塔西娅回答。

"二十戈比，傻瓜！"他大叫，生气了。"眼下二十戈比买你都买不到——八十戈比！还是旧的。确实，说好了：这顶戴坏了，明年就送一顶，真的！行，现在看看美利坚合众国②，中学里我们都这么叫。我把话说在前头，买到这条裤子我很得意！"他在拉斯科尔尼科夫面前抖

① 亨利·帕麦斯顿(1784—1865)曾任英国首相。他穿的一种特殊款式的长大衣被称作帕麦斯顿大衣。这儿戏称帽子款式过时。

② 俄语中"合众国"штаты和"裤子"штаны的发音相似。

139

开一条夏天穿的灰色薄花呢裤子,"没破洞,没污渍,虽说旧些,还挺体面,坎肩也是这料子,一样颜色,眼下就流行套装。至于旧了,说实在的,反倒更好:更软,更舒服。瞧,罗佳,要在这社会上出人头地,我看只要穿戴符合季节就行。要是一月份你不吃芦笋,就能在钱包里积下几个卢布;买这套衣服也一样。现在是夏天,我就买夏天衣服,到秋天,季节本身要求比较暖和的料子,那就只好扔掉……再说这套衣服到时候肯定散架,不是你穿得太多,就是料子质地不行。嗯,估个价!多少,你看?两卢布二十戈比!记住,还是原先的办法:这套穿坏了,明年再送一套!费佳耶夫的铺子做生意就是这样:一次付费,终生管用,因为你不会去第二次。嗯,现在来看靴子——怎样?明显是旧的,不过穿两个月肯定可以,外国手艺嘛,地道的外国货:英国使馆的秘书上星期在旧货市场上卖掉的,总共穿了六天,急着等钱用。价钱是一卢布五十戈比。合算吗?"

"可能尺寸不对!"娜斯塔西娅说。

"尺寸不对!这是什么?"他从口袋里拉出拉斯科尔尼科夫的一只粗硬、破旧、沾满泥巴的靴子,"我是带着样子去的,人家根据这只怪物替我量了尺寸。做得挺当回事儿。内衣我也跟老板娘谈妥了,这不,第一,先拿三件衬衫,粗麻布,不过领子挺时髦……总之:帽子八十戈比,衣服两卢布二十五戈比,加起来三卢布五戈比,靴子一卢布五十戈比——这是上好的靴子——加起来四卢布五十五戈比,所有内衣五卢布——批发价,说好了——加起来正好九卢布五十五戈比。四十五戈比找头,都是五戈比的铜币,全在这儿,请收下,这样一来,罗佳,你现在所有的衣服都齐了,因为照我看,你的大衣不但还能穿,而且别具一格:沙尔梅尔①做的就是不一样!袜子以及诸如此类的东西你就自己

---

① 当年彼得堡有名的裁缝。

买去,咱们还剩二十五卢布,帕申卡的房钱你不必担心,我说了:这钱可以无限期欠着。现在,老兄,让我替你换件内衣,要不,病菌也许就附在衬衫上……"

"别动! 我不想换!"拉斯科尔尼科夫连连摇手,厌恶地听完拉祖米欣紧凑而又俏皮的报账……

"这,老兄,不行;我奔来跑去的干吗!"拉祖米欣坚持说,"娜斯塔西尤什卡,别害臊,帮个忙,就这样!"他不顾拉斯科尔尼科夫的反抗,还是给他换了内衣。后者一头倒在枕头上,大约两分钟没说一句话。

"缠个没完!"他想。"买这些东西是哪来的钱?"他终于发问,眼睛看着墙壁。

"哪来的钱? 在这儿等着我呢! 是你自己的钱。上午来了个伙计,瓦赫鲁申让办,你妈转来的,要不,你连这个都忘了?"

"现在想起来了……"拉斯科尔尼科夫一脸阴沉,想了许久才说。拉祖米欣皱着眉头,不安地朝他看了几次。

门开了,进来一个又高又胖的人,看样子,似乎跟拉斯科尔尼科夫也有些认识。

"佐西莫夫! 终于来了!"拉祖米欣高兴地大叫。


## 四


佐西莫夫又高又胖,苍白、虚肿的脸刮得很干净,一头浅色直发,戴眼镜,虚胖的手指上戴着一枚很大的黄金嵌宝戒。他大约二十七八岁。穿件宽大、讲究的风衣,一条夏季浅色长裤,一般地说,他身上的衣服都很宽大、讲究,而且都是新的,内衣无可挑剔,怀表上的链子挺粗。他的一举一动都是慢吞吞的,似乎无精打采,却又随便得恰到好处,不时透出刻意掩饰的自负。所有认识他的人都认为他很难相处,但又都说他很有本领。

"我呀,老兄,到你那儿去了两次……看到吗,他醒了!"拉祖米欣大声说。

"看到了,看到了。这会儿咱们的自我感觉怎样,啊?"佐西莫夫转而对拉斯科尔尼科夫说,一面凝神端详他,坐到他脚边的沙发上,旋即又大大咧咧躺下。

"一直很烦躁,"拉祖米欣继续说,"我们刚替他换了衬衣,他险些哭了。"

"当然。衬衣可以以后换,既然他自己没这个愿望……脉搏挺好。头还有点疼,啊?"

"我没病,我根本没病!"拉斯科尔尼科夫执拗而又恼火地说,突然从沙发上欠起身,两眼闪闪发光,但旋即又倒在枕头上,转身对着墙壁。佐西莫夫注视着他。

"很好……一切正常,"他懒洋洋地说,"吃过东西了?"

对他说了,又问他可以吃什么。

"什么都可以吃……汤、茶……蘑菇,还有黄瓜,当然不能吃,牛肉也不能吃,还有……嗯,这不用多说!……"他和拉祖米欣对视一眼。"把药水停了,把所有的药都停了。明天我再来看看……最好今天……嗯,对……"

"明天晚上我带他出去走走!"拉祖米欣决定,"先去尤苏波夫花园,再去'水晶宫'①。"

"换了我,明天决不带他出去……不过……稍稍活动一下也可以……嗯,到时候再看。"

---

① 水晶宫系一八六二年在彼得堡开张的一家宾馆,但在本书中均指一家酒店。

"唉,真遗憾,今天我正好在新居请客,才两步路,他要能去就好。哪怕在沙发上躺着,跟我们聚聚!你呢,去吗?"拉祖米欣突然问佐西莫夫,"当心,别忘了,你答应过。"

"大概晚点吧。你那里准备了什么?"

"没什么特别的,茶、伏特加、鲱鱼,还有馅饼。都是自己人。"

"究竟哪些人?"

"都是这儿附近的,还几乎都是新面孔,确实——除了我上了年纪的舅舅,不过他也是新面孔:昨天刚到彼得堡,来办几件小事。我们五年见一次面。"

"他是干什么的?"

"在县里当邮政局长,就这么白白过了一辈子……养老金少得可怜,六十五岁,没什么好说的……不过我喜欢他。波尔菲里·彼得罗维奇要来,这儿的刑侦科长……皇家法学院毕业生。对,你认识他……"

"他也是你的什么亲戚?"

"最远的远亲。你干吗皱眉?你们吵过架,所以,你大概不来了?"

"我才不管他呢……"

"那最好。嗯,还有几个大学生,一个教师,一个小官员,一个乐师,一个军官,扎梅托夫……"

"你倒对我说说,你或者他,"佐西莫夫朝拉斯科尔尼科夫摆了摆头,"跟扎梅托夫这种人能有什么共同语言?"

"嗬,还挺有意见!挺有原则!……你整个儿站在原则上,就像站在弹簧上,动都不敢动,可按我看,人好——就是原则,别的我不管。扎梅托夫这人挺棒。"

"还会捞钱。"

"就算捞钱吧,这我不管!再说捞钱又怎样!"拉祖米欣突然提高嗓门,装出有些恼火的样子,"难道我在你面前夸他会捞钱? 我只是从某种意义上说,他是好人,要是求全责备——还有多少好人? 我相信我整个儿连同内脏,只值一个烤熟的葱头,还得把你搭上! ……"

"这太少,我说你值两个葱头……"

"可我说你只值一个葱头! 你再挖苦! 扎梅托夫还是孩子,我还会揪他头发,应当拉他,不是推开,推开不能使人变好。尤其是孩子。对孩子得加倍小心。你们这些进步的笨蛋,什么都不懂! 不尊重别人,等于侮辱自己……要是你想知道,我们大概当真有件事要办。"

"我想知道。"

"这事涉及一个装修房间的匠人,一个漆匠……我们一定要把他救出来! 不过现在也没什么麻烦了。现在事情已经清楚! 我们只要使点劲就行。"

"什么漆匠?"

"怎么,难道我没说过? 真没说过? 啊,想起来了,我只对你说了开头……就是放高利贷的老太婆,官太太被杀的案子……这会儿连漆匠也卷进去了……"

"这个凶杀案我原先就听说了,我对这个案子甚至很有兴趣……这多多少少……是因为一个偶然的机会……另外在报上也看到过! 可是……"

"莉扎韦塔也给杀了!"娜斯塔西娅突然对拉斯科尔尼科夫甩出一句话。她一直待在屋里,倚在房门边上听。

"莉扎韦塔?"拉斯科尔尼科夫喃喃着,声音勉强可以听见。

"莉扎韦塔,做小买卖的,兴许你不认识? 她到这儿楼下来过。还替你补过衬衫。"

拉斯科尔尼科夫朝墙壁转过身,在黄底白花的肮脏墙纸上,挑了一朵画有褐色线条的呆板白花,审视起来:一朵花上有几片叶子,叶子上是什么形状的锯齿,一共多少线条?他觉得他的手脚麻木,就像瘫痪,但又没试着动一动,仍然执拗地看着那朵白花。

"漆匠怎么啦?"佐西莫夫似乎非常不满地打断唠叨的娜斯塔西娅。她叹口气,不作声了。

"认为他也是凶手!"拉祖米欣激动地接着说。

"是不是有什么罪证?"

"有鬼的罪证!不过问题就在罪证上,这罪证实际上不是罪证,需要证明的就是这一点!这完全像原先抓住的两个嫌犯,他们叫什么来着……科赫、佩斯特里亚科夫。呸!干得多蠢,连旁观者都觉得恶心。佩斯特里亚科夫也许今天会来我这儿……顺便说一下,罗佳,你知道这案子,还在你病倒前发生的,正好是你在警察局昏倒的前一天,那儿谈过这案子……"

佐西莫夫好奇地看了看拉斯科尔尼科夫,后者动也没动。

"知道吗,拉祖米欣?我一看你的模样,不像是能办事的人。"佐西莫夫说。

"这你甭管,我们一定救他出来!"拉祖米欣大声说,一拳砸在桌上。"要知道这儿最气人的是什么?不是他们胡说,胡说总还可以原谅。胡说不无可爱,它能帮你找到真相。不,气人的是他们不仅胡说,还推崇自己的胡说。我尊敬波尔菲里,不过……究竟是什么,譬如说吧,一开始就把他们闹糊涂了?房门原本关着,跟管院子的一起回来——房门开着:这就是说,杀人的是科赫跟佩斯特里亚科夫!这就是他们的逻辑。"

"你别激动,他们无非给拘留了,不能……顺便说一句,我倒是遇见过科赫,原来他常向老太婆收购过期的东西?啊?"

"就是,一个骗子!他连借据也收购。无孔不入。让他见鬼去!可我恼火的是什么,这你明白吗?我恼火的是他们陈腐、庸俗、顽固的积习……其实,现在单从这案子里就能打开一条全新的办案路子。只凭心理分析就能指出,应当怎样发现真正的线索。'我们有事实根据!'要知道事实还不是一切,至少问题的一半在于你怎样分析这些事实!"

"那你怎么分析这些事实?"

"是啊,本来就不该沉默,因为你感觉到,分明感觉到你能帮着查清案子,要是……咳!……你知道案子的详细经过?"

"我等你讲漆匠呢。"

"啊,对了! 行,那就听着,事情是这样的:凶杀后的第二天,一大早,他们还在那儿盘问科赫跟佩斯特里亚科夫——突然冒出一个怎么也想不到的事实。一个叫杜希金的农民,那幢房子对面一家酒店的老板,走进警察局,拿来一只装金耳环的首饰盒,还讲了整整一个故事:'前天晚上,大概刚过八点——日期跟时间! 听明白了? ——我店里跑来一个漆匠,这人白天也到我店里来过,叫米科拉,他给我这只盒子,里面是副嵌宝金耳环,他想用耳环押两个卢布。我问:哪来的?他说路上捡的。我就没追问,'这是杜希金的原话,'我给了他一张票子——也就是一卢布——我想,他不押给我,也会押给别人,反正是拿去喝酒,还不如让东西放在我这儿:备着点儿总有用,万一出事或者有什么风声,我就把东西交出去。'当然,那是婆婆说梦,撒谎,蠢得像驴。我了解这个杜希金,他自己就是放高利贷的,窝赃,从米科拉手里骗走三十卢布的东西,绝不是为了'交出来'。他是害怕了。去他的,听着,杜希金又说:'这个乡巴佬,米科拉·杰缅季耶夫,我是从小看他长大的,我们同省同县,扎拉依县,我自己也是梁赞人。米科拉虽说不是酒鬼,但喜欢喝酒,我知道他在那幢房子里干活,油漆,跟米特雷一起,他跟米特雷也是同乡。钞票到手,他马上把它兑了,一口气喝了两杯,拿起找头,走了,当时我没看见米特雷跟他在一起。第二天听说阿廖娜·伊凡诺夫娜，跟她妹妹莉扎韦塔·伊凡诺夫娜，让人用斧子砍死了，我认识她们，我对耳环一下子起了疑心——我知道老太婆生前放债，收了不少抵押品。我去那幢房子找他们，小心地偷偷打听，连走路都蹑手蹑脚的，起先我问：米科拉在这儿吗？米特雷说，米科拉酗酒了，天亮才回来，醉醺醺的，在家里待了大约十分钟又走了，米特雷后来就没再看到他，活儿只好一个人收场。他们干活的房间跟出人命的那套走的是一道楼梯，在二楼。听了这些，我对谁都没说什么。'这是杜希金的原话，'跟凶杀有关的事，我都尽量打听了，回到家里心里还是犯疑。今天早上八点——这就是第三天，明白吗？——我看见米科拉到我店里来了，迷迷糊糊的，不过也不算醉得很厉害，说话还能听懂。他坐到长凳上，一声不吭。除了他，店里当时只有一个不相干的人，另外，长凳上还有个人睡着，这人我认识，再就是我的两个跑堂。"看到米特雷了？"我问。"没，没看到。"他说。"你没在那儿？""没在那儿，都两天了。"他说。"昨晚上在哪儿过夜？""沙滩①，科洛姆纳的熟人那儿。"他说。"那天的耳环是哪来的？"我问。"路上捡的。"他说这话的模样像在撒谎，都没敢朝我看。"听说了，"我问，"那天晚上，就那个时候，那道楼梯上出了人命案？""没听说。"他说，听得两眼直瞪，脸也倏地白了，跟墙粉一样。我把事情说给他听，看着他，他拿起帽子，慢慢站起来。我想留住他："再坐会儿，米科拉，"我说，"不想喝点儿？"一边朝跑堂递了个眼色，让他把住店门，我也从柜台后面出来：他倏地闪开，当即窜到街上，撒腿就跑，钻进小巷——转眼就不见了。这时，我的疑问也解决了，他肯定有罪……'"

"那还用说！……"佐西莫夫说。

"别忙！听完再说！自然，立刻开始搜捕米科拉，拘留了杜希金，

---

① 沙滩和科洛姆纳是彼得堡两个互不相关的地方，这话表示米科拉脑子糊涂。

147

搜查了住处,米特雷也一样,连科洛姆纳的熟人家里也给翻了个底朝天——前天突然有人把米科拉带来了,他是在一个关卡边上的客店里给扣住的。他一到那儿,取下脖子上的十字架,银的,请掌柜给换杯酒喝。换了。过了几分钟,有个婆娘去牛棚,在墙缝中看见他在隔壁板棚里往横梁上系腰带,做了套子,又站到树段上,想把套子套进自己脖子,婆娘拼命喊叫,跑来好多人:'原来你想上吊!''带我去某某警察局,'他说,'我全招。'这不,把他按规矩送到了某某警察局,就是这儿。问了,这个、那个,干什么的,怎么回事,多大岁数——'二十二'——诸如此类的。问:'你跟米特雷一起干活,没看到有人打楼梯上经过,几点钟,还有几点钟?'回答:'上上下下的人总是有的,我们没注意。''没听到什么? 响声或者其他什么?''没听到什么特别的。''你知道吗,米科拉,就是那天那个时候有个寡妇跟她妹妹一起被人杀了,东西给抢了?''我压根儿不知道。第三天在酒店,才打阿法纳西·帕夫雷奇嘴里头一次听到。''耳环哪来的?''路上捡的。''怎么第二天没跟米特雷一起干活?''我喝酒了。''哪儿喝的酒?''那里,还有那里。''干吗从杜希金那儿逃走?''我怕极了。''怕什么?''怕坐牢。''既然你觉得自己没罪,你怎么会怕? ……'信还是不信,佐西莫夫,这个问题提出来了,一字不差,我敢肯定,人家对我说的绝对没错! 怎样? 怎样?"

"不,罪证还是有的。"

"我现在说的不是罪证,我说的是问题,就是他们对问题的实质究竟怎么看! 嗯,见鬼! ……他们狠狠逼他,逼个没完,一次次施压,于是他招了:'不是路上捡的,是那个房间里捡的,我跟米特雷油漆的房间。''怎么捡的?''就这么捡的,我跟米特雷漆了一天,到八点钟,都准备走了,米特雷拿起漆刷在我脸上抹了一刷子,他抹了我一脸漆,抹完就跑,我追他。一边追,一边叫。冲下楼梯朝门口跑去的当儿,撞上

148

了管院子的跟几个先生,究竟他边上有几个先生,记不清了。为这个,管院子的骂我,还有一个管院子的也跟着骂我,管院子人的老婆出来,也骂我们。有个先生进了大门,挽着太太,又骂我们,因为我跟米季卡倒在地上挡路:我揪住米季卡头发,把他摔倒,打他,米季卡也一样,从我身子底下揪住我头发,打我,我们打来打去不是真打,那是亲热,闹着玩儿。后来米季卡挣脱了,撒腿往街上跑,我追他,没追上,一个人回到屋里——得收拾一下。我一边收拾,一边等着米特雷,他兴许会来。就在穿堂门边上,墙壁后面,角落里,我踩到一个盒子。我一看,这东西就这么扔着,外面包了张纸。我把纸拆开,看见两个小钩子,我打开钩子——盒子里是耳环……"

"门后?在门后?门后?"拉斯科尔尼科夫突然喊起来,一面用浑浊、恐惧的目光看着拉祖米欣,一面用手撑着,在沙发上慢慢欠起身。

"对……怎么?你怎么啦?你干吗这样?"拉祖米欣也从座位上欠起身。

"没什么!……"拉斯科尔尼科夫回答,声音勉强可以听见。他又躺到枕头上,又朝墙壁转过身。大家沉默了一会儿。

"准是打了个盹,刚醒。"拉祖米欣终于说了一句,询问地看了看佐西莫夫,后者否定地稍稍摇摇头。

"说下去,"佐西莫夫说,"后来呢?"

"是啊,后来呢?他一看到耳环,忘了油漆的房间,忘了米季卡,抓起帽子,就朝杜希金的酒店跑,正像知道的那样,从他那儿拿了一卢布,对他撒谎,说是路上捡的,马上喝开了。至于那桩凶杀,还是原来那句话:'我压根儿不知道,第三天才听到。''干吗你到现在都不去干活?''我怕。''干吗上吊?''担心。''担心什么?''担心坐牢。'这就是事情的全过程。现在,你怎么想,他们得出了什么结论?"

"有什么可想的,线索有了,再没用也是线索。这是事实。总不能把你那个漆匠放了？"

"可现在他们干脆把他当成凶手！他们已经没有疑问……"

"胡说，你太激动。那耳环呢？你不能否认，如果那天，那个时候，老太婆箱子里的耳环落到了尼古拉①手里——你就不能否认，耳环总是不知怎么落到他手里的。这对办案就很重要。"

"怎么落到他手里的？"拉祖米欣喊起来，"难道你，大夫，你的职责首先是研究人，现在你有彻底研究人的天性的绝好机会——难道你没看出，根据这些情况，这个尼古拉的为人？难道你没一眼看出，他的招供是百分之百的真话？耳环就是像他招供的那样，落到了他手里。他一脚踩到盒子，捡的！"

"百分之百的真话！他不自己也承认，开头撒谎了？"

"你听我说。注意听：管院子的、科赫、佩斯特里亚科夫，另一个管院子的，管院子人老婆，当时坐在她屋里的女人，这时刚下马车，挽着太太的七等文官克留科夫——所有的人，也就是有八到十个目击者，全都证明，尼古拉把德米特里按在地上，压在他身上打他，德米特里也揪住他头发打他。他们倒在路上，挡道，周围的人都骂他们，可他们'像孩子似的'（目击者的原话），一个压着一个，尖叫，又打又闹，两人都笑个不停，一副傻样，后来又像孩子似的，一个追着一个往街上跑。听明白了？现在请你千万注意：楼上尸体还是热的，听明白了，热的，尸体给发现的时间！如果是他们杀的，或者是尼古拉一个人杀的，还砸锁抢了箱子里的东西，或者只是参与了抢劫，那我给你提个问题，只提一个问题：这种精神状态，也就是尖叫，大笑，在门洞底下像孩子似的打架，跟斧子，跟流血，跟居心叵测的狡黠、谨慎、抢劫，能对得起来？刚杀人，才五分钟或者十分钟——因为尸体还是热的——突

---

① 即米科拉。

然撇下尸体跟没锁门的房间,知道马上会有人进去,还撇下赃物,马上像孩子似的滚在路上胡闹,大笑,把大家的注意力都引到自己身上?这可是有十个目击者,说法完全一样!"

"当然,奇怪!这自然不可能,不过……"

"不,老兄,不是不过,要是耳环在那天那个时候落到尼古拉手里,确实构成他犯罪的重要证据——话说回来,他的供词完全可以解释这个问题,因此,还是**有争议的证据**——那也应该考虑对他有利的事实,何况还是**无可否认**的事实。你怎么想,按照我们法学的性质,他们会不会,或者能不能把仅仅从心理上说,仅仅从精神状态上说绝无可能这样一个事实,看成无可否认的事实,把所有表明他有罪的物证,不管这些物证是什么,统统予以否定?不,他们不会这样做,绝不会这样做,因为他们找到了盒子,再说,那人想上吊。'要是他不觉得自己有罪,他不会上吊!'这就是问题的关键,这就是我为什么激动!你得明白!"

"对,我看得出你很激动。别忙,我忘记问了:有什么可以证明这只装耳环的盒子确实是老太婆箱子里的东西?"

"这已经证明,"拉祖米欣皱着眉头,似乎不太愿意回答,"科赫认出了这东西,说了抵押人的名字,那人证明东西确实是他的。"

"坏了。现在还有一个问题:科赫跟佩斯特里亚科夫上楼时,是不是有人看到尼古拉了,有没有办法证明这一点?"

"问题就在这儿,谁也没看见,"拉祖米欣懊丧地回答,"糟也糟在这儿,连科赫跟佩斯特里亚科夫上楼时也没看见他们,尽管他俩的证明现在也不起多大作用。'看见房门开着,'他俩说,'里面准在装修,但打门口经过时,没有注意,也记不准当时里面有没有人干活。'"

"嗯。就是说,唯一对他们有利的证据,是他们打来打去,还边打边笑。就算这是一个证据,可是……请问,你自己又是怎么解释全部

151

事实的？你怎么解释这副捡到的耳环，如果耳环确实像他招供的那样，是捡的？"

"我怎么解释？这有什么可解释的：事情明摆着！至少破案的路子是清楚的，已经证明。恰恰是盒子证明了这条路子。真凶无意中失落了这副耳环。科赫跟佩斯特里亚科夫敲门时，凶手在楼上，钩上门躲着。科赫犯傻，下楼了，凶手立时窜出来，也跟着下楼，他没别的出路。在楼梯上，为了躲避科赫、佩斯特里亚科夫跟管院子的，他溜进空房间，这时德米特里跟尼古拉跑街上去了，人全散了，门洞里一个人没有。也许有人看见他了，但没注意，进进出出的人还少吗？盒子是他躲在门后时，从他口袋里掉出来的，但他没发现，因为他顾不上这些。盒子清楚地证明，他就躲在那儿。就这么回事。"

"厉害！不，老兄，厉害。这太厉害！"

"为什么？为什么？"

"因为太巧……一环扣一环……就像演戏。"

"唉！"拉祖米欣正想大声反驳，但这时门开了，进来一张在场的人谁也不认识的新面孔。

五

这是一位年纪已经不轻的先生，古板，威严，一脸谨慎和不满。起先他站在门口，带着使人气愤而又毫不掩饰的惊奇环视周围，目光似乎在问："我这是到了什么地方？"他怀疑地，甚至故意装出几分惊恐，甚至受辱的模样，把拉斯科尔尼科夫窄小、低矮的"船舱"慢慢看了一遍。接着他又带着同样的惊奇，把目光转到拉斯科尔尼科夫身上，后者穿着内衣，蓬头垢面，躺在破旧肮脏的沙发上，同样目不转睛地朝他打量。随后,这人仍然那样慢慢打量了一下衣衫不整、没刮脸,也没梳头的拉祖米欣,拉祖米欣同样报以放肆和询问的目光,直勾勾看他,坐着一动不动。紧张的沉默持续了大约一分钟,终于像应当期待的那样,场景发生了小小的变化。想必从某些居然相当生硬的反应来看,进来的先生意识到故作威严在这里,在这个"船舱"里,毫无用处,便稍稍和善了些,随即礼貌地,虽说不无严厉,问佐西莫夫,每个音节都发得一清二楚:

"您是罗季昂·罗曼内奇·拉斯科尔尼科夫? 大学生先生,要不以前上过大学?"

佐西莫夫慢慢动了动,也许他会回答,如果不是没被问到的拉祖米欣立刻抢在了他前面:

"躺在沙发上的就是! 您有什么事?"

这一声随便的"您有什么事?"一下子打掉了这位先生的威风,他险些朝拉祖米欣转过身去,但他及时控制住自己,重又转身看着佐西莫夫。

"这位就是拉斯科尔尼科夫!"佐西莫夫懒洋洋地说,朝病人点了点头,接着打了个呵欠,不知怎的把嘴张得特别大,还把这种姿势保持得特别久。随后慢慢地伸手从坎肩口袋里掏出一块大得出奇的带盖金表,打开表盖,看了看,仍然那么慢吞吞、懒洋洋地把它放回去。

拉斯科尔尼科夫本人一直默默躺着,执拗地望着来客,虽说脑子里一片空白。他的脸本来对着墙纸上有趣的花,现在转了过来,看上去非常痛苦,就像他刚刚经受了一次痛苦的手术,或者拷打。但进来的这位先生慢慢引起了他越来越大的注意,随后这注意变成困惑,变成怀疑。甚至似乎变成恐惧。佐西莫夫指着他说"这位就是拉斯科尔尼科夫",他便倏地起身,像跳起来似的,在床上坐了,随即近乎挑衅地,但又断断续续,声音微弱地说:

"对！我就是拉斯科尔尼科夫！您干什么来了？"

客人注意地看了看他，威严地说：

"彼得·彼得罗维奇·卢任。我相信，我的名字对您已经不太陌生。"

但拉斯科尔尼科夫等待的完全是另一种结果，所以呆呆地，若有所思地看了他一眼，什么也没回答，似乎彼得·彼得罗维奇这个名字，他绝对是头一次听到。

"怎么？难道您到现在还没得到任何消息？"彼得·彼得罗维奇问，不再那么神气。

作为回答，拉斯科尔尼科夫慢慢倒在枕头上，两手往脑后一枕，眼睛看着天花板。卢任脸上露出烦恼。佐西莫夫和拉祖米欣越发好奇地朝他打量，终于，他明显觉得尴尬。

"我原以为，"他含糊地说，"信已经发出十几天，都快两个星期了……"

"听着，您干吗老站在门口？"拉祖米欣突然打断他说，"要是有什么要说，那就请坐，您跟娜斯塔西娅都站在那儿太挤。娜斯塔西尤什卡，朝边上让让，让他进来！请进，这是您的椅子，来吧！挤进来！"

他把自己的椅子从桌旁移开，在桌子和自己膝盖间让出一块不大的空间，姿势有点紧张地等着客人"挤进"这条窄缝。时间选得极好，拒绝绝对不可能，于是客人急忙，磕碰着朝窄缝挤进去。挤到椅子前，他坐了，疑惑地看了看拉祖米欣。

"其实，您不用尴尬，"拉祖米欣贸然说，"罗佳病倒快五天了，说了三天胡话，现在醒了，甚至吃东西都挺有胃口，这坐着的是他的医生，刚替他看过，我是罗季卡的朋友，以前也是大学生，现在是我在照顾他，所以您不用顾虑我们，也不用拘束，接着说吧，您有什么事。"

卢任（彼·博克列夫斯基绘,1880 年代中期）

“谢谢你们。不过，我在这儿说话会不会惊扰病人?”彼得·彼得罗维奇问佐西莫夫。

“不—不会，”佐西莫夫懒洋洋地说，“您甚至可以替他解解闷。”他又打了个呵欠。

“噢，他早就清醒了，还是上午!”拉祖米欣又说，他的随便，给人真诚和朴实的印象，彼得·彼得罗维奇想了想，渐渐振奋起来，兴许在某种程度上也是因为这个衣服破旧、态度放肆的家伙及时介绍了自己的大学生身份。

“您母亲……”卢任说起来。

“嗯!”拉祖米欣响亮地干咳一声。卢任朝他看了看，像是发问。

“没事，我没什么，说吧……”

卢任耸耸肩。

“……您母亲还是我在她们那儿时，开始给您写信的。到了这里，我特地等了几天，没来拜访您，好彻底相信，您已经知道一切。但现在我很奇怪……”

“知道，知道!”拉斯科尔尼科夫突然一脸气恼地说，“原来是您? 新郎? 我知道! ……行了!”

彼得·彼得罗维奇绝对是生气了，但没作声。他急于思索，这究竟意味着什么。沉默大约持续了一分钟。

拉斯科尔尼科夫回答他时，已经朝他稍稍转过身，这时突然重又朝他注视起来，并且怀着某种特殊的好奇，似乎刚才没来得及把他浑身上下看清楚，又似乎是卢任身上某些新东西使他惊讶：他甚至特意从枕头上欠起身。确实，彼得·彼得罗维奇身上有某些使人惊讶的特点，证明他够得上“新郎”的称呼，尽管刚才这样叫他很不礼貌。第一，看得出，甚至非常明显，彼得·彼得罗维奇紧紧抓住他在首都的这些日子，已经把自己修饰和打扮了一番，准备迎接新娘，这其实没什么不好,也完全可以允许。甚至他对自己变得漂亮的得意,也许是过分的得意,在这种时候也可以原谅,因为彼得·彼得罗维奇快当新郎了。他的全身衣服都是裁缝刚刚做的,全都很好,除了一条——全都太新,过于明显地暴露了某种目的。甚至讲究的、崭新的圆礼帽都在证实这个目的:彼得·彼得罗维奇脱帽的动作不知怎的过分郑重,帽子拿在手里的神态也过于小心。连非常漂亮的一副雪青手套,茹文①出品的真货,也证实了同样的目的:手套没戴在手上,只是拿在手里摆摆派头。彼得·彼得罗维奇的衣服以年轻人穿的浅色为主。上身一件漂亮的浅褐色夏季西装,下面是条浅色薄呢裤子,还穿着一件和裤子配套的坎肩,一件刚买的精品衬衫,戴一条玫瑰条纹的高支麻纱领带。好在这一切穿在彼得·彼得罗维奇身上都很得体。他的脸相当精神,甚至相当漂亮,看上去不像四十五岁的人。乌黑的络腮胡子形状就像两块肉饼,惬意地遮住他的两鬓,在刮得发亮的下巴两侧渐渐浓密,十分漂亮。甚至在理发店烫过的头发,虽说稍稍夹了几根银丝,也丝毫没有烫发后常有的可笑或者愚蠢,使人想起婚礼上的德国人。要说这位气派的先生脸上确实有些令人不快和厌恶的东西,那是出于其他原因。放肆地朝卢任先生看了又看后,拉斯科尔尼科夫刻毒地笑了笑,重又躺到枕头上,仍像原先那样望着天花板。

但卢任先生忍住了,似乎下定决心,暂时不计较这些怪癖。

"看到您病成这样,我非常非常遗憾,"他极力打破沉默,重又开口说,"要是知道您身体不好,我早来了。不过您也知道,忙! ……再说参政院要审理一桩由我担任律师的要案,至于您猜也能猜到的事,我就不说了。现在我正随时恭候您的亲人,也就是您母亲和您妹妹……"

---

① 茹文系法国手套制造商。

拉斯科尔尼科夫动了动,似乎想说什么,他的脸上露出些许激动。彼得·彼得罗维奇停下,等了一会儿,但是一片寂静,于是又说:

"随时恭候。我还临时替她们找了一套房子……"

"哪儿?"拉斯科尔尼科夫有气无力地问。

"就在附近,巴卡列耶夫公寓……"

"这在沃兹涅先斯基大街,"拉祖米欣打断他,"那儿有两个楼面是旅馆,商人尤申开的,我去过。"

"对,旅馆……"

"极差:又脏又臭,还是个可疑的地方,常常出事,鬼知道都有哪些人落脚!……我也去过,为了一桩丑事。不过便宜。"

"我当然不可能了解得十分清楚,因为我自己也是刚到,"彼得·彼得罗维奇很要面子,反驳说,"不过,是两间非常非常干净的房间。又是住很短一段时间……我已经找了一套真正的,也就是我们以后住的房子,"他转而对拉斯科尔尼科夫说,"现在正在装修,暂时连我自己也挤在租来的房间里,从这儿走两步就到,房东是利佩韦赫泽尔太太,跟我的一位年轻朋友,安德烈·谢苗内奇·列别贾特尼科夫住一块儿。巴卡列耶夫公寓就是他介绍的……"

"列别贾特尼科夫?"拉斯科尔尼科夫慢慢地说,似乎想起了什么。

"对,安德烈·谢苗内奇·列别贾特尼科夫,在部里当差。您认识他?"

"对……不……"拉斯科尔尼科夫回答。

"对不起,听您口气,我还以为您认识他。我曾经是他的监护人……一个非常可爱的年轻人……敏感……我很高兴和年轻人接触:从他们那儿可以了解新动向。"彼得·彼得罗维奇期待地看了看所有在场的人。

"这是指哪方面?"拉祖米欣问。

"指最严肃的方面,这么说吧,指事情的本质。"彼得·彼得罗维奇马上接口说,这个问题似乎使他很高兴。"您瞧,我已经十年没来彼得堡了。我们所有的新闻、改革、创见——所有这些全都波及我们外省,但想看得清楚一些,看见一切,那必定得来彼得堡。我的想法更进一步:你想最大限度地发现和了解情况,必须观察我们的年轻一代。坦率地说,我很高兴……"

"高兴什么?"

"您的问题太大。我可能弄错,但我觉得我发现了比较明确的观点,比较强烈的,这么说吧,批判精神,比较务实的作风……"

"这话不假。"佐西莫夫从牙缝里挤出句话。

"胡扯,务实谈不上,"拉祖米欣抓住不放,"务实难着呢,那玩意儿不是天上掉下来的。都快两百年了,我们什么都不做……许多思想兴许在游逛,"他转而对彼得·彼得罗维奇说,"善良的愿望也有,虽说挺幼稚;甚至还有正直,尽管冒出许多骗子,但务实毕竟谈不上!那玩意儿实在难得。"

"我不同意您的意见,"彼得·彼得罗维奇显然得意地反驳,"当然,有追求,有失误,但应当宽容:追求说明对事业的热情,也说明这事业目前面临不利的外部环境。如果说成绩不大,那是因为时间不长。至于方法,我就不说了。按我个人的观点,如果您想知道,有些事甚至已经办成了:宣传有益的新思想,宣传有益的新文章,它们替代了原先的空想和浪漫;文学变得更加成熟;许多有害的偏见被铲除,成了笑柄……一句话,我们已经不可逆转地跟过去决裂,而这,我看已经是件大事……"

"老一套! 自吹自擂。"拉斯科尔尼科夫突然说。

"什么?"彼得·彼得罗维奇问,他没听清,但也没得到回答。

"这话有道理。"佐西莫夫赶紧插一句。

"不是吗?"彼得·彼得罗维奇高兴地朝佐西莫夫看了看。"您得承认,"他继续对拉祖米欣说,但已带着几分稍占上风的得意,还险些加上:"年轻人","已经有了成绩,或者像现在常说的,有了进步,哪怕只是在符合科学,符合经济学原理的意义上……"

"老一套!"

"不,不是老一套! 如果以前,譬如,有人对我说:'爱别人',于是我爱了,可结果呢?"彼得·彼得罗维奇接着说,也许说得太急了些,"结果是我把长袍撕成两半,把半件给了别人,两人都裸着半个身体,就像俄罗斯谚语说的:'同时追几只兔子,一只也追不上。'而科学说:请首先爱自己,因为世上的一切都建筑在个人利益上。你爱自己,就会把自己的事情办好,你的长袍就不会撕掉。经济学原理补充说:社会上私人办好的事情越多,也就是说,完整的长袍越多,那么,社会的基础也就越牢,大众的事情也就办得越好。因此,在仅仅是,也绝对是为自己谋利益的同时,我似乎也在为大众谋利益,结果,别人得到了比撕破的长袍更多的东西,而且这还不是出于个别人的慷慨,而是来自社会的繁荣。这个想法很简单,但不幸的是,在狂热和空想的干扰下,迟迟没有进入我们的意识,虽说懂得这个道理,似乎只要稍稍有点头脑就行……"

"对不起,我也没头脑,"拉祖米欣严厉地打断他,"所以我们别谈了。我说起这些本来是有目的的,要不,这些自我安慰的空话,这些没完没了的套话,颠来倒去的,这三年里①我都听腻了,真的,别说我,就是别人在我面前说这些,我都脸红。您自然急于显示自己的博学,这完全可以原谅,我不怪您。现在我只想知道,您是什么人,因为最近,您看,有那么多形形色色的骗子锚住了公众事业,他们歪曲一切,不管

---

① 指一八五九年至一八六二年。

接触什么,都考虑自己的利益,结果把一切都弄糟了。嗯,不说了!"

"先生,"卢任先生浑身不自在,怀着极度的自尊说,"您是不是想这样无礼地表示,我是……"

"噢,不,不……我哪敢!……嗯,不说了!"拉祖米欣断然说,倏地朝佐西莫夫转过身,继续他俩刚才的谈话。

彼得·彼得罗维奇相当聪明,立刻相信了这一解释。不过他决定坐两分钟再走。

"我希望,我们目前的关系,"他转而对拉斯科尔尼科夫说,"在您康复后,根据您所知道的情况,会更密切……尤其希望您早日康复……"

拉斯科尔尼科夫连头都没动一动。彼得·彼得罗维奇开始从椅子上站起来。

"一定是抵押人杀的!"佐西莫夫说得很肯定。

"一定是抵押人!"拉祖米欣附和说,"波尔菲里没透露自己的想法,但他毕竟在审问抵押人……"

"审问抵押人?"拉斯科尔尼科夫大声问。

"对,怎么了?"

"没什么。"

"他打哪儿把他们找出来的?"佐西莫夫问。

"有的是科赫说的,有的名字就在包东西的纸上写着,有的是听说后自己跑来的……"

"嗯,肯定是个手脚麻利的老手! 多大的胆子! 多狠!"

"恰恰不是!"拉祖米欣打断他说,"就是这个问题把你们都弄糊涂了。我说这家伙不麻利,也不是老手,大概这是他第一次作案!你以为很有算计,是个手脚麻利的老手,就有许多事情没法解释。你把罪犯看成新手,就会发现,只是一个偶然的机会救了他,天底下什么巧事没有？不，也许他连可能遇到的麻烦都没事先想到！他是怎么干的？拿了几件十几、二十卢布的东西，塞满口袋，在老太婆箱子里翻一堆旧衣服——可柜子的第一个抽屉里，首饰盒里，光现金就有一千五百卢布，还不算彩票！他连抢劫都不会，只会杀人！第一次作案，我告诉你，第一次作案，慌了！不是他有算计，是机会凑巧才脱身的！"

"这好像在说不久前文官太太被杀的案子。"彼得·彼得罗维奇插进来对佐西莫夫说，他已经拿好帽子和手套，但在离开前想再说几句有见地的话。显然，他想给人一个好印象，虚荣心战胜了理智。

"对，您听说了？"

"当然，我就住在附近……"

"案情始末都知道？"

"不敢说，但在这桩案子里，我感兴趣的是另一个情况，这么说吧，是问题的全部。且不说下层阶级的犯罪率在最近四五年里上升了，也不说各地不断发生的抢劫和纵火，我觉得最奇怪的是上层阶级的犯罪率同样在上升，这么说吧，呈平行趋势。听说，某地一个原先的大学生在大路上抢了邮车；某地一些有社会地位的人在造假钞；某地，莫斯科吧，抓了一伙伪造最近发行的有奖债券的骗子，主犯中竟有一位世界史讲师；某地杀了我国驻外使馆的秘书，出于钱财和某些不明的原因……要是现在这个放高利贷的老太婆，是一个社会地位较高的人杀的，因为穷人不会抵押金器，那么第一，该怎么解释我们社会文明阶层的堕落？"

"经济上的变化太多①……"佐西莫夫回答。

"怎么解释？"拉祖米欣抓住这句话。"根深蒂固的无能，就这么

---

① 指一八六一年废除农奴制。

162

解释。"

"这话怎么说?"

"您的莫斯科讲师对他为什么制造假钞,就是这么回答的:'人人都变着法子发财,所以我也想尽快发财。'原话我不记得,但意思没错:要白拿,要快,要不花力气!享受惯了,让别人牵着走,吃现成的。这不,遇上社会巨变,各种各样的人都冒出来了,尽使坏点子……"

"那道德呢?还有,这么说吧,做人的规矩……"

"您究竟想要什么?"拉斯科尔尼科夫突然插一句。"按您的理论,结果就是这样!"

"怎么是按我的理论?"

"您刚才宣扬的那一套,说到底,就是可以杀人……"

"得了吧!"卢任大叫。

"不,这不能这么说!"佐西莫夫插话。

拉斯科尔尼科夫躺着,脸色苍白,上唇微微颤抖,呼吸困难。

"一切都有限度,"卢任傲慢地说,"经济学上的观点不是让你杀人,要是仅仅以为……"

"那是不是真的,"拉斯科尔尼科夫又恶狠狠地打断他,发抖的声音里露出惹恼对方的喜悦,"那是不是真的,您对您的未婚妻说……就在她接受您求婚时,说您最高兴的是……她穷,因为娶穷人家的姑娘最合算,以后可以对她作威作福……可以对她说,她是靠您才过上好日子的?……"

"先生!"卢任气急败坏地大叫,满脸通红,一副窘相,"先生……居然这样歪曲我的意思!请您原谅,但我应当告诉您,传来的说法,或者说得更妥当些,信中的说法,没有丝毫根据,我……怀疑,有人……总之,这支箭……总之,您母亲……我本来就觉得,尽管她有许多优点,她的想法带有若干狂热和浪漫色彩……但我万万没想到,她会这样莫名其妙地曲解我的意思,把事情说成这样……归根结底……归根结底……"

"知道吗?"拉斯科尔尼科夫喊着从枕头上欠起身,两眼犀利而又愤怒地逼视他,"知道吗?"

"知道什么?"卢任把话打住,等着,摆出一副气恼和挑衅的架势。沉默持续了几秒钟。

"您要再敢……哪怕有一个字提到……我母亲……我就把您从楼梯上四脚朝天扔下去!"

"你怎么了!"拉祖米欣大叫。

"原来这样!"卢任脸色发白,咬住嘴唇。"听着,先生,"他一字一顿地说,尽量克制自己,但毕竟气喘吁吁,"我刚才一进门,就发现了您的敌意,但我故意留下,想对您有更多的了解。对一个病人和亲戚,很多事情我原本可以原谅,但现在……我不会原谅您……永远……"

"我没病!"拉斯科尔尼科夫喊起来。

"那就更不原谅……"

"滚,见鬼去!"

但卢任已经自己走了,连话都没说完,又从桌子和椅子中间挤出一条路。拉祖米欣这次站起来,好让他过去。卢任谁也不看,甚至没向佐西莫夫点个头,虽然后者早已对他点头示意,让他别再惊扰病人。他小心翼翼地把帽子举到肩膀边上,躬身出门。甚至躬身的姿势,似乎表示他带走了莫大的侮辱。

"像话吗?这像话吗?"拉祖米欣不知所措地说,连连摇头。

"你们,你们都让我安静一会儿!"拉斯科尔尼科夫发疯似的大叫。"你们到底能不能让我安静一会儿,冤家!我不怕你们!我现在谁都不怕!不怕!别缠着我!我想一个人躺着,一个人,一个人,一个人!"

"咱们走。"佐西莫夫朝拉祖米欣点点头说。

"得了吧,难道能这样扔下他不管。"

"咱们走!"佐西莫夫坚定地重复,转身便走。拉祖米欣想了想,追了出去。

"我们要不听他的,可能更糟,"佐西莫夫已经在楼梯上说,"不能惹他……"

"他怎么了?"

"要有桩什么好事,让他震动一下就好! 刚才他精神可以……知道吗,他脑袋瓜里有件什么事! 执着、痛苦的事……这我很担心。肯定没错!"

"也许就是这位先生,彼得·彼得罗维奇! 从他们话里可以听出,他要娶他妹妹,罗佳生病前收到一封信,讲了这事……"

"对,现在魔鬼偏偏把他带来了,也许,就把一切都弄砸了。可你发现吗,他对什么都不感兴趣,对什么都不说一句话,只有一件事,他一听就没法控制自己:那桩凶杀案……"

"对,对!"拉祖米欣附和。"我也发现了! 他很关心,也很害怕。他就是发病那天给吓着的,在警察局局长办公室,都晕倒了。"

"这你晚上给我详细说说,完了我也对你说件事。我对他很感兴趣! 过半小时我再来看他……不过炎症不会有了……"

"谢谢你! 我就在帕申卡那儿等着,我会照看的,通过娜斯塔西娅……"

剩下拉斯科尔尼科夫一人,他焦躁而又忧郁地看了看娜斯塔西娅,但她拖着不走。

"这会儿喝茶不?"她问。

"过会儿! 我想睡觉! 让我安静一会儿……"

他猛地朝墙壁转过身。娜斯塔西娅走了。

# 六

但她一走，他就起身钩上房门，接着，解开拉祖米欣刚才拿来又被他重新包好的衣服，开始穿戴。真是怪事：似乎他突然变得镇定自若，既没有疯狂的胡话，也没有丧胆的恐惧，跟近来的状态完全不同。这是刚出现的某种怪异，意外的镇定。他的动作准确利落，流露出坚定的意图。"就是今天，就是今天！……"他自言自语地喃喃着。他明白他还很虚弱，然而神经极度紧张所产生的镇定和执着给了他力量和自信，不过，他还是希望自己不会晕倒在街上。穿上一身新衣服后，他看了看桌上的钱，想了想，把它们全都放进口袋。一共二十五卢布。他又拿了所有铜币，拉祖米欣拿去买衣服的十卢布的找头。随后悄悄启下钩子，出门，下楼，朝洞开的厨房瞥了一眼：娜斯塔西娅背朝他站着，俯身使劲吹旺房东的茶炊。她什么也没听见。何况谁能想到他会出去？一分钟后他已经到了街上。

八点钟，太阳正在下山。仍然那样闷热，但他贪婪地吸了一口这难闻、浑浊、被城市污染的空气。他稍稍有些头晕；某种疯狂的力量突然闪耀在他红肿的眼睛里，闪耀在他消瘦而又蜡黄的脸上。他不知道，也不考虑该去哪儿。他只知道："**这**一切应当今天了结，一下子，立刻，否则他决不回家，因为**不想这样活着**。"怎么了结？用什么了结？这他根本不知道，连想都不愿想。他拒绝思考：思考使他痛苦。他只是感到，只是知道，应当让一切都变个样，变成这样或者那样，"无论怎样都行"，他不断重复，怀着绝望和执拗的自信和决心。

他按老习惯，顺着原先自己散步常走的路线，径直走向干草广场。广场不到，马路上，一家小铺子门前，站着一个黑头发的年轻流浪乐师,用手摇风琴摇着一支十分感人的抒情歌曲。他在为前面人行道上站着的姑娘伴奏。这姑娘大约十四五岁,穿着像位小姐,钟裙,大披肩,戴手套,还戴一顶插火红羽毛的草帽,这些服饰都是旧的、破的。她常在街头卖唱的嗓子有种破锣似的颤音,但相当好听,有力。她唱歌,等待小铺子两戈比的施舍。拉斯科尔尼科夫停在两三个观众旁边,听了一会儿,掏出五戈比,放在姑娘手里。那姑娘突然在最感人的高音上一下子中断歌唱,厉声朝摇琴的乐师喊了一声:"行啦!"于是两人又朝前面的小铺子走去。

"您爱听街头卖唱?"拉斯科尔尼科夫突然问他身旁一个年纪不轻的行人。后者刚才站在手摇风琴边上,模样像个流浪汉。那人古怪地朝他看了看,一脸惊讶。"我爱听,"拉斯科尔尼科夫接着说,但那模样似乎说的根本不是街头卖唱。"秋天,晚上,又冷又暗又湿,一定很潮湿,行人个个脸色发白、发青,带着病容,这种时候我就爱听手摇风琴伴奏的演唱;更好是下湿雪,笔直笔直飘下来,没风,知道吗? 透过雪花,亮着煤气路灯……"

"我不知道……对不起……"先生喃喃说,他被拉斯科尔尼科夫的问题和古怪的神色吓坏了,赶紧走到马路对面。

拉斯科尔尼科夫一直朝前走,到了干草广场拐角上那天和莉扎韦塔讲话的一对夫妇设摊的地方,但现在他们不在。认出这个地方,他停住,看了看周围,问穿红衬衫、站在面粉店门口打呵欠的小伙子说:

"这个拐角上不是有个小贩跟他老婆一起做生意吗?"

"谁都可以做生意。"小伙子回答,傲慢地打量拉斯科尔尼科夫。

"他叫什么名字?"

"怎么起的怎么叫。"

"你是不是也是扎拉依人? 哪个省的?"

小伙子又看了看拉斯科尔尼科夫。

“我们那儿,大人,不是省,是县,我兄弟去过,可我待在家里没去,不知道……请您多多原谅,大人。”

“这是餐厅,楼上?”

“这是酒店,还有桌球。还有公主①,那才叫做人!”

拉斯科尔尼科夫穿过广场。那里,拐角上,密密麻麻地站着许多人,全是庄稼汉。他挤进人群,打量一张张脸。不知为什么,他想跟人攀谈。但那些庄稼汉没注意他,全都三五成群,顾自说话。他站了一会儿,想了想,拐到右边人行道上,朝 B 大街走去。出了广场,他走进一条小巷……

他原先也常走这条转弯后通向花园街的短巷。近来,他甚至一股劲地想来这一带溜达,好让烦恼的心情“更烦恼”。现在他进了小巷,什么也不想。这里有一幢大房子,里面全是餐厅和酒店。店里不时跑出几个女人,模样像去“隔壁”串门似的——不戴头巾,只穿一件连衣裙。有两三个地方,她们成群地聚在人行道上,大多是地下室入口,下去两个台阶,便是各种寻欢作乐的场所。其中一处这时传出击打声和喧闹声,满街都能听见,吉他弹奏,歌声阵阵,十分快活。一大群女人围在门口,有的坐在台阶上,有的坐在人行道上,有的站着聊天,旁边,马路上,一个喝醉的士兵,叼着香烟,一边来回走动,一边高声谩骂,似乎他想去什么地方,但忘了该从哪儿进去。一个流浪汉和另一个流浪汉在骂架,一个醉鬼横在街上。拉斯科尔尼科夫在一大群女人身边停下。她们扯着嘶哑的嗓门聊天,全都穿着花布连衣裙,羊皮鞋,没戴头巾。有的已经四十开外,但也有十六七岁的,眼角上几乎都有乌青。

不知怎的他对下面的歌声和击打声、喧闹声,有了兴趣……可以听见在大笑和尖叫中,有人踩着假嗓演唱的放荡曲调,在吉他伴奏下

---

① 指妓女。

168

拼命跳舞,用鞋跟打节拍。他一脸阴郁,若有所思地倾听着,在门口弯下腰,从人行道上往穿堂里好奇地张望。


> 你呀,我漂亮的警察,
> 请别无缘无故打我!


歌手尖细的嗓音四处回荡。拉斯科尔尼科夫很想听清,唱的是什么歌,似乎他想做的就是这个。

"要不要进去?"他想,"笑得多欢! 喝醉了。怎么,是不是我也去喝个痛快?"

"不进去吗,少爷?"一个女人扯着相当响亮,还没完全嘶哑的嗓子问。她很年轻,甚至不使人讨厌——这群女人中唯一的一个。

"瞧,挺漂亮!"他稍稍直起腰,看了她一眼。

她微微一笑,这声恭维使她非常喜欢。

"您也挺漂亮。"她说。

"太瘦!"另一个女人扯着低沉的嗓门说,"刚出医院,是吗?"

"瞧,就像一群将军的闺女,不过都是翘鼻子!"一个走近的男人突然打断他们说,他带几分醉意,穿着敞开的粗呢外衣,脸上挂着狡黠的笑容。"瞧,快活着呢!"

"进去吧,既然来了!"

"进去! 乐一乐!"

他跌跌撞撞地下去了。

拉斯科尔尼科夫继续往前走。

"听着,少爷!"那姑娘在后面喊。

"什么?"

她不好意思了。

169

"少爷,我随时乐意陪您,可这会儿,瞧,不知怎的没法对您出口。给我六戈比酒钱,白马王子。"

拉斯科尔尼科夫随手掏出三枚五戈比铜币。

"哎呀,好心的少爷!"

"你叫什么名字?"

"说找杜克莉达就行。"

"不,这算什么。"那群女人中突然有人对杜克莉达摇头。"这我就不懂了,怎么可以这样讨钱! 换了我,大概羞也羞死了……"

拉斯科尔尼科夫好奇地看了看说话的女人。这是个脸上有麻子的妓女,三十岁左右,浑身都是乌青,上嘴唇还有点肿。她说话和责备的语气平静而又严肃。

"这是哪儿,"拉斯科尔尼科夫边走边想,"这是哪儿我读到过,一个判死刑的人,在临刑前一小时说,或者想,要是他能在高山顶上、峭壁上,仅够立足的地方活着——周围是深渊,海洋,永恒的黑暗,永恒的孤独,永恒的狂风暴雨——就这样在一俄尺的地方站上一辈子,一千年,永远永远——那也最好活着,别死!① 只要能活着! 活着,活着! 不管怎么活——只要活着就行! ……说得真对! 上帝,太好了! 人是卑鄙的! 因为这个,说人是卑鄙的,那人自己也是卑鄙的。"过了一会儿,他补充了自己的想法。

他到了另一条街上。"哎呀!'水晶宫'! 刚才拉祖米欣提到过'水晶宫'。不过我想干什么来着? 对,看报! ……佐西莫夫说他在报上看到……"

"有报纸吗?"他进门便问。这是一家相当宽敞,甚至相当整洁的酒店,有好几个房间,不过也相当空。只有两三个客人在喝茶,还有远

---

① 指雨果的《巴黎圣母院》。

处一个房间里坐着一伙人,大约四个,在喝香槟。拉斯科尔尼科夫似乎觉得他们中间坐着扎梅托夫。不过,远远的看不清。

"管他呢!"他想。

"要伏特加,先生?"跑堂问。

"来杯茶。你再给我拿点报纸,旧的,最近五天全要,我给小费。"

"是,先生。这几张是今天的,先生。要伏特加吗,先生?"

旧报纸和茶来了。拉斯科尔尼科夫坐下,找起来:"伊兹列尔——伊兹列尔——阿茨蒂克人——阿茨蒂克人——伊兹列尔——巴托拉——马西莫——阿茨蒂克人——伊兹列尔[①]……呸,见鬼!啊,这是新闻:女人摔下楼梯——小市民死于酗酒——沙滩火灾——彼得堡街火灾——又是彼得堡街火灾——又是彼得堡街火灾——伊兹列尔——伊兹列尔——伊兹列尔——伊兹列尔——马西莫……啊,在这儿……"

他终于找到了他要找的消息,看起来。一行行字在他眼睛里跳动,但他还是看完了这条"新闻",接着又贪婪地在以后几天的报纸中寻找进一步的报道。他两手发抖,慌乱地翻着报纸。突然有人坐到他身边,他的餐桌上。他抬眼一看——扎梅托夫,就是那个扎梅托夫,还是那副模样,戴着戒指,挂着表链,抹得乌黑油亮的卷发梳成分头,穿着讲究的坎肩、稍旧的便服和不大干净的衬衣。他很高兴,至少非常愉快而又和善地微笑着。他喝过香槟,黝黑的脸稍稍泛出红晕。

"怎么!您在这儿?"他困惑地说,似乎他们是老朋友,"我昨天还

---

① 伊凡·伊凡诺维奇·伊兹列尔(1811—1877)系彼得堡郊外矿泉村一处花园的主人。去伊兹列尔花园游玩在当时颇为时兴。阿茨蒂克人是墨西哥古老的土著。巴托拉和马西莫系两个矮人,据称是该土著的后裔。一八四九年,他们在中美洲被发现后,便作为"人种样品"在美洲和欧洲巡回展览。英国女王维多利亚和法国皇帝拿破仑三世宣布他们受自己保护。一八六五年两个矮人来到彼得堡,并于六月二十九日在彼得堡受到沙皇和皇后的接见。

听拉祖米欣说,您一直没知觉。真怪! 要知道,我去过您那儿。"

拉斯科尔尼科夫知道他会过来。他放下报纸,朝扎梅托夫转过身。他的嘴唇上挂着一丝嘲笑,从中透出某种从前没有的恼怒和烦躁。

"这我知道,您来过,"他回答,"听说了。您找过袜子……知道吗。拉祖米欣非常欣赏您,说您和他一起去过拉维扎·伊凡诺夫娜那儿,为这个娘们,您当时几次朝火药中尉眨眼睛,可他老不明白,记得吗? 怎么会不明白,真是,——明摆的事……啊?"

"他尽胡闹!"

"火药?"

"不,您的朋友,拉祖米欣……"

"您日子过得不错,扎梅托夫先生。去最乐意的地方都不用花钱! 这会儿又是谁请您喝香槟?"

"我们这是……一块儿喝几杯……哪是请客?!"

"酬劳呗! 您什么都有!"拉斯科尔尼科夫笑起来。"没什么,胖小子,没什么!"他说着拍了拍扎梅托夫的肩膀。"我可不是故意难为您,'这是亲热,闹着玩的',就像您那个漆匠说的,他不是打了米季卡? 就是老太婆那个案子。"

"您怎么知道的?"

"我也许知道的比您还多。"

"您真是个怪人……真的,您还病重。不该出来……"

"您觉得我怪?"

"对,您这是在看报?"

"看报。"

"尽是火灾消息。"

"不,我看的不是火灾。"他旋即神秘地看了看扎梅托夫,一丝嘲笑

172

又扭歪了他的嘴唇。"不,我看的不是火灾,"他接着说,一面对扎梅托夫眨眼睛。"您得承认,可爱的年轻人,您太想知道我在看什么了,是吗?"

"我念过六年书。"扎梅托夫回答,怀着几分自尊。

"念过六年书!嗨,你呀,我的小麻雀!梳个分头,戴着戒指——有钱!嘿,多可爱的孩子!"拉斯科尔尼科夫当即神经质地笑开了,直冲扎梅托夫的脸。后者赶紧闪开,倒不是生气,而是着实吃了一惊。

"嘿,真是怪人!"扎梅托夫非常认真地又说一遍。"我觉得您还在说胡话。"

"说胡话?胡扯,小麻雀!……我是怪人?您对我很有兴趣,啊?很有兴趣?"

"很有兴趣。"

"这么说,对我看什么,找什么有兴趣?瞧,我让拿来多少报纸!可疑,啊?"

"得了,说吧。"

"耳朵竖到头顶上了?"

"什么头顶?"

"以后告诉您,什么头顶,现在,我亲爱的,我向您宣布……不,最好说'承认'……不,这也不合适,'我供认,您取证'——就是!那我供认,我在看,在注意……查找……搜寻……"拉斯科尔尼科夫眯起眼睛,等了一会儿,"搜寻——我来这儿就为这个——老太婆,官太太,被杀的消息。"他终于出口了,几乎是耳语,脸紧紧凑近扎梅托夫的脸。扎梅托夫直勾勾看着他,一动不动,也没移开自己的脸。事后,扎梅托夫觉得最奇怪的是,他们的沉默持续了整整一分钟,并且整整一分钟他们就这样对视着。

"看了又怎样?"他突然不解而又不耐烦地大叫,"这跟我有什么相干！看了又怎样？"

"就是那个老太婆，"拉斯科尔尼科夫接着说，仍是耳语，听了扎梅托夫的喊叫，仍然一动不动，"就是那个老太婆，记得吗，你们在办公室谈起她时，我晕倒了。怎么，现在明白了？"

"什么意思？'明白'……什么？"扎梅托夫几乎惊慌地问。

拉斯科尔尼科夫呆板严肃的脸一下子变了，突然，他又神经质地狂笑，就像刚才那样，仿佛自己完全不能控制自己。刹那间，他想起不久前一个瞬间，感觉异常清晰：他站在门后，拿着斧子，门钩在跳动，他们在门外叫骂，砸门，他突然想对他们大喊大叫，跟他们骂架，向他们吐舌头，戏弄他们，想笑，狂笑，狂笑，狂笑！

"您不是疯子，就是……"扎梅托夫脱口而出，旋即住口，似乎被他头脑中突然出现的想法怔住了。

"就是？'就是'什么？嗯，什么？嗯，说呀！"

"没什么！"扎梅托夫气恼地回答。"都是胡扯！"

两人都不作声。一阵突发的狂笑后，拉斯科尔尼科夫突然陷入沉思，一脸忧郁。他把臂肘支在餐桌上，用手托头。仿佛他完全忘了扎梅托夫。沉默持续了很长时间。

"您怎么不喝茶？快凉了。"扎梅托夫说。

"啊？什么？茶？……好吧……"拉斯科尔尼科夫从杯子里喝了口茶，把一块面包塞进嘴里，突然，他看了看扎梅托夫，似乎想起了一切，抖了抖精神：他的脸顿时露出原先那种嘲讽的神色。他又喝了几口茶。

"眼下这类行骗抢劫的事太多，"扎梅托夫说，"这不，不久前我在《莫斯科新闻》上看到，莫斯科抓了一个制造假币的团伙。整整一个集团。伪造债券。"

"噢，这是好久前的事！我还是一个月前看到的，"拉斯科尔尼科夫平静地回答。"这么说,照您看这就是骗子?"他冷笑着加了一句。

"怎么不是骗子?"

"这就是?这是孩子,幼稚的孩子①,不是骗子!干这种事居然拉起了整整五十个人!难道可以这样?干这种事,三个人都嫌多,还得互相信任,相信别人超过相信自己!要不,一个人酒后失言,就全完了!幼稚!居然雇些靠不住的人到钱庄里兑换债券:这种事能随便托人?好,就算这些孩子成功了,就算每人都给自己换了一百万,那以后呢?一辈子怎么过?一辈子都提心吊胆,唯恐别人出事!不如上吊死了!可他们连兑换都不会:有人在钱庄里换钱,拿到五千,手就发抖。数完四千,还有一千没数就收下了,信了,只想装进口袋,尽快逃走。结果引起怀疑。一切都坏在一个傻瓜手里!难道能这样干?"

"手抖怎么了?"扎梅托夫接口说,"不,这是可能的,先生。不,我完全相信这是可能的。有时你确实受不了。"

"受不了这个?"

"也许,您受得了?不,我肯定受不了!哪能为一百卢布的报酬去冒这种风险!拿着假债券——去哪儿?——钱庄,那地方都是这方面的行家,——不,换了我,肯定心慌。您不心慌?"

拉斯科尔尼科夫突然间真想朝他"吐舌头"。寒战一阵阵掠过他的脊背。

"我决不这样干,"他绕着弯子说,"换了我,就这样换钱:一千一叠,先数第一叠,来来回回数上四遍,每张票子都仔细看过,再数第二叠,一张张数,数到一半,抽出一张五十卢布的,对着光线照照,再翻过来,再对着光线照照——会不会是假钞?还嘀咕:'我怕:我有个亲戚,前几天就这样损失了二十五卢布',再说上个故事。第三叠刚上

---

① 原文为法语单词的音译,原著作了注解。

175

手——不，对不起：我好像刚才那叠数到六百以后数乱了，有怀疑，放下第三叠，再数第二叠——就这样把五千统统数完。刚数完，又从第五叠，还有第二叠里各抽出一张票子，又对着光线照来照去，又有怀疑，'请换一下'——把柜台上的人折腾得满头大汗，他都不知道怎么才能甩掉我！最后，把什么都办了，走了，该开门出去了——不，对不起，又回来了，问个什么问题，讨个什么说法——换了我，就这样干！"

"嘿，您说得太可怕！"扎梅托夫笑着说。"不过，这只是说说，真干起来，大概就会栽跟头。这种事，我跟您说，我看不仅我们两个不行，就连胆大的老手都不敢担保自己万无一失。不用找——这不就是现成的例子：我们辖区老太婆给人杀了。看上去真像亡命徒，大白天的什么风险都敢冒，只是碰巧才溜掉——到底还是手抖了：没有狠狠地偷，受不了啦，那种干法，看看都知道……"

拉斯科尔尼科夫似乎生气了。

"看看都知道！那就抓住他呀，去呀，现在就去！"他大声说，幸灾乐祸地挑逗扎梅托夫。

"行啊，会抓住的。"

"谁？您？您能抓住？折腾去吧！这还不是，你们主要看什么：看那家伙是不是大手大脚花钱？原来没钱，这下子突然大手大脚花钱——还不是他？瞧，这么大的孩子都能在这上面把你们骗了，只要愿意！"

"对呀，他们都这么干，"扎梅托夫回答，"杀人杀得很巧妙，命都豁出去了，事情一完，马上就在酒店里落网了，只要他们大手大脚花钱，就能抓住他们。不是所有的人都像您那样狡猾。换了您，就不会去酒店，是吧？"

拉斯科尔尼科夫皱起眉头，凝神看了看扎梅托夫。

"您好像胃口越吃越大，还想知道，要是我遇到这种情况，又会怎么干?"他不满地问。

"我想知道。"扎梅托夫坚定而又认真地回答,不知怎的,他的语气和目光都过于认真。

"很想?"

"很想。"

"好吧。换了我,就这样干,"拉斯科尔尼科夫说,又突然把自己的脸凑近扎梅托夫的脸,又直勾勾看着他,又是耳语,扎梅托夫这次甚至打了个哆嗦。"换了我,就这样干:我拿了钱跟东西,一离开那儿,立刻,哪儿都不弯,去什么地方,只要那地方冷僻,四周只有围墙,几乎没人——随便什么菜园子,或者诸如此类的什么地方。我还会事先在那儿,这个院子里,看好这么一块不起眼的,一普特或者一普特半重的石头,在角落的什么地方,围墙边上,也许还是房子造好后就扔在那儿的,我抬起这块石头——底下准有个坑——我把东西跟钱一块儿全都放进这个坑里,放好,压上石头,压得跟原先一样,再用脚踩实,踩完就走。一年,两年都不拿,三年都不拿——这不,你们找吧! 干了,干得没一点嫌疑!"

"您是疯子。"扎梅托夫不知为什么也几乎用耳语说,又不知为什么突然一闪,避开拉斯科尔尼科夫。拉斯科尔尼科夫两眼闪着凶光,脸色惨白,上唇倏地一抖,旋即不断哆嗦。他俯身尽量凑近扎梅托夫,翕着嘴唇,却什么话也没出口。这样持续了大约有半分钟。他知道自己在做什么,但他无法控制自己。一句可怕的话,就像当时房门上的钩子,在他嘴唇上乱跳:眼看就要出口了,只要他一启齿,一张嘴!

"怎么,要是老太婆和莉扎韦塔是我杀的?"他突然说,旋即发觉自己失言了。

扎梅托夫发疯似的看了他一眼,脸白得像台布。他的脸被一丝微笑扭歪了。

177

"难道这可能吗？"他说，声音勉强可以听见。

拉斯科尔尼科夫恶狠狠地抬眼看了看他。

"承认吧，您信了？是吗？是吗？"

"根本不信！现在比原先更不信！"扎梅托夫急忙说。

"终于落网了！逮住了小麻雀。就是说原先您信，既然现在'比原先更不信'？"

"根本不是！"扎梅托夫大声说，显然他很尴尬，"您吓唬我，就为骗我这句话？"

"这么说，您不信？你们背着我说什么来着，我离开办公室后？我都晕倒了，干吗火药中尉还盘问我？喂，你过来，"他朝跑堂喊了一声，一边站起来，拿了帽子，"多少钱？"

"一共三十戈比，先生。"那人跑过来回答。

"再给你二十戈比小费。瞧，那么多钱！"他把拿着钞票发抖的手伸到扎梅托夫面前，"红的，蓝的，二十五卢布。哪来的？这新衣服又是哪来的？您不是知道，我连一戈比都没有！房东那儿大概已经查问过了……嗯，够了！扯得够多了！① 再见……非常愉快地再见！……"

他走了，浑身发抖，充满某种极度歇斯底里的感觉，但这感觉分明夹杂着不可抑制的喜悦——不过他非常忧郁，也非常疲劳。他的脸扭歪了，似乎他刚发过病。他越来越累。他的精力现在随着一次次冲动，一次次发火，突然一次次旺盛，又随着这种感觉的消失，一次次迅速衰竭。

扎梅托夫剩下一个人，还久久坐在原来位子上思索。拉斯科尔尼科夫无意中颠倒了他对那件案子的全部想法，使他最终确定了自己的意见。

---

① 法语。巴尔扎克《高老头》中伏脱冷常说的一句话。

"伊里亚·彼得罗维奇是笨蛋!"他终于认定。

拉斯科尔尼科夫刚打开临街的店门,突然,在门廊上,撞上了恰好进来的拉祖米欣。两人甚至只差一步,还没看见对方,几乎头碰头撞了个正着。他俩互相打量了好一阵子。拉祖米欣一脸诧异,突然,一股怒火,真正的怒火,在他眼睛里可怕地燃烧起来。

"原来你在这儿!"他扯着嗓门大叫,"从病床上跑了!我连沙发底下都找了!顶层阁楼都去过!险些为你把娜斯塔西娅给揍了……你倒好,在这儿!罗季卡!这是怎回事?说实话!坦白!听见了?"

"是这样,你们把我烦死了,我想单独待一会儿。"拉斯科尔尼科夫平静地回答。

"单独待一会儿?你连路都走不动,脸白得像麻布,还直喘气!傻瓜……你在'水晶宫'里干什么来着?你立刻坦白!"

"让我走!"拉斯科尔尼科夫说着想从边上穿过去。这下可把拉祖米欣惹火了:他牢牢抓住他的肩膀。

"让你走?你敢说'让我走'?知道吗,我会拿你怎么办?一把抱住,捆上,把你夹回家,锁起来!"

"听着,拉祖米欣,"拉斯科尔尼科夫轻轻说,看来,十分平静,"难道你没看到,我不要你的关心?再说何必关心……讨厌这种关心的人?关心根本受不了这种关心的人?你干吗在我病倒的时候找上门来?也许我乐意死呢?难道今天我没向你表示清楚,你在折磨我,你把我……烦死了!说实在的,何必折磨别人!请你相信,这只会加重我的病情,因为这是不断惹我生气。要知道佐西莫夫刚才走了,他不想惹我生气。你也走吧,看在上帝分上!说到底,你有什么权利拦住我?难道你没看见,我现在说话很清醒?你教教我,我究竟怎么求你,怎么求你,你才不来缠我,不来关心我?就算我没良心,就算我卑鄙,只要你们全都别来缠我就行,看在上帝分上,走吧!走吧!走吧!"

起先,他说得很平静,庆幸终于有了发泄所有恶气的机会,但到说完,已经火气十足,气喘吁吁,就像刚才和卢任说话一样。

　　拉祖米欣站着,想了一会儿,松开他的胳膊。

　　"你见鬼去!"他轻轻地,几乎沉思着说。"站住!"拉斯科尔尼科夫刚要走,他又突然吼起来,"听着。我告诉你,你们这些家伙,个个只会扯淡,吹牛! 你们一有什么磨难——就像下蛋的母鸡,到处乱叫! 连叫法都是从别人那儿偷来的。你们身上没一点独立生活的样子! 你们是鲸蜡做的,没血,只有蜡! 对你们我谁都不信! 你们首先考虑的,就是在所有场合——千万别有人样! 站——住!"发现拉斯科尔尼科夫又要走,他拼命喝住,"听我说完! 你知道我那儿今天有客人,庆祝乔迁,也许这会儿他们已经来了。我把舅舅留在那儿招待客人——我刚回去看过。如果你不是傻瓜,不是讨厌的傻瓜,不是十足的傻瓜,不是外国傻瓜的翻版……看见吗,罗佳,我承认你是聪明人,其实你是傻瓜! 所以,如果你不是傻瓜,你今天最好去我那儿,坐一晚上,干吗白白糟蹋鞋子。既然出来了,也拿你没办法! 我会给你一把挺软的扶手椅,房东那儿有……喝喝茶,聚在一起聊聊……要不,我可以让你躺在沙发上——毕竟跟我们大伙儿在一起……佐西莫夫也来,你来不来?"

　　"不来。"

　　"胡—说!"拉祖米欣不禁大吼,"你怎么知道你不来? 这话不代表你自己! 这种事你根本不懂……我像这样跟人家吵翻过一千次,过后又跑去和好……不好意思了,你就会回过头去找人家! 所以记住,波钦科夫公寓,三楼……"

　　"这样的话,你大概还会让人把自己揍一顿,拉祖米欣先生,这也是恩赐,也是乐趣。"

　　"揍谁? 揍我! 谁敢,我就拧掉谁的鼻子! 波钦科夫公寓,四十七号,文官巴布什金家……"

"我不来,拉祖米欣!"拉斯科尔尼科夫转身走了。

"我打赌,你会来的!"拉祖米欣朝他背影直喊,"否则你……否则我就不睬你! 站住,喂! 扎梅托夫在里面?"

"在里面。"

"看见了?"

"看见了。"

"说话了?"

"说话了。"

"说什么? 嘿,见你的鬼,别说了。波钦科夫公寓,四十七号,巴布什金家,记住!"

拉斯科尔尼科夫走到花园街,拐弯不见了。拉祖米欣望着他的背影,思考着。终于他一挥手,走进酒店,但在楼梯中央又站住了。

"见鬼!"他几乎说出声来,"他说话倒很清楚,可又像……我也是傻瓜! 难道疯子就尽说傻话? 佐西莫夫,我看,怕的就是这个!"他用手指敲了敲额头。"怎么,要是……现在怎么可以放他一个人走? 大概,他会投河……咳,我错了! 不行!"他赶紧回头,去追拉斯科尔尼科夫,可惜连影子都没了。他啐了一口,快步回到"水晶宫",想尽快问问扎梅托夫。

拉斯科尔尼科夫径直走到一座桥上,在桥中央的栏杆边站住,往栏杆上支起臂肘,望着远方。和拉祖米欣分手后,他已经极度虚弱,只是勉强走到这里。他真想随便找个地方坐下或者躺下,就在这街上。他俯身在河面上,机械地望着天际最后一抹玫瑰色的霞光,望着暮色四合中渐渐暗淡的一排房屋,望着左岸远处一个顶楼上,刹那间被落日余晖照得火光闪耀似的小窗,望着渐渐暗淡的河水,似乎他在注意观察河水,终于,他的眼睛里转起一些红色圈圈,房屋来回晃动,行人、滨河街、马车——一切都在周围旋转,跳舞。突然他打了个哆嗦,也许,他没有再次晕倒,只是得助于一个惊心动魄的场面。他感到有人站到他旁边,右边,很近。他一抬眼——看到一个女人,高高的,戴着头巾,椭圆形的脸又黄又瘦,凹陷的双眼微微红肿。她直接看着他,但显然什么也没看见,谁也认不出。突然她右臂往栏杆上一撑,抬起右腿,跨过栏杆,接着又跨过左腿,纵身跳河。肮脏的河水分开,转眼间吞噬了这个牺牲品,但过了一会儿,溺水的女人浮起来,顺着河水静静地朝下游漂去,头和脚都在水里,背露在上面,凌乱的裙子仿佛枕头似的鼓在水面上。

"有人投河!有人投河!"几十个声音大叫。人们从四面八方奔来,两边的滨河街上渐渐挤满围观的人群,桥上,拉斯科尔尼科夫周围,也聚起人群,不住地从后面挤他。

"天哪,这是我们的阿夫罗西尤什卡!"不远处响起女人的哭喊声。"天哪,救救她吧!各位大爷,救她上来!"

"船!船!"人群里大声喊着。

但船已经不需要了:一个警察跑下河埠的台阶,脱了大衣,靴子,倏地跳进河里。麻烦不大:溺水的女人正好漂到离河埠两步远的水面上,他一伸右手,抓住她的衣服,左手抓住同事伸给他的竿子,旋即,溺水的女人被救上来,放在埠头的石板上。她很快醒了,慢慢欠身坐起,开始打喷嚏,嗤鼻子,两手没用地擦着湿淋淋的衣服。她什么话也不说。

"她喝醉了,爷,糊涂了。"还是那个女人的声音哭喊着,已经在阿夫罗西尤什卡身边,"前几天也想寻死,上吊,大伙儿从绳子上把她救下的。刚才我去了小铺子,让小姑娘看着她——这不出事啦!她做小买卖,爷,是我们那儿做小买卖的,住得不远,边上第二幢房子,就那儿……"

围观的人渐渐散了,两个警察还在照料溺水的女人,有人说应当送警察局……拉斯科尔尼科夫看着这一切,心里有种漠然和无动于衷的奇怪感觉。他很反感。"不,讨厌……投河……不值。"他喃喃自语。"没用,"他又说了一句,"别等了。这是哪儿,警察局……干吗扎梅托夫不在警察局?警察局九点多应当开着……"他转过身,背对栏杆,朝周围看了看。

"好吧! 就这么办!"他坚决地说,下桥朝警察局方向走去,他内心空落落的,一片麻木。他什么也不想,甚至连烦恼都已消失,刚出门时,"了结一切"的劲头,现在连影子都没了。冷漠取代了一切。

"好吧,这就是出路!"他想,垂头丧气地在滨河街走着。"反正我会了结,因为我想了结……不过,这是出路吗?都一样! 一俄尺地方总会有的——嘿! 不过,这算什么了结! 难道真的了结了? 我对他们说还是不说? 咳……见鬼! 我累了,最好找个地方躺下或者坐下,越快越好! 最丢人的是干得太蠢。这也随它去。哎,什么傻乎乎的念头都往脑袋里钻……"

去警察局应当笔直走,到第二个路口往左一拐:走两步就到了。但刚到第一个路口,他便收住脚步,想了想,拐进一条小巷,准备绕个圈子,多走两条马路——也许,没有任何目的,也许,想再拖一分钟,赢得时间。他走着,眼睛看着地上。突然,好像有人凑近他耳朵说了什么。他一抬头,发现他正好站在那幢房子边上,大门口。从那天晚上起,他还从未来过这里,也从未经过这里。

一种无法抗拒、无法解释的愿望驱使着他。他走进房子,穿过整个门洞,然后拐进右手第一个入口,踏上熟悉的楼梯,朝四楼走。又窄又陡的楼梯上一片昏暗。他在每个梯台上,都停下脚步,好奇地朝四周看着。底层的梯台上,有扇窗的窗框卸了。"那天不是这样。"他想。瞧,这就是二楼尼古拉什卡和米季卡油漆的房间:锁着。门也重新油漆了。就是说要出租。"瞧,三楼……四楼……就这儿!"他怔住了:房门敞着,里面有人,可以听到说话的声音,这是他怎么也没想到的。

稍稍犹豫了一会儿,他走完最后几级楼梯,进了房间。

房间也在重新装修,里面有人干活,这似乎使他震惊。不知为什么,在他的想象中,他将看到的一切,跟他那天离开时一样,也许,连尸体都还横在地板原来的地方。不料现在:光秃的墙壁,没有家具,真怪!他走到窗前,在窗台上坐了。

一共两个匠人,都是小伙子,一个大些,另一个小多了。他们在贴墙纸,白底紫花,替换原来破旧的黄色墙纸。不知为什么,这使拉斯科尔尼科夫非常反感。他看着这些新墙纸,心里有股敌意,似乎惋惜一切都变了。

两个匠人显然耽误了,这会儿正匆匆卷起墙纸,准备回家。拉斯科尔尼科夫的出现,几乎没引起他们注意。他们顾自说着什么。拉斯科尔尼科夫抱着胳膊,听起来。

"她呀,这女人,一大早就来找我,"大的对小的说,"大清早的,打扮得漂亮极了。'你干吗在我面前卖弄,'我说,'干吗在我面前招摇?''我想,'她说,'季特·瓦西里耶维奇,打今儿起,就由了你。'原来这样!她打扮得漂亮极了:杂志,简直就像杂志!"

"杂志是什么,叔叔?"小的问。他显然在向"叔叔"讨教。

"杂志呀,我的兄弟,就是一张张图片,花花绿绿,都给这儿的裁缝,每星期六,邮来的,从外国,就是说什么人得穿什么衣服,男人、女人。图画,就是说。男人多半穿皮里子收腰大衣,可女装部分,老弟,全是标致的粉头,你把钱都给我,也不够!"

"这彼得堡什么东西没有!"小的出神地喊了一声,"除了爹妈,全有!"

"除了爹妈,老弟,全有。"大的开导说。

拉斯科尔尼科夫站起来,朝里间走去,那里原先放着箱子、床和柜子。现在,没有家具,他也觉得房间实在太小。墙纸还是原来的。角落上的墙纸分明留着放过神龛的痕迹。他看了看,又回到自己坐过的窗台上。大的那个斜了他一眼。

"您干什么,先生?"那人突然问他。

拉斯科尔尼科夫没回答,站起来,走到门口,抓住门铃的绳子,拉一下。还是那个门铃,还是那种白铁的铃声!他又拉一下,再拉一下,他倾听着,回想着一切。原先那种痛苦、可怕、丑恶的感觉越来越鲜明、真切地回到他身上,铃声每响一次,他就哆嗦一下,随着这一声声铃响,他心里越来越舒畅,越来越舒畅。

"干什么?您是什么人?"匠人冲他走出来,大叫。拉斯科尔尼科夫又回进屋里。

"想租这房子,"他说,"看看。"

"房子不是夜里来租的,再说您得跟管院子的一块儿来。"

"地板倒是洗干净了,打算油漆?"拉斯科尔尼科夫又问,"没血?"

"什么血?"

"老太婆跟她妹妹被人杀了。这儿有一大摊血。"

"你到底是什么人?"匠人不安地大叫。

"我?"

"对。"

"你想知道? ……我们上警察局去,到那里我会说的。"

两个匠人困惑地看了看他。

"我们得走了,先生,拖晚了。走吧,阿廖沙。门该锁上。"大的说。

"走就走!"拉斯科尔尼科夫冷冷地回答,首先走出去,慢慢下了楼梯。"喂,管院子的!"他走到门口,喊了一声。

恰好有几个人站在门口,无聊地看着过往行人:两个管院子的,一个婆娘,一个穿罩衫的小市民,另外还有个什么人。拉斯科尔尼科夫径直朝他们走去。

"你们干什么?"一个管院子的问。

"警察局去了?"

"刚去过。您有什么事?"

"那儿办公吗?"

"办公。"

"副局长也在那儿?"

"待了一会儿。您干吗?"

拉斯科尔尼科夫没回答,站在他旁边,思索着。

"他来看房子。"年纪大的匠人走过来说。

"哪套房子?"

"装修的那套。他问'干吗把血擦了? 这儿发生过凶杀案,不过,我是来租房子的。'还拉了几下门铃,险些拉坏了。他说我们上警察局去,到那里我全说。缠上了。"

管院子的心里困惑,皱着眉头,朝拉斯科尔尼科夫打量了几眼。

"您是什么人?"他态度严厉了些。

"我是罗季昂·罗曼内奇·拉斯科尔尼科夫,上过大学,住在希尔公寓,就在附近那条小巷,离这儿不远,十四号房间,你可以问管院子的……他认识我。"拉斯科尔尼科夫说话懒洋洋的,像是考虑着什么,没转身,一股劲地看着已经暗下来的街道。

"您干吗去那套房间?"

"看看。"

"那儿有什么好看的?"

"抓他去警察局?"突然,小市民插了一句,旋即住口了。

拉斯科尔尼科夫回过头,注意地斜了他一眼,仍那样轻轻地、懒洋洋地说:

"走!"

"把他送去！"小市民来劲了，接茬说。"他干吗说**那事**，在想什么，啊？"

"醉没醉，上帝知道。"匠人喃喃说。

"你们干什么？"管院子的又叫，他当真生气了。"干吗缠个没完？"

"不敢去警察局？"拉斯科尔尼科夫嘲笑他说。

"什么不敢去？你干吗缠个没完？"

"骗子！"婆娘骂了一声。

"跟他啰唆什么。"另一个管院子的说，这是个高大的汉子，穿着敞开的粗呢大衣，腰带上挂串钥匙。"滚！……就是骗子……滚！"

他抓住拉斯科尔尼科夫的肩膀，把他朝马路上一推。拉斯科尔尼科夫险些跌倒，但没跌倒，他站直了，默默望了望看热闹的人，走了。

"怪人。"匠人说。

"现在人都变怪了。"婆娘说。

"真得送他去警察局。"小市民没罢休。

"别理他，"高大的管院子人说，"骗子！他就巴望这样，明摆着，你一理他，甭想甩掉……见多了！"

"到底去还是不去。"拉斯科尔尼科夫一边想，一边在十字路口的马路中央站住，四下张望，仿佛等着某人最后的决定。但无论哪儿都没一点声音，一切都是聋的和死的，就像他脚下的石头，对他来说是死的，对他一个人……突然，远处，大约离他两百步的地方，街的尽头，他在渐浓的暮色中看到一群人，听到嘈杂的人声……人群中停着一辆马车……一星灯光在马路中央闪闪烁烁。"出了什么事？"拉斯科尔尼科夫拐到右边人行道上，朝人群走去。他似乎见到什么就抓住什么，想到这里，不由冷冷一笑，因为他已经决定去警察局自首，坚信一切都快结束了。

# 七

马路中央停着一辆四轮马车,华丽,阔气,套着一对灰色烈马。没有乘客,车夫本人已经下了车座,站在边上。一对烈马被人牵住笼头。周围挤满了人,最前面的是几个警察。其中一个手里提着点亮的马灯,弯着腰,照着马路上车轮旁的什么东西。围观的人在说话、喊叫、叹息,车夫似乎懵了,偶尔反复说:

"罪过! 上帝,罪过!"

拉斯科尔尼科夫尽量朝里挤去,终于看到引起这场围观的东西。地上躺着一个刚被烈马踩伤的人,看来已经失去知觉,身上穿着破旧,但样式"体面"的衣服,浑身是血。脸上、头上还在流血。脸已经血肉模糊。显然,伤得很重。

"天哪!"车夫哭诉说,"这怎么防! 要是我鞭马了,或者没喊他,那是另一回事,可我赶得不快,始终一个样。大家都看见了:要是大家说的假话,那我也是说的假话。醉鬼上不了蜡烛——这谁都知道! ……我看见他穿马路,摇摇晃晃,都快跌倒了——我喊了一次、两次、三次,还稍稍勒了勒马,可他偏偏朝马蹄下倒去! 他是故意的,要不就是醉得不行……这马还小,容易受惊——使劲一拉,他叫了——马就更使劲……瞧,闯祸了。"

"没错!"人群里一个声音作证。

"他喊过,真的,喊过他三次。"响起另一个声音。

"确实喊过三次,大家都听见的!"第三个声音在喊。

不过,车夫并不十分沮丧和害怕,显然,马车主人有钱有势,这会儿正在什么地方等车。警察当然相当用心,正在设法解决这场车祸。

马尔梅拉多夫之死（H. 伊格纳季耶夫绘，1965 年）

伤者得先送警察局,再送医院。但谁也不知道他的姓名。

这时,拉斯科尔尼科夫挤进人群,弯下腰,凑得更近些。突然,马灯照亮了伤者的脸,他认出了他。

"我认识他,认识!"他大叫,挤到最前面,"这是个官员,退职的,九等文官,马尔梅拉多夫!就住附近,科泽尔公寓……快找大夫!我付钱,瞧!"他掏出口袋里的钱,给警察看了。他异常激动。

警察很满意,他们弄清了伤者身份。拉斯科尔尼科夫还说了自己的姓名,给了住址,并且竭力劝说警察,尽快把失去知觉的马尔梅拉多夫送回家,仿佛受伤的是他亲生父亲。

"瞧,就在这儿,过去三幢房子,"他张罗着,"科泽尔公寓,德国人的,很有钱……他刚才准是醉醺醺地回家。我认识他……他是酒鬼……他家就在那儿,有老婆,有孩子,还有一个女儿。送医院得时间,那幢公寓里准有大夫!我付钱,我付钱!……毕竟家里有自己人照顾,抢救及时,要不,没到医院,他就死了……"

他甚至悄悄给警察手里塞了些钱,其实,事情明摆着,这样处理也很正当,至少这里可以就近抢救。伤者被抬起来,往家里送:有人自愿帮忙。科泽尔公寓离这里三四十步。拉斯科尔尼科夫走在后面,小心翼翼地托着马尔梅拉多夫的头,给前面的人指路。

"这儿走,这儿走!上楼梯得头朝上,请转过来……对了!我付钱,我会谢的。"他喃喃着。

卡捷琳娜·伊凡诺夫娜像平时一样,一空下来,就在自己的斗室里走来走去,从窗口到炉子,又从炉子到窗口,两手交叉,紧紧抱在胸前,还自言自语,不住咳嗽。近来,她越来越想和自己的大女儿,十岁的波莉卡说话,波莉卡尽管很多事情还不懂,但她非常明白母亲需要她,因此,总是用自己那双聪明的大眼睛注视着母亲,竭力装出什么都懂的样子。这次,波莉卡在给病了一整天的弟弟脱衣服,安顿他睡觉

190

男孩等着给他换衬衫——那是夜里要洗的——默默地坐在椅子上，一脸严肃，身体笔直，两条朝前伸出的小腿紧紧靠在一起，脚板对着大家，脚尖分开。他听着妈妈和姐姐说话，噘起小嘴，瞪大眼睛，动也不动，就像通常所有聪明的孩子，乖乖坐着，让人脱衣服，准备睡觉。一个比他还小的女孩，穿着破旧的衣服，站在床帘边上，也等着姐姐给她脱衣服。朝楼梯的门开着，好多少吹掉一些香烟烟雾，那是从别的房间飘来的，呛得可怜的肺痨病人痛苦地连声咳嗽。卡捷琳娜·伊凡诺夫娜这星期似乎更瘦，面颊上的红晕也比以前更鲜明。

　　"你不会相信，你连想都想不出，波莉卡，"她说，一边在房间里走动，"我们在外公家过得多快活，多阔气，这个酒鬼把我坑了，还会把你们也全坑了！外公是四等文官，差不多是省长①，只差一步，所以大家常来拜访他，说：'就这样，伊凡·米哈依雷奇，我们也已把您当作我们省长了。'当我……咳！当我……咳—咳—咳……噢，这该死的生活！"她大声说，拼命把痰咳出来，双手按住胸口，"当我……唉哟，在最后一次舞会上……首席贵族家里……别泽梅利内公爵夫人一看到我，就问：'这是不是毕业典礼上披着披巾跳舞的漂亮姑娘？'……后来我嫁给你爸时，她还为我祝福呢，波莉娅……这窟窿得补，你拿根针，这就补上，我教过你，要不明天……咳！明天……咳—咳—咳！……越撕越大！"她使劲喊了出来。"……那时刚从彼得堡来了一个宫廷侍从，谢戈利斯科伊公爵……跟我跳了马祖卡舞，第二天就想上门求婚，我婉转地谢绝了，说我的心早已属于别人。这个别人就是你爸，波莉娅，外公气得要死……水好了吗？来，把衬衫拿来，袜子呢……莉达，"她对小女儿说，"今晚你就这样，不穿衬衫睡，对付一夜……把袜子放边上……我一块儿洗了……这个叫花子怎么还不回来，酒鬼！衬衫穿得

---

　　① 四等文官可当副省长。

191

像什么抹布似的，全破了……最好一块儿洗了，免得接连两夜受罪！上帝！咳—咳—咳—咳！又咳了！这是怎么啦？"她大叫，看见穿堂里来了一群人，还抬着什么东西往她房间里挤。"这是怎么啦？这是抬的什么？上帝！"

"放哪儿？"警察四下打量着问，大伙儿已经把浑身血污、没有知觉的马尔梅拉多夫抬进房间。

"放沙发上！就放沙发上，头放这儿。"拉斯科尔尼科夫指点着。

"在街上给马踩的！喝醉了！"穿堂里有人大声说。

卡捷琳娜·伊凡诺夫娜站着，脸色惨白，喘着粗气。三个孩子吓坏了，瘦瘦的莉达奇卡大叫一声，朝波莉卡扑去，搂住她直打哆嗦。

安顿好马尔梅拉多夫，拉斯科尔尼科夫旋即跑到卡捷琳娜·伊凡诺夫娜跟前：

"看在上帝分上，别担心，别怕！"他很快地说，"他过马路，给马车撞了，别担心，他会醒的，我让抬来的……我上你们家来过，记得吗……他会醒的，我付钱！"

"他如愿了！"卡捷琳娜·伊凡诺夫娜绝望地喊了一声，朝丈夫跑去。

拉斯科尔尼科夫很快发现，这女人不是那种会立刻晕倒的弱者。一眨眼的工夫，伤者的头底下枕上了枕头——这谁都还没想到。卡捷琳娜·伊凡诺夫娜替他解开扣子，检查伤势，忙碌着，没有慌乱，她忘了自己，咬紧发抖的嘴唇，忍着胸中往外直冲的悲声。

这时，拉斯科尔尼科夫找了个人，去请大夫。大夫原来就在附近，只隔一幢房子。

"我派人请大夫去了，"他反复对卡捷琳娜·伊凡诺夫娜说，"别担心，我付钱。有水吗？……给我餐巾、毛巾，什么都行，快。还不知道他伤得重不重……他受伤了，不过没死，请相信……大夫准是这么说!"

卡捷琳娜·伊凡诺夫娜冲到窗前,那里,墙角的一张破椅子上,放着一大瓦盆水,原是用来夜里给孩子和丈夫洗衣服的。这夜间的清洗,都是卡捷琳娜·伊凡诺夫娜的事,自己动手,一星期至少两次,有时还不止两次,因为他们落到几乎没有替换内衣的地步,家里人人只有一套内衣。卡捷琳娜·伊凡诺夫娜受不了脏,宁愿夜里趁大家睡了,苦苦撑持着,干这种力不胜任的活儿,赶天亮前在拉起的绳子上晾干内衣,让大家干干净净地穿上,也不肯在家里看到污秽。她端起瓦盆,想按拉斯科尔尼科夫的要求送过去,却险些连盆带水一起摔倒。不过,拉斯科尔尼科夫已经找到毛巾,用水浸湿后,开始擦洗马尔梅拉多夫脸上的血迹。卡捷琳娜·伊凡诺夫娜站在边上,痛苦地喘气,两手按住胸口。她自己也需要治疗。拉斯科尔尼科夫渐渐明白,他让大家把伤者抬来这里,也许并不好。警察也一脸困惑。

"波莉娅!"卡捷琳娜·伊凡诺夫娜喊,"去找索尼娅,快。要是没在家,也留个话,说爸爸给马踩伤了,让她立刻过来……到家就过来。快,波莉娅!给,披上头巾!"

"使劲跑!"椅子上的男孩突然喊了一声,喊完又像原先那样默默地在椅子上坐得笔直,瞪大眼睛,脚板朝前,脚尖分开。

这时,房间里已经挤得水泄不通。警察都走了,只有一个暂时还留着,尽量把楼梯上挤进来看热闹的人重新赶回楼梯。但利佩韦赫泽尔太太的房客几乎都从里屋出来,起先他们挤在门口,后来干脆一窝蜂地拥进房间。卡捷琳娜·伊凡诺夫娜气疯了。

"死也得让人死个安静吧!"她冲着那群人大叫,"拿什么当戏看!叼着香烟!咳—咳—咳!戴帽子进来才好呢!……这不,已经有人戴帽子进来了……滚!对死人得尊重点!"

一阵咳嗽咳得她喘不过气来,但叱斥还挺管用。对卡捷琳娜·伊凡诺夫娜显然不无畏惧,房客挤向房间门口,内心奇怪地怀着一种满意的感觉。这种感觉在有人突然遭遇不幸时,甚至在他最亲近的人身上都能发现,这种感觉人人都有,无一例外,尽管伴有绝对真诚的惋惜和同情。

门外传来七嘴八舌的议论,说是应当送医院,不该在这里白白惊扰邻居。

"死还有不该的!"卡捷琳娜·伊凡诺夫娜大叫,已经跑去开门,想狠狠骂他们一顿,不料在门口撞上了利佩韦赫泽尔太太,她刚刚听说这一不幸,便跑来抖威风了。这是一个极爱拌嘴、蛮不讲理的德国女人。

"哎哟,我的上帝!"她两手一拍,"您丈夫醉醺醺的让马踩了。得送医院!我是房东!"

"阿马利娅·柳德维戈夫娜!请您想想,刚才您说的什么话,"卡捷琳娜·伊凡诺夫娜高傲地说(她和房东说话一向语气高傲,好让房东"记住自己身份",甚至现在她也不想放弃这份乐趣),"阿马利娅·柳德维戈夫娜……"

"我已经对您说过,让您永远别叫我阿马利娅·柳德维戈夫娜,我是阿马利·伊凡!"

"您不是阿马利·伊凡,您是阿马利娅·柳德维戈夫娜,我不是专门奉承您的那种小人,就像现在躲在门后窃笑的列别贾特尼科夫先生(门后果然响起笑声和喊声:'干上了!'),所以我永远都叫您阿马利娅·柳德维戈夫娜,尽管我实在不明白,为什么您不喜欢这称呼。您自己看见了,谢苗·扎哈罗维奇出了车祸,他快死了。请您立刻把门关上,别让任何人进来。至少您得让他安安静静死吧!否则,我告诉您,您的行为明天就会被省长大人知道。公爵在我出嫁前就认识我,他也分明记得谢苗·扎哈罗维奇,帮过他几次。谁都知道谢苗·扎哈罗维奇有许多朋友和靠山,他不去找他们是出于高尚的自尊,因为他知道自己不幸的弱点,不过现在(他指着拉斯科尔尼科夫),一位好心的年轻人正在帮我们,他有钱,交际很广,谢苗·扎哈罗维奇是从小看他长大的,请相信,阿马利娅·柳德维戈夫娜……"

这一切说得极快,而且越说越快,不料,一阵咳嗽猛地打断了卡捷琳娜·伊凡诺夫娜的宏论。这时,行将就木的人醒了,呻吟了一下,她赶紧朝他跑去。病人睁开眼睛,茫然无知地凝视着站在他身边的拉斯科尔尼科夫。他艰难地、深深地呼吸着,时断时续。鲜血从嘴角旁渗出,额头冒着冷汗。他没认出拉斯科尔尼科夫,不安地环视周围。卡捷琳娜·伊凡诺夫娜看着他,目光悲哀而又严厉,眼泪夺眶而出。

"我的上帝! 他胸口上全给踩伤了! 全是血,血!"她绝望地说,"得把外衣全脱了! 稍稍转个身,谢苗·扎哈罗维奇,要是能动。"她喊着对他说。

马尔梅拉多夫认出了她。

"神父!"他嘶哑地说。

卡捷琳娜·伊凡诺夫娜走到窗前,额头靠在窗框上,绝望地大叫:

"噢,这该死的生活!"

"神父!"沉默片刻后,行将就木的人又说。

"去—了!"卡捷琳娜·伊凡诺夫娜呵斥他说。他听从呵斥,不再说话,只是睁大眼睛,用胆怯、忧郁的目光四下找她。她又回到他身旁,站在枕头边上。他安静了些,然而时间不长。不一会儿,他的眼睛在他宠爱的莉达奇卡身上停住,女孩躲在角落里,发病似的直打哆嗦,孩子气的目光惊讶地注视着他。

"啊……啊……"他不安地指着她,想说什么。

"又怎么啦?"卡捷琳娜·伊凡诺夫娜大声问。

"光脚! 光脚!"他喃喃着,神色疯狂的眼睛望着女孩的光脚。

"别说—了!"卡捷琳娜·伊凡诺夫娜恼火地说,"你自己知道,干吗光脚!"

　　"感谢上帝,大夫来了!"拉斯科尔尼科夫高兴地叫了声。

　　进来的医生是个整洁的小老头,德国人,他一脸怀疑地四下打量着,走到病人跟前,按了脉搏,仔细检查了头部,又让卡捷琳娜·伊凡诺夫娜帮着,解开浸透血的衬衫,露出病人胸部。整个胸部都被踩过、压过,血肉模糊。右侧几根肋骨断了,左侧,正好心脏部位,有个不祥的、很大的黄黑色伤痕,马蹄狠狠踩踏的印记。大夫双眉紧蹙。警察告诉他,这个被马踩伤的人被车轮挂住,又在马路上被顺势拖了三十几步。

　　"奇怪,他居然醒了。"大夫对拉斯科尔尼科夫轻轻说。

　　"您看呢?"他问。

　　"这就死了。"

　　"难道没有任何希望?"

　　"毫无希望! 都快咽气了……况且头部的伤势十分严重……嗯,也许可以放血……不过……这也没用。过五分钟或者十分钟肯定死。"

　　"那您最好还是放血!"

　　"好吧……不过我把话说在前面,这根本没用。"

　　这时又听到一阵脚步声,穿堂里的人群向两边分开,门口出现了带着备用圣餐①的神父,一个白发苍苍的小老头。把他请来的是名警察,还是从街上直接跑去的。大夫立刻把位子让给他,和他交换了一个意味深长的眼色。拉斯科尔尼科夫恳求大夫再稍稍待一会儿。大夫耸耸肩,留下了。

---

　　①　指象征耶稣肉体和鲜血的面包和葡萄酒。

大家往后退了退。忏悔持续的时间不长。行将就木的人未必明白什么，只是断断续续发出几个模糊的声音。卡捷琳娜·伊凡诺夫娜抱起莉达奇卡，把男孩拉下椅子，走近墙角的炉子，双膝跪下，再让两个孩子跪在自己前面。女孩一个劲地哆嗦，倒是男孩光膝跪着，很有节奏地举起小手，画着规规矩矩的十字，还不住磕头，让前额碰到地板，看来这使他感到特殊的乐趣。卡捷琳娜·伊凡诺夫娜咬紧嘴唇，强忍泪水，她也在祈祷，偶尔把男孩身上的衬衫弄弄整齐，还从柜子上掀下一条头巾，盖住女孩过分裸露的肩膀，没站起来，也没中断祈祷。这时里屋的门又被好奇的人推开。穿堂里看热闹的人越来越挤，整道楼梯的房客都跑来了，不过没有跨进门槛。只有一个蜡烛头照着整个场景。

　　此刻，跑去叫姐姐的波莉卡从穿堂的人群里很快挤了进来。她跑得气喘吁吁，进门就取下头巾，眼睛一扫，找到母亲，走近她说："来了！在街上碰见的！"母亲让她跪下，接着又让她跪到自己身边。人群中悄无声息、怯生生地挤出一个姑娘，她突然出现在这个房间里，出现在贫穷、破败、死亡和绝望中间，着实古怪。她也穿得很差，衣服都是便宜货，但很妖艳，合乎自己那个特殊世界形成的趣味和规矩，带有明显和可耻的目的。索尼娅停在穿堂里，房间门口，但没跨过门槛，心慌意乱地看着，仿佛什么也没意识到，忘了自己身上从四道贩子手上买来的，真丝的，拖着长长的、可笑的裙裾，在这里显得有失体统的花哨衣服，忘了挡住整个房门的宽大钟裙，忘了浅色靴子，忘了夜里并不需要，但她仍然带着的小伞，忘了头上插着火红羽毛的可笑的圆顶草帽。这顶调皮地斜戴的草帽下面，是张瘦削、苍白、惊慌的脸，张着嘴巴，一动不动的眼睛充满恐惧。索尼娅大约十八岁，身材瘦小，然而金发碧眼，长得相当漂亮。她怔怔地望着沙发，望着神父，她也走得气喘吁吁。终于，人群中的耳语和一些难听的话，想必，传进了她的耳朵。她低下眼睛,一步跨过门槛,进了房间,但仍然站在门口。

忏悔和圣餐仪式结束了。卡捷琳娜·伊凡诺夫娜重又走到丈夫跟前。神父朝后退了一步,临走,想对卡捷琳娜·伊凡诺夫娜说两句告别和安慰的话。

"我拿他们怎么办?"她指着三个孩子,暴躁地打断他。

"上帝是仁慈的,期待至高无上的主保佑吧。"神父说。

"咳—咳!仁慈,轮不到我们!"

"这是罪过,罪过,太太。"神父摇着头说。

"这不是罪过?"卡捷琳娜·伊凡诺夫娜大声问,指着奄奄一息的丈夫。

"也许,无意造孽的人会同意给您补偿,哪怕只是失去的收入……"

"您根本没懂我的意思!"卡捷琳娜·伊凡诺夫娜一挥手,暴躁地说,"再说,凭什么补偿?是他自己喝醉了,撞到马蹄下去的!补偿什么收入?他给家里的不是收入,只是痛苦。他是酒鬼,把什么都喝光了。偷了我们的东西就往酒店送,把他们的,还有我的一生,全在酒店里毁了!感谢上帝,他快死了!少些损失!"

"应当宽恕临终的人,这样说可是罪过,太太,这样的情感是大大的罪过!"

卡捷琳娜·伊凡诺夫娜在病人身边忙碌着,她一边给他喝水,擦掉头上的汗和血,枕好枕头,一边和神父说话,偶尔还抽空朝他转过身来。现在,她突然近乎疯狂地冲他发火了。

"咳,神父!这些话,这些话全是说说的!宽恕!他要没给踩伤,今天准是醉醺醺地回来。他身上只有一件衬衫,又脏又破,他可以倒下就睡,而我得一直洗到天亮,把他跟三个孩子的衣服洗掉,在窗外晾干,天一亮,又得坐下补——我就这么熬夜!……还说什么宽恕!都宽恕到头了!"

索尼娅(杰·什马里诺夫绘,1945 年)

一阵深深的、可怕的咳嗽，打断了她的话。她往手帕里咳了一下，塞给神父看，另一只手痛苦地按住胸口。手帕里全是血……

神父低下头，没说什么。

马尔梅拉多夫只剩最后一口气了，他的眼睛始终盯着重又俯向他的卡捷琳娜·伊凡诺夫娜。他一直想对她说什么，他使劲转着舌头，刚刚含糊地吐出几个字，卡捷琳娜·伊凡诺夫娜明白他想请求她宽恕，当即不容违拗地说：

"别—说—了！用不着！……我知道你想说什么！……"病人住嘴了；这时，他游移不定的目光落到了门口，他看见了索尼娅……

直到现在他都没发现她：她站在角落里，还是暗处。

"这是谁？这是谁？"突然，他嘶哑地喘着粗气问，一脸焦躁，眼睛恐惧地望着门口女儿站的地方，竭力欠起身来。

"躺着！躺—着！"卡捷琳娜·伊凡诺夫娜大声说。

但他已经以非人的力量，单手撑起。他怪异地，怔怔地朝女儿看了一会儿，仿佛不认识她似的。确实，他还从未见过女儿穿这样的衣服。突然，他认出她了，她难堪、沮丧，妖艳而又羞愧，顺从地等着和临终的父亲诀别。他脸上露出无限的痛苦。

"索尼娅！女儿！原谅我！"他喊着想朝她伸过手去，但失去支撑，脸朝下，从沙发上扑通一声摔到地上。大家赶紧把他抬起来，放在沙发上，但他已经慢慢咽气。索尼娅无力地喊了一声，跑去一把抱住他，就这样愣住了。他死在她怀里。

"他如愿了！"卡捷琳娜·伊凡诺夫娜看见丈夫咽气，大声说，"现在怎么办！我拿什么葬他！明天又拿什么给他们吃，拿什么给他们吃？"

拉斯科尔尼科夫走到卡捷琳娜·伊凡诺夫娜跟前。

"卡捷琳娜·伊凡诺夫娜，"他对她说，"上星期您刚去世的丈夫

索尼娅在垂死的马尔梅拉多夫的房间里
（伊·格拉巴尔绘,1894 年）

对我说了自己的全部身世和情况……请相信,他说起您时,怀着非凡的敬意。那天晚上,我了解到他对你们全家是那么忠诚,特别是那么爱您,尊敬您,卡捷琳娜·伊凡诺夫娜,尽管他有这个不幸的弱点,从那天晚上起我们成了朋友……请允许我现在……表示一点心意……算是对我朋友去世应尽的义务。这儿……大概二十卢布,——要是这能对您有所帮助,那……我……总之,我会来的,——也许,明天就来……再见!"

他快步走出房间,急急忙忙穿越人群朝楼梯挤去,不料在人群中突然撞上了尼科季姆·福米奇。警察局局长听说出了车祸,赶来亲自处理善后。自从在局长室他晕倒后,他们从未见过面,但尼科季姆·福米奇立刻认出了他。

"啊,是您?"他问。

"死了,"拉斯科尔尼科夫回答。"大夫来过,神父也来过,一切都办妥了。请别过分打扰可怜的女人,她本来就有肺病。让她打起精神,要是您有办法……您是好人,我知道……"他苦笑着加了一句,直勾勾看着他的眼睛。

"您怎么沾了那么多血。"尼科季姆·福米奇说,借着路灯的灯光,看到拉斯科尔尼科夫坎肩上有几处新鲜的血迹。

"对,沾了……我浑身是血!"拉斯科尔尼科夫带着某种特殊的神态说,然后微微一笑,一点头,下楼去了。

他走得很慢,不慌不忙,浑身上下忽冷忽热,却又毫不知晓,充满突然间绝处逢生的无边无际的全新感觉。这感觉就像一个判处死刑的人,突然间被意外地宣布赦免。在楼梯半中央,他被回去的神父赶上了。拉斯科尔尼科夫默默地让神父走在前面,彼此无言地点了点头。下到最后几级楼梯时,他突然听到背后响起急促的脚步声。有人追他,这是波莉卡,她在后面追着叫他:"喂!喂!"

他朝她转过身。她跑下最后一道楼梯，紧挨他站住了，只高一级楼梯。昏暗的光线从院子里照进来。拉斯科尔尼科夫看清了女孩瘦削然而可爱的脸，这脸向他微笑，快活地，孩子气地望着他。她跑来完成一项她显然非常喜欢的使命。

"听我说，您叫什么名字？……还有，您住哪儿？"她急急忙忙地问，上气不接下气。

他把两手搭在她肩上，带着某种幸福的神色看着她。他是那么乐意看她——连他自己都不知道为什么。

"谁派您来的？"

"索尼娅姐姐派我来的。"女孩回答，笑得更欢了。

"我就知道是索尼娅派您来的。"

"妈妈也派我来。索尼娅姐姐派我来时，妈妈也过来说：'快去，波莉卡！'"

"您喜欢索尼娅姐姐吗？"

"我最喜欢她！"波莉卡似乎特别坚决地说，她的笑容也突然变得比较严肃了。

"您会喜欢我吗？"

没回答，但他看到女孩朝他渐渐凑近的脸和天真地噘起丰满的小嘴唇吻他。突然，她细得像火柴似的两条胳膊紧紧，紧紧地抱住他，头伏到他肩上，女孩轻轻哭了，脸越来越紧地贴在他肩上。

"爸爸太可怜！"过了一会儿，她抬起哭过的脸，两手擦着泪水说，"现在尽是这种倒霉事。"她意外加了一句，满脸稳重。只有孩子突然希望像"大人"一样说话，才会竭力摆出这副神气。

"爸爸喜欢你们吗？"

"他最喜欢莉达奇卡，"她十分认真地说，没有笑意，完全像大人，"因为她小，有病，总带糖给她吃。他教我们读书，教我语法和神学，"

她庄重地补充说,"妈妈什么也不说,不过我们知道,她喜欢这事,爸爸也知道,妈妈还想教我法语,因为我已经该念书了。"

"您会祈祷吗?"

"噢,当然,会!早会了。我已经大了,自个儿在心里祈祷,科利亚和莉达奇卡跟妈妈一起祈祷,先念'圣母颂',接着再做一次祈祷:'上帝啊,宽恕和保佑索尼娅姐姐吧',完了再做一次:'上帝啊,宽恕和保佑我们的第二个爸爸吧',因为我们原来的爸爸已经死了,这个爸爸是我们第二个爸爸,我们还给原来的爸爸祈祷。"

"波列奇卡,我叫罗季昂,什么时候也为我祈祷:'宽恕和保佑奴仆罗季昂吧'——就这些。"

"我会一辈子为您祈祷的。"女孩热情地说,突然她又笑了,扑到他怀里,又紧紧抱住他。

拉斯科尔尼科夫对她说了自己的名字、地址,答应明天一定来。女孩兴高采烈地走了。他到街上时,已经过了十点。五分钟后他已经站在桥上,恰好是刚才女人投水的地方。

"行了!"他坚决而又庄严地说,"不要瞎猜,不要自己吓自己,不要胡思乱想!……我还活着!难道刚才我不是活得好好的?我还没和老太婆一起死!愿她的灵魂升天——行了,老太太,您该安息了!现在是理智和光明的王国……意志和力量的王国……我们这就看看!这就比试比试!"他高傲地添了两句,似乎在向某种黑暗的力量挑战。"我居然同意在只有一俄尺的地方活着!"

"……现在我很虚弱,不过……这病似乎全好了。我刚才出门时,就知道会好。巧了:波钦科夫公寓,这才两步路。一定得去看看拉祖米欣,哪怕不是两步路……这次打赌就让他赢吧!……让他也乐一乐——没关系,让他乐吧!……力量,需要力量:没力量,什么都办不成,而想得到力量就得付出力量,这一点他们就是不知道。"他骄傲而又自信地想,随后勉强挪着两腿,走下桥去。他的骄傲和自信在一分钟一分钟地增长,每过一分钟他都像换了个人,和前一分钟完全不同。但究竟发生了什么特别的事,使他彻底变了?这连他自己都不知道,他仿佛一个抓住麦秸的溺水者,突然觉得他"可以活着,他还活着,还没和老太婆一起死"。也许他作这样的结论过于匆忙,但这个问题他连想都没想。

"可是,你都请人家为奴仆罗季昂祈祷了,"一个念头突然闪过他的脑海,"对,这……算以防万一吧!"他想,旋即自己都对自己幼稚的做法觉得好笑。他的心情好极了。

他轻易地找到了拉祖米欣。波钦科夫公寓里大家都已知道这位新来的房客。管院子人立刻给他指了路。上了半道楼梯,就能听到许多人聚餐的喧闹和活跃的谈话。朝楼梯的大门敞着,里面的喊叫和争论听得清清楚楚。拉祖米欣的房间相当大。聚餐的人大约有十五个。拉斯科尔尼科夫在过道里站住。这里,板壁后面,房东的两个女仆正在两只大茶炊、一堆酒瓶和从房东厨房里搬来的一盘盘馅饼和冷菜旁忙活。拉斯科尔尼科夫请她们去叫拉祖米欣。拉祖米欣跑来了,兴高采烈。一眼就能看出,他喝了很多,尽管拉祖米欣几乎从没醉过,但这次显然有了几分醉意。

"听着,"拉斯科尔尼科夫赶紧说,"我来只是想告诉你,这次打赌你赢了,确实谁都不知道自己会怎样。至于进去,我就免了:我很虚弱,立刻就会晕倒。所以你好,再见!明天请你到我这儿来一次……"

"这样吧,我送你回去!既然你自己都说很虚弱,那……"

"那客人呢?这个卷发是谁,就是刚才朝这儿看的那个?"

"这个?鬼知道!舅舅的朋友吧,也许,是他自己跑来的……我让舅舅陪他们。他是个非常难得的人才。可惜你现在没法跟他认识。不过,让他们都见鬼去!他们现在顾不上我,再说我也应当出去吹吹风,所以,老兄,你来得正好。再有两分钟,也许我就在那儿跟人打架了,真的! 全是胡说……你都不能想象,一个人可以胡说到什么程度! 不过,怎么不能想象? 我们自己难道就不胡说? 让他们胡说去:错了,以后就不胡说了……你坐会儿,我去叫佐西莫夫。"

佐西莫夫甚至有些急切地朝拉斯科尔尼科夫跑来。他显然怀有某种特殊的好奇。他的脸色很快开朗了。

"立刻睡觉,"他决定说,尽可能仔细地检查了病人,"睡觉前最好吃点药。肯吃吗? 我都准备了……一种药粉。"

"哪怕两种。"拉斯科尔尼科夫回答。

药粉立刻服了。

"你亲自送他回去,这太好了,"佐西莫夫对拉祖米欣说,"明天怎样,我们到时候再看,今天挺不错:跟刚才比,大有起色。活到老,学到老啊……"

"你知道我们刚才出来时,佐西莫夫对我说了什么,"他们刚到街上,拉祖米欣便快人快语地说,"我呀,老兄,可以全都直接告诉你,因为他们都是傻瓜。佐西莫夫让我一路跟你聊天,这样可以让你说话,然后回去讲给他听,因为他有个想法……认为你是……疯子或者几乎就是疯子。你想想这事! 第一,你比他聪明两倍;第二,要是你没疯,那你对他脑袋里的这种怪念头肯定理都不理;第三,这个肉团本来是外科医生,现在研究精神病研究疯了。你今天跟扎梅托夫的谈话彻底改变了他对你的看法。"

"扎梅托夫都对你说了?"

"都说了,他做得对。我现在把所有底细弄明白了,扎梅托夫也明白了……是的,一句话,罗佳……问题在于……我现在稍稍有点醉……不过这没关系……问题在于这个想法……你明白吗? 确实在啄他们的脑壳……明白吗? 就是说他们谁也没敢把这个想法说出来,因为这个想法荒唐透顶，特别是这个漆匠被捕后，这一切都永远破灭了。他们干吗那么蠢？我当时稍稍敲打过扎梅托夫——这只是我们私下说说，老兄，千万别让人看出你了解情况。我发现他很爱面子；在拉维扎那儿——不过今天，今天全都清楚了。主要是这个伊里亚·彼得罗维奇！当时他抓住你在办公室晕倒这件事做文章，后来连他自己都觉得尴尬，我全知道……"

拉斯科尔尼科夫贪婪地听着。拉祖米欣醉醺醺地把什么都捅了出来。

"我当时晕倒是因为闷，加上那股油漆味。"拉斯科尔尼科夫说。

"还解释呢！不单单是油漆，炎症都有整整一个月了。佐西莫夫可以证明！只是这小子现在有多沮丧，你都没法想象！他说：'我连这个人的小指头都不值！'就是你的小指头。他有时候，老兄，心肠挺好。不过，今天'水晶宫'里的事对他是个教训，教训，这是杰作！要知道，起先你把他吓坏了，吓得他直抽风！你几乎让他重新相信了荒唐的怀疑，然后，突然对他一吐舌头：'怎么，逮住了！'杰作！这下子他泄气了，输定了！你是高手，真的，对他们就得这样。唉，可惜我不在场！他刚才就一个劲地等你来。波尔菲里也想结交你……"

"啊……这个人也……可他们为什么把我当疯子？"

"不是把你当疯子。我呀，老兄，好像跟你说得太多了……你看，原先他惊奇的是，你只对这一件事感兴趣，现在清楚了，你为什么感兴趣。了解了全部情况……了解了这在当时对你的刺激有多大，加上你的病情……我呀，老兄，有点醉，他这个人只有鬼知道，他有自己的什么想法……我告诉你：他研究精神病研究疯了。你别理他……"

有半分钟，两人都没出声。

"听着，拉祖米欣，"拉斯科尔尼科夫说，"我想直接告诉你：我刚才去了一个死人家里，一个官员死了……我把钱全给了那家人……另外,刚才有人吻了我,哪怕我杀人了,她也会……总之,我在那里还看到一个人……插着火红的羽毛……不过,我这是瞎说。我很虚弱,扶着我……快到楼梯了……"

"你怎么了? 你怎么了?"拉祖米欣焦急地问。

"头有点晕,不过这不要紧,问题是我太忧郁,太忧郁! 像女人似的……真的! 瞧,这是怎么回事? 瞧! 瞧!"

"什么?"

"难道你没看见? 我房间里有亮光,看见吗? 门缝里……"

他们已经站在最后一道楼梯前,房东门边,确实可以从下面看到,拉斯科尔尼科夫的斗室里有亮光。

"怪事! 大概是娜斯塔西娅。"拉祖米欣说。

"这种时候她从来不去我那儿,她早睡了,不过……管它呢! 再见!"

"你说什么? 我是送你回家,我们一起进去!"

"我知道,我们一起进去。但我想在这儿和你握手告别。来,把手伸出来,再见!"

"你怎么啦,罗佳?"

"没什么。走吧。你是证人……"

他们上了楼梯。拉祖米欣脑海里闪过一个念头:也许佐西莫夫是对的。"咳,我把他扯糊涂了!"他暗自埋怨自己。快到门口时,他们突然听到房间里有人说话。

"这是怎么回事?"拉祖米欣大声说。

拉斯科尔尼科夫抓住把手一推,把门开得笔直,旋即在门口呆住了。

他母亲和妹妹坐在他的沙发上,已经等了一个半小时。为什么他没等她们,没想到她们要来,尽管今天又有消息,说她们出门了,在路

拉斯科尔尼科夫家的楼梯（杰·什马里诺夫绘，1936 年）

上了，很快就到？这一个半小时，她们抢着向娜斯塔西娅打听情况，即使现在，娜斯塔西娅也还站在她们面前，而且已经把一切都告诉了她们。听说他"今天逃走了"，还在生病，从介绍的情况看，一定是神志不清，她们吓得魂都没了！"上帝，他怎么了！"母女俩都哭了，母女俩在这一个半小时的等待中经受了钉上十字架似的痛苦。

喜悦而又忘情的欢呼，迎接了拉斯科尔尼科夫的出现。母女俩一起朝他扑去，但他站在那里就像一个死人：突然意识到的一切，仿佛雷电劈在他身上，使他无法忍受。他甚至没抬起胳膊来拥抱她们：抬不起来。母亲和妹妹把他紧紧拥在怀里，又笑又哭……他跨了一步，身体一晃，倏地晕倒在地上。

一阵惊慌，惨叫，呻吟……站在门口的拉祖米欣冲进房间，用自己强壮的双手抱起病人，转眼便把他放到了沙发上。

"没关系，没关系！"他对母女俩说，"这是昏厥，这算不了什么！刚才大夫还说他好多了，没病！瞧，他醒了，瞧，他完全醒了！……"

他一把抓住杜涅奇卡的胳膊（那劲儿险些使她脱臼），拉她看"他完全醒了"。母女俩看着拉祖米欣就像看着神明，既感动又感激。她们已经从娜斯塔西娅嘴里听说，她们的罗佳在生病期间，靠的就是这位"麻利的年轻人"——那天晚上，和杜尼娅私下谈话时，普利赫里娅·亚历山德罗夫娜·拉斯科尔尼科娃就是这样称呼他的。

# 第三部

## 一

拉斯科尔尼科夫欠身坐在沙发上。

他朝拉祖米欣轻轻一挥手,打断了他对母亲和妹妹连珠炮似的混乱而又热情的安慰,拉起她俩的手,大约有两分钟,默默地一会儿看看这个,一会儿看看那个。母亲被他的目光吓坏了。这目光中透出强烈的痛苦,同时又有某种执着,甚至近乎疯狂的神色。普利赫里娅·亚历山德罗夫娜哭了。

阿夫多季娅·罗曼诺夫娜脸色苍白,她的手在哥哥手里哆嗦。

"你们回去吧……跟他一块儿走,"他指着拉祖米欣断断续续地说,"明天见,明天一切……你们到这儿多久了?"

"晚上到的,罗佳,"普利赫里娅·亚历山德罗夫娜回答,"火车晚点晚得厉害。不过,罗佳,我现在说什么也不会离开你!我就在这儿过夜,在你身边……"

"别折磨我!"他说,恼火地挥了挥手。

"我留下照顾他!"拉祖米欣大声说,"我一分钟都不会离开他,让我那边的客人见鬼去,随他们发火!那边有我舅舅统管。"

"我拿什么,拿什么谢您!"普利赫里娅·亚历山德罗夫娜说,再次紧紧握住拉祖米欣的手,但拉斯科尔尼科夫重又打断她。

"我受不了,受不了,"他恼火地反复说,"别折磨我!够了,你们走吧……我受不了!……"

"走吧,妈妈,哪怕从房间里出去一会儿,"杜尼娅吓坏了,悄悄说,"我们只会使他痛苦,这一看就知道。"

"难道连好好看看他都不行,都三年没见了!"普利赫里娅·亚历山德罗夫娜哭了。

"等一下!"他又叫住她们,"你们老是打断我,把我的想法都扰乱了……见到卢任了?"

"没有,罗佳,不过他已经知道我们到了。我们听说,罗佳,彼得·彼得罗维奇今天好心来看过你。"普利赫里娅·亚里山德罗夫娜有些胆怯地加了一句。

"对……好心……杜尼娅,我今天跟卢任说了,我要把他从楼梯上扔下去,还真把他赶走了……"

"罗佳,你这是怎么了! 你大概……你不想说。"普利赫里娅·亚历山德罗夫娜惊慌地说,但旋即住口,看着杜尼娅。

阿夫多季娅·罗曼诺夫娜直勾勾望着哥哥,等他说下去。她俩已经听说这场争吵——娜斯塔西娅根据自己的理解,告诉她俩的——原本就在困惑和等待中受尽了折磨。

"杜尼娅,"拉斯科尔尼科夫费劲地接着说,"我不赞成这门亲事,所以,你应当明天第一句话就回绝卢任,让他滚蛋。"

"我的上帝!"普利赫里娅·亚历山德罗夫娜大叫。

"哥哥,你想想你在说什么!"阿夫多季娅·罗曼诺夫娜急躁地说,但旋即打住。"也许你现在身体不好,你累了。"她温顺地说。

"我在说胡话? 不……你嫁给卢任是为了我。可我不接受这个牺牲。所以,明天你写封信……回绝这门亲事……早上给我看一下,事情就算结束了!"

"我不能这样做!"姑娘委屈地大叫,"你有什么权利……"

"杜涅奇卡,你也很急躁,别说了,明天……难道你没看见……"母亲吓坏了,朝杜尼娅扑去。"哎呀,我们最好还是走吧!"

"他在说胡话!"醉醺醺的拉祖米欣大声说,"要不他怎么敢!明天他就不会这样犯傻了……今天他确实把他赶走了,没错。卢任挺生气……他在这儿说了一大通,卖弄自己的知识,后来夹着尾巴走了……"

"这是真的?"普利赫里娅·亚历山德罗夫娜大叫。

"明天见,哥哥,"杜尼娅同情地说,"走吧,妈妈……再见,罗佳!"

"听见吗,妹妹,"他使出最后的力气,目送她们说,"我没说胡话,这门亲事绝对卑鄙。就算我是浑蛋,但你不应当是……有一个就够了……尽管我是浑蛋,但我决不认这样的妹妹。有我没卢任,有卢任没我!你们去吧……"

"你疯了!暴君!"拉祖米欣大吼,但拉斯科尔尼科夫已经不再回答,也许,已经没力气回答。他在沙发上躺下,朝墙壁转过身,精疲力竭。阿夫多季娅·罗曼诺夫娜好奇地看了看拉祖米欣,她的黑眼睛闪出一道光亮:拉祖米欣甚至在这道目光下打了个战栗。普利赫里娅·亚历山德罗夫娜站着,目瞪口呆。

"我说什么也不走!"她悄悄对拉祖米欣说,近乎绝望。"我留在这儿,待哪儿都行……送送杜尼娅吧。"

"这样只会坏事!"拉祖米欣恼火了,同样悄悄说。"我们哪怕到楼梯上去也好。娜斯塔西娅,照个亮!我对您起誓,"他又低声说,人已经到了楼梯上,"刚才我们两个,我跟大夫,险些被他揍了!您听明白了!要揍大夫!连大夫都只好让步,免得惹他生气,走了,我在底下

213

守着,可他立刻穿上衣服溜了。这会儿您要是惹他生气,他肯定溜,都半夜啦,会寻短见……"

"哎呀,看您说的!"

"再说阿夫多季娅·罗曼诺夫娜也不能没有您,一个人住旅馆!您想,你们住什么地方! 彼得·彼得罗维奇这个浑蛋难道就不能给你们找个好一点的住处……不过您知道,我有点醉,所以……骂人,请别在意……"

"我去找这儿的房东,"普利赫里娅·亚历山德罗夫娜坚持说,"我求她让我和杜尼娅随便在哪个角落里待一夜。我不能离开他不管,我不能!"

说这些话时,他们站在梯台上,房东家门口。娜斯塔西娅在下面一级楼梯上给他们照亮。拉祖米欣异常兴奋。半小时前,他送拉斯科尔尼科夫回家,虽然知道自己太过啰唆,却是精神抖擞,头脑几乎是清醒的,尽管这一晚他喝了许多酒。现在他的状态近乎狂热,同时,喝下的酒又猛地以加倍的力量直冲脑袋。他和两位女士一起站着,抓住她们的胳膊,力劝她们回去,以惊人的坦率对她们说了各种理由,大概为了更有说服力,几乎每说一句话,都紧紧地,像钳子似的,把她俩的胳膊握得生疼,两眼似乎吞噬着阿夫多季娅·罗曼诺夫娜,没有丝毫顾忌。有时她们疼得想从他那骨感的大手里抽出自己的胳膊,但他不但没有发觉是怎么回事,反而更加使劲地把她们朝自己身边拉。假如她们现在要他效劳,头朝下从楼梯上跳下去,他也会立刻照办,不假思索,毫不犹豫。普利赫里娅·亚历山德罗夫娜一心牵挂着自己的罗佳,尽管觉得这个年轻人非常古怪,把她的胳膊握得太疼,然而此刻在她心目中,他无疑是神明,所以并不在意他的这些古怪举动。阿夫多季娅·罗曼诺夫娜尽管同样忧心如焚,而且不算胆小,但她遇上哥哥朋友闪着野性火焰的目光,毕竟感到惊奇,甚至有些恐惧,只是娜斯塔

杜尼娅（彼·博克列夫斯基绘，1880 年代中期）

西娅对这位怪人的种种介绍在她心中唤起的无限信任,才使她没有拖着自己母亲从他身边逃走。她同样明白,大概她们现在也不能从他身边逃走。好在十分钟后,她已经不那么紧张:不管心情怎样,拉祖米欣都善于在顷刻间把自己的想法和盘托出,所以,大家很快明白,他们在和谁打交道。

"不能找房东,会闯大祸的!"他大声说服普利赫里娅·亚历山德罗夫娜,"尽管您是母亲,要是您留下,您会把他气疯的,到时候鬼知道会怎样!听着,我这样安排:现在让娜斯塔西娅看着他,我陪你们两个回去,因为你们不能单独上街,我们彼得堡在这方面……①嗯,不说了!我马上回来,一刻钟后,我绝对保证,我再向你们报告:他怎样?睡了还是没睡,等等。随后,听着!随后,我马上回家——我那儿有客人,都醉了——去请佐西莫夫——这是大夫,替他治病的,这会儿就在我家,他没醉,这人没醉,这人从不喝醉!我拉他来看罗季卡,随后再去你们那儿,就是说,一小时内你们可以得到他两个消息——其中一个是大夫的诊断,明白吗,大夫本人的诊断,这可不是我的观察!要是情况不好,我发誓,我会自己把你们接来的,要是情况很好,你们就安心睡觉。我在这儿过夜,穿堂里,他不会听见。至于佐西莫夫,我安排他在房东家里过夜,可以随叫随到。现在对他来说,究竟谁守着更好,您还是大夫?自然大夫更有用,更有用,你们回家吧!找房东绝对不行。我可以找,但你们不行:不会让你们进门的,因为……因为她是傻瓜。我夹在中间,她会对阿夫多季娅·罗曼诺夫娜吃醋的,要是你们想知道的话,对您也是……对阿夫多季娅·罗曼诺夫娜肯定吃醋。这是个完全、完全没法捉摸的女人!不过我也是傻瓜……算了!我们走吧!你们相信我吗?究竟信不信?"

---

① 一八六五年彼得堡共发生各种刑事案件一万零一百二十一起。

"我们走吧,妈妈,"阿夫多季娅·罗曼诺夫娜说,"他怎么答应就会怎么做。他已经救过哥哥,再说,要是大夫真的同意在这儿过夜,还有什么更好的?"

"瞧,您……您……是理解我的,因为您是天使!"拉祖米欣欣喜若狂。"我们走! 娜斯塔西娅,你立刻上去,守着他,点个火,过一刻钟我就回来……"

普利赫里娅·亚历山德罗夫娜虽然并不相信,但也没有继续反对。拉祖米欣挽起她俩的胳膊,拖着她们下楼。不过他还是让她不放心:"人挺麻利,心肠也好,不过,刚才答应的事他能办到吗? 瞧他这模样! ……"

"啊,我明白,您在想我这模样能行?"拉祖米欣打断她的思路,他猜对了,一面大步流星地在人行道上走,两位女士勉强才能跟上,但他没发现。"没事! 就是说……我醉了,像个傻瓜,不过问题不在这儿,我不是喝醉的,我是一看到你们,脑袋轰地热了……应当嫌弃我! 请别在意;我这是胡说。我配不上你们……我绝对配不上你们! ……我把你们送到后,立刻就在这儿河里,给自己头上冲两桶凉水,清醒清醒……但愿你们知道,我是多么爱你们两位! ……请别见笑,也别生气! ……你们生谁的气都行,就别生我的气! 我是他朋友,也是你们的朋友。我希望这样……这我早就有预感……去年吧,有那么一刹那……不过也根本没预感,因为你们像是从天上掉下来的。也许今天夜里我就不睡了……这个佐西莫夫刚才还担心他会发疯……所以不能惹他生气……"

"看您说的!"母亲惊叫。

"难道大夫本人就是这么说的?"阿夫多季娅·罗曼诺夫娜问,她吓坏了。

"就是这么说的,其实不是那回事,完全不是。他还给药了,药粉,我看见的,恰好这时你们来了……咳!……你们明天来就好了!我们离开,这是上策。过一小时,佐西莫夫可以亲自向你们报告一切。他不会醉!到时候我也不会醉……我干吗喝那么多?因为跟我争论,这些该死的家伙!我发过誓,决不争论!……他们一个劲地胡说!我险些跟他们打架!我让舅舅留在那儿,当头儿……这不,你们相信吗:他们要求人完全没个性,这才够味!人就是要尽量不是他自己,尽量不像他自己!这在他们,认为是最高层次的进步。胡说要能说出自己的理来,倒也不错,可惜……"

"听着。"普利赫里娅·亚历山德罗夫娜羞怯地打断他,但这只是火上加油。

"您以为怎么啦?"拉祖米欣越发提高嗓门,"您以为我赞成他们的胡说?没有的事!我喜欢人家胡说!胡说是人对一切生物的唯一特权。你胡说——你就能找到真理!我是人,才会胡说。不先胡说十四次,也许一百十四次,就不会找到真理,这应当受到尊重,从某种方面说。可惜,我们连动动自己脑子胡说都不会!你可以对我胡说,但得说出自己的理来,那我就吻你。独到的胡说,这几乎比重复别人的真理都强!第一种情况,你是人,而第二种情况,你只是鹦鹉!真理跑不掉,倒是生活可以活活钉死,例子有的是。现在我们是什么情况?我们大家,一无例外,在科学、文化、思维、发明、理想、愿望、自由、理性、经验,反正一切、一切、一切、一切、一切方面,都还坐在中学预备班一年级上课!喜欢靠别人的智慧过日子——习惯了!对吗?我说得对吗?"拉祖米欣大声说,一面握紧两位女士的胳膊使劲摇晃,"对吗?"

"噢,我的上帝,我不知道。"可怜的普利赫里娅·亚历山德罗夫娜说。

"对,对……虽说我并不完全同意您的看法。"阿夫多季娅·罗曼诺夫娜认真地补充,旋即,叫了一声:这次他把她的胳膊握得太疼。

"对？您说对？那您……您……"他欣喜若狂地大叫，"您就是善良、纯洁、理智……完美的源头！请把您的手给我，您的手……也请您把手给我，我想吻你们的手，就在这儿，现在，跪着！"

他跪在人行道中央，幸好这时周围没人。

"别这样，求您啦，您这是干什么？"惊慌失措的普利赫里娅·亚历山德罗夫娜大叫。

"起来，起来！"杜尼娅笑着说，她也急了。

"不，除非你们把手给我！这就对了，行，我起来，走吧！我是不幸的傻瓜，我配不上你们，还喝醉了，不好意思……我不配爱你们，但敬佩你们——这是每个人都应该做的，除非他是十足的畜生！所以我就做了……瞧，这就是你们的旅馆，罗季昂今天赶走了你们的彼得·彼得罗维奇，单凭这一条就是对的！他怎么敢让你们住这种旅馆？这是胡闹！你们知道这儿住的都是些什么人？您是新娘！您是新娘，对吗？我实话告诉您，您的新郎这么做，就是浑蛋！"

"听着，拉祖米欣先生，您忘了……"普利赫里娅·亚历山德罗夫娜刚想说下去。

"对，对，您是对的，我忘了身份，不好意思！"拉祖米欣发现自己太没遮盖，"不过……不过……我这样说，你们可别生我的气！因为我是一片真心，不是……嗯！要不，这很卑鄙，总之，不是因为我对您……嗯！……反正行了，没必要，我就不说这是为什么了，我不敢！……今天他一进来，我们几个就明白，这人跟我们合不来。不是因为他在理发店烫了头发，也不是因为他急于卖弄自己的聪明，而是因为他是暗探，投机分子，因为他是吝啬鬼，小丑。这很明显。你们以为他很聪明？不，他是傻瓜，傻瓜！再说，他跟您般配吗？噢，我的上帝！瞧，女士们，"他刚踏上旅馆楼梯，突然站住，"尽管我那儿的客人都喝醉了，但他们都很诚实，尽管我们胡说，因为我也胡说，说来说去终究会说出

219

个真理,因为我们是在正路上,彼得·彼得罗维奇……恰恰不在正路上。我虽然刚才狠狠骂了他们,但我毕竟尊敬他们;扎梅托夫,我虽然不尊敬,但我喜欢他,因为这是条小狗! 我甚至喜欢佐西莫夫这个畜生,因为他诚实,懂行……行,什么都说了,都原谅了。原谅了? 对吗? 我们走。我熟悉这条过道,来过。瞧,这儿,三号房间,出过一桩丑闻……你们住哪儿? 几号? 八号? 那好,夜里把门锁上,谁也别让进。过一刻钟我就把消息带来,再过半小时把佐西莫夫领来,等着瞧吧! 再见,我走了!"

"我的上帝,杜涅奇卡,会吗?"普利赫里娅·亚历山德罗夫娜胆战心惊地问女儿。

"放心吧,妈妈,"杜尼娅回答,一面脱下帽子和披肩,"上帝亲自给我们派来了这位先生,尽管他是直接从什么酒席上下来的。对他可以相信,我敢保证。他为哥哥已经做的一切……"

"哎呀,杜涅奇卡,天知道他会不会再来! 我怎么会离开罗佳不管! ……我根本,根本没想到会是这样见到他! 他那么冷淡,好像看到我们并不高兴……"

泪水涌上她的眼睛。

"不,不是这样,妈妈。您没看清,您一直在哭。他病得很重,心情不好,原因都在这儿。"

"哎呀,这病! 会出事的,会出事的! 你看他是怎么跟你说话的,杜尼娅!"母亲说,一面胆怯地看着女儿的眼睛,希望从中揣摩出她的全部想法,单凭杜尼娅还护着罗佳,就是说原谅了他,已经使母亲心定了一半,"我相信,明天他会回心转意的。"她补充说,想彻底探一探女儿的口风。

"可我相信,他明天还会这么说……对这事。"阿夫多季娅·罗曼诺夫娜断然回答,当然,这是一道难题,因为这里有一点是普利赫里

220

娅·亚历山德罗夫娜现在最怕提起的。杜尼娅走近,吻了吻母亲,母亲把她紧紧拥在怀里,没作声。然后坐下,一面焦急地等待拉祖米欣,一面胆怯地注视女儿。杜尼娅也在等,抱着胳膊,在房间里来回走动,暗自考虑什么。这样边走边想,从一个角落到另一个角落,是阿夫多季娅·罗曼诺夫娜平时的习惯,不知怎的母亲一向害怕在这种时候打断她的思路。

拉祖米欣对阿夫多季娅·罗曼诺夫娜突然醉醺醺地燃起强烈的爱情,自然可笑。但是,只要朝阿夫多季娅·罗曼诺夫娜看上一会儿,特别是现在,当她抱着胳膊,在房间里走来走去,一脸忧伤和沉思时,也许很多人都会原谅他,更不用说他酒后失态。阿夫多季娅·罗曼诺夫娜确实非常漂亮——高挑,出奇地匀称、强壮,自信——这表现在她的任何一个手势中,但又无损她动作的温柔和优美。她的脸长得很像哥哥,她甚至称得上美人。她的头发是褐色的,比哥哥稍稍淡些,眼睛几乎是黑色的,炯炯有神,非常高傲,同时,偶尔,有几分钟,又显得异常善良。她苍白,但不是病态的苍白;她的脸洋溢出青春和健康。她的嘴小了点儿,鲜艳红润的下唇,和下巴一起,稍稍向前突出——这张清秀的脸上唯一的缺陷,但又赋予这张脸一种特殊的个性和近乎傲慢的神色。她脸上的表情,总是严肃多于快乐,不乏沉思,然而,这张脸多么适合微笑,多么适合欢快的、年轻的、忘情的笑!完全可以理解,热情、坦率、朴实、诚恳、勇士般强壮而又带着几分醉意的拉祖米欣,因为从未见过类似女性,一看到她,魂都没了。况且,机遇似乎故意第一次见面,就让他看到了和哥哥重逢的美好时刻中,充满爱和喜悦的杜尼娅。接着,他又看到了她在愤怒中下嘴唇的颤动——对哥哥无礼和绝情的命令的回答——顿时,他控制不住自己了。

不过,他刚才醉醺醺地在楼梯上漏出的话倒是不假。拉斯科尔尼科夫古怪的房东,因为他夹在中间,不仅会对阿夫多季娅·罗曼诺夫娜,甚至也许会对普利赫里娅·亚历山德罗夫娜吃醋。尽管普利赫里娅·亚历山德罗夫娜已经四十三岁,然而风韵犹存,况且她看上去比实际年龄小了许多——那些到老还保存着开朗的心态、敏锐的记忆、诚实和纯洁品性的妇女,往往都是这样(保存这一切是防止年老色衰的唯一办法)。她的头发已经开始发白和变稀,眼角早已出现鱼尾纹,两颊因为操心和悲伤变得干瘪,然而这张脸仍然美丽。这是杜涅奇卡的肖像,二十年后的肖像,另外,没有下嘴唇那种特殊的表情,因为她的下嘴唇并不朝前突出。普利赫里娅·亚历山德罗夫娜多愁善感,但并不使人生厌,胆小随和,但不失分寸:她会作出许多让步,迁就许多事情,甚至迁就违背她信念的事情,但任何时候都有一条诚实、规矩和最终信念确立的界线,无论什么情况都不能强迫她跨越这条界线。

拉祖米欣走后整整过了二十分钟,有人在门上轻轻地,然而急促地敲了两下:他回来了。

"我不进来,没时间!"房门打开后,他急忙说,"他睡得直打呼,很沉,很太平,上帝保佑,让他睡上十个小时。娜斯塔西娅在他那儿,我让她别离开,等我回来。现在我把佐西莫夫拉来,让他向你们汇报,随后你们也该睡觉,我看你们都累坏了。"

说完他就顺着过道走了。

"多麻利……多诚实的年轻人!"喜出望外的普利赫里娅·亚历山德罗夫娜大声赞叹。

"像是好人!"

阿夫多季娅·罗曼诺夫娜带着几分热情回答,重又在房间里来回走动。

几乎过了一小时,过道里响起脚步声,又有人敲门。两个女人都在等候,这次她们完全相信拉祖米欣的保证:果然,他把佐西莫夫拉来了。佐西莫夫当即同意离席去看拉斯科尔尼科夫,但来两位女士这里却很勉强,狐疑满腹,他不相信醉醺醺的拉祖米欣。然而,他的自尊心立刻得到安抚,甚至满足:他发现她们确实像等候神明一样在等候他。他坐了整整十分钟,完全说服了普利赫里娅·亚历山德罗夫娜,消除了她的忧虑。他说得异常关切,但很沉着,不知怎的分外严肃,就像在重要的咨询中释疑的二十七岁的大夫,并且没有一句离题话,没有表现出要和两位女士建立比较密切的私人关系的些许愿望。他一进门就发现阿夫多季娅·罗曼诺夫娜光彩夺目,立刻装出一副对她根本没在意的样子,在拜访时,始终只跟普利赫里娅·亚历山德罗夫娜一个人说话。这一切使他内心感到极大的满足。至于病人,他是这样说的,他认为病人目前状况绝对良好。根据他的观察,病人的病,除了最近几个月恶劣的物质生活,还有一些精神原因,"这么说吧,是许多复杂的精神和物质因素影响的结果,其中包括烦恼、忧虑、牵挂、某些想法等等。"无意中发现阿夫多季娅·罗曼诺夫娜听得十分仔细,佐西莫夫对这个话题稍稍多说了几句。对普利赫里娅·亚历山德罗夫娜焦急而又胆怯的问题"是不是有些人怀疑他神经错乱",他带着一丝镇静和坦率的微笑回答,他的话被过分夸大了,当然病人显然有某种执着观念,某种偏执狂的症状——因为佐西莫夫现在特别关注医学的这一异常有趣的科目——但毕竟应该想到,几乎到今天为止,病人一直处于神志不清的状态……当然亲人的来到有助于他的康复,可以分散他的注意力,起到治疗效果——"只要避免再次受到剧烈的震惊就行",他意味深长地加了一句。说完他站起来,在一片祝福、热情感谢和央求声中,庄重而又亲切地鞠躬告别,甚至还和阿夫多季娅·罗曼诺夫娜主动向他伸出的纤手握了一下。他走了,非常满意自己的这次拜访,尤其满意他自己。

"有话明天再说,你们睡吧,马上,一定得睡!"拉祖米欣说着和佐西莫夫一起走了。"明天我尽早过来,向你们汇报。"

"这位阿夫多季娅·罗曼诺夫娜可真是个迷人的姑娘!"两人一到街上,佐西莫夫险些舔着嘴唇说。

"迷人?你说迷人!"拉祖米欣大叫,突然朝佐西莫夫扑去,掐住他的喉咙。"要是你什么时候胆敢……懂吗?懂吗?"他吼叫着,把他推到墙上,抓住他的衣领使劲摇晃,"听见吗?"

"放手,醉鬼!"佐西莫夫连连抵挡。拉祖米欣放开他后,他凝神看了看拉祖米欣,突然放声大笑。拉祖米欣站在他面前,垂下双手,沉浸在忧郁、严肃的思绪中。

"自然,我是蠢驴,"他说,神色像乌云一样阴沉,"不过你要知道……你也是蠢驴。"

"不,老兄,我不是蠢驴。我也不想干蠢事。"

他们默默走着,只是快到拉斯科尔尼科夫住所时,忧心忡忡的拉祖米欣打破沉默。

"听着,"他对佐西莫夫说,"你人不错,可惜你除了所有的缺点,还是个色鬼,这我知道,而且下流。你是个神经质,不中用的废物,你任性,你养得白白胖胖,缺什么享受都不行——这些我都叫下流,因为可以使人变得下流。你把自己惯成这样,老实说,我都不明白你怎么会是好医生,舍己为人的医生。睡在羽绒褥子上(大夫!),可夜里得常常起床替人看病!再过三年,你就不会起床替人看病了……对了,见鬼,不说这些,是这么回事:你今天就在房东家过夜,(我好歹把她说通了!)我睡厨房:这是你们接近的好机会!不像你想的那样!这种事,老兄,连影子都没有……"

"我压根儿就没想。"

"这儿,老兄,只有腼腆、沉默、羞怯、绝对的贞洁,还有叹息,熔化,像蜡一样熔化!你帮我摆脱她,看在世上一切魔鬼分上!她很漂亮!……我会报答你,哪怕掉脑袋,也会报答你!"

佐西莫夫笑得更厉害了。

"瞧你的激动劲儿！干吗把她塞给我？"

"放心，麻烦不多，只要胡吹就行，吹什么都行，只要坐在她边上吹。况且你是大夫，可以随便给她治治病。我发誓，你不会后悔的。她有架老式钢琴，你知道我能胡乱弹几下，我会一支曲子，真正的俄罗斯曲子：'热泪滚滚……'她喜欢真正的俄罗斯曲子——这不，就从这首曲子起的头，你弹钢琴可是老手，老师，鲁宾斯坦<sup>①</sup>……放心，你不会后悔的！"

"你答应过她什么，是吗？签过字？答应娶她，也许……"

"没有，没有。根本没这种事！她也绝不是那样的人，切巴罗夫倒是对她……"

"那你就甩了她！"

"甩了她可不行！"

"干吗不行？"

"对，不行，不知为什么，就是不行！这事，老兄，让人没法脱身。"

"那你干吗引诱她？"

"我根本没引诱她，也许，倒是我傻乎乎的，受她引诱。她反正一样，你还是我，只要身边有人待着，陪她一起感叹就行。这事，老兄……我都跟你说不清——这不，你精通数学，现在还在研究，这我知道……你就教她积分吧，真的，不开玩笑，我是认真说的，她无所谓：她会看着你叹气，就这样待上整整一年。顺便说说，我对她吹过普鲁士上议院，吹了很久，一连两天（还能跟她吹什么？）——她一股劲地叹气、冒汗！千万别跟她谈情说爱——她会羞死的——不过你得装出离不开她的样子——这就行了。舒服透顶，跟在家里完全一样——看

---

① 鲁宾斯坦(1829—1894)，俄国作曲家、钢琴家。

书,写字,坐着,躺着……轻轻吻她一下也行……"

"我要她干吗?"

"哎呀,我跟你怎么也说不清! 瞧:你们两个太般配了! 我原先也想到过你……你总会走这条路的! 迟早对你不都一样? 老兄,这儿放着这么好的羽绒褥子——哎呀! 还不单单是羽绒褥子! 这儿有吸引力,这儿是世界的归宿,锚地,安静的避风港,乐土①,世界的基础三条鱼②、煎饼、油汪汪的馅饼、晚上的茶炊、轻轻的叹息、暖和的女皮袄、热炕——这么说吧,就像你死了,但又活着,两种便宜一下子都占了! 哎呀,老兄,见鬼,我吹得太多,该睡觉了! 听着,我夜里有时醒,醒了就去看他。这没什么,小事一桩,好办。你也不用太费心,要是愿意,也去看一次。万一发现什么,譬如,说胡话、发烧或者别的什么,马上叫醒我。不过,这不可能……"


# 二


第二天七点多钟,拉祖米欣醒来时,心事重重,神情严肃。这天早上,他头脑里突然出现许多新的意外的疑惑。原先他都无法想象,什么时候他会这样醒来。他记得昨天的一切,甚至所有细节,明白他身上发生了某种非同寻常的变化,有一种他至今完全陌生,并和原先完全不同的感受。同时他又清楚地意识到,他头脑中燃起的痴想,根本无法实现,连有这种痴想他都感到羞愧。他赶紧考虑"该死的昨天"给他留下的其他一些更加迫切的事情和难题。

---

①  指耶路撒冷。

②  按民间迷信的说法,世界由三条鲸鱼支撑着。

226

他最可怕的回忆,是他昨天居然那么"低级和恶劣",不单是因为他喝醉了,而是他在一个姑娘面前,利用她的处境,出于愚蠢和匆忙的嫉妒,骂了她的未婚夫,既不清楚他们之间的关系和义务,更未彻底了解他的为人。再说他有什么权利这样匆忙、轻率地对他横加指责?谁要他当法官!难道像阿夫多季娅·罗曼诺夫娜这样的女子,会为金钱委身小人?可见,他有优点。那么旅馆呢?但他凭什么知道这是家什么旅馆?他不是在装修房子吗……呸,这一切多低级!这算什么解释:他喝醉了?愚蠢的推托,只会更加降低他的身份!酒后吐真言,这不,真言确实都吐了。"就是说,他把嫉妒、粗野的心中所有的污秽都吐了!"难道这样的天仙是他拉祖米欣可以高攀的?和这样的姑娘相比他算什么——胡闹的醉鬼,昨天的牛皮大王?"难道可以这样无耻、可笑地进行对比?"想到这里,拉祖米欣满脸通红,突然,仿佛故意似的,刹那间,他清楚地想起,昨天在楼梯上他是怎样对她们胡言乱语的,说他夹在中间,房东对阿夫多季娅·罗曼诺夫娜肯定吃醋……这太不像话。他狠狠一拳砸在厨房的炉灶上,砸伤了手,也砸下了一块砖。

"当然,"过了一会儿,他喃喃自语,带着某种自卑,"当然,所有这些丑事现在已经无法掩饰,也无法挽回……想也没用,所以,到了那里应当不声不响……尽自己的义务……也应当不声不响……不请求原谅,也不说什么……当然,现在一切都完了!"

然而穿衣服时,他比平时更仔细地检查了自己的服装。他没别的衣服,即使有,也许,他也不会穿——"对,有也不穿。"但无论如何,不能再像玩世不恭的邋遢鬼:他没有权利侮辱别人的感情,况且她们需要他的帮助,请他去商量事情。他用刷子把衣服仔细刷了一遍,他的内衣一向可以,在这方面他特别注意清洁。

这天早上,他梳洗得非常用心——娜斯塔西娅有肥皂——他把头发、脖子,特别是手,洗得干干净净。轮到要不要刮胡子这个问题(普拉斯科维娅·帕夫洛夫娜保存着已故的扎尔尼岑先生留下的上品剃刀),他甚至倔强地作了否定的回答:"就这样留着! 她们会想我刮胡子是为了……肯定这么想! 对,说什么也不刮!"

"……主要是他这样粗野、肮脏,待人接物又是这样俗气……就算他知道自己多少是个正派人……是个正派人又有什么可骄傲的? 人人应当正派,还得心地纯洁……但毕竟(他记得这一点)他干过丑事……说不上丢脸,但也够可以的! ……还有过什么打算! 嗯……这些能和阿夫多季娅·罗曼诺夫娜相比! 哎呀,见鬼! 算了吧! 往后我就故意这样肮脏、邋遢、粗俗,我不在乎! 还会做得更过分! ……"

他正在这样自言自语,佐西莫夫闯了进来——他在普拉斯科维娅·帕夫洛夫娜的客厅里过了一夜。

他打算回家,临走急于看一下病人。拉祖米欣告诉他,病人睡得很死。佐西莫夫吩咐在他醒来前不要惊动他,还答应十点多再弯过来看看。

"只要他在家,"他补充说,"嘿,见鬼! 连自己病人都管不住,还得替他治病! 你知道是他去她们那儿,还是她们来这儿?"

"我想是她们来,"拉祖米欣回答,明白他这样问的用意,"当然是谈他们家里的事情。我得走开。你是大夫,自然比我更有权利。"

"我不是神父①。来看一看就走。没她们,事情都一大堆。"

"有件事我很担心,"拉祖米欣皱眉打断他说,"昨天我喝醉了,一路上跟他说了各种蠢话……各种……还说起你担心,似乎他……有些神经错乱……"

---

① 指接受信徒忏悔的神父。

"这你昨天对两位女士也说了。"

"我知道很蠢！你哪怕揍我也行！不过,是吗,你确实有过什么肯定的想法?"

"我说你尽胡扯,什么肯定的想法！你自己把他说得像个偏执狂,还是你带我来看他的那会儿……昨天我们还火上加油,你,就是说,说了这些……漆匠的事。说得真不赖,也许他原先就是听了这些才发疯的！要是我确切知道当时警察局里发生了什么,知道那里一个什么坏蛋有这种怀疑……刺激了他！嗯……昨天我就不会让你说这些。要知道这些偏执狂会把一滴水看成海洋,会从人家脸上看出没有的东西……我记得昨天听了扎梅托夫的介绍,事情已经清楚了一半。那还不是！我就知道有这么回事,一个疑病患者,四十岁,每天在餐桌上受不了八岁孩子的嘲笑,把他杀了！这儿呢,他穿了一身破衣服,碰上刁蛮的警察局局长,恰好发病,又受到这种怀疑！怀疑偏执的疑病患者！还有异常疯狂的虚荣心！也许病根就在这儿！对,见鬼！……顺便说说,这个扎梅托夫确实是个可爱的孩子,不过……昨天他不必把这些都说出来。嘴快得可怕！"

"他对谁说了？不就是我和你?"

"还有波尔菲里。"

"对波尔菲里说了又怎样?"

"顺便问一句,你能对她们母女俩施加影响吗？今天跟他说话得小心……"

"他们会说到一块儿的！"拉祖米欣不乐意地回答。

"他干吗这么反对这个卢任？这人有钱,她好像也没觉得讨厌……她们不是一个子儿都没有吗？啊?"

"你干吗刨根问底?"拉祖米欣恼火地嚷嚷,"我凭什么知道有子儿还是没子儿？你自己问去,也许问得出来……"

"哎,有时你真傻!昨晚的酒还没醒……再见,替我谢谢你的普拉斯科维娅·帕夫洛夫娜留我过夜。她把门锁了,我在外面问好,她都没回答,其实七点钟她就起床了,茶炊是从厨房里穿过走廊给她端去的……我都没能见她一面……"

九点整,拉祖米欣到了巴卡列耶夫公寓。两位女士早就异常焦急地在等他。她们起床是七点左右,甚至更早。他进去时,脸像黑夜一样阴沉,他笨拙地鞠了一躬,随即生气了——生自己的气,当然。他估计错了:普利赫里娅·亚历山德罗夫娜径直朝他扑来,抓住他的两只手,差点没吻它们。他胆怯地朝阿夫多季娅·罗曼诺夫娜看了一眼,然而这张高傲的脸上,这时表达的是感激、友好和使他意外的深深的尊敬(不是嘲讽的目光,不是情不自禁、难以掩饰的蔑视),以致他觉得如果挨骂,他反倒,真的,好受些,要不实在太尴尬。幸好有个现成的话题,他赶紧把它抓住。

听说"他还没醒",但"一切正常",普利赫里娅·亚历山德罗夫娜表示这样更好,"因为她非常非常需要跟他先谈一谈"。随后问他喝过茶没有,请他一起喝茶。她们因为等候拉祖米欣,也还没喝早茶。阿夫多季娅·罗曼诺夫娜按了按铃,应声进来的是个邋遢的伙计。她向他要了茶。终于茶摆好了,但一切是那么脏,那么不像样,弄得两位女士挺不好意思。拉祖米欣正想狠狠骂这家旅馆,但一想起卢任,便没作声,露出一副窘相。终于,普利赫里娅·亚历山德罗夫娜开始接二连三、一刻不停地发问,他高兴极了。

为了回答这些问题,他讲了三刻钟,中间一再被同样的问题打断,他讲了最近一年来他所知道的罗季昂·罗曼诺维奇生活中所有最主要和最重要的事实,最后详细介绍了他的病情。不过他省略了许多应该省略的情况,顺便说一下,包括警察局里的风波及其种种后果。两位女士贪婪地听着,然而当他以为已经讲完,已经满足了两位听众要求时,发现对她们来说,似乎他还没开始。

"请问,请告诉我,您怎么想……哎呀,真对不起,我到现在还不知道您的大名!"普利赫里娅·亚历山德罗夫娜赶紧说。

"德米特里·普罗科菲伊奇。"

"瞧,德米特里·普罗科菲伊奇,我非常非常想知道……一般地说……他是怎么看待周围事物的,就是说,请理解我的意思,这该怎么对您说呢,最好这么说:他喜欢什么,不喜欢什么? 他是不是总是这样容易发火? 他有什么愿望,有什么,如果可以这样说的话,理想? 现在究竟什么东西对他特别有影响? 总之,我希望……"

"哎呀,妈妈,哪能突然间回答这许多问题!"杜尼娅说。

"咳,我的上帝,我完全完全没想到,会看到他这个样子,德米特里·普罗科菲伊奇。"

"这很自然,"德米特里·普罗科菲伊奇回答,"我没母亲,可我舅舅每年来这儿,几乎每次来,他都认不出我了,甚至从外表看,他可是聪明人。你们分手的三年里发生了许多变化。怎么对你们说呢? 我认识罗季昂一年半了:忧郁、苦闷、高傲、倔强,最近(也许更早)变得多疑,甚至得了疑病。他宽厚、仁慈,不喜欢流露自己的感情,宁愿做得很绝,也不把心里的真实想法说出来。有时他根本不像得了疑病,只是冷漠、麻木,连个人样都没有,真的,就像两种截然不同的性格在他身上轮流交替。有时他谁也不理。他总是没时间,总是有人碍他的事,可自个儿老躺着,什么也不干。他不嘲笑别人,不是因为他不会说俏皮话,倒真是他没时间去做这种小事。他从不听人把话说完。人家这时感兴趣的,他从不感兴趣。他挺傲,似乎也不完全没有这种权利。嗯,还有什么? ……我想,你们来了,一定会对他产生最好的疗效。"

"唉,上帝保佑吧!"普利赫里娅·亚历山德罗夫娜大声说,拉祖米欣对他的罗佳的看法,使她十分痛苦。

拉祖米欣终于比较大胆地看了看阿夫多季娅·罗曼诺夫娜。他说话时常常抬眼看她,但都是匆匆一瞥,立即把目光移开。阿夫多季娅·罗曼诺夫娜一会儿坐到桌旁,留神听着,一会儿又起来走动,按自己的习惯,从一个角落到另一个角落,抱着胳膊,咬着嘴唇,偶尔提个问题,也不停步,仍在沉思。她也有不听别人把话说完的习惯。她穿着一件料子很薄的深色连衣裙,脖子上围着一条透明的白围巾。拉祖米欣从许多迹象上立刻发现,两个女人的处境极端穷困。要是阿夫多季娅·罗曼诺夫娜穿得像个女王,大概,他根本不会怕她,然而现在,也许正是因为她穿得那么寒酸,正是因为他发现了这种异常拮据的处境,他内心产生了恐惧。他开始顾虑自己的每一句话、每一个手势,这当然使一个本来就没有自信的人更加拘束。

“您对我哥哥的性格说了许多很有意思的观察……说得非常公正,这很好。我想您很敬重他,”阿夫多季娅·罗曼诺夫娜微笑着说,“看来这话也对,他身边应当有个女人。”她沉思着补充。

“这话我可没说,不过,也许您这么说也对,只是……”

“什么?”

“您要知道,他谁都不爱,也许永远都不会爱上谁。”

“就是说他不会爱?”

“您看,阿夫多季娅·罗曼诺夫娜,您太像您哥哥,什么都像!”

他突然甩出这么句话,连他自己都感到意外,旋即想起他刚才跟她说的对她哥哥的看法,脸红得就像龙虾,尴尬极了。阿夫多季娅·罗曼诺夫娜看着他,不禁大笑。

“说到罗佳,也许你们两个都错了,”普利赫里娅·亚历山德罗夫娜听了有些不快,接口说,“我不是说现在,杜涅奇卡。彼得·彼得罗维奇在这封信里写的……还有我俩原先想的,也许都不对,不过您没法想象,德米特里·普罗科菲伊奇,他有多古怪,这该怎么说呢,多任性。他的性格从来不让我省心,十五岁时就这样。我相信,即使现在他也会突然作践自己,干出任何人任何时候都不想干的事……远的不说,您知道吗,一年前,他让我着实吃惊。害怕了好一阵子,还险些送了我的命,他居然想要这个,她叫什么来着——这个扎尔尼岑娜,他房东的女儿?"

"您知道这事的详细经过?"阿夫多季娅·罗曼诺夫娜问。

"您以为,"普利赫里娅·亚历山德罗夫娜激动地往下说,"当时我的眼泪、我的哀求、我的病、我的死——也许就是因为苦恼——还有我们的穷困,能拦住他? 他会心安理得地跨过所有障碍。难道他,难道他不爱我们?"

"这事他从没对我说过什么,"拉祖米欣谨慎地回答,"倒是从扎尔尼岑娜太太本人嘴里听到一些,不过她也不是个会说话的人,我听到的,大概多少使人觉得奇怪……"

"您听到什么,什么?"两个女人同时追问。

"其实也没什么太特别的。我只听说,这门亲事,都谈妥了,只是新娘死了,才没办成,但扎尔尼岑娜太太本人觉得很不称心……另外,据说新娘甚至不算漂亮,也就是,据说,很丑……还病恹恹的,人……人也挺怪,不过好像有些优点。肯定有什么优点,要不就说不通……嫁妆也没有,他也根本没指望会有嫁妆……这种事一般很难说什么。"

"我相信她是个好姑娘。"阿夫多季娅·罗曼诺夫娜插了一句。

"愿上帝宽恕我,当时我对她过世着实高兴,虽然我不知道他们之间谁会把谁毁了:他毁了她,还是她毁了他?"普利赫里娅·亚历山德罗夫娜最后说。接着,她小心翼翼,吞吞吐吐,不时看看杜尼娅——看得女儿显然很不高兴——重又开始打听昨天罗佳和卢任之间的争吵。

这事显然比什么都使她不安,甚至使她恐惧、战栗。拉祖米欣重又从头到尾说了一遍,详详细细,这次还加上自己的结论:他直接责备拉斯科尔尼科夫有意侮辱彼得·彼得罗维奇,这次甚至不怎么原谅他的病态。

"这在他发病前就想好了。"他补充说。

"我也这样想。"普利赫里娅·亚历山德罗夫娜说,一副沮丧的样子。但她十分惊奇,拉祖米欣这次对彼得·彼得罗维奇的表态居然那么谨慎,似乎还怀有敬意。这也使阿夫多季娅·罗曼诺夫娜感到惊奇。

"这么说,您对彼得·彼得罗维奇是这个看法?"普利赫里娅·亚历山德罗夫娜忍不住问。

"对您女儿未来的丈夫我不能有别的看法,"拉祖米欣坚决而又热情地回答,"我这么说并非一味客套,而是因为……因为……哪怕仅仅因为阿夫多季娅·罗曼诺夫娜本人,自愿地,选择了他。要说我昨天把他臭骂一顿,那是因为我喝醉了,满口脏话,而且……脑子糊涂,对,脑子糊涂,没头脑,病了,彻底疯了……今天我都觉得害臊!……"他涨红了脸,不再作声。阿夫多季娅·罗曼诺夫娜也倏地脸红了,但没打破沉默。从谈论卢任的那一刻起,她没说过一句话。

这时,普利赫里娅·亚历山德罗夫娜因为没有女儿的支持,显得犹豫不决。终于她不时看看女儿,结结巴巴地宣布,现在有件事使她非常担心。

"您看,德米特里·普罗科菲伊奇……"她说,"我对德米特里·普罗科菲伊奇全说了,杜涅奇卡?"

"当然,妈妈。"阿夫多季娅·罗曼诺夫娜坚定地回答。

"是这么回事,"她赶紧说,似乎允许她直言自己的悲哀使她如释重负,"今天一早,我们收到彼得·彼得罗维奇的一张字条,是对我们昨天通知他已经到达的回复。您看,昨天他本该来车站接我们,他答应过。结果来车站接我们的是个什么听差,拿着这家旅馆的地址,还派他给我们带路,彼得·彼得罗维奇让他转告,他自己今天早上来这儿看我们。结果今天早上从他那儿来了这张字条……最好您自己看。这上面有一点使我非常不安……您这就会看到,出了什么事,还有……请您坦率地告诉我您的意见,德米特里·普罗科菲伊奇!您最了解罗佳的性格,最能帮我们出主意。我可以先告诉您,杜涅奇卡已经把一切都决定了,看完便决定了,可我,我还不知道该怎么办,所以……所以一直在等您。"

拉祖米欣打开写着昨天日期的字条,看到下面的文字:

尊敬的普利赫里娅·亚历山德罗夫娜夫人,我有幸通知夫人,因为事出突然,我未能在月台上迎接夫人,为此我派去了一个相当能干的仆人。同样,明天早上我也无幸和夫人晤面,因为参政院有些急事要办,并且也是为了不妨碍夫人和您儿子,阿夫多季娅·罗曼诺夫娜和她哥哥骨肉团聚。我将荣幸地在明天晚上八点整拜访夫人,并在夫人住所亲自问候夫人。同时我冒昧地附上一个恳切,乃至坚决的请求,在我们见面时,罗季昂·罗曼诺维奇不能在场,因为昨天他在病中,我去拜访他时,他极端无理地侮辱了我,此外,我想就此事当面向夫人作出必要和详细的说明,也希望了解夫人本人对此事的看法。我有幸一并事先告诉夫人,假如无视我的请求,我竟遇见罗季昂·罗曼诺维奇,那我只能立刻离去,届时只能怨您自己。我这样写,也是出于下列考虑:罗季昂·罗曼诺维奇在我拜访他时,似乎重病在身,不料两小时后忽然痊愈,既然他能出门,也会前来看望夫人。据我亲眼所见,昨天在一个被马踩死的酒鬼家里,他以丧葬为名,居然赠给酒鬼女儿,一个品行不端的姑娘,二十五卢布,这使我十分震惊,因为我深知夫人费了多少心血,才凑齐这个数目。谨向尊敬的阿夫多季娅·罗曼诺夫娜致意,并请接受我诚挚的敬礼。

您顺从的仆人

彼·卢任

"我现在该怎么办,德米特里·普罗科菲伊奇?"普利赫里娅·亚历山德罗夫娜说,险些哭了。"我怎么叫罗佳别来?昨天他那么坚决,要求我们拒绝彼得·彼得罗维奇,这儿又反过来不让接待罗佳!万一他知道了,又非来不可,那……那是什么结果?"

"您照阿夫多季娅·罗曼诺夫娜的决定办。"拉祖米欣平静、快捷地回答。

"哎呀,我的上帝!她说……天知道她说什么,也不给我说个明白!她说最好,就是说不是最好,不知为什么,好像一定得让罗佳故意在今天晚上八点钟来,一定得让他们见面……我连这封信都不想让他看,还是怎么安排一下,由您出面,让他别来……他火气太大……还有,我一点都不明白,哪个酒鬼死了,哪个女儿,他怎么能把所有的钱都给了这个女儿……这钱……"

"这钱是您借的高利贷,妈妈。"阿夫多季娅·罗曼诺夫娜补充了一句。

"他昨天不正常,"拉祖米欣若有所思地说,"要是您知道昨天他在酒店里干了什么,尽管干得很聪明……哎!至于那个死人,那个姑娘,他昨天确实对我说过什么,我们一起回家的时候,但我一句也没听懂……不过,我自己昨天……"

"最好,妈妈,我们自己去他那儿,到了那儿,请您相信,我们就知道该怎么办了。再说也该走了——上帝!十点多了!"她喊起来,看了看和衣服极不相配,用细细的威尼斯表链挂在颈脖上的华丽的珐琅金表。"新郎的礼物。"拉祖米欣暗想。

"哎呀,该走了! ……该走了,杜涅奇卡,该走了!"普利赫里娅·亚历山德罗夫娜慌张地忙碌起来。"他会想我们昨天生气了,这么晚还不去。哎呀,我的上帝。"

她这样说着,慌乱地披上短斗篷,戴上帽子。杜涅奇卡也穿戴好了。拉祖米欣发现她手套又旧又破,然而服饰的这种明显的寒酸反而赋予两位女士某种格外尊严的外表。那些会穿寒酸服饰的人,总是这样。拉祖米欣满怀敬意地望着杜涅奇卡,为能给她带路感到骄傲。"那位坐牢的王后①,"他想,"在补袜子的那一刻,当然看上去像真正的王后,甚至比在最奢华的庆典和上朝时更像王后。"

"我的上帝!"普利赫里娅·亚历山德罗夫娜高声感叹,"我怎么想得到,我会怕见儿子,我心爱的,心爱的罗佳,现在我多怕呀! ……我怕,德米特里·普罗科菲伊奇!"她补充一句,胆怯地抬眼看了看他。

"别怕,妈妈,"杜尼娅吻她说,"您最好相信他。我就相信。"

"哎呀,我的上帝! 我也相信,可就是一夜没睡着!"可怜的女人大声说。

他们到了街上。

"知道吗,杜涅奇卡,天亮前我刚睡着,突然梦见过世的玛尔法·彼得罗夫娜……穿了一身白……走到我面前,拉住手,对我直摇头,那么严厉,严厉,像在责备我……这是好兆吗? 哎呀,我的上帝,德米特里·普罗科菲伊奇,您还不知道呢:玛尔法·彼得罗夫娜死了!"

---

① 指法国国王路易十六的王后玛丽·安托瓦内特(1755—1793)。相传她在监狱里用床垫套子上抽出的线补过袜子。

"是的,我不知道。哪个玛尔法·彼得罗夫娜?"

"一下子就没了! 您想……"

"以后再说吧,妈妈,"杜尼娅插话,"他还不知道玛尔法·彼得罗夫娜是谁。"

"哎呀,您不知道? 我还以为您已经全都知道。请您原谅,德米特里·普罗科菲伊奇,这几天我简直糊涂了。真的,我像是把您当作我们的上帝,所以相信您已经全都知道。我把您当亲人……我这么说,您别生气。哎呀,我的上帝,瞧您这右手! 碰伤了?"

"对,碰伤了。"拉祖米欣听得满心喜欢,喃喃地说。

"我有时说话太直,所以杜尼娅常常帮我纠正……我的上帝,他住的什么房子! 他醒了吗,啊? 这个女人,就是他的房东,把这算房间? 听我说,您说他内向,也许他会讨厌我的……弱点? ……您能不能教教我,德米特里·普罗科菲伊奇? 我该怎么跟他说话? 您看,我心里一点没谱。"

"随便什么不要多问,如果看见他皱眉。特别是对他身体状况不要问得太多:他不喜欢。"

"哎呀,德米特里·普罗科菲伊奇,做母亲多难! 瞧,就是这道楼梯……多糟的楼梯!"

"妈妈,您脸都白了,别那么激动,我亲爱的,"杜尼娅亲热地对她说,"他看到您,应当感到幸福,可您尽折磨自己。"她加了一句,眼睛闪出一道光亮。

"等一下,我先去看看,他醒了没有?"

两位女士跟在率先上楼的拉祖米欣后面,慢慢走着。走到四楼房东门口时,她们发现房东的门开着一条缝,两只贼溜溜的黑眼睛正从暗处打量她俩。她们的目光刚一相遇,那门便突然碰上了,吓得普利赫里娅·亚历山德罗夫娜险些喊出声来。

# 三

"好了,好了!"佐西莫夫乐呵呵地迎着他们大喊。他来了大约十分钟,仍坐在自己昨天坐过的沙发角上。拉斯科尔尼科夫坐在对面角上,穿好衣服,甚至仔细地洗了脸,梳了头,这在他已经是好久没有的事。房间里一下子挤满了人,但娜斯塔西娅还是跟着客人挤进来想听。

确实,拉斯科尔尼科夫几乎完全好了,尤其和昨天比较,只是非常苍白、颠顶和忧郁。从外表看他像是受伤的人,或者像是忍受着肉体的剧烈疼痛:双眉紧蹙,双唇紧闭,目光焦躁。他说话很少,很不乐意,似乎十分费劲或者只是为了履行义务,他的动作偶尔流露出不安。

只差胳膊上没绷带,只差手指上没包扎,不然他就和——譬如,手指化脓、胳膊受伤,或者诸如此类的病人一模一样。

不过,母亲和妹妹进来时,连这张苍白、忧郁的脸上,刹那间也焕发出某种光彩,但这似乎只是驱散了原先的烦恼和颠顶,增添了一抹专注和痛苦。光彩很快熄灭,痛苦却留下了。佐西莫夫怀着刚开始行医的年轻大夫的满腔热情,观察和研究自己的病人,他惊奇地发现,亲人的到来并未使病人高兴,相反,他似乎痛苦地暗暗下了决心,忍受这一两小时无法逃避的折磨。他后来看到,接着的谈话几乎每一个字都像触到病人的什么伤口,刺激这个伤口,同时他对昨天的偏执狂今天竟能控制自己,掩饰自己的感情,多少有些吃惊——昨天为了一句无关紧要的话,他都险些气疯。

"对,这会儿我自己也明白,差不多好了,"拉斯科尔尼科夫说,亲切地吻着母亲和妹妹,普利赫里娅·亚历山德罗夫娜旋即露出笑容,

239

"我说这话跟**昨天**可不一样。"他转身对拉祖米欣补充一句,友好地握着他的手。

"他今天的情况我都觉得奇怪。"佐西莫夫说,看到他们来非常高兴,因为才十分钟,他和自己病人已经谈不到一块儿了。"再过三四天,要是这样发展下去,他就跟原先完全一样了,也就是说,跟一个月……或者两个月前……也许跟三个月前完全一样?这病早有了,是慢慢严重的……啊?这会儿您得承认,也许问题出在您自己身上?"他补充说,谨慎地微微一笑,似乎仍怕有什么话会刺激他。

"很可能。"拉斯科尔尼科夫冷冷地回答。

"我的意思是,"佐西莫夫贪心不足,继续说,"您的康复在主要方面,现在仅仅取决于您自己。现在既然可以和您说话了,我想告诉您,必须消除您发病的最初,这么说吧,根本原因,这样才能痊愈,要不,会更糟。这些最初的病因我不知道,但您应当清楚。您是聪明人,当然,观察过自己的病情。我觉得您开始发病和您离开学校,在时间上多少有些吻合。您不能闲着,另外,工作和坚定不移的目标,我觉得对您大有好处。"

"对,对,您说得太对了……我会尽快复学,这样,一切也就……顺利解决了……"

佐西莫夫提出这些忠告多少又是为了在两位女士面前炫耀自己,然而他说完后,看了看自己病人,发现后者脸上无情的嘲笑,他当然有些尴尬。不过,这仅仅持续了一刹那。普利赫里娅·亚历山德罗夫娜旋即开始感谢佐西莫夫,尤其感谢他昨天深夜还去旅馆探望她们。

"怎么,他昨天夜里去你们那儿了?"拉斯科尔尼科夫问,似乎倏地不安起来。"这么说,你们一路下来也没睡觉?"

"哎呀,罗佳,这都是两点以前的事。我和杜尼娅就是在家里,不到两点也不会睡觉。"

"我也不知道该怎么感谢他,"拉斯科尔尼科夫接着说,突然皱眉,垂下了眼睛,"撇开钱的问题不谈——对不起,我提到了报酬(他转而对佐西莫夫说)——我真不知道,我凭什么让您这样特别关照?简直闹不明白……这……这甚至使我痛苦,因为闹不明白:我这是对您实话实说。"

"您别烦躁,"佐西莫夫勉强堆起笑容,"您就这样想吧,您是我第一个病人。我们医生,凡是刚行医的,都把开头几个病人当作自己孩子一样宠爱,有的几乎都爱上他们了。您知道,我的病人不多。"

"我就不说他了,"拉斯科尔尼科夫指着拉祖米欣补充说,"他也是,除了侮辱和操劳,从我这儿什么也没得到。"

"胡说!你今天太动感情,是不是?"拉祖米欣大声说。

假如他精明一些,他会看到这根本不是太动感情,甚至还是某种完全相反的东西。但阿夫多季娅·罗曼诺夫娜发现了这一点。她不安地注视着哥哥。

"至于您,妈妈,我都不敢说,"他接着说,就像背诵早上背熟的功课,"今天我才多少有点明白,您在这儿,昨天,等我回来的那阵子,有多痛苦。"说完这话,他突然默默微笑着,把手伸给妹妹。然而在这微笑中,这次闪现出一种真诚的、由衷的感情。杜尼娅立刻抓住向她伸出的手,热情地握了握,既兴奋又感激。这是昨天争吵后,他第一次和她招呼。看到兄妹俩无言地彻底和好,母亲脸上顿时充满喜悦和幸福。

"单凭这一点,我就喜欢他!"一向爱夸张的拉祖米欣轻轻说,猛地在椅子上转了个身。"他就有这种举动!……"

"这一切他做得多好,"母亲暗想,"多高尚。瞧他多简单、多巧妙地结束了昨天和妹妹的这场误会——只不过在恰当的时候伸出手,亲热地看一眼……他的眼睛多漂亮,整个面孔多漂亮!……他甚至比杜尼娅都长得好……我的上帝,他穿的什么衣服,那么差!阿法纳西·伊凡诺维奇铺子里的瓦夏,跑腿的,都比他穿得体面!……我真想扑上去,抱住他……大哭一场,不过我怕,我怕……他的模样,上帝!……瞧,尽管他说话挺亲热,我还是怕!我怕什么?……"

"哎呀,罗佳,说出来你都不会相信,"她突然接过话头,赶紧回答他刚才的自责,"我和杜尼娅昨天……有多难受!这会儿全过去了,结束了,我们大家重又幸福——也就可以说了。你想,我们几乎一下火车就奔这儿,想抱着你好好亲亲,这女人——啊,对,就是她!你好,娜斯塔西娅!……她突然告诉我们说,你得了酒狂病,刚才悄悄从医生身边溜走,神志不清,跑到街上去了,还说正在四处找你。我们急成什么样,说出来你也不信!偏偏我又想起波坦奇科夫中尉的惨死,那是我家的熟人,你父亲的朋友——你不会记得他,罗佳——也是酒狂病,也是这样跑出去,结果掉井里了,直到第二天才把他捞上来。我们自然把事情想得更严重。我们本想跑去找彼得·彼得罗维奇,哪怕请他帮个忙也好……因为我们没熟人,谁都不认识。"她可怜地拉长声音,又突然住口,想起现在谈论彼得·彼得罗维奇还相当危险,尽管"大家重又幸福"。

"对,对……这些当然很不愉快……"拉斯科尔尼科夫含糊地回答,然而那么心不在焉,近乎敷衍,杜尼娅惊讶地看了他一眼。

"我还想说什么来着,"他接着说,极力回想着什么,"对了,妈妈,还有你,杜涅奇卡,别以为今天我不想先去看你们,反倒等你们先来。"

"你这是说什么呀,罗佳!"普利赫里娅·亚历山德罗夫娜喊起来,同样感到惊讶。

"他怎么,是不是觉得有义务回答我们?"杜涅奇卡暗想,"和解,道歉,就像做祷告或者背课文。"

"我刚醒,本想去看你们,可惜让衣服给耽误了。我昨天忘了告诉她……娜斯塔西娅……把这血迹洗掉……这会儿刚穿好衣服。"

"血迹！什么血迹？"普利赫里娅·亚历山德罗夫娜着急了。

"这没什么……别担心。这血迹是沾上的，昨天我有些神志不清，在街上瞎逛，碰到一个被马踩伤的人……一个官员……"

"神志不清？你不是全都记得清清楚楚。"拉祖米欣打断他。

"这倒不假，"拉斯科尔尼科夫似乎异常关切地回答，"我全都记得，直到最小的细节，可你瞧：我干吗那么做，干吗去那儿，干吗说那些？连我自己都说不清。"

"这是谁都知道的现象，"佐西莫夫插话，"事情有时做得利索、巧妙，行为的控制、行为的起因却是混乱的，取决于各种病态的印象。就像梦游。"

"他几乎把我看成疯子，也许，这倒更好。"拉斯科尔尼科夫想。

"这倒也是，也许，正常人也会这样。"杜涅奇卡说，不安地望着佐西莫夫。

"有道理，"后者回答，"在这个意义上，确实我们大家常常都跟疯子差不多，只有一个小小的差别，那就是'病人'比我们疯得更厉害，这儿必须划清界限。完全正常的人，确实，几乎没有。几万人，也许几十万人中才碰到一个，即使这样，可以作为例子的也相当勉强……"

说到喜爱的话题，佐西莫夫把什么都忘了，"疯子"二字脱口而出，吓得大家皱起眉头。拉斯科尔尼科夫坐着，似乎根本没在意，一脸沉思，苍白的嘴唇上露出奇怪的微笑。他仍在考虑什么。

"说呀，这个被踩伤的人怎么了？我把你打断了！"拉祖米欣赶紧救场。

"什么？"拉斯科尔尼科夫似乎刚醒，"对……我帮着把他抬到家里，沾了点血……顺便说一下，妈妈，昨天我做了一件不可饶恕的事，确实疯了。昨天我把您转来的钱全给了……他妻子……用作丧葬。

现在她成了寡妇,又有肺病,是个可怜的女人……还有三个幼小的孤儿,没吃没喝……家里空空的……还有一个女儿……也许您看见了,也会给的……不过,我没有任何权利这样做,我承认,特别是我知道,这些钱您是怎么借来的。要救济人家,先得有这样的权利,要不:'死了算啦,狗东西,既然日子难过!'①"他大笑。"是这样吗,杜尼娅?"

"不,不是这样。"杜尼娅果断地回答。

"啊!你也……挺有想法!……"他喃喃着,几乎怀着憎恶看了看她,嘲讽地冷冷一笑。"我应当想到这一点……行,这应当夸奖。你的情况相对好些……你也会走近那条界线的:不跨过去——遭殃,跨过去——也许更遭殃。不过,这些全是胡扯!"他气恼地补充一句,对自己无意的投入深感遗憾。"我只想说,妈妈,请您原谅。"他倏地住口了。

"得了,罗佳,我相信你做的都是好事!"母亲高兴地说。

"您别相信。"他回答,嘴上挂着一丝苦笑。接着便是沉默。一种紧张的气氛贯穿这场谈话的始终,沉默也好,和解也好,道歉也好,这一点大家都感觉到了。

"可不是,好像他们都怕我。"拉斯科尔尼科夫暗想,皱眉看着母亲和妹妹。确实,普利赫里娅·亚历山德罗夫娜越不说话,就越害怕。

"不见面时,我好像深深爱着她们。"这想法倏地闪过他的脑海。

"知道吗,罗佳,玛尔法·彼得罗夫娜死了!"普利赫里娅·亚历山德罗夫娜嘴里突然蹦出这么句话。

"哪个玛尔法·彼得罗夫娜?"

"哎呀,我的上帝,玛尔法·彼得罗夫娜,斯维德里盖洛夫太太!我给你的信里还常常提到她。"

---

① 法语。

"啊—啊—啊,对了,我记得……这么说,她死了? 哎呀,是吗?"

他突然猛地一震,像是醒了。"难道死了? 怎么死的?"

"你想呀,一下子就没了!"普利赫里娅·亚历山德罗夫娜被他一问,顿时来了精神,赶紧说,"恰好是我给你发信的时候,还就是那天! 你想呀,这个恶鬼好像就是她猝死的祸首。据说他把她狠狠打了一顿。"

"难道他们就这样过日子?"他转身问妹妹。

"不,甚至相反。他对她总是很耐心,甚至很客气。许多场合甚至对她的脾气过于迁就,整整七年……这回不知怎的突然不耐烦了。"

"这么说,他根本不是那么可恶,既然忍了七年? 你,杜涅奇卡,好像在为他开脱?"

"不,不,这是个恶鬼! 比他更可恶的我都没法想象。"杜尼娅几乎战栗着回答,双眉紧蹙,陷入沉思。

"他们这事发生在上午,"普利赫里娅·亚历山德罗夫娜赶紧往下说,"在这以后,她立刻吩咐套车,准备用完午餐马上进城,因为每逢这种情况,她总要进城。用午餐时,据说,胃口很好……"

"挨打以后?"

"顺便说说,她一向都有这个……习惯,用完午餐,为了不耽搁出发,立刻去了浴棚……你看,她不知为什么在那儿做浴疗。他们有个冷泉,她天天按时在泉水里洗澡,她一踏进泉水,就中风了!"

"那还不是!"佐西莫夫说。

"他打她厉害吗?"

"这反正一样。"杜尼娅回答。

"嘿! 您真有兴致,妈妈,说这些废话。"拉斯科尔尼科夫突然恼火地说,似乎出于无意。

"哎呀,我的朋友,我是不知道该说什么。"普利赫里娅·亚历山德罗夫娜脱口而出。

"你们怎么,全都怕我是不是?"他问,嘴边挂着一丝苦笑。

"这倒是真的,"杜尼娅说,严厉地正眼看着哥哥,"妈妈上楼时,怕得在身上画十字。"

他的脸仿佛被一阵痉挛扭歪了。

"哎呀,瞧你说的,杜尼娅!你别生气,罗佳……你干什么,杜尼娅!"普利赫里娅·亚历山德罗夫娜尴尬地说,"说实在的,我来这儿,坐在车厢里,一路都在想:我们会怎么见面,怎么把你我知道的事全说了……我那么幸福,连路上有什么都没看见!瞧我说的!我现在也很幸福……你真多嘴,杜尼娅!只要看到你,罗佳,我就幸福了……"

"得了,妈妈,"他尴尬地喃喃着,没有看她,一把握住她的手,"我们有时间好好说话的!"

说到这里,他突然窘住了,脸色发白:不久前那种可怕的,死一样冰冷的感觉,重又掠过他的心头,突然,他重又十分清楚地意识到,他刚才说了一句可怕的谎话,现在他不仅永远不会跟母亲和妹妹好好说话,而且已经永远不会再跟任何人说什么了。这个痛苦的想法是那么强烈,刹那间,他几乎忘了一切,从床上起来,谁也不看,径直朝门外走去。

"你干什么?"拉祖米欣抓住他的手,大叫。

他重又坐下,开始默默环视周围,大家看着他,心里疑惑。

"你们干吗全都这么没劲!"他突然完全出人意料地大叫,"随便说点什么!干吗这么干坐着!说话呀!总得说话呀……来了,又不说话……随便说点什么!"

"感谢上帝!我还以为他又跟昨天一样了。"普利赫里娅·亚历山德罗夫娜画着十字说。

"你干什么,罗佳?"阿夫多季娅·罗曼诺夫娜怀疑地问。

"没什么,想起一件事。"他突然笑了。

"既然想起事了,那就好! 要不,连我也以为……"佐西莫夫含糊地说,一面从床上站起来。"不过,我该走了,也许,我还会弯过来……要是不白跑……"

他行礼告辞,走了。

"一个大好人!"普利赫里娅·亚历山德罗夫娜说。

"对,大好人,好得不能再好,有学问,聪明……"拉斯科尔尼科夫突然说,速度快得出人意料,似乎还异常兴奋,这是直到现在不曾有过的,"我都不记得我原先,生病前,在哪儿见过他……好像在什么地方见过……瞧,这位也是好人!"他朝拉祖米欣点了点头,"你喜欢他吗,杜尼娅?"他问妹妹,旋即不知为什么笑了。

"很喜欢。"杜尼娅回答。

"呸,你真……捣蛋!"拉祖米欣窘得满脸通红,从椅子上站起。普利赫里娅·亚历山德罗夫娜笑了笑,拉斯科尔尼科夫不禁哈哈大笑。

"你去哪儿?"

"我也……该走了。"

"你根本不用走,留下! 佐西莫夫一走,你也要走。别走……几点? 十二点了? 你这块表真讨人喜欢,杜尼娅! 你们怎么又不说话了? 老是我说,我说!……"

"这是玛尔法·彼得罗夫娜送的。"杜尼娅回答。

"特贵。"普利赫里娅·亚历山德罗夫娜加了一句。

"啊—啊—啊! 这么大,几乎不是女表。"

"我喜欢这种大表。"杜尼娅说。

"这么说,不是新郎送的。"拉祖米欣想,不知怎的高兴起来。

"我还以为是卢任送的。"拉斯科尔尼科夫说。

"不是,他还没给杜涅奇卡送过什么。"

"啊—啊—啊！您记得吗，妈妈，我恋爱过，还想结婚。"他突然看着母亲说。他急剧改变话题和他说起这事的语气，都使母亲惊讶。

"哎呀，我的朋友，没错！"普利赫里娅·亚历山德罗夫娜跟杜涅奇卡和拉祖米欣对视了一眼。

"嘿！对！我该跟你们说什么呢？我都不太记得了，她是个病病歪歪的女孩子，"他接着说，似乎突然间重又陷入沉思，垂下眼睛，"一身的病，喜欢周济穷人，一直想进修道院，有一次跟我说起这事，都掉泪了，对，对，我记得……记得太清楚了。她长得实在……不算好看。真的，我不知为什么对她这样眷恋，也许是她一直生病……如果她还是跛子或者驼背，我也许会更爱她……（他若有所思地微微一笑）对……那是一场说不清的春梦……"

"不，这不单单是一场春梦。"杜涅奇卡兴奋地说。

他紧张地凝视了一下妹妹，但没听清，甚至没听懂她的话。随后沉思着站起来，走到母亲面前，吻了吻她，又回到原来的位子坐了。

"你到现在都爱她！"普利赫里娅·亚历山德罗夫娜深受感动地说。

"爱她？现在？哎呀……您说的是她！不，这一切现在就像隔着一个世界……都那么久了。连这一切都不像是在这儿发生的……"

他留神看了看她们。

"就连你们……我也像从千里以外远远望着你们……见鬼，我们干吗说这些！问它干吗？"他恼火地加了一句便住口了，咬着指甲，重又陷入沉思。

"你这房间太糟，罗佳，像棺材，"普利赫里娅·亚历山德罗夫娜突然说，打破难堪的沉默，"我看你一半是因为这房间才变得这样忧郁的。"

"房间？……"他心不在焉地回答。"对，房间是很有关系……我也这样想过……不过,要是您知道就好了,您刚才说了个多怪的想法,妈妈。"他突然补充说,古怪地冷冷一笑。

再有那么一会儿,这团聚,这离别三年的亲人,这绝对无法交谈而又勉强交谈的亲切语气,就会使他绝对无法忍受。然而有件急事,不管怎样,今天一定要解决——那还是早上醒来时他下的决心。现在想起这事他感到很高兴,就像找到了出路。

"是这样,杜尼娅,"他一脸严肃,冷冷地说,"昨天的事我当然请你原谅,但我认为我有责任再次提醒你,在我说的主要问题上,我决不让步。有我没卢任,有卢任没我。就算我是浑蛋,但你不应当是。有一个就够了。如果你嫁给卢任,我马上不认你这个妹妹。"

"罗佳,罗佳!这不又跟昨天一样了,"普利赫里娅·亚历山德罗夫娜伤心地大叫,"你怎么老叫自己浑蛋,这我受不了!昨天也是……"

"哥哥,"杜尼娅坚定地,同样也是冷冷地回答,"在这件事上,你始终犯了一个错误。我想了一夜,找出了你的错误。你似乎以为,我是为某人才把自己当作牺牲品献给某人的。完全不是这样。我嫁人是为我自己,因为我很痛苦。再说,当然,我很高兴,要是能为亲人做点什么,但这不是下决心的主要动机……"

"撒谎!"他想,恶狠狠地咬着指甲。"太傲!不肯承认想做好事!噢,全是庸人!他们连爱都像恨……噢,我真……恨他们!"

"总之,我嫁给彼得·彼得罗维奇,"杜涅奇卡接着说,"是没办法的办法。我准备诚实地去做他希望我做的一切,所以我不会骗他……你干吗冷笑?"

她也激动了,眼睛里倏地闪过一团怒火。

"什么都做?"他问,恶毒地冷笑着。

"做到公认的限度。彼得·彼得罗维奇求婚的作风和做法,都让我立刻明白,他要的是什么。他当然把自己看得很高,也许太高,但我希望他也能看重我……你怎么又笑了?"

"你怎么又脸红了?你撒谎,妹妹,你故意撒谎,仅仅出于女人的固执,好在我面前把一切说得很有道理……你不可能尊重卢任,我见过他,和他说过话。所以,你是为了钱出卖自己,所以,不管怎样,你的做法是卑鄙的,我很高兴,因为至少你还会脸红!"

"不对,我没撒谎!……"杜涅奇卡大叫,失去了原先的冷静,"我不会嫁给他,要是不相信他看重我,珍惜我,不会嫁给他,要是不相信我会尊重他。幸好,我对这些坚信不疑,哪怕今天也是。这样的婚姻不叫卑鄙,像你说的!况且,即使你对,即使我真的决心去做卑鄙的事情,你这样跟我说话不也太狠心了?为什么你像要求英雄一样要求我,这种英雄气质也许连你都没有?这是霸道,这是暴力!如果我会毁了谁,那也只是毁了我自己一个……我还没杀人!……你怎么这样看我?你的脸怎么这样白?罗佳,你怎么了?罗佳,亲爱的!……"

"上帝!你把他气昏了!"普利赫里娅·亚历山德罗夫娜大叫。

"不,不……没事……没什么!……有点头晕。根本不是昏厥……你们老想着昏厥!……嘿!对……我想说什么来着?对,你凭什么今天就相信你会尊重他,相信他会……像你说的,看重你?你好像说了'今天'?还是我听错了?"

"妈妈,把彼得·彼得罗维奇的信拿给哥哥看吧。"杜涅奇卡说。

普利赫里娅·亚历山德罗夫娜哆哆嗦嗦地把信递过来。他饶有兴趣地接了。然而把信打开前,他突然像是惊讶地看了看杜涅奇卡。

"奇怪,"他慢吞吞地说,似乎突然被一个新的想法惊呆了,"我干吗这么操心?干吗大喊大叫?你想嫁谁就嫁谁!"

这话他原来似乎是说给自己听的,但说出了声,有那么一会儿,他看着妹妹,似乎窘住了。

他终于打开信,依然一副诧异的样子,随后慢慢地,留神地读起来,还一连读了两遍。普利赫里娅·亚历山德罗夫娜特别紧张,大家都在等他的反应。

"这真让我奇怪,"他沉思了一会儿,把信还给母亲,谁也不看地说,"他是办案的,律师,连他说话都是……拿腔拿调的,可写出来的文字这么差。"

大家都动了一下,完全没料到竟是这样。

"他们都这样写。"拉祖米欣简捷地说。

"你难道看了?"

"看了。"

"我们给他看的,罗佳,我们……刚才商量了。"普利赫里娅·亚历山德罗夫娜尴尬地说。

"这其实是诉讼体,"拉祖米欣打断他说,"诉状至今都这样写。"

"诉讼体?对,正是诉讼体,状子……不能说写得很差,但也不是很好:状子!"

"彼得·彼得罗维奇并不隐瞒,他没念多少书,甚至吹嘘这路是他自己闯出来的。"阿夫多季娅·罗曼诺夫娜说,对哥哥刚才的语气有些生气。

"行,他既然爱吹,总有东西吹吧,我不反对。妹妹,你好像生气了,因为我从信里得出这样一个轻慢的结论,你以为我心里恼火,故意说些枝微末节的小事挖苦你。其实正好相反,关于文体,现在我头脑里出现了一个绝对不是多余的想法。信上有句话:'只能怨您自己',写得非常醒目,非常清楚,另外还威胁说,如果我来,他马上走。这一走等于就是抛弃你们两个,只要你们不听话,而且是现在,把你们叫到彼得堡后,抛弃你们。你怎么想:卢任的这些话,如果是他(他指了指拉祖米欣),是佐西莫夫,或者是我们中间其他什么人写的,你会不会那样生气?"

"不会,"杜涅奇卡回答,情绪顿时活跃起来,"我明白了,这信写得太幼稚,也许他不大会写信……你这看法很有道理,哥哥。我都没想到……"

"这是诉状的写法,诉状也不可能有别的写法,结果这信也许比他希望的更粗暴。不过,我应当给你泼点冷水:这信里还有一句话,一句诽谤我的话,相当卑鄙。昨天我把钱给了寡妇,她有肺病,又受了致命打击,不是'以丧葬为名',而是直接用作丧葬,不是交给她女儿——照他的写法,一个'品行不端'的女子(我昨天生平第一次看见她),而是给了寡妇。我看他这是迫不及待地想往我脸上抹黑,离间你我关系。况且,写得又像诉状,就是说过于露骨,急迫到了幼稚的地步。他是聪明人,可惜想把事情做得聪明,单靠脑袋聪明是不够的。这些都勾画出一个人的面目……所以,我不认为他非常看重你。我这么说,只是为了警告你,因为真心希望你好……"

杜涅奇卡没回答。她刚才已经做出决定,就等晚上了。

"那你怎么决定,罗佳?"普利赫里娅·亚历山德罗夫娜问,他突然改用严肃的语气,使她比刚才更加不安。

"什么意思:'你怎么决定?'"

"这不,彼得·彼得罗维奇在信上说,晚上你不能在场,要是你来……他马上走,那你怎么决定……来吗?"

"这当然不该由我决定,首先,得由您决定,如果彼得·彼得罗维奇的这种要求,您不生气;其次,得由杜尼娅决定,如果她也不生气。你们认为怎么好,我就怎么做。"他冷冷地补充说。

"杜涅奇卡已经决定,我也完全同意。"普利赫里娅·亚历山德罗夫娜赶紧插话。

"我决定请你,罗佳,请你在这次见面时一定到场,"杜尼娅说,

"你来吗?"

"我来。"

"我也请您八点钟到场,"她转身对拉祖米欣说,"妈妈,我请他也来。"

"太好了,杜涅奇卡。你们怎么决定,"普利赫里娅·亚历山德罗夫娜补充说,"就怎么办。我也省心些,我不喜欢装假、撒谎,我们最好实话实说……现在彼得·彼得罗维奇生气也好,不生气也好,随他!"

## 四

这时,门轻轻打开,一个姑娘怯生生地四下打量着走进房间。大家都朝她转过身,既惊讶,又好奇。拉斯科尔尼科夫没能一眼认出她。这是索菲娅·谢苗诺夫娜·马尔梅拉多娃。昨天他第一次看见她,然而是在那种时候,那种环境,穿的又是那种衣服,因此留在他记忆里的完全是另一个形象。现在这是一个衣着朴素甚至寒酸的姑娘,还很稚嫩,几乎像个女孩,举止谦逊得体,开朗的脸上似乎露出些许惊恐。她穿一件十分简朴的家常衣服,头上戴顶老式的旧帽子,只是手里仍像昨天那样拿着一把伞。突然看到一房间人,她不是窘住了,而是像小孩似的完全没了主意,一副羞怯的样子,甚至做了个后退的动作。

"哎呀……这是您?……"拉斯科尔尼科夫深感诧异,突然,反倒自己不好意思了。

他立刻想到母亲和妹妹已从卢任信里稍稍知道了这个"品行不端"的女子。刚才他还在反驳卢任的诽谤,说他第一次看见这位姑娘,突然,她就来了。他又想起对"品行不端"这个说法,还没作任何反驳。这些全在刹那间模糊地掠过他的脑海。然而仔细看了看后,他突然发现这个被人欺侮的姑娘竟是这样自卑，他突然对她可怜起来。她吓得想逃，他心里像有什么东西翻了个底朝天。

"我压根儿没想到您会来。"他赶紧说，那目光分明让她别走，"请坐，请坐。您大概从卡捷琳娜·伊凡诺夫娜那儿来。对不起，别坐这儿，坐那儿……"

拉祖米欣刚才坐在拉斯科尔尼科夫三张椅子中靠门的那张上。索尼娅进来时，他欠了欠身，好让她过去。起先，拉斯科尔尼科夫想让她坐在沙发角上，原先佐西莫夫坐的地方，但想起这沙发是他床铺，坐在上面显得过于亲昵，赶紧对她指了指拉祖米欣那张椅子。

"你坐这儿。"他对拉祖米欣说，让他坐到佐西莫夫刚才坐过的沙发角上。

索尼娅坐了，吓得几乎发抖，又怯生生地抬眼看了看两位女士。显然，连她自己都不明白，她怎么能和她们坐在一起。待等明白，她吓得突然重又站起，非常尴尬地对拉斯科尔尼科夫说：

"我……我……只待一会儿，对不起，打扰你们了，"她结结巴巴地说，"是卡捷琳娜·伊凡诺夫娜让我来的，她没人能派……卡捷琳娜·伊凡诺夫娜恳求您明天去参加安魂仪式，上午……做日祷时……在米特罗法尼公墓①，随后到我们……到她家里……用餐……千万赏光……她让我求您了。"

索尼娅哽住了，没说下去。

"我一定想办法来……一定，"拉斯科尔尼科夫回答，也欠起身，同样结结巴巴地没把话说完……"请坐，请坐，"他突然说，"我想和您说几句话。请坐，您也许很急，请您给我两分钟……"

他把椅子朝她挪了挪。索尼娅重又坐下，重又胆怯、尴尬地匆匆

---

① 彼得堡一处贫民公墓，用于安葬小官吏、士兵、手艺人和工人。

看了看两位女士,突然垂下眼睑。

拉斯科尔尼科夫苍白的脸倏地红了,他似乎精神一振,眼睛明亮起来。

"妈妈,"他坚定而又执拗地说,"这是索菲娅·谢苗诺夫娜·马尔梅拉多娃,就是那位不幸的马尔梅拉多夫先生的女儿,昨天我亲眼看到他死于车祸,他的情况我已经跟你们说了……"

普利赫里娅·亚历山德罗夫娜注视着索尼娅,稍稍眯起眼睛。尽管被罗佳执拗和挑衅的目光看得心慌意乱,她还是不肯放弃这一乐趣。杜涅奇卡严肃而又留神地径直望着这个穷姑娘的脸,带着疑问,朝她不住打量。索尼娅听到介绍,本想重新抬起眼睛,不料反比原先更不好意思了。

"我想问你,"拉斯科尔尼科夫赶紧发话,"你们那儿今天好吗?有没有人来麻烦你们?……譬如说,警察。"

"没有,都还顺利……明摆着怎么死的,没人麻烦我们,只是房客挺生气。"

"为什么?"

"尸体停放太久……您知道现在天热,有味……所以今天,晚祷前,要抬到公墓去,在小教堂里放到明天。卡捷琳娜·伊凡诺夫娜起先不肯,现在连她自己也看到,这样不行……"

"今天抬过去?"

"她请您赏光出席明天教堂里的安魂仪式,随后到她家里,参加丧宴。"

"她办丧宴?"

"是的,弄点小吃。她一再叮嘱,让我谢谢您,昨天多亏您帮了我们……要不是您,根本没钱下葬。"她的嘴唇和下巴突然开始哆嗦,但她克制着,忍住了,重又垂下眼睑,看着地上。

说话时,拉斯科尔尼科夫凝神打量她。这是一张瘦削,十分瘦削和苍白的脸,很不匀称,轮廓有点尖,鼻子和下巴都是小小、尖尖的。她甚至说不上漂亮,但她的蓝眼睛出奇地明亮,目光炯炯时,她脸上的表情显得那样和善、纯朴,你会情不自禁地对她产生好感。另外,她脸上,甚至身上,有个特点:尽管十八岁了,但她看上去几乎还像个半大孩子,远比自己实际年龄要小,几乎完全是个孩子,这有时甚至可笑地表现在她的一些动作里。

　　"难道卡捷琳娜·伊凡诺夫娜用这么点钱就把事情安排妥了,还能准备小吃?……"拉斯科尔尼科夫问,执拗地把谈话继续下去。

　　"棺材很普通,先生……一切从简,所以,不用很多钱……刚才我和卡捷琳娜·伊凡诺夫娜合计过了,还剩点钱,可以办个丧宴……卡捷琳娜·伊凡诺夫娜特别想办。哪能不办,先生……对她是个安慰……她就是这样,您也知道……"

　　"我懂,我懂……当然……您怎么老看我房间,妈妈也说这房间像棺材。"

　　"昨天您把钱都给了我们!"索涅奇卡突然急速、使劲地低声回答,突然重又低低地垂下眼睛。她的嘴唇和下巴重又开始哆嗦。拉斯科尔尼科夫房间里的陈设早就使她震惊,现在这话突然径自蹦了出来。一阵沉默。杜涅奇卡的眼睛似乎明亮了,普利赫里娅·亚历山德罗夫娜甚至亲切地看了看索尼娅。

　　"罗佳,"她说,一边站起来,"我们自然一块儿用餐。杜涅奇卡,我们走吧……罗佳,你最好出去散散步,再回来休息一下,躺一躺,随后就快些过来……要不我们已经累着你了,我怕……"

　　"对,对,我来,"他回答,一边站起,急着要去什么地方……"不过,我还有事……"

　　"难道你们分开用餐?"拉祖米欣大声说,惊讶地望着拉斯科尔尼

256

科夫，"你这是怎么了？"

"对，对，我来，当然，当然……你再留一下。你们现在用不着他吧，妈妈？也许，是我把他夺走了？"

"不，不！德米特里·普罗科菲伊奇，您也一起过来用餐，您肯赏光吗？"

"请您一定过来。"杜尼娅请求。

拉祖米欣鞠了一躬，浑身上下喜气洋洋。真是怪事，刹那间，大家不知怎的突然窘住了。

"别了，罗佳，就是说再见，我不喜欢说'别了'。别了，娜斯塔西娅……哎呀，又说'别了'！……"

普利赫里娅·亚历山德罗夫娜本来也想和索涅奇卡鞠躬告别，但不知怎的没能这样做，便匆匆出了房间。

但阿夫多季娅·罗曼诺夫娜似乎等着跟索尼娅告别，跟在母亲后面走过她身边时，殷勤而又礼貌地深深鞠了一躬。索涅奇卡不好意思了，赶紧慌张地躬身还礼，脸上甚至现出某种痛苦的表情，似乎阿夫多季娅·罗曼诺夫娜的殷勤和礼貌反倒使她难受，使她痛苦。

"杜尼娅，别了！"到了过道里，拉斯科尔尼科夫大声说，"握握手吧！"

"我不是和你握过手了，忘了？"杜尼娅回答，温柔而又尴尬地朝他转过身。

"那有什么，再握一次！"

他紧紧握了她的手指。杜涅奇卡朝他微微一笑，脸红起来，赶紧把手抽回，跟着母亲走了，不知怎的也是喜气洋洋。

"瞧，真太好了！"他回到自己房间，对索尼娅说，开朗地朝她看了一眼，"愿上帝让死者安息，不过活着的人还得活下去！是吗？是吗？是不是这样？"

索尼娅看着他突然开朗的脸,甚至觉得惊讶。他默默凝视了她一会儿,她亡父说的她那些事,这时突然掠过他的脑海……

"上帝,杜涅奇卡!"一到街上,普利赫里娅·亚历山德罗夫娜便说,"这会儿我似乎觉得高兴,我们出来了,不知怎的松快些了。昨天在火车上,我怎么想得到我会高兴这种事情!"

"我对您再说一遍,妈妈,他还病得很重。难道您没看见?也许,他太想我们,想出病了。应当宽容,这样很多很多事情都可以原谅。"

"你就不肯宽容!"普利赫里娅·亚历山德罗夫娜急躁地当即回敬了一句,"知道吗,杜尼娅,刚才我看着你们两个,你跟他太像了,不但脸像,连脾气都像:你们两个都有忧郁症,两个都忧郁、急躁,两个都高傲、宽厚……他绝不是只顾自己的人吧,杜涅奇卡?啊?……一想到我们今天晚上的事,我连魂都没了。"

"别担心,妈妈,该怎样就怎样。"

"杜涅奇卡!你得想想我们现在的处境!要是彼得·彼得罗维奇拒绝,那怎么办?"可怜的普利赫里娅·亚历山德罗夫娜一不小心,把话说了出来。

"要是那样,他就什么都不配!"杜涅奇卡鄙夷地厉声回答。

"我们现在出来,做得很对,"普利赫里娅·亚历山德罗夫娜赶紧打断她,"他急着去什么地方办事,就让他出去走走,哪怕透透气也好……他的房间太闷……这地方哪儿可以透气?这地方连街上都像没气窗的房间。上帝,这是什么城市!……停,往边上让让,会撞伤人的,抬东西呢!这是抬钢琴,真的……横冲直撞……这个姑娘我也挺怕……"

"哪个姑娘,妈妈?"

"就是这个,索菲娅·谢苗诺夫娜,刚才房间里的……"

"怕什么？"

"我有这种预感，杜尼娅。信不信由你，她一进来，我当时就想，问题主要就在这儿……"

"什么问题也没有！"杜尼娅恼火地大声说，"您那是什么预感，妈妈！他昨天才认识她，刚才进来，他都没认出来。"

"你等着瞧！……她让我不放心，你等着瞧，等着瞧！我真吓坏了：她看着我，看着，那眼神，我在椅子上险些坐不住，记得吗，他开始介绍的时候？我真奇怪：彼得·彼得罗维奇把她写成那样，他反倒把她介绍给我们，还介绍给你！就是说，他喜欢她！"

"管他写什么！我们也被人家说过、写过，忘了，难道？我相信她……是个好姑娘，这些全是胡说！"

"但愿上帝保佑她！"

"彼得·彼得罗维奇是个搬弄是非的小人。"杜涅奇卡突然坚决地说。

普利赫里娅·亚历山德罗夫娜顿时泄气了。谈话中断。

"是这样，我求你件事……"拉斯科尔尼科夫说着把拉祖米欣带到窗边……

"那我告诉卡捷琳娜·伊凡诺夫娜，说您一定来……"索尼娅赶紧说，一边鞠躬告辞，准备走了。

"马上就好，索菲娅·谢苗诺夫娜，我们没有秘密，您不碍事……我还有两句话想跟您说……是这样，"他没说完，仿佛收住话头，突然转身对拉祖米欣说，"你认识这个……叫什么来着！……波尔菲里·彼得罗维奇？"

"那还用说！亲戚。什么事？"拉祖米欣顿时好奇地问。

"他现在不是在办这件案子？就是这件凶杀案……昨天你们说

了……"

"对……怎么啦?"拉祖米欣突然瞪大眼睛。

"他在查问抵押东西的人,我在那儿也有东西押着,对,不值钱,不过,那是妹妹的戒指,我来这儿时,她送给我作纪念的,还有父亲的银表。一共五六个卢布,但对我很珍贵,都是纪念品。我现在该怎么办?我不想让东西丢了,特别是那块表。刚才说到杜涅奇卡的表,我都心跳,怕母亲要看那块表。父亲身后就留下这件东西。要是丢了,她会病倒的!女人!所以,怎么办,你教教我!我知道应当报告警察局。不过报告波尔菲里本人不更好,啊?你怎么想?这事得尽快办。等着瞧吧,用餐前妈妈准会问的!"

"绝对不要报告警察局,得找波尔菲里!"拉祖米欣异常激动地说,"行,我真高兴!干吗在这儿站着,我们这就走,只两步路,准能碰到!"

"好吧……我们走……"

"他会非常,非常,非常高兴跟你认识!我跟他说过你的许多事情,前前后后好几次……昨天也说过。我们走……这么说你认识老太婆?就是!……这太—好了!……哎呀……索菲娅·伊凡诺夫娜……"

"索菲娅·谢苗诺夫娜,"拉斯科尔尼科夫纠正说,"索菲娅·谢苗诺夫娜,这是我朋友,拉祖米欣,是个好人……"

"要是你们现在得出去……"索尼娅说,根本没敢朝拉祖米欣看一眼,因此越发显得尴尬。

"我们一起走!"拉斯科尔尼科夫决定,"今天我会去您那儿的,索菲娅·谢苗诺夫娜,请告诉我,您住哪儿?"

倒不是他说话颠三倒四,无非像是急着出去,还躲着她的目光。索尼娅说了自己的地址,脸都红了。大家一起走出去。

"你难道不锁门?"拉祖米欣问,跟着他们从楼梯上下来。

"从来不锁!……不过我一直想买把锁,都两年了,"他随口加了一句,"没什么可锁的人不是很幸福吗?"他笑着对索尼娅说。

到了街上,他们在大门口停下。

"您往右走,索菲娅·谢苗诺夫娜? 顺便问问,您是怎么找到我的?"他问,似乎希望对她说的完全是另一回事。他一直想看看她那双温柔、明亮的眼睛,不知怎的一直没能看清……

"您昨天不是把地址告诉波列奇卡了?"

"波莉娅? 啊,对……波列奇卡! 这是……小……这是您妹妹? 我把地址告诉她了?"

"难道您忘了?"

"不……我记得……"

"我早就听爸爸说起过您……只是当时不知道您姓什么,连他自己都不知道……现在我是找来的……昨天听说您姓什么……今天一问就行:拉斯科尔尼科夫先生住这儿什么地方? ……我不知道您也是租房的……再见,先生……我告诉卡捷琳娜·伊凡诺夫娜……"

她极高兴,因为终于脱身了。她低头匆匆走着,希望尽快从他们视线中消失,尽快走完这二十步,然后向右,拐到大街上,好最后剩下她一个人,到了那里,她就顾自赶路,谁也不看,什么都不管,静静地思忖、回忆,琢磨刚才说的每一句话、每一个情景。她从未,从未有过类似的感觉。整整一个新世界神秘而又朦胧地出现在她心中。突然,她想起拉斯科尔尼科夫今天要去她那儿,也许还是上午,也许就是现在。

"但愿不是今天,千万别是今天!"她喃喃着,心里发慌,仿佛受惊的孩子求人似的。"上帝! 去我那儿……这房间……他会看见的……噢,上帝!"

当然,这时她不会发现有个陌生的先生紧紧跟着她,一路都在注意她的行踪。从她走出大门起,便一路跟踪着。他们三个,拉斯科尔尼科夫、拉祖米欣和她,站在人行道上说话,这位行人从他们身边经过,无意中听到索尼娅说:"我问:拉斯科尔尼科夫先生住在什么地方?"突然像是打了个哆嗦。他迅速而又留神地对三个人扫了一眼,尤其注意正在和索尼娅说话的拉斯科尔尼科夫。然后看了看那幢房子,记住了它。这一切都是瞬间完成的,行人甚至没有停步,接着他又尽量不露痕迹地朝前走去,放慢脚步,似乎在等什么人。他等的是索尼娅。他看见他们分手,索尼娅这就要回家去了。

"她住哪儿?我像在什么地方见过这张脸,"他想,竭力回忆着索尼娅的脸……"得弄清楚。"

走到拐角上,他穿过马路,回头看了看,发现索尼娅已经跟在他后面过来了,走的也是这条路,什么也没觉察。她到了拐角处,恰好也拐到这条街上。他跟在后面,从对面人行道上盯着她,走了五六十步后,他重又回到索尼娅走的这一边,追上来,跟在她后面,始终保持五步的距离。

这人五十岁左右,中高个子,相当壮实,前倾、宽阔的肩膀,所以有点拱背。他的衣着既讲究又舒适,看上去像个神气的老爷。他拿根漂亮的手杖,走一步,便用手杖往人行道挂一下,手上还戴着新手套。他那颧骨凸出的宽大脸膛相当讨人喜欢,脸色极好,这种脸色彼得堡人根本没有。他的头发相当浓密,颜色很浅,中间稍稍夹着几根银丝,一部宽阔浓密的络腮胡子,形状就像铲子,颜色比头发还浅。他的眼睛呈蓝色,目光冷冰冰的,专注中透着沉思,嘴唇鲜红。总之,这是个很会保养的人,看上去比他的实际年龄要小许多。

索尼娅走到滨河街时,人行道上只有他们两人。他观察她,发现她心事重重。走到自己那幢房子门口,她朝右角那道通往她房间的楼梯走去。"哈!"陌生的老爷不禁轻轻喊出声来,随即跟着她上了楼梯。直到这时,索尼娅才注意到他。她上了三楼,拐到过道里,拉了拉九号的门铃,房门上用粉笔写着"裁缝卡佩尔纳乌莫夫"。"哈!"陌生人又轻轻喊出声来,对奇怪的巧合感到诧异,随后拉了拉旁边八号的门铃。两道门相隔大约六步。

"您住卡佩尔纳乌莫夫家!"他看着索尼娅,笑嘻嘻地说,"昨天他给我改了件背心。我就住这儿,您隔壁,房东是雷斯利赫太太,格尔特鲁达·卡尔洛夫娜。太巧了!"

索尼娅留神看了看他。

"邻居,"他不知怎的异常高兴地说,"我来彼得堡才两天。好,再见。"

索尼娅没回答。门开了,她悄悄走进自己房间。不知为什么她觉得害臊,似乎她胆怯了……


拉祖米欣去找波尔菲里,一路上异常兴奋。

"老兄,这太棒了,"他接着说了几次,"我真高兴! 我真高兴!"

"你高兴什么?"拉斯科尔尼科夫想。

"我都不知道你也在老太婆那儿抵押过东西。这……这……有多久了? 就是说你去她那儿有多久了?"

"真是天真的傻瓜!"

"多久了? ……"拉斯科尔尼科夫稍稍停了一下,竭力回想着,"好像她死前两三天我去过她那儿。不过,我现在不是去赎东西的,"他赶紧说,似乎特别关心两件东西,"你也知道,我身边又只剩一个银卢布了……都是昨天那阵子该死的糊涂! ……"

糊涂两个字他说得特别使劲。

"对,对,对,"拉祖米欣赶紧说,不知道在附和什么,"所以你当时……多少受了打击……知道吗,你连糊涂时也一直念叨着什么戒指,表链! ……对,对……这就清楚了,现在全清楚了。"

"怎样！这想法都在他们中间传开了！瞧,这人都肯为我上十字架,所以他很高兴,因为事情清楚了,为什么我糊涂时老念叨戒指!瞧,他们都记着! ……"

"我们能碰到他吗?"他问。

"能碰到,能碰到,"拉祖米欣赶紧回答,"老兄,这是个讨人喜欢的小伙子,你等着瞧吧! 不大灵活,就是说尽管他是场面上人,但我说不大灵活是另一个意思。这人聪明,聪明,绝对不笨,只是思想方法有点特别……从不轻信别人,多疑,无耻……喜欢骗人,也不是骗人,喜欢拿人开心……办事还是那套只重物证的老办法……不过懂行……他办过一件案子,去年,也是凶杀,几乎所有的线索都断了! 他非常、非常、非常希望结识您!"

"干吗非常希望结识我?"

"也不是……你看,最近,也就是你病倒后,我反复提起你……他都听了……知道你学法律,没能结业,因为条件关系,便说:'可惜了!'所以我断定……也就是这些全都加在一起,不单是根据这一点。昨天扎梅托夫……瞧,罗佳,昨天我醉醺醺地尽说胡话,回家路上……老兄,我怕你当真,瞧……"

"你这是指什么? 人家把我当疯子? 对,也许没错。"

他勉强地冷冷一笑。

"对……对……呸,不对! ……凡是我说的(包括其他一些事),都是胡话,都是喝酒喝多了。"

"你干吗道歉! 这些我都腻了!"拉斯科尔尼科夫发火了,不过他多少有些装假。

"知道,知道,我懂。你尽管放心,我懂。连说出来都害臊……"

"既然害臊,就别说!"

两人都不作声。拉祖米欣欣喜若狂,拉斯科尔尼科夫厌恶地感到了这一点。拉祖米欣刚才对波尔菲里的介绍也使他不安。

"对这个人也要唱唱拉撒路①，"他想，脸色发白，心怦怦直跳，"还要唱得自然些。最自然是什么也不唱。强迫自己什么也不唱！不，**强迫**就不自然了……这会是什么结果……到时候看……现在……我去，究竟好还是不好？等于飞蛾扑火。心怦怦跳，这可不好！……"

"就住这灰房子里。"拉祖米欣说。

"最要紧的是波尔菲里知不知道我昨天去过老太婆屋里……还问起那摊血？这得一下子摸准了，一进门就从他脸上摸准了，要——不……哪怕完蛋，也得摸准了。"

"知道吗?"他突然狡黠地笑着对拉祖米欣说，"老兄，我今天发现你从早上开始就特激动？是吗？"

"激动什么？我根本不激动。"拉祖米欣一怔。

"不，老兄，真的，看得出来，你刚才坐在椅子上的模样就跟平时不同，不知怎的只坐一点儿，还直打哆嗦。常常没来由地跳起来。一会儿生气，一会儿突然又不知为什么脸变得像糖一样甜。都脸红了，特别是请你用餐那会儿，脸红得什么似的。"

"我没什么，看你胡说！……你这是什么意思？"

"我说你像小学生，躲躲闪闪！嘿，见鬼，他又脸红了！"

"你简直是猪！"

"你干吗那么尴尬？罗密欧！等等，这我今天在什么地方还会说，哈—哈—哈！让妈妈开开心……也让另一位开开心……"

"听着，听着，听着，这可是说正经的，这可是……你这样做算什么，见鬼！"拉祖米欣彻底慌了，吓得手脚冰凉。"你跟她们说什么？

---

① 乞丐拉撒路出自《圣经》的一则寓言。古代乞丐行乞常唱《可怜的拉撒路》。此处意为假装不幸。

我,老兄……嘿,你这头猪!"

"简直是朵春天的玫瑰! 要是你知道,这比方对你有多合适: 十俄寸的罗密欧①。看你今天洗得多干净,连指甲也洗了,啊? 什么时候有过这种事? 上帝,你抹过发蜡! 低头试试!"

"猪!!!"

拉斯科尔尼科夫笑得,似乎,根本忍不住,他就这样大笑着进了波尔菲里·彼得罗维奇的住所。这正是拉斯科尔尼科夫所需要的:房间里可以听到他们是笑着进来的,到了前室,他们还在哈哈大笑。

"这儿你可一句话都不许说,要不我就……揍你!"拉祖米欣发疯似的悄悄说,一把抓住拉斯科尔尼科夫的肩膀。


# 五


拉斯科尔尼科夫已经走进房间,他进门的样子就像使劲憋着,无论怎样不让自己笑出声来。跟着进来的是恼羞成怒,脸红得像芍药,高大、别扭的拉祖米欣。他的脸和整个模样,这时确实令人发笑,也为拉斯科尔尼科夫的笑做了解释。拉斯科尔尼科夫不等介绍,就对站在房间中央,询问地看着他们的主人鞠了一躬,和他握了握手,一边仍明显地竭力抑制自己的喜悦,好至少说两三句话,自我介绍一下。但他刚刚摆出一副严肃的样子,含糊地说了什么,突然,似乎情不自禁,又朝拉祖米欣看了一眼,便再也忍不住了:强忍的笑声冲口而出,而且刚才越是忍得厉害,现在就越是笑得欢畅。听着这"由衷"的笑声,拉祖米欣气疯了,这使整个场面看起来当真十分愉快,并且主要是十分

---

① 即二俄尺十俄寸,一点八四米。

266

自然。拉祖米欣似乎还故意配合了一下。

"见鬼!"他一声吼叫,一挥手,正好打在放着空茶杯的小圆桌上。一切都飞起来,乒乓乱响。

"干吗拿桌子出气,先生们,造成国库损失①!"波尔菲里·彼得罗维奇高兴地大叫。

于是出现这样的场面:拉斯科尔尼科夫仍在大笑,忘了自己的手还握在主人手里,但他知道分寸,等着自然地尽快收场的机会。拉祖米欣被翻倒的小桌和打破的玻璃杯弄得十分尴尬,阴郁地看着杯子碎片,啐了一口,倏地转身走到窗前,背对大家,双眉锁成一个可怕的结,望着窗外,但什么也没看见。波尔菲里·彼得罗维奇哈哈笑着,也愿意笑下去,但他显然需要解释。墙角的椅子上坐着扎梅托夫,客人进来时,他起身站着等候,张嘴像在微笑,但又带着困惑,甚至似乎带着怀疑看着这一场面,他看拉斯科尔尼科夫时,甚至有些慌张。扎梅托夫在场,出乎拉斯科尔尼科夫的意料,使他不快,震惊。

"这还得弄弄明白!"他想。

"对不起,"他开口了,竭力装出不好意思的样子,"拉斯科尔尼科夫……"

"哪儿的话,非常高兴,也很高兴您这样进来……怎么,他连招呼都不想打?"波尔菲里·彼得罗维奇朝拉祖米欣点了点头。

"真的,我不知道他干吗对我发火。我只是在路上对他说,他像罗密欧,还……还证明了,好像没别的。"

"猪!"拉祖米欣头也不回地回答。

"既然为一句话那么生气,看来,一定有非常重要的原因。"波尔菲

---

① 出自果戈理的《钦差大臣》。

267

里哈哈大笑。

"去你的！还侦查员呢！……你们这些家伙都见鬼去！"拉祖米欣狠狠地说，突然连他自己都笑了，一脸高兴，好像什么也没发生似的走到波尔菲里·彼得罗维奇面前。

"够了！全是傻瓜。说正经的：这是我朋友，罗季昂·罗曼内奇·拉斯科尔尼科夫，第一，久闻大名，想和你认识一下，第二，有件小事想麻烦你。咦！扎梅托夫！你怎么在这儿？难道你们认识？结交很久了？"

"这又是怎么回事！"拉斯科尔尼科夫不安地想。

扎梅托夫似乎尴尬了，但不是很尴尬。

"昨天在你家里认识的。"他随便地说。

"这么说，上帝让我省心了：上星期他还拼命求我把他介绍给你，波尔菲里，结果你们不用介绍就勾搭上了……你的烟在哪儿？"

波尔菲里·彼得罗维奇一副家常装束，穿着睡袍，里面是一套相当干净的内衣，脚上一双后跟歪斜的便鞋。这是个三十五岁左右的中年人，个子中等偏矮，胖胖的，还稍稍腆着肚子，脸刮得很干净，嘴唇和两边鬓角上都没胡子，又大又圆的脑袋剃得精光，后脑勺不知怎的还特别突出。肥胖的、有些翘鼻子的圆脸现出病态，又黑又黄，但相当精神，甚至带着嘲讽。这脸算是和善的，如果没有眼神的干扰：他的说不清什么颜色的眼睛闪着浅淡的光，还遮着几乎白色的，不住眨动的睫毛——像是在给什么人使眼色。这双眼睛的目光，与甚至有点婆娘状的整个体形，不知为什么怪怪的，极不协调，使他远比初看时所能预料的来得严肃。

波尔菲里·彼得罗维奇一听客人有件"小事"麻烦他，当即请他坐到沙发上，自己坐到沙发另一端，眼睛盯住客人，等他立刻说明来意，表情专注，甚至过于认真，很让客人觉得难受和尴尬，尤其是您初次来

波尔菲里·彼得罗维奇（杰·什马里诺夫绘，1955 年）

访,与主人素不相识,何况您说的事,按您自己的看法远远不配接待您的那份郑重。但拉斯科尔尼科夫几句话便说清了自己的来意,他对自己很满意,甚至还趁机把波尔菲里好好打量了一番。波尔菲里·彼得罗维奇一直目不转睛地看着他。坐在桌子对面的拉祖米欣热情而又急切地听着,眼睛在两人身上看来看去,明显有失礼貌。

"傻瓜!"拉斯科尔尼科夫在心里暗暗骂他。

"您应当向警察局递一份声明,"波尔菲里回答,一副公事公办的模样,"说您获悉某案,也就是这件凶杀案后,敬请通知经办此案的侦查员,某些物品属于您,您愿意赎回……或者……不过,他们会通知您的。"

"问题就在这儿,"拉斯科尔尼科夫尽量装出尴尬的模样,"眼下我手头不宽裕……连这样的小东西也没法赎回……您看,我的意思是现在仅仅声明一下,这些东西是我的,等我有钱了……"

"这反正一样,"波尔菲里·彼得罗维奇回答,冷冷地听完他对经济状况的解释,"不过,如果您愿意的话,也可以直接写给我,也是那意思,就说获悉某案后,声明某些物品是我的,敬请……"

"这就写在普通纸上?"拉斯科尔尼科夫赶紧打断他,重又关心提交声明的费用。

"噢,写在最普通的纸上,先生!"突然波尔菲里·彼得罗维奇不知怎的带着明显嘲讽的神色看了看他,眯起眼睛,好像还朝他眨了眨。不过,这也许只是拉斯科尔尼科夫的错觉,因为仅仅是一刹那的事。但至少有过这事。拉斯科尔尼科夫可以对上帝发誓,对方朝他眨了眨眼睛,鬼知道为什么。

"他知道!"这想法闪电似的掠过他脑海。

"真对不起,这样的小事还来麻烦您,"他说,愣了一下,"我那些东西不过就是五卢布,不过,对我特别宝贵,都是对东西主人的怀念。

不瞒您说,听到出事,我都吓坏了……"

"怪不得昨天我对佐西莫夫无意中说起,波尔菲里在查问抵押东西的人,你都跳起来了!"拉祖米欣显然有意插了一句。

这简直让人受不了。拉斯科尔尼科夫不禁用燃起怒火的黑眼睛狠狠瞪他一下。但旋即恢复常态。

"老兄,你好像在嘲笑我?"他对拉祖米欣说,机灵地装出恼火的样子,"我同意,也许我太关心你眼里的这些破烂,但总不能凭这一点就认为我自私、吝啬吧,在我眼里这两件不值钱的东西也许根本不是破烂。我刚才已经对你说了,这块不值钱的银表是我父亲唯一的遗物。你可以嘲笑我,但我母亲来了,"他突然转向波尔菲里,"万一她知道,"他又赶紧转向拉祖米欣,尽量用发抖的声音说,"这表丢了,我敢发誓,她会伤心的!女人!"

"根本不对!我根本没那意思!我正好相反!"拉祖米欣苦恼地大叫。

"好吗?自然吗?不过分?"拉斯科尔尼科夫暗想,心怦怦直跳。"干吗说'女人'?"

"您母亲来了?"波尔菲里·彼得罗维奇不知为什么打听说。

"对。"

"这是什么时候,先生?"

"昨天晚上。"

波尔菲里沉默了一会儿,似乎在思考。

"您的东西说什么也不会丢,"他平静而又冷峻地说,"要知道我在这儿已经等您好久了。"

他好像没事似的,殷勤地把一只烟灰缸放到拉祖米欣面前,因为后者毫不留情地把烟灰弹在地毯上。拉斯科尔尼科夫打了个哆嗦,但波尔菲里似乎根本没看他,始终担心着拉祖米欣的烟灰。

"什么—么？等他！你难道知道他也在那儿押过东西？"拉祖米欣大叫。

波尔菲里·彼得罗维奇直接对拉斯科尔尼科夫说：

"您的两件东西，戒指和表，在她那儿是用一张纸包在一起的，纸上用铅笔清楚地写着您的名字，还写着几月几号她收了您这些东西……"

"您怎么这样仔细？……"拉斯科尔尼科夫不自然地笑了笑，直勾勾看着他的眼睛，但又忍不住突然补充几句，"我刚才所以这么说，是因为抵押东西的人肯定很多……您很难把他们全记住……事实恰恰相反，您把他们全都记得清清楚楚……而且……而且……"

"愚蠢！差劲！我干吗说这些！"

"现在几乎所有抵押东西的人都露面了，就你一个没有光临。"波尔菲里略带嘲笑地回答。

"我身体不太好。"

"这我也听说了，先生。甚至听说不知为什么，您很不愉快。您好像现在也很苍白？"

"一点不苍白……相反，我很健康！"拉斯科尔尼科夫突然变换口气，粗野而又恶狠狠地说。他火气越来越大，压都压不住。"火头上肯定说错话！"他脑海里又是一闪。"他们干吗折磨我！"

"不很健康！"拉祖米欣接过话头，"听他胡说！直到前天，他差不多一直没知觉，尽说胡话……你相信吗，波尔菲里，他刚能起床，我们，我和佐西莫夫，昨天才转个身的工夫——他就穿好衣服，悄悄溜了，不知在什么地方几乎逛到半夜，我告诉你，这是神志不清，你能想象！奇闻！"

"真的**神志不清**？您倒说说！"波尔菲里像女人似的摇了摇头。

"哎，胡说！您别信！其实您本来就不信！"拉斯科尔尼科夫窝了一肚子火,脱口而出。这话尽管蹊跷,但波尔菲里·彼得罗维奇似乎没听清。

"要是神志清醒,你怎么会出去?"拉祖米欣突然激动了。"出去干吗? 去做什么? ……为什么偷偷出去? 你当时有脑子吗? 现在危险过去了,我可是对你实话实说!"

"他们昨天让我烦透了,"拉斯科尔尼科夫突然对波尔菲里说,讪笑中带有露骨的挑衅,"所以我躲开他们租房去了,好让他们找不到我,身上还带了一大笔钱。这不,扎梅托夫先生见过这笔钱。怎么,扎梅托夫先生,昨天我神志清醒不清醒,您来解决一下这个问题?"

这会儿他大概会活活掐死扎梅托夫。后者的目光和沉默使他异常厌恶。

"我看您昨天说话很有条理,甚至还很巧妙,就是火气太大。"扎梅托夫干巴巴地说。

"今天尼科季姆·福米奇告诉我说,"波尔菲里·彼得罗维奇插话,"他昨天遇到您都很晚了,在一个被马踩伤的官员家里……"

"这不,就说这官员吧!"拉祖米欣接过话头,"你在这官员家里不就像个疯子? 把钱全给寡妇办丧事! 这不,你想帮她——给她十五,给她二十,这不,哪怕给自己留三卢布也好,可你把二十五卢布全给了人家!"

"也许,我在什么地方找到了宝藏,你还不知道? 这不,我昨天就大方了一次……瞧,扎梅托夫先生知道我找到宝藏了! ……真对不起,"他嘴唇哆嗦着对波尔菲里说,"我们拿这些小事打扰了您半小时。挺讨厌,啊?"

"哪能呢,恰恰相反,恰—恰—相反! 您要是知道,您让我多感兴趣! 连坐在边上听听都挺有趣……不瞒您说,我很高兴,您终于光临了……"

273

"哪怕上杯茶吧！喉咙干！"拉祖米欣大叫。

"好主意！也许，大家都会陪你。不想来点儿……更要紧的①，喝茶前？"

"去你的！"

波尔菲里·彼得罗维奇吩咐备茶去了。

种种想法旋风似的在拉斯科尔尼科夫脑海里飞舞。他火透了。

"主要是他们毫不隐瞒，甚至不想客套！既然你根本不认识我，怎么会跟尼科季姆·福米奇谈起我？可见，他们不想隐瞒，他们像群狗似的盯着我！居然公开朝我脸上啐唾沫！"他气得发抖。"要揍就揍，别像猫捉老鼠一样玩我。这不礼貌，波尔菲里·彼得罗维奇，也许，我还不让您玩呢，先生！……我这就站起，当着大家的面，把真相全抖搂了，让你们看看，我根本瞧不起你们！……"他费劲地喘了口气。"万一这只是我的错觉怎么办？万一这是幻影，我全错了，因为没经验，乱发火，演不了我想演的卑鄙角色，怎么办？也许，这些都不是故意的？他们的话都很平常，但又像话里有话……这一切任何时候都能说，但又像有点什么。为什么他直接说'在她那儿'？为什么扎梅托夫加了一句，说我说话**巧妙**？为什么他们用这种口气说话？对……口气……拉祖米欣也坐在这儿，为什么他一点没感觉？这个天真的笨蛋永远对什么都没感觉！又发疟疾了！……刚才波尔菲里是不是朝我眨眼睛了？对，没有的事，干吗眨眼睛？想刺激我的神经，还是逗我？要不全是幻觉，要不他们**知道**！……连扎梅托夫都那么放肆……扎梅托夫放肆吗？一夜间，扎梅托夫想法变了。我早就预感到，他会改变想法！他在这儿像是自己人，其实，他也是第一次来。波尔菲里没拿他当客人，背朝他坐着。勾搭上了！肯定是为**我的事**勾搭上的！我们进来前

---

① 指酒。

274

肯定在谈我的事！……他们知不知道我去看过房子？快了结吧！……我说昨天溜出去租房,他没在意,没追问……我这可是把房子的事巧妙地插进去了,以后肯定有用！……他们说我神志不清！……哈,哈,哈！昨天晚上的事他完全知道！反倒是母亲来了不知道！……老妖婆连日期都用铅笔写了！……胡说,我不会上当！要知道这还不是证据,这只是猜测！不,你们得拿出证据！看房也不是证据,那是神志不清。我知道得跟他们说什么……他们到底知不知道我去看过房子？不弄明白我就不走！我干吗来了？我现在挺火,这也许倒是证据！呸,我怎么火气这么大！也许,这反倒好,扮演病人……他在试探我。把我搞糊涂。我干吗来了？"

这一切闪电般掠过他脑海。

波尔菲里·彼得罗维奇转眼就回来了,他突然不知怎的高兴起来。

"老兄,昨天从你那儿回来,我的头……唉,我像是浑身散了架。"他换了一种口气,笑着对拉祖米欣说。

"怎么,来劲吗？昨天我是在最来劲的时候撇下你们走的？谁赢了？"

"谁也没赢,自然。最后争到古老的问题上去了,像在天上飞。"

"你想想看,罗佳,昨天争到什么问题上去了:究竟有没有犯罪？我告诉过你,尽胡说,荒唐透顶！"

"这有什么奇怪的？普通的社会问题。"拉斯科尔尼科夫心不在焉地回答。

"问题不是这么提的。"波尔菲里说。

"不完全是,这不假,"拉祖米欣立刻同意,像平常一样匆忙而又急躁,"我说,罗季昂,你先听着,然后再发表自己的意见。我希望这样。昨天我拼命跟他们争,就等你来。我跟他们说了,你要来……

275

从社会主义者的观点争起来的。这观点大家都知道：犯罪是对社会结构不合理的抗议①——就是这样，没别的，没别的理由——没有！……"

"这是你胡说！"波尔菲里·彼得罗维奇大叫。他显然变得活跃了，看着拉祖米欣不时发笑，笑得对方越来越恼火。

"没别的理由！"拉祖米欣激动地打断他，"我没胡说！……我可以把他们的书拿给你看，他们认为一切都是'环境所迫'，没别的！这是他们喜欢的说法！从这里直接得出一个结论，如果社会结构合理，犯罪就会一下子全都消失，因为没什么可以抗议了，转眼间大家都成了好人。天性是不考虑的，天性给排斥在外，天性根本就不应该有！在他们那儿，不是人类通过**自身**发展的历史道路，自然地，最终形成合理的社会，而是相反，社会制度从某个数学头脑里一经产生，就会安排好人类的一切，转眼间就会使整个人类变得奉公守法，这可以超越任何自身发展过程，不必经历任何自身发展的历史道路！② 所以他们这样本能地厌恶历史：'历史就是丑恶和愚蠢'——一切都被说成愚蠢！所以，他们这样厌恶活的生活过程：不要**活人**！活人要生活，活人不听机械支配，活人可疑！活人保守！这儿尽管有些死气沉沉，人用橡胶做也行——好在不是活人，没有意志，只是奴隶，不会造反！结果是他们把一切仅仅归结为砌砖和法朗吉大厦③里走廊和房间的配置！法朗吉大厦造好了，可惜住法朗吉大厦的人你们没有，人要活，人还没有走完生命历程，进坟墓还早！单凭逻辑甭想跨越天性！逻辑只能预测

---

① 据俄国学者考证，俄国作家车尔尼雪夫斯基在《怎么办？》中，英国空想社会主义者罗伯特·奥恩（1771—1858）在《人的性格的形成》中持这种观点。

② 指空想社会主义者傅立叶在论文《关于四种运动和普遍命运的理论》和圣西门在论文《万有引力札记》中所持的观点。

③ 空想社会主义者傅立叶设想的和谐社会的基层单位。

三种情况,情况却有千千万万! 撇开千千万万,把一切仅仅归结为是不是舒适! 这是解决问题最容易的办法! 挺诱人,挺明白,还不用动脑筋! 主要是不用动脑筋! 生活的奥秘写上两个印张就全了!"

"这不,来劲了,战鼓咚咚! 得让他住手,"波尔菲里笑了,"您想,"他朝拉斯科尔尼科夫转过身,"昨天晚上也这样,一个房间,六条嗓子,他还先灌了大伙儿许多潘趣酒——您能想象吗? 不,老兄,你错了:'环境'对犯罪有很大影响,这我可以向你证明。"

"我也知道有很大影响,不过你倒说说,一个四十多岁的男人奸污一个十岁的小姑娘——是不是也是环境迫使他这样做的?"

"那又怎样,严格地说,这大概也是环境,"波尔菲里盛气凌人地说,"对小姑娘的犯罪甚至非常、非常容易用'环境'来解释。"

拉祖米欣几乎气疯了。

"要不要我现在就给你**证明**,"他吼起来,"你的睫毛是白的,唯一的原因是伊凡大帝钟楼高三十五俄丈,证明得清楚、准确、进步,甚至带点自由主义色彩? 我干! 怎样,咱们打赌!"

"打赌! 我们听听,他究竟怎么证明!"

"这不,老是装腔作势,见鬼!"拉祖米欣吼着跳起来,挥了挥手。"值得跟你说吗! 他这么说全是故意的,你还不了解他,罗季昂! 昨天他也站在他们一边,就想耍弄大家。昨天他都说了些什么,上帝! 他们听了还挺高兴! ……要知道他每次装假,每次都会坚持两星期。去年不知为什么硬说他要去当修士,一连两个月不改口! 不久前又心血来潮,硬说他要结婚,什么都准备好了,连新衣服都做了。我们向他表示祝贺。不料没有新娘,什么都没有: 全是假的!"

"胡说! 衣服我是以前做的。有了新衣服,我才想到可以骗骗你们。"

"您当真那么喜欢装假?"拉斯科尔尼科夫漫不经心地问。

“您以为不是？等着，我也会让您上当的——哈，哈，哈！不，先生，我要把真相全都告诉您。说到犯罪啦，环境啦，小姑娘啦，诸如此类的种种问题，倒让我想起您的一篇文章。不过这篇文章一直使我很感兴趣。《论犯罪》……要不，您在那儿叫它什么来着，我忘了标题，不记得。两个月前我在《定期言论》上拜读过您的文章。”

　　“我的文章？登在《定期言论》上？”拉斯科尔尼科夫惊讶地问，“我确实在半年前，辍学后，写过评论某本书的文章，但我当时把它送到《每周言论》去了，不是《定期言论》。”

　　“结果登在《定期言论》上。”

　　“《每周言论》停办了，所以当时没登……”

　　“这倒不假，《每周言论》停办后，并给了《定期言论》，所以您的文章两个月前在《定期言论》上登了。您不知道？”

　　拉斯科尔尼科夫确实什么都不知道。

　　“怎么会呢，您都可以向他们要稿费！您这是什么性格！那样闭塞，跟您直接有关的事都不知道。这可是事实。”

　　“好，罗季卡！连我都不知道！”拉祖米欣大叫。“今天我就去阅览室要那份报纸！两个月前？几号？反正我能找到！真没想到！他还不说！”

　　“您怎么知道这文章是我写的？署名只有一个字母。”

　　“我是偶然知道的，就这几天。通过编辑，我认识……我非常感兴趣。”

　　“我记得，我探讨了罪犯在整个犯罪过程中的心理状态。”

　　“是的，您坚持认为犯罪总是伴随着心理疾病。很有见地，很有见地，不过……我感兴趣的其实不是文章的这一部分，而是文章末尾您一笔带过的想法，可惜您只是暗示一下，没写清楚……总之，如果您还记得的话，您暗示说，似乎世界上有这样一些人，他们可以……不是可

278

以,而是完全有权胡作非为,有权犯罪,适用他们的法律似乎还没制定。"

对自己思想的这种肆意歪曲,拉斯科尔尼科夫只是冷冷一笑。

"怎么?你说什么?有权犯罪?不是'环境所迫'?"拉祖米欣甚至有些惊恐地问。

"不,不,不完全是'环境所迫',"波尔菲里回答,"问题是在他的文章里,不知怎的,人被分成两种:'常人'和'超人'。常人应该规规矩矩,无权犯法,因为他们,看到没有,都是常人。超人就不同了,他们有权任意犯罪,任意犯法,因为他们是超人。您好像是这个意思,如果我没弄错?"

"这怎么会呢?绝对不是这个意思!"拉祖米欣固执地咕哝。

拉斯科尔尼科夫又是冷冷一笑。他顿时明白了对方的用意,他们想让他说什么。他记得自己的文章。他决心接受挑战。

"我不完全是这个意思,"他简单而又谦虚地说,"不过,我承认您的概括大致正确,甚至您要说完全正确也可以……(他像是乐意认同完全正确这个说法)。差别仅仅在于我根本没有像您说的那样,坚持超人必须,而且应当时时胡作非为。我甚至觉得,这样的文章根本不可能见报。我无非暗示超人有权……就是说不是正式有权,而是自己有权允许自己良心跨越……某种障碍,并且仅仅是在实现他的想法(有时也许是拯救全人类的想法)非得这样做时。您说我的文章没写清楚,我准备向您说明我的观点,尽我可能。我也许没猜错,您希望的大概也是这个,那就请吧。按我的观点,如果开普勒和牛顿的发现因为某种阴谋诡计,怎么也无法公布,除非牺牲一个、十个、一百个,甚至更多人的生命,因为他们干扰这一发现,或者成了前进道路上的障碍,那么牛顿就有权,甚至有责任……排除这十个或者一百个人,目的是向全人类公布自己的发现。但绝不能从这里得出结论,说牛顿有权随便杀人，见一个杀一个，或者有权每天在集市上偷窃。随后，我记得，我在文章里作了发挥，说明凡是……譬如说吧，人类的立法者和新制度的创始人，从远古的直到莱喀古士①、梭伦、穆罕默德、拿破仑，等等，个个都是罪犯，单凭一条就是罪犯：他们在立法的同时，也就违反了祖传的，为社会信奉的古训②，当然，他们也不会在流血面前停步，只要流血（有时流的完全是无辜的、为古训英勇献身的血）有助他们成功。尤其令人注目的是，这些人类的恩人和新制度的创始人大部分都是血流成河的罪魁祸首。总之，我想证明，不单伟人，还包括稍稍超越常规的人，也就是稍稍能说些新见解的人，就其天性来说，必定个个都是罪犯——或多或少，当然。否则，他们很难超越常规。让他们墨守成规，他们当然不同意，那又是因为天性，按我的说法，他们甚至应该不同意。总之，您也看到，这里没什么特别新奇的东西。这些都印过一千次，读过一千次了。至于说到我把人分成常人和超人，那我同意，这种分法不大科学，但我没有划定准确数字。我只是相信我的主要思想。这思想就是，根据自然规律，人**一般**可以分成两类：一类是低级的（常人），这么说吧，仅仅是繁殖同类的材料，另一类是真正的人，也就是有天赋或者才华，能在自己所处的环境里说出**新见解**。这里当然还可以不断地再分下去，但这两类人的区别相当明显：第一类，也就是材料，一般地说，保守、安分、顺从地过日子，也乐意当顺民。按我的说法，他们原本应该是顺民，因为这是他们的使命，这里绝对没有侮辱他们的意思。第二类，人人违法，不是破坏者，便是倾向于破坏，得看他们的能力。这些人的罪行自然是相对的，情况多种多样。他们大多在形形色色的声明里，要求为美好的未来破坏现有秩序。但如果他得，为自

---

① 莱喀古士，传说中的古斯巴达立法者。
② 指世界和人是上帝创造的。

陀思妥耶夫斯基手稿（文字解读见后页）

长篇小说中在**他的形象**里体现了过度的骄傲、傲慢和蔑视这个社会的思想。他的理念：统治这个社会，以给它带来善。专制是他的特点。**这种特点**把他引向对立面。

注意：在艺术执行中别忘记：他二十三岁。

他想统治——且不在意任何手段。要尽快夺取权力并致富。于是他有了杀人的想法。

注意：无论我是谁，无论我之后做了什么——无论我是人类的恩人，抑或像只蜘蛛那样从它身上吮吸新鲜汁液——都不关我的事。我知道我想统治，这就够了。

注意：在拉祖米欣的晚会上把这一切都表达出来。

注意：**往小说里**：寻找一个俄罗斯买卖人（巴布什金）阿龙金，工厂主，然后投放在小说里，让他之后给拉祖米欣一个三千的位子。

注意：卡捷琳娜·伊凡诺夫娜去找一个先生，压迫人的。场景：十卢布，扔脸上，走到街上。

己的理想,哪怕跨过尸体,跨过血泊,那他在内心,凭他的良心,我看也会允许自己跨过血泊——不过得看是什么理想,规模多大——这一点请您注意。仅仅是在这个意义上,我在我的文章里说,他们有权犯罪(您该记得,我们是从法律问题谈起的)。不过也不用过分担心:群众几乎从不承认他们有这种权利,处决他们,绞死他们(或多或少),完成自己保守的使命,这也完全公正,但过了几代,也是这样的群众,又会替处决的人建造铜像,向他们行礼致敬(或多或少)。第一类人永远是现在的主人,第二类人则是未来的主人。第一类人保存世界,增加世界人口,第二类人推动世界进步,引导世界走向终极目标,无论第一类人,还是第二类人,都有完全一样的生存权利。总之,在我看来,所有的人都有平等的权利,所以——永恒的战争万岁①——直到新耶路撒冷出现②,当然!"

"这么说,您还是相信新耶路撒冷?"

"相信。"拉斯科尔尼科夫坚定地回答,他说这话和发表自己冗长议论时,眼睛始终看着自己在地毯上选择的一个点。

"您也—也—也相信上帝?对不起,我太喜欢打听了。"

"相信。"拉斯科尔尼科夫又说一遍,抬眼看了看波尔菲里。

"也—也相信拉撒路复活③?"

"相—信。您问这些干吗?"

"当真相信?"

"当真。"

---

① 法语。

② 出自《圣经启示录》第二十一章第二节:"我又看见圣城新耶路撒冷由上帝那里从天而降。"俄罗斯一些评论家认为,拉斯科尔尼科夫是指空想社会主义力图建立的理想社会,波尔菲里则指《圣经》中的原意。

③ 出自《圣经·新约全书·约翰福音》第十一章。

"原来这样……我无非打听打听。对不起。不过,我倒想请教——我又说到刚才的话题上去了——他们并不总是被人处决,有的恰恰相反……"

"在世时就胜利了? 噢,是的,有的在世时就成功了,于是……"

"开始处决别人?"

"如果需要,您也知道,甚至往往是这样。总之,您的说法很有道理。"

"谢谢。不过,请您说说:怎么从常人中区分这些超人? 是不是生来就有这种标记? 我的意思是,这得尽量准确,这么说吧,尽量从外表上容易确认:请原谅我这种自然的担心,我从事实际工作,也没有恶意。能不能,譬如说吧,穿件什么特殊的衣服,戴个什么标记,打个什么烙印? ……因为,您得同意,如果发生差错,有人以为他属于另一类,着手'排除一切障碍',按您十分高明的说法,那就……"

"噢,这是常有的事! 您的这个说法甚至比刚才那个更有道理……"

"谢谢……"

"不谢。不过,请您注意,差错仅仅出在第一类人那儿,也就是'常人'那儿(我把他们叫'常人',也许很不妥当)。尽管他们生来倾向顺从,但是出于某种连母牛也不会没有的顽皮天性,他们中的许多人,喜欢把自己当成进步人士,'破坏者',竭力提出'新见解',而且这样做并非装腔作势。同时,对真正的**新人**①他们往往视而不见,甚至还鄙视他们,认为他们落后,想入非非。不过,我看这里没什么了不起的危险,您,说实在的,也不必担心,因为他们从来不会走得太远。走远了当然可以找机会鞭挞他们,提醒他们自己的位置在哪里,但也到此为

---

① 暗指车尔尼雪夫斯基笔下的新人。

止。这里甚至不用别人动手：他们会自己鞭挞自己，因为他们非常注重道德，有些人会相互效劳，有些人则自己动手鞭挞自己……还会用各种方式公开表示悔过——结果一切都很漂亮，很有教益，总之，您不必担心……这是规律。"

"这不，至少在这方面，您让我多少有点放心了，但您要知道，还有问题：您倒说说，这种有权杀人的人，这种'超人'多吗？我当然愿意服从，但您得同意这很可怕，要是这种人很多，啊？"

"噢，这个问题您也不必担心，"拉斯科尔尼科夫用同样的口气接着说。"一般地说，有新思想的人，甚至稍稍能够说点**新东西**的人，很少出生，甚至少得出奇。清楚的只有一条，人的出生规律，无论第一类，还是第二类，还有属于这两类的各种类型，必定严格而又准确地受制于某种自然法则。这种法则现在当然还不知道，但我相信它是存在的，以后可以知道。广大群众，材料，所以活在这个世界上，就是为了最终通过某种努力，某种至今还是神秘的过程，借助种族和血统的某种交配，哪怕在一千个人里，使劲产生一个多少有点独立性的人。独立性多一些的也许一万个人里才出一个（我说的是大概数字，比较形象）。独立性再多一些的，十万个人里才出一个。伟大的天才，人中豪杰，也许得在地球上出生几十亿人以后，才出一个。总之，我没有窥视过发生这一切的曲颈瓶。但一定的法则肯定是有的，也应该有，这里没有偶然。"

"你们两个怎么啦，开玩笑是不是？"拉祖米欣终于喊起来。"相互耍弄是不是？坐着，尽拿对方开心！你当真，罗佳？"

拉斯科尔尼科夫朝他默默抬起苍白的、近乎忧郁的脸，什么也没回答。看着这张平静、苍白的脸，拉祖米欣觉得波尔菲里那种露骨的纠缠，带有刺激性的**不礼貌**的挖苦，实在令人奇怪。

"行，老兄，如果确实当真，那……你当然说得没错，这并不新奇，跟我们读过一千次,听过一千次的东西差不多。但这里面真正**独到的**观点是什么——真正属于你一个人的观点,真吓死我了——这就是你毕竟允许**凭良心**杀人,对不起,还那么狂热……可见这是你文章的核心。要知道允许**凭良心**杀人,这……这我看比正式允许杀人,经过合法手续,更可怕……"

"完全正确,更可怕。"波尔菲里应声说。

"不,你走火入魔了!这儿有错误。我会看的……你走火入魔了!你不可能这样想……我会看的。"

"文章里这些东西全都没有,那儿只有暗示。"拉斯科尔尼科夫说。

"是的,是的,"波尔菲里坐不住了,"现在我差不多清楚了您对犯罪的看法,不过……请原谅我的啰唆(真太打扰您了,连我自己都不好意思!)——您看,刚才您大大解除了我对两类人可能混淆的疑虑,不过……这里各种各样的实际情况仍然使我担心!万一有个什么男子汉,或者年轻人以为他就是莱喀古士或者穆罕默德……未来的,当然——于是着手排除所有障碍……说他要远征,远征要钱……他就开始为自己远征弄钱……懂吗?"

扎梅托夫从自己角落里突然扑哧一声笑了。拉斯科尔尼科夫连眼睛都没朝他抬一抬。

"我应当同意,"他平静地回答,"这种情况确实存在。爱虚荣的蠢货特别容易上钩。尤其是青年。"

"这不,您也看到了。要是这样,该怎么办?"

"那也只能这样,"拉斯科尔尼科夫冷冷一笑,"这不是我的错。现在这样,以后也永远这样。这不,他(他朝拉祖米欣点了点头)刚才说我允许杀人。那又怎样?社会保护自己的手段太多了:流放,监狱,法院侦查员,苦役——有什么好担心的?去查窃贼吧!……"

"要是查到了呢?"

"那是他罪有应得。"

"您说得很有道理。那么,他的良心呢?"

"您管他良心干什么?"

"问问呗,出于人道。"

"有良心的就让他痛苦,只要他意识到自己错了。这是对他的惩罚。"

"那真正的天才呢,"拉祖米欣皱着眉头问,"不是给了他们杀人的权利吗,他们应该没有丝毫痛苦,哪怕杀人如麻?"

"干吗说:**应该**? 这里无所谓允许,也无所谓禁止。让他痛苦,要是他可怜牺牲品……一个豁达厚道的人总会有痛苦和烦恼。真正的伟人,我觉得在这个世界上应该感到极大的悲哀。"他突然若有所思地加了一句,连口气都和整个谈话迥然不同。

他抬起眼睛,仿佛还在沉思似的看了看大家,微微一笑,拿起帽子。和刚才进来相比,他显得过于平静,他感到这一点。大家都站起来。

"瞧,不管您是不是骂我,是不是生气,我还是憋不住,"波尔菲里·彼得罗维奇又说,"请允许我再提一个小小的问题(我真太麻烦您了!),说个小小的想法,只有一个,免得以后忘记……"

"好吧,那就说说您小小的想法。"严肃而又苍白的拉斯科尔尼科夫站在他面前等着。

"要知道……真的,我不知道怎么说比较妥当……这个想法太不正经……牵涉到心理……要知道,您在写您的文章时——您也知道,这不可能,嘿,嘿! ——您肯定认为自己——哪怕只是一点儿——也是'伟人',能说点**新见解**——按您的说法……是这样吗?"

"很可能。"拉斯科尔尼科夫鄙夷地回答。

拉祖米欣做了个要走的动作。

"既然这样,难道您就不会下决心——这么说吧,因为生活上的什么挫折和困难,或者为了促使人类进步——跨越障碍?……譬如,杀人抢劫?……"

他似乎突然又对他眨了眨左眼,无声地大笑——和刚才一样。

"即使我跨越了,也决不对您说。"拉斯科尔尼科夫挑衅似的说,一脸傲慢和鄙夷。

"是的,我不过这么问问,无非想琢磨您的文章,谈的只是文章本身……"

"呸,这够明显,够无耻的!"拉斯科尔尼科夫反感地想。

"请允许我告诉您,"他干巴巴地说,"我不认为自己是穆罕默德或者拿破仑……或者跟他们差不多的什么人。既然不是,我就不能给您满意的解答,我会怎么做。"

"得了吧,在我们俄罗斯,现在谁不认为自己是拿破仑?"波尔菲里突然说,带着可怕的亲昵劲儿。甚至在他口气里,这次也有某种非常明显的意思。

"会不会是哪个未来的拿破仑,上星期用斧子劈死了我们的阿廖娜·伊凡诺夫娜?"扎梅托夫突然从角落里甩出句话。

拉斯科尔尼科夫没作声,凝神盯着波尔菲里。拉祖米欣阴郁地皱起眉头。他似乎在这以前就感觉到了什么。他气愤地看了看周围。一阵难堪的沉默。拉斯科尔尼科夫转身走了。

"您要走啦!"波尔菲里亲热地说,异常殷勤地伸出手来。"非常、非常高兴认识您。至于您的请求,您根本不用怀疑。不过还是得写份声明,像我对您说的。最好您自己上我那儿去一次……就这几天……哪怕明天也行。我大概十一点钟在那儿,没错。我们把手续办了……再谈一谈……您毕竟是到**那儿**的最后几个人中的一个,大概能告诉我们什么……"他补充说,模样极其和善。

拉斯科尔尼科夫在波尔菲里·彼得罗维奇处

（杰·什马里诺夫绘，1956 年）

"您想正式审问我,在局里?"拉斯科尔尼科夫生硬地问。

"干吗?暂时这完全没必要。您误会了。您看,我从不放过任何机会,而且……而且跟所有抵押东西的人都已经谈过……还记下了某些人的口供……而您是最后一个……这不,巧了!"他大声说,不知怎的突然高兴起来,"我正巧想起一件事,我这是怎么啦!……"他朝拉祖米欣转过身,"你原来老在我耳边叨咕这个尼科拉什卡……要知道,我自己也明白,自己也明白,"他朝拉斯科尔尼科夫回过身,"小伙子没事,可怎么办呢,这不,还不得不麻烦米季卡……是这么回事,那是实质问题:当时您上楼时……请问:您是七点多去的?"

"七点多。"拉斯科尔尼科夫回答,旋即后悔了:这话他可以不说。

"您七点多上楼时,有没有看见,二楼,一套开着门的房间里——记得吗?两个工人,或者哪怕是他们中的一个?他们在那儿油漆,有没有发现?这对他们非常,非常重要!……"

"漆匠?不,没看见……"拉斯科尔尼科夫慢慢回答,仿佛在记忆中搜索,刹那间他浑身的肌肉都绷紧了,甚至屏住呼吸,焦急地琢磨着哪儿是陷阱,千万不能忽略什么。"不,我没看见,连这么套,开着门的,房间也没发现……倒是四楼(他已经完全掌握了陷阱的方位,暗自得意)我记得有个官员在搬家……阿廖娜·伊凡诺夫娜对面……记得……这我记得很清楚……几个当兵的正好往外搬沙发,把我挤到墙边……漆匠,不,不记得有漆匠……开着门的房间好像哪儿都没有。对,没有……"

"你这是干什么?"拉祖米欣突然大叫,像是回过神,明白了一切,"漆匠做油漆是在凶杀当天,他不是三天前去那儿的?你在问什么?"

"哎呀!我搞混了!"波尔菲里拍了拍自己的前额。"见鬼,我叫这个案子给搞糊涂了!"他甚至像道歉似的对拉斯科尔尼科夫说,"要知道,了解这一点很重要:有没有人看见过他们,七点多,在那套房间,所以我刚才想,您也许能提供点情况……完全搞混了!"

"那得注意点。"拉祖米欣阴沉地说。

最后几句话都是在前室里说的。波尔菲里·彼得罗维奇异常殷勤地把他们一直送到门口。两人愁眉苦脸地来到街上,走了几步都没说一句话。接着,拉斯科尔尼科夫深深舒了口气……

# 六

"……我不信! 我不信!"拉祖米欣困惑地重复着,竭力想驳倒拉斯科尔尼科夫的论点。他们已经到了巴卡列耶夫公寓附近,普利赫里娅·亚历山德罗夫娜和杜尼娅早就在那里等他们了。拉祖米欣说到冲动时,常常在路上停下,他很为难,也很激动,因为这是他们第一次明确地谈论**这事**。

"那就别信!"拉斯科尔尼科夫回答,露出一丝漫不经心的冷笑,"你还是老样子,什么也没发现,我可是每句话都掂量了。"

"你多疑,所以掂量……嗯……真的,我同意,波尔菲里的口气够怪的,特别是这个浑蛋扎梅托夫! ……你说得对,他是有什么想法,可为什么? 为什么?"

"一夜间变了主意。"

"正好相反,相反! 要是他们真有这个愚蠢的想法,他们本该极力隐瞒,把自己的牌藏起来,好以后抓住你……可现在——这太无耻,太冒失!"

"要是他们有证据,就是说真正的证据,即便是多少有点分量的怀疑,那他们确实会玩得尽量不露声色:好多赢点(再说,他们也早就去搜查了)。但他们没有证据,一个都没有——一切都是空的,都可以作两种解释,只有猜测——所以他们就想使劲蒙我。也许他自己也很恼火,没有证据,狠得把话全说了出来。也许他有什么意图……他这个人好像很聪明……也许他想用知道的东西吓唬我……这里,老兄,可是各有各的思路……不过,解释这一切够讨厌的。不谈了!"

"也够冤的! 够冤的! 我理解你! 不过……既然现在我们已经把话挑明了(这很好,我们终于把话挑明了,我很高兴!)——那我就直率地告诉你,我早就在他们谈吐里发现了这个想法,前前后后有好几次,当然,只是一个隐隐约约的想法,想出口又没出口,可是干吗这么想,哪怕没出口? 他们怎么能胡乱猜疑? 他们的根据在哪儿,在哪儿? 你知道我有多恼火! 怎么,就凭一个穷学生,又穷又愁,脾气古怪,在病倒、昏迷的前一天,也许已经病了(记住),一个多疑、自尊、好强的穷学生,六个月一直关在自己屋里,没见过任何人,穿着破衣服,穿着掉了鞋掌的靴子——站在什么警察局局长面前受他们辱骂,还突然要他马上还债,冒出一张过期借据跟什么七等文官切巴罗夫,加上油漆味,列氏三十度①,憋闷,一大堆人,又说到一桩凶杀案,偏偏不久前他去过被害人家里,这些统统落到了饿汉身上! 这怎么可能不晕倒! 这,这就是全部根据! 见鬼! 我明白,这够让人恼火的,不过,我要是在你的位子上,罗季卡,我就当着他们的面大笑,或者最好朝他们脸上啐几口唾沫,狠狠地啐,再劈劈啪啪扇上二十个耳光,这才聪明,历来这样,扇完了事。别理他们! 打起精神来! 真不要脸!"

"这话他倒真还说得不错。"拉斯科尔尼科夫想。

"别理他们? 明天还要审问!"他苦恼地说,"难道我真得跟他们解释? 就这样我都后悔昨天在酒店里跟扎梅托夫这种小人说话……"

"见鬼! 我去找波尔菲里! 我逼他一下,我是他**亲戚**,让他给我交

---

① 列奥缪尔(1683—1757),法国自然科学家。列氏三十度等于摄氏三十七点五度。

个底。至于扎梅托夫……"

"总算想到点子上去了！"拉斯科尔尼科夫想。

"等一下，"拉祖米欣突然抓住他肩膀，喊起来，"等一下！你错了！我想来想去你错了！这算什么圈套？你说问起两个漆匠就是圈套？你倒琢磨琢磨：要是**这**是你干的，你会说你看见油漆房间了……看见漆匠了？相反，哪怕看见了，你也会说没看见！谁会承认对自己不利的事情？"

"要是**那事**是我干的，那我肯定说我看见漆匠了，也看见油漆房间了。"拉斯科尔尼科夫不大情愿地回答，甚至带着明显的厌恶。

"干吗要说对自己不利的事情？"

"因为只有没知识的傻瓜或者没经验的新手才会在审问时处处关门。稍稍有点知识和经验的人，一定尽量承认表面上无法回避的事实，他只是给这些事实找出别的理由，加上自己特殊的，谁也想不到的解释，让这些事实完全变样，变成另一回事。波尔菲里可能正是这么算计的，以为我一定会这样回答，一定会说我看见过，这才像真的，还会加上什么解释……"

"这下可好，他会立刻告诉你，两天前那儿根本没漆匠，可见你正是凶杀那天去的，七点多。没证据也能把你撂倒！"

"他就是这么算计的，以为我来不及考虑，肯定回答得很匆忙，又想尽量真实，好让我忘记两天前根本没漆匠。"

"这怎么会忘记？"

"容易得很！在这种小事上机灵的人最容易糊涂。一个人越机灵，他就越不会想到人家会在普通的小事上把他撂倒。最机灵的人就是栽在最普通的小事上。波尔菲里根本不像你想的那样蠢……"

"他这么干太卑鄙！"

拉斯科尔尼科夫忍不住笑了。然而同时，他又对自己进行这番解释的兴致感到奇怪,因为原先和波尔菲里说话时,他自始至终都很忧郁,都很反感,显然是出于某种目的,不得不说。

"现在我感兴趣的倒是其他几个问题!"他暗想。

但差不多就在这时,他不知怎的突然担心起来,仿佛有个意外和可怕的想法使他吃惊。他越往前走越担心。他们已经到了巴卡列耶夫公寓门口。

"你先上去,"拉斯科尔尼科夫突然说,"我马上回来。"

"你去哪儿?我们都到门口了!"

"我得去一次,得去一次,有事……过半小时就来……你到上面说一声。"

"随便,那我跟你一起去!"

"什么,你也想折磨我!"他大叫,目光中充满悲愤和绝望,拉祖米欣毫无办法。他在门廊上站了一会儿,阴郁地看着拉斯科尔尼科夫快步朝自己住的小巷走去。终于他咬咬牙,握紧拳头,发誓今天非把波尔菲里像柠檬一样榨干不可,随即上楼去安慰普利赫里娅·亚历山德罗夫娜——他们迟迟不到,肯定使她十分焦心。

拉斯科尔尼科夫到了自己公寓,两鬓已经汗湿,气喘吁吁。他忙不迭地跑上楼梯,一踏进自己没锁门的房间,便钩上门钩。随后惊恐地、发疯似的朝墙角扑去,扑到原先放东西的墙纸窟窿边上,伸手在里面摸了好几分钟,把墙纸的每个角落、每个皱褶都摸了个彻底。他没摸到什么,这才站起来,深深舒了口气。刚才,快到巴卡列耶夫公寓门廊时,他突然想到,万一有什么东西,什么项链、袖扣,甚至包东西的纸,上面有老太婆做的记号,当时不知不觉落进什么缝里,没发现,以后就会突然摆到他面前,成为无法预料和无法抵赖的罪证。

他站着,像在沉思,一丝古怪、屈辱、不明不白的微笑在他嘴唇上游荡。他终于拿起帽子,悄悄走出房间。他的想法很乱。他沉思着一直走到公寓门口。

"瞧，就是他！"猛地传来一个响亮的声音。他抬起头。

管院子人站在自己小屋门口，给一个身材不高的陌生人直愣愣地指着他。这人看模样像是小市民，穿一件袍子似的外套，里面是件背心，远远望去很像婆娘。他的脑袋，戴顶油腻腻制帽，耷拉着，连整个身体都像躬着。皮肉松弛、满是皱纹的脸表明他已年过五十，一对浮肿的小眼睛阴沉地看着，严厉而又不满。

"什么事？"拉斯科尔尼科夫问，一面走近管院子人。

小市民恶狠狠地斜眼看他，把他从上到下打量一遍，仔仔细细，不慌不忙，随后慢慢转过身，一句话没说，出门，去了街上。

"究竟什么事！"拉斯科尔尼科夫大叫。

"他问这儿是不是住着一个大学生，说了您名字，还打听您租谁的房子。您正好下来，我指了指您，他就走了。瞧这事儿。"

管院子人也有些疑惑，不过，不很在意，稍稍想了想，转身回自己小屋去了。

拉斯科尔尼科夫跑去追小市民，看见他走在马路对面，仍像刚才那样不慌不忙，迈着均匀的步子，眼睛盯着地面，似乎在思考什么。他很快追上他，在后面跟了一会儿。终于他走上去，从侧面看了看他的脸。那人立刻发现了他，扫了他一眼，但又低下眼睛，他们就这样并排走着，有一分钟，一言不发。

"您跟管院子的……打听我了？"拉斯科尔尼科夫终于说，但不知怎的声音很轻。

小市民什么也没回答，连看都没看。又是沉默。

"您怎么啦……跑来找我……又不说话……这究竟算什么？"拉斯科尔尼科夫的声音断断续续，那话像是不大愿意清楚地出口。

小市民这次抬起眼睛，用狠毒、阴沉的目光看了看拉斯科尔尼科夫。

"凶手!"他突然轻轻地,但清晰无误地说……

拉斯科尔尼科夫走在他边上。他的腿突然软得可怕,背上发冷,刹那间心似乎不跳了,接着又怦地跳起来,像突然脱钩似的。就这样他们并排走了大约一百步,又是一言不发。

小市民看都不看他。

"您说什么……什么……谁是凶手?"拉斯科尔尼科夫喃喃着,声音勉强可以听见。

"你是凶手。"那人说得越发清晰、肯定,似乎还带着一丝幸灾乐祸的笑容,他又直勾勾看了看拉斯科尔尼科夫苍白的脸,他呆滞的眼睛。这时两人到了十字路口。小市民往左一拐,走了,头也不回。拉斯科尔尼科夫站在原地,久久望着他的背影。他看见那人走了五十来步后,转身望了望:他仍一动不动地站在原地。尽管看不清,但拉斯科尔尼科夫似乎觉得,那人又冷冷地,恶毒地,幸灾乐祸地笑了笑。

拉斯科尔尼科夫慢慢往回走,脚发软,双膝打颤,似乎冷得不行。他上楼回进自己斗室,脱下帽子,把它放在桌上,在桌旁站了大约十分钟,一动不动。随后精疲力竭地躺到沙发上,像生病似的轻轻呻吟,伸直身体,双眼紧闭。就这样他躺了大约半小时。

他什么也不想。是的,有过一些想法或者不完整的想法,一些情景,没次序,没联系——某些人的脸,还是他小时候见过的,或者只在什么地方见过一次,原本永远都想不起来;B 教堂的钟楼;餐馆里的桌球台,一个军官在打桌球,地下室烟店里的雪茄味,酒店、后门的楼梯,黑洞洞的,楼梯上全是污水和蛋壳,不知从哪儿传来礼拜的钟声……景物旋风似的更迭,旋转,有些景物他甚至觉得喜欢,他想留住它们,但它们消失了,总之,像有什么东西压在他心上,但不很重。有时甚至觉得舒服。轻微的寒战没有消失,这种感觉几乎也是舒服的。

他听到拉祖米欣急促的脚步和他的声音，闭上眼睛，假装睡了。拉祖米欣推开门，在门口站了一会儿，像在考虑。接着悄悄踏进房间，蹑手蹑脚走到沙发前。传来娜斯塔西娅轻轻的声音：

"别动，让他睡个够，睡醒了再吃。"

"倒也是。"拉祖米欣回答。

两人蹑手蹑脚出去，掩上门。又过了半小时。拉斯科尔尼科夫睁开眼睛，重又翻身仰卧，两手枕头……

"他是谁？这个从地下钻出来的家伙是谁？当时他在哪儿，看到什么了？他全看到了，这毫无疑问。他当时到底站在哪儿，从哪儿看到的？干吗他现在才从地下钻出来？他怎么看到的——难道这是真的？……唉……"拉斯科尔尼科夫一个劲地想，他越来越冷，直打哆嗦，"尼古拉在门后找到了盒子：难道这也是真的？罪证？只要有那么一丁点儿疏忽——瞧，罪证大得就像埃及金字塔！苍蝇飞来飞去，苍蝇看见了！难道是这样？"

突然，他极其厌恶地感到他没劲了，身体没劲了。

"这我原本应当知道，"他苦笑着想，"既然我了解自己，对自己有**预感**，我怎么敢拿起斧子杀人。我原本应当知道……唉！其实我原本就知道！……"他绝望地喃喃着。

有时，一个什么想法会在脑海里萦绕不去：

"不，那些人可不是这样：真正的**统治者**什么都可以做，攻占土伦，血染巴黎，把军队**忘**在埃及，远征莫斯科一下子**损失**五十万军队，在维尔纳用一句俏皮话就把自己开脱了，死后还硬是给他建了不少铜像①——

_____

① 指拿破仑。一七九三年十二月十七日，击溃保皇党，攻占法国南部城市土伦。一七九五年十月十三日，用大炮镇压巴黎保皇党人暴动，鲜血染红了圣罗克教堂的台阶。一七九九年，突然置远征埃及的军队于不顾，秘密返回巴黎，夺取政权。一八一二年法军在俄罗斯几乎全军覆没后，说了一句俏皮话："从伟大到可笑只有一步之遥，是非且待后人评说。"

就是说,**什么都可以做**。不,这种人身上显然不是血肉,全是青铜!"

突然,一个意外的想法使他几乎笑出声来:

"拿破仑,金字塔①,滑铁卢——跟干瘪、可恶、什么都要记一笔的小老太婆,红箱子藏在床底下的高利贷者——这事哪怕波尔菲里·彼得罗维奇都不好消化!……他们哪里消化得了!……道理上就说不通:拿破仑会钻到'老太婆'床底下去!哎呀,屁话!……"

他不时觉得他像在说胡话:他陷入了异常亢奋的状态。

"老太婆算什么!"他狂热而又冲动地想,"选老太婆也许是个错误,问题不在她身上!老太婆只是一种社会病态……我想尽快跨过去……我杀的不是人,我杀了原则!原则是被我杀了,可我还是没跨过去,仍在这一边……只会杀人。连杀人都不会,其实……原则?刚才拉祖米欣这个傻瓜凭什么骂社会主义者?那是些勤劳的人,会做买卖,操心'共同幸福'……不,我只有一次生命,再没有第二次。我不想坐等'共同幸福'。我自己就想过好日子,要不,就别过日子。怎么?我只是不想撇下挨饿的母亲,攥紧自己口袋里的卢布,坐等'共同幸福'。'我为共同幸福添砖加瓦,所以我心安理得。'②哈—哈!你们干吗让我走了?要知道我只有一次生命,我也想……唉,我是一只有头脑的虱子,没别的,"他加了一句,突然笑起来,就像疯子。"对,我真的是虱子,"他接着想,幸灾乐祸地抓住这个想法不放,开掘它,玩弄它,拿它取乐,"单单这样我就是虱子,因为第一,现在我在论证我是虱子,第二,整整一个月我都在麻烦仁慈的上帝,请他作证,我这么做,不是为了自己肉体的享受和淫欲,我有崇高、美好的目的——哈—哈!第三,我这么做时,尽量注意公正,注意分量、分寸,算得一清二楚:我从

---

① 拿破仑曾在金字塔旁与埃及军队激战。

② 这个说法常见于法国空想社会主义者孔西得朗(1808—1893)的著作。作者皈依宗教后,对空想社会主义持讽刺态度。

所有虱子里选了一只最没用的虱子,杀了她,决定只从她那儿拿走我实现第一步的钱,不多不少,(余下的钱自然捐给修道院,按正式遗嘱——哈—哈!)……所以,所以我绝对是虱子,"他加了一句,把牙齿咬得咯咯响,"因为我自己也许比杀死的虱子更丑恶,更卑劣,我早就**预感到**,我杀她后,准会对自己这么说!难道有什么东西能跟这种恐惧相比!噢,庸俗!噢,卑微!……噢,我多么理解'先知',举着指挥刀,骑着战马:阿拉吩咐,服从吧,'战栗的'畜生![1]'先知'是对的,对的,他把精良的炮队当街排开,不管无辜的还是有罪的,统统炮打,连解释都不解释![2]服从吧,战栗的畜生,**别想**违抗,因为这不是你的事!……噢,说什么,说什么我也不会饶了老太婆!"

他的头发汗湿了,哆嗦的嘴唇干枯了,呆滞的目光盯住天花板。

"母亲,妹妹,原先我多爱她们!为什么我现在恨她们?对,我恨她们,见了就恨,坐我身边都受不了……刚才我走过去,吻母亲,我记得……要是拥抱她,心里又想万一她知道了,难道得当场告诉她?我倒可能这样做……嗯!**她**应当跟我一个想法,"他加了一句,一边勉强思考着,仿佛在和渐渐袭来的昏迷搏斗,"噢,现在我多恨老太婆!要是她活过来,我也许会再次杀她!可怜的莉扎韦塔!她干吗偏偏这时候进来!……不过说怪也怪,为什么我几乎从没想过她,像没杀她似的?……莉扎韦塔!索尼娅!两个可怜、温顺的女人,都长了一双温顺的眼睛……都很可爱!……为什么她们不哭?为什么她们不呻吟?……她们献出一切……反倒那么温顺、谦卑……索尼娅,索尼娅!谦卑的索尼娅!……"

他睡着了。他觉得奇怪,他不记得他是怎么上街的。已经很晚,

---

① 出自《古兰经》,此处指穆罕默德。

② 指拿破仑一七九五年在巴黎血腥镇压保皇党人。

暮色渐浓,一轮月亮越来越亮,但不知怎的特别闷热。行人三五成群地走在街上,各种各样的匠人和忙人急于回家,另一些人在散步。弥漫着石灰、尘土和污水的气味。拉斯科尔尼科夫沉着脸,忧心忡忡地走着:他记得很清楚,出来是有目的的,有件事要办,还得赶紧,但究竟什么事——他忘了。突然他站住,看见马路对面人行道上,有人向他招手。他穿过马路朝那人走去,突然那人背转身,没事似的走了,低着头,不朝后看一眼,像是根本没叫他。"算了,他叫过我吗?"拉斯科尔尼科夫想,但还是追上去。没走上十步,他突然认出他——他吓坏了:原来就是刚才的小市民,同样穿着袍子,同样拱背。拉斯科尔尼科夫远远跟着,心怦怦乱跳。两人拐进小巷——那人仍没朝后看一眼。"他知道我跟着他?"拉斯科尔尼科夫想。小市民拐进一幢公寓的大门。拉斯科尔尼科夫赶紧走近大门,朝里张望:那人会不会回头叫他。确实,那人穿过门洞,快进院子时,突然转身,又似乎向他招了招手。拉斯科尔尼科夫旋即穿过门洞,但院子里已经没有小市民。可见,他立即上了第一道楼梯。拉斯科尔尼科夫撒腿就追。确实,两层楼梯上面,还能听到什么人匀称、从容的脚步声。奇怪,这楼梯似乎眼熟!瞧,这是底层的窗:月光阴郁而又神秘地透过玻璃照进来。这是二楼。咦! 这是漆匠油漆的房间……他怎么没立刻认出来? 前面那人的脚步声消失:"就是说,他站住了,或者在什么地方躲着。"这是三楼,要不要再上去? 那里多静,简直吓人……但他上去了。他自己的脚步声使他害怕、惊慌。上帝,多暗! 小市民准是躲在这儿的什么角落里。啊! 朝楼梯的房门洞开。他想了想,进去了。过道很暗,空空的,没人,好像东西都搬走了。悄悄地,踮起脚尖,他走进客厅:整个房间明晃晃地洒满月光。这里一切照旧:椅子,镜子,黄沙发,镜框里的画。一轮巨大的紫铜色月亮直照窗口。"这是因为月亮,这么静,"拉斯科尔尼科夫想,"它,没错,现在在出谜语。"他站着,等着,久久等着,月亮越静,他的心跳得越厉害,甚至心都疼了。始终一片寂静。突然听到一个短促的干裂声,仿佛折断一根松明,接着一切重归寂静。一只睡醒的苍蝇飞舞着,突然撞到玻璃上,抱怨似的嗡嗡直叫。就在这时,角落里,小柜子和窗户间,他看见似乎挂在墙上的一件女人披风。"干吗这儿挂件披风?"他想,"原先没披风……"他悄悄走近,发觉披风后似乎躲着人。他小心掀开披风,看见一把椅子,在这把角落里的椅子上坐着老太婆,浑身蜷曲,低着头,所以他怎么也看不清脸,但确实是她。他在她前面站了一会儿:"害怕了!"他想,悄悄从环套上取下斧子,砍向老太婆头顶,一下,两下。但是奇怪:她甚至没动一动,就像木头。他吓坏了,俯身仔细看她。但她更低地埋下头,于是他弯腰,从靠近地板的地方往上看她的脸,这一看,他吓呆了:老太婆坐在那儿笑——一个劲地笑,无声无息,竭力克制着不让他听见。突然,他觉得卧室的门开了条缝,似乎那儿也有人笑,低声耳语。他气疯了:他使足劲朝老太婆头上猛砍,但斧子每砍一下,卧室里的笑声和耳语反而更响,更清楚,老太婆更是哈哈大笑,浑身都在抖动。他撒腿就跑,但过道上已经挤满人,朝楼梯的门扇扇洞开,梯台上,楼梯上,一路下去——全都是人,头挨着头,大家都在看——但大家都屏住呼吸,等着,一声不响! ……他的心抽紧了,脚不能动,像长在地板上……他想喊,于是——他醒了。

他艰难地喘了口气——但是奇怪,梦境似乎还在延续:房门洞开,门口站着个从未见过的陌生人,眼睛滴溜溜地在他身上打转。

拉斯科尔尼科夫还没完全睁开眼睛,便倏地闭上。他仰面躺着,一动不动。"这是不是还在做梦,"他想,又难以觉察地稍稍抬起睫毛看了看:陌生人仍然站在那里审视他,突然,他小心地跨过门槛,轻轻掩上身后的门,走到桌前,等了一会儿——这段时间里,他一直目不转睛地看着他,——接着悄悄地,没一点声音,在沙发旁边的椅子上坐了,把帽子放在脚边的地板上,双手拄着手杖,下巴搁在手背上。显然,他准备长久地等下去。透过眨动的睫毛,隐约可以看见这人已经不算年轻,身体结实,留一部浓密、几近白色的络腮胡子……

过了约莫十分钟。天还亮着,但已近黄昏。房间里一片寂静。甚至楼梯上也没传来一丝声响。只有一只很大的苍蝇嗡嗡叫着,拼命飞舞,不断撞在玻璃上。终于,拉斯科尔尼科夫忍不住了:他突然欠身坐在沙发上。

"说吧,您有什么事?"

"我就知道您没睡,只是装睡,"陌生人回答得很怪,泰然地哈哈一笑,"让我自我介绍一下,阿尔卡季·伊凡诺维奇·斯维德里盖洛夫……"

# 第四部

## 一

"难道这还是梦?"拉斯科尔尼科夫又想。他小心而又怀疑地审视不速之客。

"斯维德里盖洛夫? 胡说! 不可能!"他终于说出声来,满脸困惑。

似乎客人对这声惊呼丝毫没有感到奇怪。

"我来找您有两个原因,第一,我想亲自跟您认识一下,因为早就听到对您的许多好评。第二,我希望您不会拒绝,也许吧,帮我办件事,这直接关系到您妹妹阿夫多季娅·罗曼诺夫娜的切身利益。我一个人去,没有您引见,她现在大概根本不会让我进门,她有成见,您肯帮忙,就大不一样,我打算……"

"您打算错了。"拉斯科尔尼科夫打断他。

"她们是不是昨天刚到,请问?"

拉斯科尔尼科夫没回答。

"昨天,我知道。我也是前天才到。至于这事,我想这样对您说,罗季昂·罗曼诺维奇,为自己辩护我认为是多余的,不过,请允许我再说一句:在这事上,其实,我有什么特别的罪孽,就是说不带偏见,平心静气地评个理?"

拉斯科尔尼科夫仍在默默审视他。

"我在自己家里追求一个无依无靠的姑娘,'卑鄙地向她求婚,侮辱她,'——是这样吗,先生?(我自己先说了!)但您想想,我是人,人的七情六欲……①总之,我也会动情,也会爱(这当然由不了我们),这样,一切都会得到最自然的解释。这儿的整个问题在于我是恶棍,还是自己也是牺牲品?怎么会是牺牲品?要知道,我向心上人提议和我一起去美国或者瑞士,也许怀着最诚挚的敬意,谋求双方共同的幸福!……理智总是为爱情服务,也许我多半是毁了自己,就是!……"

"问题完全不在这儿,"拉斯科尔尼科夫厌恶地打断他,"无非您太讨厌。无论您对还是不对,人家不想跟您来往,要赶您走,您走!……"

斯维德里盖洛夫突然哈哈大笑。

"不过您……不过您还真是没法糊弄!"他非常坦率地笑着说,"我本想耍点手段。不行,偏偏让您说到点子上了!"

"您现在也在耍手段。"

"那又怎样?那又怎样?"斯维德里盖洛夫直爽地笑着说,"这叫善意的论战②,要这种手段是完全允许的!……不过您还是打断我了。不管怎样,我敢再次肯定,要不是花园里的事,绝不会有什么不快。玛尔法·彼得罗夫娜……"

"玛尔法·彼得罗夫娜据说也是被您害死的?"拉斯科尔尼科夫粗暴地打断他。

---

① 拉丁语。出自古罗马剧作家泰伦提乌斯(约公元前一九〇至公元前一五九)的喜剧《自责者》。原文为:我是人,人的七情六欲我都有。

② 法语。

斯维德里盖洛夫（杰·什马里诺夫绘，1945 年）

"您连这个也听说了？不过,怎么会听不到呢……对您这个问题,真的,我不知道该说什么,尽管在这事上我绝对问心无愧。就是说您别以为我怕什么:一切都按规矩办了,毫不含糊:法医认定是中风,起因是饱餐后立刻洗澡,喝了差不多一瓶葡萄酒,没发现别的什么……不,先生,我独自考虑了好一阵子,特别是在路上,坐在火车里:是不是我造成了这一……不幸,有没有在精神上刺激她,或者诸如此类的事情?但我的结论是,这种事绝对没有。"

拉斯科尔尼科夫笑了。

"干吗这么担心!"

"您笑什么?您倒想想,我一共才抽了她两鞭,连伤痕都没有……请别把我看成无耻小人。我确实知道,从我这方面说,这很卑鄙,很那个,但我也确实知道,玛尔法·彼得罗夫娜对我这种,这么说吧,消遣,大概感到高兴。您妹妹的事已经彻底结束。玛尔法·彼得罗夫娜不得不在家里待了两天,没理由再去城里,再说她老是念信,大家都听腻了(念信的事您听说了?),突然,这两鞭子像是天上掉下来的!她立刻吩咐套车!……女人有时非常喜欢被人侮辱,尽管表面上十分气愤,这我就不说了。这种事人人都有,一般地说,人都非常、非常喜欢做受害者,您发现吗?女人更是这样,甚至可以说,这是她们唯一的消遣。"

拉斯科尔尼科夫一度想站起来,一走了之,结束这次会面。但某种好奇心,甚至似乎是某种打算,暂时留住了他。

"您喜欢打架?"他心不在焉地问。

"不,不大喜欢,"斯维德里盖洛夫平静地回答,"跟玛尔法·彼得罗夫娜几乎从不打架。我们相处得很和睦,她对我一直很满意。鞭子在我们结婚的七年中,我总共用过两次(如果不算另一次的话,不过那次也难说):第一次是我们结婚两个月后,刚到乡下,还有就是最近这一次。您以为我是那种恶棍,死顽固,农奴主?嘿—嘿……顺便问一下，您是不是记得，罗季昂·罗曼诺维奇，几年前，还是在言论公开时期①，我们曾在所有报刊上共同讨伐过一个贵族——我忘了他的名字！——他在火车上鞭打一个德国女人，记得吗？② 当时，好像也是那年，发生了《世纪》周刊的丑行(《埃及之夜》，当众朗诵，记得吗？黑眼睛！噢，你在哪里，我们青春的黄金时代！)。③ 所以我的意见是：打德国女人的先生，我决不同情，因为实际上这……没什么可同情的！同时我也不能不声明，有时真有这种该打的德国女人，我似乎觉得，没有一个进步人士能够完全担保自己不会动手。当时谁也没从这个观点看问题。其实，这个观点恰恰是真正人道的观点。确实这样，先生！"

说完这些，斯维德里盖洛夫突然又哈哈大笑。拉斯科尔尼科夫发觉，这人决意要干点什么，而且很有心机。

"您想必一连几天没跟什么人说话了？"他问。

"差不多。怎么：您是不是很奇怪，我居然这么随和？"

"不，我奇怪的是您过分随和。"

"因为您提的问题那么无礼，我都没生气？是吗？对……有什么好生气的？您怎么问，我就怎么答，"他加了一句，脸上露出令人惊奇的纯朴，"要知道，我对任何事都不特别感兴趣，真的，"他若有所思地接着说。"特别是现在，我什么也不干……不过，您可以认为我奉承您只是装装样子，况且我还有事要找您妹妹，我自己说的。但我坦率地告诉您：我很苦闷！特别是这三天，所以我看到您，甚至很高兴……

---

① 指十九世纪六十年代，当时报刊可以公开抨击滥用法律和权力的现象。

② 一八六〇年报上披露了地主科兹梁伊诺夫在火车上殴打旅客的消息。这一暴行引起剧烈争论。《北方蜜蜂》为地主辩护，陀思妥耶夫斯基兄弟主办的《时代》杂志载文给予驳斥。

③ 一八六一年在彼尔姆的一次文学音乐晚会上，黑眼睛的托尔马乔娃朗诵了普希金《埃及之夜》中的段落。《世纪》周刊发表小品文，攻击她的朗诵带有"挑衅"动作，不顾"羞耻和上流社会的礼节"，《时代》杂志进行反击，轰动一时。陀思妥耶夫斯基也撰文表示支持。

您别生气，罗季昂·罗曼诺维奇，但不知怎的我觉得您这个人极怪。随您怎么说，但您有心事，就是现在，这么说吧，不是这会儿，是一般所说的现在……行，行，我不说了，不说了，别皱眉头！我可不是您想象的那种熊。"

拉斯科尔尼科夫阴沉地看了他一眼。

"也许，您根本就不是熊，"他说，"我甚至觉得您属于上流社会，至少有时人还不坏。"

"我对任何人的说法都不特别感兴趣，"斯维德里盖洛夫干巴巴地回答，似乎还带着些许傲慢。"所以，干吗不常常庸俗一下，既然庸俗这件衣服在我国的气候条件下穿起来那么舒服……特别是你的天性本来就有这种倾向的话。"他加了一句，又笑起来。

"但我听说，您在这儿有许多熟人。就像俗话说的'路子很粗'。既然这样，如果没有目的，您干吗找我？"

"这您说对了，我有许多熟人，"斯维德里盖洛夫接口说，并不回答主要问题，"我遇见过他们，要知道，我都逛了两三天了。我认出了他们，他们似乎也认出了我。这很自然，我穿得很体面，不算穷人。连农奴制改革对我们也没影响①：我有林产，还有浸水草地，收入没减少。但……我不去那儿，原本就腻了：所以我逛了两三天，谁都不理……这还是城市！就是说，它在我们这儿是怎么弄出来的，您倒说说！② 一个办事员和杂七杂八的毕业生的城市！真的，这儿的很多东西原先我都没见过，八年前吧，我就在这儿瞎混……现在我只把希望寄托在解剖学上，真的！"

"什么解剖学？"

---

① 一八六一年废除农奴制后，地主占有好田，坏田给农民。

② 陀思妥耶夫斯基认为彼得堡的建立破坏了合乎宗教教义的人际关系，扩大了人民和知识分子之间的距离。

“至于这些俱乐部、餐厅、时髦的游乐场，也许还有所谓的进步——这些都随它去，跟我们没关系，”他接着说，又没注意对方的问题，“何苦去当赌棍？”

“您还当过赌棍？”

“怎么没当过？我们有一大帮呢，都极体面，八年前。大家一起吃喝玩乐，所有的人，知道吗，都很有风度，有诗人，有资本家。一般地说，我们这儿，俄国社会里，常常完蛋的人最有风度——这您发现吗？我是到了乡下才变得像现在这样邋遢。当时因为赌债，险些把我关进牢里，那是涅任①的一个希腊人。于是碰到了玛尔法·彼得罗夫娜，她跟他讨价还价，用三万银卢布把我赎出来（我一共欠了七万），我跟她正式结婚，她立刻把我带到乡下家里，像什么宝贝似的。要知道她比我大五岁。她非常爱我。整整七年我都没从乡下出来。请您注意，她一辈子都藏着我欠人家三万银卢布的借据，所以，只要我想造反，马上中计！她会干的！女人就是这样，她会爱你，也会害你。”

“要是没借据，您就逃走了？”

“我不知道该怎么对您说，这张借据其实对我几乎没有约束。我哪儿也不想去。玛尔法·彼得罗夫娜见我很苦闷，曾两次请我出国旅游！去干吗！原先我也到过国外，总觉得腻味。倒不是腻味，无非就是日出，那不勒斯湾，大海，你瞧着，不知怎的会有一种乡思。最讨厌的，是你确实在思念什么。不，还是国内好，这里至少可以事事责怪别人，开脱自己。我也许现在会去北极探险，因为我喝醉了，会发酒疯②，其实我也讨厌喝酒，可除了喝酒，没什么可干的。我试过。听说星期天，贝格要从尤苏波夫公园乘大气球上天，欢迎乘客买票参加，这是

---

① 俄国城市名。

② 法语。

真的?"

"怎么,您想上天?"

"我? 不……无非问问……"斯维德里盖洛夫喃喃着,似乎当真在考虑什么。

"他怎么,当真在考虑?"拉斯科尔尼科夫想。

"不,借据对我没什么约束,"斯维德里盖洛夫沉思着说,"是我自己不想从乡下出来。大约一年前吧,玛尔法·彼得罗夫娜在我命名日那天,把这张借据还给我,又另外送了我一大笔钱。您知道她很有钱。'瞧,我对您多信任,阿尔卡季·伊凡诺维奇。'真的,她就是这么说的。您不信她会这么说? 您要明白,我在乡下成了挺不错的当家人,我的名字在那一带谁都知道。我还订了许多书。玛尔法·彼得罗夫娜起先赞成,可后来一直怕我给累垮了。"

"您好像很怀念玛尔法·彼得罗夫娜?"

"我? 也许是吧。真的,也许。顺便问一声,您相信鬼魂吗?"

"什么鬼魂?"

"普通鬼魂,还有什么鬼魂!"

"您相信吗?"

"也许不信,好让你满意①……就是说,不是不信……"

"会显灵,难道?"

斯维德里盖洛夫不知怎的古怪地看了看他。

"玛尔法·彼得罗夫娜常来看我。"他说,嘴角露出一丝怪笑。

"怎么常来看您?"

"她来过三次。第一次我看到她是在下葬那天,从墓地回来后过了一小时。就是我来这儿的前一天。第二次是前天,在路上,天刚亮,

---

① 法语。

在小维舍拉车站。第三次是两小时前，在我现在住的房间里。只有我一个人。"

"您醒着?"

"绝对。三次我都醒着。来了，说上几句话，就从门里出去了，每次都从门里出去。似乎还能听到声音。"

"所以我就想，您肯定会遇上这号事!"拉斯科尔尼科夫突然说，旋即他很惊奇，自己居然说了这么句话。他很激动。

"是——吗? 您这么想?"斯维德里盖洛夫诧异地问，"真的? 我不是说过，我们之间有某种共同点，啊?"

"这话您从没说过!"拉斯科尔尼科夫生硬、激昂地回答。

"没说过?"

"没!"

"我好像觉得我说过。刚才我一进来就看出，您是闭眼躺着，您想装睡——我当即对自己说:'就是他!'"

"什么意思: 就是他? 您这是在说什么?"拉斯科尔尼科夫吼起来。

"说什么? 真的，我自己也不知道在说什么……"斯维德里盖洛夫直爽地咕哝，似乎自己也给弄糊涂了。

沉默了大约有一分钟。两人相互瞪了一眼。

"这些都是胡扯!"拉斯科尔尼科夫恼火地说。"她来的时候，跟您说什么?"

"她? 您倒想呀，说的全是最没意思的小事，您肯定觉得这人挺怪: 我气也就气在这里。第一次(您知道我累了: 葬礼，和神父一起祈祷，随后安魂、丧宴——终于书房里只剩我一个人了，我点上雪茄，想着什么)，她从门里进来，说:'阿尔卡季·伊凡诺维奇，您今天忙这忙那，连餐室里的钟都忘了开。'确实，七年来这钟每星期都是我开的，要是忘了,她准会提醒我。第二天我就上这儿来了。天亮时,我去了车站餐厅——夜里只打了个盹,挺累,眼睛都睁不开——我要了杯咖啡,一看——玛尔法·彼得罗夫娜在我身边坐了,手里拿着副纸牌:'您这次出门,阿尔卡季·伊凡诺维奇,要不要算上一卦?'她挺会算卦。我简直不能原谅自己,居然没算! 我吓坏了,赶紧逃,确实这时也打铃了。今天,我在一家小餐馆里用了糟透的午餐,胃里难受——坐在那儿抽烟——突然,玛尔法·彼得罗夫娜又进来了,打扮得很漂亮,穿着新的绿绸连衣裙,拖着长长的裙裾:'您好,阿尔卡季·伊凡诺维奇! 您看我这件连衣裙怎样? 阿尼西卡做不到这么好。'(阿尼西卡是我们乡下的裁缝,原先是农奴,去莫斯科学过手艺,是个好姑娘。)她站着,在我面前转来转去。我看了连衣裙,又留神看了看她的脸,说:'您也真有兴致,玛尔法·彼得罗夫娜,为这点小事来找我,折腾自己。''哎呀,我的上帝,爷,连稍稍打扰你一下都不行!'我逗她说:'玛尔法·彼得罗夫娜,我想结婚。''你会这么做的,阿尔卡季·彼得罗维奇。不过,没办完妻子的丧事,就跑来结婚,对您可是不太体面。再说哪怕好好挑挑也行,要不,我看,无论对她还是对您,都没好处,只会让人笑话。'她说完就走了,裙裾似乎还沙沙发响。真荒唐,啊?"

"不过,这也许全是您撒谎?"拉斯科尔尼科夫回答。

"我很少撒谎。"斯维德里盖洛夫沉思着回答,似乎完全没有在意问题的无礼。

"那么原先,在这以前,您从没见过鬼魂?"

"嗯……不,见过,这辈子就一次,六年前。菲尔卡,那是我仆人;刚把他落葬,我忘了,喊了一声:'菲尔卡,拿烟斗来!'他进来了,一直走到放烟斗的架子前。我坐在那儿,暗想:'他这是要报复我',因为他去世前,我们狠狠吵过一架。我说:'你怎么敢穿着胳膊肘上有窟窿的衣服来见我——滚,浑蛋!'他转身走了,再没来过。当时我没告诉玛尔法·彼得罗夫娜。本想替他做个安魂祈祷,又不好意思。"

"去医生那儿看看吧。"

"这您不说我也知道,我有病,尽管,真的,我不知道是什么病。我看我大概比您健康得多,我不是问您信不信鬼魂显灵?我只问您信不信鬼魂?"

"不,说什么我也不信!"拉斯科尔尼科夫甚至有些恶狠狠地大叫。

"您知道通常是怎么说的?"斯维德里盖洛夫喃喃着,似乎自言自语,眼睛看着边上,稍稍低下头。"他们说:'你有病,所以你看到的尽是没有的东西。'这话没有严密的逻辑。我同意,鬼魂只对病人显灵,但这只是证明鬼魂显灵的对象只有病人,不是鬼魂本身不存在。"

"当然不存在!"拉斯科尔尼科夫恼火地坚持说。

"不存在?您这样想?"斯维德里盖洛夫接着说,慢慢朝他看了一眼。"怎么,要是这么说呢(请您指教):'鬼魂,这么说吧,是另一个世界的碎屑和断片,它的起因。健康人当然不必看到他们,因为健康人是最尘世的人,所以应当只过人间生活,好充分体验人生,遵守秩序。但你稍一生病,机体内正常的尘世秩序受到破坏,马上就会和另一个世界发生接触。病得越重,和另一个世界的接触也就越多。所以人一旦死了,就完全去了另一个世界。'我早就这么说了。要是相信来世,这个说法可以相信。"

"我不信来世。"拉斯科尔尼科夫说。

斯维德里盖洛夫坐着,一副沉思的样子。

"怎么,要是那儿只有蜘蛛或者诸如此类的东西?"他突然说。

"这人是疯子。"拉斯科尔尼科夫想。

"我们一直以为永恒是一种无法理解的观念,某种很大很大的东西!为什么一定很大?突然,根本不是这样,您倒想想,那儿只是一个小间,就像乡下的澡堂,熏得乌黑,角角落落都是蜘蛛,这就是永恒。

知道吗,有时我觉得永恒就是这样。"

"难道,难道您就想不出比这更欣慰、更合理的东西!"拉斯科尔尼科夫痛苦地大叫。

"更合理? 这怎么知道,也许这就挺合理,知道吗,要是我的话,就故意把它弄成这样!"斯维德里盖洛夫回答,无所表示地笑着。

听到这个荒唐的回答,拉斯科尔尼科夫突然浑身发冷。斯维德里盖洛夫抬起头,凝神看了他一眼,突然哈哈大笑。

"不,您想想吧,"他大声说,"半小时前,我们彼此还没见面,都把对方当敌人,相互间还有件事要解决。结果我们撇开正事,谈起这种怪问题来了! 我说得不对吗,我们是一块田里的浆果?"

"行行好,"拉斯科尔尼科夫恼火地说,"请您尽快解释一下,告诉我,为什么您要赏光来看我……另外……另外……我有急事,我没时间,我想出去……"

"行,行。您妹妹,阿夫多季娅·罗曼诺夫娜,打算嫁给卢任先生,彼得·彼得罗维奇?"

"您能不能不问我妹妹的事,不提她的名字。我都不懂,您怎么敢在我面前提她的名字,如果您当真是斯维德里盖洛夫?"

"我来就是谈她的事,怎能不提她的名字?"

"好,说吧,不过要快!"

"我相信,您对这位卢任先生,我太太的亲戚,已经有了自己的看法,哪怕您只见过他半小时,或者哪怕确确实实听到过他的为人。他配不上阿夫多季娅·罗曼诺夫娜。我看在这件事上,阿夫多季娅·罗曼诺夫娜慷慨而又冒失地牺牲自己,完全是为了……为了自己家庭。我原本觉得,从我听到的您的人品来看,如果这门亲事吹了,又没什么损失,您会非常满意。现在跟您认识后,我对这一点更是深信不疑。"

"从您这方面说,有这样的想法,非常天真。对不起,我原本想说:

314

简直无耻。"拉斯科尔尼科夫说。

"您是说我在为自己忙活。您放心,罗季昂·罗曼诺维奇,要是我想从中得到什么好处,我就不会说得那么直率,我还没傻成那样。在这方面,我想对您透露我内心一个奇怪的变化。刚才为了表白我对阿夫多季娅·罗曼诺夫娜的爱慕,我说我自己也是牺牲品。但您要知道,现在我已经丝毫没有爱的感觉,丝毫没有,这甚至连我自己都很奇怪,因为当初我确实感到了什么……"

"因为您太空,太放荡。"拉斯科尔尼科夫打断他说。

"确实,我是个游手好闲的浪子。不过您妹妹有那么多优点,连我也不能不受到某些影响。但这些都是胡闹,我现在已经看清了。"

"早就看清了?"

"原先就发现了,前天,几乎就在到达彼得堡的那一刻,我已经彻底明白。不过,在莫斯科时,我还想过,我要向阿夫多季娅·罗曼诺夫娜求婚,跟卢任先生决一高下。"

"对不起,我要打断您。行行好,能不能简单些,直接说明您的来意。我有急事,我得出去……"

"尽量照办。来这里后,现在我决定做一次……旅行。我想事先做些必要的安排。我的子女留在他们姨妈那儿。他们有钱,也不用我管。再说我算什么父亲!我只拿了一年前玛尔法·彼得罗夫娜送我的那点东西。我这么做,够可以的。对不起,我这就说到正事上了。在我也许真的成行前,我想和卢任先生作个了结。倒不是我容不了他,其实是他的缘故,我才跟玛尔法·彼得罗夫娜吵架的,因为我听说是她撮合了这门亲事。我希望现在能和阿夫多季娅·罗曼诺夫娜见上一面,请您引见,大概还得请您在场,向她说明,第一,卢任先生不但不会使她得益,还必定使她受害。然后,我对不久前的种种不快,向她道歉,请她允许我送她一万卢布,这样,她就能轻松地和卢任先生决裂,我想她本人也不反对和他决裂,只要可以。"

"您确确实实是个疯子!"拉斯科尔尼科夫大叫,倒不是生气,而是惊奇。"您怎么敢这么说话!"

"我知道您会大喊大叫,但第一,我虽不算富有,但这一万卢布并不急用,就是说我根本用不着。要是阿夫多季娅·罗曼诺夫娜不接受,我也许会花得更傻。这是一。第二,我问心无愧,我送这笔钱没有任何坏心眼。信不信由您,但以后,您也好,阿夫多季娅·罗曼诺夫娜也好,都会了解。说到底,我确实给您可敬的妹妹带来过许多麻烦和不快。所以,我确实感到后悔,真心希望——不是赎罪,不是补偿精神损失,而是为她做件好事,理由是我不是专干坏事的恶人。如果我的建议中哪怕有一丝一毫的图谋,我就不会只送一万卢布,这不,总共五星期前,我想送她的钱要多得多。另外,也许我很快很快就会跟一个姑娘结婚,所以,我想伤害阿夫多季娅·罗曼诺夫娜的一切怀疑都是不成立的。最后我要说,如果嫁给卢任先生,阿夫多季娅·罗曼诺夫娜同样也是拿钱,无非是从另一方面……您别生气,罗季昂·罗曼诺维奇。请您心平气和地好好想想。"

斯维德里盖洛夫说这话时,显得分外心平气和。

"请别说了,"拉斯科尔尼科夫回答,"不管怎样,这太放肆。"

"哪里。照这么说,这个世界上,人对人只能做坏事,反倒没权利稍稍做点好事,就因为那些无聊的习俗? 这挺荒唐。要是我,譬如说吧,死了,立下遗嘱,把这笔钱留给您妹妹,难道到时候她也会拒绝?"

"完全可能。"

"才不会呢,先生。不过,不接受就不接受,随便。只是一万卢布这玩意挺不错,万一要用的话。反正,请您把我的话转告阿夫多季娅·罗曼诺夫娜。"

"不,我不转告。"

"既然这样,罗季昂·罗曼诺维奇,我就只好想办法自己找她,就是说,只好打扰她了。"

"如果我转告,您就不想办法找她?"

"我不知道该怎么跟您说,真的。我很想见她一面。"

"别抱希望。"

"遗憾。不过,您对我不了解。这不,也许我们会做朋友。"

"您以为我们会做朋友?"

"为什么不会?"斯维德里盖洛夫笑了笑说,站起来拿了帽子,"其实我也不是很想打扰您,来这儿时,我甚至没抱多大希望,尽管您那尊容早在上午就使我吃惊……"

"上午您在哪里看见我的?"拉斯科尔尼科夫不安地问。

"偶然看见的,先生……我总觉得您身上有种跟我相似的气质……您尽管放心,我不会让人讨厌的。我跟赌棍都合得来,也没让斯维尔别伊公爵,我当大官的远亲觉得讨厌,还会替普里卢科夫太太在画册上写几句话,评论拉斐尔的圣母像,又跟玛尔法·彼得罗夫娜一起过了七年,没从乡下出来,原先还常在干草广场的维亚泽姆斯基旅馆过夜①,也许,我还会跟贝格一起乘气球上天。"

"好吧,先生。请问,您很快要去旅游?"

"去哪儿旅游?"

"就是'旅行'……您自己说的。"

"旅行?哎呀,对!……真的,我对您说过要去旅行……这是个宽泛的问题……不过您要知道您在问什么就好了!"他补充说,突然短促地打了声哈哈。"也许我结婚呢,不去旅行。有人在给我说媒。"

"这儿?"

---

① 彼得堡贫民住宿的旅店,内有许多餐厅、酒馆、赌场和妓院。

"对。"

"您这是什么时候看上的？"

"不过，我很想和阿夫多季娅·罗曼诺夫娜见上一面。我郑重地请求您。好吧，再见……哎呀，对了！看我把什么给忘了！请您转告您妹妹，罗季昂·罗曼诺维奇，玛尔法·彼得罗夫娜的遗嘱里提到要给她三千卢布。这绝对没错。玛尔法·彼得罗夫娜在去世前一星期安排的，当着我的面。过两三个星期，阿夫多季娅·罗曼诺夫娜就会收到钱了。"

"您说的是实话？"

"实话。请您转告。好吧，您的仆人告辞了。我住的地方离您很近。"出门时，斯维德里盖洛夫在门口和拉祖米欣撞了个满怀。

<h1 align="center">二</h1>

差不多已经八点。两人急忙赶去巴卡列耶夫公寓，想比卢任先到一步。

"这人是谁？"一到街上，拉祖米欣便问。

"这是斯维德里盖洛夫，那个地主，我妹妹在他家做家庭教师时，受过侮辱。因为他追求她，她离开那儿，被他妻子玛尔法·彼得罗夫娜赶走的。这个玛尔法·彼得罗夫娜后来请杜尼娅原谅她，这会儿又突然死了。刚才就在谈她的事。不知为什么，我很怕这家伙。他是妻子落葬后，立刻来这儿的。这人很怪，决心要干件什么事……他好像知道什么……得防着他，保护杜尼娅……这就是我想对你说的，听见吗？"

"保护！他能对阿夫多季娅·罗曼诺夫娜怎样？行，谢谢你，罗佳,对我这样信任……我们一定,一定保护! ……他住哪儿?"

"不知道。"

"干吗不问? 哎呀,可惜! 不过,我会打听的!"

"你把他看清楚了?"稍事沉默后,拉斯科尔尼科夫问。

"对,记住了,牢牢记住了。"

"你确实看清楚了? 看得清清楚楚?"拉斯科尔尼科夫又问。

"对,记得很清楚,一千个人里也能认出。我特能记脸。"

又沉默了一会儿。

"嗯……就是……"拉斯科尔尼科夫含糊地说,"要不,你知道吗……我想……我总觉得……这也许是幻觉。"

"你指什么? 我不太明白你的意思。"

"你们都说,"拉斯科尔尼科夫一撇嘴,笑了笑说,"我是疯子,我现在觉得,也许我真是疯子,看见的尽是幻影!"

"你这是怎么啦?"

"谁知道呢! 也许我确实是疯子,这几天发生的事大概都是我的想象……"

"哎呀,罗佳! 你又伤心了! ……他说什么啦,干吗来了?"

拉斯科尔尼科夫没回答,拉祖米欣想了一会儿。

"那就听我汇报,"他开口说,"我到你这儿来过,你在睡觉。随后用餐,随后我又去找波尔菲里。扎梅托夫还在他那儿。我本想问个明白,但不行。一直没能真正谈成。他们像是不明白,也不会明白,但一点不觉得尴尬。我把波尔菲里拉到窗前,对他说了,不知为什么,又没谈出结果:他看着边上,我也看着边上。最后我把拳头举到他面前说,我要狠狠揍他,尽管我们是亲戚。他只是看了看我。我啐了一口,掉头就走。就这些。很蠢。跟扎梅托夫我连句话都没说。瞧,我以为事情办糟了,可刚才下楼时,我突然产生一个想法,开窍了:我们犯得着这么操心吗？要是对你有危险，或者其他什么的，当然得弄清楚。怀疑你又怎么了！你跟这事没关系，那就别理他们。以后该是咱们嘲笑他们。要是我在你的位子上，还会骗骗他们，让他们上当。看他们以后有多害臊！别理他们，以后揍他们都行，现在笑笑算了！”

“当然，是这样！”拉斯科尔尼科夫回答。“可你明天会说什么？”他暗想。真是怪事，直到现在他还从未有过这样的念头：“拉祖米欣知道了，会怎么看？”想到这里，拉斯科尔尼科夫留神看了看他。刚才拉祖米欣拜访波尔菲里的汇报，他几乎不感兴趣：从那时起，情况有了很大变化！……

在过道里，他们碰到了卢任：他是八点整准时来的，在找房号，所以三人是一起进门的，但谁也不看谁，谁也不打招呼。两个年轻人走在前面，彼得·彼得罗维奇为了礼貌起见，在前室稍稍耽搁了一会儿，脱了大衣。普利赫里娅·亚历山德罗夫娜当即走到门口表示迎接。杜尼娅和哥哥打了招呼。

彼得·彼得罗维奇进来了，相当殷勤，但又格外神气地向两位女士鞠了一躬。不过他看上去似乎有些茫然，还不知道该怎么办。普利赫里娅·亚历山德罗夫娜似乎也很尴尬，赶紧请大家在圆桌旁入座，桌上放着煮沸的茶炊。杜尼娅和卢任面对面地坐在桌子两端。拉祖米欣和拉斯科尔尼科夫坐在普利赫里娅·亚历山德罗夫娜对面——拉祖米欣靠近卢任，拉斯科尔尼科夫挨着妹妹。

短暂的沉默。彼得·彼得罗维奇不慌不忙取出一块散发香水味的麻纱手帕，擤了擤鼻涕，模样就像一个高尚的人自尊心受到某种伤害，坚决要求对方作出解释。还在前室，他就想过，不脱大衣，掉头就走，以此严厉惩罚两位女士，让她们一下子感到后果的严重。但他没下决心。同时，他这个人不喜欢有什么他不知道的事，现在恰恰需要弄清楚：既然明显违抗他的旨意，就是说必定有什么原因，因此最好先做调查。惩罚有的是时间,完全掌握在他手中。

"但愿这一路上都还顺利?"他矜持地问普利赫里娅·亚历山德罗夫娜。

"感谢上帝,彼得·彼得罗维奇。"

"我很高兴。阿夫多季娅·罗曼诺夫娜也没累着?"

"我毕竟年轻,身体好,不会累的,妈妈可是受难了。"杜尼娅回答。

"有什么办法。我国的路都很长。所谓的'俄罗斯母亲'确实辽阔广大……尽管我很愿意,可惜昨天怎么也没法赶去接你们。但愿没什么特别的麻烦。"

"啊,不,彼得·彼得罗维奇,我们昨天特遭难,"普利赫里娅·亚历山德罗夫娜加重语气,赶紧声明,"要不是昨天似乎上帝亲自给我们派来了德米特里·普罗科菲伊奇,我们简直完了。这位就是,德米特里·普罗科菲伊奇·拉祖米欣。"她补充说,把他介绍给卢任。

"那还不是,见过……昨天,"卢任含糊地说,不怀好意地斜了拉祖米欣一眼,随后皱起眉头,倏地住口了。一般地说,彼得·彼得罗维奇属于在社交场合看上去异常殷勤,也特别希望得到殷勤对待的那种人,然而稍不如意,他们就会丧失自己的一切交际手段,更像一袋面粉,而不是无拘无束,能够活跃交际场合的男士。大家重又沉默:拉斯科尔尼科夫执拗地一言不发,不到时候,阿夫多季娅·罗曼诺夫娜也不想打破沉默,拉祖米欣无话可说,所以,普利赫里娅·亚历山德罗夫娜重又感到不安。

"玛尔法·彼得罗夫娜去世了,您听说了?"她说,使出自己最大的本领。

"那还不是,听说了。消息一传开,我就知道了,现在我甚至是来通知你们的,阿尔卡季·伊凡诺维奇·斯维德里盖洛夫在妻子落葬后,立刻上彼得堡来了。至少从我得到的准信来说是这样。"

"上彼得堡？上这儿？"杜涅奇卡惊恐地问，和母亲对视了一眼。

"一点不错，当然不是没有目的，如果考虑到他来得那么匆忙和原先的种种情况。"

"上帝！难道到了这儿，他都不让杜涅奇卡安生？"普利赫里娅·亚历山德罗夫娜惊叫。

"我觉得不用特别担心，无论是您，还是阿夫多季娅·罗曼诺夫娜，当然，如果你们自己不想和他发生任何关系的话。至于我，自然不会掉以轻心，现在正在查找他的住处……"

"哎呀，彼得·彼得罗维奇，您不会相信，这会儿您把我吓成什么样了！"普利赫里娅·亚历山德罗夫娜说。"我一共只见过他两次，我觉得他太可怕，太可怕！我相信，玛尔法·彼得罗夫娜的暴死是他一手造成的。"

"这还不能下结论。我有确切消息。我不否认，也许他加快了事态的进程，这么说吧，不断造成她的精神创伤。至于他的为人，他的道德品质，那我同意您的看法。我不知道他现在是不是富有，玛尔法·彼得罗夫娜究竟给他留下了什么，这些我都会在最近期间弄清楚的。当然，在这里，彼得堡，他只要稍稍有点钱，马上会故伎重演。他是这帮人中最荒淫无耻的家伙！我有充分的理由认为，玛尔法·彼得罗夫娜除了不幸深深爱上了他，使他摆脱了赌债，八年前吧，还在另一件事上帮了他大忙：全靠她的奔走和解囊，压住了一桩刚刚开始审理的刑事案子，其中涉及一起兽性的，这么说吧，离奇的凶杀。光为这桩凶杀，他就足够去西伯利亚逛一圈。他就是这么个人，如果您想知道的话。"

"哎呀，上帝！"普利赫里娅·亚历山德罗夫娜惊叫。拉斯科尔尼科夫注意听着。

"您说您有这方面的确切消息，真的？"杜尼娅威严地问。

"我只说我亲耳听到的事，那是去世的玛尔法·彼得罗夫娜秘密告诉我的。应当说从法律角度看，这桩案子相当难说。这儿原先住着一个叫雷斯利赫的外国女人，好像现在这人还在，除了放高利贷，还做点别的生意。跟这个雷斯利赫，斯维德里盖洛夫一直关系相当暧昧。她家住着一个远亲，好像是侄女，聋子，一个大约十五岁，甚至才十四岁的姑娘。这个雷斯利赫对她恨之入骨，连吃块面包都要数落她，甚至毫无人性地打她。后来发现她在阁楼上吊死了。法院判定自杀。经过一般的审理，这桩案子就算结了，但后来有人告密，说这孩子……死于斯维德里盖洛夫的残酷凌辱。确实，这一切都很难说，告密的是另一个德国女人，声名狼藉，没人相信。最后多亏玛尔法·彼得罗夫娜的奔走，还花了许多钱，连告密的人都不说了。一切只是传闻。但这个传闻很不简单。您，阿夫多季娅·罗曼诺夫娜，当然也在他们家里听说过仆人菲利普的事，他是给折磨死的，六年前，还是农奴制那个时候。"

"我听到的正好相反，说这个菲利普是自杀的。"

"没错，但那是迫于，或者最好说，受到斯维德里盖洛夫先生没完没了的虐待和惩罚。"

"这我不知道，"杜尼娅冷冷地回答，"我听到的事很奇怪，说这个菲利普有疑病，是什么土哲学家，大家都说'他书念多了'，还说他自杀是受不了嘲笑，不是受不了斯维德里盖洛夫先生的殴打。事实上我在的时候，他待仆人不错，仆人甚至都喜欢他，尽管在菲利普的死因上确实也责备他。"

"我发现，阿夫多季娅·罗曼诺夫娜，您好像突然愿意为他辩护了，"卢任撇撇嘴，模棱两可地笑了笑，"确实他这人很狡猾，对女人很有魅力，暴死的玛尔法·彼得罗夫娜就是一个可悲的例子。我提出这个忠告，无非想为您和您妈妈做件好事，因为他肯定会有新的企图。

323

至于说到我,那我坚信,这人肯定会被重新关进债务拘留所。为了子女,玛尔法·彼得罗夫娜从未想过,也绝不会把什么财产登记在他名下,即使给他留下什么,那也只是必不可少的小数目,很快就会用完,像他那样挥霍惯了的人,连一年都不够。"

"彼得·彼得罗维奇,"杜尼娅说,"请您别谈斯维德里盖洛夫先生。我听了心烦。"

"他刚才找过我。"拉斯科尔尼科夫突然说,第一次打破沉默。

四周响起惊叹声。大家都朝他转过脸。甚至彼得·彼得罗维奇都紧张了。

"一个半小时前,我在睡觉,他进来了,叫醒我,还作了自我介绍,"拉斯科尔尼科夫接着说,"他相当随便,情绪不错,非常希望我能结交他。顺便说一下,他很想见你一面,杜尼娅,还请我从中引见。他对你有个建议,建议什么,他告诉我了。另外,他肯定地告诉我,玛尔法·彼得罗夫娜在去世前一星期立了遗嘱,留给你,杜尼娅,三千卢布。这钱你马上可以收到。"

"感谢上帝!"普利赫里娅·亚历山德罗夫娜大声说,画了个十字。"为她祈祷吧,杜尼娅,为她祈祷!"

"这是真的。"卢任脱口而出。

"快说,那后来呢?"杜尼娅催问。

"后来他说,他自己也不富有,所有财产都给了他子女,他们现在寄养在姨妈家里。后来又说他住的地方离我不远,究竟哪儿?——我不知道,没问……"

"他究竟向杜尼娅建议什么,什么?"惊恐不安的普利赫里娅·亚历山德罗夫娜问,"他对你说了?"

"对,说了。"

"是什么?"

"以后再说。"拉斯科尔尼科夫不再作声,开始喝茶。

彼得·彼得罗维奇掏出怀表,看了看。

"我有事要办,不打扰了。"他略显委屈地补充一句,从椅子上欠起身。

"别走,彼得·彼得罗维奇,"杜尼娅说,"您不是打算坐一晚上吗?另外,是您自己在信上说的,希望和我妈妈把事情说说清楚。"

"对,是这样,阿夫多季娅·罗曼诺夫娜,"彼得·彼得罗维奇威严地说,重又坐到椅子上,但仍把帽子拿在手里,"我确实希望和您,和您尊敬的妈妈说说清楚,还是几个相当重要的问题。但正像您哥哥不能在我面前说明斯维德里盖洛夫先生的建议一样,我也不愿,也不能……在别人面前说明……这些非常非常重要的问题。再说,我坚决提出的请求没有得到满足……"

卢任做出苦恼的样子,傲慢地住口了。

"您的请求,就是我们见面时,哥哥不能在场,没有得到满足,仅仅因为我坚持我的看法,"杜尼娅说,"您在信上说,我哥哥侮辱了您。我想这应当立刻弄清楚,你们应当和好。如果罗佳确实侮辱了您,那他应当,也必定向您道歉。"

彼得·彼得罗维奇立刻神气起来。

"有些侮辱,阿夫多季娅·罗曼诺夫娜,是想忘也忘不了的。一切都有界限,跨过界限是危险的,因为一旦跨过界限,也就没有退路了。"

"我跟您说的其实不是这个,彼得·彼得罗维奇,"杜尼娅有些不耐烦地打断他,"您很明白,我们的未来,现在完全取决于这一切能不能尽快弄清楚,妥善解决?我想一开始就把话挑明了,我只能这样看,如果您对我还稍稍有点珍惜的意思,那么尽管很难,这事也必须今天解决。我再对您说一遍,如果我哥哥错了,他肯定向您道歉。"

"我很奇怪,您居然这样提出问题,阿夫多季娅·罗曼诺夫娜,"卢任越来越恼火,"我看重您,这么说吧,我敬重您,但我同时完全可以不喜欢您家里的某个人。我希望有幸和您结合,但我不能同时承担我不能同意的义务……"

"哎呀,请把这些委屈暂时放一放,彼得·彼得罗维奇,"杜尼娅动情地打断他,"您是个聪明、高尚的人,原先我一直这么看,现在也愿意这么看。我答应这门亲事,我是您的未婚妻。请在这件事上相信我,请相信,我能作出公正的判断。我自愿充当法官的角色,这无论对我哥哥,还是对您,都是一份意外的礼物。今天,看了您的信,我请他在我们见面时,一定过来,我没向他透露我的任何想法。您要明白,如果你们不能和好,我就应当在你们之间作出选择:您,还是他。问题就这样明摆着,无论从他,还是从您这方面。我不想选错,也不应当选错。为了您,我应当和哥哥决裂,为了哥哥,我应当和您决裂。现在,我希望,也能够,准确地知道:他是不是我哥哥? 还有您:您是不是珍惜我,看重我,您是不是我丈夫?"

"阿夫多季娅·罗曼诺夫娜,"卢任不快地说,"您的话对我来说太需要体会了,说白一些,太气人了,因为我在和您的关系中幸运地有了那种地位。且不说这种气人的、奇怪的对比,把我和……一个傲慢的年轻人混为一谈,您的话还透露出,您可能取消对我的承诺。您说:'您,还是他?'就是说,您在向我表示,我对您算不了什么……我不允许这样做,因为我们之间已经存在某种关系和……义务。"

"怎么!"杜尼娅倏地涨红了脸,"我把您的利益看得和我原先生活中珍贵的一切,原先生命中的**一切**,同样重要,您反倒生气了,怪我**不够**重视!"

拉斯科尔尼科夫嘲讽地默默一笑,拉祖米欣浑身觉得反感,但彼得·彼得罗维奇没有理会辩驳,反而一句接一句地变得越来越纠缠,越来越激动,仿佛慢慢来劲了。

"对未来的生活伴侣——丈夫的爱,应当超过对哥哥的爱,"他用教训的口气说,"至少,我不能跟他一样……虽然我刚才坚持说,有您哥哥在场,我不愿,也不能说明我的来意,但我现在打算请您尊敬的妈妈,对一个非常重要,也使我非常生气的问题作出必要的解释。您儿子,"他转身对普利赫里娅·亚历山德罗夫娜说,"昨天,当着拉苏特金先生的面(或者……也许没错? 对不起,我忘了您姓什么——他客气地朝拉祖米欣鞠了一躬),侮辱我,肆意歪曲我在私下谈话中,喝咖啡时,对您说的一个想法,也就是在夫妻关系上,按我的看法,与其娶个娇气的小姐,不如娶个受穷的姑娘,因为更道德。您儿子把这些话的意思夸大到荒唐的程度,指责我用心不良,我以为他的根据是您亲笔写给他的信。如果您,普利赫里娅·亚历山德罗夫娜,能够消除我的怀疑,使我彻底放心,我将感到幸福。请告诉我,在您写给罗季昂·罗曼诺维奇的信中,我说的那些话您究竟是怎么成文的?"

"我不记得,"普利赫里娅·亚历山德罗夫娜莫名其妙,"我是按我的理解写的。我不知道罗佳是怎么对你说的……也许,有些夸大。"

"您没有这个意思,他不会夸大。"

"彼得·彼得罗维奇,"普利赫里娅·亚历山德罗夫娜庄重地说,"我和杜尼娅没把您的话往坏里想,证明就是我们**在这里**。"

"说得好,妈妈!"杜尼娅表示赞同。

"这么说,这也是我的不是!"卢任生气了。

"瞧,彼得·彼得罗维奇,您一直在指责罗季昂,但您自己在上午的信上提到他的话,反倒不是事实。"普利赫里娅·亚历山德罗夫娜振作精神,补充说。

"我不记得信上有哪些话不是事实。"

"您说,"拉斯科尔尼科夫严厉地说,没朝卢任转过脸去,"我昨天不是把钱给了死者的遗孀(我确实给她钱了),而是给了他女儿(到昨

327

天为止,我还从没见过她)。您这么写是想挑拨我和亲人的关系,为了达到这个目的,您还用恶劣的语言污蔑一个您不认识的姑娘。这是诽谤,下流。"

"对不起,先生,"卢任气得发抖,回答说,"我在信上提到您的品行,只是因为您妹妹和妈妈请我告诉她们,我是怎么找到您的,您给我的印象怎样。至于说到我信上的内容,那就请您找出哪怕一行不符合事实的话也行,就是说您没有把钱白白送掉;那户人家,尽管不幸,没有不体面的人?"

"我看您再体面,再朝这个不幸的姑娘扔石头,也不及她的一个小指头。"

"这么说,您想把她介绍给您母亲和妹妹?"

"这我已经做了,要是您想知道的话。今天我就让她跟我妈妈和杜尼娅坐在一起了。"

"罗佳!"普利赫里娅·亚历山德罗夫娜大叫。

杜涅奇卡脸红了。拉祖米欣皱起眉头。卢任刻薄而又傲慢地微微一笑。

"您自己看到了,阿夫多季娅·罗曼诺夫娜,"他说,"可能和解吗?现在我希望这事已经结束,已经清楚,永远。我走了,免得扫兴,妨碍你们团聚、谈心(他从椅子上站起来,拿起帽子)。但临走,我斗胆说一句,希望今后我能避免这类会见,这么说吧,妥协。这一点特别请您注意,尊敬的普利赫里娅·亚历山德罗夫娜,况且,我的信是写给您的,不是写给别人的。"

普利赫里娅·亚历山德罗夫娜有些生气。

"您好像想把我们完全管起来,彼得·彼得罗维奇。杜尼娅对您说了原因,为什么没有满足您的愿望:她是好意。再说,您写给我的信,就像在下命令。难道我们非得把您的愿望当作命令?我要对您说的恰恰相反,现在您对我们应当特别客气,特别体谅,因为我们扔了一切,相信您,来了这儿,就是说,单是这样已经受您管了。"

"这不完全公允,普利赫里娅·亚历山德罗夫娜,特别是现在,知道玛尔法·彼得罗夫娜留给你们三千卢布以后。这钱好像来得正是时候,连您跟我说话的口气都变了。"他刻薄地补充说。

"您这么说,倒确实可以推断,您原来指望我们无依无靠。"杜尼娅气愤地说。

"但现在至少不能这样指望了,我还特别不想妨碍你们了解阿尔卡季·伊凡诺维奇·斯维德里盖洛夫的秘密建议。这建议是他全权委托您哥哥转达的,我看对你们意义重大,也许还相当愉快。"

"哎呀,我的上帝!"普利赫里娅·亚历山德罗夫娜惊叫。

拉祖米欣在椅子上坐不住了。

"现在你不觉得羞耻吗,妹妹?"拉斯科尔尼科夫问。

"羞耻,罗佳,"杜尼娅说。"彼得·彼得罗维奇,您出去!"她对他说,脸都气白了。

彼得·彼得罗维奇似乎完全没料到这样的局面。他太自以为是,夸大了自己的权利和自己猎物的无能。他不相信眼前的事实。他脸色发白,嘴唇开始哆嗦。

"阿夫多季娅·罗曼诺夫娜,要是我现在走出这扇门,听到的是这种话,那——您就考虑考虑后果——我再也不会回来。好好想想!我说话算数。"

"放肆!"杜尼娅大叫,倏地站起。"我根本就不希望您回来!"

"怎么?原来这样!"卢任大叫,直到最后一刻都不相信会是这样的结局,这会儿完全糊涂了,"原来—这—样!但您要知道,阿夫多季娅·罗曼诺夫娜,我都可以抗议。"

"您有什么权利这样跟她说话!"普利赫里娅·亚历山德罗夫娜激

动地插进来，"您抗议什么？您有什么权利？难道我会把我的杜尼娅嫁给您这种人？走吧，彻底离开我们！我们自己不好，做了错事，特别是我……"

"不过，普利赫里娅·亚历山德罗夫娜，"卢任气疯了，"您的承诺束缚了我，现在您赖婚了……还有……还有，我为这事，这么说吧，花了一笔钱……"

这最后提出的赔偿要求完全符合彼得·彼得罗维奇的性格，拉斯科尔尼科夫虽然气得脸色发白，勉强克制着愤怒，也突然大笑起来。但普利赫里娅·亚历山德罗夫娜忍不住了。

"花了一笔钱？究竟花了什么钱？您是不是指我们的箱子？那是列车员免费替您运送的。上帝，我们束缚了您！您醒醒吧，彼得·彼得罗维奇，是您束缚了我们的手脚，不是我们束缚了您！"

"够了，妈妈，别说了，够了！"阿夫多季娅·罗曼诺夫娜恳求说，"彼得·彼得罗维奇，行行好，走吧！"

"我走，不过我最后还要说一句！"他说，几乎完全不能控制自己。"您妈妈好像完全忘了，我是，这么说吧，在您的传闻闹得满城风雨后决定娶您的。为了您，我不顾社会舆论，替您恢复名誉，当然，我完全完全可以指望报答，甚至要求报答……现在我才刚刚睁开眼睛！亲眼看见我不顾社会舆论的做法，也许实在是过于轻率……"

"他有两个脑袋，难道！"拉祖米欣大叫，从椅子上跳起来，准备动手。

"您是个卑鄙的恶棍！"杜尼娅说。

"别说了！别动手！"拉斯科尔尼科夫大声说，拦住了拉祖米欣，随后几乎径直走到卢任跟前。

"请您出去！"他轻轻说，一字一顿，"别再说话，要不……"

彼得·彼得罗维奇朝他看了有几秒钟，恨得咬牙切齿，脸色煞白，随后转身便走,当然,很少有人会像他对拉斯科尔尼科夫那样,临走怀着如此刻骨的仇恨。他把一切都归罪于他,归罪于他一人。不过下楼时他仍在想,也许事情还没完,单就两位女士来说,这事更是"绝对绝对"可以挽回。


三


主要是他直到最后一刻,怎么也没料到会有这样的结局。他傲气十足,连想都没想过,两个孤苦无依的女人能够逃脱他的掌控。这种信念在很大程度上是虚荣心和最好称作自命不凡的狂妄促成的。彼得·彼得罗维奇出身贫贱,得志后,便病态地习惯于自我欣赏,高度评价自己的智慧和才能,甚至有时他会独自对着镜子欣赏自己的面孔。但在这个世界上,他最喜爱,也最重视的,是他用劳动和各种手段挣来的钱财:钱财使他和高于他的一切处于平等地位。

刚才彼得·彼得罗维奇痛苦地提醒杜尼娅,他是不顾流言蜚语决定娶她的,说得情真意切,他甚至对这种"忘恩负义"深感愤慨。其实,当时他向杜尼娅求婚时,他已确信这些流言蜚语纯属荒唐,因为玛尔法·彼得罗夫娜本人已经公开辟谣,全城的人早已不再相信传闻,反而热情地为杜尼娅辩护。即使现在,他自己也不否认,这一切他当初都已知道。尽管这样,他还是高度赞赏自己抬举杜尼娅的决心,认为这是一桩莫大的功劳。刚才他对杜尼娅说出这一切时,其实也吐露了他内心深爱的一个想法,这想法他不止一次地欣赏过,真不明白,别人怎会不欣赏他的功劳。当初拜访拉斯科尔尼科夫时,他是怀着恩人的感觉进门的,准备收获果实,听取甜蜜的恭维。当然,现在下楼时,他认为自己受了极大的侮辱,连他的好心都没得到承认。

但他绝对需要杜尼娅,放弃她,对他来说,简直不可思议。已经好久了,已经足足几年,他一直在做结婚的美梦,然而一直只是攒钱,等待。他热烈期盼,在内心深处,一个正派、穷苦的姑娘(一定得穷苦),非常年轻,非常漂亮,高尚,有教养,非常胆小,受尽苦难,对他低声下气,一辈子都把他当作自己恩人,崇拜他,顺从他,赞赏他,心目中只有他一个人。当他摆脱各种事务,静静休息时,他在想象中为这个诱人和奇妙的题材创造过多少场景,多少甜蜜的插曲!这不,多年的梦想差不多已经实现了:阿夫多季娅·罗曼诺夫娜的美貌和教养使他倾倒,她孤苦无依的处境更使他兴奋到极点。情况甚至比他想象的更好:出现了一个自尊、独特、高尚的姑娘,学问和才华都在他之上(他感到了这一点),这样一个女人将像奴隶似的终生对他感恩戴德,对他崇拜不已,而他将像统治者一样,充分行使无限的权力!……说来也巧,就在不久前,经过长期考虑和等待,他终于决定变换业务,进入更加广阔的活动领域,同时慢慢进入他心仪已久的比较上层的社会……总之,他决定来彼得堡试试。他知道借助女人可以赢得"许多、许多"东西。一个美丽、高尚、有教养的女人的魅力,能为他创造美好的前程,使他发达,使他风光……这不,一切都毁了!刚才突然发生的这一荒唐的决裂,对他犹如晴天霹雳。这是一个荒唐的笑话,胡闹!他只是稍稍傲慢了点,甚至没来得及把话说完,不过开了点玩笑,过火了,后果竟是这样严重!说到底,他已经在按自己的理解爱杜尼娅,已经在自己的想象中统治她——突然!……不!明天一定得恢复、弥补、纠正这一切,主要是得除掉这个乳臭未干的狂小子。他是罪魁祸首。不知怎的,他又不禁痛苦地想起了拉祖米欣……不过,在这方面他很快就放心了:"这家伙哪能跟他比!"要说他当真怕什么人的话——那就是斯维德里盖洛夫……总之,会有许多麻烦……

……

332

"不,是我,是我不好!"杜涅奇卡说,拥吻母亲,"我图他有钱,不过我发誓,哥哥,我怎么也没想到他居然这么卑鄙。要是我早些把他看穿,决不会图他什么!别怪我,哥哥!"

"上帝保佑!"普利赫里娅·亚历山德罗夫娜似乎下意识地喃喃着,似乎还没完全明白刚才发生的一切。

大家都很高兴,五分钟后甚至笑了。只有杜涅奇卡偶尔想起刚才的事,脸色发白,皱着眉头。普利赫里娅·亚历山德罗夫娜根本没想到,她也会高兴;上午她还觉得和卢任决裂是场可怕的灾难。但拉祖米欣异常兴奋。他还不敢把他的喜悦完全表示出来,他像发疟子似的浑身打战,仿佛压在他心上的一只五普特重的砝码倏地落地了。现在他有权把自己的一生献给她们,为她们效劳……是的,现在麻烦还少吗!他反倒不敢大胆往下想了,甚至害怕自己的想象。只有拉斯科尔尼科夫仍坐在原来的地方,几乎沉着脸,甚至心不在焉。原本是他坚持把卢任赶走,现在又似乎比谁都淡漠刚才发生的事情。杜尼娅不由以为,他仍对她十分生气。普利赫里娅·亚历山德罗夫娜胆怯地不时偷眼看他。

"斯维德里盖洛夫对你说什么了?"杜尼娅走到他面前。

"哎呀,对,对!"普利赫里娅·亚历山德罗夫娜大声说。

拉斯科尔尼科夫抬起头:

"他一定要送你一万卢布,还说要见你一面,让我在场。"

"见面!绝对不行!"普利赫里娅·亚历山德罗夫娜大叫,"他怎么敢送钱给她!"

接着,拉斯科尔尼科夫转述了(相当冷淡)他和斯维德里盖洛夫的谈话,省去玛尔法·彼得罗夫娜的几次显灵,以免节外生枝。确实,他对任何谈话都觉得反感,除了非说不可的事。

"你是怎么回答他的?"杜尼娅问。

"起先我说，我什么也不会转告。他扬言他要自己，想尽一切办法，跟你见面。他要我相信，他追求你只是胡闹，现在对你已经没有任何感情……他不希望你嫁给卢任……总之，他说得很乱。"

"你觉得他是什么用意，罗佳？你对他怎么看？"

"说实在的，我什么都没闹明白。他要送你一万卢布，又说他不富裕。刚宣布他要去什么地方旅行，才过十分钟就忘了他说过这话。突然又说他想结婚，已经有人替他说媒……当然，他有目的，很可能挺阴险。不过这也很怪，要是他真的对你不怀好意，这么干不是太傻了。我当然替你回绝了这笔钱，很干脆。一般地说，我觉得他很怪……甚至……有些疯癫。不过，我也可能看错。也许这只是一种伪装。玛尔法·彼得罗夫娜的死似乎对他有影响……"

"上帝，让她的灵魂安息吧！"普利赫里娅·亚历山德罗夫娜大声说，"我要永远永远祈祷上帝保佑她！要不是这三千卢布，杜尼娅，我们现在该怎么办！上帝，正像天上掉下来的！哎呀，罗佳，要知道我们早上只剩三卢布了。我跟杜尼娅唯一希望的，就是尽快找个地方把表押了，免得他没想到，还得向他借钱。"

杜尼娅像是被斯维德里盖洛夫的建议惊呆了。她一直站着沉思。

"他想干什么坏事！"她轻轻地自言自语，吓得险些发抖。

拉斯科尔尼科夫发现了这异常的恐惧。

"看来，我还得不止一次地见他。"他对杜尼娅说。

"我盯住他！我一定找到他的住址！"拉祖米欣响亮地说。"密切监视！是罗佳让我这样做的。他刚才亲口对我说：'你要保护我妹妹。'您允许吗，阿夫多季娅·罗曼诺夫娜？"

杜尼娅微微一笑，向他伸出手去，但忧虑并未从她脸上消失。普利赫里娅·亚历山德罗夫娜怯生生地不时抬眼看她，不过，那三千卢布使她放心了。

一刻钟后,大家已经谈得兴高采烈。拉斯科尔尼科夫尽管没说话,但也注意地听了一会儿。拉祖米欣仿佛是个演说家。

"干吗,你们干吗要走!"他热情洋溢,一个劲地说着,"你们在那个不起眼的小城市里能做什么? 主要是这里你们都在一块儿,相互需要,太需要啦——听我没错! 哪怕只待一段时间……你们把我当朋友,大家合伙,我保证能做好生意。听着,我这就向你们做个详细说明——整个计划! 早上,还什么都没发生,我头脑里就出现一个想法……是这么回事,我有个舅舅,(我会介绍你们认识的,一个很随和、很可敬的老头!)他有一千卢布积蓄,他靠养老金过日子,不缺什么。他跟我讲了一年多,硬要把这一千卢布借给我,只要付他六厘利息就行。我心里明白:他想帮我,不过去年我不需要,今年我一直在等他来,决定借这笔钱。你们再出一千,从那三千里面,这就够第一次用的了,我们这就合伙了。我们干什么呢?"

拉祖米欣开始详细介绍自己的计划,他举了许多例子,说明几乎所有的书店老板和出版商都不大懂行,所以出版商通常都很差劲,然而像样的出版物一般都能保本,都能赚钱,有时还能赚很多钱。拉祖米欣想干的就是出版,他已经为别人干了两年,通晓三种语言,虽然六天前他曾对拉斯科尔尼科夫说,他的德语"不行",但那是为了说服拉斯科尔尼科夫接受半本书的翻译和预支的三卢布稿费。当时他说谎了,拉斯科尔尼科夫也知道他在说谎。

"干吗,我们干吗错过机会,既然我们具备其中最关键的条件——本钱?"拉祖米欣激动了。"当然,有很多事要做,但我们会做的,您,阿夫多季娅·罗曼诺夫娜,我,罗季昂……有些出版物现在可赚钱啦! 干这个行当的主要基础,是我们得知道应当翻什么。我们边翻译,边出版,边学习,同时干。现在我能效力,因为我有经验。我跟出版商打交道快两年了,他们的底细我全知道:不是圣人才能做瓦罐,相信我!

335

干吗,干吗到嘴边的面包让人端走! 我就知道——这是我的秘密——有那么两三本书,单是提供选题,每本就值一百卢布,其中一本,就是出三百卢布买我这个选题,我都不干。再说,你们想呀,要是我提供给别人,也许他还挺怀疑。笨蛋一个! 至于各种各样的杂务、印刷、纸张、销售,这些你们可以让我去办! 所有的窍门我都知道! 开始小些,慢慢扩大,至少可以养活自己,再差,也能保本。"

杜尼娅双目炯炯。

"您出的主意我很喜欢,德米特里·普罗科菲伊奇。"她说。

"这事我当然不懂,"普利赫里娅·亚历山德罗夫娜应声说,"也许是件好事,不过,这只有上帝知道。好像挺新鲜,不知道会怎样。当然,我们一定得留在这儿,哪怕只是一段时间……"

她看了看罗佳。

"你怎么想,哥哥?"杜尼娅说。

"我想他的主意很好,"他回答,"开店的事当然不必先去想它,出五六本肯定赚钱的书确实可以。我也知道有本书肯定走俏。至于他的办事能力,那没问题:懂行……不过,你们还有时间,商量商量再把事情定下……"

"乌拉……"拉祖米欣大叫,"现在你们别忙,这儿有个套间,就在这公寓里,也是那个房东的。这个套间很特别,独门独户,跟旅馆的房间不通。带家具,价钱适中,有三个小间。你们先租下。明天我替你们把表押出去,把钱送来,一切就妥了。主要是你们三人可以住在一起,罗佳跟你们……你去哪儿,罗佳?"

"怎么,罗佳,你要走?"普利赫里娅·亚历山德罗夫娜甚至恐惧地问。

"这时候走!"拉祖米欣大声说。

杜尼娅怀疑而又诧异地看着哥哥。他手里已经拿好帽子,准备走了。

"你们像在给我下葬,或者跟我永别。"不知怎的,他古怪地说。

他似乎微微一笑,但似乎这又不是微笑。

"谁知道呢,也许我们是最后一次见面。"他无意中加了一句。

他心里这么想,但不知怎的说了出来。

"你怎么了!"母亲惊叫。

"你去哪儿,罗佳?"杜尼娅有点古怪地问。

"没什么,我肯定得走。"他含糊地回答,似乎犹豫着要不要说实话。但他苍白的脸上显露出某种相当坚决的神色。

"我想告诉……来这儿时……我想告诉您,妈妈……还有你,杜尼娅,我们最好分开一段时间。我身体不好,心情也不好……我以后会来的,自己来,到……能来的时候。我惦念你们,爱你们……让我走!让我一个人过日子!原先我就这样决定了……下了决心……不管我以后怎样,是死是活,我都想一个人过。彻底忘了我。这样更好……不要打听我的消息。必要时,我会自己来的,或者……我会叫你们的。也许,一切都会复原! ……现在,如果你们爱我,就不要管我……否则我会恨你们,我有这个感觉……别了!"

"上帝!"普利赫里娅·亚历山德罗夫娜惊叫。

无论母亲,还是妹妹,都异常恐惧。拉祖米欣也一样。

"罗佳!罗佳!跟我们和好吧,让我们跟原先一样!"可怜的母亲大声说。

他慢慢朝门口转过身,慢慢走了。杜尼娅赶上他。

"哥哥!你对母亲干了什么!"她悄悄说,两眼闪着怒火。

他痛苦地看了看她。

"没干什么,我会来的,我会常来!"他低声喃喃着,似乎不大清楚他想说什么,出了房间。

"你无情、狠心、自私……"杜尼娅大叫。

"他是疯一子,不是无情!他神经错乱!难道您没看出来?您这么说,反倒无情了!……"拉祖米欣在她耳边激动地说,紧紧攥住她的胳膊。

"我这就回来!"他朝吓呆的普利赫里娅·亚历山德罗夫娜喊了一声,飞身跑出房间。

拉斯科尔尼科夫在过道尽头等他。

"我知道你会跑来的,"他说,"回她们那儿去吧,陪着她们……明天也陪着她们……永远陪着。我……也许会来……如果能来的话。别了!"

他没有握别就转身走了。

"你去哪儿?你干什么?你这是怎么了?难道可以这样!……"茫然失措的拉祖米欣喃喃着。

拉斯科尔尼科夫又站住了。

"我说最后一次:永远别来问我什么。我没法回答你……别来找我。也许,我会来这儿……离开我……但**别离开**她们。懂我意思吗?"

过道很暗,他们站在油灯旁。大约有一分钟,他们默默对视着。拉祖米欣永远记住了这一分钟。似乎随着时间一秒秒过去,拉斯科尔尼科夫专注的目光越来越炽烈地燃烧起来,穿透他的心灵、意识。突然,拉祖米欣打了个哆嗦。似乎他们之间发生了某种奇怪的默契……一个难言的想法在他脑海里掠过,像是暗示,这想法可怕、荒谬,却又突然那样心照不宣……拉祖米欣的脸变得像死人一样苍白。

"现在明白了?……"拉斯科尔尼科夫突然说,痛苦地扭歪了脸。"回去,到她们那儿去吧。"他突然说,旋即倏地转身,出了公寓。

现在,恕我不再描写那天晚上普利赫里娅·亚历山德罗夫娜房间里发生的一切:拉祖米欣怎样回到她们那儿,怎样安慰她们,怎样发誓说应当让罗佳好好看病,又怎样发誓说罗佳一定会来,每天都会来,说他非常非常苦恼,不要再刺激他,说他,拉祖米欣,会照料他的,给他请好医生,最好的医生,会诊……总之,从那天晚上起,拉祖米欣在她们那儿成了儿子和哥哥。


# 四


拉斯科尔尼科夫径直朝滨河街索尼娅住的公寓走去。那是一幢三层楼的绿色老房子。他找到管院子人,后者给了他一些模糊的指点:裁缝卡佩尔纳乌莫夫住在哪里。他在院子一角找到又窄又暗的楼梯,终于上了二楼,来到面朝院子,贯穿整个楼面的回廊上。他在黑暗中徘徊,不知道卡佩尔纳乌莫夫家是哪道门,这时,离他三步远的地方,突然有道什么门开了,他机械地一把抓住它。

"谁呀?"一个女人的声音惊恐地问。

"是我……来找您。"拉斯科尔尼科夫回答,走进窄小的前室。这里,一把坐坏的椅子上,点着一支插在歪斜的铜烛台上的蜡烛。

"是您!上帝!"索尼娅轻轻喊了一声,呆住了。

"上您房间怎么走?这儿?"

拉斯科尔尼科夫尽量不看她,尽快进了房间。

过了一会儿,索尼娅拿着蜡烛也进来了。她放下蜡烛,站在他面前,手足无措,异常激动,显然,被他意外的来访吓坏了。突然,她苍白的脸涨得通红,甚至眼眶里出现了泪水……她又厌恶,又羞愧,又幸福……拉斯科尔尼科夫迅速转过身,坐到桌旁的椅子上。他已经把房间扫视了一遍。

这是个大房间,但极低,是卡佩尔纳乌莫夫家唯一出租的房间,通向房东内室的门锁着,在左墙上。对面,右墙上,还有一道门,永远死死锁着。那里已是毗邻的另一套房间,属于另一个房号。索尼娅的房间仿佛板棚,是个很不规则的四边形,这使房间显得奇形怪状。临河有三扇窗的墙,像是斜着隔断房间,所以,一角,极小的锐角,陷在深处,在暗淡的光线下,甚至很难看清什么。另一角却是大得异样的钝角。偌大一个房间里几乎没家具。角落里,右面,是床,床边,靠门,有把椅子。床的墙边,紧挨通往另一套房间的门旁,放着一张普通的木板桌子,铺着浅蓝色桌布,桌旁有两把藤椅。对面墙边,靠近锐角的地方,立着一只普通木料的不大的抽屉柜,仿佛一件在空荡中被人遗忘的家什。这就是房间里的一切。泛黄的破烂墙纸的所有角落都已熏黑,想必这里冬天潮湿,多烟。穷得一览无遗,甚至床前都没帘子。

索尼娅默默看着自己客人异常留神而又放肆地打量她的房间,吓得终于哆嗦起来,似乎坐在她面前的是法官和自己命运的主宰。

"我来得太晚……有十一点了?"他问,仍没朝她抬起眼睛。

"有了,"索尼娅含糊地回答,"哎呀,对,有了!"她突然急急忙忙说,似乎这是她唯一的出路,"刚才房东的钟敲了……我亲耳听到的……有了。"

"我这是最后一次来看您,"拉斯科尔尼科夫阴郁地接着说,尽管现在只是第一次,"也许,我以后再也看不到您了……"

"您……要出门?"

"不知道……一切得看明天……"

"您明天不去卡捷琳娜·伊凡诺夫娜那儿了?"索尼娅的声音抖了一下。

"不知道。一切得看明天早上……问题不在这儿:我来是想说句话……"

他朝她抬起沉思的目光,突然发现他坐着,而她仍在他面前站着。

"您干吗站着?坐吧。"他突然变换语气,轻轻地,温柔地说。

她坐了。他亲切地,几乎怀着同情,看了她大约有一分钟。

"您太瘦!瞧您这手!都是透明的。手指像死人似的。"

他握住她的手。索尼娅微微一笑。

"我一向这样。"她说。

"住在家里时也这样?"

"是的。"

"嗯,对,当然是这样!"他断断续续说,脸上的表情和说话的声音突然又变了。他又看了看周围。

"您这是从卡佩尔纳乌莫夫手里租的?"

"是的……"

"他们住哪儿,门后?"

"是的……他们也是这样一个房间。"

"全家住一个房间?"

"住一个房间。"

"我要是住您的房间,夜里肯定害怕。"他阴郁地说。

"房东家的人都特好,特和气,"索尼娅回答,似乎仍没回过神来,没弄明白对方的意思,"所有家具、用品……都是房东的。他们心肠特好,几个孩子也常来我这儿玩……"

"这一家子都口齿不清?"

"是的……他口吃,还是瘸子。老婆也是……倒不是口吃,像是有话不会说。她心肠好,特好。他从前是地主家的仆人。孩子一共七个……只有大儿子口吃,另外六个全有病……倒不口吃……您打哪儿知道他们的?"她加了一句,带着几分惊奇。

"您父亲当时都对我说了。您的事也都对我说了……连您怎么六

341

点钟出去,八点多回来,卡捷琳娜·伊凡诺夫娜怎么跪在您床前都说了。"

索尼娅窘了。

"我像是今天看见他了。"她犹豫不决地轻轻说。

"谁?"

"父亲。我在街上走,那儿附近,街角上,九点多钟,他像在前面走。就像是他。我都想去找卡捷琳娜·伊凡诺夫娜……"

"您上街了?"

"是的。"索尼娅短促地轻轻说,又窘了,低下眼睛。

"卡捷琳娜·伊凡诺夫娜不是差点要打您吗,父亲还在时?"

"哎呀,不,看您说的,您干吗说这个,不!"索尼娅甚至恼怒地看了他一眼。

"那您爱她?"

"她?是的,哪—能—不爱!"索尼娅悲哀地拉长声音,突然又痛苦地抱起胳膊。"唉!要是您了解她……要是您了解她就好了。她完全像孩子……要知道她当真就像疯了……伤心过度。原先她有多聪明……多大方……多善良!您什么,什么都不知道……唉!"

索尼娅说这话时,仿佛绝望了,激动,难受,绞着双手。她苍白的脸颊又涨红了,眼睛流露出痛苦。显然,她的内心被深深触动了,她非常想表示什么,说清楚,为后母辩护。某种无穷的同情,如果可以这样说的话,突然涌现在她脸上。

"她打过!您干吗说这些!上帝,打过!打过又怎样!又怎样?您什么,什么都不知道……这是个非常不幸的女人,唉,太不幸了!浑身是病……她希望公道……她很纯洁。她是那么相信世上的一切都应当是公道的,处处要求公道……哪怕您折磨她,她也不会做什么不公道的事。她不了解,世上根本不可能有公道,于是她恼火……就像孩子,就像孩子! 她是公道的,公道的!"

"那您以后怎么办?"

索尼娅询问地看了看他。

"要知道,他们以后全靠您了。说实在的,原先也全靠您。连您去世的父亲都常向您要酒钱。那现在怎么办?"

"不知道。"索尼娅忧心忡忡地说。

"他们以后仍住那儿?"

"不知道。他们欠房钱,房东今天说了,要赶他们走,卡捷琳娜·伊凡诺夫娜说,她原本就一分钟都不想待。"

"她哪来这样的胆量? 指望您吗?"

"唉,不,请别这么说! ……我们是一家人,我们一起过日子,"突然索尼娅又激动了,甚至恼火了,那模样活像一只气呼呼的金丝雀或者别的什么小鸟,"再说她能怎么办? 她能怎么办?"她急躁而又激动地连连追问。"她今天哭了多少次,多少次! 她脑子有病,这您没发现? 有病,一会儿急得像孩子,想把明天的一切都办得很体面,要有冷菜,该有的全有……一会儿又绞着手,咳血,哭,突然脑袋往墙上撞,跟绝望似的。过会儿又不哭了,她一直在指望您:说您会帮她,还想去什么地方借点钱,回老家,跟我一起,办所贵族女子寄宿学校,让我管宿舍,这样,我们就能过上全新的好日子。她吻我,拥抱我,安慰我,那么相信! 那么相信这些胡思乱想! 难道可以跟她顶嘴? 今天她整整一天都在洗呀,擦呀,补呀,身子那么虚弱,还把洗衣盆拖进房间,累得倒在床上直喘气。上午我还跟她一起去了市场,想给波列奇卡跟廖尼娅买双鞋,她俩的鞋全坏了,可惜算下来我们钱不够,缺很多,她选中的鞋可漂亮了,她很有眼光,您不知道……她在铺子里就哭了,当着伙计的面,说钱不够……唉,看看都可怜。"

"这也明摆着,既然您……过的是这种日子。"拉斯科尔尼科夫露出一丝苦笑。

"难道您不可怜她？不可怜？"索尼娅又气呼呼地责问，"您，我知道，您还什么都没看见，就把自己所有的钱都给了她。您要都看见了，噢，上帝！可我还一次次地让她掉泪！上星期就是！唉，我呀！离他去世只有一星期。我做得太狠！这种事我做过多少次，多少次。唉，我现在整天都在回想，心疼！"

索尼娅想起这些就心疼，一面说，一面绞手。

"您狠？"

"对，我，我！那天我去了，"她哭着说，"先父说：'给我念一念，索尼娅，不知怎的我头疼，给我念一念……书在这儿'，这书是安德烈·谢苗内奇那儿借的，就是列别贾特尼科夫，就住那儿，他总借这种可笑的书。我说：'我得走了'，就是不想念。我去他们那儿主要是想给卡捷琳娜·伊凡诺夫娜看几条领子。莉扎韦塔，一个小贩，给我拿来几条便宜的领子和翻袖，挺好，挺新，绣花的。卡捷琳娜·伊凡诺夫娜看了挺喜欢，她戴上后对着镜子一照，喜欢极了，说：'请把这些东西送给我，索尼娅。'她**请**我送给她，她太想要了。可她戴上这些能去哪儿？只能让她想起从前的好时光！她对着镜子照来照去，反复欣赏，其实她什么衣服都没有，什么配套的东西都没有，都多少年了！她从没向别人要过什么，她很骄傲，宁肯把自己仅有的一点东西给人家，可这次，瞧，她开口了——她真太喜欢了！我舍不得给她，说：'您要这些东西有什么用，卡捷琳娜·伊凡诺夫娜？'我就这么说的：'有什么用。'这话本来就不该对她说！她看了我一眼，伤心透了，因为我拒绝她，看看都可怜……她倒不是为领子伤心，是因为我拒绝她，我看得出。唉，要是现在，我想，我肯定会把原先的话全部收回，改正……唉，我呀……都干了什么！……您反正无所谓！"

"这个做小贩的莉扎韦塔您认识？"

"是的……难道您也认识?"索尼娅有些惊奇地反问。

"卡捷琳娜·伊凡诺夫娜生的是痨病,恶病①,她很快就会死的。"拉斯科尔尼科夫过了一会儿说,没回答她的问题。

"噢,不,不,不!"索尼娅下意识地一把抓住他的手,像是哀求他别让她死。

"要知道,死了反倒好些。"

"不,不好,不好,一点不好!"她不禁恐惧地连声否定。

"孩子呢? 到时候不接过来,您还能把他们送哪儿去?"

"噢,我不知道!"索尼娅几乎绝望地大叫,抱住了头。显然,这个想法已经多次掠过她的脑海,他只是又一次惊动了这个想法。

"要是现在,卡捷琳娜·伊凡诺夫娜还在,您病了,送了医院,那会怎样?"他残酷地坚持说。

"哎呀,您在说什么,您在说什么! 这不可能!"索尼娅的脸被极度的恐惧扭歪了。

"怎么不可能!"拉斯科尔尼科夫冷笑着说,"您能保证不生病?到时候他们怎么办? 一家子都得上街求乞,她会一面咳嗽,一面乞讨,脑袋往什么墙上撞,就像今天这样,三个孩子直哭……她会倒在街上,给送进警察局,送进医院,她会死的,三个孩子……"

"噢,不! ……上帝不允许这样!"索尼娅揪紧的胸口里终于冲出这么句话。她听着,祈求地看着他,还在这无声的祈求中合起双手,似乎一切都取决于他。

拉斯科尔尼科夫站起来,开始在房间里来回走动。过了大约有一分钟。索尼娅站着,垂着手,也垂着头,心里异常难受。

---

① 十九世纪中期,肺病几乎是绝症,其死亡率居各种疾病之首。在俄罗斯每年死于肺病的人数为三十六万至五十万。

"不能攒点钱吗？攒起来到时候好用?"他问,突然在她面前站住。

"不行。"索尼娅轻轻说。

"自然,不行！试过吗?"他又问,几乎带着嘲笑。

"试过。"

"没成功！对,自然是这样！有什么好问的!"

他又在房间里走动。又过了大约一分钟。

"不是每天都有收入吧?"

索尼娅比原先更尴尬了,脸又涨得通红。

"不是。"她轻轻说,显得痛苦而又费劲。

"波列奇卡大概也会这样。"他突然说。

"不！不！不可能,不!"索尼娅拼命喊叫,仿佛有人突然捅了她一刀,"上帝,上帝不允许这样的灾难！……"

"上帝允许了别人的灾难。"

"不,不！上帝会保佑她的,上帝！……"她忘情地重复。

"对,也许根本就没有上帝。"拉斯科尔尼科夫甚至有些幸灾乐祸地回答,笑着朝她看了一眼。

索尼娅的脸突然大变:那是一阵匆匆掠过的痉挛。她抬眼看了看他,目光中露出难言的责备,她想说什么,但什么也说不出,突然,她放声痛哭,双手捂住了脸。

"您说卡捷琳娜·伊凡诺夫娜脑子有病,您自己才脑子有病。"他过了一会儿说。

又过了约莫五分钟。他一直来回走着,一言不发,也不朝她看一眼。终于,他走到她面前,两眼炯炯发光。他举起双手,抓住她的肩膀,直勾勾看了看她哭泣的脸。他的目光干涩、狂热、锐利,他的嘴唇抖得厉害……突然,他倏地俯下身去,趴在地上,吻了吻她的脚。索尼娅吓得往后一闪,像是躲避疯子。确实,他看起来就像疯子。

"您干什么,您这是干什么? 跪我!"她喃喃着,脸色发白,连心都突然揪紧了。

他立刻站起。

"我不是跪你,我是对人的苦难下跪。"他有些古怪地说,转身去了窗前。"听着,"稍后,他又回到她身边说,"刚才我对一个侮辱你的浑蛋说,他抵不上你一个小指头……说今天我给了我妹妹一份荣幸,让她和你坐在一起。"

"哎呀,您这是对他们说什么! 您妹妹也在?"索尼娅惊恐地大叫,"和我坐在一起! 荣幸! 要知道,我……名声不好,我是大大的罪人! 哎呀,您怎么说这话!"

"我说这话,不是因为你名声不好,你有罪,是因为你受的大苦大难。至于你是大大的罪人,倒也不假,"他几乎激昂地说,"你所以是罪人,最大的罪过就是白白毁了自己,卖了自己。这还不可怕! 你在你深恶痛绝的这片污浊中过日子,这还不可怕! 你只要睁眼看看便知道,你这样做,帮不了谁,也救不了谁! 最后,你倒告诉我,"他几乎发疯似的说,"这样的耻辱,这样的卑贱,在你身上是怎么跟完全相反的神圣感情融合在一起的? 要知道更合理,合理一千倍,也聪明一千倍的做法,应该是投河自尽,一了百了!"

"那他们怎么办?"索尼娅轻轻问,痛苦地朝他抬起眼睛,同时,对他的建议似乎丝毫不感到惊奇。拉斯科尔尼科夫奇怪地看了看她。

他从她的目光中顿时明白了一切。显然,她自己也确实有过这种想法。也许,她在绝望中认真地反复考虑过怎样了结这一切,非常认真,以至现在对他的建议几乎不觉得惊奇。她甚至没发现他措辞的残酷(当然也没发现他责备她的用意,他对她的耻辱的独特看法;这在他是显而易见的)。但他完全明白,每每想到自己屈辱和可耻的处境——这已经很久了——她肯定异常痛苦。他琢磨过究竟是什么,是什么使她直到现在都下不了决心自尽？这时，他才恍然大悟，这些穷苦、幼小的孤儿，这个可怜、半疯、生痨病，脑袋往墙上撞的卡捷琳娜·伊凡诺夫娜，对她究竟意味着什么。

尽管这样，他也清楚，索尼娅以她的性格和所受的教育，绝不会这样生活下去。但对他来说，毕竟是个问题：就算不能投河，她凭什么能在这样的处境中生活这么久，没疯？当然，他明白索尼娅的处境在社会上只是一个偶然现象，虽说不幸的是，这种现象并非绝无仅有。但这种偶然性，这种一定程度的教育和她原先的全部生活经历，似乎足以使她一踏上这条可恶的路，便立刻愤然自尽。究竟是什么在支持她？总不是放荡吧？这种耻辱显然只是机械地触及她的皮肉，真正的放荡丝毫没有侵入她的心灵：这他看到了，她分明就站在他面前……

"她有三条路可走，"他想，"投河，进疯人院，或者……或者就在风尘中变得迷糊和麻木。"最后一种想法最使他反感，但他已经习惯怀疑，他年轻，远离现实，因而也就残酷，所以他不能不信，这最后一条路，也就是放荡，是最可能的。

"难道真会这样，"他暗自惊叫，"难道连这个还保持着灵魂纯洁的造物，最后也会故意陷进这个污秽、腥臭的泥坑？难道这一过程已经开始？难道她能忍受到今天，就因为放荡在她看来已经不是那么可怕？不，不，这不可能！"他喊叫着，就像刚才的索尼娅。"不，她直到现在没投河，只是想到投河有罪，**他们，那些**……如果她到现在还没疯……谁说她还没疯？难道她正常吗？难道能像她那样说话？难道一个正常人能像她那样考虑问题？能像她那样坐在毁灭的边缘，坐在她正在渐渐陷进去的腥臭的泥坑边缘，别人提醒她有危险，她还连连摇手，把耳朵塞起来？她怎么了，是不是在等待奇迹？肯定是。难道这一切不是发疯的症状？"

他执拗地停留在这个想法上。这个结论甚至比其他任何结论都

拉斯科尔尼科夫与索尼娅
（穆·多布任斯基绘，1920 年代）

更使他喜欢。他更仔细地打量她。

"你常常祈祷上帝,索尼娅?"他问她。

索尼娅没作声,他站在她边上,等待回答。

"不祈祷上帝,我还成吗?"她快捷有力地轻轻说,抬起突然炯炯发光的眼睛朝他一扫,又伸手在他手上紧紧握了握。

"果然疯了!"他想。

"那上帝在为你做什么?"他追问。

索尼娅久久沉默着,似乎无法回答。她瘦弱的胸脯激动地起伏。

"住口! 别问了! 您不配! ……"她突然喊起来,严厉而又愤怒地看着他。

"果然! 果然!"他一个劲地暗自重复。

"上帝在做一切!"她说得又快又轻,重又垂下眼睛。

"这就是解脱! 这就是对这一解脱的解释!"他暗自断定,一面贪婪而又好奇地打量她。

他怀着新的、奇怪的、近乎病态的感情,凝视这张苍白、瘦削、棱角分明而又不大端正的脸,这双温柔,然而又会闪射怒火,闪射严厉和强烈感情的蓝眼睛,这个依然愤怒得发抖的娇小身体。这一切使他越来越觉得奇怪,几乎不可能。"疯子! 疯子!"他在心里一个劲地叨咕。

抽屉柜上放着一本书。他来回走动时,每次打边上经过,每次都看到这本书。现在他拿起书看了看。这是《新约》的俄文译本。书已经破旧,封面是皮的。

"这是哪来的?"他隔着整个房间朝她喊。她仍站在原地,离桌子只有三步。

"人家给我拿来的。"她回答,似乎不大情愿,也没抬眼看他。

"谁拿来的?"

"莉扎韦塔,我向她借的。"

"莉扎韦塔！奇怪！"他想。随着时间分分秒秒地过去，索尼娅的一切，对他来说，显得越来越奇怪，越来越神秘。他把书拿到烛光下，开始翻阅。

"哪儿说到拉撒路了？"他突然问。

索尼娅执拗地看着地上，没回答。她稍稍侧身朝桌子站着。

"拉撒路复活在哪儿？你给我找一下，索尼娅。"

她朝他斜了一眼。

"您看到别处去了……在第四福音①……"她严厉地轻轻说，没朝他走近一步。

"您找出来，念给我听。"他说，随即坐下，臂肘撑在桌上，一手托住头，眼睛忧郁地看着边上，准备听。

"再过两三个星期，去疯人院吧，请！大概我自己也会去那儿，如果不是更糟。"他暗自咕哝。

听到拉斯科尔尼科夫这一奇怪的愿望，索尼娅简直不相信自己的耳朵，她犹豫地朝桌子走去。不过，还是拿起了书。

"难道您没念过？"她问，隔着桌子朝他看一眼，皱着眉头。她的声音越来越严厉。

"念过好久了……上学的时候。念吧！"

"教堂里也没听人念过？"

"我……不去教堂。你常去？"

"不—不。"索尼娅轻轻说。

拉斯科尔尼科夫冷冷一笑。

"我明白……这么说，你明天不去参加父亲的葬礼？"

"我去。我上星期也参加过……做过安魂祈祷。"

---

① 指《约翰福音》。

"为谁?"

"为莉扎韦塔。她让人用斧子劈了。"

他的神经越来越紧张,头都发晕。

"你和莉扎韦塔很要好?"

"是的……她是好人……她来看过我……次数不多……没空。我跟她一起念书……说话。她必得见上帝。"①

这句书面语,他听着觉得奇怪,另外,这又是新闻:她跟莉扎韦塔秘密聚会,两人还都是疯子。

"现在,你也快成疯子了! 这会传染!"他想,"念吧!"他突然坚决而又恼火地说。

索尼娅仍然犹豫不决。她的心怦怦直跳。不知怎的,她不敢念给他听。他几乎痛苦地看着这个"不幸的疯子"。

"干吗给您念? 您不是不信吗? ……"她轻轻说,像是喘不过气来。

"念! 我要你念!"他坚持,"你肯定给莉扎韦塔念过!"

索尼娅打开书,找到地方。她的手在抖,嗓子使不上劲。她开始了两次,但两次都没发出一个音节。

"有一个患病的人,名叫拉撒路,住在伯大尼……"②她终于费劲地念了出来,但突然,从第三个字开始,声音变得尖细,随即中断,就像一根绷得太紧的弦。她喘不过气来,胸口堵得慌。

拉斯科尔尼科夫多少明白,为什么索尼娅迟迟不肯念给他听,他越明白这一点,就越粗暴、越恼火地坚持要她念。他太清楚了,要她现在袒露和揭示**内心的**一切是多痛苦。他明白,这些感情确实似乎是她

---

① 参见《新约全书·马太福音》第五章第八节:"清心的人有福了,因为他们必得见上帝。"

② 《圣经》文字均引自中国基督教协会印制的《新旧约全书》。

现在,甚至也许是萌生已久的一个**秘密**,也许始于少女时代,始于家里,始于不幸的父亲和发疯的后母身边,始于挨饿的孩子,不堪入耳的呵斥和责骂中。同时,他现在也知道,确切地知道,虽然她现在开始念时,心里很苦恼,深怕什么,然而她又非常想念——尽管很苦恼,也很害怕——想念给**他**听,让他听到,还一定得是**现在**——"豁出去了!"……他从她眼睛里看到这一点,也从她的兴奋和激动中感到这一点……她战胜自我,克制住声带的痉挛,免得像刚念时那样卡壳,继续念《约翰福音》第十一章。就这样她念到了第十九节:

"有好些犹太人来看马大和马利亚,要为他们的兄弟安慰她们。马大听见耶稣来了,就出去迎接他。马利亚却仍然坐在家里。马大对耶稣说,主啊,你若早在这里,我兄弟必不死。就是现在,我也知道,你无论向上帝求什么,上帝也必赐给你。"

念到这里,她又停了一下,羞怯地预感到她的声音又会发抖,中断……

"耶稣说:你兄弟必复活。马大说,我知道到末日复活时①,他必复活。耶稣对她说,**复活在我,生命也在我**。信我的人,虽然死了,也必复活。凡活着信我的人,必永远不死。你信这话么?马大说:

(索尼娅似乎痛苦地喘了口气,又一字一顿地使劲念起来,就像自己在当众宣布信仰)主啊,是的,我信你是基督,神子,降临世上的那位②。"

她本想停一下,抬眼看他,但赶紧克制住自己,接着往下念。拉斯科尔尼科夫坐着,一动不动地听,没转身,臂肘撑在桌上,眼睛看着侧旁。念到第三十二节。

———————————

① 此句按《圣经》俄文译本稍有改动。

② 同上。

"马利亚到了耶稣那里,看见他,就俯伏在他脚前,说:主啊!你若早在这里,我兄弟必不死。耶稣看见她哭,并看见与她同来的犹太人也哭,就心里悲叹,又甚忧愁。便说:你们把他安放在哪里?他们回答说:请主来看。耶稣哭了。犹太人就说:你看他是何等爱他①。其中有人说:这人能让瞎子见到光明,能不能叫拉撒路不死②?"

拉斯科尔尼科夫朝她转过身,激动地看着她:对,果然没错!她已经浑身打战,陷入真正的狂热。他期待的就是这个。她快要念到闻所未闻的最伟大的奇迹了,无比庄严的感觉攫住了她的心。她的声音变得金属一般响亮。这声音铿锵有力,充满庄严和欢乐。她眼睛发黑,眼前的字句一片模糊。但她能背出她念的章节。念到最后一节:"这人能让瞎子见到光明,能不能……"她压低声音,急切而又逼真地传达出不信神的、无知的犹太人的怀疑、责难和诽谤,过会儿,他们便会像遭雷击一样,趴倒在地上,大哭着相信上帝了……"**他也一样,他**也无知,也不信上帝,他也会马上听到,马上相信上帝的,对,对!马上,就是现在。"她想象着,兴奋的期待使她浑身打战。

"耶稣又心里悲叹,来到墓前。那坟墓是个洞,有一块石头挡着。耶稣说:你们把石头挪开。死人的姐姐马大对他说:主啊!他现在必是臭了,因为他死了已经**四天**。"

她把"**四**"字念得特别重。

"耶稣说:我不是对你说过,你若信,必看见上帝的荣耀么。他们就把石头挪开。耶稣举目望天说:父啊,我感谢你,因为你听到了我的声音,我知道,你时刻都会听到我的声音,但我说这话,是为周围站着的众人,叫他们信是你差我来的。说了这话,就大声呼叫说:拉撒

---

① 此句按《圣经》俄文译本稍有改动。
② 同上。

路！出来。**死人就出来了**，手脚裹着布，脸上包着手巾。耶稣对他们说：解开，叫他走。

（她激昂地念着，浑身打战，手脚发冷，仿佛亲眼看见一样。）

**于是许多来到马利亚身边的犹太人，见了耶稣所做的事，就多有信他的。"**

她没念下去，也念不下去，合上书，很快从椅子上站起。

"拉撒路复活念完了。"她简短而又严肃地轻轻说，扭转脸，一动不动地站着，不敢，似乎也不好意思抬眼看他。她狂热的战栗仍在继续。歪斜的烛台上，蜡烛头渐渐燃尽，惨淡地映照着这寒舍里的凶手和妓女，他们在重温《圣经》中奇怪地互相亲近。过了大约五分钟或者更长时间。

"我来是跟你说件事。"拉斯科尔尼科夫突然皱眉，大声说，旋即站起，走到索尼娅跟前。索尼娅默默地朝他抬起眼睛。他的目光分外严峻，传递出某种非凡的决心。

"我今天离开亲人，"他说，"离开了母亲和妹妹。现在我不会再回去。我跟她们已经断绝关系。"

"为什么？"索尼娅惊恐地问。上午撞见他母亲和妹妹，给她留下非同一般的印象，尽管这印象连她自己也说不清。听到断绝关系的消息，她几乎感到恐惧。

"我现在只有你一个人了，"他补充说，"我们一起走……所以，我来找你。我们一起受难，我们就一起走！"

他双目炯炯。"就像疯子！"现在轮到索尼娅这么想了。

"去哪儿？"她害怕地问，不禁朝后一退。

"我怎么知道？我只知道我们同路，绝对没错，就这些。目标一样！"

她看着他，什么都不明白。她只明白他非常非常不幸。

"要是你讲给她们听,她们什么都不会明白,"他继续说,"但我明白。我需要你,所以我来找你。"

"我不明白……"索尼娅轻轻说。

"以后会明白的。难道你做的不也是同样的事?你也跨过去了……拼死跨过去了。你毁了自己,毁了一生……自己的。(这反正一样!)你本来可以凭良心和理智过日子,这下你准会死在干草广场上①……但你肯定受不了,要是你仍然一个人过,你会疯的,就像我。你现在已经像个疯子,所以,我们应当一起走,走同一条路!走!"

"干吗?您干吗说这些!"索尼娅说,他的话极怪,听得她心慌意乱。

"干吗?因为不能再这样过下去——就是这样!说到底,应当严肃、坦率地把问题考虑清楚,不能像孩子似的又哭又叫,说上帝不允许!要是明天你真给送进医院,怎么办?她疯了,又有痨病,很快就会死的,那三个孩子呢?难道波列奇卡就不会遭殃?难道你在这里,还没见过街角上被母亲派出来乞讨的孩子?我曾了解过这些母亲的住址和生活环境,那儿,孩子不再是孩子。七岁就成了小偷。要知道,孩子是基督的形象:'在天国的,正是他们这样的人。'②他说要尊重他们,爱他们,他们是人类的未来……"

"那怎么办,怎么办?"索尼娅歇斯底里地又哭又绞手,一迭连声地问。

"怎么办?该摧毁的统统摧毁,坚决彻底,就这样:苦难也自己承担!怎么?你还不明白?以后会明白的……得有自由和权力,主要是权力!统治战栗的畜生,统治整个蚂蚁窝③!……这就是目标!记住

---

① 指死在干草广场的妓院里。

② 参见《新约全书·马太福音》第十九章第十四节。

③ 指人类社会。

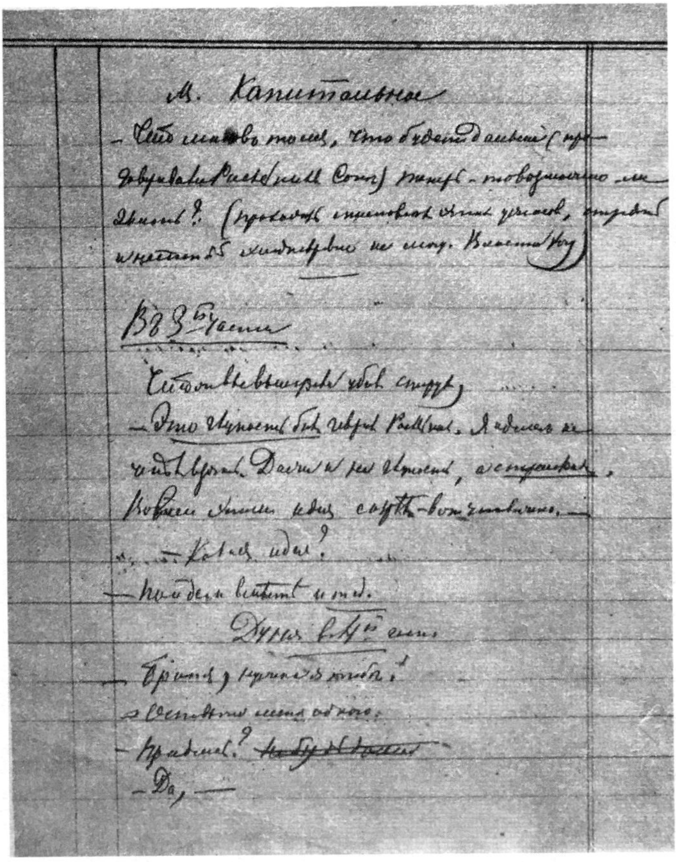

陀思妥耶夫斯基手稿（文字解读见后页）

## 注意：重要

在接下来将发生的事情中,与我有什么关系 ( 拉斯科尔尼科夫对索尼娅说漏了嘴 ) 。如今有可能生活吗？ ( 冷血地从所有这些惨状、苦难和不幸旁走过我做不到。我要权力。)


**第三部。**

"您杀死老太婆到底赢得了什么?"

"**这是件蠢事**,"拉斯科尔尼科夫说,"我连钱都没来得及拿。甚至不是**蠢事**,而是**渴望**。思想在这一切之中成熟了——这才是重要的。"

"什么思想?"

"跟我走。"等等。


**杜尼娅在第四部。**

"哥哥,你需要我!"

"让我一个人待着。"

"你会来吗？ 别在家"

"会。"

这话！这是我给你的临别赠言！也许，我是最后一次跟你说话。要是我明天不来，一切你都会听说的，到时候你就想想我现在说的这些话。将来，多少年后，日子长了，什么时候也许你会明白它们的意思。要是我明天能来，我就告诉你，谁杀了莉扎韦塔。再见！"

索尼娅浑身一颤。

"难道您知道谁杀的？"她问，吓得手脚冰凉，异样地看着他。

"知道，我会告诉你的……只告诉你一个人！我选中了你。我不是来求你宽恕，只是来告诉你。我早就选中你了，想把这告诉你，还是你父亲说起你，莉扎韦塔活着的时候，我就想好了。再见，别握手。明天！"

他走了。索尼娅望着他，就像望着疯子，但她自己似乎也是疯子，而且感到了这一点。她头晕了。"上帝！他怎么知道是谁杀了莉扎韦塔？这话什么意思？这太可怕！"但她脑海里没出现**想法**。没！没！……"噢，他一定非常不幸！……他离开了母亲和妹妹。为什么？出了什么事？他想干吗？他这是对她说了什么？他吻了她的脚，说……（对，这话他说得很清楚）说没有她，他活不下去……噢，上帝！"

整整一夜索尼娅都是在战栗和梦呓中度过的。有时她从床上跳起来，又是哭，又是绞手，一会儿又哆哆嗦嗦地睡去，她梦见波列奇卡、卡捷琳娜·伊凡诺夫娜、莉扎韦塔，念福音，他……他，脸色苍白，双目炯炯……他吻她的脚，哭……噢，上帝！

右面门后，那扇把索尼娅的房间和格尔特鲁达·卡尔洛夫娜·雷斯利赫的套间隔开的门后，是雷斯利赫太太家一个空置很久的房间，用于出租，所以大门上和临河的窗户玻璃上都贴了招租启事。索尼娅一向以为这房间没人住。不料，这段时间里，斯维德里盖洛夫先生一直躲在空房间门后悄悄偷听。拉斯科尔尼科夫走后，他站了一会儿，想了想，踮着脚尖回到自己房间——恰好连着空房间——端起一张椅

359

子,悄无声息地把它搬到通向索尼娅房间的门边。他觉得他们的谈话有趣,重要,他非常非常爱听,所以,他把椅子都搬来了,免得以后,譬如明天吧,再受这份罪,站上整整一小时。他想安排得舒服些,无论哪方面都能享受充分的乐趣。

# 五

第二天上午十一点整,拉斯科尔尼科夫走进警察局刑侦科,请求报告波尔菲里·彼得罗维奇,说他来了,使他惊奇的是久久没有接待他:至少,过了十分钟,才叫他进去。按他的估计,似乎应当立刻审讯他。他待在接待室时,身边不时有人进出,但看起来他们对他毫无兴趣。接待室隔壁像是办公室,几个司书坐在里面抄写,显然他们根本不知道拉斯科尔尼科夫是谁,来干什么。他不安而又疑惑地注视着自己周围,察看有没有什么监视他的警察或者提防他逃走的神秘目光。但没有任何类似的迹象:他看到的尽是一些操劳琐事的小职员,还有就是进进出出的居民,而且谁都没有注意他:哪怕现在去任何地方都行。他的想法变得越来越坚定:要是这个昨天的神秘怪人,这个从地底下钻出来的幽灵,当真什么都知道,什么都看见了,难道还会让他,拉斯科尔尼科夫,像现在这么站着,悠闲地等待接见?难道警察会在这里一直等到他十一点,等到他自己想来?可见,不是这人还什么都没告发,便是他什么都不知道,什么都没亲眼看见(他怎么会看见?),因此昨天,他,拉斯科尔尼科夫,所遭遇的一切,又是他亢奋和病态的想象夸大的幻影。这一猜测,甚至还在昨天,他最惊慌和绝望时,便在他头脑里固定了。现在,他重新考虑了这一切,准备进行新的战斗,却突然感到他在哆嗦。想到这是因为害怕可恶的波尔菲里·彼得罗维奇,他简直怒火中烧。对他来说,最可怕的莫过于跟这个人重新见面:他恨死了他,恨到极点,甚至担心这种憎恨可能暴露自己。他的怒火居然立刻止住了哆嗦。他决定摆出冷淡、无礼的样子进去,叮嘱自己尽量保持沉默,尽量多看多听,至少这次一定要战胜病态和急躁的自我。恰恰这时,波尔菲里·彼得罗维奇叫他进去了。

原来,这时办公室里只有波尔菲里·彼得罗维奇一人,他的办公室不大,也不小,里面一只漆布长沙发前放着一张很大的矮桌,还有一张写字台,一只放在墙角的柜子和几把椅子——都是用抛光木料做的黄色办公家具,后墙,或者最好说隔板的一角,有扇锁着的门:那里,隔板后面,肯定还有房间。拉斯科尔尼科夫一进去,波尔菲里·彼得罗维奇立刻把门关了,这样他们可以单独谈话。他欢迎客人的模样看来十分愉快,也十分亲切,只是几分钟后,拉斯科尔尼科夫根据某些迹象发现,他似乎有些慌乱——就像突然给闹糊涂了,或者让人撞见在做什么非常秘密的事情。

"啊,阁下!瞧,您也……到我们这地方来了……"波尔菲里说,朝他伸出双手。"坐呀,老兄!也许您不喜欢人家叫您阁下……老兄——叫起来随便①?不过,别以为我不懂礼貌……请坐这儿,沙发上。"

拉斯科尔尼科夫坐了,目不转睛地看着他。

"我们这地方",亲昵的道歉,还有这句法语"随便"等等——这些都是习俗。"但他伸出双手,连一只手也没握,就收回去了。"一丝怀疑闪过他的脑海。两人相互注意着对方,但他们的目光刚一接触,便闪电似的迅速分开。

"我把这份声明送来了……表的事情……瞧。写得对吗,还是应

---

① 法语。

当重写?"

"什么?声明?对,对……别担心,没错。"波尔菲里·彼得罗维奇说,仿佛他急着要去什么地方,说完又接过声明看了看。"对,没错。别的什么都不需要。"他快捷地肯定说,把声明放到桌上。过了一会儿,已经变了话题,他又拿起声明,把它放到自己的写字台上。

"昨天您好像说,想问我……正式……问我,怎么认识这个……被害人的?"拉斯科尔尼科夫重又开口说。"我干吗加上**好像**?"这想法闪过他的脑海。"加上这**好像**,用得着这么担心?"另一个想法又倏地一闪。

他突然感到,和波尔菲里刚一接触,才说了两句话,才看了他两眼,他的多疑便在刹那间发展到了荒谬的程度……这非常危险:神经越来越紧张,情绪也越来越激动。"不好!不好!……又要说漏嘴了。"

"对—对—对!别急!有的是时间,有的是时间。"波尔菲里·彼得罗维奇含糊地说,一边在桌旁走来走去,但似乎没有任何目的,一会儿冲向写字台,一会儿又冲到矮桌旁,一会儿避开拉斯科尔尼科夫怀疑的目光,一会儿又突然停下,直勾勾看着他。他圆圆的矮胖身子,看上去极怪,就像一只滚来滚去的球,滚到哪里就立刻从哪里弹回来。

"来得及,来得及!……您抽烟吗?有烟?给,来一支……"他说着把烟递给客人。"知道吗,我是在这儿接待您,我的住房,瞧,在这儿,板壁后面……公家的,不过我现在住私人房子,暂时。这里需要装修。现在差不多完工了……公家的房子,知道吗,这可是好东西,啊?您看呢?"

"对,好东西。"拉斯科尔尼科夫回答,几乎嘲笑似的看着他。

"好东西,好东西……"波尔菲里·彼得罗维奇连声重复,似乎突然想到了什么跟这毫无关系的事,"对!好东西!"终于,他险些喊起

362

来，突然抬眼盯着拉斯科尔尼科夫，在离他两步远的地方站住。这种公家房子是好东西的愚蠢念叨极其庸俗，完全不同于他现在逼视自己客人的严肃、深思和神秘的目光。

但这更加激怒了拉斯科尔尼科夫，他忍无可忍，终于开始嘲笑，甚至冒失地挑战对方。

"知道吗？"他突然问，几乎放肆地看着他，似乎从自己的放肆中感到乐趣，"好像有这样一种司法规则，司法手段——对各种各样的侦查员统统适用——起先，不着边际地扯些小事，甚至大事，但绝对是闲聊，这么说吧，好吸引，或者最好说，分散受审人的注意力，使他麻痹大意，然后，突然甩出最致命、最危险的问题，当头一击，把他打懵，是这样吗？这办法好像至今在所有的规章和条例中都被看作不变的信条？"

"是的，是的……怎么，您以为我说公家的房子是干那个……啊？"波尔菲里·彼得罗维奇说完，眯起眼睛，眨了一眨。一丝快乐和狡黠，从他脸上掠过，额头的皱纹舒展了，眼睛眯成一条缝，脸上堆起笑容，突然，他神经质地大笑起来，全身摇晃、抖动，还直勾勾逼视着拉斯科尔尼科夫的眼睛。后者也笑了，尽管有些勉强。不料，波尔菲里看见他笑，更是笑得几乎面红耳赤。一阵厌恶突然使拉斯科尔尼科夫不再谨慎：他收住笑声，双眉紧蹙，久久地，憎恶地看着波尔菲里，在他似乎故意狂笑不止的时间里，始终没从他脸上移开自己的目光。不过，显然双方都很冒失：波尔菲里·彼得罗维奇似乎在当面嘲笑憎恶这种大笑的客人，并不觉得这有什么尴尬。这种心态对拉斯科尔尼科夫来说，十分重要：他顿时明白，波尔菲里·彼得罗维奇昨天肯定也丝毫不觉得尴尬，相反，倒是他自己，拉斯科尔尼科夫，也许落进了圈套，这里显然有什么他不知道的诡计，什么目的，也许一切已经准备就绪，现在立刻就会摊牌，给他狠狠一击……

他马上直奔正题,从位子上站起,拿起帽子。

"波尔菲里·彼得罗维奇,"他坚决地说,但很恼火,"您昨天表示,希望我来接受审问(他特别强调**审问**这个词)。我来了,如果您要问什么,那就请问,要不就让我走。我没时间,我有事……我得参加被马踩死的官员的葬礼……那人您……也知道……"他补充说,旋即又对这一补充非常生气,于是更加恼火,"我对这一切都厌烦了,听到没有,早就厌烦了……我多少就是因为这个才发病的……总之,请您要么审问我,要么立刻放我走,如果审问,那得照章办事! 否则我不答应,所以,暂时再见,我俩现在没事可做。"

"上帝! 您这是说什么来着! 有什么好问您的。"波尔菲里·彼得罗维奇突然像母鸡似的叫唤起来,立刻变了语气和神态,还倏地收住笑声。"别着急,"他手忙脚乱,忽而奔来跑去,忽而突然又让拉斯科尔尼科夫坐下,"有的是时间,有的是时间,这些全是小事! 相反,我很高兴,您终于上我们这儿来了……我把您当客人。至于这该死的笑,罗季昂·罗曼诺维奇老兄,请您多包涵。罗季昂·罗曼诺维奇? 按老爷子的名讳您好像是这样称呼吧? ……我这个人有点神经质,您说得太妙,把我乐得不行,有时,真的,我笑得像橡胶似的直抖,就这样笑上半小时……爱笑。按我的体质,我都怕中风。坐呀,您这是干吗? ……请坐,老兄,要不,我以为您生气了……"

拉斯科尔尼科夫一言不发,边听边观察,仍然恼火地皱着眉头。不过,他还是坐了,但仍把帽子拿在手里。

"我想对您说说我自己,罗季昂·罗曼诺维奇老兄,这么说吧,自我介绍一下。"波尔菲里·彼得罗维奇接着说,仍在屋里忙活,仍像刚才一样,避免接触自己客人的目光。"知道吗,我是单身,不属于上流社会,没名望,还没前途,僵化,只能生生孩子……还有……还有……还有您发现吗,罗季昂·罗曼诺维奇,在我这儿,也就是在我们俄罗

364

斯,特别是在我们彼得堡这个小圈子里,如果两个聪明人,还不很熟悉,但又,这么说吧,互相尊重,像我俩现在这样,碰到一起,就会整整半小时找不到话题——面对面僵坐着,双方都尴尬。人人都有话题,譬如太太们……譬如上流社会的名人,随时都有话题,历来如此①,像我们这样的中层人士……也就是会动脑子的,全都腼腆,不会说话。这究竟是怎么回事,老兄? 不关心公众的需要,还是我们太诚实,不愿相互欺骗? 我不知道。啊? 您怎么想? 把帽子搁边上吧,像马上要走似的,真的,看着都不舒服……我倒相反,高兴极了……"

拉斯科尔尼科夫放下帽子,仍然一言不发,阴郁地仔细听着波尔菲里颠三倒四的空话。"他怎么,难道真想拿这些蠢话分散我的注意力?"

"我不请您喝咖啡,不是地方。不过,干吗不和朋友一起坐上五分钟,散散心,"波尔菲里一个劲地唠叨,"您也知道,这些公事桩桩……您别生气,老兄,我一直这么走来走去。请多包涵,老兄,我就怕您生气,但我必须活动活动身体。一直坐着,能走上五分钟实在是件乐事……我有痔疮……一直打算做做操,治一治。据说五等、四等甚至三等文官都愿意跳绳。瞧这事儿,这就是当代科学……对……至于这些公事,审问,种种手续……这不,老兄,刚才您自己就提到审问……您知道,确实,罗季昂·罗曼诺维奇老兄,这些审问有时把审问的闹得比受审的更糊涂……这您说得完全正确,老兄,还很风趣。(拉斯科尔尼科夫根本没说这话。)你会闹糊涂的! 真的,越闹越糊涂! 老是那几句,就像打鼓! 这不,现在改革了,至少我们也该换个名称吧②,嘿!嘿! 嘿! 至于我们的司法手段——您说得极妙——我完全同意您的

---

① 法语。

② 指一八六四年俄国司法改革,其实质是成立独立于行政的法院和独立于警察局的侦查机构。

365

看法。请问,凡是受审的,甚至乡巴佬,谁不知道起先总是,譬如说吧,提些毫不相干的问题,使他麻痹大意(您说得极妙),然后突然当头一击,用的还是斧背,嘿!嘿!嘿!当头一击,您的比喻太妙!嘿!嘿!您当真以为我想用房子分散您的注意力……嘿!嘿!您这人真会打趣。行,不说了!对,顺便插一句,一个概念连着另一个概念,一个想法引出另一个想法——这不,您刚才也提到了手续,您知道那是审问手续……按手续办又怎样!手续,您知道,在许多场合都是胡闹。有时只要友好地谈一谈,反倒更有好处。手续任何时候都能办,这一点,我说,您尽管放心。但手续的实质是什么,我问您?不能每走一步都拿手续来制约侦查员。要知道侦查员的工作,这么说吧,是自由艺术,在某种意义上,或者是什么类似的玩意儿……嘿!嘿!嘿!……”

波尔菲里·彼得罗维奇停下,换了口气。他就这样唠叨着,不知疲倦,一会儿说些毫无意义的空话,一会儿突然露出难以捉摸的口风,随即又颠三倒四地胡扯。他几乎是在房间里奔跑,越来越快地迈着两条肥腿,眼睛盯住地面,背着右手,左手不断挥动,做着各种手势,但每次都和他的言谈极不般配。拉斯科尔尼科夫突然发现,他在奔跑中,似乎有两次在门边停了停,稍稍停了停,似乎还在留神倾听……“他是不是在等什么?”

“这您真是说对了,”波尔菲里重又拾起话头,高兴地,装出一副异常朴实的模样,看着拉斯科尔尼科夫(后者被他看得猛一哆嗦,立时做好了应答准备),“真是说对了,极妙地嘲笑了司法手续,嘿—嘿!我们这些(当然只是某些)精心设计的心理手段非常可笑,也许根本没用,如果事事受制于手续的话。对……我又说到手续了:要是我认为,或者最好说我怀疑什么人,这个,那个,还有那个,这么说吧,是罪犯,在我经办的什么案子里……您学的不是律师吗,罗季昂·罗曼诺维奇?”

“对,学过律师……”

366

"那还不是，这是个，这么说吧，您以后用得着的案例——您别以为，我在逞能教您：这不，您谈论犯罪的文章多棒，都发表了！不，我无非作为事实，冒昧地提供一个案例——所以我认为，譬如，这个，那个，还有那个是罪犯，但为什么，请问，我要过早惊动他呢，尽管我掌握他的罪证？有的罪犯我必须，譬如，尽快逮捕，而有的罪犯不是那种性质，真的，那为什么不让他在城里逛逛？嘿！嘿！不，我看您还没完全明白，让我对您说得更清楚些：我把他，譬如，过早地关起来，这样，我也许就会给他一个，这么说吧，精神支点，嘿—嘿！您在笑？（拉斯科尔尼科夫根本没想笑：他坐着，双唇紧闭，焦躁的目光始终盯住波尔菲里·彼得罗维奇的眼睛。）不过事情确实就是这样，特别是对某些人来说，因为人有各种各样，衡量一切的标准只有实践。这不，您现在会说：得有罪证。我们不妨假定，罪证有了。但要知道罪证，老兄，大多都有两种解释，而我是侦查员，所以，处于弱势，老实说，我真想把侦查弄得，这么说吧，像数学一样清楚，弄到过硬的罪证，就像二二得四！弄到直接、确凿的证据！要是关得不是时候——尽管我确信，就是**他**，——那我也许就剥夺了自己进一步揭露他的手段，为什么？因为这样我就给了他，这么说吧，一个明确的地位，这么说吧，在心理上明确了他的身份，使他不再活动，这不，他会从我的视线内缩回自己壳里：终于明白他是囚犯。据说在塞瓦斯托波尔，阿尔马战役刚结束①，一些聪明人，哎呀，不知道有多怕，就怕敌人不用掩护，马上夺取塞瓦斯托波尔；后来，他们发现敌人采用正规的包围战术，开掘第一道战壕，那些聪明人据说高兴极了，他们放心了：事情至少可以拖上两个月，既然是正规的包围战术！您又在笑，又不信？当然，您也是对的。

---

① 指克里米亚战争期间（1853—1856），俄军于一八五四年九月八日在阿尔马一役中战败，英法联军开始围困塞瓦斯托波尔。

对的,对的! 这都是个别情况,我同意您的看法,刚才说的情况确实是个别的! 但这儿有一点必须注意,好心的罗季昂·罗曼诺维奇:符合一切法律形式和准则,作为它们的依据,写进书里的一般情况,根本不存在,原因就是任何事情,哪怕譬如犯罪,一旦在现实中发生,马上就会变成绝对意义上的个别情况,有时甚至没有任何类似的先例。有时这类情况还非常滑稽。如果我对某位先生毫无动作:不逮捕他,也不惊动他,但他时刻都知道,或者至少时刻都怀疑我了解一切,全部底细,日夜都在注视他,毫不放松地监控他,如果他被我吓得成天疑神疑鬼,提心吊胆,那么,我敢发誓,他会乱套,真的,会来自首,也许还会做出许多蠢事,那是像二二得四,这么说吧,像数学公式一样清楚的罪证——案子办到这分上,就太舒心了。对乡巴佬都可能这样做,至于对我们这种人,当代的聪明人,还受过一定的教育,就更不用说了! 所以,亲爱的,相当重要的一点,是了解一个人受的什么教育。还有神经,神经,您干脆把神经忘了! 这神经现在是病态的,虚弱的,烦躁的! ……还有火气,他们全都火气十足! 这在某种时候,我告诉您,可是一座特殊的富矿! 何必担心他在城里随便溜达! 暂时让他,让他溜达。反正,我知道他是我的猎物,他逃不出我的股掌! 再说他又能逃到哪儿去,嘿—嘿! 逃到国外去,难道? 波兰人能逃出去①,他可不行,何况我在监视,采取了措施。逃到内地去,难道? 要知道,那儿都是农民,真正的,土气的,俄国农民,受过现代教育的人宁肯坐牢,也不愿和我国农民这样的土包子生活在一起,嘿—嘿! 不过这都是胡扯,外在的东西。这算什么:逃走! 这是形式,主要的不是这个。他逃不出我的股掌,不仅仅是因为他没处可逃:我看,他是**心理上**逃不掉,嘿—嘿! 这话多棒! 我看,根据自然规律,他就逃不掉,哪怕他有地方逃。

---

① 暗指一八六三至一八六四年沙皇军队残酷镇压波兰起义后,大批波兰人流亡国外。

见过飞蛾扑火吗？他也一样，也会一圈圈地围着我转，就像飞蛾围着烛火。自由也不可爱，他会冥思苦想，越想越糊涂，弄得像缠在网里似的不能动弹，吓得没命！……这还不算，他会自己替我准备数学公式似的玩意，二二得四——只要我给他休息的时间长些……他会一圈圈地围着我转，圈子越转越小，最后——噗！直接飞进我嘴里，我就吞了他，这可真舒心，嘿—嘿—嘿！您不信？"

拉斯科尔尼科夫没回答，他坐着，脸色苍白，一动不动，仍然紧张地注视着波尔菲里的脸。

"训得好！"他想，吓得浑身冰凉。"这甚至不是昨天那种猫玩老鼠。他不是白白向我显示自己的力量……他在向我暗示：他这样做极聪明。这肯定另有目的，什么目的？嘿，胡扯，老兄，你在吓唬我，耍花招！你没证据，也不存在昨天的怪人！你无非想把我闹糊涂，先刺激我，然后乘机把我打倒。你甭想，你办不到，办不到！但为什么，为什么他要这样明确地给我暗示？……难道他把赌注押在我病态的神经上！……不，老兄，你甭想，你办不到，尽管你设下什么圈套……行，咱们瞧瞧，你究竟设下什么圈套。"

他竭力克制自己，准备经受一场可怕的、无法预料的灾难。有时他真想扑上去，当场掐死波尔菲里。还在进门时，这股恶气就使他害怕。他觉得口干，心怦怦直跳，唾沫在嘴唇上凝结了。但他还是决定沉默，不到时候一句话都不说。他明白，以他目前的处境，这是最好的策略，因为这样，他不仅不会说漏嘴，反倒能用沉默激怒敌人，也许还能让敌人对他泄露什么秘密。至少他抱有这种希望。

"不，我看，您不信，一直以为我在跟您开天真的玩笑，"波尔菲里拾起话头，越说越高兴，得意地连声笑着，重又在房间里团团转，"当然，您是对的。上帝给我的就是这个体型，人家看了都觉得滑稽，小丑一个，不过，我对您说，我再重复一遍，还得请您，罗季昂·罗曼诺维奇老兄,原谅我这个老头,你还年轻,这么说吧,年轻气盛,所以最看重人的智慧,跟所有的年轻人一样。头脑的灵活机智和判断的抽象依据在诱惑您。按我的军事知识,这跟,譬如,当年的奥地利御前军事会议一样:他们在纸上打败了,还俘虏了拿破仑。他们在那儿,办公室里,把一切都计算、规划得十分巧妙,可你看,马克将军率领全军投降了①,嘿—嘿—嘿!我看到了,看到了,老兄,罗季昂·罗曼诺维奇,您在嘲笑我,觉得我这样一个文职人员居然老从军事史上选例子。有什么办法,嗜好,我喜欢军事,就爱读这些军事文献……我对升迁毫不在乎。我本该去部队服役,真的。拿破仑也许成不了,当少校准行,嘿—嘿—嘿!所以我现在就告诉您,我亲爱的,那个**个别情况**的全部真相:现实和天性,我的阁下,是很重要的东西,有时足以打乱最周密的计划!唉,听听我这个老头的忠告吧,真的,罗季昂·罗曼诺维奇(说到这里,不到三十五岁的波尔菲里·彼得罗维奇确实像是突然整个儿衰老了:连他的声音都变了,身体蜷曲,像只钩子)——何况我这个人很坦率……我这个人是不是很坦率?您看呢?好像很坦率:这样的东西我都白白告诉您,还不要奖赏,嘿—嘿!这不,我接着说:机智我看是了不起的玩意,这是,这么说吧,大自然的光荣,生活的安慰。机智可以玩出非常巧妙的把戏,有时,一个可怜的侦查员根本琢磨不透,何况侦查员通常也热衷于自己的错误设想,因为他也是人!但天性足以救助可怜的侦查员,真是要命!不过'跨越一切障碍'(您说得极风趣,极巧妙),爱玩机智的年轻人根本想不到这一点。他,譬如说吧,会撒谎,就是那人,那个**个别情况**,隐秘的罪犯②,谎撒得极好,似乎凯旋了,可以享受自己机智的果实了,不料他扑通一声,在最敏感、最惹祸的地

---

① 指一八〇五年奥地利元帅卡尔·马克(1752—1828)被法国军队围困于乌尔姆城下,后向法军投降。

② 意大利语。

方晕倒了。就算这是发病,房间有时也确实闷热,但毕竟!毕竟让人怀疑!撒谎他撒得再好没有,但对天性毫无办法。事情难就难在这里!还有一次,他自以为机敏,开始愚弄怀疑他的人,像是故意做戏似的气得脸色发白,但又白得**太自然**,太像真的,反倒又让人怀疑!尽管第一次能骗过去,但一夜间,那人想明白了,既然他也不傻。其实,每走一步都这样!那还不是:自己抢先朝没人让他去的地方乱跑,没完没了地说些本该绝口不提的事,还加了各种深奥的说明,嘿—嘿!还会自己跑来打听:干吗这么长时间都不抓我?嘿—嘿—嘿!其实,连最机智的人,熟悉心理学和文学的人都会发生这种情况!天性是面镜子,最清晰的镜子!照照镜子,欣赏一下自己吧,就是!您怎么脸色这么白,罗季昂·罗曼诺维奇,您是不是太闷,要不要开窗?"

"噢,别操心,"拉斯科尔尼科夫大声说,突然又哈哈大笑,"别操心!"

波尔菲里在他面前站住,等了一会儿,突然自己也跟着大笑。拉斯科尔尼科夫从沙发上站起来,倏地止住狂笑。

"波尔菲里·彼得罗维奇!"他响亮而又清晰地说,尽管两腿发抖,他只是勉强站住了,"我终于看清,您确实怀疑我杀了这个老太婆和她妹妹莉扎韦塔。从我这方面说,我向您声明,这一切我早就厌烦了。如果您认为有权起诉我,那就起诉,有权逮捕我,那就逮捕。但当面嘲笑我,折磨我,我不答应。"

突然,他嘴唇发抖,两眼燃起怒火,一直克制的声音放开了。

"我不答应!"他突然大叫,使劲一拳砸在桌上,"您听见吗,波尔菲里·彼得罗维奇?我不答应!"

"哎呀,上帝,这又是干什么?"波尔菲里·彼得罗维奇惊叫。看来他吓坏了,"老兄!罗季昂·罗曼诺维奇!亲人!爷!您这是怎么了?"

“我不答应！”拉斯科尔尼科夫又叫。

“老兄，轻点儿！人家听见会进来的！到时候我们跟他们怎么说，想想吧！”波尔菲里·彼得罗维奇惊恐地低声说，把脸一直凑到拉斯科尔尼科夫面前。

“我不答应，不答应！”拉斯科尔尼科夫机械地重复着，但突然也压低了声音。

波尔菲里倏地一转身，跑去开窗。

“透透气，来点新鲜的！您最好喝点水，亲爱的，这是发病了！”他正要去门口吩咐送水，恰好发现房间角落里有只长颈水瓶。

“老兄，喝口水，”他拿着长颈水瓶跑到他面前说，“也许有用……”波尔菲里·彼得罗维奇的恐惧和关心毫无装假的嫌疑，拉斯科尔尼科夫不作声，异常好奇地朝他打量。不过，他没喝水。

“罗季昂·罗曼诺维奇！亲爱的！您这样下去会疯的，请您相信，哎—呀！哎—呀！喝口水吧！哪怕喝一点儿！”

他硬是让他接过水杯，后者机械地把杯子举到嘴边，但立刻回过神，厌恶地把它放到桌上。

“对，您在我们这儿发过一次病！这样下去，亲爱的，您准会旧病复发。”波尔菲里·彼得罗维奇友好而又关心地叨叨着，不过神色仍然有些慌张。“上帝！怎么可以这样不爱惜自己？这不，德米特里·普罗科菲伊奇昨天又来过——我同意，同意，我这人刻薄、讨厌，可人家就凭这一条乱猜！……上帝！昨天他来找我，您走后，我们一起用餐，他说呀说呀，我只好两手一摊。我想……唉，你呀，上帝！是不是您让他来的？您坐，老兄，坐吧，看在基督分上！”

“不，不是我让他来的！但我知道他来找您，干吗找您。”拉斯科尔尼科夫生硬地回答。

“知道？”

"知道。那又怎么啦?"

"没什么,老兄,罗季昂·罗曼诺维奇,您的壮举我知道的还不止这些。我全清楚!我都知道您去租房的全过程,晚上,天黑了,您拉了门铃,还问起那摊血,把两个匠人和管院子的都闹糊涂了。我理解您的心情,当时的……这样下去您准会发疯,真的!准会忙得晕头转向!您火气挺大,义愤嘛,心里委屈,先是命运不济,再是警察局局长霸道,这不,您东奔西跑,想让所有的人,这么说吧,都表个态,把事情一下子了结,因为您对这些奔忙、这些怀疑都厌烦了。是这样吗?我猜到您心里去了?……只是这样下去,您会把自己,把我的拉祖米欣都搞得晕头转向。在这件事上,他心太好,这您知道。您有病,他人好,这病就很容易传给他……等您平静下来,老兄,我会详细对您说的……您坐呀,老兄,看在基督分上!休息一会儿,您脸色太差,坐吧。"

拉斯科尔尼科夫坐了,战栗渐渐平息,接着,开始浑身发烧。他很惊讶,紧张地听着慌张而又友好地照料他的波尔菲里·彼得罗维奇说话。但他的话,他一句也不信,尽管感到某种愿意相信的奇怪倾向。波尔菲里意外地点到租房,把他吓得半死。"租房的事他怎么知道的?"他突然想,"还亲口告诉我!"

"对,有过几乎一模一样的情况,在我们办案的实践里,那是一种病态心理,"波尔菲里说得挺快,"有人也硬说自己杀人,还说得挺像:其实都是幻觉,提供罪证,说明情况,把大伙儿,不管是谁,都闹糊涂了,这是干吗?原来他无意中跟这桩凶杀案有些牵连,无非有些牵连,但他得知是他给了凶手一个借口,就犯愁了,糊涂了,开始胡思乱想,到后来完全疯了,还认定自己就是凶手!幸好参政院最后审清了这桩案子,宣布这个不幸的人无罪释放,交有关方面监护。谢谢参政院!唉,哎呀—呀—呀!对,这样下去怎么行呢,老兄?要是一到夜里就想去拉铃,去问那摊血,让这种打算不断刺激自己神经,这样下去,您非

373

闹出病来不可！这种心理我办案时都琢磨透了。这样下去,人有时就想从窗口或者钟楼上跳下去,这感觉还挺诱人。拉铃也一样……这是病,罗季昂·罗曼诺维奇,病! 您对自己的病太不在乎。您最好找个有经验的医生看看,您那胖子算什么! ……您神志不清! 这些都是您神志不清时做的! ……"

刹那间,拉斯科尔尼科夫周围的一切倏地旋转起来。

"难道,难道,"他想,"他这会儿也在撒谎? 不可能,不可能!"他极力排除这一想法,预感告诉他,这想法会使他狂怒,使他发疯。

"我没有神志不清,我很清醒!"他大叫,极力揣摩波尔菲里的把戏,"我很清醒,我很清醒! 听见没有?"

"对,我明白,我听见了! 您昨天也说,您很清醒,还特别强调,您没神志不清! 您能说的,我全明白! 唉—唉! ……您听我说,罗季昂·罗曼诺维奇,我的恩人,这不,就拿这个情况说吧。要是您确实有罪,或者跟这桩该死的案子有什么牵连,难道,得了吧,您会强调,您这么做时,没神志不清,相反,十分清醒? 还会那么强调,那么执拗地强调——这可能吗? 得了吧。应当恰恰相反,我看。要是您觉得自己有罪,那您应当强调:您肯定神志不清! 是吗? 是这样吗?"

这问题听起来别有用心。拉斯科尔尼科夫仰身一闪,倒在沙发背上,躲开俯向他的波尔菲里,他一言不发,直勾勾地,困惑地打量他。

"或者就说拉祖米欣先生吧,也就是他昨天究竟是自己想来找我,还是受您唆使? 您应当说是他自己想来,瞒掉受您唆使这一点! 而您没隐瞒! 您恰恰强调他是受您的唆使!"

拉斯科尔尼科夫从未这样说过。一阵寒战掠过他的脊背。

"您一直在撒谎,"他慢慢地,有气无力地说,歪斜的嘴唇上露出一丝病态的微笑,"您又想对我表示,您了解我的全部把戏,事先就知道我会怎么回答,"他说,连自己都几乎觉得没有好好斟酌字句,"想唬住我……要不纯粹是在嘲笑我……"

他边说边直勾勾看着他。突然他的眼睛里重又闪出无限怒火。

"您一直在撒谎!"他大叫。"您自己非常清楚,对一个罪犯来说,最好的周旋办法是尽量不隐瞒可以不隐瞒的事实。我不相信您!"

"您真鬼!"波尔菲里嘿嘿笑了起来,"真难对付,老兄,您有偏执狂。那您不相信我?但我告诉您,事实上您相信我,已经相信了四分之一,但我要您百分之百地相信,因为我当真喜欢您,当真希望您好。"

拉斯科尔尼科夫的嘴唇开始发抖。

"对,希望您好,我对您说句彻底的话吧,"他接着说,友好地轻轻抓住拉斯科尔尼科夫的胳膊,臂肘稍上的部位,"说句彻底的话:请您注意您的病情。何况现在您家人都来了,您要时时记得她们,应当安慰她们,爱护她们,可您尽让她们担心……"

"跟您什么相干?您这是怎么知道的?干吗那么感兴趣?可见您在监视我,还想让我知道这一点?"

"老兄!这都是从您嘴里,从您本人嘴里听到的!您都没发现,自己一激动,会把什么都主动告诉我,告诉别人。从拉祖米欣先生,德米特里·普罗科菲伊奇嘴里,昨天我也听到许多有趣的细节。瞧,您打断了我,但我要说您多疑,尽管机灵,却失去了对事物的正常观点。这不,哪怕再拿拉铃的事打个比方:这么宝贵的材料,这么重要的事实(不折不扣的事实!)我都对您交底了,我,侦查员!您还什么都看不出来?要是我对您哪怕有丝毫怀疑,我会这样做!相反,我应当先消除您的戒心,决不透露我已经知道这一事实,把您引到相反的思路上,再突然像抢起斧背似的,当头一击(借用您的说法):'请问,先生,晚上十点,将近十一点,您到被害人家里干什么去了?干吗拉铃?干吗问那摊血?干吗要弄管院子的,让他们跟您来警察局,找副局长?'我应当这样做,要是我对您有丝毫怀疑。应当照章办事,录下您的口供,搜查住处,也许,还应当逮捕您……可见,我没怀疑您,既然没这样做!但您失去了正常观点,而且什么也看不出来,我再说一遍!"

拉斯科尔尼科夫浑身一颤,波尔菲里·彼得罗维奇看得清清楚楚。

"您一直在撒谎!"他大叫,"我不知道您是什么目的,但您一直在撒谎……您刚才说的不是这意思,我不会弄错……您在撒谎!"

"我在撒谎?"波尔菲里接过话头,显然他有些恼火,但仍保持着异常愉快和嘲讽的神色,似乎一点不在乎拉斯科尔尼科夫对他是什么看法。"我在撒谎?……可我刚才给您做了什么(我,一个侦察员),主动向您提供跟交代所有辩护的办法,主动为您寻找所有心理依据:'生病,神志不清,受了欺侮,忧郁症,蛮横的警察局局长',等等,是吗?嘿—嘿—嘿!尽管这些——顺便说说——心理上的辩护方法、借口和推托根本没用,再说吉凶难料。您可以说:'生病,神志不清,幻觉,错觉,不记得了',这都不错,但为什么,老兄,您生病,还神志不清,偏偏有这种幻觉,不是别的?不也有别的幻觉吗?是不是?嘿—嘿—嘿—嘿!"

拉斯科尔尼科夫高傲而又不屑地看了看他。

"一句话,"他固执地大声说,站起来稍稍推开波尔菲里,"一句话,我想知道,您是不是承认我没有丝毫嫌疑,是还是**不是**?说吧,波尔菲里·彼得罗维奇,正面回答,干脆彻底,快,这就说!"

"哎呀,真难!跟您说话真难。"波尔菲里大叫,仍然一脸愉快和狡黠,毫无慌张的模样,"您干吗要知道,干吗要知道那么多,既然根本还没来麻烦您!您呀,就像孩子:给我,把火给我!您干吗那么担心?您干吗自个儿找上门来,什么原因?啊?嘿—嘿—嘿!"

"我对您再说一遍，"拉斯科尔尼科夫狂叫，"我受不了……"

"受不了什么？不知究竟？"波尔菲里打断他说。

"别挖苦我！我不想这样说话！……我告诉您，我不想这样说话！……我受不了，也不想这样说话！……听见了！听见了！"他大叫，又一拳砸在桌上。

"轻点，轻点！人家会听见的！我当真对您说：要爱惜自己身体。我不开玩笑！"波尔菲里低声说，但这次他的脸上已经没有刚才那种婆娘般的和善和惊恐的表情。相反，现在他在直接命令，严肃，皱着眉头，似乎一下子撇开了所有忌讳和模棱两可的说法。但这仅仅只是一刹那。困惑的拉斯科尔尼科夫突然真的气疯了，奇怪的是他又听从了说话轻些的命令，尽管他真想狠狠发火。

"我决不让人折磨我，"他突然像刚才似的低声说，痛苦而又憎恶地立刻意识到不能不服从命令，于是更火了，"那就逮捕我，搜查我，但得按手续办，别耍我！也甭想耍我……"

"手续问题尽管放心，"波尔菲里打断他说，脸上挂着原先狡黠的微笑，似乎得意地欣赏拉斯科尔尼科夫的反应，"我现在把您亲切地请来，老兄，完全把您当朋友！"

"我不要您这个朋友，也不领这份情！听见没有？这不：我拿起帽子，走了。看你现在怎么说，既然打算逮捕我？"

他拿起帽子，朝门口走去。

"难道您不想看看意外的礼物？"波尔菲里嘿嘿笑了起来，又一把抓住他上臂，在门口拦住他。他看上去越发快活，越发油滑，拉斯科尔尼科夫被彻底激怒了。

"什么意外礼物？怎么回事？"他问，突然止步，惊恐地看着波尔菲里。

"意外礼物，就在这儿，在我这道门后面坐着，嘿—嘿—嘿！（他指了指隔板上那道上锁的门,门后是他的公家住房。)我把门锁了,免得他逃跑。"

"怎么回事?在哪儿?是什么?……"拉斯科尔尼科夫走到门前,伸手拉门,但门锁着。

"锁着,瞧,这是钥匙!"

他当真从口袋里掏出钥匙,给他看了。

"你一直在撒谎!"拉斯科尔尼科夫吼叫,再也忍不住了,"撒谎,你这该死的小丑!"随即朝渐渐退向门边、但绝非胆怯的波尔菲里冲去。

"我明白,全明白!"他冲到他面前,"你撒谎,耍我,好让我露馅……"

"还露什么馅,老兄,罗季昂·罗曼诺维奇。您都气疯了。别嚷嚷,我会叫人的!"

"撒谎,没事!叫人吧!你知道我有病,想刺激我,把我气疯,好让我露馅,这就是你的目的!不,你拿出证据来!我全明白!你没证据,你只有没用的、无聊的猜测,跟扎梅托夫一样!……你知道我的性格,想把我气炸,随后突然搬出神父和见证懵我……你在等他们?啊?还等什么?在哪儿?你让他们出来!"

"这儿哪有什么见证,老兄!想到哪儿去了!再说就这样按手续,像您说的,也没法办,您呀,亲爱的,不懂办案……手续是少不了的,您自己也会看见!……"波尔菲里喃喃着,一面倾听门外的动静。

确实,这时从另一个房间门口传来隐约的嘈杂声。

"啊,来了!"拉斯科尔尼科夫大叫,"是你派人去叫的!……你在等他们!你算好了……行,让他们全来这儿,见证,证人,随你便……来吧!我准备好了!准备好了!……"

但这时发生了一桩怪事,一桩在通常情况下十分意外的变故,当然,无论拉斯科尔尼科夫,无论波尔菲里·彼得罗维奇,都没料到会是这样的结局。

# 六

后来,每当想起这一刻,拉斯科尔尼科夫脑海里便浮现出这样的情景:

门外的嘈杂声骤然响起,门被推开一条缝。

"怎么回事?"波尔菲里·彼得罗维奇恼火地大叫,"我不是说过……"

刹那间,没回答,但显然门外有好些人,似乎在把谁推开。

"究竟怎么回事?"波尔菲里·彼得罗维奇不安地又问一遍。

"把犯人尼古拉带来了。"传来不知谁的声音。

"不要!带走!过会儿再说!……他干吗来这儿!胡闹!"波尔菲里喊着朝门口扑去。

"可他……"又是那个声音说,但突然中断了。

真正的搏斗没有超过两秒钟,接着像是有人使劲把谁推开,随后一个脸色十分苍白的人径直跨进波尔菲里·彼得罗维奇的办公室。

这人的模样乍一看挺怪。他直勾勾看着自己前方,又似乎谁也没看见。他的眼睛闪出坚定的神色,但脸白得像死人,就像他被押上了刑场。没一点血色的嘴唇微微颤抖。

他还非常年轻,衣着像平民,中等身材,偏瘦,留着圆圆一圈头发,清秀的面容近乎枯槁。被他突然推开的人,紧跟他闯进房间,一把抓住他的肩膀:这是押解他的警察,但尼古拉一甩胳膊,又从他手里挣脱了。

门口围起几个看热闹的人，有的还在往里挤。这一切几乎是刹那间发生的。

　　"去，还早呢！等我传唤！……干吗提前来？"波尔菲里·彼得罗维奇像是乱了套，异常恼火地喃喃着。不料，尼古拉突然跪下。

　　"你干吗？"波尔菲里惊叫。

　　"我有罪！我作孽！我是杀人犯！"尼古拉突然说，似乎有些喘不过气来，但嗓门很大。

　　沉默持续了约莫十秒钟，仿佛大家都呆住了，连押解的警察也赶紧闪开，不再按住尼古拉，只是下意识地一步步退到门口，怔怔站着。

　　"怎么回事？"波尔菲里·彼得罗维奇大叫，刹那间，已经不再发愣。

　　"我是……杀人犯……"尼古拉顿了顿，重又说了一遍。

　　"怎么……你是……怎么……你杀了谁？"

　　波尔菲里·彼得罗维奇显然没了主意。

　　尼古拉又顿了顿。

　　"我……杀了阿廖娜·伊凡诺夫娜和她妹妹，莉扎韦塔·伊凡诺夫娜，用斧子。我一时糊涂……"他突然补充一句，接着又不作声了。他一直跪着。

　　波尔菲里·彼得罗维奇僵了好几秒，像在沉思，突然他又走动起来，挥手驱赶那些自己跑来的证人。他们转眼便不见了，门又掩上。随后他看了看站在角落里，惊讶地望着尼古拉的拉斯科尔尼科夫，刚要朝他走去，却突然站住，又朝他看了看，旋即，把目光转向尼古拉，接着又回头看看拉斯科尔尼科夫，看看尼古拉，突然他像是来劲了，重又开始训斥尼古拉。

　　"你干吗抢先说你一时糊涂？"他几乎恶狠狠地朝他吼叫，"我还没问你呢：你是不是一时糊涂……说，你杀人了？"

"我是杀人犯……我招……"尼古拉说。

"唉—唉！你拿什么杀的？"

"斧子。事先准备的。"

"唉，乱招！一个人？"

尼古拉没听懂问题。

"一个人杀的？"

"一个人。米季卡没罪，从头到尾跟这事没关系。"

"别急着说米季卡！唉—唉！……"

"你是怎么，喏，当时你是怎么从楼梯上下来的？管院子人不是遇到你们两个人吗？"

"那是我想打掩护……当时……就跟米季卡一起跑出来。"尼古拉像是事先准备了似的急忙回答。

"那还不是！"波尔菲里恶狠狠地大叫，"说的不是他自己的话！"他像自言自语，突然他又看到拉斯科尔尼科夫。

他显然急于开导尼古拉，一时间甚至忘了拉斯科尔尼科夫。现在他突然回过神，甚至觉得尴尬……

"罗季昂·罗曼诺维奇，老兄！真对不起，"他赶紧跑到他面前，"这样没法说话，请回吧……这儿没您的事……连我自己……您看，多意外的礼物！……请回吧！……"

他拉住他的手，给他指了指门。

"这您大概没料到吧？"拉斯科尔尼科夫说，当然他还什么都没真正明白，但已经精神多了。

"您也没料到，老兄。瞧，手抖得多凶！嘿—嘿？"

"您也在抖，波尔菲里·彼得罗维奇。"

"我也在抖，没料到！……"

他们已经到了门口。波尔菲里急切地等着拉斯科尔尼科夫出去。

“您那份意外礼物就不拿出来啦？”拉斯科尔尼科夫突然问。

“瞧您，牙齿打架还说话，嘿—嘿！您这人真逗！再见。”

“我看，别了！”

“看上帝安排，看上帝安排！”波尔菲里似笑非笑地喃喃着。

穿过办公室时，拉斯科尔尼科夫发现许多人都朝他注意地看了看。门厅的人群里，他发现了**那幢**公寓的两个管院子人，那天夜里他就想拉他们来见警察局局长。他们站在那里等着什么。但他刚走到楼梯上，突然听到背后又响起了波尔菲里·彼得罗维奇的声音。他转过身，看见他在追他，跑得气喘吁吁。

“只说一句话，罗季昂·罗曼诺维奇，刚才说的一切就看上帝安排了，不过，从手续上讲，有些东西还得问一下……所以，我们还会见面，就这样。”

波尔菲里笑嘻嘻地在他面前站住。

“就这样。”他又说了一遍。

可以想见，他还有什么话要说，但又不便出口。

“波尔菲里·彼得罗维奇，刚才的事还得请您原谅……我火气太大。”拉斯科尔尼科夫已经打起精神，忍不住想客套几句。

“没什么，没什么……”波尔菲里几乎高兴地接过话头，“我自己也……我这人太毒，抱歉，抱歉！我们还会见面。要是上帝安排，我们还会一次次见面的！……”

“还会彻底了解对方？”拉斯科尔尼科夫接过话头。

“还会彻底了解对方。”波尔菲里·彼得罗维奇附和说，接着眯起眼睛，十分认真地看了看他，“这就去参加命名日？”

“参加葬礼。”

“我想起来了，参加葬礼！可得保重自己身体，保重身体……”

“我都不知道我该祝您什么！”拉斯科尔尼科夫已经开始下楼了，

却又突然转身对波尔菲里说，"本该祝您更加发达，可瞧，您的差使太滑稽！"

"为什么滑稽？"同样转身要走的波尔菲里·彼得罗维奇立刻竖起耳朵。

"怎么不滑稽。这个可怜的米科尔卡，在他没承认前，您肯定反复折磨他，在心理上，尽耍花招；白天黑夜地向他证明：'你是杀人犯，你是杀人犯……'现在他承认了，您又开始一根根骨头敲打他：'胡说，你不是杀人犯！你不可能是杀人犯！你说的不是自己的话！'这还不是，您的差使怎么不滑稽？"

"嘿—嘿—嘿！我刚才对尼古拉说，他'说的不是自己的话'，您还是察觉了？"

"怎么会不察觉？"

"嘿—嘿！精明，精明。什么都会察觉！脑子真灵！最滑稽的东西一下就能抓住……嘿—嘿！据说作家中数果戈理这种本事最大？"

"对，果戈理。"

"对，果戈理……希望我们高高兴兴地再见。"

"高高兴兴地再见……"

拉斯科尔尼科夫直接回家了。他被闹得稀里糊涂，一到家里，便倒在沙发上，坐了大约一刻钟，只是休息，尽量把思想集中起来。尼古拉的招供，他根本不考虑：他感到他很震惊，但尼古拉的招供无法解释，莫名其妙，现在说什么他都不理解。然而尼古拉的招供是千真万确的事实。这个事实的结果他马上明白了：谎话不会不败露，到时候还会搞他。但至少在这以前他是自由的，一定得采取什么措施，保护自己，因为危险无可避免。

但究竟危险到什么程度？情况已经渐渐明朗。大致回想起刚才和波尔菲里见面的前后经过，他又吓得浑身一颤。当然，他还不知道波尔菲里的全部目的,摸不透他刚才的全部用意。但有些牌已经打出来了,当然,谁都不会比他更清楚,波尔菲里"打"这些牌对他来说有多可怕。只要再过一会儿,他就会彻底暴露,真正暴露。波尔菲里知道他病态的性格,一眼就看透和拿准了这种性格,虽然干得太狠,但也险些成功。无须争论,刚才拉斯科尔尼科夫已经大大失态,但这毕竟还不是**证据**,只是疑点。但他现在这样理解对不对?他没弄错?今天波尔菲里想得到什么结果?他当真今天做了什么准备?那究竟是什么?他当真在等什么,还是根本没那回事?今天他们究竟会怎样分手,如果不是尼古拉引发了意外的变故?

波尔菲里几乎把自己所有的牌都打了,当然,他在冒险,但他打了,(拉斯科尔尼科夫始终觉得)要是波尔菲里当真还有什么牌的话,他也会打的。那份"意外礼物"究竟是什么?开玩笑?这是不是意味着什么?其中会不会隐藏着什么类似证据、指控之类的东西?昨天那家伙?他到哪儿去了?今天他在哪儿?只要波尔菲里有什么确凿的证据,当然跟昨天的家伙有关⋯⋯

他坐在沙发上,低下头,臂肘支着膝盖,两手捂住脸。神经质的战栗仍然一阵阵掠过全身。终于他站起来,拿起帽子,想了想,朝门口走去。

他似乎有种预感,至少今天他几乎可以肯定自己是安全的。突然,他内心几乎感到一阵高兴:他想尽快去卡捷琳娜·伊凡诺夫娜那儿。参加葬礼自然太迟,但还赶得上丧宴,他这就可以在那儿看见索尼娅。

他站住了,想了想,一丝病态的微笑爬上他的嘴唇。

"今天!今天!"他暗自重复,"对,就是今天!应该这样⋯⋯"

他刚打算开门,不料这门突然自己开了。他浑身打战,赶紧往后一闪。这门开得很慢,很轻,突然门口出现一个人影——昨天**从地底**

**下钻出来的家伙**。

那人停在门口，默默看了看拉斯科尔尼科夫，一步跨进房间。他跟昨天一样，同样的体态，同样的衣服，但他的脸色和眼神起了很大变化：现在他看上去似乎有些忧郁，他站了一会儿，深深叹了口气。要是他再用手托住腮帮，把头侧向一边，那就实打实地像个婆娘。

"您干什么？"

拉斯科尔尼科夫吓得面无人色。

那人沉默了一会儿，突然深深地，几乎一躬到地，向他行了个礼。至少右手手指触到地板。

"您干什么？"

拉斯科尔尼科夫大叫。

"我有罪。"

那人轻轻说。

"什么罪？"

"诬陷。"

两人对视。

"我很生气。您当时走过来，也许醉了，叫管院子的去警察局，还问了那摊血，我就很生气，因为他们把您当酒鬼，白白放走了，我气得一夜没睡。我记得地址，昨天就来这儿打听……"

"谁来这儿了？"

拉斯科尔尼科夫打断他，旋即想起一切。

"就是说，我得罪了您。"

"您是那幢公寓的？"

"对，我住那儿，当时我跟他们一起站在大门口，也许您忘了？我有手艺，在那儿干好久了。我是熟皮匠、小市民，接了活在家里干……我最气……"

突然,拉斯科尔尼科夫清楚地想起前天在大门口的全部情景。他想起除了管院子的,当时还站着几个人,还有女人。他记得有人提议把他直接送警察局。那人的脸他想不起来,甚至现在都认不出,但他记得,当时他甚至回答过他什么,朝他转过身去……

这么说,昨天的恐惧就这么消除了。想到因为这种小事他当真险些完蛋,险些毁了自己,简直可怕极了。这么说,除了租房和问起那摊血,这人说不出什么别的。这么说,波尔菲里除了这些**空话**,也没掌握什么,除了可以做**不同解释**的心态,没有任何证据,没有任何确凿的东西。这么说,如果没有新证据(其实,也不应当有新证据,不应当,不应当!),那……那还能拿他怎样?即使把他逮捕了,又拿什么给他定罪?这么说,波尔菲里只是现在,只是刚才,得知看房的事,在这以前并不知情。

“这是您今天告诉波尔菲里的……说我去过?”他大叫,这个突然的想法使他震惊。

“哪个波尔菲里?”

“刑侦科长。”

“是我。当时管院子的不肯去,我就去了。”

“今天?”

“就在您到以前一会儿。我全听见了,他是怎么折磨您的。”

“哪儿?听见什么?什么时候?”

“我就坐在那儿,他的板壁后面。”

“怎么?这么说您就是意外礼物?怎么会呢?得了吧!”

“我看到,”小市民说,“管院子的单凭我几句话不肯去,说是太迟了,也许警察还会发火,怪我们没有当时就去,我很生气,一夜没睡,起床后就开始打听。昨天打听到的,今天去了。第一次去——他不在。过一小时再去——不见,第三次再去——放我进去了。我向他报告,是怎么回事,他在屋里奔来跑去,一股劲地捶胸:'你们都对我干了什么,强盗?要是我知道这事,早派人把他押来了!'后来他跑出去,叫了个人来,跟他在角落里咕哝了一阵,后来又走到我跟前,一边问一边骂。不住数落。我把什么都向他报告了,还说昨天听了我的话,您什么也没敢回答,也没认出我。这时,他又开始奔来跑去,一股劲地捶胸,一面发火一面跑,有人报告,您来了——他就说您到板壁后面坐着,无论听到什么都别动,还亲自给我搬来一张椅子,把我锁在里面。他说,也许我会叫你。尼古拉给带来后,您一走,他就放我出来。他说我还会传你的,还有事问你……"

"他当你的面问尼古拉了?"

"把您送走,也就放我走了,这才开始审问尼古拉。"

小市民住口了,突然又是深深一鞠躬,手指触到地板。

"我诬陷您,害您,还望宽恕。"

"上帝会宽恕的。"拉斯科尔尼科夫回答,这话刚出口,小市民便朝他鞠了一躬,但不是一躬到地,只是弯弯腰,然后慢慢转身,出了房间。"一切都有两种解释,现在一切都有两种解释。"拉斯科尔尼科夫反复念叨,比任何时候都更精神地出了房间。

"现在我们还要较量。"

他恶狠狠地笑着下楼。恶狠狠地笑他自己,他轻蔑而又羞愧地想起了自己的"怯弱"。

# 第五部

## 一

早上，彼得·彼得罗维奇的头脑变得清醒了，虽说昨天晚上跟杜涅奇卡和普利赫里娅·亚历山德罗夫娜进行的解释，对他来说是不幸的。他非常不快，但又不得不慢慢接受这一无可挽回的既成事实，昨天他还觉得这事几乎荒唐，尽管已经发生，毕竟像是绝无可能。受了伤害的自尊心像黑色毒蛇，整夜啃噬着他的心。起床后，彼得·彼得罗维奇立刻照了照镜子。他担心这一夜下来，他是不是脸色发黄。但在这方面，暂时一切正常，看过自己体面、白皙、近来稍稍发胖的脸，刹那间，彼得·彼得罗维奇甚至感到宽慰，坚信能在别的地方替自己找到新娘，也许，还更单纯。旋即他回过神，往边上狠狠啐了一口。跟他同住的年轻朋友安德烈·谢苗诺维奇·列别贾特尼科夫无声地讪讪一笑。彼得·彼得罗维奇发现他讪笑，立刻给自己的年轻朋友暗暗记了笔账。最近几天他已经记了他许多账。他突然想到，昨天不该把谈话结果告诉安德烈·谢苗诺维奇，于是他的火气更大了。这是他昨天头脑发热，感情冲动，在盛怒下所犯的第二个错误……后来，整个上午，好像故意似的，发生了许多不快，一件连着一件。甚至他竭力想在参政院办妥的案子也遇到挫折。尤其使他生气的是房东：因为结婚在即，他租了一套房间，还自己花钱装修。不料这房东，一个发财的德国匠人，说什么也不同意取消刚签订的合同，非要他按合同缴付全部罚款，尽管彼得·彼得罗维奇退还给他的是几乎装修一新的房间。家具店同样说什么也不肯从购买家具的订金中退还一卢布，虽然家具还没送出。"我总不能特地为家具结婚吧！"彼得·彼得罗维奇咬牙切齿地想，同时，他脑海里又一次闪过拯救的渴望："难道这一切真的无可挽回地破灭了，结束了？难道不能再试一次？"得到杜涅奇卡的想法又一次诱人地刺伤了他的心。他痛苦地熬过这一刻，当然，如果现在单凭愿望就能弄死拉斯科尔尼科夫，彼得·彼得罗维奇一定会立刻表示这一愿望。

"另外，还有一个错误，我根本没给她们钱。"他想，怏怏地回到列别贾特尼科夫的斗室，"见鬼，我干吗那么吝啬？连一点盘算都没有！我原想让她们先过过苦日子，好让她们把我看作上帝，可她们居然跑了！……呸！……不，要是这段时间里我给了她们，譬如，一千五百卢布，办嫁妆，买礼物，买各种各样东西：化妆品、宝石、衣料，还有克诺普铺子和英国商店①零零碎碎的玩意，事情就清楚得多，也……牢靠得多！现在拒绝我就不那么容易！这种人都这样，要是退婚，一定觉得要把彩礼还清，可还清挺难，也舍不得！良心上也过不去：怎么可以突然把人赶走？人家一直好好的，又那么大方……唉！失策！"彼得·彼得罗维奇又恨得咬牙切齿，当即骂自己是傻瓜——骂在心里，自然。

得出这个结论后，他回到家里，火气比出门时大了一倍。卡捷琳娜·伊凡诺夫娜房间里准备丧宴的情景，多少引起他的好奇。这丧宴他昨天已经听说，甚至记得似乎也请了他，但他忙于自己的事情，其余

---

① 均为彼得堡的服饰用品商店。

390

一切都没放在心上。卡捷琳娜·伊凡诺夫娜不在（她在墓地上），利佩韦赫泽尔太太忙着安排餐桌，他赶紧向她打听，这才知道丧宴将很隆重，几乎所有的房客都受到邀请，有几位甚至死者都不认识，连安德烈·谢苗诺维奇·列别贾特尼科夫也在邀请之列，尽管他和卡捷琳娜·伊凡诺夫娜吵过一架，最后，他本人，彼得·彼得罗维奇，不仅受到邀请，而且主人热切期待他光临，因为他是所有房客中几乎最重要的客人。阿马利娅·伊凡诺夫娜本人也是作为贵客受到邀请的，尽管她和主人有过许多不快，所以她现在像主人似的张罗着，几乎觉得这是一种乐趣，另外，她还着实打扮了一番，虽说穿的只是丧服，但毕竟是新衣服，缎子的，富贵华丽，让她很得意。这些情况和消息使彼得·彼得罗维奇得到某种启发。他去了自己房间，也就是安德烈·谢苗诺维奇·列别贾特尼科夫的房间，心里琢磨着什么。原来他顺便了解到，受邀请的人中也有拉斯科尔尼科夫。

安德烈·谢苗诺维奇不知为什么这天整个上午都在家。彼得·彼得罗维奇跟这位先生确立了某种奇怪，但多少也是自然的关系：彼得·彼得罗维奇差不多从住进他房间的第一天起，就非常看不起他，甚至恨他，同时又似乎有些怕他。他一到彼得堡，就来他这儿落脚，并不单单是想省几个钱，尽管这几乎就是主要原因，但这里还有另一个原因。还在外省，他就听说安德烈·谢苗诺维奇，一个曾受自己监护的孩子，是进步青年中最进步的一个，甚至还在某些他觉得好奇，甚至离奇的小组里起着重要作用。这使彼得·彼得罗维奇深感震惊。正是这些颇有能耐，消息灵通，什么人都不放在眼里，什么人都敢揭露的小组，很久以前就使彼得·彼得罗维奇感到某种特殊，但又完全莫名的恐惧。当然，他本人，何况又在外省，不可能对**这类情况**有个哪怕大致准确的了解。跟大家一样，他听说现在，特别是在彼得堡，有好些进步分子、虚无主义分子、揭露分子，以及诸如此类的什么分子，但和许多人一样,他把这些名称的含义夸大和歪曲到了荒谬的地步。他最害怕的,这不,都几年了,就是**揭露**,这是他常常过分惊慌的最主要的原因,特别是在设想把自己的业务转移到彼得堡的时候。在这方面,他像俗话说的,**给吓怕了**,就像有时候小孩**给吓怕了**一样。几年前,他在外省刚开始创业时,遇上两起狠狠揭露省府大员的丑闻,揭露的恰恰是他一直拉关系,处处护着他的两位大员。其中一起闹得那位大员臭名远扬,另一起险些无法收场,惹了一大堆麻烦。这就是为什么彼得·彼得罗维奇决定一到彼得堡,立刻把情况弄弄清楚的原因,如果需要,为保险起见,就抢在前面,巴结"我们的年轻人"。在这方面,他指望安德烈·谢苗诺维奇,并且在拜访,譬如,拉斯科尔尼科夫时,已经勉强学会了一些流行的说法……

当然,他很快看出安德烈·谢苗诺维奇是个非常庸俗和愚钝的家伙。但这丝毫未使彼得·彼得罗维奇改变主意或者振奋精神。即使他确信所有的进步分子都是这样的傻瓜,他的忧虑也不会消失。事实上他对安德烈·谢苗诺维奇向他竭力宣传的学说、思想和体系毫无兴趣。他有他自己的目的。他只想尽快弄清:**这里**发生了什么,怎么发生的?**这些人**有没有能耐?他个人有没有什么好怕的?要是他决定做什么,他们会不会揭露他?要是揭露他,那是为什么,现在揭露的究竟是哪些事情?另外,要是他们当真很有能耐,能不能设法巴结上他们,骗骗他们?要不要这样做?能不能,譬如,在自己事业方面,借助他们悄悄创造一些机会?总之,有许多问题要解决。

这个安德烈·谢苗诺维奇憔悴、矮小,不知在哪儿当差,头发浅得出奇,两鬓肉饼状的胡子使他很是得意。另外,他几乎天天闹眼病。他心很软,但说话十分自信,有时甚至过于傲慢——这和他瘦弱的体型相比几乎总是显得可笑。不过在阿马利娅·伊凡诺夫娜的房客中,他算得上是备受尊敬的一位,就是说,他不酗酒,还按时付房租。尽管这样,安德烈·谢苗诺维奇确实有些愚蠢。他倾向进步,和"我们的年轻人"为伍,完全出于热情。这是无数形形色色的庸人,思想幼稚的懒虫,什么都没真正学会而又刚愎自用的蠢货中的一个,这种人会在顷刻间追随最时髦、最流行的思想,使它立刻变得庸俗低级,使他们有时真诚信奉的一切,立刻带上漫画色彩。

列别贾特尼科夫尽管非常善良,但也多少开始觉得无法忍受这位和他同居一室,曾经做过他监护人的彼得·彼得罗维奇。这种状况是双方在无意中造成的。不管安德烈·谢苗诺维奇头脑多简单,他毕竟慢慢发现彼得·彼得罗维奇在骗他,暗中根本看不起他,发现"这人完全不是那么回事"。他曾试着向他讲解傅立叶体系和达尔文理论,但彼得·彼得罗维奇,特别是近来,似听非听,一副嘲讽的神态,最近几天,甚至骂人了。问题是他本能地开始感到,列别贾特尼科夫不仅庸俗、愚蠢,也许还喜欢胡吹,甚至在自己圈子里他都没有任何比较重要的关系,只是听到一些间接而又间接的东西,另外,他对自己**宣传**的学说,也许都是一知半解,因为不知怎的常常出错,那他怎么揭露别人!顺便说一下,彼得·彼得罗维奇在这一个半星期内(特别是开始几天),欣然接受了安德烈·谢苗诺维奇甚至完全离谱的奉承,譬如,安德烈·谢苗诺维奇硬说他有意赞助一个新"**公社**",使它在小市民街很快建立起来,又譬如,要是杜涅奇卡在新婚第一个月就想找个情人,他不会干预,又譬如,他不打算日后为自己的孩子洗礼,等等,等等,就是说他对这一切没有表示异议,全都保持沉默。彼得·彼得罗维奇历来对硬加在自己身上的这类高尚品质不表异议,甚至这样离谱的奉承都能允许——任何奉承在他听来都是非常舒服的。

这天早上,不知出于什么原因,彼得·彼得罗维奇兑换了几张五厘公债。他坐在桌旁数着一沓沓钞票和短期公债。几乎从来没钱的安德烈·谢苗诺维奇在房间里踱来踱去,自己骗自己地摆出一副对这一叠叠钱不感兴趣,甚至不屑一顾的样子。彼得·彼得罗维奇说什么也不信,譬如,安德烈·谢苗诺维奇真会对这么多钱不感兴趣。反过来说,安德烈·谢苗诺维奇也很苦恼,因为事实上彼得·彼得罗维奇也许就会这样想他,大概还很高兴能有机会摆出一沓沓钞票来刺激和撩拨自己的年轻朋友,提醒他,他多渺小,似乎他们之间存在着本质差别。

他发现彼得·彼得罗维奇这次异常暴躁,心不在焉,尽管他,安德烈·谢苗诺维奇,才刚刚对他提起自己心爱的话题,说要建立新型的特殊"公社"。彼得·彼得罗维奇在算盘珠声的间歇中甩出的简短异议和意见,透出十分明显和故作不恭的嘲笑。但"厚道"的安德烈·谢苗诺维奇把彼得·彼得罗维奇的恶劣心情看成是昨天和杜涅奇卡决裂的余波,急于谈起这个话题:在这方面正好做些进步宣传,一来安慰他尊敬的朋友,二来"无疑"会对他今后的进步带来好处。

"这个……寡妇居然还办什么丧宴?"彼得·彼得罗维奇突然问,在最要紧的地方打断安德烈·谢苗诺维奇。

"您像不知道似的。我昨天不跟您谈过这个问题,还对所有这些仪式发表了看法……她不也请您了,我听到的。您自己昨天还跟她说话来着……"

"我怎么也没想到,这个穷到头的傻女人会把她从另一个傻瓜……拉斯科尔尼科夫那儿拿到的钱全都扔在丧宴上。刚才走过,我都觉得奇怪:备了那么多菜,还有酒!……叫了好几个人帮忙——鬼知道是怎么回事!"彼得·彼得罗维奇接着说,一面打听,一面把话引到这上面,似乎有什么目的。"什么?您说也请我了?"突然,他抬起头,追问了一句。"这是什么时候?不记得。不过,我不会去的。我坐在那儿算什么?昨天我只是跟她顺便说起,她作为官员遗孀,穷得一无所有,或许可以领到一年薪水,作为一次性补贴。她是不是冲着这个请我的？嘿—嘿！"

"我也不想去。"列别贾特尼科夫说。

"那还用说！亲手打她了。当然，不好意思，嘿—嘿—嘿！"

"谁打人了？打谁？"列别贾特尼科夫突然慌了，甚至脸都红了。

"您呀，打了叶卡捷琳娜·伊凡诺夫娜，大概一个月前，是吧！我听说了，昨天……这就是信念！……还有一个妇女问题，嘿—嘿—嘿！"

彼得·彼得罗维奇像是得到安慰，重又在算盘上噼噼啪啪打起来。

"这都是胡说，诬蔑！"列别贾特尼科夫满脸通红，他一直怕别人提起这事，"完全不是那回事！情况恰恰相反……您弄不清真假。造谣！我当时只是自卫。她自己先扑上来用指甲抓我……拼命抓我的络腮胡子……我希望人人有权自卫。再说，我不允许任何人对我使用暴力……这是原则。因为暴力差不多就是专制。我怎么办？就这么站着让她胡来？我只是把她推开了。"

"嘿—嘿—嘿！"卢任一味奸笑。

"您这是故意惹我，因为自己有气，就随便出气……这是胡说，跟妇女问题根本、根本没关系！您误解了，我甚至想过，既然认为妇女和男子在任何方面都是平等的，甚至在体力上也是（有人已经这样说了），所以，在这件事上，也应当男女平等。当然，我后来觉得，这种问题其实不应该存在，因为不应该打架，在将来的社会里，打架是不可思议的……当然，打架了，还寻求平等，听着都怪。我还没那么蠢……虽然打架，话说回来，还是有的……就是说以后不会有了，但现在还有……呸！见鬼！跟您越说越糊涂！我不去，不是因为有过这次不快。我不去是出于原则，不想参与办丧宴的陋习，就这么回事！不过去也可以，那只是为了嘲笑……可惜，没有神父，要不，我一定去。"

"就是说坐到宴席上，又马上唾弃这宴席，唾弃请您入席的主人。是这样吗？"

"完全不是唾弃，而是抗议。我有良好的目的。我可以间接推动社会进步，扩大宣传。人人应当推动社会进步，进行宣传，也许方式越激烈越好。我可以提出想法，播下种子……这种子肯定生根发芽，成为事实。我哪里侮辱他们了？起先他们生气，过后他们自己都会看到，我这样做对他们只有好处。这不，我们有人责备捷列比约娃（眼下公社里就是这样），因为她离家出走……私奔了，还给父母写信说，她不想生活在成见中，宁肯跟人同居，有人认为这太粗野，哪能这样对待父母，应当体谅他们，写得婉转些。我看这是胡扯，完全没必要写得婉转，相反，相反，这儿恰恰应当抗议。瞧，瓦连茨跟丈夫过了七年，两个孩子都扔了，在信里断然回绝丈夫：'我认识到，和您在一起我不会幸福。我永远不能原谅您，您欺骗我，不让我知道还有通过公社实现的另一种社会制度。这些我都是不久前从一个好心人那儿知道的，我跟他结合了，我要和他在一起创建公社。我直话直说，因为我认为欺骗您是可耻的。您愿意怎么过就怎么过。别指望我会回来，您太落伍。祝您幸福。'瞧，这种信怎么写！"

"这个捷列比约娃不就是您说的跟人同居了三次的女人？"

"一共才两次，要是认真说的话！其实，哪怕四次，哪怕十五次，都没关系！我父母早死，要说我什么时候对这感到可惜，那当然就是现在。我甚至想过几次，要是他们还活着，我准会狠狠向他们抗议的！就是不让他们安生……这算什么，我是'切掉的面包'，呸！我要让他们瞧瞧！让他们吓一跳！真的，可惜他们都不在了！"

"让他们吓一跳！嘿—嘿！这就随您啰，"彼得·彼得罗维奇打断说，"不过您倒说说，您不是认识死者的这个女儿吗，瘦瘦的！外面对她的种种传说是不是真的，啊？"

"干吗大惊小怪？我看，就是说，按我个人的信念，这是女人最正常的状态。为什么不是？就是说，我们可以作个区分①。在现有社会里，这当然不太正常，因为是被迫的，但将来完全正常，因为是自由的。再说，她有权这样做：她穷，而这是她的基金，这么说吧，是她完全有权支配的资本。当然，在未来社会里，基金不再需要，但她的角色将有另一种意义，显得合情合理。至于说到索菲娅·谢苗诺夫娜本人，那么眼下，我把她的行为看作是对现有社会制度坚决而又具体的抗议，所以非常尊敬她，甚至看着她都高兴！"

"可人家告诉我，是您把她从这儿逼走的！"

列别贾特尼科夫甚至发火了。

"这又是诽谤！"他大叫，"根本，根本不是那回事！确实不是！这全是卡捷琳娜·伊凡诺夫娜胡说，因为她什么都不懂！我根本没主动接近索菲娅·谢苗诺夫娜！我只是不断开导她，没一点坏心眼，尽量激发她的反抗精神……我需要的只是反抗，再说，索菲娅·谢苗诺夫娜原本就在这儿待不住了！"

"您是不是叫她去公社了？"

"您总是嘲笑，又很不恰当，请允许我指出这一点。您什么都不懂！公社里没这种角色，建立公社就是为了取消这种角色。在公社里，这个角色将完全改变自己目前的本质，在这儿是愚蠢的，到那儿便是聪明的，在这儿，目前的环境里，是不自然的，到那儿便是完全自然的。一切取决于人处在什么样的条件，什么样的环境里。一切取决于环境，人本身只是零。至于说到索菲娅·谢苗诺夫娜，即使现在我和她的关系也很好，证明就是她从不认为我是她的仇人。对！我现在是在吸引她加入公社，但这完全，完全是建立在另一种基础上的公社！"

---

① 法语。

您笑什么！我们想建立自己的公社,特殊的公社,和原先相比,基础更广泛。我们在自己信念上又前进了一步。我们否定得更多！即使杜勃罗留波夫从棺材里爬出来,我也会跟他辩论。别林斯基嘛,该配流放！暂时我在继续开导索菲娅·谢苗诺夫娜。这是个非常非常纯洁的姑娘！"

"纯洁的姑娘正好利用,啊？嘿—嘿！"

"不,不！噢,不！正好相反！"

"还正好相反！嘿—嘿—嘿！瞧你说的！"

"干吗不信？我干吗对您隐瞒,您倒说说！相反,连我自己都奇怪：她看到我,不知怎的特别胆小羞涩,注意贞洁！"

"您当然不断开导她……嘿—嘿！向她证明根本不用这样羞涩？……"

"才不是呢！才不是呢！噢,您对'开导'理解得多粗俗,多愚蠢！对不起。您什么都不懂！噢,上帝,您还……太没觉悟！我们谋求的是妇女自由,而您脑子里只有一样东西……我不想讨论贞洁和女人羞耻心问题,因为这些东西本身没有讨论价值,甚至存在成见,我完全,完全同意她对我保持贞洁,因为在这件事上,她有充分的自由,充分的权利。当然,要是她自己对我说：'我要你',我会感到非常走运,因为这姑娘我非常喜欢,不过现在,至少现在,当然,还从来没人比我对她更礼貌、更谦恭、更尊重她的人格……我等着,期待着这一天——就这样！"

"您最好送她一样东西。我敢打赌,这一点您就没想到。"

"您什么都不懂,我已经对您说了！当然,她的处境不妙,但这是另一个问题！完全是另一个问题！您就是瞧不起她。看到一个您错以为应当受到鄙视的事实,您就不愿用人道的观点来看待这个人的本质。您还不知道,这是个多好的姑娘！我只是很遗憾,她近来不知怎的不再读书,也不再向我借书。原先她常借。同样可惜的是,虽然她有力量,有决心反抗——她已经证明过一次——但她似乎还缺乏独立性,这么说吧,缺乏独立的见解,否定得不够,不能完全摆脱某些成见和……糊涂观念。尽管她对某些问题非常清楚。譬如,她对吻手的问题理解得十分透彻,就是说,这是男人侮辱女人的一种不平等行为,如果他吻的只是她的手。这个问题我们讨论过,我马上向她转达了。法国工会的情况她也听得很用心。现在我替她分析的问题,是未来社会中是否可以自由出入别人的房间。"

"这又是怎么回事?"

"这是最近讨论的问题:公社成员有没有权利进入另一成员的房间,男人的或者女人的,任何时候……大家认为有这个权利……"

"要是这时这个男人或者女人正好忙于少不了的需要呢,嘿—嘿!"

安德烈·谢苗诺维奇气坏了。

"您老说这个,老说这个该死的'需要'!"他恶狠狠地大叫,"呸,我真懊恼,后悔,当时对您介绍我们的制度时,过早提到了这些该死的需要!见鬼!对所有像您这样的人,这是一块绊脚石,最糟的是你们连事情都没闹清楚,就嘲笑别人!好像就你们正确!好像有什么值得骄傲似的!呸!我说过几次了,对新来的人解释这一问题只能在最后,在他已经信仰这个制度,已经有了觉悟,有了方向的时候。何况,就算这是污水坑,您倒说说,您能在里面找到什么可耻和可鄙的东西?我就第一个准备清洗随便什么污水坑!这儿甚至谈不上什么自我牺牲!这无非是工作,高尚的、有益社会的活动,跟任何别的活动一样,还远远高于,譬如,什么拉斐尔或者普希金的活动,因为更有益!"

"还更高尚,更高尚——嘿—嘿—嘿!"

"什么叫更高尚?我不明白这种说法在评判人的活动中是什么意

思。'更高尚''更仁慈'——这些都是胡扯,糊涂观念,带偏见的陈词滥调,我一概否定!凡是对人类**有益的**,就是高尚的!我只明白一种说法:**有益**!随您怎么取笑,事情就是这样!"

彼得·彼得罗维奇起劲笑着。他已经把钱数完,藏好。不过,一部分钱不知为什么仍留在桌上。这个"污水坑问题",尽管很庸俗,但已几次使彼得·彼得罗维奇和他的年轻朋友吵得不欢而散。这种争吵的愚蠢,在于安德烈·谢苗诺维奇确实生气,卢任则把它当作消遣,眼下他特别想惹火列别贾特尼科夫。

"您这是昨天不走运才乱发脾气,缠个没完。"列别贾特尼科夫终于脱口而出。一般地说,尽管他主张"独立",主张"反抗",却不知怎的不敢跟彼得·彼得罗维奇闹翻,仍对他保持某种原先惯常的敬意。

"您最好说说这个,"彼得·彼得罗维奇傲慢而又恼火地打断说,"您能不能……或者最好说:您跟刚才提到的这位女郎究竟关系近到什么程度,可不可以现在请她来一下,到这个房间?好像他们都从墓地回来了……我听到脚步声……我要见见她,见见这个女郎。"

"您这是干吗?"列别贾特尼科夫诧异地问。

"见见她,有事。今天或者明天我会离开这儿,所以我想告诉她……不过,说话时您不妨留在这儿。这样甚至更好。要不,天知道您会怎么想。"

"我什么都不会想……我只是这么问问,您要有事,叫她来,比什么都容易。我这就去。请相信,我决不妨碍你们。"

果然,大约过了五分钟,列别贾特尼科夫带着索涅奇卡回来了。她进来时异常惊讶,跟往常似的,带着几分胆怯。每逢这种场合,她总是胆怯,怕见生人,怕跟生人认识,原先孩提时代就怕,现在更怕……彼得·彼得罗维奇"亲切而又礼貌地"迎接了她,不过带有某种愉快的亲昵劲——彼得·彼得罗维奇觉得,一个像他这样受人尊敬的中年人，对待这样一个年轻而又在某种意义上**有趣**的女郎，这种态度比较合适。他赶紧"鼓励"她，请她坐到桌旁，自己对面。索尼娅坐了，看了看周围——看了看列别贾特尼科夫，放在桌上的钱，又突然看了看彼得·彼得罗维奇，随后她的目光便再没从他身上移开，像是锁定了他。彼得·彼得罗维奇站起来，做了个手势，示意索尼娅坐着，随后在门口拦住了列别贾特尼科夫。

"这个拉斯科尔尼科夫在那儿？ 他来了？"他轻轻问他。

"拉斯科尔尼科夫？ 在那儿。怎么了？ 对，在那儿……刚进门，我看到的……怎么了？"

"那我非得请您留下，陪着我们，别让我跟这位……姑娘单独待在房间里。事情很小，可天知道人家会怎么看。我不想让拉斯科尔尼科夫在**那儿瞎说**……懂我意思吗？"

"啊，懂，懂!"列别贾特尼科夫突然开窍了，"对，您有这个权利……当然，我个人以为您是过虑了，但……您毕竟有这个权利。好吧，我留下。我站在这窗口边上，不妨碍你们……我看您有这个权利……"

彼得·彼得罗维奇回到沙发旁，在索尼娅对面坐下，注意地看了看她，突然摆出异常庄重，甚至有些严厉的样子，似乎在说："你也千万别想到别处去，小姐。"索尼娅窘透了。

"首先，请您替我表示歉意，索菲娅·谢苗诺夫娜，在您尊敬的继母面前……好像是这样吧？ 卡捷琳娜·伊凡诺夫娜是您继母？"彼得·彼得罗维奇相当庄重，但又相当亲切地说，显然他是一片好心。

"是的，是的，继母。"索尼娅怯生生地赶紧回答。

"那就请您在她面前替我表示歉意，说我身不由己，只能缺席，不去您家吃饼……就是说，缺席丧宴，尽管您继母是好意请我。"

"好，我说，这就说去。"索涅奇卡说着赶紧从椅子上跳起来。

"我**还**没说完，"彼得·彼得罗维奇拦住她，对她的朴实和不懂礼貌微微一笑，"您对我不大了解，亲爱的索菲娅·谢苗诺夫娜，如果以为我会为了这件仅仅关系到我个人的小事，打扰您这样一位女士，把您叫来。我的目的不是这个。"

索尼娅赶紧坐下。桌上没收掉的灰色和彩虹色钞票重又在她眼前闪动，她迅速抬起头，看着彼得·彼得罗维奇，她突然觉得注视别人的钱财，尤其是她，是极不体面的。她本想盯住彼得·彼得罗维奇左手拿着的长柄金边眼镜，盯住左手中指上又大又沉、异常漂亮的黄宝石戒指，但突然又把目光移开，不知道该看哪里，最后只好重又直勾勾盯住彼得·彼得罗维奇的眼睛。他比刚才更加庄重地沉默了一会儿，接着说：

"昨天我顺便和不幸的卡捷琳娜·伊凡诺夫娜说了两句。一听就知道，她的状态很反常，如果可以这样说的话……"

"是的……反常。"索尼娅赶紧附和。

"或者说得简单明了——她有病。"

"是的，简单明了……是的，有病。"

"不错。所以，出于人道和—和—和，这么说吧，同情，从我这方面说，我希望能对她有所帮助，我看，她的命运必定是不幸的。这个可怜不过的家，现在像是全靠您一个人了。"

"请问，"索尼娅突然站起，"您昨天是不是跟她说过，可以领抚恤金？因为她昨天告诉我，您答应替她张罗抚恤金，这是真的？"

"绝对不是，从某种意义上说，这甚至荒唐。我仅仅暗示，官员死在任上，他的遗孀可以领到一次性补助——只要有人说情——但您去世的父亲似乎不仅没有一定的任职年限，甚至最近根本没有上班。总之，即使还有一线希望，也十分渺茫，因为在这件事上，任何申请的权利实际上都不存在，甚至恰恰相反……她倒好，已经想领抚恤金了，嘿—嘿—嘿！好厉害的太太！"

"是的，想领抚恤金……因为她轻信，心好，好得什么都信，而且……而且……而且……她脑子有病……是的……对不起。"索尼娅说完，又站起来要走。

"对不起，您还没听完。"

"是的，没听完。"索尼娅喃喃说。

"那就请坐。"

索尼娅尴尬极了，重又坐下，第三次。

"看到她这样的处境，还带着几个不幸的孩子，我希望——像我已经说的——对她，尽量吧，有所帮助，就是说，尽量，在我能力范围内。可以，譬如，替她募捐，或者，这么说吧，发行彩票……或者做件诸如此类的事情——遇到这种情况，亲友或者哪怕外人，但只要愿意帮忙，总是这样做的。我想告诉您的正是这个。这个能办。"

"是的，太好了……上帝会感谢您的……"索尼娅低声说，凝神注视着彼得·彼得罗维奇。

"这个能办，但……这个我们以后再谈……就是说可以今天就谈。晚上我们见个面，商量妥当，这么说吧，打个基础。请您七点左右到我这儿来一下。希望安德烈·谢苗诺维奇也参加，跟我们一起商量……不过……这儿有个情况需要先说说清楚。所以，我才打扰您，索菲娅·谢苗诺夫娜，把您请到了这儿。具体地说，我的意见是，钱绝不能交到卡捷琳娜·伊凡诺夫娜本人手里，这很危险，证明就是今天这个丧宴。明天，这么说吧，连一片面包都没着落……没鞋子，什么都没有，今天倒好，买了牙买加的罗姆酒，好像还买了马德拉葡萄酒和——和——和咖啡。我进来时看到的。明天，一切又都会重新压在您身上，直到最后一片面包，这太荒唐。所以，即使募捐，按我个人看法，也不能让这位不幸的遗孀，这么说吧，知道这笔钱，只能，譬如，您一个人知道。我说得对吗？"

"我不知道。她只是今天才这样……一辈子就这一次……她太想办丧宴,表示敬意,纪念纪念……她很聪明。不过,您看怎么办就怎么办,我会非常,非常……他们都会感激您的……连上帝也会……孤儿也会……"

索尼娅没说完,哭了。

"那就这样。还望您多加注意。现在请您行个好,为您的亲人,算是开个头吧,先收下我这笔力所能及的捐款。我非常,非常希望,别提我的名字。给……我也有,这么说吧,我的用处,没法多给……"

彼得·彼得罗维奇仔细摊开一张十卢布票子,递给索尼娅。索尼娅接过钱,倏地脸红了,跳起来,低声说着什么,赶紧鞠躬告辞。彼得·彼得罗维奇得意地把她送到门口。她终于逃出房间,神色紧张而又疲惫。回到卡捷琳娜·伊凡诺夫娜身边时,她尴尬极了。

这次见面自始至终,安德烈·谢苗诺维奇不是站在窗前,便是在屋里踱步,不想打断他们谈话。索尼娅离开后,他突然走到彼得·彼得罗维奇面前,郑重地向他伸过手去:

"我全听到了,全**看**到了。"他说,特别强调"看到了"几个字。"这很高尚,用我的话说,很人道!您不要感谢,我看到了!尽管说实在的,原则上,我不赞成个人的慈善行为,因为这不仅不能彻底根治罪恶,甚至还会助长罪恶,但我不能不承认,看到您的这种做法,我很高兴,对,对,我很赞赏。"

"咳,尽胡扯!"彼得·彼得罗维奇喃喃着,他有些心虚,不知怎的冷眼看着列别贾特尼科夫。

"不,不是胡扯!一个像您这样昨天受了侮辱,还在恼火的人,能想到别人的不幸——这样的人……即使他的做法犯了社会错误——那也……值得尊敬!我没想到您会这样,彼得·彼得罗维奇,何况还是按您的观念,噢!您的观念对您非常有害!譬如,遇上昨天的挫折,

404

您就那么烦躁，"善良的安德烈·谢苗诺维奇大声说，重又对彼得·彼得罗维奇产生了强烈好感，"干吗，干吗您非要这门亲事，这门**合法**亲事，最高尚、最亲爱的彼得·彼得罗维奇？干吗您非要婚姻的这个**合法性**？您想揍我就揍，反正我很高兴，很高兴这事吹了，您还自由，对人类来说，您还没完蛋，我很高兴……您瞧：我把心里话全说了！"

"因为我不愿在你们没有仪式的婚姻中戴绿帽子，抚养别人的孩子，就因为这个，我需要合法婚姻。"卢任随口回答。他有心事，一副沉思的样子。

"孩子？您说孩子？"安德烈·谢苗诺维奇浑身一颤，就像战马听到军号，"孩子是个社会问题，还是首要问题，我同意。但孩子问题得用另一种办法解决。有些人甚至把孩子当作对家庭的暗示，完全加以否认。孩子问题我们以后再说，现在谈谈绿帽子！说实在的，这是我的弱点。这个恶俗的、骠骑兵的、普希金的说法，在将来的词汇里甚至不可思议。什么叫绿帽子？噢，荒唐！哪来的绿帽子？干吗戴绿帽子？简直胡扯！相反，在自由结合中没有绿帽子！绿帽子——这只是任何合法婚姻的自然结果，这么说吧，是对它的纠正、抗议，所以在这个意义上，绿帽子丝毫没有侮辱的意味……要是我什么时候——假定我荒唐——合法结婚了，那我对您所谓的可恶的绿帽子，甚至感到高兴。到时候，我会对我妻子说：'我的朋友，原先我只是爱你，现在我尊敬你，因为你会反抗！'您在笑？这是因为您无法摆脱成见！见鬼，我也知道在合法婚姻中，受骗是什么滋味，但这个可恶事实的可恶结果，只是双方受害。如果自由结合，戴绿帽子是公开的，那就无所谓绿帽子，绿帽子不可思议，连绿帽子这个说法都会消失。相反，您妻子只会向您证明，她对您的尊敬，因为她认为您不会阻拦她的幸福，您的觉悟使您不会报复她另觅新欢。见鬼，我有时做梦都想，要是我嫁人了，呸！要是我结婚了（自由结合也好，合法婚姻也好，反正一样），我也许会主动给妻子找情人,如果她一直没有的话。'我的朋友,'我会这样对她说,'我爱你,但更希望你尊敬我——瞧!'对吗,我说得对吗?……"

彼得·彼得罗维奇一面听,一面嘿嘿笑着,但并不特别感兴趣。他甚至不怎么在听。他确实考虑着什么别的事,连列别贾特尼科夫最终也发现了这一点。彼得·彼得罗维奇甚至很激动,搓着手,默默思索。这一切安德烈·谢苗诺维奇都是后来明白,后来回想起来的……

# 二

很难准确说明卡捷琳娜·伊凡诺夫娜病态的头脑里,究竟是什么原因使她热衷于这样铺张的丧宴。确实,丧宴一下子花掉了几乎十卢布——拉斯科尔尼科夫给她的丧葬费一共才二十多卢布。也许,卡捷琳娜·伊凡诺夫娜认为自己有义务"好好"悼念死者,让所有房客,尤其是阿马利娅·伊凡诺夫娜知道,他"不仅根本不比他们差,也许还比他们好得多",他们中间谁也没权利在他面前"翘鼻子"。也许,这儿最起作用的是那份特殊的**穷人的自尊**。正是出于自尊,每逢我们生活中某些人人必须操办的社会礼仪,许多穷人都会竭尽全力,花掉最后的积蓄,目的只是为了"不比别人差",不让别人"指责"他们。也很可能,卡捷琳娜·伊凡诺夫娜正是在目前情况下,正是她似乎被世人遗弃的这一刻,希望让这些"卑鄙无耻的房客"全都看看,她不仅"会过日子,会招待客人",而且她所受的教育绝不是为了这样的命运。她是在"高贵的,甚至可以说,有贵族气派的上校家里"长大的,她所受的教育绝不是为了自己扫地,夜里给孩子洗破烂。这种突发的自尊和虚荣心,有时会造访受尽折磨的穷人,偶尔还会在他们身上变成急躁,甚至

406

不可抑制的需求。卡捷琳娜·伊凡诺夫娜不仅异常急躁,而且不是那种被折磨傻的人:环境可以彻底毁灭她,但要在精神上压倒她,就是说,吓倒她,迫使她低头服从,那办不到。另外,索涅奇卡说她神经错乱完全基于事实。不错,暂时还不能下这样的结论,但最近一年中,她可怜的头脑确实受了过多的折磨,不会不受到某种伤害。肺痨的迅速发展,正如医生所说,也加剧了思维的紊乱。

**酒**的数量和品种都不是很多,也没有**马德拉酒**:这是夸大了,但酒是有的。有伏特加,有罗姆酒,还有里斯本葡萄酒,质量都极差,数量倒是足够。食物,除了蜜粥,还有三四个菜(顺便说一下,还有煎饼),都是阿马利娅·伊凡诺夫娜厨房里做的,另外,一下子生了两个茶炊,好饭后喝茶,喝潘趣酒①。采购由卡捷琳娜·伊凡诺夫娜亲自安排,一个房客——可怜的波兰人,天知道为什么住着利佩韦赫泽尔太太的房子——立刻被派给卡捷琳娜·伊凡诺夫娜当跑腿。昨天整整一天,今天整整一上午,他都拼命奔来跑去,似乎特别希望人家注意他的勤快。他一刻不停地来找卡捷琳娜·伊凡诺夫娜,请示每一件小事,甚至一直跑到市场上找她,一口一声"少尉太太",终于他像萝卜似的使她腻烦透了,尽管起先,她说没这个"勤快的好人",她肯定完蛋。按卡捷琳娜·伊凡诺夫娜的性格,她会用最美最鲜艳的色彩把遇到的每一个人尽快打扮起来,把他夸奖得有时连他本人都不好意思,还会编出各种根本没有的事来捧他,真诚地相信这些都是事实,随后突然,一下子,绝望了,不睬,唾弃,推搡着赶走几小时前她还十分崇拜的人。她天生爱笑、乐天、平和,然而因为接连的不幸和挫折,她**疯狂地**企盼和要求所有的人都能和睦、愉快地生活,**不敢肇事**,生活中最轻微的不和谐音,最细小的挫折,都会使她立刻近乎狂怒,她会在一刹那间,紧

---

① 一种用酒、茶、果汁、香料混合而成的饮料。

接着最美好的希望和幻想,转而诅咒命运,撕毁和摔掉手头的一切,脑袋往墙上撞。不知为什么,阿马利娅·伊凡诺夫娜也突然赢得了卡捷琳娜·伊凡诺夫娜非同一般的重视和非同一般的敬意,也许唯一的原因是要办丧宴,而阿马利娅·伊凡诺夫娜全心全意地决定帮她张罗一切:她来摆桌子,借桌布、餐具和其他东西,她来下厨做菜。卡捷琳娜·伊凡诺夫娜把一切都交托给她,由她看着办,自己去了墓地。确实,一切都安排得很好:桌上甚至铺着相当干净的桌布,摆着盘子、刀叉、高脚杯、玻璃杯、茶杯,这些当然都是从各家房客那里凑起来的,各形各式,有大有小,但一切都按时摆到了自己位置上,阿马利娅·伊凡诺夫娜觉得事情办得挺好,迎接大家回来时,甚至带着几分骄傲,浑身上下做了精心打扮,戴一顶系有新的黑缎带的帽子,穿着黑色连衣裙。这骄傲尽管合乎情理,但不知为什么卡捷琳娜·伊凡诺夫娜很不喜欢:“是啊,好像没有阿马利娅·伊凡诺夫娜,连桌子都摆不好!”系有新缎带的帽子,她也不喜欢:“这个愚蠢的德国女人是不是心里很骄傲,因为她是房东,只是出于慈悲才答应帮助穷房客?出于慈悲!倒要请教!卡捷琳娜·伊凡诺夫娜的爸爸是上校,险些就是省长,他家里的宴席有时一摆就是四十人,什么阿马利娅·伊凡诺夫娜,或者最好说柳德维戈夫娜,这种人连厨房都不配进……”不过,卡捷琳娜·伊凡诺夫娜决定暂不表露自己的感情,尽管已经拿定主意,今天一定得治治阿马利娅·伊凡诺夫娜,提醒她自己的真正身份,要不,天知道她会把自己想得多美,不过暂时只是对她比较冷淡。还有一件不愉快的事,也多少加剧了卡捷琳娜·伊凡诺夫娜的火气:受邀请的房客中,除了总算到了到墓地的波兰人,几乎谁也没有参加葬礼;来用丧宴的,也就是来吃冷餐的,都是最没脸面、最穷的人,其中许多人甚至醉醺醺的,这么说吧,废物一群。房客中比较年长、比较体面的,像是相互说好了,全都故意不来。彼得·彼得罗维奇·卢任,譬如,可以说是房客中最体面的一个，没有露面，而昨天晚上，卡捷琳娜·伊凡诺夫娜已经告诉世界上所有的人，也就是阿马利娅·伊凡诺夫娜、波列奇卡、索尼娅和波兰人，说他是最高尚最厚道的人，有许许多多关系，有家产，原先是她第一个丈夫的朋友，她父亲家里的客人，还答应要尽量为她争取一笔可观的抚恤金。这里要指出，即使卡捷琳娜·伊凡诺夫娜夸耀某某的关系和家产，那也没有任何用意、任何个人盘算，绝对无私，这么说吧，只是出于满腔热情，出于她乐意夸耀别人，抬高被夸耀人的身价。除了卢任，想必是"学他的样"，"列别贾特尼科夫这个坏蛋"也没来。"这家伙把自己当成什么了？请他只是客气，况且他和彼得·彼得罗维奇住一个房间，是他朋友，不好意思不请他。"没来的还有一位颇有上流社会风度的太太和她的"老姑娘"，女儿，她们在阿马利娅·伊凡诺夫娜的公寓里一共才住了大约两星期，但已几次抱怨马尔梅拉多夫屋里响起的嘈杂声和喊叫声，尤其是死者酒醉回家的时候。当然，这事卡捷琳娜·伊凡诺夫娜已经知道，通过阿马利娅·伊凡诺夫娜，因为房东几次跟她吵架，扬言要把他们全家赶走，几次都直着喉咙大骂他们打扰"高贵的房客"，在她看来，"他们不值房客的一只脚"。现在，卡捷琳娜·伊凡诺夫娜故意决定，邀请"她似乎不值她们一只脚"的这位太太和她的女儿，况且在这以前偶尔相遇时，这位太太总是傲慢地扭过脸去——所以应当让她知道，这儿的人"思想和感情更高尚，请客不会记仇"，同时也让她们看看，卡捷琳娜·伊凡诺夫娜原先过惯的绝不是这种生活。这一点，还有她父亲做过代理省长，一定要在餐桌上对她们解释清楚，另外，应当转弯抹角地告诉她们，不必一见她就扭过脸去，这是非常愚蠢的。胖中校（其实是退伍上尉）也没来，原来他从昨天早上起就醉得"趴下了"。总之，来了波兰人，随后来了一个默默无言的寒碜的办事员，穿着油腻腻的燕尾服，满脸粉刺，身上一股臭味，随后又来了一个既聋又几乎全瞎的小老头，某地邮政总局原先的职员,不知什么人,也不知为什么,从记都记不清的时候起,一直把他养在阿马利娅·伊凡诺夫娜这里。还来了一个喝醉的退伍中尉,其实是个军需官,不成体统地哈哈大笑着,而且"想得到吗",连西服背心都没穿!一个不知什么人直接往餐桌后面一坐,甚至没给卡捷琳娜·伊凡诺夫娜行礼。最后,还有个人,因为没礼服,居然穿着睡衣来了,这太不像话,阿马利娅·伊凡诺夫娜和波兰人赶紧把他送出去。但波兰人带来了从未在阿马利娅·伊凡诺夫娜这里住过,而且在这以前谁也没在公寓里见过的另外两个波兰人。这一切使卡捷琳娜·伊凡诺夫娜非常不快和恼火。"弄成这样,何必辛辛苦苦准备?"为了省出位子,甚至没让孩子坐到本来就占了整个房间的餐桌上,只是在后面墙角处用箱子替他们开了一桌,让两个小的坐在长凳上,波列奇卡,大孩子了,应当照看他们,侍候他们,就像他们是"贵族子女"似的,替他们擦鼻子。总之,卡捷琳娜·伊凡诺夫娜尽管不愿意,也只好振作精神,甚至带着傲慢,迎接所有客人。她特别严厉地打量了其中几位,高傲地请他们入席。不知为什么,她认为所有没来的人都得由阿马利娅·伊凡诺夫娜负责,突然对她变得非常怠慢。阿马利娅·伊凡诺夫娜立刻发现了这一点,异常委屈。这样的开始绝不会有好结局。终于大家都入席了。

拉斯科尔尼科夫进来时,大家刚从墓地回来。卡捷琳娜·伊凡诺夫娜一看到他,高兴极了,第一,因为他是所有客人中唯一"有教养的客人",并且"大家知道,再过两年他就是这儿的大学教授",第二,因为他立刻很有礼貌地向她道歉,说他尽管非常愿意,但没能参加葬礼。她迫不及待地开始招待他,请他入席,坐在自己左首(阿马利娅·伊凡诺夫娜坐在右首),尽管忙忙碌碌,不断吩咐应当怎么上菜,大家都能吃到,尽管痛苦的咳嗽不时打断她,窒息她,似乎这两天更厉害了,但她还是不断和拉斯科尔尼科夫说话,急忙向他低声倾吐心中积郁的感情,对极不体面的丧宴表示合理的愤怒,同时这愤怒又常常被无法抑制的欢笑所取代:她嘲笑在座的客人,特别是身边的房东。

"都是这只布谷鸟不好。您明白我在说谁吗:说她,说她!"卡捷琳娜·伊凡诺夫娜说着,朝房东摆摆头,"您瞧,瞪着眼睛,知道我们在说她,又听不懂,只好干瞪眼。呸,猫头鹰!哈—哈—哈!……咳—咳—咳!戴顶帽子,这是摆的什么阔!咳—咳—咳!您发现吗,她尽让大家觉得她在保护我,她坐在这儿是给我面子。我把她当人,托她请些像样的客人,就是亡者的朋友,您瞧,她把谁请来了:尽是小丑!邋遢鬼!您瞧这家伙,脸都没洗干净:简直是长了两条腿的废物!这两个波兰人……哈—哈—哈!咳—咳—咳!从来没人,从来没人在这儿见过他们,我也从来没见过,他们干吗来了,我倒问您?正经地并排坐着。这位爷,喂!"她突然大声叫唤其中的一位,"您尝过煎饼?再来一张!喝啤酒,啤酒!伏特加要不要?瞧,跳起来了,一个劲地鞠躬,瞧,瞧:准是饿极了,穷人!没什么,让他们吃吧。至少没闹,不过……不过,真的,我真担心房东的银调羹!……阿马利娅·伊凡诺夫娜!"她突然几乎大声地对房东说,"万一您的调羹给偷了,我可不负责,我丑话说在前头!哈—哈—哈!"她哈哈大笑,重又转身和拉斯科尔尼科夫说话,一边朝房东摆摆头,对自己出格的谈吐感到得意。"没听懂,又没听懂!张大了嘴呆坐着,瞧,猫头鹰,活脱脱一只猫头鹰,一只系新缎带的猫头鹰,哈—哈—哈!"

笑声重又变成难以忍受的咳嗽,持续了足足五分钟。手帕上留下几处血迹,额头沁出汗珠。她默默地让拉斯科尔尼科夫看了血迹,刚喘过气来,又异常兴奋地低声说下去,脸上泛起两片潮红:

"瞧,我给了她一件可说最微妙的差使,邀请那位太太和她女儿,您明白我说的是谁吗?这应当做得非常客气,非常得体,可她办砸了,那个外来傻瓜,翘鼻子烂货,俗气的外省女人,仅仅因为她是什么少校

411

遗孀,来申请抚恤金,三天两头跑政府机关,都五十五岁了,还画眉毛,抹粉,涂胭脂(这谁都知道)……这么个烂货不仅不觉得该来,甚至没派人来道歉,既然来不了,最起码的礼貌总得有吧! 真不明白,彼得·彼得罗维奇干吗也不来? 索尼娅呢? 她去哪儿了? 啊,总算来了! 怎么,索尼娅,你刚才在哪儿? 奇怪,你怎么连父亲的葬礼都迟到。罗季昂·罗曼诺维奇,让她坐您边上。这是你的位子,索涅奇卡……想吃什么就拿。来点冻肉吧,这最好吃。煎饼马上端来。给孩子了吗? 波列奇卡,你们那儿全有了? 咳—咳—咳! 那好。学乖点,廖尼娅,还有,科利亚,别把腿摇来晃去,好好坐着,就像大户人家的孩子,坐有坐相。你说什么来着,索涅奇卡?”

索尼娅赶紧向她转达彼得·彼得罗维奇的歉意,尽量说得大家都能听见,还用了最尊敬的说法,其实这都是她用彼得·彼得罗维奇的口气故意编造和加工的。她还说,彼得·彼得罗维奇特意请她转告,只要他一有可能,就会立刻过来和她单独商量**事情**,说定今后能做什么、怎么安排等等。

索尼娅知道,这么说能使卡捷琳娜·伊凡诺夫娜消气,使她宽慰、开心,主要是能使她的自尊心得到满足。她在拉斯科尔尼科夫身边坐了,朝他匆匆鞠了个躬,又好奇地扫了一眼。不过后来,不知怎的一直避免看他,也不跟他说话。她似乎心不在焉,尽管看着卡捷琳娜·伊凡诺夫娜的脸,想讨好她。无论她,无论卡捷琳娜·伊凡诺夫娜,都没服丧,因为没丧服。索尼娅穿了件深褐色连衣裙,卡捷琳娜·伊凡诺夫娜穿着她仅有的带条子的深色印花布连衣裙。彼得·彼得罗维奇那儿的消息宣布得很顺利。卡捷琳娜·伊凡诺夫娜神气地听完索尼娅的话,也同样神气地问:彼得·彼得罗维奇身体好吗? 随后立刻几乎大声对拉斯科尔尼科夫**耳语说**,像彼得·彼得罗维奇这样受人尊敬的体面人,跟这样一些“少见的房客”坐在一起,确实古怪,尽管他对她家一向很好，又跟她父亲有交情。

"所以，我特别感谢您，罗季昂·罗曼诺维奇，即使这样的场合，您也没有嫌弃我的酬谢，"她几乎大声说，"不过我相信，您跟我可怜的丈夫特别贴心，不会失约。"

随后她又一次高傲而又自尊地环视了自己的客人，突然分外关切地大声问坐在桌子对面的聋老头："要不要再来点烤肉？给您里斯本酒了？"小老头没回答，好久都没弄懂在问他什么，尽管边上的人为了逗乐，开始使劲推他，但他只是东张西望，张着嘴巴，逗得大家更乐了。

"真是个傻瓜！瞧，瞧！干吗把他请来了？至于彼得·彼得罗维奇，我一直都相信他，"卡捷琳娜·伊凡诺夫娜接着对拉斯科尔尼科夫说，"当然，他不像……"她突然声色俱厉地回头对阿马利娅·伊凡诺夫娜说，把她吓了一跳，"不像您那两个花哨的烂货，她们当我爸爸的厨子都不配，当然我故世的丈夫要肯接待她们，那是给她们面子，还仅仅因为他心太好。"

"对，他喜欢喝酒，喜欢这玩意，常喝！"退伍军需突然大声说，干了第十二杯伏特加。

"我故世的丈夫确实有这个弱点，这谁都知道，"卡捷琳娜·伊凡诺夫娜突然跟他干上了，"但他为人善良，高尚，爱自己的家，也尊重这个家。只有一样不好，善良过头，什么乌七八糟的人他都信，天知道他跟什么人没喝过酒，有些人连他的鞋底都不值！您想呀，罗季昂·罗曼诺维奇，在他口袋里找到了公鸡饼干：醉得让人撞死了，心里还惦记着三个孩子。"

"公鸡？您说公——鸡？"军需喊着问。

卡捷琳娜·伊凡诺夫娜没理他。她考虑着什么，叹了口气。

"您大概和别人一样，以为我对他太凶，"她接着对拉斯科尔尼科夫说，"其实，不是这样！他敬重我，非常，非常敬重我！他这人心好！

有时候我真可怜他！他常常坐在角落里看我，我觉得他怪可怜的，真想待他好些，可转念一想：'你一待他好，他又去喝酒了'，只有凶，才能拦着他点。"

"对，你常揪他头发，揪了不止一次。"军需又嚷嚷起来，接着又灌了一杯伏特加。

"有些蠢货，别说揪头发，哪怕用掸子抽都行。我现在说的可不是我故世的丈夫！"卡捷琳娜·伊凡诺夫娜狠狠回敬了一句。

她脸上的两片潮红越来越红，胸部频频起伏。再过一分钟，她就会把口角升级。许多人嘻嘻笑着，显然觉得这很开心。有人推推军需，对他悄悄说着什么，分明在怂恿他们吵架。

"请问，您这是说什么来着，"军需开口了，"就是说，您刚才说的……是……哪位……不过，免了吧！小事一桩！寡妇嘛！遗孀！我可以原谅……算了！"他又干了一杯伏特加。

拉斯科尔尼科夫坐在一旁，默默听着，内心十分反感。卡捷琳娜·伊凡诺夫娜不断把菜放到他盘子里，他只是出于礼貌稍稍吃了几口，免得主人生气。他几次朝索尼娅投去专注的目光，但索尼娅显得越来越着急和担忧。她也感到丧宴不会平静结束，惊恐地注意着卡捷琳娜·伊凡诺夫娜越来越大的火气。顺便插一句，她知道那对外来母女不理会卡捷琳娜·伊凡诺夫娜的邀请，主要原因在她，索尼娅。她听阿马利娅·伊凡诺夫娜亲口说过，那母亲甚至对邀请都非常生气，还责问说："我怎么让自己女儿跟**这位女郎**坐在一起？"索尼娅觉得，卡捷琳娜·伊凡诺夫娜已经知道这事，而侮辱她，索尼娅，对卡捷琳娜·伊凡诺夫娜来说，甚至比侮辱她本人、她孩子、她爸爸，更可恶，总之，这侮辱令人发指，索尼娅知道，现在卡捷琳娜·伊凡诺夫娜"在没对这两个烂货证明她们是什么东西"，以及如此这般以前，她是不会罢休的。像是故意发难，有人从桌子另一端给索尼娅传来一只盘子，盘子上放着用黑面包做的,被箭射穿的两颗心。卡捷琳娜·伊凡诺夫娜满脸通红,当即隔着桌子大声表示,传盘子的当然是头"喝醉的驴"。阿马利娅·伊凡诺夫娜也感到事情不妙,同时卡捷琳娜·伊凡诺夫娜的傲慢,使她内心深感委屈。为了驱散不快的情绪,顺便抬高自己在房客心中的地位,她突然没头没脑地说,她的什么熟人,"药房伙计卡尔",一天夜里坐马车出去,"车夫想杀他,卡尔拼命求情,让他别杀他,哭了,手都不敢动,吓坏了,吓穿了心"。卡捷琳娜·伊凡诺夫娜虽然笑了笑,但立刻表示,阿马利娅·伊凡诺夫娜不该用俄语说笑话。阿马利娅·伊凡诺夫娜更生气了,反驳说,她"爸爸在柏林是个地位很高的人,一向都是两手摸进衣袋走路"。原本爱笑的卡捷琳娜·伊凡诺夫娜终于忍不住了,放声大笑。阿马利娅·伊凡诺夫娜已经慢慢失去耐心,只是勉强忍着。

"瞧这只猫头鹰!"卡捷琳娜·伊凡诺夫娜立刻又对拉斯科尔尼科夫耳语起来,几乎乐坏了,"她想说两手插进衣袋,结果说了两手摸进衣袋,像是摸进了人家衣袋,咳—咳!您发现没有,罗季昂·罗曼诺维奇,永远记住,彼得堡的这些外国人,主要是德国人,不知哪来的,全都比我们蠢!您说是吗,哪能张扬这号事:'药房伙计卡尔吓穿了心',他(废物!)本该把车夫捆起来,反倒'手都不敢动,哭了,还拼命求情'。哎呀,蠢货!她满以为这挺动人,不想想她有多蠢!我看这个喝醉的军需就比她聪明多了,至少看得出他是酒鬼,把脑子喝糊涂了,这些外国人可不一样,个个装腔,板着脸……瞧她坐着的模样,眼睛瞪得溜圆。生气了!生气了!哈—哈—哈!咳—咳—咳!"

卡捷琳娜·伊凡诺夫娜一乐,便东拉西扯地说开了,突然她说弄到抚恤金后,她一定要在家乡 T 城办……一所贵族女子寄宿学校。这个打算卡捷琳娜·伊凡诺夫娜本人还没对拉斯科尔尼科夫说过,于是她立刻美美地介绍了许多无比诱人的设想。不知怎么一来,她手里出现了故世的马尔梅拉多夫,在酒店里,对拉斯科尔尼科夫说过的那张"奖状",他还说卡捷琳娜·伊凡诺夫娜,他妻子,在省长和有关人士出席的毕业典礼上,是披着披巾跳舞的。这张奖状,显然,应当证明卡捷琳娜·伊凡诺夫娜有权自己开办寄宿学校,但她准备这张奖状的主要目的,是想彻底治治"两个花哨的烂货",万一她们来参加丧宴的话,毫不含糊地向她们证明,卡捷琳娜·伊凡诺夫娜出身名门,"甚至可说出身贵族家庭,是上校的女儿,肯定比近来许多尽找大户攀亲的女人要强"。奖状立刻在醉醺醺的客人手里传阅起来,卡捷琳娜·伊凡诺夫娜没有阻拦,因为奖状上确实写得明明白白①,她是受勋的七等文官的女儿,所以,差不多就是上校的女儿。卡捷琳娜·伊凡诺夫娜兴奋了,立刻详细介绍日后在 T 城的美好安定的生活……介绍她将聘请的几位任课教师,其中一位便是可敬的老头,法国人曼戈,他在贵族女子学校教过卡捷琳娜·伊凡诺夫娜法语,现在仍住在 T 城……只要给他过得去的薪金,肯定会去她那儿教书。最后甚至谈到了索尼娅,她也和卡捷琳娜·伊凡诺夫娜一起去 T 城,好在那儿帮她办学。这时,餐桌另一头突然有人扑哧一声笑了,卡捷琳娜·伊凡诺夫娜尽管立刻摆出一副不屑理会的样子,却又故意提高嗓门,兴奋地说,索菲娅·谢苗诺夫娜无疑有能力当她助手,她"随和,有耐心,肯吃苦,正派,又有文化",还拍拍索尼娅的脸,欠身热情地吻了她两下。索尼娅满脸通红,卡捷琳娜·伊凡诺夫娜突然放声大哭,突然想到"自己是个神经脆弱的傻瓜,伤心过度,再说也该结束了,菜已经吃完,该上茶了"。这时,阿马利娅·伊凡诺夫娜委屈极了,因为她始终没能说上话,在座的人甚至根本没把她当回事。突然她冒险作了最后的尝试,冒险向卡捷琳娜·伊凡诺夫娜提了一个非常实在和独到的意见:在将来的寄宿学

---

① 法语。

416

校里,应当特别注意女生被服的清洁,"一定得有位很好的太太,能够很好地照看被服",另外,"千万别让女生夜里偷偷看小说"。卡捷琳娜·伊凡诺夫娜确实非常伤心,非常劳累,对丧宴已经厌烦透了,立刻"顶"了阿马利娅·伊凡诺夫娜,说她"胡扯",什么都不懂,照看被服是宿舍管理员的事,不用贵族女子学校校长操心,至于看小说,这话简直不成体统,还是请她住口。阿马利娅·伊凡诺夫娜满脸通红,愤愤地说"她是一片好心",又说她"心太好","多久不付她房钱"都没什么。卡捷琳娜·伊凡诺夫娜当即"制止"她说,什么"一片好心",全是撒谎,昨天,死人还停在桌上,她就为房子的事折磨她。阿马利娅·伊凡诺夫娜理由十足地辩解说,"她请过两位太太,但两位太太不来,因为两位太太是上等太太,不能来下等太太家里"。卡捷琳娜·伊凡诺夫娜当即对她"强调",她是下等人,所以没资格评论什么是真正的上等。阿马利娅·伊凡诺夫娜受不了这个,立刻声称"她爸爸在柏林是个地位很高,很高的人,一向都是两手摸进口袋走路,嘴里还'噗!噗!'响个不停",为了更好地显示自己爸爸的风度,阿马利娅·伊凡诺夫娜从椅子上跳起来,两手插进衣袋,鼓起腮帮,嘴里发出"噗!噗!"的声响,在座的房客高声大笑,他们故意怂恿阿马利娅·伊凡诺夫娜,预感会有一场争斗。卡捷琳娜·伊凡诺夫娜再也无法忍受,立刻响亮地说,也许阿马利娅·伊凡诺夫娜从来没爸爸,阿马利娅·伊凡诺夫娜只是彼得堡一个酗酒的芬兰人[1],原先在什么地方当厨娘,可能连厨娘还不如。阿马利娅·伊凡诺夫娜脸红得像虾,尖叫说,也许卡捷琳娜·伊凡诺夫娜"根本没爸爸,她爸爸在柏林,穿那么长的礼服,嘴里还'噗,噗,噗,噗!'响个不停"。卡捷琳娜·伊凡诺夫娜不屑地回答,她的出身大家都知道,这奖状上印得清清楚楚,她爸爸是上校,阿马利

---

[1] 含贬义。

417

娅·伊凡诺夫娜的爸爸(如果她真有什么爸爸的话),大概是个在彼得堡混日子的芬兰人,卖牛奶的,很可能,她根本没爸爸,因为直到现在都不知道阿马利娅·伊凡诺夫娜的父称叫什么:伊凡诺夫娜,还是柳德维戈夫娜? 阿马利娅·伊凡诺夫娜立刻暴跳如雷,用拳头捶着桌子大叫:她是阿马利·伊凡,不是柳德维戈夫娜,她爸爸"叫约翰,当过市长",卡捷琳娜·伊凡诺夫娜的爸爸"根本没当过省长"。卡捷琳娜·伊凡诺夫娜从椅子上站起,一脸严肃,声音似乎很平静地说(尽管脸色发白,胸部高高隆起),要是她胆敢再次把"自己不成器的爸爸和她爸爸扯在一起,那她,卡捷琳娜·伊凡诺夫娜,就揪下她的帽子,踩个稀烂"。阿马利娅·伊凡诺夫娜一听这话,便在房间里奔跑着大喊大叫:她是房东,她让卡捷琳娜·伊凡诺夫娜"立刻搬家",随后不知为什么冲过去把餐桌上的银调羹一一收起来。响起喊叫声和击打声。孩子们吓哭了。索尼娅正想跑去拦住卡捷琳娜·伊凡诺夫娜,不料阿马利娅·伊凡诺夫娜突然骂起了黄派司,卡捷琳娜·伊凡诺夫娜推开索尼娅,朝阿马利娅·伊凡诺夫娜冲去,好立刻实施她对帽子的威胁。这时门开了,门口突然出现了彼得·彼得罗维奇·卢任。他站着,正用严厉、审视的目光环顾所有在场的人。卡捷琳娜·伊凡诺夫娜迅速朝他跑去。

三

"彼得·彼得罗维奇!"她大叫,"您可要保护我们呀! 告诉这个蠢货,不许她这样对待落难的贵族太太,这犯法……我要告到省长那儿去……她会倒霉的……您记得家父对您的款待,您要保护我们孤儿寡母。"

"对不起,太太……对不起,对不起,太太,"彼得·彼得罗维奇连连挥手,"您也知道,我根本没有结识令尊的荣幸……对不起,太太!(有人大笑)我也不想参与您和阿马利娅·伊凡诺夫娜之间没完没了的争吵……我有事……希望立刻和您继女索菲娅……伊凡诺夫娜……谈谈,是这样称呼吧?请让我过去……"

彼得·彼得罗维奇侧身绕过卡捷琳娜·伊凡诺夫娜,朝索尼娅所在的角落走去。

卡捷琳娜·伊凡诺夫娜呆住了,仿佛遭了雷击。她不明白,彼得·彼得罗维奇怎么能否认受过她爸爸的款待。其实这款待是她的臆造,但她自己已经信以为真。彼得·彼得罗维奇干脆、冷漠,甚至充满轻蔑和威胁的语气,也使卡捷琳娜·伊凡诺夫娜震惊。他一来,不知怎的大家渐渐静了。另外,这个"干脆、认真"的人和在场的人格格不入,显然他来这儿是有什么要事,想必,是有什么非同一般的原因,才使他屈尊来到这样的场合,因此,马上会有什么事情发生,肯定会有。拉斯科尔尼科夫原来站在索尼娅身旁,这时往边上让了让,放他过去。彼得·彼得罗维奇似乎根本没注意他。不一会儿,列别贾特尼科夫也在门口出现了,他没踏进房间,但他站在那儿,同样怀着异常的好奇,甚至惊讶。他仔细听着,但又似乎久久没听明白。

"对不起,我也许打断你们了,但事情相当重要,"彼得·彼得罗维奇说,似乎对着大家,而不是专门对着某人,"我甚至很高兴大家在场。阿马利娅·伊凡诺夫娜,您是房东,我请您注意我和索菲娅·伊凡诺夫娜现在的谈话。索菲娅·伊凡诺夫娜,"他转过身,直接对异常惊恐的索尼娅说,"您刚才去了我朋友安德烈·谢苗诺维奇·列别贾特尼科夫的房间,转眼间,我桌上少了一张一百卢布的钞票。不管您是怎么知道的,只要您告诉我们,现在这钱在哪儿,我用人格担保,并请大家作证,事情到此为止。否则,我将被迫采取非常严厉的措施,到时候……您就只能怨您自己!"

房间里顿时一片寂静,连啼哭的孩子都不再出声。索尼娅一脸死灰,看着卢任,什么也回答不出。她似乎还没听明白。过了足足有几秒钟。

"说呀,怎么办?"卢任问,眼睛死死盯着她。

"我不知道……我什么都不知道……"索尼娅终于有气无力地说。

"不知道? 您不知道?"卢任反问,接着又沉默了几秒钟。"您再想想,小姐,"他严厉地说,但仍像是在开导,"仔细想想,我可以再给您一些考虑时间。您看:要是我没有绝对把握,自然,凭我的经验,决不会贸然出口,直接指责您:因为对类似的指责,直接的,公开的,但又是虚假的,或者哪怕仅仅错误的,我在某种意义上都要亲自承担责任。这我知道。今天上午,因为要用,我兑换了几张五厘公债,票面总数三千卢布。账目记在我皮夹里。回家后,我开始数钱——安德烈·谢苗诺维奇可以证明——数完二千三百卢布,我把钱放进皮夹,又把皮夹放进礼服的衣袋。桌上大概还有五百卢布现金,其中三张一百卢布的大票,这时您来了(是我叫您来的),您在我那儿坐了好一会儿,一直非常尴尬,甚至有三次,在谈话中,站起来,不知为什么急着要走,尽管我们的谈话还没结束。这一切安德烈·谢苗诺维奇可以作证。想必,您自己,小姐,也不会不承认,我让安德烈·谢苗诺维奇把您叫来,只是为了和您谈谈您的亲属卡捷琳娜·伊凡诺夫娜孤苦无靠的境遇(我没法来她这儿出席丧宴),商量怎样为她办件好事,譬如募捐、发彩票之类的。您对我谢了又谢,甚至掉泪了(我把事情经过说得那么详细,一是提醒您,二是表示我没忘记任何细节)。随后我从桌上拿起一张十卢布票子,递给您,算是我个人对您亲属的第一笔捐赠。这些安德烈·谢苗诺维奇都看见了。接着我把您送到门口——您还是那副尴尬的样子——后来,屋里就剩我和安德烈·谢苗诺维奇两人,我和他谈了大约十分钟,安德烈·谢苗诺维奇出去了,我又回到摊着钱的桌子跟前,想数完钱,像原先打算的那样,把它单独放开。我吃惊的是,其中少了一张一百卢布的大票。您想想吧:我决不会怀疑安德烈·谢苗诺维奇,连有这样的想法都觉得羞耻。我也不会数错,因为您来以前,我刚刚把钱数完,总数是对的。您得同意,想到您的尴尬,急于离开,有段时间把手放在桌上,又考虑到您的社会地位和相应的习惯,我,这么说吧,怀着恐惧,甚至违心地,**不得不**这样怀疑,当然这很残酷,但不失公正!我想再补充和重复一次,尽管我有**绝对**把握,但我很明白,我现在的指责,对我来说,有点冒险。不过,您也看到,我没放弃,我要追查,我还要告诉您这是为什么:唯一,小姐,唯一的原因是您忘恩负义!怎么?我来请您,是想周济您穷苦的亲属,我还力所能及地给了您十卢布,可您当场,立即,就用这样的行为报答我做的一切!不,这可不好!得受教训。您想想吧,另外,作为您真正的朋友,我劝您(因为现在您能有朋友就不错了),迷途知返!否则我就不客气了!就这么办?"

"我没拿您什么,"索尼娅心惊胆战地轻轻说,"您给我十卢布,您收回好了。"索尼娅从衣袋里掏出手帕,找到结,打开,取出十卢布票子,伸手递给卢任。

"还有一百卢布您不承认?"他用责备的语气坚持说,没有接钱。

索尼娅朝周围看了看。大家都望着她,满脸恐惧、严厉、嘲笑和憎恶。她把目光投向拉斯科尔尼科夫……他站在墙角,抱着胳膊,火辣辣地望着她。

"噢,上帝!"索尼娅一声呻吟。

"阿马利娅·伊凡诺夫娜,得报告警察局,所以,我恳求您先把管院子的叫来。"卢任轻轻地,甚至和蔼地说。

"仁慈的上帝！① 我就知道是她偷的！"阿马利娅·伊凡诺夫娜两手一拍。

"您知道？"卢任接茬，"这么说，原先就有某些根据可以得出这一结论。请您，最尊敬的阿马利娅·伊凡诺夫娜，千万记住您刚才说的话，反正，在场的都是证人。"

周围突然响起喧哗声，大家骚动起来。

"怎—么！"卡捷琳娜·伊凡诺夫娜回过神，突然大叫一声，仿佛失去控制似的，朝卢任冲去，"怎么！您说她偷钱？您这是说索尼娅？嘿，卑鄙，卑鄙！"她冲到索尼娅身边，用枯瘦的双臂像钳子似的紧紧搂住她。

"索尼娅！你怎么敢收他十卢布！噢，傻丫头！快拿出来，快把这十卢布拿出来——给！"

卡捷琳娜·伊凡诺夫娜从索尼娅手里抓过票子，双手一揉，猛地朝卢任脸上甩去。纸团恰好打中眼睛，弹到地上。阿马利娅·伊凡诺夫娜赶紧跑去捡钱。彼得·彼得罗维奇怒不可遏。

"抓住这疯子！"他大叫。

这时门口，列别贾特尼科夫身边又多了几张脸，两位外来的女士也探头探脑地往里张望。

"怎么！疯子？我是疯子？蠢货！"卡捷琳娜·伊凡诺夫娜尖叫，"你自己才是蠢货，讼棍，小人！索尼娅，索尼娅会拿你的钱！索尼娅会是小偷！她还会给你钱呢，蠢货！"卡捷琳娜·伊凡诺夫娜歇斯底里地狂笑。"你们见过这样的蠢货吗？"她奔来跑去，指着卢任对大家说。"怎么！你也跟着起哄？"她一眼看见房东，"德国佬，你也说是她'偷的'，你这可恶的，穿钟裙的普鲁士鸡腿！嘿，你们！你们！她连房门

---

① 法语。

都没出,从你这小人那儿回来,就一直坐在罗季昂·罗曼诺维奇身边!……你们搜吧!既然她哪儿都没去过,钱就应当在她身上!你搜,搜,搜!你要搜不出,那就对不起,亲爱的,你得负责!我这就去见皇上,皇上,去见仁慈的皇上,扑到他脚下,我这就去,今天就去!我无依无靠!会放我进去的!你以为不会放我进去?胡说,我准能见到皇上!准—能!你以为她好欺负?你指望这个?可我,老弟,厉害着呢!你自作自受!你搜!搜,搜,嗨,搜呀!!"

卡捷琳娜·伊凡诺夫娜发疯似的拽住卢任,把他往索尼娅跟前拖。

"我搜,我负责……不过,请您别吵,太太,请您别吵!我看您太厉害!……这……这……这怎么搜呢?"卢任嘟囔着,"这得有警察在场……不过,现在有这些证人也足够了……我搜……但不管怎么说,男人不方便……男女有别……要是阿马利娅·伊凡诺夫娜肯帮忙……不过这事也不能这样做……这怎么搜呢?"

"您让谁搜都行!谁想搜就搜!"卡捷琳娜·伊凡诺夫娜大叫,"索尼娅,把口袋翻给他们看!对,对!瞧,恶棍,空的,只有手帕,口袋是空的,看见了!这是另一只口袋,瞧,瞧!看见了!看见了!"

卡捷琳娜·伊凡诺夫娜不是翻出,而是掀出两只口袋,一只接一只。但从第二只,右面的,口袋里,突然蹦出一张钞票,在空气中划了道弧线,落到卢任脚边。这大家都看见了,许多人惊叫起来。彼得·彼得罗维奇弯下腰,伸出两个手指捡起地上的钞票,当众举起,展开。这是一张对折三次的一百卢布票子。彼得·彼得罗维奇举着手转了一圈,向大家展示这张钞票。

"小偷!滚出去!警察,警察!"阿马利娅·伊凡诺夫娜大叫,"得把他们赶到西伯利亚去!滚!"

周围嚷嚷起来。拉斯科尔尼科夫没作声,两眼盯着索尼娅,只是偶尔朝卢任投去迅速的一瞥。索尼娅待在那儿,像是没了知觉:她几乎连诧异的表情都没有。突然,血往她脸上直冲,她一声惊叫,两手捂住了脸。

"不,这不是我干的!我没拿!我不知道!"她撕心裂肺地惨叫,朝卡捷琳娜·伊凡诺夫娜跑去。卡捷琳娜·伊凡诺夫娜抱住她,紧紧搂在怀里,仿佛想用胸膛保护她不受众人欺负。

"索尼娅!索尼娅!我不信!看见吗,我不信!"卡捷琳娜·伊凡诺夫娜大叫(尽管人赃俱在),她抱住她摇晃,像摇晃孩子,不住吻她,又抓住她的手,低头亲吻。"赖你!这些傻瓜!噢,上帝!你们都是傻瓜,傻瓜,"她冲着大家大叫,"你们还不知道,不知道她心有多好,是多好的姑娘!她哪会拿钱,哪会!她会把自己最后一件衣服脱了,卖了,光脚走路,也会把钱给你们,要是你们缺钱,她就是这么个人!她连黄派司都领了,因为我的孩子都在挨饿,为我们把自己卖了!……哎呀,死鬼,死鬼!哎呀,死鬼,死鬼!你看见吗?看见吗?这就是你的丧宴!上帝!你们要保护她呀,你们干吗这么站着!罗季昂·罗曼诺维奇!您怎么也不说话?怎么,您也信?你们连她的一个小指头都不值,你们,你们,你们,你们!上帝!你总得保护她吧!"

孤苦伶仃的卡捷琳娜·伊凡诺夫娜的恸哭,似乎深深打动了所有在场的人。在这肺痨病人憔悴的脸上,在这鲜血凝固的干裂的嘴唇上,在这声嘶力竭的喊叫中,在这仿佛孩子般哽噎的恸哭中,在这诚恳、稚气,但又死命乞求保护的哀告中,传递出那么强烈的悲伤和痛苦,似乎大家都对这个不幸的女人起了怜悯。至少彼得·彼得罗维奇当即**表示怜悯**。

"太太!太太!"他威严地大声说,"这事和您无关!没人说您是预谋或者同谋,何况是您把衣袋翻出来发现的:可见您一点都不知道。我非常,非常愿意体谅,要是,这么说吧,贫穷把索菲娅·谢苗诺夫娜也逼上了绝路。不过，小姐，您干吗不想承认？怕丢脸？第一次？慌神了，也许？这可以理解，完全可以理解……不过，何苦这么干呢！诸位！"他转而对所有在场的人说，"诸位！我可怜她，这么说吧，也同情她，大概还会原谅她，甚至现在就原谅她，尽管我个人受了侮辱！小姐，就让眼下的耻辱作为一次教训记住吧，"他对索尼娅说，"我不会再追究，就这样，到此为止。够了！"

彼得·彼得罗维奇斜了拉斯科尔尼科夫一眼。四目相交。拉斯科尔尼科夫火辣辣的目光像要把他烧成灰烬。这时，卡捷琳娜·伊凡诺夫娜似乎什么也听不见；她搂着索尼娅吻了又吻，就像疯子。三个孩子也用自己的小手把索尼娅团团抱住，波列奇卡不十分明白是怎么回事，似乎也是泪流满面，泣不成声，把自己哭肿的俏脸贴在索尼娅肩上。

"真卑鄙！"门口突然一声叱责。

彼得·彼得罗维奇迅速回过头。

"真卑鄙！"列别贾特尼科夫又说，直勾勾逼视着他的眼睛。

彼得·彼得罗维奇似乎浑身一颤。这大家都看见了（后来大家都想起了这个情景）。列别贾特尼科夫一步踏进房间。

"您还敢让我作证？"他说着走近彼得·彼得罗维奇。

"这是什么意思，安德烈·谢苗诺维奇？您在说什么？"卢任嘟哝说。

"什么意思？您……诬赖好人，我就是这个意思！"列别贾特尼科夫语气激动，一对深度近视的小眼睛狠狠盯着卢任，气愤极了。拉斯科尔尼科夫立刻目不转睛地铆住了他，仿佛在使劲接住和斟酌他的每一句话。又是一片沉默。彼得·彼得罗维奇几近失态，特别是最初的一刹那。

"如果您这是对我说话……"他结结巴巴地说，"您怎么了？脑子清楚吗?"

"我脑子很清楚,可您这么做……就是骗子! 嘿,卑鄙透顶! 我一直在听,故意一直等着,想把事情弄清楚,因为,说实在的,直到现在这事情从逻辑上说,还是有些费解……您干吗这样做——我不懂。"

"我究竟做了什么! 您别胡说! 您喝醉了是不是?"

"您这卑鄙小人,大概喝醉的是您,不是我! 我从来滴酒不沾,因为这不符合我的信念! 你们信不信,是他,是他自己,亲手把这张一百卢布的票子塞给索菲娅·谢苗诺夫娜——我看见的,我是证人,我发誓! 是他,是他!"列别贾特尼科夫频频重复,挨个儿对在场的人说。

"您疯了是不是,您这乳臭未干的小子?"卢任尖叫,"她在这儿亲自当着您的面,就是说,刚才,她亲自在这儿,当着大家的面说了,除了那十卢布,她没拿过我的钱。既然这样,我怎么会再给她呢?"

"我看见的,看见的!"列别贾特尼科夫喊着证实,"尽管这违反我的信念,但我可以立刻在法庭上起誓,起什么誓都行,因为我看见您偷偷塞给她的! 我是傻瓜,还以为您是出于好心塞给她的! 这是在门口,跟她告别时,她转身要走,您一只手还握着她的手,另一只手,左手,把钱偷偷塞进她口袋。我看见了! 看见了!"

卢任脸色煞白。

"您在胡说什么!"他狂叫,"您站在窗前,怎么看得清钞票! 您准是看错了……眼睛跟瞎子似的。尽说胡话!"

"不,我没看错! 尽管我离您很远,但我什么,什么都看见了,尽管从窗前确实很难看清钞票——这您说得没错——但我,说巧也巧,确实知道这是一百卢布的票子,因为您给索菲娅·谢苗诺夫娜十卢布票子时——我亲眼看见——您又从桌上拿了一张一百卢布的票子(这我看见了,因为当时我就在边上,还立刻产生了一个想法,所以我没忘记您手里攥着钞票)。您把钞票折好,一直攥在手里。后来我险些忘了,但您站起来,把钞票从右手换到左手,还险些掉了。我这才想起,因为我脑子里又出现了原先的想法,就是您想瞒着我,悄悄送她一笔钱。您可以想见,我注意您的一举一动——这不,我看见了,您是怎么把钱塞进她衣袋的。我看见了,看见了!我起誓!"

列别贾特尼科夫险些喘不过气来,周围发出各种各样的喊声,大多表示惊讶,但也可以听到严厉的叱责。大家拥挤着朝彼得·彼得罗维奇围上来。卡捷琳娜·伊凡诺夫娜冲到列别贾特尼科夫跟前。

"安德烈·谢苗诺维奇!我错怪您了!保护她吧!只有您一个人替她说话!她是孤儿,您是上帝派来的!安德烈·谢苗诺维奇,亲爱的,我的爷!"

卡捷琳娜·伊凡诺夫娜几乎不知道自己在做什么,突然对他跪下了。

"胡扯!"卢任恼羞成怒,"您一直在胡扯,先生。'忘了,这才想起,忘了'——颠三倒四!这么说,是我故意偷偷塞给她的?干吗?目的呢?我跟这女人有什么相干……"

"干吗?这连我自己都不明白,至于我说的事实,这绝对正确!没错!您是小人、罪人,因为我记得,就在我感谢您,和您握手时,我脑子里立刻对您这做法产生了疑问。干吗您把钱偷偷塞进她的衣袋?就是说,干吗偷偷地?难道仅仅因为您想瞒我,知道我的信念正好相反,否定恩赐能从根本上改变什么?我还以为您真的不好意思当着我的面施舍那么多钱,另外,我想,也许您希望送她一份意外的礼物,给她一个惊喜;她居然在自己衣袋里发现了整整一百卢布(因为有些慈善家很喜欢用这种办法隐匿自己的施舍,我知道)。后来我又想,您是考验她,看她发现后会不会来谢您!后来又想,您是不要人家谢您,嗯,这话怎么说的:连右手也不让知道……总之,不是这样,就是那样……当时我脑子里想法多了,我决定把这些全都留到以后考虑,但在您面前表示我知道这个秘密,毕竟不礼貌。不过,我脑子里又产生一个问题:闹不好,索菲娅·谢苗诺夫娜还没发现,就把钱掉了。所以,我决定上这儿,叫她出来,告诉她,有人在她衣袋里放了一百卢布。我顺便先去了科贝利亚特尼科夫太太和小姐的房间,带给她们一本《实证法论文集》,特别推荐皮德里特的文章(不过,也推荐了瓦格纳的),后来,就来这儿,瞧,都闹出什么事了!喏,我能有,能有这些想法和考虑吗,要是我真的没看见您在她衣袋里放了一百卢布?"

安德烈·谢苗诺维奇啰唆地说完自己的想法,最后作了这样一个合乎逻辑的推论。这时他累极了,脸上甚至流下了汗珠。唉,他连俄语都说不清(可他又不会任何别的语言),所以在创建这一律师的功业后,他浑身上下不知怎的一下子虚脱了,甚至似乎瘦了一圈。但他的话产生了异乎寻常的效果。他说得那么激动,那么肯定,看来大家都相信他。彼得·彼得罗维奇感到事情不妙。

"您头脑里出现什么愚蠢的问题,跟我什么相干,"他嚷嚷起来,"这不是证据!您这是痴人说梦,就这么回事!但我要告诉您,您撒谎,先生!撒谎,造谣,出于对我的某种敌意,具体地说,您恨我,因为我不同意您那些乱七八糟、不敬上帝的社会主张,就这么回事!"

但这一贼喊捉贼的伎俩未给彼得·彼得罗维奇带来什么好处。相反,四周响起低沉的责备声。

"啊,你来这一手!"列别贾特尼科夫大叫,"胡扯!你去叫警察,我当面起誓!只有一点我不懂:他干吗冒险干这种卑鄙的勾当!噢,可怜的小人!"

"我能解释他干吗冒险干这种勾当,如果需要,我也会起誓!"拉斯科尔尼科夫终于坚定地说,朝前走了一步。

他显得坚定、沉着。大家一看他的神色,便不知怎的相信他确实了解内情,而且事情很快就会清楚。

"现在我全明白了，"拉斯科尔尼科夫直接对列别贾特尼科夫说，"事情一开始，我就怀疑这是什么诡计。我怀疑，是因为某些只有我一个人知道的特殊情况，我这就告诉大家：问题就在这儿！安德烈·谢苗诺维奇，您宝贵的证词为我彻底澄清了真相。请大家，请大家注意听：这位先生（他指了指卢任）不久前向一位姑娘求婚，这姑娘就是我妹妹阿夫多季娅·罗曼诺夫娜·拉斯科尔尼科娃。但他到彼得堡后，前天，我们第一次见面，就跟我吵了一场，我把他赶走了，这事有两位证人。这人非常歹毒……前天我还不知道他就在这儿，跟您，安德烈·谢苗诺维奇，住在一起，所以我们吵架那天，也就是前天，他亲眼看见我作为去世的马尔梅拉多夫先生的朋友，给了他太太卡捷琳娜·伊凡诺夫娜一些钱，用于丧葬，他马上给我母亲写了一封短信，告诉她，我把所有的钱都给了索菲娅·谢苗诺夫娜——不是给了卡捷琳娜·伊凡诺夫娜——还用最卑鄙的言辞提到……索菲娅·谢苗诺夫娜的品行，也就是暗示了我和索菲娅·谢苗诺夫娜来往的性质。这一切的目的，正像你们看到的，就是离间我跟母亲和妹妹的关系，使她们相信，我目的不良，糟蹋了她们仅有的、原本接济我的几个钱。昨天晚上，当着母亲和妹妹的面，他也在场，我恢复了事实真相，证明我把钱给了卡捷琳娜·伊凡诺夫娜，用于丧葬，不是给了索菲娅·谢苗诺夫娜，证明我跟索菲娅·谢苗诺夫娜前天还不认识，连面都没见过。还说他，彼得·彼得罗维奇·卢任，再了不起，也抵不上索菲娅·谢苗诺夫娜一个小指头，尽管他把她说得非常难听。他问，难道我会让索菲娅·谢苗诺夫娜跟我妹妹坐在一起？我回答，我已经这样做了，就是昨天。见我母亲和妹妹不想听他摆布，跟我吵翻，他恼羞成怒，一句又一句地冲撞她们。于是彻底决裂，他被赶了出去。这一切都发生在昨天晚上。现在请特别注意：你们看，要是他现在终于证明索菲娅·谢苗诺夫娜是贼，那么第一，他就能向我妹妹和母亲证明，他的怀疑几近正确,证明他生我的气,完全应当,因为我把妹妹和索菲娅·谢苗诺夫娜混为一谈,证明他责难我,是为了保护,也就是维护我妹妹,他的未婚妻的名誉。总之,这么一来,他又可以离间我和家人的关系,当然,还希望重新博得她们的好感。至于这是他对我个人的报复,就不说了,因为他有理由认为,索菲娅·谢苗诺夫娜的名誉和幸福,对我十分珍贵。这就是他的全部盘算!这就是我对这件事的理解!这就是全部原因,不可能有别的原因!"

拉斯科尔尼科夫就这样,或者几乎就这样结束了自己的解释,他的解释不时被众人的感叹所打断,虽然他们听得十分注意。尽管断断续续,但他还是说得严厉、沉着、准确、清楚、坚定。他刚正的声音,断然的语气和严峻的神色,对大家产生了异乎寻常的效果。

"对,对,没错!"列别贾特尼科夫欣喜地证实,"肯定没错,因为索菲娅·谢苗诺夫娜一走进我们房间,他就这样问我,您在不在。我有没有在卡捷琳娜·伊凡诺夫娜的客人中看见您。'他还特地把我叫到窗前,在那儿偷偷问的。就是说,他一定得让您在场!没错,肯定没错!"

卢任一言不发,鄙夷地冷笑着,但脸色煞白。似乎在考虑怎么脱身。也许,他很想扔下一切,一走了之,但眼下这几乎不可能,这等于承认对他的指控是公正的,承认他确实诬陷了索菲娅·谢苗诺夫娜。况且在场的人本来就喝醉了,太过激动。军需虽然没闹明白,但喊得比谁都凶,嚷嚷着让卢任十分难堪的措施。不过也有没喝醉的;所有房客都过来看热闹。三个波兰人火气十足,冲着他连声喊叫:"这先生是坏蛋!"①还用波兰语含糊地威胁他。索尼娅紧张地听着,仿佛也没全闹明白,像是刚从昏迷中苏醒。她只是目不转睛地看着拉斯科尔尼

---

① 波兰语。

科夫,觉得只有他能保护自己。卡捷琳娜·伊凡诺夫娜费劲地喘着粗气,似乎累垮了。阿马利娅·伊凡诺夫娜比谁都傻,张大嘴巴站着,什么都不明白。她只看见彼得·彼得罗维奇不知怎的遭殃了。拉斯科尔尼科夫还想说几句,但没让他再说:大家喊叫着,挤到卢任周围,又是咒骂,又是威胁。但彼得·彼得罗维奇没胆怯,看到羞辱索尼娅的计划彻底完了,便干脆耍起无赖。

"让一让,诸位,让一让。别挤,让我出去!"他边说边从人群里往外挤,"请别威吓,我告诉你们,这没用,你们白费劲,我不是胆小鬼,相反,倒是你们,先生们,得为强行掩盖刑事案件负责。盗贼已经充分揭露,我要起诉。法庭上的人没瞎眼睛……也没喝醉,不会相信这两个不敬上帝、造谣惑众的自由主义浑蛋,他们诬陷我是出于个人恩怨,这连他们自己也愚蠢地承认了……对,请让一让!"

"不许再住我房间,立刻搬走,我们一刀两断!想想都可怕,我还拼命对他宣传……整整两星期!……"

"我前两天就对您说过,安德烈·谢苗诺维奇,我要搬走,是您硬要留我。这会儿我只想再说一句:您是傻瓜。但愿您能治好您的脑子,您的眼疾。让一让,诸位!"

他挤了出去,仅仅挨了几句骂。军需不想这样便宜他:他从餐桌上抓起玻璃杯,一挥手,朝彼得·彼得罗维奇扔去。但玻璃杯径直飞到了阿马利娅·伊凡诺夫娜身上。她哇地叫了一声,军需因为用力过猛,失去平衡,沉重地摔到桌子下。彼得·彼得罗维奇去了自己房间,半小时后,公寓里已经没有他的踪影。索尼娅天生胆小,原先就知道,害她,比害谁都容易,任何人欺负她都几乎不受惩罚。但毕竟在这以前,她觉得她能设法避开灾祸——只要万事小心,在任何人面前都毕恭毕敬,俯首帖耳。眼下的事实让她心寒。她当然可以凭自己的耐心,几乎毫无怨言地忍受一切——甚至这样的诬陷。但在最初的一刹

431

那,她痛苦极了。尽管现在她赢了,洗雪了冤屈——在最初的恐惧、最初的痴呆过去后,她清楚地明白和意识到这一切——但无助和委屈的感觉无可名状地攫住了她的心。她歇斯底里地发作起来。终于她忍不住了,冲出房间,朝家里奔去。这几乎就在卢任走后。阿马利娅·伊凡诺夫娜在客人的哄笑声中,被玻璃杯击中,代人受过,这时也忍不住了。随着一声尖叫,她像疯子似的朝卡捷琳娜·伊凡诺夫娜扑去,认为一切都是她的过错。

"给我滚出去!这就滚!滚!"她边喊边把随手抓到的卡捷琳娜·伊凡诺夫娜的东西扔到地上。本来已经极度悲伤,几乎昏厥的卡捷琳娜·伊凡诺夫娜喘着粗气,脸色煞白,从床上跳起来(她精疲力竭,刚倒在床上),朝阿马利娅·伊凡诺夫娜冲去。但这是一场力量过分悬殊的较量:房东一抬手,就甩开了她,就像甩掉一根羽毛。

"怎么!昧着良心害人不够——这骚货欺侮到我头上来了!怎么!在我安葬丈夫的当天就赶我走,受了我的款待,倒把我扫地出门,带着一群孤儿!我能去哪儿!"可怜的女人号叫,哭得喘不过气来。"上帝!"她突然大声疾呼,两眼闪着泪光,"难道就没有公道!不保佑我们这些孤儿,你保佑谁?行,咱们走着瞧!这世上有王法,有正义,有,我能找到!立刻,你等着,不敬上帝的骚货!波列奇卡,你看着弟弟妹妹,我这就回来。等着我,哪怕在街上!咱们走着瞧,这世界上有没有正义?"

卡捷琳娜·伊凡诺夫娜披上故世的马尔梅拉多夫说过的那条绿呢头巾,挤开依然待在房间里的乱哄哄、醉醺醺的房客,哭叫着跑到街上——朦胧地期望在什么地方,即时即刻,无论怎样也要找到正义。波列奇卡吓坏了,和弟弟妹妹一起,缩在屋角的箱子上,搂着他们,浑身颤抖,等待母亲回来。阿马利娅·伊凡诺夫娜在房间里奔来跑去,尖叫,数落,抓到什么就往地上摔,尽情发泄。房客们扯着嗓门,各干各的：有的继续评判刚才的事情，有的相互争吵、谩骂，有的唱起歌来……

"现在我也该走了！"拉斯科尔尼科夫想，"这不，索菲娅·谢苗诺夫娜，看您现在怎么说！"

于是，他朝索尼娅住所走去。

# 四

拉斯科尔尼科夫积极主动地充当索尼娅批驳卢任的律师，尽管自己内心怀有深深的恐惧和痛苦。经历了上午的种种折磨，能有机会改变一下自己坏透的心情，他似乎感到高兴，更不用说他竭力保护索尼娅蕴含着多少个人情意。另外，想到将和索尼娅见面，他心里又怕又慌，特别是在某些短暂的瞬间：他**应当**向她宣布，谁杀了莉扎韦塔。他预感到这种可怕的折磨，仿佛在挥舞双手把它赶走。所以，他从卡捷琳娜·伊凡诺夫娜家里出来时，喊着："这不，看您现在怎么说，索菲娅·谢苗诺夫娜？"他显然还处在刚才据理力争和制服卢任的某种外在的亢奋中。但说怪也怪，一到卡佩尔纳乌莫夫家门口，他便感到一阵瘫软和恐惧。他沉思着停下，头脑里冒出一个怪异的问题："要说吗，谁杀了莉扎韦塔？"这问题很怪异，因为他突然，就在同时，感到不仅得说，甚至连推迟这一时刻，哪怕短暂地推迟，都不行。他还不知道，为什么不行；他只是**感到**这一点，这种在必然面前无能为力的痛苦意识，几乎压得他透不过气来。为了不再考虑，不再折磨自己，他迅速推开房门，从门口望了望索尼娅。她坐着，臂肘支在桌上，双手捂着脸，但一看见拉斯科尔尼科夫，赶紧起身，朝他迎来，像在等他。

"没您，我就完了！"她快捷地说，在房间中央和他走到一起。显然,她要把这想法尽快告诉他,所以在等他来。

拉斯科尔尼科夫走近桌子,坐到她刚才坐过的椅子上。她站在他面前,和他相距两步,和昨天一样。

"是吗,索尼娅?"他说,突然感到他的声音在抖,"所有的问题都在于'社会地位和相应习惯'。刚才您明白这一点了?"

她脸上露出痛苦。

"千万别跟我说昨天那种话!"她打断他,"千万别说。就这样也够痛苦了……"

她赶紧微微一笑,生怕他听了这一责备也许会不高兴。

"我糊里糊涂地走了。那儿现在怎样? 我想过去看看,又老想……您会弯过来。"

他告诉她,阿马利娅·伊凡诺夫娜正赶他们搬家,卡捷琳娜·伊凡诺夫娜不知去哪儿"寻找正义"了。

"哎呀,我的上帝!"索尼娅惊叫,"我们快走……"

她一把抓起自己的披肩。

"没完没了!"拉斯科尔尼科夫发火了,"您心里只有他们! 陪陪我吧。"

"那……卡捷琳娜·伊凡诺夫娜呢?"

"卡捷琳娜·伊凡诺夫娜当然忘不了您,她会来找您的,既然从家里跑了出来,"他嘟哝一句,"万一找不到您,又是您不对……"

索尼娅痛苦地犹豫着,坐到椅子上。拉斯科尔尼科夫一言不发,看着地下,顾自考虑着什么。

"这么说吧,卢任现在不想动真的,"他开口了,没朝索尼娅抬起眼睛,"但万一他想动真的,或者这是他计划的一部分,他真能让您坐牢,要是我和列别贾特尼科夫不在! 啊?"

"对,"她说得很轻,"对!"她重复一遍,一副走神、惊慌的样子。

"要知道我确实可能不在！遇上列别贾特尼科夫也纯属偶然。"

索尼娅没作声。

"万一坐牢，那会怎样？记得我昨天说的话吗？"

她又没回答。他等了一会儿。

"我以为您又要叫了：'哎呀，别说了，打住！'"拉斯科尔尼科夫笑了，但不知为什么很勉强。"怎么，又没声音了？"他过了一会儿问。"我们总得说点什么吧？瞧，我确实很想知道，现在您会怎么解决这个'问题'，就像列别贾特尼科夫说的。（他像在东拉西扯。）不，真的，我很认真。想想吧，索尼娅，要是您事先知道卢任的全部图谋，知道（就是说确实知道）这些图谋会彻底毁了卡捷琳娜·伊凡诺夫娜，毁了三个孩子，把您也搭上（因为您不把自己当回事，所以算是**搭上**）。波列奇卡也一样……她也只能走那条路。请问：要是现在这一切突然都让您来决定：究竟让谁活在这个世界上，就是说，究竟让卢任活着害人，还是让卡捷琳娜·伊凡诺夫娜苦死？那您怎么决定：他们中间究竟谁死？我问您。"

索尼娅不安地朝他看了看：在这委婉曲折、闪闪烁烁的问话里，她听出了某种特殊的含义。

"我已经猜到您大致会这样问我。"她说，探询地注视着他。

"好，就算这样。但您究竟怎么决定？"

"您干吗问这种根本不可能的事？"索尼娅起了反感。

"这么说，还是让卢任活着害人好！您连这种事都不敢决定？"

"我没法知道上帝的安排……再说您问这种不该问的事干什么？这种空泛的问题有什么意思？这怎么会让我来决定？谁会让我当法官：谁死谁活？"

"要是往上帝的安排上扯，那就毫无办法。"拉斯科尔尼科夫阴郁地咕哝。

435

"最好直说,您到底要什么!"索尼娅痛苦地大叫,"您明明又是话里有话……难道您来就是要折磨我!"

突然她忍不住痛哭起来。他阴郁地看着她。过了约莫五分钟。

"您说得对,索尼娅,"终于他轻轻说,突然像是换了个人;故意纠缠、有气无力的挑衅语气消失。连声音都突然低了。"昨天我亲口对你说过,我不是来求您宽恕的,可我差不多一开口就求您宽恕……什么卢任呀,上帝的安排呀,这些我都是说给自己听的……我这是在求您宽恕,索尼娅……"

他想笑一笑,但他惨淡的微笑中,透着某种无奈和难言的苦衷。他低下头,双手捂住了脸。

突然,某种憎恨索尼娅的怪异和意外的感觉,在他心里掠过。这感觉似乎使他自己都吃惊和恐惧,他突然抬起头,凝神看了看她。但他遇到的,是她投来的不安而又异常心疼的目光,充满爱,他的憎恨骤然消失,就像幽灵。这是错觉:他把一种感觉当成了另一种感觉。这仅仅意味着**那一刻**到了。

他又双手捂脸,低下头。突然他脸色发白,从椅子上站起,看了看索尼娅,什么也没说,机械地在她床上坐了。

这一刻酷似,在他的感觉中,当初那个瞬间:他站在老太婆背后,已经从环套上取出斧子,立时觉得"再也不能浪费时间了"。

"您怎么了?"索尼娅问,心里异常害怕。

他什么也说不出来。他根本,根本没打算这样宣布,连自己都不明白他现在怎么了。她轻轻走近他,坐到他身边的床上,等着,没从他身上移开眼睛。她的心像在跳,又不像在跳。他憋不住了:转过死一样惨白的脸,嘴唇无力地动了动,竭力想说什么。一阵恐惧掠过索尼娅心头。

"您怎么了?"她又说,往边上稍稍一闪。

"没什么，索尼娅。别怕……胡闹！真的，要是认真想想——胡闹，"他喃喃着，就像一个昏迷的人在说胡话，"只是干吗我要来折磨你？"他看着她，突然说，"真的，干吗？我一直给自己提这个问题，索尼娅……"

一刻钟前，也许，他当真给自己提过这个问题，但现在这么说完全是出于无奈，几乎没有自我意识，没有感到浑身不停的哆嗦。

"噢，您太难为自己了！"她痛苦地说，凝神看着他。

"都是胡闹！……我说，索尼娅（他突然不知为什么微微一笑，露出些许惨淡和无奈，前后约莫两秒钟）——你记得我昨天想告诉你什么吗？"

索尼娅不安地等着。

"我临走说，也许我和你永别了，不过，要是今天还来的话，我就告诉你……谁杀了莉扎韦塔。"

她突然浑身战栗。

"这不，我就是来告诉你这个。"

"这么说，昨天您是当真……"她费劲地轻轻说，"您怎么知道的？"她迅速问，仿佛突然回过神。

索尼娅变得呼吸困难。脸越来越白。

"我知道。"

她沉默了大约一分钟。

"是不是找到他了？"她怯生生地问。

"不，没找到。"

"那您怎么知道这个的？"她又几乎听不见地轻轻问，又沉默了大约一分钟。

他朝她转过身，死死盯了她一眼。

"你猜。"他说，像刚才似的露出一丝无奈的苦笑。

437

犹如一阵痉挛从她全身掠过。

"您……干吗……您干吗这样……吓我?"她说,像孩子似的笑了笑。

"就是说,我跟**他**是好朋友……既然我知道,"拉斯科尔尼科夫继续说,继续死死盯着她的脸,仿佛已经无法把眼睛移开,"这个莉扎韦塔……不是他想杀的……他……杀她是个意外……他想杀老太婆……趁她一个人在家……他去了……偏偏这时莉扎韦塔进来了……于是他……把她杀了。"

又过了可怕的一分钟。两人一直对视着。

"还猜不到?"他突然问,那感觉仿佛纵身跳下钟楼。

"不—不。"索尼娅几乎听不见地轻轻说。

"好好看看。"

这话刚一出口,又是原先熟悉的感觉,突然冰冻了他的灵魂:他看着她,突然在她脸上像是看到了莉扎韦塔的脸。他清晰地记住了莉扎韦塔脸上的表情:他举着斧子朝她渐渐逼近,她朝墙角退去,一只手向前伸着,脸上布满孩子般的恐惧,就像小小孩突然被什么吓住了,怔怔地,惶恐地看着吓住他的东西,慢慢后退,伸出一只小手,都快哭了。现在索尼娅几乎也是这样:也是瘫软地,带着同样的恐惧,看了他一会儿,突然,向前伸出左手,轻轻地,用指尖稍稍抵着他的胸口,从床上慢慢站起,渐渐后退,盯住他的目光越来越呆滞。她的恐惧突然也感染了他:他脸上现出同样的恐惧,他同样看着她,甚至几乎带着同样的**孩子般的**微笑。

"猜到了?"终于他轻轻说。

"上帝!"一声惨叫发自她的胸膛。她颓然倒在床上,把脸埋进枕头。但随即倏地欠身,倏地挨近他,抓住他的双手,用自己纤细的手指紧紧地,像钳子似的,钳住它们,重又一动不动,仿佛粘住一样,盯住他

438

的脸。在这悲痛欲绝的最后一瞥中,她想窥见和抓住宽慰自己的最后一丝希望。但是没有希望;毫无疑问;事情就是**这样**!甚至后来,日后,每当她想起这一刻,她都觉得怪异:为什么当初,她会**立时**看出,已经毫无疑问?她总不能说,譬如,她已经有了某种预感?然而现在,他刚对她这么一说,她就突然觉得,她确实似乎有过**这一**预感。

"行了,索尼娅,够了!别折磨我!"他痛苦地请求说。

他根本,根本不想这样告诉她,但结果却是**这样**。

她像掉了魂,倏地跳起来,绞着手,走到房间中央,又很快折回,重又坐到他身边,肩膀几乎擦到他的肩膀。突然,她仿佛中箭似的一抖,尖叫着跪到他面前,自己也不知为什么。

"您这是,您这是对自己干了什么!"她绝望地说,旋即跳起来,扑到他脖子上,把他双手抱住,紧紧,紧紧地抱住。

拉斯科尔尼科夫往后一闪,苦笑着看了看她:

"你真怪,索尼娅,——我对你说了**这个**,你还抱住我,吻我。不知道自己在做什么。"

"不,不,现在这整个世界,没人比你更不幸!"她狂叫,没听见他的嗔怪,突然,又歇斯底里地痛哭。

一种久违的感情潮水般涌进他的内心,使他一下子心软了。他没有抗拒这种感情:两滴眼泪夺眶而出,挂在睫毛上。

"你不会离开我吧,索尼娅?"他说,几乎满怀希望地看着她。

"不,不,永远都不!"索尼娅大叫,"我跟你走,去哪儿都行!噢,上帝!……噢,我太不幸!……为什么,为什么我原先不认识你!为什么你原先不来?噢,上帝!"

"我这不来了。"

"那是现在!噢,现在怎么办!……一起去,一起去!"她像是梦呓似的念叨着,重又抱住他,"我跟你一起去服苦役!"他像是突然一抖,嘴角挤出一丝原先仇恨的,近乎傲慢的冷笑。

"索尼娅,我也许还不想去服苦役。"他说。

索尼娅瞥了他一眼。

经历了最初对不幸者强烈和痛苦的同情后,他可怕的杀心又使她震惊。在他变样的语气中,她突然听到了凶手的声音。她惊愕地看着他。她还什么都不知道:干吗杀人,怎么杀的,为什么。现在,这些问题在她意识中一下子冒出。她又无法相信:"他,他是凶手! 这怎么会呢?"

"这是怎么回事! 我这是在哪儿!"她深感困惑,似乎还没回过神,"您,您**这样的好人**怎么……会干这个?……这是为什么!"

"对,谋财害命。别说了,索尼娅!"他有些疲惫,甚至似乎略显恼火地回答。

索尼娅像是惊呆了,但突然又大声说:

"你饿昏了! 你……想接济母亲? 是吗?"

"不,索尼娅,不,"他喃喃着背转身,低下了头,"我还没饿成那样……我确实想接济母亲,不过……这也不完全对……别折磨我,索尼娅!"

索尼娅两手一拍。

"难道,难道这都是真的! 上帝,这怎么真得了! 谁会相信这是真的?……您自己把所有的钱都给了人家,怎么,怎么会谋财害命! 啊!……"她突然一声惊叫,"您给卡捷琳娜·伊凡诺夫娜的钱……这钱……上帝,难道这钱也是……"

"不,索尼娅,"他赶紧打断她,"这钱不是那儿的,放心吧! 这钱是母亲寄给我的,通过一个商人,收到时我在生病,就是我给钱那天……拉祖米欣看到的……他替我代收了……这钱是我的,我自己的,当真是我的。"

索尼娅不解地听着，竭力想悟出点什么。

"至于那些钱……不过，我都不知道，那儿究竟有没有钱，"他轻轻补充说，仿佛在思索，"当时，我从她脖子上取下钱包，麂皮的……很满，很鼓的这么个钱包……我都没打开看；没来得及，想必……至于东西，尽是什么扣子、链子——我把这些东西和钱包都在一座院子，B街的，石头底下给埋了，第二天上午……东西现在都在那儿……"

索尼娅全神贯注听着。

"那又何苦……您是怎么说的：谋财害命，可您什么也没拿?"她急切地问，仿佛抓住一根麦秸。

"不知道……我还没决定——这钱是拿还是不拿，"他说，似乎又在思索，突然，他回过神，迅疾地冷冷一笑，"唉，我刚才这话说得多傻，啊?"

索尼娅脑海里突然闪过一个想法："他是不是疯子?"但她立刻抛弃了这一想法：不，不是那回事。她真的什么，什么都不明白！

"知道吗，索尼娅，"他突然稍稍振作起来，"知道我要对你说什么：要是我杀人仅仅出于饥饿，"他一字一顿地接着说，神秘但又真诚地看着她，"那我现在……就**幸福**了！你得了解这一点！"

"这对你，对你有什么好处，"转眼间，他又嚷嚷起来，甚至带着几分狠劲，"这对你有什么好处，要是我现在承认，我干了坏事? 你傻乎乎地赢了我，这对你有什么好处? 哎呀，索尼娅，现在我来找你难道就为这个!"

索尼娅又想说什么，但没出口。

"所以，昨天我叫你跟我一起走，我身边只有你一个人了。"

"叫我去哪儿?"索尼娅怯生生地问。

"不是去偷，也不是去杀人，别担心，不是去干这些，"他挖苦地笑了笑，"我们是两种人……知道吗，索尼娅，我只是现在，只是这会儿才明白：昨天我叫你**去哪儿**。昨天，我叫你时，连我自己都不明白要去哪儿。叫你也好，找你也好，只有一个目的：别离开我。你不会离开，索尼娅？"

她紧紧握了一下他的手。

"我干吗，干吗对你说这些，我干吗告诉你！"过了一会儿，他绝望地大叫，无比痛苦地看着她，"这不，你等我解释，索尼娅，坐着等我解释，这我看到了。可我能对你说什么？要知道，这事你不会理解，你只会哭坏身子……为我！这不，你哭了，又抱住我——凭什么你要抱住我？就凭我自己受不了，跑来把痛苦推给别人：'让你也痛苦，我会好受些！'你能爱这样的浑蛋？"

"难道你不一样痛苦？"索尼娅大叫。

又是那种感情潮水般涌进他的内心，又是刹那间使他心软了。

"索尼娅，我心狠，这你得注意：这可以解释很多事。我来就是因为心狠。有人就不会来。而我是胆小鬼……浑蛋！不过……算了！这些全是胡扯……现在是得说说，可我不知道从哪儿说起……"

他停下，陷入沉思。

"唉—唉，我们是两种人！"他又嚷嚷起来，"不般配。我干吗，干吗来！这我永远不会原谅自己！"

"不，不，你来得好！"索尼娅大声说，"还是让我知道好！好得多！"

他痛苦地看看她。

"说的也是！"他说，像是拿定了主意，"事情本来就是这样！告诉你吧：我想做拿破仑，所以杀人……嗯，现在明白了？"

"不—不，"索尼娅天真地、怯生生地低声说，"只是……你说吧，说吧！我会明白的，我**心里**会明白的！"她连声求他。

"会明白？那好，我们看看！"

他不作声了，久久思考着。

"是这么回事：有一次我给自己提了这么个问题：要是，譬如，处在我这个位子上的是拿破仑，他想干一番事业，但他没有土伦，没有埃及，没有可以穿越的勃朗峰①，代替这些赫赫战绩的，只有一个可笑的小老太婆，十四等文官太太，还得把她杀了，好把她箱子里的钱拿走（为了事业，懂吗？），那他会不会下决心这样干，要是没别的出路？会不会感到厌恶，因为这太不显赫，还……还是犯罪？我这样对你说吧，在这个'问题'上我苦恼了很久很久，所以，我羞愧极了，因为我终于悟出（不知怎的，突然），他不仅不会厌恶，甚至不会想到，这太不显赫……甚至根本就不明白，这有什么好厌恶的？要是他没别的出路，他准会掐死她，还不让她叫一声，毫不犹豫！……于是我……不再犹豫……掐死了她……依照权威的榜样……事情确实就是这样！你觉得好笑？是的，索尼娅，这儿最可笑的，也许事情恰恰就是这样……"

索尼娅根本不觉得好笑。

"您最好对我直说……不用例子。"她更加怯生生地请求，声音勉强可以听见。

他朝她转过身，忧郁地看了看她，握住她的双手。

"你又说对了，索尼娅，这全是胡扯，差不多是空话！瞧，你已经知道，我母亲几乎什么都没有。妹妹受过教育，很偶然，注定要东走西跑地去当家庭教师。她们所有的希望都寄托在我一个人身上。我读书，但又没钱读完大学，只好暂时辍学。要能这样勉强拖下去，那么十年、十二年后（如果情况好转），我毕竟还有希望当上什么教师或者官员，年薪一千卢布……（他像在背书）但到时候母亲操劳过度，伤心过度，

---

① 勃朗峰位于法意边界。一八〇〇年五月拿破仑率军穿越勃朗峰，进入意大利，并于一八〇〇年六月十四日马连戈一役中击溃奥地利军队。

身体垮了,我还是不能让她安生,妹妹呢……妹妹的情况也许更糟!……再说,哪能一辈子受穷,克制,忘记母亲的疾苦,对妹妹的屈辱,譬如说吧,忍气吞声? 为了什么? 为了埋葬她们,随后自己成家——娶老婆,生孩子,以后也这样撇下他们,没一个钱,没一片面包? 所以……所以,我决定把老太婆的钱拿来,先用它几年,不再拖累母亲,保证自己读完大学,毕业后有个好的开头——这要大动作,要能治本,要能开创全新的局面,走上独立的新路……所以……所以,瞧,我全说了……当然,我杀了老太婆——做了坏事……唉,够了!"

他有气无力地勉强说完,低下头。

"哎呀,这不是正路,不是正路,"索尼娅苦恼地大叫,"哪能这样……不,不能这样,不能!"

"你自己也看到,不能这样! 不过我是交心了,说的真话!"

"这是什么真话! 噢,上帝!"

"我只是杀死了一只虱子,索尼娅,一只没用、讨厌、狠毒的虱子。"

"人是虱子?"

"我也知道不是虱子,"他回答,古怪地看着她。"其实,我在胡说,索尼娅,"他加了一句,"早就在胡说了……这不是正路,你说得对。这根本,根本,根本是另外的原因! ……我早就不和任何人说话了,索尼娅……现在我头疼得厉害。"

他的眼睛燃烧着狂热的火焰。他几乎说胡话了,慌张的微笑在他嘴唇上游逛。这种亢奋透着可怕的无奈。索尼娅明白,他有多痛苦。她也开始头晕。他这么说委实古怪:有些道理像是可以理解,但……"但哪能呢! 哪能呢! 噢,上帝!"她绝望地绞着双手。

"对,索尼娅,这不是正路!"他又说,突然抬起头,像是思想的突然转变使他震惊,使他重又亢奋:"这不是正路! 最好……你以为(对! 这确实最好!),以为我爱面子,妒忌,凶狠,恶劣,好报复,啮……大概还有疯病。（一下子全都算上！原本就说我有疯病，我知道！）我刚才对你说过，我没钱读完大学。可你知道吗，也许我可以读完？母亲会寄给我学费，买靴子、衣服、买面包的钱，我自己能挣，对！我课上得不错，每小时给半卢布。拉祖米欣就在上课！可我一赌气，不上。就是**赌气**（这说法很好！）。于是我像蜘蛛似的躲进自己的角落。你不是到过我那狗窝似的小间，见过……知道吗，索尼娅，低矮的天花板，窄小的房间，会压迫灵魂和头脑！噢，我恨透了这小间！可还是不想出来。故意不出来！一连几天不出来，不想干活，甚至不想吃东西，老躺着。娜斯塔西娅送来——吃一点，不送——一天就这样过去了。赌气，故意不开口要！夜里没灯，就躺在黑暗里，也不想挣钱买些蜡烛。应当读书，我反把书给卖了。我桌上，札记上，练习本上，现在灰都有一指厚。我宁肯躺着瞎想。瞎想……还老做梦，稀奇古怪的、各种各样的梦。也没什么好说的，究竟有哪些！于是我也仿佛觉得……不，不是这样，我又没说对！瞧，我当时反复问自己：我干吗这样蠢，要是别人都蠢，我又确实知道他们很蠢，那我自己就不想做得聪明些？后来我明白，索尼娅，要等大家都聪明，就太久了……后来我又明白，这永远不可能，人是不会变的，也没人能改变他们，用不着白费劲！对，就是这样！这是他们的规律……规律，索尼娅！就是这样！……我现在知道，索尼娅，谁脑子管用，谁有魄力，谁就是他们的主宰。谁敢做，他们就认为谁有理。谁敢否定，谁就为他们立法。谁最狠，谁就最有理！从来就是这样，今后也永远这样！只有瞎子才看不见！"

拉斯科尔尼科夫说这话时，虽然看着索尼娅，但已不再顾及她能否听懂。他很冲动，完全沉浸在某种阴郁的狂热中。（确实，他已经很久不和人说话了！）索尼娅明白，这种阴暗的观点已经成了他的宗教和信条。

"我当时发现，索尼娅，"他欣喜地接着说，"权力只给敢于俯身把它捡起的人。这里只需要一条,一条:敢捡! 当时,我有了一个想法,生平第一次,这想法在我以前谁也没想过! 谁也没有! 突然,我清楚地,像阳光一样清楚,想到怎么直到现在,都没人关注这种荒谬的存在,干脆利索地捡起一切,让它见鬼去! 我……我想**斗胆一试**,于是杀了……我只想斗胆一试,索尼娅,这就是全部原因!"

"噢,别说了,别说了!"索尼娅大叫,两手一拍,"您离开上帝,上帝就惩罚您,把您交给了魔鬼! ……"

"顺便说一句,索尼娅,我在黑暗中躺着,脑子里老转这念头,这就是魔鬼在诱惑我? 啊?"

"别说了! 您别笑,您不敬上帝,所以什么,什么都不明白! 噢,上帝! 他什么,什么都不会明白!"

"别说了,索尼娅,我根本没笑,我自己也知道,是魔鬼在拖着我走。别说了,索尼娅,别说了!"他阴郁、固执地重复说。"我全知道。当时,我躺在黑暗里,这一切我都反复想过,反复对自己悄悄说过……这一切我都跟自己反复争论过,直到最细小的问题,我全知道,全知道! 当时,这些空谈让我烦透了,烦透了! 我真想忘掉它,重新开始,索尼娅,不再空谈! 难道你以为我像傻瓜似的跑去了,愣头愣脑? 我跑去时,活像聪明人,这就把我毁了! 难道你以为我不知道,譬如,要是我问自己,一问到底:我有没有生杀大权? ——自然,我没有生杀大权。或者,提这么个问题:人是虱子? ——自然,**对我来说**,人不是虱子,但对根本不想,根本不问这些,就会去干的人来说,人就是虱子……要说这么多天我一直都在苦苦思考:换了拿破仑,是干还是不干? 就是因为我很清楚,我不是拿破仑……这些空谈引起的所有所有的痛苦,我都经受住了,索尼娅,真想一抖肩膀,把它全都抖掉:我想杀人,索尼娅,没必要狡辩,为自己杀人,只为自己! 在这件事上我甚至不想对自己说谎! 我杀人,不是为了接济母亲——那是胡扯! 不是为了有钱、有权,做人类的恩人。那也是胡扯!我就是杀人了,为自己杀人,只为自己:至于以后我会不会是谁的恩人,或者一辈子都像蜘蛛似的,在蛛网上捕捉猎物,吸吮猎物的浆液,我当时肯定无所谓!……我杀人时,索尼娅,需要的主要不是钱,我更需要别的东西……这些我现在全知道……你要理解我:也许,即使顺着这条路走下去,我也不会再杀人。当时我要弄清的是别的东西,是别的东西在怂恿我去干:当时我要弄清,尽快弄清,我是虱子,跟大家一样,还是人?我能不能跨过去!我敢不敢俯身捡起权力?我是发抖的畜生,还是有**权**……"

"杀人?有权杀人?"索尼娅两手一拍。

"嘿—嘿,索尼娅!"他恼火了,正想反驳,但又不屑地把话咽了回去,"别打断我,索尼娅!我只想对你证明一点:当时是魔鬼把我拖去的,完事后又对我说,我没权去那儿,因为我是跟大家一样的虱子!他捉弄我,瞧,现在我到你这儿来了!接待客人吧!我要不是虱子,我会到你这儿来吗?听着:当时我去老太婆那儿,我只是想**试一下**……就这么回事!"

"您把她杀了!杀了!"

"你知道我是怎么杀的?难道有这样杀人的?难道有像我这样去杀人的!我以后再对你说,我是怎么去的……难道我杀了老太婆?我杀了自己,不是老太婆!就这么啪的一下,杀了自己,永远!……杀这个老太婆的是魔鬼,不是我……够了,够了,索尼娅,够了!让我静一静,"突然他烦躁而又厌倦地叫起来,"让我静一静!"

他把臂肘支在膝盖上,双手像钳子似的钳住自己脑袋。

"真遭罪!"索尼娅痛苦地叹了一声。

"现在怎么办,你说!"他问,突然抬起头,一脸绝望的苦相,看着她。

"怎么办!"她大声说,倏地跳起来,在这以前满是泪水的眼睛突然闪出光亮。"起来!(她一把抓住他的肩膀,他欠起身,几乎诧异地看着她。)这就走,现在,到十字路口去谢罪,先吻一吻被你玷污的土地,再向世人鞠躬谢罪,向四面八方鞠躬,对大家说:'我杀人了!'这样,上帝就会再次给你生命,你去吗? 去吗?"她连连问他,浑身哆嗦,像发病似的,还抓住他的双手紧紧握着,目光炯炯地看着他。

　　他诧异了,她意外的欣喜甚至使他惊愕。

　　"你这是说去服苦役,是吗,索尼娅? 得去自首,是吗?"他阴郁地问。

　　"去受苦,用这赎罪,就得这样。"

　　"不! 我不去找他们,索尼娅。"

　　"那你怎么活,怎么活? 靠什么活?"索尼娅大声问。"难道现在这可能吗? 你怎么跟你母亲说话? (噢,她们,她们现在怎么办!)我这是怎么啦! 你已经不跟母亲和妹妹来往了。这不,已经不来往了,不来往了。噢,上帝!"她大声说,"这些他自己都知道! 没一个亲人,这可怎么,怎么活! 你现在怎么办!"

　　"别孩子气,索尼娅,"他轻轻说,"我在他们面前有什么罪? 我干吗去? 跟他们说什么? 这些全是错觉……他们自己杀了千百万人,还把这奉为美德。他们是骗子、流氓,索尼娅! ……我不去。我能说什么? 说我杀人了,但钱没敢拿,藏石头底下了?"他挖苦地冷冷一笑,加了一句。"他们反而会笑我,说不拿是傻瓜。胆小鬼加傻瓜! 他们什么,什么都不会明白,索尼娅,他们不配明白。我干吗去? 我不去。别孩子气,索尼娅……"

　　"你会苦死的,苦死的,"她连声说,哀求地向他伸出双手。

　　"也许,我**还**污蔑了自己,"他阴郁地说,仿佛陷入沉思,"也许,我**还**是人,不是虱子,不用匆忙责备自己……我**还**要跟他们较量。"

一丝傲慢的冷笑慢慢掠过他的嘴唇。

"这么遭罪！还是整整一辈子,整整一辈子！……"

"我会习惯的……"他沉思着,愁眉苦脸地说。"听着,"过了一会儿,他又说,"别哭,说正经的吧:我是来告诉你,他们现在正在找我的破绽……"

"啊!"索尼娅惊恐地叫起来。

"你叫什么!你自己希望我去服苦役,这会儿反倒害怕了?不过,我不会让他们得手的。我还要跟他们较量,他们什么都逮不住。他们没有确凿的罪证。昨天我很危险,以为自己完了,今天情况好转。他们所有的罪证都是模棱两可,就是说,我可以对他们的指控做出对我有利的解释,你明白吗?我就这么办,因为我现在已经学会了……不过,他们准会让我坐牢。要不是一个意外的情况,也许今天我已经在牢里了,甚至说不定今天**还会**让我坐牢……不过这没什么,索尼娅:坐上几天,就会把我放出来……因为他们没有任何真正的证据,也不会有,我保证。凭他们现有的那些东西,不能把人关起来。嗯,够了……我只想让你知道……至于妹妹和母亲,我会尽量让她们相信根本没事,尽量不吓着她们……不过,妹妹现在像是有了保障……因此母亲也一样……瞧,我全说了。不过你得小心。你会来看我吗,要是我坐牢?"

"噢,会!会!"

两人并肩坐着,苦恼,沮丧,仿佛暴风雨后,被单独抛到了荒凉的海滩上。他看着索尼娅,觉得她是那么爱他,说怪也怪,他突然觉得内心异常沉重和痛苦,因为有人那么爱他。是的,这是一种古怪而又可怕的感觉!来找索尼娅时,他觉得他所有的希望和出路都在她身上,他想多少减轻自己的痛苦,不料现在,当她真心向着他时,他突然感觉和意识到,他其实比原先还要不幸千百倍。

"索尼娅，"他说，"要是我坐牢，你最好别来看我。"

索尼娅没回答，光哭。过了几分钟。

"你戴十字架?"她突然出人意料地问，像是突然想起了什么。

他起先没听懂这问题。

"没戴，没戴是不是? 给，把这个柏木的拿去。我还有一个，铜的，莉扎韦塔的。我跟莉扎韦塔交换过十字架，她把自己的十字架给我，我给她一个带耶稣的十字架，现在我就戴莉扎韦塔的，这个给你。拿去……这可是我的! 我的!"她恳求说。"我们不是一起去受苦吗，那就一起背上十字架! ……"

"给我!"拉斯科尔尼科夫说。他不想使她伤心。但他立刻又把接十字架的手缩回来。

"以后吧，索尼娅。最好以后给我。"他说，让她放心。

"对，对，最好以后，最好以后，"她热情地接口说，"到你去受苦的时候再戴。你来我这儿，我给你戴上，我们一起祈祷，一起上路。"

这时，有人在门上敲了三下。

"索菲娅·谢苗诺夫娜，可以进来吗?"响起一个非常熟悉和斯文的声音。

索尼娅惊恐地赶紧跑去开门。浅色头发的列别贾特尼科夫先生朝房间里望了望。

# 五

列别贾特尼科夫神色慌张。

"我是来找您的，索菲娅·谢苗诺夫娜。对不起……我知道会遇上您，"他突然对拉斯科尔尼科夫说，"就是说，我根本没想到……这上面去……但我确实想过……我们那儿卡捷琳娜·伊凡诺夫娜疯了。"突然,他干脆对索尼娅说,撇下拉斯科尔尼科夫。

索尼娅一声惊叫。

"就是说,至少看起来是这样。不过……我们不知道该怎么办,就这么回事!她回来了——像是从什么地方给人家赶出来的,也许还挨打了……至少看起来是这样……她跑去找谢苗·扎哈雷奇的上司,家里没找着:他在另一位将军家里用餐……您想,她竟跑到用餐的地方去了……您想——还胡搅蛮缠,把谢苗·扎哈雷奇的上司,像是从餐桌上叫出来。想想也知道,那儿是什么结果。当然,把她赶出来,可她说,她把他大骂一顿,还朝他身上扔了什么东西。这甚至不难想象……怎么没把她抓起来——我不明白!这会儿她正给大家说呢,甚至给阿马利娅·伊凡诺夫娜说,不过很难听懂,捶胸顿足地哭叫……啊,对了,她叫着说,现在大家都抛弃她,那她就带着孩子上街,带上手摇风琴,让孩子们唱歌跳舞,她也一样,再跟人讨钱,还要天天到将军的窗子底下去……'让大家看看,'她说,'官员家尊贵的孩子,怎么在街上乞讨!'三个孩子都挨打了,直哭。她教廖尼娅唱《小村》,教男孩,还有波林娜·米哈伊洛夫娜跳舞,还把衣服都撕了,给他们做什么演员戴的帽子,自己想拿个脸盆,当乐器敲……什么话都不听……您倒想想,怎么能这样?这绝对不行!"

列别贾特尼科夫还想说下去,但索尼娅听得几乎喘不过气来,突然抓起短斗篷、帽子,跑出房间,边跑边穿戴。拉斯科尔尼科夫旋即跟出去,列别贾特尼科夫也跟了出去。

"准是疯了!"他对拉斯科尔尼科夫说,和他一起到了街上,"我只是不想吓着索菲娅·谢苗诺夫娜,说了'看起来是这样',其实没疑问。据说,这是痨病的结核结跑脑子里去了,可惜我不懂医。不过,我试着劝过她,但她什么都不听。"

"您跟她说结核结了？"

"倒也不完全是说结核结。就是说了，她也不懂。但按我的说法：要是能以理服人，说明她其实没什么可哭的，她就不会再哭。这很清楚。您怎么看，她还会哭？"

"那生活也太容易了。"拉斯科尔尼科夫回答。

"哪能呢，哪能呢。当然，要让卡捷琳娜·伊凡诺夫娜明白，相当困难。但您知道吗，巴黎已经做过认真的试验，看能不能只用逻辑说理的方法治疗疯子。那儿的一位教授，不久前刚死，一位严肃的学者，就设想可以这样治疗。他的基本想法是，疯子的机体没有特别紊乱，疯病，这么说吧，是一种逻辑错误，判断错误，一种对事物的错误看法。他一步步驳斥病人，您想，据说很有成效！不过，他同时使用淋浴疗法，所以这种治疗的成效自然受到怀疑……至少目前看来是这样……"

拉斯科尔尼科夫早就不在听了。走到自己借住的房子门口，他朝列别贾特尼科夫一点头，转身进了门洞。列别贾特尼科夫回过神，四面看了看，又朝前跑去。

拉斯科尔尼科夫踏进自己斗室，到了房间中央。"我干吗回来？"他环视这些破旧的黄色墙纸，这灰尘，这沙发床……院子里不断传来刺耳的敲击声，不知哪儿像在敲什么钉子……他走到窗前，踮起脚尖，异常注意地朝院子里看了很久。但院子里空空的，看不见有谁在敲。左面，厢房里，有几处敞开的窗户，窗台上放着几盆稀稀拉拉的天竺葵。窗外晾着衣服……这些他都太熟悉了。他背转身，坐到沙发上。

他还从没，从没感到自己竟是这样可怕地孤独！

是的，他又一次感到，也许他真的会恨索尼娅，还恰恰是现在，在他使她更不幸时。"我干吗去找她，讨她的眼泪？我干吗非要害人家一辈子？噢，卑鄙！"

"我一个人就一个人！"他突然坚决地说，"不用她到牢里看我！"

过了约莫五分钟，他抬起头，古怪地笑了笑。这是个古怪的念头："也许真不如去服苦役，"——突然他情不自禁地想。

他不记得他在屋里坐了多久，满脑子胡思乱想。突然门开了，进来的是阿夫多季娅·罗曼诺夫娜。她先是停一下，从门口看了看他，就像刚才他进门前先看了看索尼娅一样，随后她走过来，坐在他对面的椅子上，自己昨天坐过的地方。他默默地，像是一无想法地看了看她。

"别生气，哥哥，我只待一会儿。"杜尼娅说。她一脸沉思，但表情并不严峻。目光开朗而又平静。他看出，这一位也是怀着爱心来找他的。

"哥哥，我现在知道了一切，一切。德米特里·普罗科菲伊奇对我作了解释，把事情全说了。你受到迫害和摧残，起因是一些愚蠢、可恶的怀疑……德米特里·普罗科菲伊奇告诉我根本没危险，你不用那么害怕。我不这么想，我**完全理解**，你有多气愤，这种气愤可能在你内心留下永远的伤痕。我怕的是这个。至于你离开我们，我不责备你，也不敢责备你，原谅我原先对你的指责。我自己也觉得，要是我有这样的大难，我也会离家出走的。**这事**我不会对母亲说，但我会时时提起你，告诉她你答应很快就来看她。别为她操心，我会安慰她。但你也不要让她太难受——哪怕来一次也好，别忘了，她是母亲！现在我只是来告诉你（杜尼娅从座位上站起），万一你需要我做什么，或者需要……我一辈子做什么，或者……那就叫我一声，我会来的。再见！"

她倏地转身，朝门口走去。

"杜尼娅！"拉斯科尔尼科夫叫住她，站起来，走到她面前，"这个拉祖米欣，德米特里·普罗科菲伊奇，是个大好人。"

杜尼娅脸上飞起淡淡的红晕。

"是吗?"过了一会儿,她问。

"他是个能干、勤劳、诚实的人,爱谁就爱得很深……别了,杜尼娅。"

杜尼娅满脸通红,接着突然恐惧起来:

"这是怎么啦,哥哥,难道我们当真永远分手了,你干吗给我……留这种遗嘱?"

"反正一样……别了……"

他背转身,朝窗口走去。她站了一会儿,不安地看了看他,走了,忧心忡忡。

不,他不是冷落她。有那么一刹那(最后一刹那),他真想紧紧抱住她,向她**告别**,甚至交底,但他连跟她握手,都下不了决心:

"以后她想起我现在抱住她,也许会气得发抖,说我偷了她的吻!"

"这位受得了受不了?"过了几分钟,他在内心问自己。"不,受不了。**像她这样的**肯定受不了! 像她这样的从来都受不了……"

于是,他想到了索尼娅。

窗外飘来阵阵凉意。天已经不那么亮了。他突然拿起帽子,去了街上。

他当然不能,也不想考虑自己的病情。但这接连不断的担忧,这内心的恐惧,不可能对他没影响。要说他在真正的热病中还没躺下,也许正是这内心接连不断的担忧支撑着他,不让他倒下,不让他失去知觉——人为地,暂时。

他没有目的地走着,太阳正在落下去。近来他常常会有一种莫名的烦闷。这烦闷中没有什么特别痛苦和焦心的东西,但又透着经常和永远的征兆,他预感到这种失意和烦闷的悲苦岁月,预感到"一俄尺囚室"的无穷劫难。每到傍晚,这种感觉通常会更加强烈地折磨他。

"你得当心这种日落引起的愚蠢透顶的虚弱，千万别干傻事！要不，别说去找索尼娅，你还会去找杜尼娅！"他憎恶地嘟哝说。

有人喊了他一声，他回过头：朝他跑来的是列别贾特尼科夫。

"瞧，我都到您家里去了，我在找您。瞧，她当真做了，把孩子带走了！我和索菲娅·谢苗诺夫娜费了好大劲才找到他们。她自己敲锅，让孩子跳舞。几个孩子都哭。一到十字路口、小铺子门口就停下闹腾。后面还傻乎乎地跟着一群人。我们走。"

"那索尼娅呢？……"拉斯科尔尼科夫担心地问，赶紧跟上列别贾特尼科夫。

"简直疯了。就是说，不是索菲娅·谢苗诺夫娜，是卡捷琳娜·伊凡诺夫娜疯了。不过，索菲娅·谢苗诺夫娜也疯了。卡捷琳娜·伊凡诺夫娜是完全疯了。我敢说，彻底疯了。会把他们抓到警察局去的。想想也知道，这有多糟……这会儿他们在滨河街 B 桥附近，离索菲娅·谢苗诺夫娜住的地方不远。很近。"

滨河街上，离桥不远，和索尼娅住处相距两幢房子的地方，围着一群人。多半是男孩和女孩。卡捷琳娜·伊凡诺夫娜嘶哑的嗓门从桥上就能听到。确实，这是一个古怪的场面，很容易引起路人围观。卡捷琳娜·伊凡诺夫娜穿着过时的连衣裙，披着女衣呢披巾，歪戴皱成一团的破草帽，确确实实疯了。她极累，气喘吁吁。她疲惫的脸看上去比任何时候都痛苦（再说在街上，在阳光下，肺痨病人总是比在家里显得更憔悴，更难看）。但她的亢奋状态并未消退，火气越来越大。她不时冲到孩子跟前，呵斥他们，还当着围观者的面，教他们怎么跳舞，唱什么歌，向他们解释为什么这样做，又每每对他们的迟钝感到绝望，动手打他们……随后又撇下孩子，冲向围观的人群——发现衣服稍稍体面的人站着看热闹，就立刻向他们解释，瞧，"富贵人家，甚至可以说是名门望族"的孩子，都落到了什么地步。要是听到人群中有笑声，或者有什么带刺的话，就立刻朝好事的人扑去，跟他们骂架。有人当真笑了，有人连连摇头，总之，大家都好奇地想看看这个疯女人和几个吓坏的孩子。列别贾特尼科夫说的煎锅没了，至少拉斯科尔尼科夫没看见。没法敲煎锅，卡捷琳娜·伊凡诺夫娜就用干瘪的双手打拍子，逼迫波列奇卡唱歌，逼迫廖尼娅和科利亚跳舞，甚至自己也跟着唱，但每唱到第二个音符就痛苦地咳嗽，于是又伤心绝望，诅咒自己的咳嗽，甚至痛哭。最使她恼火的是科利亚和廖尼娅的哭声和恐惧。确实，她按街头艺人的装束把三个孩子装扮了一下。男孩头上缠着红白两色的什么东西，好让他打扮成土耳其人。廖尼娅没服装，只戴已故的谢苗·扎哈雷奇的红绒线帽（或者不如说睡帽），帽子上插了一截白色鸵鸟毛，那还是卡捷琳娜·伊凡诺夫娜祖母的遗物，一直保存在箱子里，像是传家宝。波列奇卡穿着自己平时的衣服。她胆怯而又慌乱地看着母亲，守在她身边，偷偷抹泪，心里知道母亲疯了，焦急地四面张望。街头卖唱和人群围观使她十分害怕。索尼娅紧紧跟着卡捷琳娜·伊凡诺夫娜，一边哭，一边不断求她回家。但卡捷琳娜·伊凡诺夫娜根本不听。

"别说了，索尼娅，别说了！"她连声喊叫，急得又是喘气又是咳嗽。"连你自己都不知道在求我什么，就像孩子！我已经对你说了，我不回去，不要这个德国酒鬼的房子。让大家看看，让彼得堡所有的人看看，这些孩子怎么在街上乞讨，他们高贵的父亲尽心尽力干了一辈子，可以说是在公务上累死的。（卡捷琳娜·伊凡诺夫娜已经给自己编造了一个故事，还绝对相信这是事实。）就让，就让这个不要脸的混账将军看看。你也真傻，索尼娅：现在吃什么，你说？我们已经把你折磨够了，我不想再害你！哎呀，罗季昂·罗曼诺维奇，是您！"她大叫，一看见拉斯科尔尼科夫便朝他跑去。"您给这个傻丫头解释解释，没比这更好的法子！连摇手风琴的都能糊口，何况大家一眼就会发现我们不

456

卡捷琳娜·伊凡诺夫娜在沟渠畔
（杰·什马里诺夫绘,1936 年）

一样,看出我们是破落户,一群被迫行乞的孤儿寡妇,这个混账将军会丢官的,等着瞧吧! 我们每天都到他窗子底下去,要是皇上路过,我就跪下,把这些孩子推到前面,指着他们求告:'保护我们吧,父亲!' 他是所有孤儿的父亲,他仁慈,会保护的,等着瞧吧,会惩处这个将军的……廖尼娅! 站直了!① 还有你,科利亚,这会儿又该跳舞了。你哭什么? 他又哭了! 你怕什么,怕什么,小傻瓜! 上帝! 我拿他们怎么办,罗季昂·罗曼诺维奇! 您要知道他们有多傻就好了! 你能拿这些孩子怎么办! ……"

连她自己都险些哭了(但这并未妨碍她像爆豆子似的一停不停地说话),一边对他指着抽泣的孩子。拉斯科尔尼科夫试着劝她回去,甚至想唤起她的自尊心,说她像摇手风琴的那样沿街卖唱,有失体面,因为她以后要当贵族女子寄宿学校校长……

"寄宿学校,哈—哈—哈! 山外的铃鼓特好!"卡捷琳娜·伊凡诺夫娜大叫,但笑了几声,又一个劲地咳嗽,"不,罗季昂·罗曼诺维奇,梦做完了! 所有的人都抛弃我们! ……这个混账将军……知道吗,罗季昂·罗曼诺维奇,我朝他扔了墨水瓶——就在下房,恰好桌上放着,签名纸边上,我签过名②,扔了墨水瓶就逃。噢,势利,都是势利眼。去他们的。现在我要自己养活这些孩子,决不求人! 我们已经把她折磨够了!(她指了指索尼娅。)波列奇卡,收了多少钱,让我看看? 怎么? 一共才两戈比? 噢,浑蛋! 什么也不给,光跟着我们跑,伸舌头! 瞧,这个傻瓜在笑什么?(她指了指一个围观的人。)都是这个科利亚太笨,给惹的,你管他都来不及! 你干什么,波列奇卡? 跟我说法语,跟

---

① 法语。

② 旧时俄国达官贵人府上,节日期间,一般都在下房备有签名纸,凡是不能进府,但和主人有某种关系的客人,便在纸上签名,以示拜访。

我说法语①。我不是教过你,你能说几句吗!⋯⋯要不,人家怎么知道你们是上等人家有教养的孩子,跟摇手风琴的根本不一样。我们不是在街上演什么《彼特鲁什卡》②,我们要唱高雅歌曲⋯⋯啊,对了! 我们唱什么呢? 你们老是打断我,我们⋯⋯瞧,我们停在这儿,罗季昂·罗曼诺维奇,要选支歌唱,能让科利亚跳舞的⋯⋯因为这些,您也知道,我们都没准备。得先说好,全都排一遍,随后我们就去涅瓦大街,那儿上流社会的人多得多,马上就会注意我们:廖尼娅会唱《小村》⋯⋯不过老唱《小村》,《小村》,没意思,这歌大家都唱! 我们唱的应当比这高雅得多⋯⋯你想出什么啦,波莉娅,哪怕你能帮母亲一把! 记性,我一点记性都没有,要不我就有主意了! 总不能唱《骠骑兵挎着马刀》!啊,我们用法语唱《五苏》③! 我不是教过你们吗,教过。主要是这是唱的法语,人家一看就知道你们是贵族子女,会大大感动的⋯⋯甚至可以唱《马尔波罗要去远征》④,这完全是首儿歌,凡是贵族家庭,哄孩子睡觉都唱这个。

> 马尔波罗要去远征
> 不知哪天才能回家⑤⋯⋯

她刚唱了两句⋯⋯“不,还是《五苏》好! 科利亚,两手叉腰,快,你,廖尼娅,也一起转圈,方向相反,我跟波列奇卡伴唱,帮你们打拍子!

---

① 法语。

② 俄国传统木偶剧。

③ 法语。《五苏》出自法国剧本《上帝的恩惠》。此剧曾在彼得堡上演,并获成功。一苏等于二十分之一法郎。

④ 法语。此歌曾在法国宫廷和上流社会作为摇篮曲广为流传。

⑤ 法语。

五苏,五苏,

我家的本钱①……


咳—咳—咳!(她又一个劲地咳嗽)把衣服拉拉好,波列奇卡,背带滑下来了,"她一边咳,一边说,气喘吁吁。"现在你们的举止要特别体面,高雅,让人一看就知道,你们是贵族子女。我当时就说,胸衣要裁长些,要用双幅的料子。这都怪你,索尼娅,老说:'短些,短些',这不,孩子穿着一点没样子……你们又哭了!你们要哭到什么时候,傻孩子!科利亚,快跳,快,快,——哎呀,这孩子真讨厌!……


五苏,五苏②……


又是个当兵的!你想干什么?"

确实,人群中挤过来一个警察。但同时一位穿文官制服和大衣的先生,五十岁左右的气派官员,脖子上挂着勋章(这使卡捷琳娜·伊凡诺夫娜特别高兴,也对警察起了作用),走过来,默默递给卡捷琳娜·伊凡诺夫娜一张绿色的三卢布票子,满脸真诚的同情。卡捷琳娜·伊凡诺夫娜接过票子,恭敬,甚至庄重地鞠了一躬。

"谢谢您,先生,"她高傲地说,"促使我们卖唱的原因……拿着钱,波列奇卡。你看,到底还有乐善好施的人,愿意接济落难的贵族太太。您看,先生,这些孤儿出身高贵,甚至可以说是名门望族的后裔……这个混账将军倒好,坐在那儿吃松鸡……还直跺脚,说我打扰他……'大人,'我说,'保护这些孤儿吧,您很了解故世的谢苗·扎哈

---

① 法语。

② 法语。

雷奇，'我说，'就在他故世那天，一个无赖中的无赖，污蔑他的亲生女儿……'又是这个当兵的！您要保护我们呀！"她向官员求救，"这个当兵的干吗找我麻烦？我们已经甩掉一个，从市民街逃到这儿来了……这跟你什么相干，傻瓜！"

"因为禁止沿街卖唱。请别胡闹。"

"你自己才胡闹！我和摇手风琴的一样，跟你什么相干？"

"摇手风琴得有许可，你们这是自作主张，招引行人。你们住哪儿？"

"怎么，许可，"卡捷琳娜·伊凡诺夫娜大叫，"我今天刚给丈夫落葬，哪来什么许可！"

"太太，太太，别发火，"官员开口说，"走，我送您回去……这儿人多，吵吵嚷嚷可不体面……您身体不好……"

"先生，先生，您什么都不知道！"卡捷琳娜·伊凡诺夫娜喊叫说，"我这就去涅瓦大街。索尼娅，索尼娅，她在哪儿？她也哭……你们都怎么啦！……科利亚，廖尼娅，你们去哪儿了？"她突然惊恐地喊了一声，"噢，傻孩子！科利亚，廖尼娅，他们要去哪儿！……"

原来，科利亚和廖尼娅被围观的人群和疯疯癫癫的母亲吓坏了，又看见当兵的想抓他们，带他们去什么地方，突然，像是说好似的，一把抓住对方的手，狂奔起来。可怜的卡捷琳娜·伊凡诺夫娜又哭又叫地追他们。她奔跑、哭号和喘气的样子，让人惨不忍睹。索尼娅和波列奇卡跟着追上去。

"让他们回来，回来，索尼娅！噢，不知好歹的傻孩子！……波莉娅！抓住他们……我是为了你们……"

她急急奔跑着，突然绊了一跤。

"摔出血了！噢，上帝！"索尼娅惊叫，俯身看她。

大家跑来，密密地围了一圈。拉斯科尔尼科夫、列别贾特尼科夫跟另外几个人最先跑到,官员也急忙赶来,他后面跟着警察。"唉!"他叹口气,挥挥手,感到事情麻烦了。

"去!去!"他驱赶围观的人群。

"她要死了!"有人大叫。

"她疯了!"另一个说。

"上帝保佑!"一个女人画着十字,"两个小家伙给逮住了?瞧,带回来了,姐姐逮住的……瞧这两个任性的孩子!"

仔细看过卡捷琳娜·伊凡诺夫娜,发现她根本不是像索尼娅想的那样,在石头上摔伤了。染红马路的血是从她胸腔里吐出来的。

"这我知道,见过,"官员对拉斯科尔尼科夫和列别贾特尼科夫嘟哝说,"这是痨病,血吐多了,能把人噎死。我的一位亲戚,不久前我亲眼看见,就这么吐了一杯血……突然……不过,怎么办呢?她这就会死的。"

"来,来,抬到我家去!"索尼娅央求,"瞧,我就住这儿!……就这幢房子,过去第二幢……抬到我家里去,快,快!……"她奔来跑去地向大家求告。"快去请医生……噢,上帝!"

多亏官员出面张罗,事情总算办妥了,连警察也帮着抬了卡捷琳娜·伊凡诺夫娜。她几乎像死人似的给抬进索尼娅家,放到床上。血还在吐,但她似乎慢慢苏醒了。除了索尼娅,房间里一下子进来了拉斯科尔尼科夫和列别贾特尼科夫、官员和警察(警察预先赶散了围观的人群,但有人一直送到门口)。波列奇卡把科利亚和廖尼娅带进来,拉着他们的手,两个小家伙一面抖一面哭。卡佩尔纳乌莫夫一家也都来了:卡佩尔纳乌莫夫,一个瘸腿、独眼、头发和络腮胡子根根竖起的怪人,他永远神色惊恐的老婆,几个已经见怪不怪、木然张着嘴巴的孩子。这些人中突然出现了斯维德里盖洛夫。拉斯科尔尼科夫诧异地看了看他,不明白他是从哪儿冒出来的,也不记得刚才围观的人群里有他。

都说要请医生,要请神父。官员虽然对拉斯科尔尼科夫轻轻说了一句:似乎医生现在也无能为力,但还是吩咐去请。卡佩尔纳乌莫夫亲自跑去了。

这时,卡捷琳娜·伊凡诺夫娜缓过气来,暂时血也止了。她用病态,然而专注和锐利的目光看着苍白、哆嗦的索尼娅用手帕擦去她额头的虚汗,最后请人把她稍稍扶起。大家让她在床上坐了,从两边扶着。

"两个孩子呢?"她奄奄一息地问,"你把他们找回来了,波莉娅?噢,傻孩子!……你们干吗跑……哎呀!"

鲜血又慢慢覆盖了她干枯的嘴唇。她斜眼朝周围看了看。

"瞧,你过的是什么日子,索尼娅!我一次都没到你这儿来过……现在总算来了……"

她痛苦地看了看她:

"我们把你吸干了,索尼娅……波莉娅、廖尼娅、科利亚,过来……瞧,他们全在这儿,索尼娅,收留他们吧……我亲手交给你了……我尽力了!……舞会结束了!咯!……让我躺下,让我至少安安静静死吧……"

重又把她放到枕头上。

"什么?请神父?……免了……你们哪有多余的钱?……我没罪!……就这样,上帝也该宽恕我……他知道我受了多少罪!……不宽恕,也算了!……"

令人不安的胡话越来越多。有时,她浑身一颤,看着周围,刹那间认出了大家,但随即胡话重又替代了意识。她喘着粗气,像是喉咙里有样东西在暗哑作响。

"我对他说:'大人!……'"她喊叫着,每说一个字都喘口气,"这

463

个阿马利娅·柳德维戈夫娜……哎呀！廖尼娅,科利亚！两手叉腰,快,快,滑步,滑步,双人舞步！两脚一碰……舞要跳得漂亮。

　　　　你有钻石和珍珠……①

下面怎么唱？这么唱……

　　　　你有最漂亮的眼睛,
　　　　姑娘,你还要什么?②

才不是呢！你还要什么③——胡编乱造,傻瓜！……哎呀,对,还有:

　　　　炎热的中午,在达吉斯坦山谷……④

哎呀,我太喜欢……我太喜欢这支歌了,波列奇卡！……知道吗,你父亲还在追我时,常唱这支歌……噢,多好的日子！……我们唱吧,唱吧！嗯,怎么唱,怎么唱……我忘了……你们提个头,怎么唱?"她异常激动,想使劲撑起身子。终于,她用可怕、嘶哑的声音,拼命喊起来,每唱一个字都不住喘气,神色似乎越来越恐惧:

　　　　炎热的中午！……在达吉斯坦……山谷！……
　　　　我胸膛中弹！……

――――――――

① 德语。这是舒伯特为海涅的诗《回国》谱写的歌曲。
② 德语。
③ 德语。
④ 根据莱蒙托夫的诗《梦》谱写的歌曲。

"大人!"突然她一声惨叫,眼泪扑簌簌往下掉,"保护这些孤儿吧! 去世的谢苗·扎哈雷奇款待过您! ……说他是贵族都可以! ……咯!"她浑身一颤,突然清醒了,怀着某种恐惧打量大家,随即认出了索尼娅。"索尼娅,索尼娅!"她温柔而又亲切地说,像是看到她在自己面前感到惊喜,"索尼娅,亲爱的,你也在这儿?"

又把她稍稍扶起。

"够了! …… 该走了! …… 永别了,苦人儿! …… 折腾半条命! ……我累垮了!"她悲愤地叫了一声,一头栽倒在枕头上。

她又昏迷了,但这最后一次昏迷的时间不长。她没有血色的枯黄的脸往后一仰,嘴巴张开,双腿猛地伸直。她深深吐出一口气,死了。

索尼娅扑到她身上,一把抱住她,就这样趴着,一动不动,把头贴在死人干瘪的胸脯上。波列奇卡扑到母亲腿上,连连吻她的腿,号啕痛哭。科利亚和廖尼娅还不明白出了什么事,但已经知道这事非常可怕,相互抱住肩膀,紧张对视着,突然,两人一起,一下子,张开嘴巴惨叫。两人都还穿着演出服:一个缠着头巾,另一个戴着插鸵鸟毛的小帽。

这张"奖状"怎么会突然出现在床上,卡捷琳娜·伊凡诺夫娜身旁? 它就在枕头旁,拉斯科尔尼科夫看到了。

他抽身走到窗前。列别贾特尼科夫立刻跑来。

"死了!"列别贾特尼科夫说。

"罗季昂·罗曼诺维奇,我有两句话要对您说。"斯维德里盖洛夫过来。列别贾特尼科夫立刻让开,很有礼貌地走了。斯维德里盖洛夫把惊讶的拉斯科尔尼科夫带到远处角落里。

"所有这些麻烦事,就是说安葬之类的,我都包了。您知道有钱,这都好办,我不是对您说过,我有余钱。这两个小家伙和这个波列奇卡我会安排的,让他们去好一些的孤儿院,再给他们每人,到成年为止，一千五百卢布的生活费，这样，索菲娅·谢苗诺夫娜也好彻底放心。我还要把她救出火坑，因为这是个好姑娘，是吗？行，您就告诉阿夫多季娅·罗曼诺夫娜，她的一万卢布我就这样用掉了。"

"您这样大方，究竟有什么目的？"拉斯科尔尼科夫问。

"唉——唉！您这个人多疑！"斯维德里盖洛夫笑了，"我不是说了，我这些钱是多余的。纯粹出于人道，不信是不是？要知道她毕竟不是'虱子'（他指了指躺着死人的角落），不是什么放高利贷的老太婆。您得同意，'究竟让卢任活着害人，还是让她苦死？'我要不帮一把，那'波列奇卡，譬如，也一样，也只能走那条路……'"

他说这些话时，使着什么眼色，一副快活、狡黠的模样，眼睛始终盯着拉斯科尔尼科夫。拉斯科尔尼科夫听到自己亲口对索尼娅说的话，吓得脸色煞白，浑身发冷。他旋即闪开，惊愕地看了看斯维德里盖洛夫。

"您怎—怎么……知道的？"他悄悄问，险些喘不过气来。

"要知道，我就住这儿，隔壁，雷斯利赫太太家。这儿是卡佩尔纳乌莫夫，那儿就是雷斯利赫太太，我最忠实的老朋友。邻居嘛。"

"您？"

"我，"斯维德里盖洛夫笑得浑身皮肉都在抖动，"我还可以用我的人格向您保证，最亲爱的罗季昂·罗曼诺维奇，您太使我感兴趣了。我不是说过，我们会做朋友，做过这样的预言——瞧，这不做朋友了。您会看到，我是非常通情达理的人。看到，和我还是可以相处的……"

# 第六部

## 一

　　对拉斯科尔尼科夫来说，这是一段古怪的日子：像是大雾突然从天而降，把他锁进无可逃遁的痛苦的孤独。后来，事情已经过去很久了，每每想起这段日子，他总觉得他的意识有时似乎模糊了，这种状态就这么延续着，伴有某些间歇，直到最后闯祸为止。他深信在很多问题上，当时估计错误，譬如某些事情发生的时间和期限。至少在后来回忆这些事，竭力替自己理清这些事时，他对自己许多情况的了解，都是根据别人的说法。譬如，他把一件事和另一件事混在一起；又把另一件事看作仅仅存在于他想象中的什么事的后果。有时他被病态的焦虑所困扰，吓得惶惶不可终日。但他也记得，不时会有几分钟、几小时，甚至也许几天，仿佛和原先的恐惧相反，他对一切都很冷漠——那是一种近似某些垂死者的病态的冷漠。一般地说，最近这几天，他似乎连自己都在竭力避免清楚、彻底地理解自己的处境。有些必须立刻弄清的重要事实，尤其使他苦恼。他要能摆脱、逃避某些疑虑，他会多高兴，不过，忘记这些疑虑，在他目前的处境下，也许意味着无可避免的彻底毁灭。

467

尤其使他惊恐的是斯维德里盖洛夫,甚至可以说,他反复考虑的似乎就是斯维德里盖洛夫。自从斯维德里盖洛夫在索尼娅房间里,卡捷琳娜去世的一刻,说了对他来说太过严重、太过明确的话以后,他通常的思路似乎给扰乱了。尽管这一新的事实使他极度不安,但拉斯科尔尼科夫不知怎的并不急于弄清这事。有时,突然发现自己置身在市区偏远的什么地方,某个简陋的酒店里,一个人,坐在餐桌旁,沉思默想,勉强记得他是怎么来这儿的,他会突然想起斯维德里盖洛夫,突然异常明确和慌张地意识到,应当尽快和这个人谈妥,也许应当跟他彻底了断。有一次走到城外,他甚至以为他在这里等候斯维德里盖洛夫,他们约定在这里见面。又有一次,他在天亮前醒来,躺在不知哪里的地上,灌木丛里,他几乎闹不明白,怎么会稀里糊涂走到这里。不过,在卡捷琳娜·伊凡诺夫娜死后的这两三天里,他已有两三次遇见斯维德里盖洛夫,几乎总是在索尼娅房间里,他去那里仿佛没有目的,几乎总是待一会儿就走。他们总是简短地寒暄几句,一次都没谈起主要问题,似乎他们之间,就这样自然地达成默契,暂时不谈这个问题。卡捷琳娜·伊凡诺夫娜的遗体还停放在棺材里。斯维德里盖洛夫亲自安排葬礼,忙个不停。索尼娅也很忙。最后一次见面时,斯维德里盖洛夫对拉斯科尔尼科夫说,卡捷琳娜·伊凡诺夫娜的三个孩子他已设法作了安排,而且安排得很好。他通过关系找到有关人士,能把三个孤儿一起,立刻,送进一个对他们来说相当不错的孤儿院;留给他们的钱也很起作用,因为安排一个有钱的孤儿要比安排一个没钱的孤儿容易得多。他还说了些索尼娅的事,答应这几天设法亲自去看看拉斯科尔尼科夫的住所,说是"想商量商量;很有必要谈谈;当真有事……"这些话是在过道里说的,楼梯旁边。斯维德里盖洛夫专注地看着拉斯科尔尼科夫的眼睛,突然,沉默了一会儿,压低声音问:

　　"您怎么啦,罗季昂·罗曼诺维奇,像丢了魂似的? 真的! 您听我说话,看着我,倒像什么都没听懂。您得振作起来。这不,让我们谈谈:只可惜事情太多,别人的,自己的……唉,罗季昂·罗曼诺维奇,"他突然说,"人都需要空气,空气,空气……首先!"

他突然往边上让了让,好让上楼的神父和教堂执事过去。他们是来做安魂祈祷的。按照斯维德里盖洛夫的安排,安魂祈祷一天做两次,非常准时。斯维德里盖洛夫顾自走了。拉斯科尔尼科夫站了一会儿,想了想,跟在神父后面,走进索尼娅的房间。

他站在门口。安魂祈祷开始,轻轻地,庄重地,哀伤地。想到死亡,感到死亡的存在,他总觉得沉重、神秘和恐怖,从孩提时代开始;况且他已经好久没听到安魂祈祷了。再说这里还有别的,太过可怕和烦心的事情。他看着三个孩子:他们都在棺材旁守灵,跪着,波列奇卡在哭。他后面,索尼娅一边轻轻地,像是怯生生地哭着,一边祈祷。"这两天,她从没看我一眼,也没跟我说一句话。"拉斯科尔尼科夫突然想。阳光明亮地照着房间;手提香炉里的烟袅袅升起;神父念着"让她安息吧,上帝"。拉斯科尔尼科夫一直站到安魂祈祷结束。祝福和告辞时,神父不知怎的古怪地朝四面看了看。祈祷后,拉斯科尔尼科夫走到索尼娅面前。她突然抓住他的双手,把头靠在他肩上。这个短促的动作甚至使拉斯科尔尼科夫异常困惑,甚至觉得奇怪:怎么?居然对他没有丝毫反感,丝毫厌恶,她的手没有丝毫颤抖!这是极度贬低自己。至少他这样理解。索尼娅什么也没说。拉斯科尔尼科夫握了握她的手,走了。他异常痛苦。要是这时他能躲到什么地方去,一个人待着,哪怕一辈子,他也会觉得自己是幸福的。但问题是最近一段时间,他尽管总是一个人待着,却怎么也感觉不到他是一个人。有时他去城外,去大路上,甚至有一次走进了树林,但越是僻静的地方,他越是觉得仿佛有人在近旁,使他不安,倒不是可怕,而是不知怎的使他非常恼火,于是赶紧回城,混入人群,走进小酒馆、小吃店,去旧货市场、干草广场。这里似乎反倒轻松些,甚至僻静些。在一家小吃店里,傍晚,有人唱歌:他坐了整整一小时,听着,记得他甚至很快活,但最后他突然又坐不住了;仿佛良心的谴责,突然又开始折磨他:"瞧,我坐着,听歌,难道这是我应该做的!"他像是这么想。不过,他立刻意识到,使他不安的并不单单是这个;似乎有件事需要立刻解决,但究竟什么事,他想不出来,也说不清楚。一切都乱糟糟地纠缠在一起,像个解不开的疙瘩。"不,最好再较量一下! 最好波尔菲里……或者斯维德里盖洛夫再来……尽快再来挑衅,进攻……对! 对!"他想。他走出小吃店,几乎奔跑起来。想到杜尼娅和母亲,不知为什么他突然像是吓掉了魂。这天夜里,天亮前,他醒来时,竟然躺在灌木丛里,十字架岛上,冻得浑身打战,还在发烧。他回家去,到家已经清晨。睡了几小时,烧退了,但他醒得很迟:差不多是下午两点。

他想起卡捷琳娜·伊凡诺夫娜今天落葬,很高兴自己没去参加。娜斯塔西娅给他送来吃的。他津津有味地又吃又喝,近乎贪婪。和最近这三天相比,他头脑清醒了些,内心也平静了些。他甚至,刹那间,对自己原先异样的恐惧感到奇怪。门开了,进来的是拉祖米欣。

"啊! 在用餐,这么说没病!"拉祖米欣说,挪过椅子,在拉斯科尔尼科夫对面坐了,中间隔着桌子。他心里有事,也不怎么掩饰。说话带有明显的火气,但不急不躁,没有提高嗓门。可以想见,他心里自有打算,某种特殊的,甚至匪夷所思的打算。"听着,"他坚决地说,"你们全去见鬼都不干我事,但就我现在看到的,清楚看到的,我什么也闹不明白;千万别以为我是来审问你。我没兴趣! 压根儿不想! 哪怕你现在告诉我一切,你们所有的秘密,我也许听都不听,啐一口就走。我来只是想当面,彻底弄个明白:第一,你是不是当真是疯子? 对你,瞧,有一种看法(喏,那儿,管它什么地方),说你也许是疯子,或者几乎就是疯子。我老实对你说,我自己也非常倾向这种看法,首先,是根据你愚蠢,甚至有些恶劣的举动(这没法解释);其次,是根据你前几天对母亲和妹妹的做法。只有恶棍和浑蛋,如果不是疯子,才会像你那样对待她们,所以,你是疯子……"

"你什么时候见到她们的?"

"刚才。你从那天起一直没见过? 你在哪儿逛荡,请告诉我,我来找过你三次。你母亲昨天起,就病得很重。想来看你;阿夫多季娅·罗曼诺夫娜劝她别来,她根本不听。'要是他病了,'她说,'要是他脑子糊涂,除了母亲,还有谁会照顾他?'我们一起到了这里,总不能让她一个人来吧。一路上一直劝她别急。进门一看,你不在;瞧,她就坐在这儿。坐了有十分钟,我们在她边上站着,一声不吭。她站起来说:'要是他能出门,应该没病,倒是把母亲忘了,做母亲的站在门口,像讨饭似的讨他的孝顺也太丢脸,太难堪了。'回家就病倒了;这会儿在发烧。'我看,'她说,'对心上人他就有时间了。'她说的心上人就是索菲娅·谢苗诺夫娜,她是你的未婚妻还是情人,我不知道。我立刻去找索菲娅·谢苗诺夫娜,因为,老兄,我想把一切都弄弄清楚——到了那儿,一看:停着棺材,孩子在哭。索菲娅·谢苗诺夫娜在给他们试丧服。你不在。我看了看,道了声歉,走了,就这么告诉了阿夫多季娅·罗曼诺夫娜。可见这些全是猜测,根本没什么心上人,确切地说,是你疯了。可瞧,你好端端坐着,拼命吃炖牛肉,像三天没吃似的。就算疯子也吃,但你哪怕根本不理我也行,你又偏偏……不是疯子! 这我敢发誓。首先,你不是疯子。既然这样,你们全去见鬼都不干我事,因为这儿一定有什么秘密,什么隐私;我不想为你们的隐私伤脑筋。我只是来骂你一顿,"他说完,站起来,"出出气,我知道,我现在该做什么!"

"你现在想做什么?"

"我想做什么,跟你什么相干?"

"当心,你准去酗酒!"

"凭什么……凭什么你又知道?"

"这不,还用说吗!"

拉祖米欣沉默了一会儿。

"你一向很有头脑,从来,从来不是疯子,"他突然激动地说,"这没错:我去酗酒!别了!"他抬腿便走。

"我,像是前天吧,跟妹妹谈到过你,拉祖米欣。"

"谈到我!……你前天在哪儿见到她了?"拉祖米欣突然停步,甚至脸都有些白了。可以想见,他的心在胸膛里慢慢地、紧张地跳动起来。

"她来这儿了,一个人,坐在这儿,跟我说了些话。"

"她!"

"对,她。"

"你说什么了……我是说,你说了我什么?"

"我告诉她,你是大好人,诚实,勤劳。至于你爱她,我没对她说,因为这她自己知道。"

"自己知道?"

"这不,还用说吗!以后无论我去哪儿,无论我怎样——你最好仍是她们心目中的上帝。我,这么说吧,把她们托付给你了,拉祖米欣。我这么说,是因为我很清楚你有多爱她,我绝对相信你心地纯洁。我也知道,她会爱你,甚至说不定已经爱上你了。现在你自己决定吧,怎么办好——你该不该酗酒。"

"罗季卡……瞧……喏……哎呀,见鬼! 你想去哪儿? 瞧:这要是秘密,就算了! 但我……我会知道这秘密的……我相信,这肯定是胡闹,可怕的傻事,都是你一个人想出来的。不过,话说回来,你是大好人! 大好人! ……"

"我就想对你再说一句,你把我打断了,你刚才说得很好,不想知道这些秘密和隐私。暂时就随它去,别操心。一切到时候你都会知道,到你应当知道的时候。昨天有人对我说,人需要空气,空气,空气!我这会儿想上他那儿去一次,了解一下他究竟指什么。"

拉祖米欣激动地沉思着,像是悟出了什么。

"这是个搞政治的阴谋家!没错!他要干了①——这没错!没别的可能,连……连杜尼娅都知道……"他突然想。

"这么说,阿夫多季娅·罗曼诺夫娜常来你这儿,"他一字一顿地说,"你又想见一个人,他说应当多些空气,空气……这么说,这信……这也跟那事有牵连。"他仿佛自言自语地下了结论。

"什么信?"

"她收到一封信,今天,她非常担心,非常,甚至担心极了。我说要告诉你——她不让。后来……后来她说,也许我们很快就要分手,后来她又一个劲地谢我,后来她去了自己房间,把门锁了。"

"她收到一封信?"拉斯科尔尼科夫若有所思地追问。

"对,一封信。你不知道?唔。"

两人都沉默了一会儿。

"再见,罗季昂。我,老兄……有一阵子……不过,再见,你瞧,有一阵子……嗯,再见!我也该走了。我不会酗酒。现在决不……那是你胡说!"

他走得很急,但出了房间,几乎已经把门关上了,突然又把门推开,看着不知什么地方说:

"顺便说一声!记得这件凶杀案吗,喏,就是波尔菲里查办的:杀了老太婆?告诉你吧,凶手找到了,自己招的,还提供了所有证据。就

---

① 一八六六年四月四日,克拉科佐夫在彼得堡暗杀亚历山大二世未遂,于是陀思妥耶夫斯基笔下出现了这一情节。

是那两个工人中的一个,油漆匠,你倒是想呀,记得吗,我还在这儿替他们辩护过? 信不信由你,这楼梯上打闹的场面和笑声,跟自己同伴,就是管院子的和两个证人上楼的时候,都是他故意弄出来的,好避嫌。这狗崽子多狡猾,多大胆! 让人没法相信;还自己解释,自己都承认了! 我上了大当! 行,我看,这无非是个装假和机灵的天才,避免涉嫌的天才——就是说,用不着大惊小怪! 这种人难道没有? 他没坚持到底,招了,我反倒更相信他。比较合乎情理⋯⋯不过当初,我可是上了大当! 为他们都气疯了!"

"你倒说说,你这是从哪儿听来的,你对这事干吗这样感兴趣?"拉斯科尔尼科夫显然激动了。

"还用说吗! 干吗这样感兴趣! 还问! ⋯⋯我从波尔菲里那儿听来的,也听别人说过。不过从他那儿了解了几乎所有情况。"

"从波尔菲里那儿?"

"从波尔菲里那儿。"

"他说什么了⋯⋯说什么了?"拉斯科尔尼科夫惊恐地问。

"他给我做了极好的解释。从心理上做了解释,按他的观点。"

"他做了解释? 亲口给你做了解释?"

"亲口,亲口;再见! 以后再说,现在我有事。那儿⋯⋯有一阵子我还以为⋯⋯算了。以后再说! ⋯⋯我现在干吗酗酒。没酒,你也把我灌醉了。我醉了,罗季卡! 这会儿没酒我也醉了,好,再见。我会来的,很快。"

他走了。

"这,这是在搞政治阴谋,肯定没错,没错!"拉祖米欣暗自断定,慢慢下楼,"把妹妹也拖进去了。按阿夫多季娅·罗曼诺夫娜的性格,这非常,非常可能。他们不断见面⋯⋯她不也常常给我暗示。从她许多话里⋯⋯说法里⋯⋯暗示里可以听出,确实是这样! 要不,怎么解释这些乱糟糟的事？唔！我还以为……噢，上帝，我想到哪儿去了。对，这是一时糊涂，我对不起他！这是他当时在油灯旁，过道里，把我搞糊涂的。呸！我的想法太丑恶，太草率，太卑鄙！尼科尔卡①真是好样的，招了……原先的一切现在都可以解释！当时他这病，他所有古怪的举动，甚至原先，原先，还在大学里，他就总那么忧郁，沉闷……不过，现在这信是怎么回事？这里面可能也有名堂。这信是谁写的？我怀疑……唔。不，这些我都要了解清楚。"

他想起了，也明白了杜涅奇卡的一切，他的心像是停止了跳动。他撒腿奔跑起来。

拉祖米欣一走，拉斯科尔尼科夫就站起来，朝窗口转过身，撞到一个角落，又撞到另一个角落，像是忘了自己斗室的窄小，接着……又坐到沙发上。他像是换了个人；又是一场较量——这么说，找到出路了！

对，找到出路了！要不太憋闷，堵得慌，就像给麻醉药熏昏了头。从米科尔卡在波尔菲里那儿认罪起，他就觉得喘不过气来，没出路，憋得难受。米科尔卡认罪当天，他在索尼娅家里坐了很久，但他对场面的把握，从头到尾都跟他原先的设想不同，完全不同……他垮了，就是说，转眼间便垮了！一下子！他当时不是同意索尼娅的说法吗，亲口同意，打从心底里同意，他一个人心里搁着这事，没法活！斯维德里盖洛夫？斯维德里盖洛夫是个谜……斯维德里盖洛夫让他不安，这是事实，但似乎不是从那方面。跟斯维德里盖洛夫，也许，也得较量一下。斯维德里盖洛夫，也许，也是一条不折不扣的出路，但波尔菲里是另一回事。

这么说，波尔菲里还亲口对拉祖米欣做了解释，从**心理上**对他做了解释！又搬出自己该死的心理学骗人！波尔菲里？难道波尔菲里会相信，哪怕一分钟，米科尔卡有罪，要知道他们已经狠狠较量了一

---

① 原文如此。

场,面对面地较量,还在米科尔卡押来前,这场较量不可能有**别的解释**!（这几天,拉斯科尔尼科夫头脑里,断断续续闪过和想起他和波尔菲里较量的这一场面;完整地回忆这一场面他实在受不了。）当时,他俩说了那样的话,做了那样的动作和手势,交换过那样的目光,有些话是用那样的声音说的,一切都到了那样的极限,在这以后,不是米科尔卡（他一开口,一有举动,波尔菲里就把他看透了）,不是米科尔卡能够动摇他的基本信念的。

"怎么!连拉祖米欣都开始怀疑了!当时在过道油灯旁的话别,还起了作用。瞧,他马上找了波尔菲里……但这家伙干吗这样骗他?他把拉祖米欣的目光引向米科尔卡,是什么目的?他肯定想好了什么:这儿有计,但什么计呢?确实,从那天上午起,已经过了很久——太久,太久,但波尔菲里毫无动静。对,这当然更糟……"拉斯科尔尼科夫拿起帽子,沉思着走出去。这段时间以来,他第一天感到自己至少头脑是清醒的。"应当跟斯维德里盖洛夫有个了断,"他想,"不管怎样,越快越好:这家伙好像也在等我上门。"刹那间,他疲惫的心中突然升起仇恨的烈火,也许,他会杀了这两个中的一个:斯维德里盖洛夫或者波尔菲里。至少他觉得,即使不是现在,以后他也会这样做。"咱们等着瞧,等着瞧。"他在内心自言自语。

但他刚一开门,突然撞上了波尔菲里。他正好来找他。拉斯科尔尼科夫愣了一会儿。说怪也怪,他看见波尔菲里并不十分吃惊,几乎不觉得害怕。他只是打了个战栗,但转眼间便迅速做好了准备。"也许,该结束了!不过,他怎么走得那样轻,就像猫,我一点没听见?难道他在偷听?"

"没想到有客人吧,罗季昂·罗曼诺维奇,"波尔菲里·彼得罗维奇笑起来,"早就想弯过来,这会儿刚好路过,我想干吗不来看看您,坐五分钟。您要出去?我不会耽搁您的。就一支烟的工夫,要是允许的话。"

"请坐。波尔菲里·彼得罗维奇,请坐。"拉斯科尔尼科夫请客人坐下,一副满意和友好的样子,确实,要是他能看看自己的表现,连自己都会惊讶。快了,快见底了!有时,一个人遇上强盗,整整半小时感到死亡的恐惧,最后,刀架到脖子上,反倒什么都不怕了。他在波尔菲里对面坐下,一眨不眨地看着他。波尔菲里眯起眼睛,开始抽烟。

"说吧,说吧,"这话像是要从拉斯科尔尼科夫心里跳出来,"怎么,怎么,怎么你不说话?"


## 二


"瞧这些香烟!"波尔菲里·彼得罗维奇费劲地点上烟,歇了歇,终于开口说,"有害,绝对有害,可就是戒不掉!咳嗽,喉咙发痒,气喘。知道吗,我没决心,前几天刚找 Б 医生看过——每个病人他至少①检查半小时;他看着我直笑:又是敲又是听,'您呀,'他说,'顺便说一句,不能抽烟,您有肺气肿。'可我怎么戒?拿什么代替?我不喝酒,糟就糟在这儿,嘿—嘿—嘿,不喝酒,真糟!一切都是相对的,罗季昂·罗曼诺维奇,一切都是相对的!"

"他这是干什么,又玩自己的老把戏,是吗?"拉斯科尔尼科夫厌恶地想。突然他想起不久前他们最后一次见面的整个情景,当时的感觉又潮水般地涌上他心头。

"前天晚上我已经来过您这儿,您都不知道?"波尔菲里·彼得罗维奇接着说,一边四下打量,"进过房间,就是这房间。也跟今天一样,

---

① 拉丁文。

刚好路过,我想,让我回访一下。来了,门敞着,四面看了看,又等了一会儿,连您的女仆都没告诉,走了。您不锁门?"

拉斯科尔尼科夫的脸越来越阴沉。波尔菲里似乎猜到了他的心思。

"我是来解释的,亲爱的罗季昂·罗曼诺维奇,解释! 我应当,也有责任向您解释。"他笑嘻嘻地接着说,甚至在拉斯科尔尼科夫膝头上轻轻拍了一下,但几乎同时,他脸上突然出现了严肃的神色,忧心忡忡,甚至像是蒙上一层愁云,这使拉斯科尔尼科夫惊讶。他还从未见过,也从未想过,他有这样的表情。"我们最后一次见面的情景很怪,罗季昂·罗曼诺维奇。也许我们第一次见面的情景也很怪。不过当时……现在接二连三都这样! 这么说吧,我也许很对不起您,这我感觉得到。我们到底是怎么分手的,记得吗:您神经紧张,膝盖打战,我也神经紧张,膝盖打战。知道吗,当时我们的做法甚至很不像话,没风度。可我们毕竟都有教养,就是说,不管怎样,首先是都有教养,这应当明白。还记得当时闹到什么程度……简直不像话。"

"他这是干什么,把我当什么人?"拉斯科尔尼科夫惊讶地问自己,稍稍抬起头,睁大眼睛瞪着波尔菲里。

"我想好了,我们现在最好还是坦诚地谈谈,"波尔菲里·彼得罗维奇接着说,把头稍稍一仰,垂下眼睛,像是不愿再用自己的目光骚扰自己原先的猎物,又像是鄙夷自己原先的办法和手段,"是的,这种怀疑,这种场面,长久持续下去是不可能的。当时,米科尔卡解决了我们的争端,要不,我都不知道,我们会走到哪一步。这个该死的小市民当时就坐在我办公室的板壁后面——您能想象? 这您现在当然知道,再说我也知道,他后来上您这儿来过。不过,您当时的猜想不是事实:我没让手下去叫任何人,也没作任何布置。您会问,干吗不布置? 怎么对您说呢：这一切当时对我自己似乎也是一个打击。连两个管院子的，我也是勉强派人去叫的（两个管院子的，您大概出去时看见了）。当时有个想法在我头脑里闪过，就一个想法，飞快，像闪电；您看，当时我深信不疑，罗季昂·罗曼诺维奇。我想，即使我暂时放过一个机会，也能抓住另一个机会——至少自己的，自己的机会不会放过。您很会动气，罗季昂·罗曼诺维奇，天生的；甚至太会动气，尽管您性格和心理上还有其他许多基本特性，我可以自慰的是，我对这些特性多少已经了解。当然，即使当时，我也明白，要让一个人就这么站起来，向您吐露全部实情，这种事不常有。即使有，特别是把人逼得忍无可忍，也极少见。这我很清楚。不，我想，我能弄到哪怕一点儿证据也好！哪怕一丁点儿，就一件，不过得是件用手摸得着的证据，是件东西，不单是心理上的证据。所以我想，要是一个人有罪，那就不管怎样，都能从他身上弄到什么实质性的东西，甚至可以指望非常意外的收获。我当时对您的性格抱有希望，罗季昂·罗曼诺维奇，主要是对您的性格！我当时对您抱有很大希望。"

"您……您现在尽说这些干吗？"拉斯科尔尼科夫终于嘟哝说，甚至没好好想清在问什么。"他在说什么，"他茫然地想，"难道当真认为我是无辜的？"

"说这些干吗？我是来解释的，这么说吧，我认为这是我神圣的义务。想把一切都对您说清楚：事情的经过，当时那些，这么说吧，扫兴的场面是怎么来的。我让您受了太多的痛苦，罗季昂·罗曼诺维奇。我不是恶棍。我很明白，背负这样的罪名，对一个抑郁，但是高傲、威严、暴躁，尤其是暴躁的人来说，是怎么回事！不管怎样，我认为您是极高尚的人，甚至还有点舍己为人的精神，虽说我并不同意您的所有观点，我想我有义务把话说在前面，坦率地，诚恳地，因为首先我不愿骗您。我一认识您，就对您有好感。我这样说，您也许会哈哈大笑？

您有这个权利。我知道您从第一眼起就不喜欢我,因为实在也没什么好喜欢的。不过您愿意怎么想就怎么想,反正从我这方面说,现在希望尽快消除给您留下的印象,证明我也有感情,有良心。我说的是真话。"

波尔菲里·彼得罗维奇自尊地停了一下。拉斯科尔尼科夫感到某种新的恐惧正潮水般向他涌来。波尔菲里居然把他当作无辜的,他突然害怕了。

"把事情依次说一遍,当时怎么突然开的头,怕是没必要,"波尔菲里·彼得罗维奇接着说,"我想,甚至是多余的。再说,我也未必说得清。因为,怎么解释才算周到? 起先是有传闻。至于这是些什么传闻,从谁那儿,什么时候传来的……为什么事情扯到了您身上,说这些我想也是多余的。我本人的怀疑是从一件偶然的事情开始的,一件非常非常偶然,绝对是可能有,也可能没有的事情——什么事情? 唔,我想,也不必说了。所有这些,传闻啦,偶然啦,凑在一起,使我当时形成一个想法。我坦白承认,因为既然承认,就得彻底——当时我第一个想到了您。这些,譬如说吧,老太婆在抵押品上做的记号,以及诸如此类的东西——其实都是胡扯。这样的玩意算起来可以上百。当时我也详细了解了警察局发生的那一幕,也是偶然的,倒不是随便聊起,而是从一个特殊的要人嘴里听到的,他无意中把那一幕说得还真像那么回事。要知道,这些都是一件接一件,一件接一件,罗季昂·罗曼诺维奇,亲爱的! 这怎么会不想到那方面去? 一百只兔子永远凑不成一匹马,一百个疑点永远构不成一个证据,不就有这么一句英国谚语,可惜这只是一种理智的说法,要是激动了,激动了,您倒试试能不能忍住,因为侦查员也是人。这时,我又想起您的文章,登在报纸上的,记得吗,还在您第一次上门时,我们就详细探讨过。我当时挖苦了几句,但这是为了让您继续亮出观点。我再说一遍,您很暴躁,又病得很厉害,罗季昂·罗曼诺维奇。您大胆,傲慢,认真,还……很有感觉,感觉到许多问题,这些我早就知道。我熟悉这些感觉,连您的文章我读了也觉得熟悉。这是在许多不眠之夜和极其气愤的情况下构思的,怀着一颗怦怦直跳的心,怀着强忍的激情。年轻人这种强忍的、高傲的激情是危险的! 我当时挖苦这篇文章,现在我要告诉您,总体上说,我非常喜欢,就是作为业余爱好者,非常喜欢这篇年轻气盛的处女作。烟雾茫茫,琴声在雾中铮铮直响。① 您的文章荒唐、离奇,但其中闪耀着无比的真诚,既有年轻人的刚正,也有拼搏的勇气。这文章阴暗,不过很好。读完您的文章,我把它放到边上……刚放下,就想:'这人不会这样罢手的!'现在您倒说说,有了这样的前奏,怎么可能不对后来的事情着迷! 哎呀,上帝? 难道我在暗示什么? 难道我在肯定什么? 我当时只是注意到了。这儿有什么呢,我想。这儿什么也没有,就是说完全没有,也许根本什么都没有。再说,这样着迷,对我,一个侦察员来说,甚至根本不应该:这不,米科尔卡在我手上,而且事实俱在——不管您怎么想,那毕竟是事实! 他也交代了自己的犯罪心理,在他身上应当下点工夫,因为这事关系到一个人的生死。为什么我现在跟您解释这一切? 为了让您了解情况,以您的智慧和良心,不至于责备我当时的凶恶举措。其实,并不凶恶,我实实在在地说,嘿—嘿! 您怎么想:我当时没来您这儿搜查? 来过,来过,嘿—嘿,来过,当时您病了,就躺在这床上。不是正式搜查,也不是用侦查员的身份,但我来过。连您房间里的最后一根毛发都查看了,还是刚刚出现疑点的时候,但是——**白搭**②。我想:现在这人会来的,自己会来,很快,既然有罪,那就一定会来。换了别人一定不来,但这人会来。记得吗,拉祖米欣先

---

① 引自果戈理的《狂人日记》,但与原文稍有出入。

② 德语。

生是怎么把消息透给您的？这是我们安排的，要让您心慌，所以我们故意放风，让他把消息透给您。拉祖米欣先生就是这么个人，有气必出。您的火气，您的大胆，首先引起扎梅托夫先生的注意：喏，怎么能在酒店里突然甩出这么句话：'我杀的！'太大胆，太放肆，我想，要是他有罪，一定是个可怕的对手！当时我就这么想。我等您上门！耐心等着，当时扎梅托夫简直让您镇住了……但您要知道，问题是这该死的心理是把双刃剑！喏，我就这样等您上门，一看，上帝果然让您上门了——您来了！我的心怦地一跳。唉！您当时干吗要来？您的笑声，当时进门的笑声，还记得吗，这不，我当时就像透过玻璃一样看透了一切，要不是我这样专门等您，我在您的笑声里就不会发现什么。这不，这是有了思想准备。拉祖米欣先生当时——哎呀！还有石头，石头，记得吗，底下藏着东西的石头？喏，我就像看到了石头，在菜园子的什么地方——您不是说在菜园子里，对扎梅托夫说的，后来在我那儿又说了一次？当时我们开始讨论您的这篇文章，您作了说明——您的每句话听起来都有两层意思，就像话里有话！这不，罗季昂·罗曼诺维奇，我就这样走进了死胡同，直到一头撞到墙上才清醒。不，我说，我这是怎么了！要是愿意，这一切，我说，直到最后一个细节，都可以作相反的解释，甚至还更自然。伤脑筋呀！'不，'我想，'我最好能抓到一丁点儿证据！……'所以一听到你去拉门铃，我整个儿愣住了，甚至打了个哆嗦。'瞧，我想，这就是一丁点儿证据！对！'当时我都没认真考虑，就是不想考虑。还有，哪怕出一千卢布，自己出钱，我都愿意，只要能**亲眼**看看您的模样：您怎么跟小市民并排走了一百步，他当面骂您'凶手'以后，整整一百步，您什么都没敢问他！……这发自脊髓的寒气该怎么解释？您去拉门铃，还是病中，神志不清，这又该怎么解释？所以，罗季昂·罗曼诺维奇，听了这些，您对我当时跟您开的玩笑，还会感到奇怪？您干吗恰恰那个时候来？就像天数，真的，要不是米科尔卡让我们分手,那……您记得当时米科尔卡来了? 记得很清楚? 这真是一声霹雳! 乌云里打下的霹雳,一道轰隆隆的闪电! 我是怎么对待他的? 我根本不相信这道闪电,这您亲眼看到了! 哪能相信! 后来,您走后,他开始有条有理地回答别的问题,我都感到奇怪,所以,他的话我一句也不信,这叫坚定。不,我想,你自个儿瞧吧①! 这哪能是米科尔卡!"

"拉祖米欣刚才还对我说,您直到现在都认为尼古拉有罪,还为这个,亲口对拉祖米欣作了解释……"

他喘不过气来,没把话说完。他异常焦躁地听着,这个把他琢磨得一清二楚的人怎样否定自己的说法。他不敢相信,也无法相信。在依然模棱两可的谈话里,他贪婪地寻找和捕捉着比较确切和肯定的意思。

"拉祖米欣先生!"波尔菲里·彼得罗维奇大叫,像是对一直默不作声的拉斯科尔尼科夫终于搭腔感到高兴,"嘿—嘿—嘿! 拉祖米欣先生本来就该靠边站:两个人挺好,第三者千万别插手。拉祖米欣先生哪管得了,又是局外人,他跑来找我,脸色煞白……上帝保佑他,干吗把他掺和进来! 至于米科尔卡,您想不想知道这是怎么回事,就是说,按我的理解? 首先,这还是个未成年的孩子,倒不是胆小鬼,而是有点像艺术家。真的,您别笑,我就是这么看的。他纯洁,对一切都很敏感。有良心,还好幻想。唱歌跳舞都行,故事,据说,也讲得很精彩,连邻村的人都会跑来听。学习也好,朝他伸个小指头,他会笑弯腰,还会喝得烂醉,倒不是贪杯,那是偶尔让人灌的,还像孩子。当时他偷了东西,自己还不知道这是偷,'地上捡的,怎么叫偷?'您知道吗,他是分裂派教徒,还不止是分裂派教徒,是其中一个极端分支的成员。他的

---

① 德语。

483

家族里出过好些逃亡徒①,不久前他本人还整整两年待在乡下接受一位长老布道。这些我都是从米科尔卡和他的扎拉依同乡那儿知道的。他想去哪儿! 想去荒僻的修道院! 他很虔诚,天天夜里做祷告,读古本'真'书②,常常读得入迷。彼得堡对他影响很大,特别是女人,还有酒。到底容易学坏,把长老什么的全忘了。我知道这儿有个画家喜欢他,常去找他,可瞧,恰恰就出了这事! 他吓坏了——上吊! 逃跑! 怎么办呢,那是老百姓对我们司法的看法! 有人一听'要判刑',就怕。怪谁呢! 新法庭以后会拿出办法的。噢,但愿有办法! 现在,在牢里,显然,他想起可敬的长老,重新拿起《圣经》。知道吗,罗季昂·罗曼诺维奇,'受难'对他们中的某些人意味着什么? 这不是什么为谁受难,而是'应当受难',自愿受难,当局要你受难——那更不用说了。我就见过一个老实到家的囚犯,坐了整整一年牢,天天夜里躺在炕上读《圣经》,读得神魂颠倒,知道吗,神魂颠倒,就这样,无缘无故扒下一块砖头,朝典狱长扔去,其实典狱长根本就没欺负他。再说,他怎么扔的:故意偏了近一米,免得造成伤害! 这不明摆的事,囚犯带着武器袭击长官会是什么结果:就是说,他'自愿受难'。所以我现在怀疑,米科尔卡也想'自愿受难',或者干点类似的什么。这我一清二楚,甚至有事实根据。只是他不知道我了解什么。怎么,您不信这种人里会有怪物? 多的是。长老现在又开始起作用了,特别是上吊后,他想起了长老。不过,他会把实情都告诉我的,会来的。您以为他会坚持到底?等着瞧吧,他会翻供的! 我时刻都在等他翻供。我喜欢这个米科尔卡,我在仔细研究他。换了您,您会怎么想! 嘿! 嘿! 有些问题,他回答得很好,显然,他听到有关消息,巧妙地做了准备,但问到其他问题,

---

① 逃亡徒为分裂派中的一个分支,认为只有经受尘世的艰难考验,才能魂归天国,所以自找苦吃,甘愿领受他人罪名。

② 指《圣徒传》。该书记述第一代基督徒为信仰受难的史实。

他就像踩进了水洼,什么都不了解,不知道,甚至他自己都不觉得他不知道!不,罗季昂·罗曼诺维奇老兄,这不是米科尔卡干的!这是件古怪、扫兴的案子,当代的案子,我们这个时代的奇案。眼下人心不古,推崇流血可以'振奋精神'①,宣扬人生应当舒适。这案子里有书呆子的幻想,有理论激起的义愤,有迈出第一步的决心,不过是种特殊的决心——一旦下了决心,就像从山上掉下去或者从钟楼上跳下去,不由自主地落进犯罪的泥坑。他忘了关门,但杀人了,杀了两个人,按照理论。杀了人,反倒不会拿钱,匆匆取走的东西又全埋到石头底下。别人撞门,拉门铃,他躲在门后的罪还没受够——对,他后来又去那套空房间,昏头昏脑,回味这门铃的声响,想再体验一次脊背发冷的感觉……对,就算他有病,可瞧:杀了人,倒以为自己是好汉,谁都瞧不起,脸色发白,还一副天使模样——不,这哪是米科尔卡,亲爱的罗季昂·罗曼诺维奇,这不是米科尔卡!"

他开头的表态很像放弃自己的观点,所以这最后几句话太过突兀。拉斯科尔尼科夫浑身打战,像是中了冷箭。

"那……究竟是谁……杀的?……"他忍不住问,喘着粗气。波尔菲里·彼得罗维奇倏地倒在椅背上,也像被这意外的问题惊呆了。

"什么谁杀的?……"他反问,仿佛不相信自己的耳朵,"**您杀的,罗季昂·罗曼诺维奇!您杀的……**"他几乎耳语似的补充说,语气十分坚定。

拉斯科尔尼科夫从沙发上跳起来,站了几秒钟,重又坐下,一言不发。一阵痉挛从他脸上轻轻掠过。

"您的嘴唇又抖了,跟那时一样。"波尔菲里·彼得罗维奇喃喃说,

---

① 据医生证实,拿破仑心跳极慢,只在战争中出现正常心律。于是有人认为拿破仑需要的不是胜利,而是战争本身,借以振奋精神。

似乎还带有同情。"看来,您没真正理解我的意思,"他沉默了一会儿,又说,"所以那么惊讶。其实,我来就是为了把一切都告诉您,公开办案。"

"这不是我杀的。"拉斯科尔尼科夫低声说,仿佛闯祸的孩子给人当场抓住了。

"不,这是您,罗季昂·罗曼诺维奇,是您,没别人。"波尔菲里严肃而又肯定地低声说。

两人都不作声,沉默的长久甚至令人奇怪:怕有十来分钟。拉斯科尔尼科夫两肘支在桌上,默默地用手指翻弄头发。波尔菲里·彼得罗维奇坐着静静等待。突然,拉斯科尔尼科夫鄙夷地看了看波尔菲里。

"您还是老一套,波尔菲里·彼得罗维奇!老是那种手法:您真的不觉得厌烦?"

"唉,算了吧,我现在耍什么手法!要是这儿有证人,那是另一回事,我们可是一对一地讲悄悄话。您自己也看到了,我来找您,不是为了赶您抓您,就像抓兔子。您承认或者不承认,眼下我无所谓。您不承认,我心里也一清二楚。"

"既然这样,您来干吗?"拉斯科尔尼科夫恼火地问,"我还是问您一个老问题:要是您认为我有罪,您干吗不把我关进监狱?"

"这个问题问得好!我分几点回答您:第一,就这么抓您,对我不利。"

"怎么不利!既然您一清二楚,您就应当……"

"咳,我一清二楚又怎么啦?您也知道,这些暂时不过是我的分析。再说,我把您关进去,让您过**太平日子**干什么?您心里有数,既然您想进去。譬如,我让小市民揭发您,您准会说:'您是不是喝醉了?谁看到我跟您在一起了?我当时只以为你喝醉了,你也确实喝醉了。'

到时候,我能对您说什么,何况您的话听起来更像是真的,因为他的口供里只有心理分析——这样说话他那号人根本不配——反倒是您切中要害:这浑蛋喝酒,是个出名的酒鬼,再说,我本人也坦率地向您承认过,好几次了,心理分析这玩意模棱两可,第二种解释甚至更有说服力,也更像真的,除了心理分析,我暂时没有您的任何罪证。虽说我还是要把您关进去,甚至还亲自上门(完全不合情理)向您提前宣布这一切,但我还是要当面告诉您(这也完全不合情理),这样做对我没好处。第二,我所以上门找您……"

"是吗,还有第二?"(拉斯科尔尼科夫仍然喘着粗气。)

"是因为,就像我刚才说的,认为应当对您解释一次。我不希望您把我看成恶棍,况且我对您抱有好感,信不信由您。所以,第三,我上门找您,是想坦率地当面给您提个建议——投案自首。这对您有数不清的好处,对我也有好处,因为卸了责任。怎么样,从我这方面说,是不是够坦率的?"

拉斯科尔尼科夫想了大约有一分钟。

"听着,波尔菲里·彼得罗维奇,您不是自己说只有心理分析吗,可说着说着扯上了数学。要是您现在弄错了,该怎么说?"

"不,罗季昂·罗曼诺维奇,我没弄错。我有那么一丁点儿证据。这证据我当时就找到了,上帝赐给我的!"

"什么证据?"

"什么证据我不说,罗季昂·罗曼诺维奇。不管怎样,我现在没权利再拖,我会把您关进去的。所以您想想吧:我**现在**反正一样,所以,我只是为您考虑。真的,这样会好些,罗季昂·罗曼诺维奇!"

拉斯科尔尼科夫恶狠狠地微微一笑。

"这不但可笑,甚至无耻。就算我有罪(我根本没说我有罪),我干吗找您自首?您自己已经说了,我想进去过**太平日子**。"

"咳,罗季昂·罗曼诺维奇,那是我说说的,别太当真。也许,过的也不完全是太平日子!这只是理论,我的理论,对您来说,我算什么权威?也许,到现在为止,我还瞒着您什么。我总不能把证据全都摊给您,嘿!嘿!另外,怎么会没好处?您知道吗,就凭这一条,能减您多少刑?您是什么时候投案自首的,什么时候?您就想想这个!是别人已经认罪,把案子弄乱的时候,是不是?我用上帝的名义发誓,我会在'那儿'做假的,安排得就像您的自首完全出乎意料。我们一定推倒这些心理分析,消除对您的一切怀疑,使您的罪行看起来像是一时糊涂,因为,凭良心说,也确实是一时糊涂。我这个人还是诚实的,罗季昂·罗曼诺维奇,我说到做到。"

拉斯科尔尼科夫阴郁地沉默着,低下头。他想了很久,最后又是微微一笑,不过,他的微笑已经变得温顺,凄楚。

"唉,不用了!"他说,像是不再对波尔菲里隐瞒什么,"不值!我根本不要你们减刑!"

"这不,我怕的就是这个!"波尔菲里急躁地,似乎情不自禁地大声说,"我就怕您不要我们减刑。"

拉斯科尔尼科夫阴郁而又威严地看了他一眼。

"咳,您别自暴自弃!"波尔菲里接着说,"往后的日子长着呢。怎么不要减刑,怎么不要!您这人真是烈性子!"

"什么长着?"

"往后的日子!您算什么先知,您究竟知道什么?只要找,就能找到。① 也许,上帝正等着您这样做。再说也不是永远戴上镣铐……"

"会减刑……"拉斯科尔尼科夫笑了。

"怎么,您怕资产阶级的所谓耻辱是不是?这也有可能,您怕,但

_____

① 见《新约全书·马太福音》第七章第七节。

您自己不知道——因为您还年轻！不过您不应当怕，或者这么说吧，不应当把自首看成耻辱。"

"咳，我才不管！"拉斯科尔尼科夫不屑，甚至厌恶地低声说，似乎懒得开口。他又站起，像是想去什么地方。但又绝望地坐下。

"问题就在不管！您什么都不信，还以为我在拙劣地奉承您。您才多大？懂得多少？您杜撰了一种理论，可又觉得害臊：失败了，弄得毫无新意！弄得很卑鄙，这是事实，但您毕竟不是无可救药的歹徒。完全不是那样的歹徒！至少没长久糊涂下去，只是一下子走了极端。您知道我把您看成什么人？我把您看成义士，这种人，你哪怕割下他的肠子，他也会站着不动，微笑着面对邪恶——只要找到信仰或者上帝就行。您去找吧，您能找到，您的日子还长。所以，第一，您早该换换空气了。是的，受难也是好事。您去受难吧。米科尔卡希望受难，也许是对的。我知道，您不信宗教——不过您别自作聪明，还是听从生活安排，不要争辩。别担心——生活会把您送上彼岸，让您重新做人的。什么样的彼岸？我怎么知道？我只相信您往后的日子还长。我知道您现在把我的话当作陈词滥调。不过以后您也许会想起来，不定什么时候用得着，所以我还是要说。幸好您只杀了老太婆。要是您杜撰了别的理论，大概还会做出比这荒唐千万倍的事！也许还得感谢上帝。您怎么知道呢，也许上帝正是为这个保护您。您要有颗博大的心，别那么怕。难道服从天意您都怕？不，这会儿害怕是可耻的。既然跨出这一步，就得受罚。这是公道。您就按公道要求的去做。我知道您不信宗教，不过上帝作证，生活会把您送上彼岸。以后您自己也会喜欢。现在您需要的只是空气，空气，空气！"

拉斯科尔尼科夫甚至打了个战栗。

"您是什么人，"他大叫，"您配做先知？您凭什么高高在上地给我指点迷津？"

"我是什么人？我是没前途的人，什么都不配。我这个人大概还有感觉，有同情心，大概还有点知识，但绝对没前途。您可是另一回事：上帝为您安排了人生（不过，谁知道呢，也许您的一生也像过眼烟云，什么也不会留下）。您到另一个阶层去又怎样？以您的境界，您不会舍不得舒适吧？也许，很长时间都不会有人看见您，那又怎样？问题不在时间，在您本身。一旦您成了太阳，大家都会看见您。太阳首先应当是太阳。您怎么又笑了：我有点像席勒？我敢打赌，您准以为我现在是在讨好您！那又怎样，也许，我当真是在讨好您，嘿！嘿！嘿！我的话，罗季昂·罗曼诺维奇，您大概还是不信为好，大概，永远都别信——我就是这德行，我同意。我只想再说一句：我这人究竟卑鄙到什么程度，又诚实到什么程度，您好像可以自己判断！"

"您想什么时候抓我？"

"我可以让您再逍遥一天半或者两天。好好想想，亲爱的，做做祷告。自首好处多了，真的，好处多了。"

"要是我逃跑呢？"拉斯科尔尼科夫问，有点古怪地笑着。

"不，您不会逃跑。乡巴佬会逃跑，想出风头的分裂派教徒会逃跑——那是别人思想的仆从，所以只要朝他伸个小指尖，他就像海军准尉德尔卡①一样，什么都相信，相信一辈子。您不是已经不相信您的理论了，您凭什么逃跑？再说，潜逃对您有什么好处？潜逃既卑劣又艰苦，您首先需要人过的日子，明确的身份，相应的空气，那儿的空气您受得了？您就是逃跑，自己也会回来。**您离不开我们**。即使我把您关进监狱——您蹲上一个月、两个月、三个月，不定什么时候突然想起

---

① 果戈理喜剧《结婚》中提到的人物，此处实指剧中的另一个人物海军准尉彼图霍夫。

我的话,也会来自首的,还挺主动,大概连您自己都会觉得意外。一小时前,您都不知道您会自首。我甚至相信您会'心甘情愿地去受难'。现在您不相信我的话,但以后您会这样做的。因为受难,罗季昂·罗曼诺维奇,这事儿可了不起。您别看我胖了,吃穿不愁,反正我知道。您也别笑话我这么说,肯受难就有理想。米科尔卡是对的,不,您不会逃跑,罗季昂·罗曼诺维奇。"

拉斯科尔尼科夫站起来,拿起帽子。波尔菲里·彼得罗维奇也站起来。

"想去散步?今晚不错,只要不下雷雨。不过下了更好,空气清新……"

他也拿起帽子。

"波尔菲里·彼得罗维奇,您别以为,"拉斯科尔尼科夫严肃而又固执地说,"我今天向您承认了。您是个怪人,我听您胡扯只是出于好奇。我什么也没承认……请记住这一点。"

"我知道,我会记住的。瞧,都发抖了。别担心,亲爱的,随您便。散散步也好,不过不要老是散步。为防万一,我对您还有个小小的请求,"他补充说,压低了声音,"这个请求还真不好说,但很重要:要是,就是说万一(不过我不信,您也绝不会这样做),要是万一,真是万一,您想在这四五十个小时里用别的什么办法了结这案子,荒唐的办法——自杀(这个设想挺没道理,请您多多原谅),那就请您留张简短明了的字条。就这样,短短两行,只要短短两行,再交代一下石头在哪儿:那就更加光明正大。好了,再见……祝您拿个好主意,开个好头!"

波尔菲里出去了,不知怎的佝偻着,像是故意不看拉斯科尔尼科夫。拉斯科尔尼科夫走到窗前,焦躁地等着,估摸着波尔菲里什么时候走到街上,已经去远。随后自己也匆匆出了房间。

# 三

他急于找到斯维德里盖洛夫。他希望从这人那儿得到什么——连他自己都不知道。但这人身上隐藏着某种处置他的权力。意识到这一点，他便再也无法平静，况且现在到了必须找他的时候。

路上，有个问题使他特别揪心：斯维德里盖洛夫有没有找过波尔菲里？

按他的判断，他敢起誓：没有，没去过！他想了又想，把波尔菲里来访的全部经过回忆了一遍，终于明白：没有，没去过，当然没去过！

不过，即使没去过，以后，他会不会去找波尔菲里？

现在他暂时觉得不会去找。为什么？他同样无法解释，不过即使他能解释。现在他也不会在这上面大伤脑筋。所有这些都使他苦恼，同时不知怎的他又顾不上这些。说怪也怪，也许，这事情谁也不会相信，但他确实对自己眼下即刻到来的命运不知怎的不大考虑，甚至有些心不在焉。使他痛苦的是另一件事，一件远为重要、紧急的事——只牵涉他本人，和别人无关，但是另一件事，一件大事。另外，他感到内心极度疲劳，尽管这天上午他的脑子要比近来几天好使。

再说，现在，在一切发生后，还值得使劲赢得这些新的意义不大的回合吗？还值得，譬如，设法阻止斯维德里盖洛夫去找波尔菲里?！还值得费心研究、了解，把时间浪费在什么斯维德里盖洛夫身上?！

噢，这一切他是多么厌倦！

然而，他还是急于找到斯维德里盖洛夫，他是不是指望他能给他什么**新的启发**，给他指点，给他出路？要知道，溺水的人连根麦秸都会抓住不放！难道不是命运，不是什么本能使他们走到了一起？也许，这只是疲劳、绝望的表现。也许应当找的不是斯维德里盖洛夫,而是别的什么人,斯维德里盖洛夫只是碰巧想起的。索尼娅?他干吗现在去找索尼娅?又去讨她眼泪?再说他怕见索尼娅。索尼娅是无情的判决,无可更改的决定。现在,要么走她的路,要么走他的路。特别是现在,他没法见她。不,最好还是试探一下斯维德里盖洛夫:他究竟是怎么回事?他在内心不得不承认,不知为什么,他好像确实早就需要他了。

但他们之间能有什么共同点?即使干坏事他们都不会干得一样。况且,这人很讨厌,看上去绝顶放荡,肯定狡猾、虚伪,也许还十分狠毒。有关他的传说就是这样。确实,他为卡捷琳娜·伊凡诺夫娜的三个孩子费了心血,但谁知道这是为什么,意味着什么?这人永远怀有某种企图和计划。

这些日子,拉斯科尔尼科夫头脑里还常常掠过一个使他毛骨悚然的想法,尽管竭力想赶走它;这想法对他来说实在太痛苦了!他不时想到:斯维德里盖洛夫一直在他身边转,现在仍在转;斯维德里盖洛夫偷听了他的秘密;斯维德里盖洛夫打过杜尼娅的主意。要是现在还打这主意呢?几乎可以肯定说:是的。要是现在,偷听了他的秘密,得到了处置他的权力,他想把它变成制服杜尼娅的武器?

这个想法有时甚至在梦中都会折磨他,但第一次这样清晰地出现在他的意识中,还是现在,他去找斯维德里盖洛夫的路上。单是这个想法就使他烦躁,恼火。第一,要是这样,一切都将改变,甚至他本人的处境:得把秘密立刻告诉杜涅奇卡。也许,还得自首,免得杜涅奇卡采取什么轻率的步骤。信?今天上午杜尼娅收到一封什么信!在彼得堡,她能收到谁的信!(卢任,难道?)确实,那儿有拉祖米欣守护。但拉祖米欣一无所知。也许,得把什么都告诉拉祖米欣?想到这儿,拉斯科尔尼科夫都觉得厌恶。

不管怎样,应当尽快见到斯维德里盖洛夫,他暗自决定。感谢上帝,他不大需要细节,只想了解事情本质。万一,万一斯维德里盖洛夫在打杜尼娅的什么主意,只要他能够,那就……

　　这段时间,也就是这整整一个月来,拉斯科尔尼科夫实在太累了,现在解决这类问题,在他已经没有别的办法,只能破罐子破摔:"那就杀了他。"他绝望了,冷冷地想。沉重的感觉像石头一样压在他心上。他停在马路中央,四下张望:他走的是哪条路? 到了什么地方? 他站在某街上,离刚才经过的干草广场大约三四十步。左手那幢房子的二楼,整个儿是家酒店。所有窗户都大敞着,从窗内走动的人影看,酒店已经满座。大厅里歌声荡漾,黑管、小提琴奏出悠扬的曲调,土耳其鼓嘭嘭作响。还能听到女人的尖叫。他正要往回走,不懂自己干吗拐到某街上,突然,在酒店一角敞开的窗户里,看见斯维德里盖洛夫叼着烟斗,坐在靠窗的小桌旁。这使他吃惊,甚至恐惧。斯维德里盖洛夫默默看着他,打量他;随即,同样使他吃惊的是,斯维德里盖洛夫似乎想站起来,悄悄走掉,不让他发现。拉斯科尔尼科夫立刻装出似乎没有发现他的样子,一脸沉思地望着别处,但仍用眼角继续观察他的举动。他的心紧张得怦怦直跳。没错:斯维德里盖洛夫显然不想让他看见。他取下叼着的烟斗,正想躲开,但站起来,推开椅子后,想必突然发现拉斯科尔尼科夫看见他了,并且还在悄悄观察他。他们之间发生了某种类似拉斯科尔尼科夫在住所睡觉时两人首次见面的场面。一丝狡黠的微笑出现在斯维德里盖洛夫脸上,渐渐扩展。两人都知道,他们看见了对方,观察着对方。终于,斯维德里盖洛夫大笑起来。

　　"好,好! 想上来就上来,我在这儿!"他从窗口里喊他。

　　拉斯科尔尼科夫上了酒楼。

　　他在最后那间小小的,只有一扇窗户的包房里找到了他,包房毗邻大厅,大厅的二十张小桌上,在歌手声嘶力竭的合唱中,坐着正在喝茶的商人、官员和许多杂七杂八的客人。不知哪儿频频传来打桌球的声音。斯维德里盖洛夫面前的小桌上，放着一瓶打开的香槟和半杯酒。包房里还有一个摇着小风琴的男孩和一个结实、脸色红润的姑娘。这卖唱女大约十八岁，条纹裙的下摆掖在腰上，戴一顶系有绦带的蒂罗尔①草帽。尽管隔壁在合唱，她仍在手摇风琴伴奏下，用相当沙哑的低音唱着小曲……

"行了！"拉斯科尔尼科夫刚进来，斯维德里盖洛夫就打断她。

姑娘当即停下，恭敬地等候吩咐。她刚才唱押韵小曲时，脸上同样带有某种严肃和恭敬的神色。

"喂，菲利普，拿只杯子来！"斯维德里盖洛夫喊。

"我不喝酒。"拉斯科尔尼科夫说。

"随您便，我不是替您要的。喝，卡佳！今天到此为止，去吧！"他给她倒了满满一杯香槟，又掏出一张黄票子②放到桌上。卡佳把酒一次干了，就像女人通常喝酒那样，就是说接连喝了二十口，随后拿起钞票，吻了吻斯维德里盖洛夫的手——他认真地让她吻了——出了包房，摇风琴的男孩无精打采地跟出去。他俩是从街上叫来的。斯维德里盖洛夫在彼得堡住了还不到一星期，但周围的一切他像是都已熟悉。连酒店伙计菲利普也成了"熟人"，对他百般奉承。通大厅的门可以关上，斯维德里盖洛夫待在这包房里就像待在自己家里，也许整天整天待在这里。酒店又脏又差，甚至算不上中等。

"我是去您住所，我在找您，"拉斯科尔尼科夫说，"可干吗这会儿我突然从干草广场拐到了某街！我从不这样拐弯，不来这儿。一般我从干草广场往右拐。再说去您住所也不走这条路。我一拐弯，就看到

---

① 奥地利州名。

② 一卢布票子。

495

您！这可真怪！"

"您干吗不直说：这是奇迹！"

"因为这也许只是巧合。"

"瞧这帮人的德行！"斯维德里盖洛夫哈哈大笑，"不承认，哪怕心里相信奇迹！您不是自己已经说了，'也许'只是巧合。这儿的人没主见，胆小到什么程度，您都没法想象，罗季昂·罗曼诺维奇！我不是说您。您有主见，也不怕有主见。所以，您让我好奇。"

"没别的？"

"这已经够了。"

斯维德里盖洛夫显得兴奋，不过只是稍稍有些兴奋，他一共才喝了半杯酒。

"我觉得，您找我在先，当时您并不知道我有您说的那种主见。"拉斯科尔尼科夫说。

"对，当时是另一回事。每个人都有自己的步骤。至于奇迹，我可以告诉您，您好像最近这两三天都在睡觉。是我亲口对您说了这家酒店，所以您直接来了，根本谈不上什么奇迹；我还亲口对您说过这一路上该怎么走，说了酒店位置，还有什么时候可以在这儿找到我。记得吗？"

"忘了。"拉斯科尔尼科夫惊讶地回答。

"我信，我对您说过两次。这地址机械地印在您脑子里。您就机械地走来了，还严格按照地址，这连您自己都不知道。我对您说的时候，就没指望您能明白。您太外露，罗季昂·罗曼诺维奇。还有：我相信彼得堡有许多人在路上自言自语。这是个疯疯癫癫的城市。要是我们真有科学，那么医生、律师、哲学家，都可以对彼得堡进行非常宝贵的研究，各人根据各人的专业。极少有什么地方会像彼得堡这样，对人的性情产生那么阴郁、强烈和古怪的影响。单是气候的影响就不得了！事实上这是整个俄国的行政中心，它的脾性应当反映在所有方面。不过现在问题不在这儿，我已经几次从边上观察过您。您从家里出来——还昂着头。才走了二十步，您已经把头低下，双手反剪。您睁着眼睛，但无论前面，还是边上，显然什么都看不见。最后，您开始翕动嘴唇，自言自语，有时还会抽出一只手，胡乱比画，最后停在路中央，站上好长时间。这很不好。也许，有人也注意到您了，除我以外，这对您不利。我其实什么都无所谓，我也治不好您，不过您当然明白我的意思。"

"您知道有人监视我？"拉斯科尔尼科夫问，试探地看着他。

"不，我什么都不知道。"斯维德里盖洛夫似乎惊讶地回答。

"那就别来烦我。"拉斯科尔尼科夫皱起眉头，咕哝说。

"行，不烦您。"

"您最好说说，既然您来这儿喝酒，又亲口约了我两次，让我来这儿找您，那您刚才，我从街上看着窗口时，干吗躲躲闪闪地想走。这我看得很清楚。"

"嘿！嘿！我当时站在您门口时，您干吗闭着眼睛，躺在沙发上装睡？其实您根本没睡。这我看得很清楚。"

"我可能有……我的原因……这您自己知道。"

"我也可能有我的原因，虽然您没法知道。"

拉斯科尔尼科夫把右肘支在桌上，右手手指托住下巴，两眼盯住斯维德里盖洛夫。有一分钟光景，他审视着对方原先就一直使他惊讶的脸。这脸很古怪，有点像面具：白皙，红润，猩红的嘴唇，浅色的络腮胡子，浓密的浅色头发。眼睛不知怎的过于蓝，目光又不知怎的过于沉重、呆板。在这张漂亮，论年龄还显得异常年轻的脸上，有种令人极其不快的神色。斯维德里盖洛夫的衣着十分讲究，一身夏装，又轻又薄，他尤其得意的是衬衫。手指上戴着一枚镶有贵重宝石的大戒指。

"难道我还得跟您周旋，"拉斯科尔尼科夫突然说，焦躁地亮出自己的想法，"您也许是最危险的家伙，要是您想害我，但我不想装假。我这就让您看看，我并不像您想象的那样爱惜自己。您要知道，我来找您，是想直接告诉您，要是您仍像原先那样打我妹妹的主意，要是您想利用最近的什么发现来达到这个目的，我就先杀了您，在您把我关进监狱以前。我说到做到：您知道我会这么做。第二，要是您想对我说什么——这段时间我一直觉得您好像想对我说什么——那就快说，时间宝贵，也许，不用多久就晚了。"

"您这是去哪儿，这么急？"斯维德里盖洛夫问，好奇地审视着他。

"各人有各人的事。"拉斯科尔尼科夫一脸阴郁，不耐烦地说。

"您自己刚才还要我把话都说出来，可我才提了一个问题，您就拒绝回答，"斯维德里盖洛夫微微一笑，"您觉得我有什么目的，所以总用怀疑的目光看我。好吧，这在您的处境，也完全可以理解，不过，不管我多想跟您交朋友，我决不会劝您这样做。真的，这不值得，另外，我也没什么特别的事想对您说。"

"那您干吗找我？您不是老在我周围转吗？"

"我只是把您当作有趣的观察对象。您让我喜欢的是您荒唐的处境——就这么回事！另外，您是我原先非常感兴趣的女人的哥哥，最后，从这个女人嘴里，当初我听到过您的许多事情，所以我认为您对她有很大影响，难道这还不够？嘿—嘿—嘿！话说回来，我承认，您的问题对我来说相当复杂，我很难给您回答。这不，譬如，您现在来找我，就不单单是为了这事，您还想得到什么新消息？是不是？是不是？"斯维德里盖洛夫一个劲地追问，脸上露出狡黠的微笑。"那好，您想，我自己来这儿的时候，还在车厢里，就指望您也能对我说上点**新的**什么，指望能从您这儿得到什么！瞧，我们多富！"

"得到什么？"

"怎么对您说呢？难道我知道我能得到什么？瞧，这是什么酒店，我成天待着，还觉得挺好，就是说，谈不上挺好，但总得有个地方坐吧。哪怕能有这个可怜的卡佳陪着——看见了？要是我，譬如，哪怕是个馋嘴，英国俱乐部的美食家，倒也不错，可惜，您瞧，连这种东西我也能吃！（他指了指墙角的小桌，桌上一只白铁盘子里是吃剩的牛排土豆。）顺便问问，您吃过了？我吃了点儿，不想再吃。又譬如，我根本不喝酒。除了香槟，什么都不喝，连香槟一晚上都只喝一杯，就这样也头疼。现在我这是给自己壮胆，要了瓶香槟，因为我想去一个地方，您也看到，我现在的心情很特别。我刚才像小学生似的想躲起来，是怕您妨碍我。不过，好像（他取出怀表）我可以和您待一小时，现在才四点半。信不信由您，我能有点出息就好了，做个地主呀，神父呀，或者枪骑兵、摄影师、记者……我什么都不是，没任何专长！有时甚至很无聊。真的，我本想您会对我说点新的什么。"

"那您是什么人，来这儿干什么？"

"我是什么人？这您知道：贵族，当过两年骑兵，随后在这儿，彼得堡，混日子，随后跟玛尔法·彼得罗夫娜结婚，住在乡下。这就是我的经历！"

"您像是赌鬼？"

"不，我哪是赌鬼。骗子，不是赌鬼。"

"您是骗子？"

"对，骗子。"

"怎么，常常挨揍？"

"挨过几次。怎么啦？"

"就是说，可以要求决斗……一般地说，这能振奋精神。"

"我不想驳您，再说我也不会讲什么道道。坦白对您说吧，我赶紧来这儿多半是为了女人。"

"刚葬完玛尔法·彼得罗夫娜?"

"没错。"斯维德里盖洛夫微微一笑,论坦率,他是赢家。"那又怎么啦? 您好像认为我这样说不好。"

"就是说,我是不是认为放荡不好?"

"放荡! 您说到哪儿去了! 不过,我还是按次序回答您的问题,先一般地说说女人,您知道,我喜欢聊天。请问我干吗克制自己? 干吗不理女人,既然我喜欢她们? 至少这是一件乐事。"

"原来您在这儿图的就是放荡!"

"那又怎么啦,图的就是放荡! 你们就会在放荡上做文章。不过至少我喜欢直接的问题。放荡至少带有某种恒久的,甚至建立在天性之上,不受臆想左右的东西,某种像燃烧的炭一样永远流淌在人血液里,永远可以点燃欲火的东西。这东西多久,哪怕上了年纪的,也许,都浇不灭。您得同意,这难道不是一件特殊的乐事?"

"这有什么好乐的? 这是一种病,还很危险。"

"您这是说到哪儿去了? 我同意这是病,就像所有过分的事情一样——但这种事肯定过分——要知道,这第一,一个人这样,一个人那样,反正都过分;第二,当然,凡事都得注意分寸,算计,哪怕卑劣的算计,但你还能做什么? 不做这个,大概只好自杀。我同意,正派人应当甘于寂寞,不过……"

"您会自杀?"

"瞧您说的!"斯维德里盖洛夫厌恶地抵挡了一下,"行行好,别说这个。"他赶紧补充,甚至丝毫没有原先说话时吹嘘的腔调。连他的脸色似乎也变了。"我承认我有不可宽恕的弱点,但怎么办? 我怕死,也不喜欢人家说这码事。知道吗,我在某种程度上是个神秘主义者?"

"啊! 玛尔法·彼得罗夫娜显灵! 怎么,还在显灵吗?"

"去它的,别提了。在彼得堡还没有,见它的鬼!"他大声起来,一副恼火的样子，"不，我们最好谈谈这个……对，不过……嗯！唉，时间不够，我不能再陪您了，真可惜！本来我还有话要说。"

"您有什么事，女人？"

"对，女人，一件意外的事……不，我不是说这个。"

"这种恶劣的环境您已经不在乎了？已经不能自拔了？"

"您以为您能自拔？嘿—嘿—嘿！您这话真让我吃惊，罗季昂·罗曼诺维奇，虽说我原先就知道会这样。您在给我讲放荡，讲美学！您是席勒，您是理想主义者！当然是这样，不这样才怪，不过，不知为什么，现实就是古怪……哎呀，可惜，时间不够，要不，您倒是非常有趣的家伙。顺便问问，您喜欢席勒？我绝对喜欢。"

"不过，您太会吹！"

拉斯科尔尼科夫有些厌恶地说。

"才不是呢，真的！"斯维德里盖洛夫哈哈大笑。"不过，我不跟您争，就算会吹吧。说的也是，干吗不吹，这又没碍着谁。我在乡下玛尔法·彼得罗夫娜家里待了七年，所以，现在突然遇到您这样的聪明人——聪明，还绝顶有趣——真想高高兴兴聊聊，再说我喝了半杯酒，劲已经有点上来了。主要是有个情况让我非常感兴趣，不过……我还是不说的好。您去哪儿？"斯维德里盖洛夫突然惊恐地问。

拉斯科尔尼科夫想站起来。他觉得难受，憋闷，还不知怎的觉得难堪：他居然来了这儿。他已经确信，斯维德里盖洛夫是这个世界上最无聊、最卑劣的恶棍。

"哎呀！再坐会儿，别走，"斯维德里盖洛夫恳求说，"让他们哪怕送杯茶来也好。再坐会儿，我不胡说，不吹自己就是。我给您说点什么。要不要我告诉您，一个女人怎样，用您的话说，'救'了我？这甚至是对您第一个问题的回答，因为这个女人正是您妹妹。可以说吗？顺便也把时间打发了。"

"说吧,但我希望,您……"

"噢,别担心!再说,阿夫多季娅·罗曼诺夫娜即使在我这样恶劣、浅薄的人身上,也只会引起深深的敬意。"

# 四

"您知道,也许(其实我自己也对您说过),"斯维德里盖洛夫说起来,"我在这儿蹲过债务监狱,欠了一大笔款子,又根本没钱还债。当时玛尔法·彼得罗夫娜是怎么赎我出来的,就不详细说了。知道吗,有时女人爱上什么人,会有多糊涂?这是个诚实的女人,一点不笨(虽说根本没文化)。想想吧,这个最会吃醋,但又绝对诚实的女人居然在发疯似的骂了我许多次后,决定委曲求全,跟我订了个类似协议的东西,我们结婚期间一直遵守着。事情是这样的:她比我大得多,另外嘴里老是含着什么丁香。我这人既下流,又老实,居然当面告诉她,对她完全忠实我做不到。这把她气疯了,但我这种恶俗的直率倒有点让她喜欢:'就是说他不想骗我,既然事先把话挑明了。'在醋劲十足的女人看来,这是最重要的。掉了许多眼泪后,我们订了这样一个口头协议:第一,我永远不离开玛尔法·彼得罗夫娜,永远做她丈夫;第二,没有她的许可,哪儿都不去;第三,永远不许有长久的情妇;第四,作为交换,玛尔法·彼得罗夫娜允许我有时可以和中意的女佣来往,但必须私下告诉她;第五,绝对不许爱上我们这一阶层的女人;第六,万一,但愿没有万一,我当真有了外遇,我应当向玛尔法·彼得罗夫娜公开。对最后一点,玛尔法·彼得罗夫娜其实一直相当放心。她是个聪明女人,所以在她眼里,我无非是个色鬼,喜新厌旧,不会认真爱上什么人。但聪明女人和醋劲十足的女人是两回事,问题就在这儿。不过,要公

502

正地对某些人作出评价，得先摒弃某些偏见，摒弃习常看待我们周围世界的观点。我不指望别人，但我有权指望您的判断。也许，您已经听到玛尔法·彼得罗夫娜的许多荒唐可笑的事情。确实，她有一些十分可笑的习惯，但我坦率地告诉您，我打心眼里后悔由我造成的许多不幸。嗯，作为最体贴的丈夫安葬最体贴的妻子的悼词①，这也许够了。每当我们吵架，我多半不响，也不恼火，这种绅士派头几乎总能达到目的。这对她很起作用，甚至让她喜欢，常常为我骄傲。但对您妹妹她还是不能容忍。真不知道是怎么回事，她居然冒险把这样一个美人请来当家庭教师！我这样解释：玛尔法·彼得罗夫娜是个热情、敏感的女人，她简直太喜欢——真的太喜欢——您妹妹了。阿夫多季娅·罗曼诺夫娜也确实漂亮！我一看就知道，事情坏了——您猜怎么着？——我决定眼睛都不朝她抬一抬。但阿夫多季娅·罗曼诺夫娜自己跨出了第一步——您信不信？还有，您信不信，玛尔法·彼得罗夫娜一开始都生我的气？因为我从来不谈您妹妹，对她不断夸奖阿夫多季娅·罗曼诺夫娜毫无反应。我自己都不明白，她想做什么。当然，玛尔法·彼得罗夫娜对阿夫多季娅·罗曼诺夫娜说了我的全部底细。她有个不幸的弱点，不管对谁，都要把我们的家庭秘密统统抖搂出来，都要没完没了地抱怨，说我不好。她怎么会放过这么一位漂亮的新朋友呢？我想，她们说来说去，说的都是我，没别的。毫无疑问，阿夫多季娅·罗曼诺夫娜知道了所有这些硬安在我头上的荒淫暴戾的故事……我敢打赌，您也听到过类似的什么？"

"听到过。卢任骂您，甚至说您害死了一个孩子。这是真的？"

"行行好，让这些庸俗的东西统统歇着去，"斯维德里盖洛夫厌恶而又怨恨地支开话题，"要是您非得知道这些无聊的谣言，我什么时候

----

① 德语。

专门给您说说,不过现在……"

"还说了您乡下的一个什么仆人,好像也是您害的。"

"行行好,够了!"斯维德里盖洛夫又明显不耐烦地打断他。

"这是不是死后还来给您装烟斗的仆人……还是您自己告诉我的?"拉斯科尔尼科夫的火气越来越大。

斯维德里盖洛夫注意地看了看他,拉斯科尔尼科夫觉得,在这道目光里,闪电似的,掠过一丝恶狠狠的嘲笑,但斯维德里盖洛夫忍住了,很有礼貌地回答:

"是那仆人。我看,您对这些也非常感兴趣,我有义务在方便的时候逐一满足您的好奇。见鬼!我看有些人确实以为我是花花公子。想想吧,我该怎么感谢故世的玛尔法·彼得罗夫娜,她对您妹妹说了我那么多莫名其妙的东西。我不知道这产生了什么印象,但不管怎样,反倒对我有利。阿夫多季娅·罗曼诺夫娜自然对我反感,我成天闷闷不乐的模样也让人讨厌,尽管这样,她最后还是可怜我了,可怜一个失足的人。要是一个姑娘心里起了**怜悯**,那对她自然是最危险的。她一定想'挽救'他,开导他,让他重新做人,树立比较高尚的目标,开始新的生活和事业——反正,谁都知道,会做许多类似的美梦。我立刻意识到,小鸟自己飞进网里来了,暗暗做好准备。您好像在皱眉头,罗季昂·罗曼诺维奇?没什么,这事情,您也知道,就那么过去了。(见鬼,我喝了多少酒!)知道吗,我总觉得可惜,一开始就这样,命运怎么没让您妹妹在公元二世纪或者三世纪,生在什么地方的大公或者小亚细亚哪个君主或者总督家里,要是这样,她无疑也经得起酷刑,当然,也会在火红的铁钳烧灼她胸部时,面带微笑。① 她甚至会主动去受

---

① 暗指西西里的圣阿加莎在罗马帝国的酷刑下,拒绝皈依多神教,最终为基督教献身的传奇。

刑,要是在四世纪或者五世纪,她就会去埃及的沙漠,在那儿苦修三十年,靠草根、狂热和幻觉过日子。① 她渴望的就是这个,要求尽快为什么人受难,不让她受难,她大概会从窗口跳下去。我听到过拉祖米欣先生的一些传闻。据说他处事审慎(他的姓氏就说明这一点②,准是教会学校的学生),那就让他保护您妹妹。总之,我像是把她琢磨透了,觉得这是我的荣幸。不过当初,也就是刚认识的那会儿,您也知道,总有点冒失,犯傻,什么都会看错,都会混淆。见鬼! 她干吗那么漂亮? 我可没错! 总之,一开始我就起了贼心,有种没法克制的冲动。阿夫多季娅·罗曼诺夫娜太贞洁,这样的节操我从没见过,也从没听说过。(请注意,我说您妹妹的这些话都是事实。她太贞洁,也许,是种病态,尽管她非常聪明,但这对她没好处。)当时,我们家来了个姑娘,帕拉莎,黑眼睛的帕拉莎,刚从另一个村子送来的,女仆,我还从没见过——相当漂亮,不过蠢得不行:哭了,哭得满院子都能听见,够难堪的。有一次,用过午餐,我独自在花园林荫道上散步,阿夫多季娅·罗曼诺夫娜特意找到我,眼睛忽闪忽闪地**要**我别再纠缠可怜的帕拉莎。这几乎是我们两人间的第一次谈话。自然,我把满足她的愿望当作自己的荣幸,尽量装出羞愧、歉疚的样子,一句话,这角色我演得不错。于是开始一次次接触,悄悄谈话,开导,教育,规劝,恳求,甚至掉泪——相信吗,甚至掉泪! 瞧,有些姑娘说教的劲头有多大! 我当然把一切都推给命运,假装渴望文明,最后用上了最灵最稳的办法,好征服女人的心,这办法历来有效,对哪个女人都绝对起作用,没有例外。这办法就是奉承。世界上没什么比坦率更困难,也没什么比奉承更容易。坦率只要混有百分之一的虚伪,马上就会走调,尴尬。奉承哪怕

---

① 暗指埃及的圣玛丽在约旦沙漠苦修四十七年。
② 拉祖米欣在俄文中有"明智的"意思。

是彻头彻尾的假话，也很甜美，听起来不无乐趣，哪怕是低级的乐趣，也是乐趣。奉承无论怎么肉麻，听起来至少像有一半是真话。这对社会的所有发展阶段和阶层都一样。甚至女祭师都经不住奉承的诱惑，普通人就更不用说了。想想都好笑，有一次我是怎么把一位忠于丈夫、儿女，高尚的太太搞到手的。这太有趣，也太方便！这位太太确实是贤妻良母，至少她自以为是这样。我的全部策略就是时刻都显得苦恼，对她的贞操表示钦佩。我无耻地奉承她，引诱她和我握手，或者看我一眼，随后又立刻责备自己，说这是我强迫她这样做的，她反抗了，坚决反抗了，我要不那么恶劣，肯定永远得不到什么，还说她太纯洁，想不到这是诡计，无意中上当了，连自己都不知道是怎么回事，等等，等等。总之，我达到了目的，而这位太太仍然深信她是无辜的，清白的，是贤妻良母，只是无意中失身。后来，我终于告诉她，我相信她和我一样，也想寻欢作乐，她简直气疯了。可怜的玛尔法·彼得罗夫娜也压根儿经不住奉承，只要我愿意，当然，早在她生前就能把她的全部财产划到自己名下（我喝得太多，话也太多）。希望您别发火，我这就要说，这在阿夫多季娅·罗曼诺夫娜身上也产生了同样的效果。对，是我自己太傻，太没耐心，把事情闹砸了。阿夫多季娅·罗曼诺夫娜原先就有几次（特别是其中一次）非常不喜欢我的眼神，您相信吗？总之，我眼睛里不时燃起某种火焰，越来越炽烈、放肆，这使她害怕，使她憎恶，详细情况也没什么可说的，反正我们分手了。这时，我又犯傻。开始粗暴地嘲笑她的所有说教和规劝，帕拉莎又出场了，还不止她一个——总之，就是所多玛①。哎呀，您要能看到，罗季昂·罗曼诺维奇，哪怕一辈子一次，您妹妹眼睛中的怒火！我现在醉了，瞧，已经喝了满

① 源出《旧约·创世记》，所多玛和戈莫拉两城的居民荒淫无度，罪孽深重，因而两城被耶和华毁灭。

满一杯,不过这没什么,我说的是实话。我敢担保,我连做梦都梦见这目光。最后,我一听到她衣服的窸窣声,就受不了。真的,我觉得我要得癫痫了,我从没想到我会这样痴迷。总之,必须收心,但这已经不可能了。想想吧,我当时做了什么?疯狂能让人糊涂透顶!您也千万别在疯狂时决定什么,罗季昂·罗曼诺维奇。想到阿夫多季娅·罗曼诺夫娜实际上是乞丐(哎呀,对不起,这话说得不好……不过要是意思没错,不也一样?),总之,只有干活才能糊口,还得养活母亲和您(哎呀,见鬼,您又皱眉了……),我决定把我所有的钱(我当时就能拿出三万卢布)都给她,让她跟我私奔,哪怕就来这儿,彼得堡。自然,我会当即发誓永远爱她,保证她幸福,等等,等等。您相信吗,我当时简直像疯了,只要她对我说:杀了或者毒死玛尔法·彼得罗夫娜,跟我结婚——我会立刻照办!但结局是场灾难,这您已经知道,现在您自己也能想见,我得知玛尔法·彼得罗夫娜弄来这个卑鄙透顶的小官僚卢任,还差点儿一手操办了婚礼,我真是气疯了——其实,这跟我想做的是一码事。是吗?是吗?是不是?我发现您现在像是听得很仔细……有趣的年轻人……"

斯维德里盖洛夫急躁地在桌上捶了一拳。他满脸通红。拉斯科尔尼科夫清楚地看到,他不知不觉,一口口喝掉一杯或者一杯半香槟,有了醉意——于是,决定利用这个机会。他觉得斯维德里盖洛夫非常可疑。

"听了这话,我完全相信您来这儿,是为我妹妹。"他径直、毫不隐讳地对斯维德里盖洛夫说,想再激他一下。

"嗨,算了吧,"斯维德里盖洛夫像是突然醒了,"我不是对您说了……另外,您妹妹现在连看都不要看我。"

"这我相信,她不要看您,但现在问题不在这儿。"

"您相信她不要看我?(斯维德里盖洛夫眯起眼睛,嘲讽似的微微一笑。)您说得对,她不爱我,但夫妻或者情人间的事,您永远保证不了。这儿总有一个世上没人知道,只有他们两人知道的角落。您能保证阿夫多季娅·罗曼诺夫娜就那么讨厌我?"

"从您说的某些话里,我发现,即使现在您也在打杜尼娅的主意,迫不及待地想达到自己的目的,当然,是卑鄙的目的。"

"怎么! 我说过这种话了?"斯维德里盖洛夫突然非常天真地装出一副吓坏的样子,毫不理会对他的目的所作的评价。

"您现在说的不也是这个意思。譬如,您干吗这么害怕? 干吗突然吓坏了?"

"我害怕? 我吓坏了? 我怕您? 倒是您应当怕我,亲爱的朋友①。真是荒唐……不过,我醉了,这我清楚,险些又说漏了嘴。让酒见鬼去! 喂,端盆水来!"

他抓起酒瓶,放肆地把它扔到窗外。菲利普端来一盆水。

"这些全是胡扯,"斯维德里盖洛夫说着把毛巾浸湿,放到头上,"我只消一句话就能让您住口,把您所有的怀疑都打消。您知道吗,譬如,我要结婚了?"

"这话您以前就对我说过。"

"说过? 我忘了。不过,当时我没法说得很肯定,因为连未婚妻都没见过,我只是有这个打算。现在可不一样,我已经有了未婚妻,事情都办妥了,要不是有急事,我肯定这就带您去见见他们,因为我想听听您的意见。哎呀,见鬼! 只剩十分钟了。看见吗,瞧瞧这表。不过,我还是要对您好好说说,因为这是件很有趣的事,我的婚姻,就是说在某种意义上——您去哪儿? 又要走?"

"不,现在我已经不走了。"

---

① 法语。

"绝对不走？咱们等着瞧！我会带您去的，真的，让您看看我的未婚妻，不过不是现在，现在您马上得走。您往右，我往左。您认识这个雷斯利赫？就是现在租给我房子的这个雷斯利赫，啊？您听明白了？不，您怎么想，就是大家说的那个女人，她家的小姑娘投河了，还是冬天——听明白了？听明白了？这事就是她给我一手撮合的。她说，你太寂寞，得找个伴儿乐一阵子。我这个人阴郁、枯燥。您以为我快活？不，我很阴郁：坏事不做，老是干坐在角落里，有时接连三天人家陪我说话，我都提不起兴趣。雷斯利赫这鬼东西，我告诉您，心里打的什么主意：等我腻了，撇下老婆走了，我老婆就归她管，她再把她嫁出去，就是说在我们这个圈子里，嫁个地位高些的。她说，这姑娘有个病恹恹的父亲，退职官员，瘫在圈椅里，都两年不能走路了，还说，她母亲也在，是个懂事的太太，母亲嘛。他们的儿子在外省什么地方当差，不养他们。大女儿出嫁了，没来往，他们手上还有两个幼小的侄儿（嫌贴心的儿女太少），没等小姑娘念完书，就从中学里把她叫回来。这是他们最小的女儿，过一个月就满十六岁，就是说过一个月可以嫁人了，就是嫁给我。我们去了。这事儿在他们家真是好笑。我作了自我介绍：地主，鳏夫，出身名门，有这样一些关系，有财产——至于我五十，小姑娘还不到十六，那又怎样？谁管这个？这太诱人，啊？太诱人，哈！哈！您真该看看，我跟她父母谈得有多来劲！要能看看我当时的表现，花钱也值。她出来了，行了屈膝礼，您想呀，还穿着短小的连衣裙，一朵没开的花蕾，她脸红了，红得像朝霞（都对她说了，当然）。我不知道您对女人的脸怎么看，不过我看这十六岁的妙龄，这孩子气的眼睛，这胆怯的神态和羞涩的泪珠——我看比漂亮还好，何况她本来就像画上的美人。金黄头发，卷成羊羔似的蓬松的圈圈，嘴唇丰满、鲜艳，两腿修长——美极了！……这不，我们认识了，我宣布我急于成婚，家里挺忙，接着第二天，也就是前天，我们得到了祝福。从那时起，我一去就把她抱到腿上，搂着不让走……她脸红得像朝霞，我不停地吻她。母亲自然开导她，说这是您丈夫，应该的，总之，棒极了！现在这种地位，做未婚夫，真的，也许比做丈夫还好。这就是所谓真情流露①！哈！哈！我跟她谈过两次——这小姑娘一点不笨，有时她偷偷看我一眼——简直像在我身上烧了个窟窿。知道吗，她的脸就像拉斐尔画的圣母。西斯廷圣母的脸古怪，这是张忧伤的疯子的脸，这没引起您注意？喏，基本就是这样。我们刚得到祝福，第二天我就送去一千五百卢布的礼品：一套钻石首饰，一套珍珠首饰，还有一个银子的女式梳妆盒——瞧，这么大，里面什么都有，连她圣母似的脸上都飞起红晕。昨天我把她抱到腿上，对，准是太放肆——她倏地脸红了，闪着泪花，但又不想让人知道，羞得像浑身发烧。大家出去了一会儿，我们两个就这样留下了，突然她扑到我脖子上（这是她主动，第一次），双手抱住我，吻我，发誓说，她一定做个顺从、忠实、贤惠的妻子，一定让我幸福，一定献出自己的一生，一生中的每一分钟，牺牲一切一切，作为报答，她想得到的**只是我的尊敬**，除了这个，她说，我'什么都不要，什么礼品都不要！'您得同意，跟这样一个十六岁的小天使单独在一起，从这样一个羞红了脸，闪着激动的泪花的少女嘴里，听到类似的表白——您得同意，这够诱人。够诱人？值得动心，啊？值不值？喏……听着……我们一块儿去看看我的未婚妻……不过，现在不行！"

"一句话，是年龄和见识上的巨大差异勾起了您的淫欲！难道您真的打算这样结婚？"

"那怎么啦？肯定结婚。人人都为自己考虑，活得最开心的，就是最想入非非的人。哈！哈！您干吗一个劲地讲德行？饶了我吧，老兄，我这个人罪孽深重。嘿！嘿！嘿！"

---

① 法语。

"您安排了卡捷琳娜·伊凡诺夫娜的三个孩子。不过……不过您这样做有自己的原因……这我现在全都明白。"

"一般地说,我喜欢孩子,非常喜欢孩子,"斯维德里盖洛夫哈哈大笑。"在这方面,我甚至可以给您说件非常有趣的事,这事到现在还没完。来这儿的第一天,我就去了各种下流场所。离开七年后,我太想去了。您想必发现,我并不急于踏进自己的圈子,找到原先的朋友,反倒尽量避着他们。知道吗,跟玛尔法·彼得罗夫娜住在乡下,这些神神秘秘的地方,真把人给想死了。懂门道的人能在那儿找到许多乐趣。见鬼!老百姓酗酒,有文化的年轻人没事干,热衷于各种没法实现的空想,在理论堆里折腾得畸形了,不知哪来的犹太人只顾藏钱,其余的一切都在腐化。一到这个城市,向我迎面扑来的就是这股熟悉的气氛。我到了一个所谓的舞会上——下流透顶(我就喜欢这种肮脏下流的地方),自然是康康舞①,这种舞蹈现在也绝无仅有,我在的时候根本没有。对,这也是一种进步。突然,我看到一个小姑娘,十三岁光景,穿得极漂亮,跟一个老手在跳;另一个老手面对面地跟她纠缠,墙边椅子上坐着她母亲。您能想见康康舞是怎么回事!小姑娘害臊了,满脸通红,终于觉得委屈,哭了。那个老手一把搂住她,带她转起来,在她面前大肆表演,周围的人哈哈大笑——这种时候我喜欢你们这儿的观众,哪怕康康舞观众——一面笑还一面喊:'干得好,活该!带孩子来就是不行!'他们这样开脱自己有道理还是没道理,我不管,也不想管!我立刻挑了个位子,坐到她母亲身边,说我也是外地来的,这里的人太没教养,他们不懂什么是真正的自尊,也不懂应当尊重别人,暗示我很有钱,说我想用自己的马车送她们回家。送到后,我作了自我介绍(她们租了一个小间,刚来)。她们对我说,能认识我,她和她女儿

---

① 一种用于表演的法国舞蹈,动作很不雅观。

觉得荣幸。得知她们穷得什么都没有,来这儿向某个机关申请什么,我表示愿意效劳,愿意资助。我还得知,她们去舞会是弄错了,以为那儿当真是教舞蹈的,我又表示愿意帮助年轻姑娘学习法语和舞蹈。她们接受了,喜出望外,觉得这是一种荣幸,直到现在我跟她们都很熟……您要愿意,我们一起去——不过,不是现在。"

"得,得,别说这些卑鄙下流的丑事了,您这个不要脸的色鬼!"

"席勒,我们的席勒,席勒! 哪儿没美德?① 知道吗,我故意对您说这些,就是要听您骂,听您叫。享受啊!"

"那还不是,连我自己都觉得自己可笑!"拉斯科尔尼科夫恶狠狠地嘟哝。

斯维德里盖洛夫哈哈大笑,最后叫来菲利普,结完账,站起来。

"对,我醉了,扯够了②!"他说,"享受啊!"

"您能不觉得是享受,"拉斯科尔尼科夫喊叫着,也站起来,"对一个老色鬼来说,讲这样的经历——暗中打着这类荒谬的主意——难道不是享受,还是在这样的环境,讲给我这样的人听……劲头足着呢。"

"要是这样,"斯维德里盖洛夫甚至有些惊讶地回答,一面打量拉斯科尔尼科夫,"要是这样,您自己就是个玩世不恭的家伙。至少您就是这种料。您懂得很多,对,很多……很多事情您也能干。不过,够了。我真的觉得可惜,没法跟您多谈,好在您不会离开我的……等着吧……"

斯维德里盖洛夫走出酒店。拉斯科尔尼科夫紧跟在后。斯维德里盖洛夫其实没多少醉意。刚才只是刹那间酒劲冲了上来,随着时间一分一秒地过去,醉意已经渐渐消失。他似乎牵挂着一件非常重要的

---

① 法语,据说法国作家莫里哀给了乞丐一枚金币,乞丐问他是否弄错了。莫里哀的这一回答,赞扬了乞丐的诚实。

② 法语。

事情,锁着眉头。显然,某种期待使他激动,不安。他对拉斯科尔尼科夫的态度,在最后几分钟像是突然变了,变得越来越粗暴、讥讽。这些拉斯科尔尼科夫都发现了,心里也很忐忑。他觉得斯维德里盖洛夫十分可疑,决心盯住他。

他们到了人行道上。

"您往右,我往左,要不,我们换个方向也行,反正——再见了,我的宝贝①,愉快地再见!"于是他往右,朝干草广场走去。

<h2 style="text-align:center">五</h2>

拉斯科尔尼科夫紧紧跟着他。

"这算什么!"斯维德里盖洛夫转身喊起来,"我好像已经说了……"

"这就是说,我现在不会跟您分手。"

"什么—么—么?"

两人一起停下,有一分钟光景两人对视,像在较劲。

"从您醉醺醺的胡话里,"拉斯科尔尼科夫毫不客气地说,"我断定您不仅还在打我妹妹的主意,而且比任何时候都使劲。我知道,今天上午我妹妹收到一封信。刚才您又一直坐不住……您,譬如,本可在来的路上随便找个老婆。但这并不说明什么,我想亲自证实……"

拉斯科尔尼科夫自己也未必清楚,他现在究竟想做什么,究竟要证实什么。

"原来这样! 要不要我这就叫警察?"

"叫吧!"

---

① 法语。

他们又对峙了一分钟光景。终于，斯维德里盖洛夫的脸变了。确信拉斯科尔尼科夫不怕威胁，他突然摆出一副十分快乐和友好的样子。

"您真厉害！我故意不跟您谈您的事情，虽说我，当然，非常好奇。这事情玄乎。本想下次再谈，对，真的，您能把死人都惹火了……好，我们走，不过我把话说在前头：我只回家拿点钱，随后锁上门，雇上马车，去群岛转上整整一晚上。您怎么盯住我？"

"我这会儿不是去您家，是去找索菲娅·谢苗诺夫娜道歉，我没参加葬礼。"

"这就随您便，不过索菲娅·谢苗诺夫娜没在家。她把三个孩子领到一位太太那儿去了，一位很有名望的老太太，我的故交，几所孤儿院的主管。我迷住了这位太太，付了她一笔钱，算是抚养卡捷琳娜·伊凡诺夫娜三个孩子的费用，另外，为几所孤儿院捐了笔款子，还对她讲了索菲娅·谢苗诺夫娜的身世，甚至怀着敬意，什么都没隐瞒。那效果简直没法说。所以，让索菲娅·谢苗诺夫娜今天就去旅馆见她，我那位太太刚从别墅回来，暂时就住那儿。"

"没关系，我反正要去。"

"随便，不过我看没必要，再说跟我什么相干！瞧，我们这就到家了。您倒说说，不过我相信，您对我不放心，因为我太礼貌，直到现在都没问您什么……您明白吗？您觉得这事儿离奇，我敢打赌，肯定是这样！所以您也得讲礼貌。"

"所以您在门后偷听！"

"啊，您说这个！"斯维德里盖洛夫笑了，"对，要是说了半天，您对这事闭口不提，我反倒觉得奇怪。哈！哈！虽说有些东西我听懂了，您当时……在那儿……胡闹，还亲口对索菲娅·谢苗诺夫娜说了，不过，这究竟是怎么回事？也许，我太落伍，什么都不明白。看在上帝分上,您就解释一下,亲爱的!用最新观念开导开导。"

"您什么也没听见,全是胡说!"

"我不是说那事,不是说那事(尽管,话说回来,我多少听到了点),不,我是说您老在唉声叹气!您身上的席勒时刻都觉得羞愧。这会儿倒好,连在门后偷听都不行。真要这样,您就去自首,说如此这般,我陷进了一桩复杂的案子:理论上出现了小小的差错。您要坚信门后偷听不行,抡起什么劈了老太婆,随心所欲,倒是可以,那就赶快去美国!快逃,年轻人!也许,还有时间。我说的是真心话。没钱,是不是?我给路费。"

"我根本没这么想。"拉斯科尔尼科夫厌恶地打断他。

"我明白(不过您也别太费神,就是肯说,也别多说),我明白您现在考虑的是什么问题:道德问题,是不是?公民和人的问题?您把它们放一边去,都这时候了,您干吗还考虑这些?嘿,嘿!就因为您还是公民,还是人?要是这样,当初就不必插手,多管闲事。行,您就开枪自杀,怎么,不想死?"

"您像是故意气我,让我现在走开……"

"瞧,真是怪人一个,我们到了,请上楼。看见了,这就是索菲娅·谢苗诺夫娜的房门,瞧,没人!不信?您问卡佩尔纳乌莫夫,她总把钥匙交给他们。瞧,她就是卡佩尔纳乌莫夫太太,啊?什么?(她有点耳背)出去了?去哪儿?这不,这会儿听到了吧?她不在,也许,深夜都不回来。行,现在就去我那儿?您不也想去我那儿?瞧,我们到了。雷斯利赫太太没在家。这女人老是忙个没完,不过是好人,请您相信……也许,您用得着她,要是您能明智一些。这不,您瞧:我从写字台里拿了张五厘公债(瞧,我还有多少公债!),这张公债今天就要兑掉。喏,看见了?再浪费时间可不行。锁上写字台,锁上门,我们又到了楼梯上。您要愿意,我们雇辆马车!我可是去群岛。兜兜风不挺好？我就雇这辆车去叶拉金岛，什么？不去，变主意了？一起兜兜风，没关系。像要下雨，没关系，我们放下车篷……"

斯维德里盖洛夫已经坐进马车。拉斯科尔尼科夫断定，他的怀疑至少眼下没有根据。他一声不吭，转身朝干草广场方向走去。他在路上哪怕能回头看一眼，准会发现斯维德里盖洛夫乘车走了不到一百步，便付钱下车，到了人行道上。但他已经什么也看不见，已经转弯到了另一条街上。深深的厌恶使他急于离开斯维德里盖洛夫。"我居然一时糊涂，想从这个恶棍、色鬼、浑蛋身上得到什么！"他不由喊起来。确实，这话拉斯科尔尼科夫说得过于匆忙，也过于轻率。斯维德里盖洛夫的境遇中是有什么，使他显得即使不说有些神秘，至少有些独特。至于这一切会不会牵涉到妹妹，拉斯科尔尼科夫坚信，斯维德里盖洛夫是不会让她安生的。但反复琢磨这一切太痛苦，也太难受！

像通常一样，他只身走了二十几步，便陷入沉思。上桥后，他停在栏杆旁望着河面。这时，桥顶上恰好站着阿夫多季娅·罗曼诺夫娜。

他遇到妹妹是在上桥时，但从她身旁走过，没发现她。杜涅奇卡从未见过他在街上的这副神态，简直吓呆了。她停住脚步，不知道该叫他还是不叫他。突然，她发现了从干草广场方向匆匆赶来的斯维德里盖洛夫。

但他走近的模样神秘而又谨慎。他没上桥，只是停在一边，人行道上，尽量不让拉斯科尔尼科夫看见他。杜尼娅他早就发现了，还对她做着种种手势。杜尼娅觉得，他这是求她别叫哥哥，别惊动哥哥，还让她去他那儿。

杜尼娅这样做了。她轻轻绕过哥哥，走近斯维德里盖洛夫。

"快走，"斯维德里盖洛夫对她悄悄说，"我不想让罗季昂·罗曼诺维奇知道我们见面。我先告诉您，我跟他刚才就坐在离这儿不远的酒店里，是他自己来找我的，我费了好大劲，才把他甩掉。不知为什么他知道我给您写信,起了疑心。当然,不是您向他透露的吧? 要是不是您,那又是谁?"

"我们已经转弯了,"杜尼娅打断他,"现在哥哥不会看见我们。我告诉您,我不会再跟您往前走。有什么话,您都在这儿对我说。这些话可以在街上说。"

"第一,这些话绝对不能在街上说,第二,您也应当听听索菲娅·谢苗诺夫娜的说法,第三,我要给您看看证据……对,说到底,要是您不同意去我那儿,我就不作任何说明,立刻就走。但我请您不要忘记,您心爱的哥哥一个非同寻常的秘密,完全掌握在我手中。"杜尼娅犹豫地停下,两道锐利的目光像是要把斯维德里盖洛夫看穿。

"您怕什么!"斯维德里盖洛夫平静地说,"城里不比乡下。就是乡下,我也比您更遭罪,何况这儿……"

"您通知索菲娅·谢苗诺夫娜了?"

"不,我对她什么也没说,连现在她在不在家,都不太肯定。不过,大概在家。她今天刚给后母下葬:不是出去作客的日子。这事不到时候我谁都不想说,连捅给您,我都有些后悔。这儿稍有疏忽,等于告密。瞧,我就住这儿,就这幢公寓,这不,我们到了。瞧,这是管院子的,他跟我很熟,瞧,他在鞠躬,他看见我和一位女士在一起,当然,已经看清您的脸了,这您用得着,要是您很害怕,怀疑我没安好心。对不起,我说话很粗。我住的房间是从住户手里租的。索菲娅·谢苗诺夫娜住我隔壁,也是从住户手里租的。整个楼面都住满了。您干吗怕得像个孩子? 要不,我真的那么可怕?"

斯维德里盖洛夫脸上装出一丝宽容的微笑,但他实在笑不起来。他的心怦怦乱跳,胸口堵得慌。他故意说话很响,用以掩饰内心渐渐强烈的骚动,但杜尼娅没发现这种异常的骚动,她被深深激怒了,斯维德里盖洛夫居然说她像孩子似的怕他,说她一看见他,就觉得可怕。

"尽管我知道您这个人……不道德,但我一点都不怕您。走吧。"
她说,态度看来很平静,然而脸色煞白。

斯维德里盖洛夫走到索尼娅房间门口。

"让我问问在不在家。不在。实在不巧！不过我知道她很快就会
回来。要是她出去的话,准是去找一位太太,安顿三个孤儿。他们死
了母亲。这事我也参与了,作了安排。要是再过十分钟,索菲娅·谢
苗诺夫娜还不回来,我就让她自己来找您,您要愿意,那就今天。瞧,
这是我的住所。这是我的两个房间。这道门后面住的是我房东,雷斯
利赫太太。现在请看这边,我让您看看我的主要证据:瞧,我卧室的
这道门直通隔壁两个正在招租的空房间。瞧,就是这两间……这儿您
得看仔细了……"

斯维德里盖洛夫住着两间带家具的,相当宽敞的房间。杜涅奇卡
怀疑地四下打量着,但无论在房间的装饰还是位置上,都没发现什么
特别的地方,尽管可以发现,譬如,斯维德里盖洛夫的套间,不知怎的
恰好夹在两套几乎无人居住的房间中间。他的住所,不是从过道里就
能直接进入,得先穿过房东的两个几乎空空的房间。斯维德里盖洛夫
打开一道上锁的门,从卧室里给杜涅奇卡看了那套一样空置的,正在
招租的房间。杜涅奇卡刚想在门口站住,不明白干吗请她看这些,斯
维德里盖洛夫赶紧说明:

"这不,看这儿,里面那个大间。请注意这道门,这门锁着。门边
放着椅子,两个房间里唯一的一把椅子。这是我从自己房里搬来的,
好听起来方便些。这门后就是索菲娅·谢苗诺夫娜的桌子。她坐在
那儿跟罗季昂·罗曼诺维奇说话。我在这儿偷听,坐在椅子上,接连
两个晚上,每次大约两小时——当然,总能听到什么吧,您看呢？"

"您偷听了？"

"对,我偷听了,现在回我房间去,这儿连坐的地方都没有。"

他把阿夫多季娅·罗曼诺夫娜带到他用作起居室的外间,请她在椅子上坐了。他自己坐到桌子的另一头,至少离她有一俄丈①,但想必他的眼睛里已经闪动着当初使杜涅奇卡深感恐惧的欲火。她打了个哆嗦,又怀疑地看了看四周。她的动作是无意的,她显然不想暴露自己的疑虑。但斯维德里盖洛夫住所孤僻的位置终究使她震惊。至少,她想问他的房东在不在家,但她没问……出于自尊。况且,她内心装着另一种远远超出自身安危的痛苦,经受着无法忍受的煎熬。

"这是您的信,"她说,把信放到桌上,"您写的东西怎么可能?您暗示似乎我哥哥犯罪了。您的暗示非常明确,您现在想赖也赖不掉。您要知道,在这以前我已经听到过这种愚蠢的瞎话,我一句也不信。这是卑鄙可笑的猜疑。我知道这事,知道这事是怎么捏造出来的,干吗捏造。您不可能有任何证据。您答应要证明这一切,那就说吧!不过,我事先告诉您,我不相信您!不相信!……"

这些话杜涅奇卡说得很快,很急,刹那间,脸上飞起红晕。

"您要不信,您怎么会一个人冒险跑来找我?您来干吗?仅仅出于好奇?"

"别折磨我,快说,快说!"

"不用说,您是个勇敢的姑娘。真的,我原以为您会让拉祖米欣先生陪您来。但他没在您身边,也没在您周围,我还是看了:这很勇敢,就是说您想保护罗季昂·罗曼诺维奇,不过,您的想法都是神圣的……至于您哥哥,我能对您说什么呢?您刚才亲眼看到他了。什么模样?"

"您的根据不止这一条吧?"

"对,不止这一条,还有他亲口说的话。这不,他接连两个晚上都来这儿找索菲娅·谢苗诺夫娜。我刚才给您看了,他们坐在那儿。他

---

① 约二点一三四米。

对她说了全部真相。他是凶手。他杀了官太太,放高利贷的老太婆,尽管自己也在她那儿抵押过东西,还杀了她妹妹,一个小贩,叫莉扎韦塔,她无意中闯进凶杀现场。他用带去的斧子把她们全杀了。他杀她们的目的是抢劫,也真的抢了,拿走了钱和几样东西……这些全是他一字一句亲口告诉索菲娅·谢苗诺夫娜的,只有她一个人知道秘密,但她没有参与凶杀,没说什么,也没做什么,相反,她吓坏了,就像您现在一样。但您放心,她不会出卖他。"

"这不可能!"杜涅奇卡嘟哝说,翕动苍白、僵硬的嘴唇,喘着粗气,"不可能,没有任何像样的原因,没有任何理由……这是胡说! 胡说!"

"他抢劫,这就是全部原因。他拿走了钱和东西。确实,按他自己的说法,他没有动用这些钱和东西,只是把它们拿到什么地方的石头底下给埋了,东西现在还在那儿,但这是因为他不敢动用。"

"怎么可能,难道他会去偷,去抢? 会想到这条路上去?"杜尼娅喊叫着从椅子上跳起来,"您是了解他的,见过他? 难道他会是贼?"

她像在央求斯维德里盖洛夫;她完全忘了自己的安危。

"阿夫多季娅·罗曼诺夫娜,这种事五花八门。窃贼行窃,但他心里知道他是浑蛋,这不,我听说有个好人抢了邮车。谁知道呢,也许他真的以为他做了好事! 自然,要是别人说的,连我自己都不会相信,就像您一样。但我相信自己的耳朵。他还把全部原因对索菲娅·谢苗诺夫娜作了解释。起先,她连自己的耳朵都不相信,但最后她相信了眼睛,自己的眼睛。他可是当面对她说的。"

"什么……原因!"

"说来话长,阿夫多季娅·罗曼诺夫娜。这该怎么对您说呢,这是一种独特的理论,就像我认为,譬如,坏事只做一次,可以允许,如果主要目的是好的。做一次坏事,是为了做一百次好事! 当然,一个能干、自负的年轻人必定感到非常委屈,要是他知道能有,譬如,三千卢布,他人生目标中的事业和未来都将彻底变样，但他偏偏没有这三千卢布。加上挨饿，住房窄小，衣服破旧，明确意识到自己，还有妹妹、母亲社会地位低下引起的愤恨。但最主要的是他爱虚荣，高傲又爱虚荣，不过，上帝知道，也许，他本质不错……我不怪他，请别这么想，再说也不关我事。这儿还有他自己的一种理论——挺平常的理论——根据这种理论，人被分成，您瞧，材料和超人，就是说，这些超人地位高，不受法律制约，相反，他们自己制定法律制约别人，制约材料、垃圾。没什么，挺平常的理论，跟其他任何理论一样①。他对拿破仑着迷，准确地说，他着迷的是许多天才人物根本不在乎做件坏事，一抬腿就跨过去了，想都不想。他好像觉得自己也是天才——就是说，有段时间他相信是这样。他很痛苦，现在都很痛苦，因为每每想到他尽管能够创造理论，但不能想都不想跨出这一步，可见他不是天才。这对一个年轻气盛的人来说，是很没面子的，在我们这个时代，更是这样……"

"那良心的谴责呢？这么说，您否认他有任何道德观念？难道他是这样的人？"

"哎呀，阿夫多季娅·罗曼诺夫娜，现在一切都乱套了，不过，这事儿从来都不是有条有理的。俄罗斯人，一般来说，思路开阔，阿夫多季娅·罗曼诺夫娜，开阔得就像他们的土地，特别喜欢幻想，喜欢胡来，但倒霉的是思路开阔，又没有特殊天分。记得吗，我们两个就这个话题也像这样谈过许多次，晚上坐在花园露台上，每次都是晚饭后。还有，您就是责备我胡思乱想。谁知道呢，也许我们说话时，他就躺在这儿构思自己的计划。在我们知识界，特别神圣的传统根本没有，阿夫多季娅·罗曼诺夫娜：除非有人按书本给自己立上几条规矩……或者从编年史里得出什么结论。但这样做的多半是学者，知道吗，从某

---

① 法语。

种方面说,他们都是书呆子,所以,上流社会的人甚至觉得这样做有失体面。不过,我的想法一般您都知道,我决不责备任何人。我自己是个享福人,也只想享福。这我们已经谈过不止一次。我甚至有幸让您乐意听取我的见解……您很苍白,阿夫多季娅·罗曼诺夫娜!"

"他这个理论我知道。我读过他登在报纸上的文章,说超人什么都可以做……拉祖米欣给我看过……"

"拉祖米欣先生?您读过您哥哥的文章?登在报纸上?有这样的文章?我不知道。这不,肯定有趣!您去哪儿,阿夫多季娅·罗曼诺夫娜?"

"我想见见索菲娅·谢苗诺夫娜,"杜涅奇卡低声说,"怎么去她房间?她可能已经回来了,我现在一定要见她。让她……"

阿夫多季娅·罗曼诺夫娜没能说完,她真的喘不上气了。

"索菲娅·谢苗诺夫娜要到深夜才回来。我这么估计。她本该很快回来,要不,就很晚回来……"

"啊,你尽胡说!我看……你刚才也是胡说……你一直在胡说!……我不相信你!不信!不信!"杜涅奇卡疯狂地喊叫着,完全失去了理智。

她几乎晕倒在斯维德里盖洛夫赶紧搬给她的椅子上。

"阿夫多季娅·罗曼诺夫娜,您怎么了,您醒醒!这是水。快喝一口……"

他朝她喷了口水。杜涅奇卡打了个战栗,醒了。

"刺激太深!"斯维德里盖洛夫心里嘀咕,皱起眉头,"阿夫多季娅·罗曼诺夫娜,请放心!您要知道,他有朋友。我们一定救他,帮他脱险。要不要我带他去国外?我有钱,三天内准能弄到船票。至于他杀了人,那他还会做许多好事,可以将功赎罪,请放心。他还可以成为伟人。您怎么啦?您不舒服?"

"恶棍！还要嘲笑。让我走……"

"您去哪儿？您去哪儿？"

"去找他。他在哪儿？您知道？这门怎么锁上了？我们是从这道门进来的，现在锁上了。您什么时候锁门的？"

"我们这儿说的事，总不能让所有房间都听到。我根本没有嘲笑；用这样的语言说话我已经厌烦了。您这副样子要去哪儿？还是您想暴露他？您会把他气疯的，这样，他自己就把自己暴露了。要知道已经在监视他了，已经发现线索。您只会把他卖了。您等等：我刚才见过他，跟他说过话，他还有救。您等等，先坐下，我们一起好好想想。我叫您来，就是为了跟您单独谈谈这事，好好想想，您坐呀！"

"您怎么救他？难道他还有救？"

杜尼娅坐了。斯维德里盖洛夫在她身边坐下。

"这都取决于您，取决于您，取决于您一个人。"他两眼闪光，几乎像在耳语，颠来倒去，激动得说不出别的话。

杜尼娅吓得往边上一闪，离他远些。他也浑身发抖。

"您……只要您说句话，他就得救了！我……我能救他。我有钱，有朋友。我立刻送他走，自己去弄护照，两张护照。他一张，我一张。我有朋友，我有很能干的朋友……要吗？我给您也弄张护照……您母亲也一张……您要拉祖米欣干吗？我也爱您……太爱您了。让我吻吻您的衣服，让我吻吻！吻吻！我听不得它的声音。对我说吧：把这事办了，我立刻照办！我什么都能办到。不可能的事我也能办到。您相信的，我也相信。不管什么我都会去办！您别，您别这样看我！知道吗，您这是要我的命……"

他甚至说起胡话。突然他糊涂了，像是挨了当头一棒。杜尼娅跳起来，朝房门冲去。

"开门！开门！"她隔着房门大声求救，两个拳头把门捶得山响，

"开门！难道没人？"

斯维德里盖洛夫站起来，头脑清醒了。还在发抖的嘴唇慢慢挤出一丝恶狠狠的嘲笑。

"那儿没人在家，"他一字一顿地轻轻说，"房东出去了，这样大喊大叫全是白搭，只会害自己。"

"钥匙呢？马上开门，马上，下流东西！"

"我把钥匙掉了，找不到。"

"啊？这是强奸！"杜尼娅大叫，脸像死人一样苍白，旋即冲到墙角上，顺手拉来一张小桌，挡在面前。她不再喊叫，两眼盯住这个恶魔，警惕地注视着他的每个动作。斯维德里盖洛夫也站着没动，留在她对面的墙角上。他甚至很镇静，至少从外表看是这样。但他的脸，仍像原先一样苍白，仍像原先一样挂着一丝嘲笑。

"您说'强奸'，阿夫多季娅·罗曼诺夫娜。要是强奸，那您自己也明白，我采取了措施。索菲娅·谢苗诺夫娜不在家。卡佩尔纳乌莫夫家太远，隔着五个锁住的房间。说到底，我至少力气比您大一倍，另外，我没什么可怕的，因为您以后都没法起诉：您毕竟不想暴露您哥哥吧？再说也没人相信您：一个姑娘家干吗独自跑到单身汉的屋里去？所以，哪怕牺牲哥哥，您也不能证明什么：强奸很难证明，阿夫多季娅·罗曼诺夫娜。"

"卑鄙！"杜尼娅愤怒地轻轻说。

"随您怎么说，不过请您注意，我说的只是一种假设。按我个人的信念，您说得完全正确：强奸是卑劣的。我刚才说这些，只是为了您良心上没什么过不去的，哪怕……哪怕您自觉自愿地希望像我建议的那样救您哥哥。说到底，您无非是屈从环境、暴力，如果非要这样说的话。您还是想想这个：您哥哥和您母亲的命运全都掌握在您手里。我将是您的奴隶……一辈子都是……我就在这儿等着……"

斯维德里盖洛夫坐到沙发上，离杜尼娅大约八步。她已经没有丝毫怀疑：他铁了心。何况她了解他的为人……

突然，她从口袋里掏出一支手枪，扳起扳机，把握着手枪的手放到小桌上。斯维德里盖洛夫跳起来。

"啊哈！原来这样！"他惊讶地大叫，但又恶狠狠地嘲笑，"这就完全改变了事态！是您自己大大减轻了我这样做的负担，阿夫多季娅·谢苗诺夫娜！您这是打哪儿弄来的手枪？不会是拉祖米欣先生弄来的吧？咦！这手枪是我的！是我用惯的那支！当时我找得好苦！……我有幸在乡下给您上的射击课，算是没白上。"

"这不是你的手枪，是玛尔法·彼得罗夫娜的，你害死了她，恶棍！她家里没你的任何东西。我拿了这把手枪，因为怀疑你什么都干得出来。你再敢走近一步，我发誓，我打死你！"

杜尼娅满腔怒火，紧紧握着打开扳机的手枪。

"那哥哥呢？我问您，我很好奇。"斯维德里盖洛夫问，仍然站着没动。

"想告密，就去！别动！别过来！我会开枪的！你毒死妻子，我知道，你自己才是杀人犯！……"

"您敢肯定，是我毒死了玛尔法·彼得罗夫娜？"

"是你！你亲口对我暗示过，你对我说过毒药的事……我知道，你去买过毒药……你什么都准备好了……肯定是你……坏蛋！"

"就算这是真的，也是为你……反正，你就是起因。"

"胡说！我历来恨你，历来……"

"哎呀，阿夫多季娅·罗曼诺夫娜！看来您忘了，当初您说教说到兴头上，已经软绵绵地有意思了……我从眼睛里看到的。记得吗，晚上，月光下，夜莺还在歌唱？"

"胡说！（杜尼娅眼睛里闪出怒火）胡说，诽谤！"

"胡说？也许是我胡说。胡说。对女人提这些东西是不应该。（他冷冷一笑）。我知道你会开枪，一只挺好的野兽。好，开枪吧！"

杜尼娅举起手枪，脸色煞白，毫无血色的下唇颤抖着，乌黑的大眼睛闪出怒火，她望着他，决心反抗，提防着他的突发动作。他还从没见过她这样美丽。她举枪的一刹那，眼睛里闪出的怒火，像是烧伤了他，他的心痛苦地揪紧了。他跨了一步，旋即一声枪响，子弹从他头发上擦过，打在后面墙上。他停下，轻轻笑了。

"黄蜂蜇了一下！对准脑袋……这是什么？血！"他掏出手帕，想擦掉从右鬓角淌下的细细的一道鲜血，想必，子弹稍稍擦破了头皮。杜尼娅放下手枪，望着斯维德里盖洛夫，倒不是恐惧，而是异常困惑。她似乎连自己都不明白，她干了什么，这是怎么回事！

"行，打偏了!！再来一枪，我等着，"斯维德里盖洛夫轻轻说，仍然嘲笑着，但有些阴沉，"这样磨蹭，您没扳扳机，我就把您抓住了！"

杜涅奇卡打了个战栗，迅速扳上扳机，又举起手枪。

"走开！"她绝望地说，"我发誓，我还会开枪的……我……打死你！……"

"行……三步之内不会打不死。要是打不死……那……"他的眼睛闪出异样的光亮，他又跨了两步。

杜涅奇卡开枪。没火！

"子弹没装好。没关系！您那儿还有火帽。重新装一下，我等着。"

他站在她面前两步的地方，等着，用沉重而又火辣辣的目光看着她，当真铁了心。杜尼娅明白，他死也不会放她。"这……这样，当然，她这就打死他，才两步！……"

突然，她扔了手枪。

"扔了！"斯维德里盖洛夫诧异地说，深深舒了口气。他心里像是一块石头落地，也许，这不仅仅是死亡的恐惧，此刻，他未必怕死。这是解脱，可以结束他自己都说不清的更悲哀、更阴暗的感觉。

他走近杜尼娅，伸手轻轻搂住她的腰。她没反抗，但浑身抖得像片叶子，两眼央求地看着他。他想说什么，但嘴唇只是翕动着，说不出话。

"你放了我吧！"杜尼娅央求。

斯维德里盖洛夫打了个战栗：这声"你"和刚才的语气已经有些不同。

"你不爱我？"他低声问。

杜尼娅否定地摇头。

"也……没法爱我？……永远？"他绝望地轻轻问。

"永远！"杜尼娅轻轻说。

刹那间，斯维德里盖洛夫内心经历了可怕的搏斗。他用无法形容的目光看着她。突然他松手，背转身，快步走到窗前，站住。

又过了一刹那。

"这是钥匙！（他从大衣左口袋里掏出钥匙，放在自己身后的桌上，不看杜尼娅，也不回头。）拿去，快走！……"

他目不转睛地看着窗外。

杜尼娅挨近桌子来拿钥匙。

"快走！快走！"斯维德里盖洛夫连声说，仍然一动不动，没回头。但这一声声"快走"中显然透着某种可怕的意味。

杜尼娅明白这意味，拿起钥匙，冲到门口，迅速把门打开，逃出房间。一分钟后，她像疯子似的，狂奔到河边，朝某桥方向跑去。

斯维德里盖洛夫在窗前又站了约莫三分钟，终于慢慢背转身，朝四面看了看，抬手轻轻擦了一下额头。一丝古怪的笑容扭歪了他的脸——一丝可怜、苦涩、无奈的笑容，绝望的笑容。已经渐渐凝固的血弄脏了他的手，他恶狠狠地看看血迹，随后浸湿毛巾，擦了鬓角上的血。杜尼娅扔掉的手枪落在门边,这时突然映入他的眼帘。他捡起手枪,仔细看了看。这是一支小小的老式三发袖珍手枪,里面还有两粒子弹和一个火帽。还能打一枪。他想了想,把手枪塞进口袋,拿起帽子走了。


# 六


整整一晚上,直到十点,他都是在各种酒店和肮脏下流的场所度过的,出了这家又去那家。不知哪儿还找到了卡佳,她又唱了支下人唱的小曲:一个不知什么家伙,"浑蛋加暴徒"

狂吻卡佳。

斯维德里盖洛夫请卡佳喝酒,请摇手风琴的男孩喝酒,请台上的歌手喝酒,请酒店伙计喝酒,还请两个不知在哪里当差的文书喝酒。他跟这两个文书搭讪,只是因为他俩都长着一根歪鼻子:一个歪向右面,一个歪向左面。这把斯维德里盖洛夫乐坏了。最后,他俩把他拉到一个游乐型的花园里,他替他俩,也替自己买了门票。花园里只有一株纤细的三年枞树和三株灌木,另外,造了个"车站",其实是酒店,但也可以买茶,除了这些,还有几张绿色的餐桌和椅子。几个差劲的歌手和一个醉醺醺的慕尼黑来的德国人——像是小丑,红鼻子,但不知怎的无精打采——为游客助兴。两个文书和另两个文书吵得不可开交,险些打架。他们让斯维德里盖洛夫评理。斯维德里盖洛夫查问了有一刻钟,但他们大喊大叫,根本什么都弄不清。像是他们中间有人偷东西,还立刻把这东西卖给了从他身边经过的一个犹太人,卖掉后,却不想把钱分给他的同伴。最后,发现卖掉的是酒店的一把茶匙,酒店察觉了,事情变得挺麻烦。斯维德里盖洛夫赔了茶匙,起身走出花园。都快十点了。这段时间里他自己滴酒未沾,只在游乐场要了杯茶,那也多半是为了礼貌。这天晚上又闷又暗。到十点钟,已是满天可怕的乌云。随着一声惊雷,下起瓢泼大雨,雨水不是一滴滴,而是一串串地击打地面。不时闪起电光,每次闪电的延续时间,可以从一数到五。斯维德里盖洛夫回到家里,已经浑身湿透。他锁上门,打开写字台抽屉,取出所有的钱,还撕了两三张字据。随后把钱塞进口袋,想换身衣服,但看看窗外,又听了听雷雨声,一挥手,拿起帽子走了,连门都没锁。他直接去了索尼娅房间,索尼娅在家。她不是一个人。她周围是卡佩尔纳乌莫夫家的四个孩子。索菲娅·谢苗诺夫娜正请他们喝茶。她默默地、恭敬地迎接了斯维德里盖洛夫,惊讶地打量他湿透的衣服,但没说话。四个孩子立刻惊恐地逃走了。

斯维德里盖洛夫坐到桌旁,又请索尼娅坐到边上。后者怯生生地准备听他说话。

"我,索菲娅·谢苗诺夫娜,也许要去美国,"斯维德里盖洛夫说,"我们准是最后一次见面,所以我有几件事需要安排。您今天见到这位太太了?我知道她对您说了什么,不用再说。(索尼娅动了动,脸都红了。)这些人就那脾气。至于您妹妹和弟弟,他们确实已经安顿好了。该给他们每个人的钱,我都交到可靠的人手里,都有收条。这些收条您不妨收着,这么说吧,以防万一。给,拿着!行,现在这件事算是结束了。这是三张五厘公债,一共三千卢布。您也拿着,是给您的。就算这是我们间的秘密,别让任何人知道,不管您以后听到什么。这钱您以后用得着,索菲娅·谢苗诺夫娜,像原先那样过日子太遭罪,再说您以后也可以不受穷了。"

"您是我的恩人,也是三个孤儿、去世的后母的恩人,"索尼娅急着

529

说,"我到现在还没好好谢过您,不过……您别以为……"

"咳,行了,行了。"

"至于这钱,阿尔卡季·伊凡诺维奇,我心领了,我现在不缺钱。我养活自己一个人总是可以的,千万别以为我不知好歹。要是您那么诚心,这钱……"

"这钱就是给您的,给您的,索菲娅·谢苗诺夫娜,请别推辞,因为我没时间。这钱您用得着。罗季昂·罗曼诺维奇现在只有两条路:不是开枪自杀,便是走弗拉基米尔①大道。(索尼娅惊恐地瞥了他一眼,直打哆嗦。)别担心,我都知道,听他本人说的。我从不多嘴,不会对任何人出口。当时您开导过他,让他自首。这对他有利得多。喏,要是走弗拉基米尔大道——他去,您不也跟着去?是吗?是吗?既然这样,就是说,这钱用得着。得为他用,懂吗?我给您等于就是给他。再说,您还答应阿马利娅·伊凡诺夫娜,把欠债统统还清,我听到的。您这是干什么,索菲娅·谢苗诺夫娜,怎么可以这样轻率地把所有合约和债务都揽到自己身上?要知道,是卡捷琳娜·伊凡诺夫娜欠德国女人的钱,不是您,您完全可以不理她。都要这样,这世界上就没法活。行,要是以后——明天或者后天——有人问起我或者我的情况(肯定有人问您),您千万别说我现在找过您,千万别让他们看这些钱,也千万别说是我给的,对谁都别说。现在,再见。(他从椅子上站起。)罗季昂·罗曼诺维奇那儿代我问好。顺便说一句,这钱您暂时存在拉祖米欣先生那儿也行。认识拉祖米欣先生吗?当然,认识。这小伙子还不错。您把钱拿到他那儿去,明天或者……需要的时候。在这以前,尽量把钱藏好。"

索尼娅也从椅子上跳起来,惊恐地看了看他。她很想说什么,问

---

① 俄罗斯城市。凡流放西伯利亚的苦役犯都从该市经过。

什么,但她一时不敢启齿,也不知道该怎么开头。

"您怎么走……您怎么走,这么大的雨还出去?"

"美国都要去,还怕雨,嘿!嘿!永别了,亲爱的,索菲娅·谢苗诺夫娜!愿您长寿,长寿,您对别人有用。顺便说一句……请告诉拉祖米欣先生,我问他好。您就这么转告:阿尔卡季·伊凡诺维奇·斯维德里盖洛夫问他好。一定转告。"

他走了,留下又惊又怕的索尼娅,模糊而又沉重的怀疑像石头似的压在她心上。

后来发现,这天晚上十一点多,他又做了一次十分反常和突然的拜访。雨还在不停地下。他浑身湿透,去到瓦西里岛小街三巷,十一点二十分踏进了他未婚妻父母的窄小住所。他费劲敲开门,起先引起好大一阵慌乱,但阿尔卡季·伊凡诺维奇只要愿意,总能摆出一副迷人的姿态,所以,未婚妻父母起先的猜测(尽管相当机敏)——阿尔卡季·伊凡诺维奇想必在什么地方喝醉了,不知自己在干什么——立刻消失。通情达理的母亲把坐轮椅的虚弱的父亲推到阿尔卡季·伊凡诺维奇面前,随即像平常一样,问了一些不着边际的问题。(这女人从不直接发问,一开始总是笑眯眯的,不时搓手,然后,要是必定得弄清什么,譬如,阿尔卡季·伊凡诺维奇打算什么时候举行婚礼,她会异常好奇,甚至近乎贪婪地先问巴黎和那里的宫廷生活,接着才一步步把话引向瓦西里岛小街三巷。)在别的时候,这一切当然使人敬重,但这次阿尔卡季·伊凡诺维奇似乎特别没耐心,一定要见未婚妻,虽说一开始就对他说过,她已经睡了。自然,未婚妻出来了。阿尔卡季·伊凡诺维奇直接告诉她,他得暂时离开彼得堡,去办一件非常重要的事情,他替她送来一万五千银卢布的各种债券,请她作为他的礼物收下,因为他早就想在婚礼前把这点小数目送给她了。当然,既来送礼,又立刻要走,还深夜冒雨赶来,其中的逻辑联系绝不是这样的解释可以说明，但事情进行得十分顺利。甚至必不可少的赞叹、询问和惊讶也不知怎的变得特别得体和恰当，但表示的感谢是最热烈的，甚至在聪明过人的母亲的泪水中得到印证。阿尔卡季·伊凡诺维奇站起来，笑着吻了吻未婚妻，又拍拍她的脸蛋，肯定说他很快就会回来。发现她的眼神虽然流露出孩子的好奇，但又包含着十分严肃的无声的问题，他想了想，又吻了她一次，旋即内心当真掠过一丝懊丧：这礼物会立刻锁进柜子，由老于世故的母亲保管。他走了，留下喜出望外的一家三口。但明白事理的母亲立刻又轻又快地说了一套理由，消除了几个最主要的疑问：阿尔卡季·伊凡诺维奇是大人物，事多，关系也多，又有钱，天知道他脑子里想些什么，想来就来了，想送钱就送了，所以，没什么好奇怪的。当然，说怪也怪，他浑身湿透，不过英国人，譬如，比这更怪，再说这些上层人士根本不在乎人家怎么议论他们，不讲礼节。也许他还是故意这么走来的，表示他谁都不怕。不过这事千万别对任何人出口；天知道以后会怎样，钱得赶快锁起来，当然，幸好这段时间费多西娅始终待在厨房里，不过主要是千万、千万、千万别对雷斯利赫这个浑蛋透露半点风声，等等，等等。他们坐着，一直嘀咕到深夜两点。但未婚妻早就睡觉去了，她很惊讶，也有些忧郁。

　　午夜十二点整，斯维德里盖洛夫走在通往彼得堡岛的Ｔ桥上。雨停了，但风呼呼吹着。他哆嗦起来，有一会儿似乎异常好奇，甚至疑惑地看了看小涅瓦河乌黑的河水。但他很快觉得站在桥上太冷。他转过身，朝Б大街走。他在没完没了的Б大街上已经走了很久，几乎有半小时，在黑暗的木砖路上不止一次踩进水洼，但始终好奇地在大街右边寻找什么。这儿附近，快到大街尽头的地方，他不久前不知怎的路过，发现有家旅馆，木头造的，但很宽大，他记得旅馆的名称像是安德里阿诺波尔。他没记错，在这样僻静的角落，这家旅馆十分显眼，即便黑暗中也不可能找不到。这是一座长长的、发黑的木屋，尽管已是深夜,里面仍然亮着烛光,有点热闹。他走进去,在过道里遇到一个衣服破旧的伙计,向他要房间。伙计打量一下斯维德里盖洛夫,振作精神,立刻把他领到一个偏远的房间,又闷又挤,在过道尽头的角落里,楼梯底下。但没有别的房间,全都住满了。伙计询问地看着他。

"有茶吗?"斯维德里盖洛夫问。

"这好办。"

"还有什么?"

"小牛肉,伏特加,冷菜。"

"来盘小牛肉,再来杯茶。"

"不要别的?"伙计甚至有些不解。

"不要,不要!"

伙计走了,非常失望。

"应该说,是个好地方,"斯维德里盖洛夫想,"这我原先怎么不知道。大概,我这模样像是从什么表演歌舞的咖啡馆出来,路上遇到了麻烦。真想知道,住在这里过夜的是些什么人。"

他点上蜡烛,比较仔细地看了看房间。这房间小得可怜,斯维德里盖洛夫几乎连人都站不直,只一扇窗,床很脏,一张简单地漆过的桌子和一把椅子占据了几乎所有空间。墙壁像是用木板钉的,墙纸破烂,虽说还能猜出它的颜色(黄色),但上面的图案已被灰尘和窟窿弄得无法辨认。一面墙壁和天花板仿佛被斜着切去一角,就像通常的顶楼,不过这里的斜角上面是楼梯。斯维德里盖洛夫放下蜡烛,坐在床上沉思。但隔壁房间不停传来古怪,有时近乎喊叫的低语声,终于引起他的注意。这声音从他进屋后就没停过。他凝神倾听:有人在责骂,几乎含着眼泪教训另一个人,但听到的声音只有一个。斯维德里盖洛夫站起来,用手遮住蜡烛,墙壁上立刻亮起一道缝隙。他走近缝隙,开始偷看。房间比他住的稍大,里面有两个客人。其中一个没穿上装,头发异常鬈曲,满脸通红,摆出演说家的架势,又开两腿,稳稳站着,一面捶胸,一面悲愤地责骂另一个人是穷光蛋,连个官职都没有,说他把他救出泥坑,他想什么时候赶他走,就什么时候赶他走,这一切唯有上帝作证。挨骂的朋友坐在椅子上,模样就像一个人极想打喷嚏,但又怎么也打不出来。他偶尔抬起绵羊般混浊的眼睛,看着演说家,但显然不明白他在说什么,甚至未必听见什么。桌上放着一支快要点完的蜡烛,一只几乎空空的伏特加酒瓶,两只高脚酒杯、面包、玻璃杯、黄瓜,以及早已没茶的茶具。仔细看过这一切,斯维德里盖洛夫毫无兴趣地离开缝隙,重又坐到床上。

　　衣服破旧的伙计端着茶和小牛肉回来,忍不住又问一次:"不要别的?"重又听到否定的回答,彻底走了。斯维德里盖洛夫赶紧喝茶,好暖暖身子。他喝了一杯茶,但没吃一块牛肉,根本没胃口。他显然发烧了。他脱了大衣、上装,裹紧被子躺到床上。他很懊丧:"病得真不是时候。"他想,不免苦笑。房间里很闷,烛光昏暗,窗外风呼呼吹着,不知哪个屋角里,有只老鼠在抓挠,而且整个房间仿佛都有一股老鼠味和皮革味。他躺着,像在做梦,一个个想法变换不断。似乎他很想让自己的思绪有个停靠的港湾。"这窗外肯定是花园,"他想,"树木的声音多响,我讨厌这声响,特别是夜里,狂风暴雨的黑夜,感觉糟透了!"他想起刚才经过彼得公园时,甚至对公园都很反感。这时,他又想起了T桥和小涅瓦河,他似乎又觉得冷,就像刚才站在桥上一样。"我平生从没喜欢过水,风景再好,也不喜欢。"他想,突然又嘲笑一个古怪的想法:"这不,按说,现在对这些涉及美感和舒适的问题应该无所谓了,偏偏这会儿又变得很挑剔,就像野兽……这种时候,非得替自己挑个好地方。正该刚才拐进彼得公园!兴许,觉得太暗、太冷,嘿!嘿!还想舒服!……对,我干吗不把蜡烛吹灭?(他吹灭蜡烛。)隔壁已经躺下睡了,"他想,没看见刚才缝隙中的光亮,"这不,玛尔法·彼得罗夫娜,您最好这会儿来,又暗,地方又合适,机会呀。偏偏您又不来……"

突然,他不知为什么,想起刚才——准备欺负杜涅奇卡的前一小时——他向拉斯科尔尼科夫推荐,把她托给拉祖米欣保护。"事实上,我当时这样说,多半是为了让自己有股狠劲,拉斯科尔尼科夫马上猜到了。不过,也够机灵的,这个拉斯科尔尼科夫!什么都自个儿担着。过些时候,乱七八糟的想法没了,准是个机灵的大家伙,不过这会儿他太想活!在这一点上,这帮人都很卑鄙。得了,让他见鬼去,随他吧,跟我什么相干。"

他怎么也睡不着。慢慢地,他面前出现了杜涅奇卡刚才的形象,突然,一阵战栗掠过他全身。"不,现在得把这些全丢开,"他想,猛地醒悟,"得想点别的。说怪也怪,还挺好笑:我从未刻骨铭心地恨过什么人,连报复的念头也不怎么有过,这可不好,不好!不爱吵架,不会发火——这也不好!刚才我给她许了多少愿,呸,见鬼!不过,兴许她还真能把我整治好了……"他又顿住,咬了咬牙:他面前重又出现杜涅奇卡的形象,活脱脱就是第一次开枪后的模样——她吓坏了,放下手枪,半死不活地看着他,他都来得及抓住她两次,要是他不反过来提醒她,她甚至不会抬起手来保护自己。他想起当时,一刹那,他是多么可怜她,像是心一下子揪紧了……"哎呀!见鬼!又想这些,得把这些全都丢开,丢开!……"

他已经迷糊了:发烧引起的战栗渐渐消失,突然,像是被窝里有什么东西从他手上和腿上爬过。他打了个寒噤:"呸,见鬼,这怕是老鼠!"他想,"是我把小牛肉剩在桌上的……"他实在不想掀开被子,起来受冻,但突然又有什么不快的东西嗖地从他腿上蹿过,他一把掀掉被子,点上蜡烛,一阵阵哆嗦,弯腰看了看床铺——什么也没有。他抓起被子一抖,突然有只老鼠蹿到被单上。他赶紧扑上去抓它,但老鼠没从床上逃开,只是在床上蹿来蹿去,几次从他手指下溜走,从他手上跑过,又突然钻到枕头下。他掀掉枕头,但立时觉得有样东西撞进他怀里,在身上嗖嗖爬着,已经钻到背后,衬衫下面。他神经质地颤抖起来,醒了。房间里一片漆黑,他躺在床上,还像刚才一样,紧紧裹着被子,窗外风呼呼地吹。"见鬼!"他懊丧地想。

他起身坐在床沿上,背对窗户。"得了,最好别睡。"他拿定主意。窗户透着冷冷的潮气,他没站起来,拉过被子裹到身上。他没点蜡烛,什么也不想,也不愿想什么。但头脑里梦境似的画面一个接一个,还不时闪过杂乱的念头,没头没尾,没联系。他似睡非睡。不知是冷,是暗,是潮,还是窗外摇撼树木的呼啸的风,唤起他绵绵不断的幻想,——但他脑海里浮现的尽是鲜花。他看见极佳的景色:一个明媚、暖和、几近炎热的日子,还是节日,圣灵降临节①。一幢气派、奢华的英式乡间别墅,上上下下,到处都是芬芳的花坛,房屋四周种着一畦畦鲜花;门廊上爬满攀缘植物,两畦玫瑰阻塞了门前的小径,明亮而又凉爽的台阶铺有华丽的地毯,两边放着栽在中国花盆里的珍稀花卉。他特别欣赏带水的花盆里、窗台上,散发出阵阵异香的水仙,又粗又长的翠绿花茎上垂下白色娇嫩的花朵。他甚至舍不得离开它们,但他还是拾级而上,走进一个高高的大厅。这里——窗边,敞开的露台门边,露台上——同样到处都是鲜花。地板上撒满刚刚割下的芳草,窗户敞着,清新凉爽的空气徐徐渗进房间,小鸟在窗外啾啾啼啭。大厅中央,铺有白缎的桌上停着一口棺材。这棺材包着那不勒斯白绸,四周缀有密密的白色褶子。许许多多花环环抱在棺材周围。棺材内的鲜花中间,躺着一个小姑娘,穿着白色抽纱连衣裙,胸口上交叉的双手犹如大理石雕刻。但她披散的长发,浅黄的长发,却是湿的。一顶玫瑰花冠

---

① 复活节后第五十天,一般在五月底或六月初。

戴在她头上。侧面看去,她端正、已经僵硬的脸庞,也像是大理石雕刻,但她苍白的嘴唇上的笑容充满某种非孩子所有的无限悲伤和巨大哀怨。斯维德里盖洛夫认识这个小姑娘,这棺材旁没有圣像,没有点燃的蜡烛,也听不到祈祷。这个小姑娘是自杀的,投河自杀。她才十四岁,但这已是一颗破碎的心,她毁了自己,因为她遭受的欺凌震骇了这一年轻幼稚的灵魂,使她天使般纯洁的童心,蒙受了不应蒙受的耻辱,她在绝望中发出最后的呼喊,没人在意,反而招来蛮横的谩骂,深夜,周围一片漆黑,乍暖还寒的早春阴冷潮湿,风在呼号……

斯维德里盖洛夫醒了,从床上站起,走到窗前。他摸索着找到插销,打开窗户。风发狂似的刮进他拥挤的斗室,刹那间仿佛冰冷的霜花裹住了他的脸和仅仅穿着一件衬衫的胸部。窗外大概当真是个什么花园,也许也是游乐型花园,想必,白天这里也有歌手唱歌,也把茶送到茶桌上。但现在只有树上和灌木上的雨点不住飞进窗口;周围黑得像地窖,只是勉强而又勉强地可以分辨出一些标志物体的黑影。斯维德里盖洛夫躬身用臂肘支在窗台上,足足有五分钟目不转睛地看着这片黑暗。沉沉的夜色中,响起一声号炮①,接着又是一声。

"啊,号炮!涨潮了,"他想,"天亮前,这潮水就会漫向洼地、街道,淹没地下室和地窖,地下室的老鼠会浮上来,居民会在风雨中咒骂,浑身湿淋淋的,把自己的破烂往楼上搬……现在到底几点?"他刚这么一想,附近什么地方的挂钟滴答滴答使劲走着,敲了三下。"哎呀,再过一小时就天亮了!还等什么?我这就走,直接去彼得公园:在那儿挑棵高大的灌木,淋满雨的,只要肩膀稍稍一碰,准溅你一头水……"他直起身,关了窗,点上蜡烛,穿好上装、大衣,戴上帽子,拿着蜡烛走到过道上,想在什么地方的斗室里,找到睡在乱七八糟的垃圾

---

① 当时彼得堡市政管理条例规定,涅瓦河水位超过一定高度,应鸣炮报警。

和蜡烛头中的伙计，跟他结了房钱就走。"这时候最好，再挑也没更好的！"

他久久地在狭长的过道上走来走去，怎么也找不到人。他刚想大声呼叫，突然在一个黑暗的角落里，旧柜子和房门间，看到什么奇怪的东西，像是活的。他俯身用蜡烛一照，看见一个孩子——一个最多不过五岁的小姑娘，穿着擦地板抹布似的湿漉漉的连衣裙，一面哆嗦，一面哭。她似乎并不害怕斯维德里盖洛夫，两只乌黑的大眼睛呆滞而又惊讶地看着他，偶尔抽泣几声，就像孩子哭了很久后，已经不哭了，甚至不再难过，但间或还会突然抽泣。小姑娘一脸苍白和疲倦，她冻僵了，"她怎么钻到这儿来了？这么说，她是躲在这儿，一夜没睡。"他开始问她。小姑娘突然活跃起来，用她孩子的语言对他飞快、飞快地说开了。她说她怕"妈妈"，"妈妈要打"，因为她"打碎"一只杯子。小姑娘不停说着，可以猜出，这是个没人疼的孩子，她母亲，一个永远喝得醉醺醺的厨娘，想必就是这家旅馆的厨娘，老是打她，吓她；小姑娘打碎妈妈的杯子，吓得连夜逃出来，想必在院子的什么地方躲了很久，淋雨了，最后钻到这儿，躲在柜子后面，在这个角落里坐了一夜，一面哭，一面哆嗦，因为潮湿，因为黑暗，因为害怕这会儿妈妈会狠狠打她。他把小姑娘抱回自己房间，让她坐在床上，开始替她脱衣服。她穿在光脚上的破鞋，湿得就像在水洼里泡了一夜。脱下衣服，他把她放到床上，盖好被子，蒙住脑袋。小姑娘立刻睡了。做完这一切，他又忧伤地沉思起来。

"还想管闲事！"他突然明白，带着痛苦和愤恨的感觉。"胡闹！"他懊丧地拿起蜡烛，不管怎样得找到伙计，尽快离开这儿。"嘿，小丫头！"他暗暗骂了一句，已经在开门了，却又回来看小姑娘：是不是睡着，睡得好吗？他小心翼翼地掀开被子。小姑娘睡得很沉，很香。她在被子里睡暖和了，苍白的面颊上已经泛起红晕。但是奇怪：这

538

红晕似乎比一般孩子的红晕更浓艳。"这是发烧。"斯维德里盖洛夫想,这就像酒后的红晕,就像人家灌了她整整一杯酒。鲜红的嘴唇像在燃烧,喷火,不过,这是怎么回事?他突然觉得她长长的黑睫毛似乎在抖,在眨,在抬起来,睫毛下透出狡黠、锐利、某种非孩子所有的引诱的眼神,仿佛小姑娘没睡,只是闭着眼睛装睡。对,没错,她的嘴唇渐渐漾起微笑,嘴角颤抖,仿佛还想忍住不笑。瞧,她已经不再忍了,她在笑,分明在笑,在这丝毫没有孩子气的脸上透着某种无耻、挑逗的神色。这是淫荡,这是妓女的脸,这是法国妓女的无耻的脸。瞧,两只眼睛已经毫不掩饰地睁开,向他浑身上下投来火辣辣的、没羞没臊的目光,这双眼睛在勾引他,在笑……在这淫笑中,在这双眼睛中,在这孩子脸上所有下流的表情中,有种极其丑恶、极其侮辱人的东西。"怎么!才五岁!"斯维德里盖洛夫当真惊诧了,"这……这究竟是怎么回事?"瞧,她已经朝他转过火辣辣的脸,伸出双手……"啊,该死的丫头!"斯维德里盖洛夫惊叫,举手就要打她……但他立刻醒了。

他仍躺在床上,仍裹着被子,蜡烛没点燃,窗户已经亮了。

"做了一夜噩梦!"他火气十足,欠了欠身,只觉得整个身体像给打伤了,连骨头都疼。窗外一片大雾,什么也看不清。都快五点了,睡过头了!他下床,穿好上装、大衣——都还没干。他在衣袋里摸到手枪,掏出来正了正火帽,随后坐下,从衣袋里掏出笔记本,在最显眼的扉页上,写了几行大字。他重读一遍,陷入沉思,臂肘支在桌上。手枪和笔记本就在臂肘边上。几只睡醒的苍蝇叮上了桌上没动过的牛肉。他久久地看着它们,最后竟伸出空着的右手,开始捕捉一只苍蝇。他费劲地抓了好一会儿,却怎么也抓不住。终于,他发现自己在干这种傻事,回过神,打了个战栗,站起身,坚决地出了房间。一分钟后,他已经在街上了。

乳白色的大雾弥漫在城市上空。斯维德里盖洛夫沿着又滑又脏的木砖路,朝小涅瓦河方向走去。他恍惚看见了小涅瓦河夜间陡涨的河水、彼得岛、湿漉漉的小路、湿漉漉的青草、湿漉漉的树木,终于他看见了那棵灌木……他懊丧地转而打量周围的房屋,好想些别的。一路上,他没遇见一个行人,一辆马车。一幢幢浅黄色的小木屋全都关着护窗板,看上去凄凉而又肮脏。寒气和潮湿穿透他的全身,他开始一阵阵发冷。偶尔他遇到一些铺子和蔬菜店的招牌,每块都仔细读了。瞧,木砖路已经到头。他已经走到一幢高大的石屋边上。一条邋遢、冻得哆哆嗦嗦的小狗,夹着尾巴,在他面前跑过。一个穿军大衣的人烂醉如泥,脸朝下,横在人行道上。他看了看他,又接着往前走。警察局高高的消防瞭望塔在他左面一闪。"对,"他想,"就是这儿,干吗去彼得公园?至少有个官方证人……"他几乎对这个新想法冷冷一笑,随即拐到 C 街上。这里便是带瞭望塔的大楼。紧闭的大门旁,站着一个小个子,肩膀靠在门上,裹着灰色军大衣,戴着阿喀琉斯①式的铜盔。他睡眼惺忪,冷冷瞥了一下走近的斯维德里盖洛夫,露出犹太人一无例外地,酸溜溜地刻在脸上的永远的不满和悲哀。他俩,斯维德里盖洛夫和阿喀琉斯,有好一会儿,默默地相互打量。阿喀琉斯终于觉得异样:这人没醉,却站在离他三步远的地方,直勾勾看着他,什么都不说。

"嗨,您站在这儿干什么?"他说,仍一动不动,没改变自己姿势。

"不干什么,老弟,你好!"斯维德里盖洛夫回答。

"这儿不许站。"

"我呀,老弟,要去外国。"

"去外国?"

———————————

① 古希腊神话中的英雄,特洛伊战争中希腊军队的主将。

"去美国。"

"去美国?"

斯维德里盖洛夫掏出手枪,打开保险。阿喀琉斯扬起眉毛。

"嗨,干什么,开这种玩笑这儿不是地方!"

"干吗这儿不是地方?"

"因为不是地方。"

"得了,老弟,不都一样。这地方好。要是以后有人问你,就说他去美国了。"

他把手枪抵住自己右面的太阳穴。

"嗨,这儿不行,这儿不是地方!"阿喀琉斯猛一哆嗦,瞳孔越睁越大。

斯维德里盖洛夫扣下扳机。


# 七


也是那天,不过已是晚上,六点多钟,拉斯科尔尼科夫去往母亲和妹妹的住所——就是拉祖米欣替她们安排的巴卡列耶夫公寓的住所。楼梯入口是临街的。拉斯科尔尼科夫越走越近,仍没放开脚步,像在犹豫:进去还是不进去?但他说什么也不会折回去,他已经作了决定。"再说,反正一样,她们还什么都不知道,"他想,"也习惯把我当怪人……"他的衣服简直可怕:淋了一夜雨,又脏又乱又破。疲倦,淋雨,虚弱和几乎一天一夜的思想斗争,使他的脸几乎变形。这整整一夜他都是单独度过的,天知道在什么地方。但至少他下了决心。

他敲了敲门,替他开门的是母亲。杜涅奇卡没在家。连女仆那会儿也没在。普利赫里娅·亚历山德罗夫娜起先呆住了,又惊又喜,随后一把抓住他的手,把他拖进房间。

"好,到底来了!"她高兴得有些结巴,"别生我的气,罗佳,原谅我见面的这副傻样,泪汪汪的:我这是笑,不是哭。你以为我在哭?不,我是高兴,我有这种掉泪的傻习惯。你父亲去世后开始的,什么事都掉泪。坐,宝贝,准是累了,我看得出。哎呀,你身上多脏。"

"我淋了一夜雨,妈妈……"拉斯科尔尼科夫才说了一句。

"不,不!"普利赫里娅·亚历山德罗夫娜跳起来打断他,"你以为我这就会盘问你,像原先那样唠叨,别担心。我懂,什么都懂,现在我已经在这儿学乖了,真的,我自己都看出,这儿比较聪明。我彻底想通了:我哪弄得清你的想法,老要你解释?也许你头脑里真有什么上帝才知道的事情和打算,或者产生了什么想法,我就这样老是逼你:你在想什么?这不,我……哎呀,上帝!我干吗像疯子似的到东到西跟着你……瞧,罗佳,你登在报纸上的文章我已经读第三遍了,是德米特里·普罗科菲伊奇给拿来的。我一看,简直叫起来了,瞧你这傻瓜,我想,他在忙这个呢,这就是答案!也许,那会儿他脑子里正好有新想法,他在斟酌,我倒好,折磨他,打扰他。现在我在读你的文章,我的朋友,当然,有许多地方不懂,不过,这也对,我哪懂得了?"

"让我看看,妈妈。"

拉斯科尔尼科夫接过报纸,匆匆扫了一眼自己的文章。不管这和他的处境和心情多么矛盾,但他感到那种苦涩中夹着甜蜜的奇怪滋味,就像作者第一次看到自己作品发表一样,况且他才二十三岁。这仅仅持续了一刹那。没读几行,他便皱起眉头,无以名状的烦恼揪紧了他的心。最近几个月来的思想斗争,一下子全都记起来了。他厌恶、懊丧地把文章扔到桌上。

"不过，罗佳，我再傻也能明白，不用多久，你即便不是我们学术界的泰斗，也是一位名人。他们居然以为你疯了。哈—哈—哈！你不知道——他们就是这么想的！唉，这些卑微的爬虫，他们哪会明白，智慧是什么！连杜涅奇卡都险些相信了——你瞧瞧！你去世的父亲给杂志投过两次稿——起先是诗歌（本子我还保存着，什么时候我拿给你看看），后来是部中篇小说（我自个儿求他给我抄的），我们两个拼命祈祷，希望采用——结果还是没用！我呀，罗佳，六七天前看着你的衣服，看着你怎么过日子，吃什么，穿什么，心都碎了。可现在觉得，这又是我犯傻，因为现在只要你想要，什么都能得到，凭你的智慧和天分。这就是说你暂时不想要，现在有更重要的事要做……"

"杜尼娅没在家，妈妈？"

"对，罗佳。家里常常看不见她，就留下我一个。德米特里·普罗科菲伊奇，真谢谢他，倒是常来陪我坐坐，尽说你的事。他爱你，尊敬你，我的朋友。你妹妹嘛，我不说她待我不好。我不是抱怨。她有她的性格，我有我的性格。她这会儿像是有了什么秘密，不过我对你们两个没有任何秘密。当然，我深信杜尼娅非常聪明，另外，她爱我，也爱你……就不知道这会是什么结果。瞧，你现在让我好高兴，罗佳，过来看我，她可是错过机会了。等她回来，我就告诉她：哥哥来过，你不在，你去哪儿了？罗佳，你不用太宠我：能来就来，不能来也没办法，我可以等。我反正知道你爱我，这就够了。瞧，我可以读你的文章，可以听大伙儿说你，偶尔你还会来看我，有什么比这更好的？你不现在就来安慰母亲了，我看见了……"

这时，普利赫里娅·亚历山德罗夫娜突然哭了。

"我又哭了！别管我，我太傻！哎呀，上帝，我怎么老坐着，"她喊着从座位上跳起来，"有咖啡，我居然不请你喝咖啡！我真是老糊涂了，光顾着自己。马上就好，马上！"

"妈妈,别忙,我这就走。我不是来喝咖啡的。听我说几句。"

普利赫里娅·亚历山德罗夫娜怯生生地走到他面前。

"妈妈,以后不管发生什么,不管您听到什么,也不管人家说我什么,您都会像现在这样爱我吗?"他突然冲动地问,不假思索,不顾轻重。

"罗佳,罗佳,你怎么啦?你怎么会问我这个!谁会在我面前说你坏话?再说,我谁也不信,不管谁来,我都赶他走。"

"我来是要您相信,我是一直爱您的,现在我很高兴,这儿只有我们两个,甚至很高兴杜涅奇卡不在,"他仍然那样冲动,"我来是要当面告诉您,虽然您会遭难,但您得知道,您儿子爱您,现在超过爱他自己,您原先对我的种种想法:我冷酷啦,不爱您啦,都是不对的。我永远不会不爱您……好了,我觉得应该这样做,这样开始……"

普利赫里娅·亚历山德罗夫娜默默抱住他,把他贴紧胸口,轻轻哭了。

"罗佳,真不知道你怎么了,"她终于说,"这些天,我一直以为我们惹你心烦,现在我看出来了,你有大难,所以你犯愁。这我早有预感,罗佳。原谅我把话挑明了,我一直想着这事,天天夜里睡不着。昨天夜里连你妹妹都说了一夜梦话,句句都在念叨你。我全听见了,可什么也不明白。一早上像要赴刑场似的等着什么,我有预感,这不等到了!罗佳,罗佳,你要去哪儿?去外地,是吗?"

"外地。"

"我想也是!我也可以跟你一起去,要是你需要,还有杜尼娅,她爱你,她太爱你了,也许还有索菲娅·谢苗诺夫娜,让她跟我们一起去,要是需要。你看,我都愿意把她当女儿似的带在身边。德米特里·普罗科菲伊奇会帮我们收拾的……不过……你究竟去哪儿?"

544

"别了,妈妈。"

"怎么! 今天就走!"她惊叫,就像她将永远失去他一样。

"没办法,我得走,一定得走……"

"连我也不能跟你走?"

"不,您还是跪下,替我祈祷上帝。您的祈祷也许能听见。"

"让我替你画个十字,替你祝福! 对,对。噢,上帝,我们这是在做什么?"

是的,他很高兴,他非常高兴家里没人,只有他和母亲。像是在这段恐惧的日子里,他的心一下子软了。他扑倒在她面前,连连吻她的双脚,接着两人抱头痛哭。这次她没惊讶,也没盘问。她早已明白,儿子出事了,现在对他来说,某种可怕的时刻已经来到。

"罗佳,我亲爱的,我的大儿子,"她号啕大哭,"你现在就跟小时候似的,也是这样走到我跟前,也是这样抱住我,吻我。那时我跟你父亲日子过得挺难,但只要你在身边,就是我们的安慰。你父亲去世后,有多少次,我们也像现在这样,在他墓地上抱头痛哭。其实我早就在哭。我这做母亲的心早就感到了灾难。当时,那天晚上,记得吗,我们刚到这儿,我一看到你,从你的眼神里就猜到了一切,当时我心都抖了,今天一开门,看到是你,我就知道大难临头了。罗佳,罗佳,你不是马上走吧?"

"不是。"

"你还来吗?"

"来……一定来。"

"罗佳,别生气,我都不敢多问。我知道我不敢,不过你得对我说一声,你去的地方很远吗?"

"很远。"

"你去那儿做什么,当差,有个奔头,是吗?"

545

"全由上帝安排……您就替我祈祷吧……"

拉斯科尔尼科夫朝门口走去,但她一把抓住他,绝望地看着他的眼睛。她的脸被恐惧扭歪了。

"好了,妈妈。"拉斯科尔尼科夫说,深悔自己突然想来告别。

"不是永别吧? 还不是永别,是吗? 你还会来,明天还来?"

"来,来。别了。"

他终于脱身了。

这是一个清新、暖和、明朗的傍晚。从早上起天已经放晴。拉斯科尔尼科夫朝自己住所走去,他走得很急。他想在日落前结束一切。在这以前,他不想遇见任何人。上楼时,他发现娜斯塔西娅撇下茶炊,注视着他的一举一动,始终目送着他。"是不是我屋里有人?"他想。他依稀觉得是波尔菲里,深感厌恶。但走到自己房间门口,推门看到的却是杜涅奇卡。她一个人孤单单地坐着,满脸沉思,像是已经等了他很久。他在门口站住。她惊恐地从沙发上欠起身,端正地站在他面前。她朝他投来怔怔的目光,露出恐惧和无法抑制的悲伤。单凭这目光,他便明白,她已经了解一切。

"我是进来,还是走开?"他不无疑虑地问。

"我在索菲娅·谢苗诺夫娜家里坐了一整天。我们两个都在等你。我们以为你肯定会去。"

拉斯科尔尼科夫走进房间,疲惫地坐到椅子上。

"我不知怎的很虚弱,杜尼娅,太累,但愿至少现在能够完全控制自己。"

他怀疑地朝她抬起眼睛。

"这一夜你到底在哪儿?"

"记不清了,你看,妹妹,我想下决心,在涅瓦河边来回走了好多次,这我记得。我想在那儿自杀,但……我下不了决心……"他轻轻

546

说,又怀疑地抬眼看了看杜尼娅。

"感谢上帝！我们怕的就是这个,我跟索菲娅·谢苗诺夫娜！这么说,你还相信生活,感谢上帝,感谢上帝!"

拉斯科尔尼科夫苦笑了一下。

"我原先不信,不过刚才我抱着母亲哭了一场。我不信上帝,但我请母亲替我祈祷。只有上帝知道,这该怎么办,杜涅奇卡,我一点都不明白。"

"你去看过母亲? 你都告诉她了?"杜尼娅惊叫,"难道你下决心告诉她了?"

"不,没……明说,但她大致清楚。昨天夜里她听到你一个劲地说梦话。我相信她已猜到一半。也许我去看她不是好事。我都不知道我干吗去看她。我是浑蛋,杜尼娅。"

"浑蛋? 可你准备受难! 你不是要去受难吗?"

"去,这就去。是的,为了避免这一耻辱,我都想投河,杜尼娅,但我站在河边又想,要是直到现在我都认为自己是强者,那我现在也不该害怕耻辱,"他表态说,"这是高傲,杜尼娅?"

"高傲,罗佳。"

他无神的眼睛里像是闪起一星火花:他似乎很高兴他依然高傲。

"妹妹,你不认为我是胆小怕水?"他怪笑着问,抬眼看她的脸。

"噢,罗佳,得了吧!"杜尼娅痛苦地大叫。

沉默持续了约莫两分钟。他低头坐着,看着地上,杜涅奇卡站在桌子的另一端,伤心地望着他。突然他站起来:

"不早了,是时候了。我这就去自首。但我不知道我干吗去自首。"

大颗大颗的泪珠流下她的面颊。

"你哭了,妹妹,你能和我握别吗?"

"你连这都怀疑?"

她紧紧抱住他。

"难道你去受难,不已洗刷了你一半的罪?"她大叫,使劲拥抱他,吻他。

"罪? 什么罪?"他突然莫名地狂叫起来,"我杀了讨厌、恶毒的虱子,放高利贷的老太婆,杀这种根本没用的东西,就是有四十桩罪也会得到宽恕。她吸穷人的血,这能算罪? 我想的不是罪,也不是什么洗刷它。干吗大家都围着我指指点点:'罪,罪!'只是现在我才看清我胆小的荒唐! 只是我决心去承受这不必要的耻辱的现在! 我下这个决心,不过是出于我的低贱和无能,还有就是想有这个……波尔菲里说的好处! ……"

"哥哥,哥哥,你这是在说什么! 毕竟你杀人了!"杜尼娅绝望地大叫。

"大家都杀人,"他几近疯狂地接口说,"这个世界现在杀人,过去也杀人,流的血像瀑布,像香槟,所以恺撒能在卡皮托利加冕,后来还被称作人类的恩人。你只要睁眼仔细看看就行! 我本想为人们造福,做几百件、几千件好事来弥补这件傻事,甚至还说不上傻事,不过不大妥当就是了,因为这整个想法并不像现在,失败后,看起来那么傻……(凡是失败的,看起来都傻!)我只是想用这件傻事让自己有个独立的地位,跨出第一步,弄点钱,到时候一切都会被无比的,相对来说,收益所抵销……但我,我连第一步都受不了,因为我是浑蛋! 就这么回事! 反正我不会用你们的观点看问题:要是我成功了,我会加冕,可现在得去坐牢!"

"这不一样,完全不一样! 哥哥,你这是在说什么!"

"啊! 方式不对,方式缺乏美感! 我压根儿不明白:为什么炮打人群,重兵围攻,就是比较可敬的方式? 怕骂是底气不足的首要特征！……我从来，从来没像现在这样清楚这一点，也比任何时候都不明白，我犯了什么罪！我从来，从来没像现在这样坚强和坚定！……"

热血甚至涨红了他苍白、疲惫的脸。但说到最后一句时，他无意中看到杜尼娅的眼睛，在这一瞥中，他看到妹妹多么，多么为他难过，不禁清醒了。他觉得毕竟是他使这两个可怜的女人陷入不幸。毕竟是他造成了这一切……

"杜尼娅，亲爱的！要是我错了，就原谅我（虽说我不可原谅，要是我错了）。别了！我们不用再争！该走了，真的该走了。别跟着我，求你了，我还要去……你现在回去，这就坐在母亲身边。我就求你这件事！这是我对你最后，也是最大的请求。你要一直陪着她。我走的时候，她很担心，她未必挺得住：不死也会疯。你要陪着她！拉祖米欣会照料你们的，我对他说过……不要为我掉泪：我会努力做个勇敢诚实的人，至死不变，虽说我是凶手。也许将来什么时候你会听到我的名字。我不会让你们丢脸的，等着瞧吧。我能证明……现在就暂时分手吧。"他最后许下诺言时，又在杜尼娅眼睛里发现了某种怪异的神色，赶紧打住。"你干吗哭成这样？别哭，别哭，我们不是永别！……啊，对！等等，我忘了！……"

他走到桌前，拿起一本厚厚的、满是灰尘的书，把书打开，取出书页间夹着的一幅小小的，画在象牙上的水彩肖像。象牙上画着房东的女儿，他原先那位在高烧中去世的未婚妻，一心想进修道院的古怪姑娘。有一分钟光景，他凝视着这张秀气而又带着几分病容的脸，随后吻了吻肖像，把它交给了杜涅奇卡。

"我跟她反复谈过**这事**，跟她一个人，"他沉思着说，"推心置腹地对她详细说了后来实施得那么糟的计划。你别着急，"他朝杜尼娅转过身，"她不同意，就跟你一样。我很高兴，她已经不在了。主要是，主要是现在一切都将重新开始，断成两半，"他突然高声起来，重又变得极度苦恼，"一切，一切，可我对这种变化有准备吗？我自己希望这样吗？据说，这是为了考验我！这些毫无意义的考验有什么用，有什么用？它们有什么用，难道到时候，服完二十年苦役，我年老体弱，被苦难，被白痴一样的生活压垮后，能比现在更明白事理？到时候我活着有什么用？干吗我现在同意这种活法？噢，今天天亮，我站在涅瓦河边时，我就知道我是浑蛋！"

两人终于到了街上。杜尼娅心里难受，但她爱他！她走了，但走了五十步光景，又转身看他。远远地还能看见他。但到了拐角处，他也转过身，两人的目光最后一次遇到一起。但发现她在看他，他不耐烦地，甚至懊丧地挥了挥手，示意她走，自己倏地拐弯走了。

"我太凶，这我知道，"他想，转眼间又为自己刚才懊恼地朝杜尼娅挥了挥手感到歉疚，"她们干吗这样爱我，要是我不值得她们爱！噢，要是我只是一个人，谁也不爱我，我也从来不爱谁，那有多好！**那就没有这些啰唆！**也真是的，难道我就那么盼着这以后的十五或者二十年，逢人便说自己是强盗，低声下气地哭着认罪？对，就是，就是！现在他们流放我，就是为了这个，他们需要这个……瞧，他们在街上来来往往，其实他们人人都是浑蛋、强盗，从本性上说，甚至更糟——都是白痴！噢，你倒试试免了我的流放，他们准会气得发疯，还道理十足！噢，我多恨他们！"

他冥思苦想："这究竟是怎么回事，他终于不假思索地服从了他们，凭着一种信念服从了！是啊，干吗不服从？当然，应当这样。难道二十年不断的压迫，还不把人彻底压垮？水滴石穿。在这以后，我干吗，干吗还要活下去，干吗我现在要去自首，既然我知道这一切都像书里写的一样，不会有别的结果！"

从昨天晚上起，也许他已经第一百次向自己提了这个问题，但他还是去自首了。

# 八

　　他走进索尼娅房间,已是傍晚。整整一天,索尼娅都心急火燎地在等他。跟她一起等他的还有杜尼娅。想起斯维德里盖洛夫昨天说过索尼娅"知道这事",她一早就找来了。两个女人谈话的细节、眼泪,相互间亲近到什么程度,我们就不一一交代了。杜尼娅从这次见面中至少得到一种安慰,哥哥不会孤单:他带着自己的忏悔首先找上她,索尼娅;当他需要好人的时候,他希望她就是这样的好人;她会跟他走,不管命运让他去什么地方。她甚至没问,但她知道肯定会是这样。她看着索尼娅,甚至带有某种敬意,起先,这种敬意使索尼娅几乎感到窘迫。索尼娅甚至差点想哭:恰恰相反,她认为自己甚至不配正眼看看杜尼娅。在拉斯科尔尼科夫住所她们首次见面时,杜尼娅那样关切和敬重地向她鞠躬告别的端庄形象,从那时起便一直留在她心中,就像她一生中见过的一个无比美好的情景。

　　杜涅奇卡终于坐不住了,告别索尼娅,决意去哥哥住所等他。她总觉得他会先去那儿。索尼娅一个人待在屋里,想到他也许真的会自杀,吓得魂都没了。杜尼娅怕的也是这个。但她俩一整天都用各种理由抢着说服对方,这不可能,而且两人在一起,相对比较安心。现在,两人刚一分手,无论离去的,还是留下的,想的全是这个。索尼娅想起昨天斯维德里盖洛夫对她说过,拉斯科尔尼科夫只有两条路——要么弗拉基米尔大道,要么……再说,她知道他爱虚荣,高傲,自尊,不信上帝。"难道只有胆小、怕死,才能迫使他活下去?"她终于绝望地想。这时,太阳已经下山。她伤感地站在窗前,凝视窗外——但窗外可以看到的只有隔壁未经粉刷的巨大墙面。最后,当她坚信这个不幸的人已经死亡——他走进了她的房间。

一声欢呼发自她的胸膛。但凝神看了看他的神色，她突然脸都白了。

"对！"拉斯科尔尼科夫苦笑着说，"我来拿你的十字架，索尼娅。是你自己把我送到十字路口，现在当真要做，你怎么反倒害怕了？"

索尼娅惊讶地看着他。这语气使她奇怪，一阵寒战像要掠过她的全身，但不一会儿她便猜到，无论这语气，还是这话，都是假装的。他连跟她说话，都不知怎的眼睛看着墙角，像是避免直接看到她的脸。

"瞧，索尼娅，我考虑好了，这样也许比较有利。这儿有个情况……不过说来话长，也没这个必要。知道吗，现在唯一让我恼火的是什么？是这些野兽似的蠢货会马上围住我，直勾勾瞪着我，问我许多愚蠢的问题，还必定得回答——还要指指点点地骂我……呸！知道吗，我不想找波尔菲里，他让我腻烦。我宁肯去找我的朋友'火药'，让他吓一跳，造成某种轰动。其实，倒是应当冷静些，最近我火气太大。你信不信，刚才我险些举起拳头威吓妹妹，就因为她转身，想最后看我一眼。这种态度简直像猪！唉，我落到了什么地步？好吧，十字架在哪儿？"

他像丢了魂。他甚至没法好好站上一会儿，没法在什么事情上集中注意力，他的思想不断跳跃，一个快过一个，他说着说着便出神了，两手微微颤抖。

索尼娅默默地从抽屉里取出两个十字架，一个柏木的，一个铜的，自己画了个十字，又替他画了个十字，随后在他胸前挂上柏木十字架。

"就是说，这是象征，我背上了十字架，嘿！嘿！好像在这以前我没怎么受难！柏木的，也就是平民百姓用的，铜的——莉扎韦塔的，你自己戴——戴给我看看？她就戴这个……当时？我还知道差不多的两个十字架，一个银的，一个有圣像。我当时把它们扔在老太婆胸口上。这不，那两个现在正用得着，真的，就该把那两个给我戴上……不

552

过,我尽胡说,把正事忘了,我老走神,不知怎的！……你瞧,索尼
娅——其实我是来预先告诉你,让你知道……就这些……我就为这个
来的。(不过,我原以为我会说得多些。)你不是自己要我去自首吗,这
不,我要坐牢了,你的愿望可以实现了。你干吗哭？你也哭？别哭,够
了。哎呀,这我看着都难受！"

但他毕竟动了真情,他看着她,心都揪紧了。"她,她干吗？"他暗
想,"我是她什么人？她干吗哭,干吗像母亲或者杜尼娅似的送我？以
后准是我的保姆！"

"你画个十字,祈祷吧,哪怕只是一次。"索尼娅声音发抖,怯生生
地请求。

"噢,可以,你说几次就几次！还是真心诚意,索尼娅,真心诚
意……"

其实,他想说些别的。

他接连画了几个十字。索尼娅抓起自己头巾,披到头上。这是绿
呢头巾,大概就是当初马尔梅拉多夫提起的"全家合用的"那条。这个
想法在拉斯科尔尼科夫脑海里一闪,但他没问。确实,他连自己都已
察觉他心里极乱,不知怎的惶恐中常常出错。这使他害怕。索尼娅想
跟他一起去,突然也使他惊慌。

"你干什么！你去哪儿？留下,留下！我一个人去,"他沮丧而又
恼火地大叫,随即几乎恶狠狠地朝门口走去,"干吗要人跟着！"他嘟哝
着走出去。

索尼娅留在房间中央。他甚至没和她告别,他已经把她忘了。一
个痛苦、反抗的疑问在他心中沸腾。

"对吗,这样做对吗？"他下楼时又想,"难道就不能停下,再改个
主意……不去自首？"

但他还是去了。他突然彻底明白,不用再给自己提什么问题。到

了街上,他想起没和索尼娅告别,想起她留在房间中央,戴着绿呢头巾,被他的呵斥吓得动也不敢动,刹那间,他收住了脚步。这时,一个想法突然使他恍然大悟——仿佛这个想法早就在等他,好让他彻底惊醒。

"干吗,我干吗刚才去找她?我对她说:有事。其实,有什么事?根本没事!告诉她,**我去自首**。那又怎样?有什么大不了的!是不是我爱她?不是吗,不是吗?可瞧,刚才我把她像狗一样赶走了。是不是我当真需要她的十字架?噢,我堕落到多低下的程度!不——我需要她的眼泪,我需要看见她的惊恐,需要看看她有多心疼,多难受!需要随便抓住什么,拖点时间,看看她会怎样!我居然有这样的奢望,这样看待自己,我是乞丐,我卑鄙,浑蛋,浑蛋!"

他走在运河的滨河街上,路已经不远。但走到桥下,他收住脚步,突然转身过桥,拐到了干草广场的方向。

他贪婪地左右盼顾,使劲端详每一样东西,但没法集中注意力,见了什么都走神。"瞧,再过一星期,一个月,我就会坐在囚车里,给押到什么地方去,从这桥上经过,到时候我会怎么看这条河——记住这个?"这念头在他脑海里一闪。"瞧这块招牌,到时候我会怎么念上面的字?这儿写着'公司',这不,应当记住这个'公'字,过一个月再看它,看这个'公'字:到时候我会怎么看?到时候我会有什么感觉和想法?……上帝,这些多没意思,我现在这些……牵挂!当然,这些肯定有趣……在某种意义上……(哈—哈—哈!我在想什么!)我成了孩子,尽在自己面前胡吹。嗯(我干吗自己奚落自己?),嘿,多挤!瞧,就是这胖子——德国人,肯定,——撞了我:嗯,他知道吗,撞谁了?这女人带着孩子讨钱。滑稽,她以为我比她幸福。怎么,给点钱开开心。啊,袋里还有五戈比,哪来的?给,给……拿着,大娘!"

"上帝保佑你!"响起乞丐的哭音。

他走进干草广场。他讨厌，非常讨厌跟人接触，但他恰恰去了人多的地方。他宁肯把世界上的一切都给别人，只要能够独自待着。但他心里明白，独自一人，他连一分钟都待不下去。人群里有个醉鬼在胡闹：他老想跳舞，又老是摔倒。他身边围了不少人。拉斯科尔尼科夫挤进人群，有几分钟就这么看着醉鬼，突然他短促地一声声大笑起来。一分钟后，他已经把他忘了，甚至看着他就像没看见一样。终于他离开了，甚至不记得他这是在哪儿。他走到广场中央，突然心里一动，一种感觉倏地控制了他，攫住了他的整个身心。

他突然想起索尼娅的话："到十字路口去，向世人请罪，吻吻大地，你在它面前也是有罪的，再向世人坦白：'我是杀人犯！'"想起这话，他便浑身发抖。这段时间，特别是刚才几小时走投无路的苦恼和惊慌，已经把他压垮。他急于完整、充分地体验这种全新的感觉。这感觉不知怎的来得凶猛，突然：先在内心燃起一星火花，旋即像大火似的吞噬全身。他身上的一切倏地软下来，眼泪夺眶而出。他怎么站着，就怎么跪下了……

他跪在广场中央，磕了个头，吻了吻这块肮脏的土地，感到喜悦和幸福。他站起来，又跪下磕了个头。

"瞧，喝醉了！"他边上的小伙子说。

响起一片笑声。

"他这是去耶路撒冷，弟兄们，在跟孩子，跟故乡告别，向世人行礼，吻吻首都圣彼得堡，吻吻它的泥土。"一个醉醺醺的小市民补充。

"小伙子还挺年轻！"第三个人插话。

"家里准是贵族！"有人威严地说。

"这世道呀，分不清，谁是贵族，谁不是。"

所有这些反应和交谈制止了拉斯科尔尼科夫，都到嘴边的话"我杀人了"，突然在嘴里僵住了。但他平静地忍受了这些喊叫，没朝周围看一看,便径直穿过小巷,朝警察局走去。半路上,有个人影依稀在他前面闪过,但他不觉得奇怪,他已经预感到必然是这样。他在干草广场第二次跪下磕头时,往左转了转,在离他五十步的地方,他看见了索尼娅。她躲在广场一座木棚后面,就是说,在这悲伤的行程中,她一直陪伴着他!他的直觉和意识都无可更改地告诉他,从今以后,索尼娅将永远和他在一起,永远跟随他,哪怕命运把他抛到天涯海角。他的心,整个翻了个个儿……但是——瞧,他已经到了决定命运的地方……

他相当精神地进了院子。得去三楼。"还有那么多楼梯要走。"他想。他总觉得离决定命运的时刻还远,他还有很多时间,可以重新考虑很多问题。

螺旋形的楼梯上又是垃圾、又是蛋壳,又是家家户户敞开的门,又是厨房飘出的油烟和腥臭。拉斯科尔尼科夫从那天起,一直没来过这里。他的两条腿发麻,发软,但还在走。他停了一下,好喘口气,定定神,像人一样走进去。"这是干吗?干吗?"他突然想,意识到自己的这个举动。"既然得喝下这杯苦酒,不反正一样?模样越丑越好。"刹那间,他脑海里闪过火药伊里亚·彼得罗维奇的身影。"难道真去找他?就不能找别人?不能找尼科季姆·福米奇?这就回头,去局长家?至少有种家庭气氛……不,不!得找火药,得找火药!要喝就一口喝掉……"

他手脚冰凉,几乎麻木地推开警察局的门。这次局里人少,才一个管院子的和一个普通百姓。门卫甚至没从隔板后面的小间里往外看一眼。拉斯科尔尼科夫去了里屋。"也许,还可以不说。"这个想法几次在他脑海里闪过。这里,一个没穿制服的司书坐在写字台旁准备写东西,屋角里另一个司书也坐了,打算办公。扎梅托夫不在。尼科季姆·福米奇当然也不在。

"没人?"拉斯科尔尼科夫问写字台旁的司书。

"您找谁?"

"啊—啊—啊! 闻所未闻,见所未见,真是俄罗斯的精灵……这在那个童话里①是怎么说的……忘了! 阁下好!"一个熟悉的声音突然叫起来。

拉斯科尔尼科夫浑身打战。他面前站着火药,后者突然从另一个房间出来。"这是命运,"拉斯科尔尼科夫想,"他怎么在这儿?"

"找我们? 什么事?"伊里亚·彼得罗维奇大声说(他显然情绪极好,甚至有点兴奋)。"要是有事要办,您来早了。我是碰巧在这儿……不过,能办的我都给办。说实在的……您叫什么来着? 叫什么来着? 对不起……"

"拉斯科尔尼科夫。"

"就是:拉斯科尔尼科夫! 难道您以为我忘了! 您千万别把我当那号人……罗季昂·罗……罗……罗季昂诺维奇,好像是吧?"

"罗季昂·罗曼诺维奇。"

"对,对—对! 罗季昂·罗曼诺维奇,罗季昂·罗曼诺维奇! 我想说的就是这个。我都几次打听过您。说实在的,打那以后,我真的很伤心,我们当时居然吵成这样……后来人家对我作了解释,我这才知道您是青年作家,甚至学者……这么说吧,已经起步……噢,上帝! 哪个作家、学者一开始不是标新立异! 我和我老婆喜欢文学,我老婆简直是文学迷! ……喜欢文学,喜欢艺术性! 只要人好,其他的,凭才干、知识、悟性、天分,都能得到! 帽子,譬如,帽子算什么? 帽子就像烙饼,我能到齐默尔曼那儿买,可帽子保护、帽子遮着的东西,我买不

---

① 指普希金的《鲁斯兰和柳德米拉》,原文为:"那儿有俄罗斯的精灵,那儿弥漫着罗斯的气息!"

到！……说实在的，我甚至想找您解释，又想，也许您……不过，我就问不出来：您是不是真的有事要办？听说，您家里来人了？"

"对，母亲和妹妹。"

"我都荣幸地见过您妹妹——一位有教养的漂亮姑娘，说实在的，我很遗憾，我们两个当时居然这样冲动。莫名其妙！至于当时我对您昏厥有看法——后来得到了精彩的解释！训人训惯了！我理解您的愤怒。也许，全家都来了，您想换个住所？"

"不—不，我只是随便看看……我来问一下……我以为能在这儿找到扎梅托夫。"

"啊，对！你们交了朋友，听说了。可惜，扎梅托夫已经不在这儿了，真是不巧。对，我们失去了亚历山大·格里戈里耶维奇！从昨天起他就不在了，走了……走的时候，跟所有的人都吵嘴了……那么没礼貌……轻浮的小家伙，就这么回事，本来很有希望，这不，您倒跟他们，跟我们辉煌的年轻一代，一起共事试试！他大概是想接受什么考验，您知道我们这儿尽会空谈、吹牛，这考验也准是这样收场。这可不比，譬如，您或者拉祖米欣先生，您的朋友！你们做的是学问，什么挫折都不会改变你们的志向！对您来说，所有的享乐，可以说都等于零①，禁欲主义者、修士、隐士！……对您来说，书本，钢笔夹在耳朵上，学术研究——这就是您精神翱翔的地方！我本人多少……利文斯通②的书您读过吗？"

"没有。"

"我读过。不过眼下到处都是虚无主义者，这也可以理解，现在是什么时代，请问？不过我跟您……您当然不是虚无主义者！请说实

---

① 拉丁语。

② 利文斯通(1813—1873)，英国著名探险家，传教士。一八四一年受伦敦教会派遣去南非传教，并在非洲进行了广泛的考察和探险，著有《赞比西河及其支流》等。

话,实话!"

"不—不是……"

"不是,知道吗,您得对我说实话,不要拘束,就像自己跟自己单独说话一样!公务是一回事,可……您以为我想说,交情是另一回事,不,您猜错了!另一回事不是交情,是公民和人的感情,人道的感情,对上帝的爱。我可以是官方人士,可以担任职务,但我应当时刻感到自己是公民,是人,意识到这一点……您刚才提到扎梅托夫。扎梅托夫,他准在不体面的地方,喝着香槟或者顿河酒,闹些法国式的丑闻——您的扎梅托夫就是这号货!我也许,这么说吧,出于忠诚和高尚,都羞死了,何况,我有地位、官阶、职务!有老婆、孩子。我履行公民和人的义务,可他是什么人,请问?您不一样,我把您当作受过教育的好人。还有这些接生婆现在也到处都是,多得出奇。"

拉斯科尔尼科夫询问地扬起眉毛。伊里亚·彼得罗维奇显然刚刚用餐完毕,他的话多半像噪音似的撒落在他面前。但有一部分他毕竟勉强听懂了。他询问地看着火药,不知道这一切会怎样收场。

"我是说这些剪短发的女孩,"爱说话的伊里亚·彼得罗维奇又说,"我私下里叫她们接生婆,我看这绰号挺可以。嘿!嘿!一个劲地往医学院钻,学解剖。您倒说说,我要是病了,我会叫个姑娘来治病?嘿!嘿!"

伊里亚·彼得罗维奇哈哈大笑,对自己的俏皮话十分满意。

"这,譬如说吧,是太想受教育,但受过教育就行了。干吗滥用?干吗侮辱好人,就像这个浑蛋扎梅托夫干的?他干吗侮辱我,我问您?瞧,有多少人自杀,这事您简直没法想象。都是没钱了,自杀。姑娘、小子、老人……今天上午还通报了刚来这儿的一位先生的死讯。尼尔·帕夫雷奇,尼尔·帕夫雷奇!他姓什么来着,刚才通报在彼得堡岛自杀的那位绅士?"

"斯维德里盖洛夫。"不知什么人从另一个房间沙哑、冷漠地回答。

拉斯科尔尼科夫打了个战栗。

"斯维德里盖洛夫！斯维德里盖洛夫自杀了！"他大叫。

"怎么！您认识斯维德里盖洛夫？"

"对……认识……他来了没几天……"

"对，来了没几天，死了老婆，一个放荡的家伙，突然自杀了，还那么古怪，真是想不到……他在笔记本里留了几句话，说他死的时候，神志清楚，这事千万不要怪罪任何人。这一个据说有钱。您是怎么认识他的？"

"我……认识他……我妹妹在他们家当过家庭教师……"

"啊，啊，啊……这么说，您可以向我们提供他的情况。您没想到他会自杀？"

"我昨天见过他……他……喝酒了……我什么都不知道。"

拉斯科尔尼科夫觉得，似乎有什么东西砸到他身上，把他压住了。

"您的脸色好像又白了。我们这儿空气太浑浊……"

"对，我得走了，"拉斯科尔尼科夫含糊地说，"对不起，打扰了……"

"噢，哪能呢，想来就来！您让人高兴，我很乐意这么说……"

伊里亚·彼得罗维奇甚至伸过手来。

"我只想……找找扎梅托夫……"

"明白，明白，您让人高兴。"

"我……很高兴……再见……"拉斯科尔尼科夫微笑着说。

他走出去，摇摇晃晃。他头晕，连自己的两条腿，是否站得住都感觉不到。他开始下楼，右手扶着墙壁。他似乎觉得有个管院子的，拿着户口簿去警察局，迎面上来，撞了他一下；似乎觉得有只小狗在底下什么地方汪汪乱叫；一个女人朝狗扔出一根擀面杖，连声叱喝。他下了楼梯，到了院子里。就在这儿，离院子出口不远，站着死人般苍白的索尼娅,古怪地朝他看了一眼。他走到她面前站住。她脸上满是痛苦和疲惫,似乎对什么都无所谓了。她两手一拍。一丝丑陋、慌张的笑容扭歪了他的嘴唇。他站了一会儿,苦笑一下,转身上楼又去了警察局。

伊里亚·彼得罗维奇坐着,在一堆公文里找什么东西。他面前站着刚才上楼时,撞了拉斯科尔尼科夫的汉子。

"啊—啊—啊? 您又来了! 忘东西了? ……您怎么啦?"

拉斯科尔尼科夫嘴唇发白,目光呆滞,轻轻向他走去,到了桌前,一手撑住桌子,想说什么,但说不出来,只听到一些不连贯的声音。

"您不舒服,椅子! 对,坐椅子上,坐! 水!"

拉斯科尔尼科夫倒在椅子上,但眼睛始终看着不快和诧异的伊里亚·彼得罗维奇。有一分钟光景,两人对视着,等待着。水拿来了。

"是我……"拉斯科尔尼科夫开口说。

"先喝点水。"

拉斯科尔尼科夫抬手把水推开,随后轻轻地,一字一顿,但又清晰地说:

**"是我那天用斧子杀了老太婆和她的妹妹莉扎韦塔,抢了东西。"**

伊里亚·彼得罗维奇张大了嘴,四周的人都跑过来。

拉斯科尔尼科夫重复了自己的供词……

……

# 尾　声

## 一

西伯利亚。一条荒凉的大河边上坐落着俄罗斯的一个省城①。城里有座堡垒，堡垒里有座监狱。二级流放苦役犯②罗季昂·拉斯科尔尼科夫在这里已经关押了九个月。从他犯罪那天算起，都快一年半了。

他的案子审理没有多大困难。案犯始终断然、准确、清楚地坚持自己的供词，没有混淆案情，没有推卸罪责，没有歪曲事实，也没有忘记任何细节。他无一遗漏地陈述了杀人的全过程：揭开被杀的老太婆手里**抵押品**（一块绑着金属片的木板）的秘密；详细交代怎么从死者身上拿了钥匙；描述这些钥匙，描述箱子，箱子里装满什么，甚至列举箱子里的个别物品；解开了莉扎韦塔被杀的谜；交代了科赫怎么来敲门，怎么后来又来了大学生，转述了他们之间的谈话；交代了他，罪犯，后来怎么跑下楼梯，听到米科尔卡和米季卡的尖叫；他怎么躲进空房

---

① 指额尔齐斯河上的鄂木斯克。

② 苦役犯按罪行轻重分为三级，分别在矿场、堡垒和工厂服苦役。

563

间,怎么回到家里,最后指明了院子里石头的位置,沃兹涅先斯基大街,大门边上,果然,石头底下找到了东西和钱包。一句话,案情相当清楚。顺便说一句,侦查员和法官非常奇怪:他居然把钱包和东西藏在石头底下没有动用,更奇怪的是,他不仅记不清他亲手抢来的所有东西,甚至一共几件都弄错了。至于他从没打开过钱包,连里面有多少钱都不知道,尤其不可思议(钱包里共有三百一十七银卢布和三枚二十戈比硬币,因为在石头底下压了很久,面上几张大钞损坏严重)。他们费了很长时间,竭力弄清为什么案犯偏偏在这个情节上撒谎,而对其余一切供认不讳? 最后,有些人(特别是几位心理学家)认为这也可能,他确实没看过钱包,不知道里面有什么,因为不知道,所以就拿去埋在石头底下,但从这里立刻得出结论:犯罪的起因,必定是某种暂时的精神错乱,这么说吧,杀人和抢劫病态癫狂的发作,没有进一步的目的和谋财的企图。这时恰好流行暂时精神错乱的最新理论,这一理论在我们这个时代,常常被用到某些罪犯身上。况且,拉斯科尔尼科夫由来已久的疑病,得到了佐西莫夫医生、他从前的同学、房东、女仆和许多证人的确凿证明。这一切有力地促成了下面的结论:拉斯科尔尼科夫和一般的杀人犯、强盗和抢劫犯不同,这里必定另有原因。持这种意见的人非常遗憾的是,案犯本人几乎没有尝试为自己辩护。对最后定性的问题:究竟是什么诱发他杀人,是什么促使他抢劫,他回答得相当清楚、笨拙而又准确:一切的起因都是他的恶劣处境,他的贫穷和无助,他指望从被害人那里弄到至少三千卢布,以便稳步开拓自己一生的事业。他决意杀人,是出于他冒失和沮丧的性格,更是受了穷苦和挫折的刺激。究竟是什么促使他来自首,对这个问题他直接回答说,是真诚的忏悔。这一切几近笨拙……

但就犯罪事实来说,判决出人意料地宽大,也许,恰恰是因为案犯不仅不想辩护,而且表示了似乎更加严厉的自责。一切古怪和特殊的案情都得到考虑。案犯在犯罪前的病症和穷困没有受到丝毫怀疑。他没有动用抢劫的财物，这被部分算作已经悔罪的表现，部分算作犯罪期间神志不清。无意中杀死莉扎韦塔一节甚至成了神志不清的证据：一个人连杀两人，却忘了门始终开着！最后是他的投案自首，当时，案情被沮丧的宗教狂（尼古拉）所做的假口供搅得异常混乱，另外，当时对真正的罪犯不仅没有确凿罪证，甚至没有丝毫怀疑（波尔菲里·彼得罗维奇完全履行了诺言），这一切终于促成对被告的宽大处理。

　　另外，完全出乎意料，出现了其他许多对被告十分有利的材料。原先的大学生拉祖米欣不知从哪儿挖掘出好些情况，并且提供了证据，证明案犯拉斯科尔尼科夫在大学学习期间，曾用自己仅有的一点钱帮助过一位患肺病的穷苦同学，养了他几乎半年。同学死后，他又照料亡友年老多病的父亲（亡友差不多从十三岁起就靠打工维持父亲的生活），甚至还让老人住进医院，后来老人也死了，他又为他料理后事。所有这些情况，都对决定拉斯科尔尼科夫的命运产生某种有利影响。他原先的房东，拉斯科尔尼科夫去世的未婚妻的母亲，寡妇扎尔尼岑也证明，原先她们住在五角场附近另一幢房子里，有一次失火，夜里，拉斯科尔尼科夫从一套已经着火的房间里抢出两个孩子，自己反倒烧伤了。这一事实受到仔细调查，许多证人作了相当明确的证明。考虑到投案自首和某些可以减轻罪行的情况，案犯最后被判二级苦役，刑期一共只有八年。

　　还在审讯开始，拉斯科尔尼科夫的母亲就病倒了。杜尼娅和拉祖米欣认为，整个审讯期间，最好让她离开彼得堡。拉祖米欣选中了铁路沿线的一座城市，离彼得堡不远，既能密切注视审讯的全部情况，又能常常见到阿夫多季娅·罗曼诺夫娜。普利赫里娅·亚历山德罗夫娜的病是一种神经性的怪病，伴有即便不是全部，至少也是部分类似疯狂的症状。杜尼娅最后一次见了哥哥回来,发现母亲已经病倒,发烧,说胡话。当天晚上,她和拉祖米欣商定,要是母亲问起哥哥,该怎么回答,甚至和他一起,为母亲编了整整一个故事:拉斯科尔尼科夫出远门了,他去俄国边境办一件私人差使,这将最终给他带来钱财和名望。他们惊奇的是,普利赫里娅·亚历山德罗夫娜本人无论当时还是后来,从没问起这些。相反,倒是她本人为儿子的突然离去编了整整一个故事。她流着眼泪说了他怎样来和她告别,几次暗示,只有她一个人知道许多重要的秘密,暗示罗佳有许多劲敌,所以他甚至应当躲起来。至于他未来的前途,在她看来,无疑是辉煌的,只要某些敌情过去就行。她请拉祖米欣相信,她儿子日后甚至可以成为国家栋梁,他的文章和他出色的文学才能就是证明。这篇文章,她读了又读,有时甚至读出声来,差不多连睡觉都拿在手里,但罗佳到底在哪里,她几乎从来不问,尽管他们在她面前显然回避这个话题——其实,单凭这一点就足以引起她的怀疑。终于,他们开始害怕普利赫里娅·亚历山德罗夫娜对某些话题的这种奇怪的沉默。譬如,她甚至没有抱怨他不来信,然而原先,住在老家时,她生活中的唯一希望和期待就是尽快收到爱子罗佳的信。这一情况实在无法解释,也使杜尼娅十分担心。她常想母亲也许对儿子可怕的命运有了预感,所以害怕发问,免得听到什么更可怕的消息。不管怎样,杜尼娅清楚地看到,普利赫里娅·亚历山德罗夫娜已经精神失常。

不过,有两次她自己把话引到那上面,回答她时,已经不可能不提罗佳现在究竟在哪里。这些违心的回答,听起来必定勉强、可疑,于是她突然变得异常悲伤、忧郁和沉默,这种状况往往持续很长一段时间。杜尼娅终于看出,很难说谎和编造什么,认定对某些话题最好彻底保持沉默,但越来越清楚的是,可怜的母亲怀疑哥哥已经出事。杜尼娅依稀想起哥哥曾说母亲听到了她的梦话,就是决定命运的前一天夜里,她和斯维德里盖洛夫见面后:她当时是否听清了什么?常常是这样,在几天,甚至几星期的悲痛,阴郁的沉默和无言的泪水后,病人不知怎的歇斯底里地活跃起来,突然开始诉说,几乎一刻不停地诉说自己的儿子,自己的希望和未来……她的幻想有时非常古怪。人们安慰她,附和她(她自己也许很清楚,他们附和她,只是为了安慰她),但她还是说个不停……

罪犯自首后过了五个月,判决下来了。只要可以,拉祖米欣就到监狱里探望他。索尼娅也是。终于得分手了。杜尼娅对哥哥发誓,这次分手不是永别,拉祖米欣也是。在拉祖米欣年轻发热的头脑里,牢牢确立了一个计划:在未来三四年里,尽量为日后的家业打下基础,多少有点积蓄,然后移居西伯利亚,那里资源丰富,但是缺少人手和资金。到时候罗佳在哪里,他们就在哪里定居……大家一起开始新生活。分手时大家都哭了。拉斯科尔尼科夫在最后几天始终一脸沉思,常常问起母亲的情况,一直担心她的身体,甚至为她十分难受,这使杜尼娅深感不安。得知母亲的许多病状后,他变得异常阴郁。这段时间里,他不知为什么特别不想和索尼娅说话。索尼娅借助斯维德里盖洛夫留给她的钱,早就收拾好行李,准备跟随他所在的流放队伍一起上路。这事,她和拉斯科尔尼科夫从没谈过,但他俩知道肯定会是这样。最后告别时,妹妹和拉祖米欣热情地对他保证,他服完苦役,他们的生活一定会很幸福,他听了这话,只是古怪地笑笑,接着预言,母亲的病很快就会恶化。他和索尼娅终于出发了。

两个月后,杜涅奇卡嫁给了拉祖米欣。婚礼凄凉而又沉寂。不过,来宾中有波尔菲里·彼得罗维奇和佐西莫夫。近来,拉祖米欣一副下定决心的模样。杜尼娅盲目地相信,他一定能实现自己所有的愿望,再说也不能不信:这人身上显示出钢铁般的意志。顺便说一句,他又去大学听课了,以便完成学业。他俩时刻都在制订未来的计划,他俩坚信,五年后一定移居西伯利亚。在这以前只能指望在那里的索尼娅……

　　普利赫里娅·亚历山德罗夫娜高兴地祝福了女儿和拉祖米欣的婚事,但婚事过后,变得似乎更悲伤,更忧虑了。为使她有片刻的欢乐,拉祖米欣顺便对她说了大学生和他半条命的父亲,说了罗佳为从大火中救出两个孩子,自己烧伤了,还病了一场。这两件事使原本精神失常的普利赫里娅·亚历山德罗夫娜变得近乎亢奋。她不停地说这两件事,连上街都说(尽管杜尼娅始终陪着她)。在公共马车上,在铺子里,随便抓住一个肯听她说话的人,就把话题引到儿子身上,说他的文章,说他怎样帮助大学生,怎样在大火中烧伤,等等。杜涅奇卡甚至不知道该怎么劝阻她。除了这种病态的亢奋十分有害外,单是一件事就可能引发灾难:有人会从过去的案子中想起拉斯科尔尼科夫的名字,谈起案子。普利赫里娅·亚历山德罗夫娜甚至打听到从大火中救出的两个孩子的母亲的地址,一定要去看她。终于,她的焦躁达到顶点。有时,她会突然哭起来,还常常生病,发烧,说胡话。有一天早上,她干脆宣布,按她的计算,罗佳很快就该回来,说她记得,他跟她告别时亲口说过,九个月后他就回来。她开始收拾住所,准备迎接,布置给他住的房间(她自己那间),擦家具,把窗帘洗了重新挂上,等等。杜尼娅心里着急,但没作声,甚至还帮她布置安顿哥哥的房间。在不断的幻想、心造的乐景和泪水中不安地折腾了一天后,夜里,她病倒了,第二天早上,开始发烧,说胡话。热病发作。两星期后,她死了。听她昏迷时的胡话,可以知道,她对儿子命运的忧虑甚至比料想的更可怕。

　　拉斯科尔尼科夫很长时间都不知道母亲的死讯,虽说和彼得堡的通信联系从他在西伯利亚有了固定地址就已建立。联系是通过索尼娅进行的。她每月按时写信给彼得堡的拉祖米欣,每月按时收到彼得堡的回信。索尼娅的信,起先在杜尼娅和拉祖米欣看来,似乎干巴巴的,有些欠缺。但到后来,他俩一致认为,信写得不能再好,因为从这些信里终究可以异常充分和准确地想见他的不幸的哥哥的命运。索尼娅的信里满是最普通的日常琐事,对拉斯科尔尼科夫苦役生活最简单明了的描述。这里没有她个人的希望,没有对未来的猜测,也没有她个人感情的流露。她无意说明他的心情、他的内心生活,只有事实,也就是,他自己的话,他的身体状况,见面时他表达的愿望,他请她做什么,让她办什么,等等。所有这一切都写得非常详细。临了,不幸的哥哥的形象自然而然地出现了,而且描画得准确而又清晰。这里绝对没有差错,因为一切都是确凿的事实。

但根据这些消息,杜尼娅和她丈夫未能得出多少令人欣慰的结论,尤其是最初。索尼娅不断来信说,他总是一脸忧郁,不爱说话,甚至对她每次从信上得到的消息,几乎毫无兴趣。他有时问起母亲,她发现他已经猜出真相,终于向他透露了她的死讯,使她惊讶的是,甚至母亲的死讯对他似乎也没有多少触动,至少她从表面看是这样。不过她说,尽管他看上去沉浸在自己的思绪里,像是与世隔绝,但他对自己新生活的态度却是相当坦然和简单。他十分明白自己的处境,并不期待近期有什么改善,也不抱任何虚幻的希望(以他的处境,本该这样),他对周围的新环境几乎没有任何惊讶的表示,尽管这环境和原先的一切大不相同。她说他身体可以。他天天出工,不偷懒,也不抢着干。对伙食几乎无所谓,但这伙食,除了星期天和节日,简直极差,终于他乐意地接受了她,索尼娅,给的几个钱,好每天给自己准备一份茶点,至于其他一切,他请她不要操心,劝她相信,对他的所有关爱,只会使他恼火。索尼娅又说,他在监狱里住的是大家合住的公共牢房,牢房内部她没见过,但想必很挤,很乱,很不卫生;他睡板床,下面仅仅铺了一层毯子,其余什么都不要。但他过得这样简陋,这样贫苦,完全不是根据某种固执的计划和意图,而是出于他对自己命运的轻蔑和表面的冷漠。索尼娅直接写了,他,尤其是起先,对她的探望不仅不感兴趣,甚至讨厌她,不想说话,甚至对她很粗暴,但后来这些探望对他成了习惯,甚至几乎成了需要。有一次,她病了几天,没去探望他,他甚至非常想念。每逢节日,她一般都在监狱门口或者守卫室跟他见面,他被叫出来和她待上几分钟。平时,她去干活的地方看他,或者去作坊,或者去砖厂,或者去额尔齐斯河边的草棚。至于自己,索尼娅说,她在城里甚至有了几个熟人和保护人,她做裁缝,因为城里几乎没有女装裁缝,所以许多人家都少不了她做衣服,她只是没提,由于她的关系,连拉斯科尔尼科夫也得到长官的照顾,减轻了他的苦役,等等。终于,来了这样的消息(杜尼娅在她最后几封信中,甚至察觉了某种异样的焦躁和不安),说他不合群,监狱的苦役犯不喜欢他,还说他成天不说一句话,脸色越来越苍白。突然,在最后一封信中,索尼娅写道,他得了重病,现在躺在医院的犯人病房里……

二

他已经病了很久,但不是恶劣的狱中生活,不是苦役,不是伙食,不是剃光的头,也不是碎布做的囚衣压垮了他:噢!对他来说,所有这些苦难和折磨算得了什么?相反,他甚至高兴干活:筋疲力尽后,他至少可以得到几小时安稳的睡眠。伙食——这些没什么作料,漂着蟑螂的菜汤——对他又算得了什么?从前,上大学时,他常常连这种菜汤都喝不上。他的囚衣很暖和,适合他现在的生活方式。对身上的镣铐,他甚至没感觉。他为自己的光头和两色囚衣①感到羞耻? 在谁面前? 在索尼娅面前? 索尼娅怕他,在她面前他会感到羞耻?

那又怎么啦? 其实,他在索尼娅面前都感到羞耻,所以他用轻蔑、粗暴的态度折磨她。然而,并非光头和镣铐使他感到羞耻:他的自尊心受了深深的伤害,他病倒的原因就在于受了伤害的自尊心。噢,要是他能谴责自己,他该多幸福! 那他就能忍受一切,甚至羞耻和屈辱。但他严厉地审判过自己,他变得冷酷的良心,居然在他过去的行为中,没有找到任何特别可怕的罪过,除了任何人都可能发生的一次简单的**失误**。他感到羞耻的,是他,拉斯科尔尼科夫,那样盲目、无望、愚蠢而又默默无闻地完了,依照盲目命运的什么判决,还得乖乖地服从这"荒谬"的判决,如果他想让自己多少平静一些。

眼下是没有对象、没有目的的忧虑,将来是没有收获、没有休止的牺牲——这就是他在这个世界上将要度过的一生。所谓八年后他才三十二岁,还可以重新开始生活,又有什么意义! 他干吗活着? 指望什么? 追求什么? 为活着而活着? 但他原先就千百次地准备献出自己的生命,为理想,为希望,甚至为幻想。单单活着,他总觉得不够,他总想有所作为。也许正是这种志向的力量,使他觉得自己是超人,可以做别人不许做的事。

哪怕命运能给他送来后悔——撕心裂肺、夜不能寐的火辣辣的后悔,把人折磨得就想上吊、就想投河的可怕的后悔! 噢,要是这样,他会多高兴! 痛苦和泪水——要知道,这也是生活。但他并不后悔自己犯罪。

至少,他本可恼恨自己的愚蠢,就像原先恼恨自己荒唐和愚蠢透顶的行为,使他进了监狱。然而现在,在监狱里,**有了空闲**,他重新判

---

① 二级苦役犯穿一半灰色,一半黑色的囚衣,背部缝有一块方形黄布。

断和思考自己原先的种种做法,反倒不觉得这些做法有像原先,决定命运时,他所认为的那样愚蠢和荒唐。

"为什么,为什么,"他想,"我的思想比有史以来,在这个世界上蜂起的种种冲突的思想和理论更愚蠢? 只要用独立、开阔、摆脱世俗影响的目光看问题,那么,当然,我的思想绝不是那么……古怪。噢,只值五戈比银币的否定一切的哲人,为什么你们半路上就停下了!"

"为什么我的行为在他们看来是那样丑恶?"他暗自琢磨,"就因为这是暴行?'暴行'究竟什么意思? 我问心无愧。当然,犯了刑事罪。当然,触犯了法律,流血了,那就根据法律处死……不就行了! 当然,要是这样,许多造福人类的伟人,不是继承政权,而是夺取政权的伟人,应该在他们刚起步时,就把他们绞死。但那些人挺住了,所以**他们是对的**,我挺不住,所以我没有权利让自己跨出这一步。"

只是在这一点上,他认罪了:仅仅是他挺不住,投案自首了。

还有一个想法同样使他痛苦:为什么他当时没自杀? 为什么他当时站在河边,选择了自首? 难道求生的欲望那么强烈,那么难以克制? 斯维德里盖洛夫不就克制了,尽管他也怕死?

他痛苦地反复对自己提出这个问题,他不明白,当时,他站在河边,也许已经感到自己内心、自己信仰中深深的谬误。他不明白,这预感恰恰暗示着他日后生活的转折,日后的复活,日后看待生活的新目光。

他宁可认为这是固执和沉重的本能,他无法挣脱,也无法跨越(因为懦弱和无能)。他看着自己服苦役的难友,心里奇怪:他们居然也都那样热爱生活,珍惜生活! 他觉得恰恰是在监狱里,人们比在监狱外,更加热爱、重视和珍惜生活。譬如说,流浪汉吧,他们什么苦难没经历过! 难道他们就那么稀罕一道阳光,一片密林,荒野里冰凉的一眼泉水? 那还是前年一个流浪汉发现的,他盼着见泉水,就像盼着见情人,做梦都梦见它,梦见它周围的绿草,树丛里歌唱的小鸟。进一步观察,他发现了更加不可思议的例子。

在监狱里,在他周围的环境里,他当然有许多东西没看到,也不想看到。他像是低着眼睛在过日子:看着觉得厌恶,受不了。但最后,许多事情都使他惊讶,他像是不由自主地看到了他原先根本没想到的情况。一般地说,最使他惊讶的是横在他和这些人之间的可怕的、不可逾越的鸿沟。似乎他和他们是两个不同的民族。他和他们互不信任,看着都不舒服。他知道,而且明白这种隔阂的一般原因,但他原先从没想过,这些原因事实上竟是那么深刻和实在。监狱里还有流放的波兰人,政治犯。他们简单地把这些囚犯看作蠢货、乡巴佬,蔑视他们,但拉斯科尔尼科夫不这么看:他很清楚,这些蠢货在许多方面远比这些波兰人聪明。这里还有同样太过蔑视这帮囚犯的俄国人——一个原先的军官和两个教会学校的学生。拉斯科尔尼科夫也清楚地看到了他们的错误。

但这帮囚犯并不喜欢他,还尽量躲着他。最后,甚至开始恨他——为什么? 他不知道。这些蔑视他,嘲笑他,嘲笑他罪行的囚犯,其实比他更加罪孽深重。

"你是老爷!"他们对他说,"你哪能提着斧子去干这个。这根本不是老爷干的。"

大斋的第二个星期,轮到他和同牢房的囚犯一起斋戒。他和他们一起去教堂祈祷。连他自己都不知道,为什么发生争吵,大家倏地开始骂他,火气十足。

"你是坏蛋! 你不信上帝!"他们朝他吼叫,"打死你都应该。"

他从没和他们谈过上帝和信仰,但他们认定他不信上帝,想打死他。他默不作声,没有反驳他们。一个苦役犯狂怒地正想朝他扑来,拉斯科尔尼科夫平静而又无言地等着:他的眉毛,脸上的肌肉,一动不动。押解的狱警及时站到了他和行凶的囚犯之间——要不,肯定流血。

还有一个问题他也无法解答:为什么他们全都那样喜欢索尼娅?她从不讨好他们,再说,他们又很少遇见她,无非干活时,她偶尔来看他一会儿。然而大家都已认识她,知道她是**跟他来的**,知道她怎么过日子,住哪儿。她从没给过他们钱,也没替他们做过什么特别的事。只有一次,圣诞节那天,她给监狱里所有犯人送来了施舍:煎饼和羊角面包。但慢慢地他们和索尼娅之间,建立了某种比较亲近的关系:她替囚犯写信给他们亲人,又把信送到邮局寄出;他们的亲属来城里,常按囚犯吩咐,把带给他们的东西,甚至钱,留在索尼娅手里。囚犯的妻子和情人都认识索尼娅,和她来往。每当她去干活的地方看望拉斯科尔尼科夫,或者遇上一队囚犯去上工,大家都会脱下帽子,向她鞠躬致意:"大姐,索菲娅·谢苗诺夫娜,你是疼我们的好大姐!"这些粗野、脸上打着烙印的苦役犯对这个瘦小的女人说。她一边微笑,一边鞠躬还礼,他们都喜欢她对他们微笑。他们甚至喜欢她的步态,常常回头看她的背影,她走路的模样,夸她,甚至夸她的瘦小,甚至不知道该怎么夸她。甚至还找她看病。

大斋后期和复活节的那个星期,他都躺在医院里。身体渐渐恢复,他想起自己在高烧和昏迷中做过多次噩梦。他在病中梦见,似乎全世界都将毁于某种闻所未闻、见所未见的可怕瘟疫——它从亚洲腹地一直传到欧洲。所有的人都将死亡,除了为数甚少的几个圣贤外。出现了某种新的旋毛虫,侵入人体的微生物。不料,这些微生物是具有智慧和意志的精灵。人们食用了这种微生物,立刻就会精神失常,陷入疯狂。但人们从未,从未像发生瘟疫后那样,认为自己聪明盖世,真理在握,坚信自己的评判、自己的科学论断、自己的道德信念和信仰。整个整个村庄、整座整座城市和民族受到传染,陷入疯狂。大家惶惶不安,互不理解,人人以为只有自己掌握真理,看着别人就难受,捶胸痛哭,绞着双手。他们不知道该审判谁,怎么审判,不能认同什么是恶、什么是善,不明白谁是谁非。人们互相残杀,怀着某种毫无意义的仇恨。为了攻击对方,他们组建军队,然而这些军队在行军途中,突然开始内讧,队伍溃散,军人火并,互相杀戮,直至咬人、吃人。城市整天敲着警钟:召集全市居民,但谁在召集,干吗召集,没人知道,反正,到处人心惶惶。大家丢弃了最普通的手艺,因为人人忙于提出自己的主张,自己的异议,无法取得一致,连地也不种了。有些地方,人们拉帮结派,商定共谋大业,发誓永不分离——但他们的行动和他们的设想完全不同,他们开始互相责备、斗殴和杀戮。火灾不断,饥荒肆虐。一切的一切都在毁灭。瘟疫蔓延,越传越远。整个世界能够得救的只有几个人,这是一些圣贤,他们的使命是开创新的人种、新的生活,更新和净化大地,但无论哪儿,谁也没见过这些圣贤,谁也没听过他们说话。

拉斯科尔尼科夫苦恼的是,这一毫无意义的噩梦居然那样悲哀、那样痛苦地回荡在他的记忆中,这些高烧中梦境留下的印象居然那样久久地萦绕不去。已是复活节后第三个星期,风和日丽,春意盎然,囚犯病房打开窗户(装铁栅的,窗下有走动的哨兵)。索尼娅在他整个生病期间,只到病房里看过他两次,每次都得批准,这很难办。但她常常来到医院的院子里,来到窗下,尤其是傍晚,有时仅仅在院子里站上一会儿,远远地朝他病房的窗户看几眼。有一次,傍晚,几乎已经痊愈的拉斯科尔尼科夫睡着了。醒来后,他无意中走到窗前,突然看到远处,医院门口的索尼娅。她站着,似乎等待什么。刹那间,像有什么东西刺穿了他的心,他打了个战栗,赶紧离开窗口。第二天,索尼娅没来,第三天也没来,他发现他在等她,还挺着急。终于他出院了。回到监狱,他听几个囚犯说,索菲娅·谢苗诺夫娜病了,在家里躺着,没法出门。

他非常担心,托人询问她的病情。他很快知道了她的病没危险。索尼娅知道他这么想念和关心她,便托人给他送来一张铅笔写的便条,告诉他,她已经好多了,她只是得了感冒,没什么要紧,她很快,很快就会来干活的地方看他。读着这张便条,他的心剧烈而又痛苦地跳动着。

又是一个风和日丽的日子。清早,六点钟,他去河边干活,河边的棚子里造了座烧石膏的窑,石膏就在河边捣碎。去那里干活的一共三人。一个囚犯让狱警押着回堡垒拿工具去了,另一个正把劈柴往窑里送。拉斯科尔尼科夫走出棚子,到了河边,在棚子旁堆放的原木上坐下,望着空荡荡的大河。河岸很高,眼前一片开阔。从遥远的对岸隐隐传来歌声。那里,洒满阳光的无边草原上,依稀可以看见些许牧民黑色的毡包。那里是自由的,住着另一些人,和这里的人完全不同,那里似乎时间停止了,像是亚伯拉罕①和他部族的时代还没过去。拉斯科尔尼科夫坐着,一动不动地凝视着,他的思想渐渐化作幻觉,化作静观。他什么也不想,但某种难言的思念使他不安和痛苦。

突然,他身边出现了索尼娅。她几乎悄无声息地走来,坐到他身边。时间还早,清晨的春寒依然料峭。她披着寒酸的旧斗篷,戴着绿呢头巾。她的脸依然带有病容,消瘦,苍白,面颊都陷下去了。她亲切、快活地对他微微一笑,但仍像通常那样,怯生生地朝他伸过手去。

她伸手给他时,总是怯生生的,有时甚至根本不伸手,像是害怕他会把它推开。他似乎总是厌恶地和她握握手,似乎总是看见她就恼火,有时她来,他始终执拗地不说一句话。她在他面前常常是战战兢兢,走的时候,心里难受极了。但现在他们的手紧紧握在一起,他迅速

---

① 亚伯拉罕是犹太人的始祖,大约生于公元前两千年。

576

拉斯科尔尼科夫与索尼娅在西伯利亚
（杰·什马里诺夫绘，1955 年）

瞟了她一眼,什么也没说,低下眼睛看着地上。只有他们两个,谁也没看见他们。狱警这时正好背转身去。

这是怎么发生的,连他自己都不知道,但突然像是有什么东西抓住他,把他抛到她脚下。他哭了,抱着她的双膝。最初的一刹那,她吓坏了,脸色惨白。她跳起来,浑身战栗,怔怔地看着他,但当即,在同一刹那,明白了一切。她的双眼闪耀出无限的幸福。她明白了,对她来说已经没有疑问:他爱她,无限地爱她,这一刻终于来临了⋯⋯

他们想说什么,但无从说起。泪水在他们眼眶里涌动。他们两个全都苍白、瘦弱,但在这两张苍白、病态的脸上,已经闪耀着别样的未来,获得新生的曙光。使他们获得新生的是爱。一个人的内心蕴含着无限的生命源泉,足以滋润另一个人的心。

他们决定等待和忍耐。他们还要等待七年,在这以前还有多少难耐的痛苦,多少无限的幸福!但他复活了,他知道这一点,他获得新生的整个机体,都充分感到了这一点,而她——她本来就仅仅把他的生活当作自己的生活!

那天晚上,牢房已经锁上,拉斯科尔尼科夫躺在板床上想她。那天他甚至觉得,似乎所有的苦役犯,他原先的敌人,都已对他另眼相看。他甚至主动开始和他们说话,他们的回答也很亲切。现在他想起了这些,不过,本来就该这样;难道现在一切不都应当改变吗?

他躺着想她。他想起他常常折磨她,伤她的心,想起她苍白瘦削的脸,但现在这些回忆几乎不再使他难受:他知道,现在他会用无限的爱去补偿她所有的痛苦。

再说,过去的这些苦难,**所有的苦难**,又算得了什么!一切,甚至他的犯罪,甚至判决和流放,现在,在最初的冲动中,他都觉得是些外在的,奇怪的,似乎不是他亲身经历的事实。不过那天晚上,他无法久久地连续考虑什么,集中思想,现在,即使他有意解决什么,也解决不了，他只是听命于感觉。理论让位给生活，意识也应有根本的变化。

他的枕头下放着福音书。他机械地把它拿出来。这书是她的，就是她给他念拉撒路复活的那本。开始服苦役时，他以为她准会用宗教折磨他，准会常常谈起福音书，把书硬塞给他。但他非常奇怪，她从不谈这些，从不劝他读福音书。是他自己在生病前不久，向她要了这本书，她默默地把书送来。但直到现在他还没打开过这本书。

就是现在他也没打开这本书，但一个想法倏地掠过他的脑海：

"难道她的信念现在会不是我的信念？至少，她的感情，她的追求……"

那天一整天，她也非常激动，夜里甚至又病了。但她异常幸福，几乎有些害怕自己的幸福。七年，**只有**七年！在刚刚开始体验自己幸福时，在某些瞬间，他俩准备把这七年看成七天。他甚至不知道，这新生活不是他能白白得到的，还得为它付出昂贵的代价，还得在日后创立巨大的功勋……

但这已经是一个新的故事，一个人渐渐获得新生的故事，他渐渐改变思想，渐渐从一个世界走向另一个世界，认识至今不为人知的崭新现实的故事。这可以构成另一部小说的主题——不过我们这部小说已经结束。

评 论

# 论陀思妥耶夫斯基的《罪与罚》①

德·谢·梅列日科夫斯基 作

冯增义 译

曹国维 校

## 一

屠格涅夫、托尔斯泰、陀思妥耶夫斯基是俄国长篇小说的三巨头。冈察洛夫的地位不在他们之下,但暂且不谈,对他应有专门的评述。

屠格涅夫主要是一位艺术家;他的力量,同时也是他的某种局限就在于此。美的享受太容易使他与生活协调了。他窥探大自然心灵的眼光要比窥探人的心灵的眼光更为深刻和敏锐。作为心理学家,他不如托尔斯泰和陀思妥耶夫斯基。可是他对整个世界(人只是其中的一小部分)的生命有那样的理解,人生道路是那样的纯洁,他的言语是那样富于音乐性!当你长期欣赏这种使人平和的诗篇的时候,就会觉得,生命本身仅仅是为了能够享受她的美而存在。

---

① 原载《俄罗斯评论》1890 年第二集第三册,第 155—186 页。后收入梅列日科夫斯基《论当代俄国文学衰落的原因和新的流派》(圣彼得堡,1893 年,第 161—192 页)一书中。德·谢·梅列日科夫斯基(1866—1941),俄罗斯作家、诗人、批评家、宗教思想家,俄罗斯文学象征主义创始人之一。

列夫·托尔斯泰是一股巨大的、非理性的力量。和谐被打破了；没有静观的、平静的享受——这是宏伟壮丽的生命，具有原始的充实，具有略带野性但非常充沛的精力。他离开了我们的社会：

　　我非常悲哀，
　　我乞丐似的逃离了城市……①

　　但是，无论是这种对世世代代创造出来的文化的无情否定，还是屠格涅夫对美的冷静观察，却使普通人而不是先知感到冷漠……两位作家是在旁观生活：一位是从安静、优美的工作室里观看，另一位则是从抽象的道德高度审视。

　　陀思妥耶夫斯基更亲切，更贴近我们。他生活在我们中间，生活在我们忧郁、冷漠的城市里；他没有害怕现代生活的复杂性和它无法解决的问题，没有回避我们的苦难以及时代的不良风气。他对我们的爱很朴实，像一个朋友，平等相待，不像屠格涅夫处在富有诗意的远方，也不像列夫·托尔斯泰带着说教者的傲慢。他以自己的全部思想、承受的所有苦难证明是属于我们的。"他和我们同饮一碗酒，像我们一样，既受难又伟大。"②托尔斯泰太蔑视"腐朽的"知识界，极度厌恶有过失的人的弱点。他以自己的轻蔑，以及论述人们不顾任何攻击仍然认为宝贵和神圣的事物时的粗暴态度，排斥和恐吓他们。陀思妥耶夫斯基有时候要比与我们共同生活、被我们所爱的人更贴近我们，要比亲人和朋友更亲近。在病中，他是病友，无论是行善还是作恶，他是同谋，没有比共同的弱点更能使人们接近的了。他了解我们最隐秘

---

　　①　引自莱蒙托夫诗作《先知》。
　　②　引自雅·彼·波隆斯基诗作《福哉，愤怒的诗人……》。

的思想,**我们心中极度罪恶的愿望**。你在读他作品的时候,常常会因为他无所不知,能深深洞察别人的良心而感到恐惧。在他作品中你会遇到不仅对朋友,就是对自己都不敢言明的秘密思想。当这样一个听了我们心灵忏悔的人最后原谅我们的时候,当他说"要相信善,相信上帝,相信自己",这要比对美的审美陶醉,要比陌生的先知的傲慢说教更为重要。

陀思妥耶夫斯基作品的各个部分之间并不协调,缺乏古典的匀称——这种普希金的美的遗产,而这却是《父与子》的作者所富有的。他的作品也没有描述直接与本性联结在一起的非理性的力量,像列夫·托尔斯泰的作品那样。这是一个刚刚来自生活的人,刚才还在受难和哭泣。在他的眼眶里泪水尚未干涸,声音里面含有眼泪,手因为激动在颤抖。陀思妥耶夫斯基的作品是不能读的:对它们需要体验,要经受苦难才能理解。在这之后它们便不会忘记了。


陀思妥耶夫斯基运用独特的艺术手法将读者引入悲剧。他详尽地描绘人物情绪中细微的,几乎是难以捕捉的心理变化。就以拉斯科尔尼科夫为例,他作案后不久,谁也没有怀疑,他在警察局面对着警官。作者循序渐进地指出主人公的思绪所经历的各种状态。拉斯科尔尼科夫刚进入警察局,他感到恐惧,害怕人家怀疑他,害怕罪行可能已被发现;后来,当他知道对他没有怀疑,神经紧张立即转化为兴高采烈,感到轻松,由此产生他的坦率、唠叨,希望和随便什么人,甚至与警官一起分享他的狂喜。但兴奋持续不久。拉斯科尔尼科夫回复到当时的常态——阴郁的烦恼、狠毒和怀疑一切。他想起不久前的感情冲动,现在他觉得它是那样荒谬和屈辱。"相反,现在如果房间里突然挤满了他最好的朋友,而不是警官,那么,他大概也不会讲出一句人话,他的心突然变得如此虚空、淡漠。"他感到,他已经再也不可能与人开诚相见了,因为他是一个罪犯。也正是在这一刻"那种对痛苦的、无尽头的孤独和疏远的阴郁感觉突然自觉地影响了他的心灵"。

如果一位读者,不论他是什么人,只要他在现实生活中体验过这种情绪的不同程度的流露,他必然想起**自己私生活**的那一刻,重新去**体验它**,这也正是作者所需要的:随之而来的将不是诗人的描绘,而是读者的切身感受,因为它只是读者必然的心理后果以及诸如此类的感受。陀思妥耶夫斯基抓住了读者的心,直到将它引入主人公心情的最深层,将其心灵融入他的生活之前,是不会放手的,就像一个漩涡把一棵小草卷进深渊一样。读者的个性逐渐体现在主人公的个性中,两者的意识、激情合而为一,密不可分。

你读陀思妥耶夫斯基的作品,是不能脱离小说主人公单独生活的:虚构和现实之间的界限似乎消失了。这不止是同情主人公,这是**与主人公融合**。当波尔菲里拿不准是否要和罪犯握手时,你会对法院侦查员的怀疑感到愤怒,就像自己对他怀疑的憎恶。当拉斯科尔尼科夫带着沾满血污的斧子奔下楼梯,躲进油漆匠工作过的空居室时,你体验着他的全部恐怖,苦苦地渴望他能得救,尽快逃脱法律的正当惩罚,希望科赫和他的同伴没有看到他,希望罪行没有被发现。读者和主人公一起在进行**犯罪的心理体验**,以后,当你放下书本,你还很长时间都无力摆脱它的可怕的魅力。和谐、美、欣赏诗——这一切都能成为过去,从记忆中消失,逐渐淡忘,但心灵的犯罪体验是永远忘不了的。陀思妥耶夫斯基在读者心里会留下像痛苦一样无法磨灭的痕迹。

通过描绘主人公情绪中细微的、难以捕捉的变化将读者引入他的生活——这是陀思妥耶夫斯基的一种艺术手法;另一种手法是对比,将动人的和可怕的,神秘的和现实的置于强烈的反差之中。

马尔梅拉多夫临死前处于半昏迷状态,看着自己贫苦的孩子们。他的眼睛停留在小小的莉达奇卡身上(他的宠儿),她正用稚气的目光惊讶地注视着他。"啊……啊……"他不安地指着她。他想说话。"还要什么?"卡捷琳娜·伊凡诺夫娜喊道。"光脚!光脚!"他喃喃地说,他那癫狂的眼光指向小姑娘裸露的双脚。"……神父来了,带着备用的圣餐,是一个白发小老头儿……大家向后退。忏悔持续的时间很短。"卡捷琳娜·伊凡诺夫娜带着孩子们跪下。他们在祈祷。这时"从人群中悄无声息和怯生生地挤出一个姑娘,在这个房间里,在贫穷、破败、死亡和绝望中间她的突然出现显得很奇怪。她也穿得很差,衣服都是便宜货,但很艳丽,是妓女的式样,合乎在这一特殊的世界里形成的趣味和规矩,有着明显和可耻的特殊目的……"索尼娅,马尔梅拉多夫的女儿,"穿着带有可笑的拖地下摆的丝绸衣服,脚上是一双浅色皮鞋……头上戴的是插着一根火红羽毛的可笑的圆形草帽"。这样描写以后,作者立即转向奄奄一息的人,叙说忏悔和圣餐。

在陀思妥耶夫斯基的长篇小说中,现实的与神秘的对比很普遍。干草广场附近狭窄的小巷;夏天的彼得堡,臭气熏天,尘土飞扬;驻有警官的警察局;贫穷,腐化,每天我们在大城市里司空见惯的乏味和庸俗环境——这一切突然像梦境一样变化无常。作者深深体验到藏匿于生活深处的阴暗、神秘和不幸的命运。他通过微不足道的偶然性的经常巧合,故意将命运的悲剧因素引入故事。

拉斯科尔尼科夫下决心犯罪之前,在小酒馆的桌球台旁听到两个陌生人在议论放高利贷的老太婆——他未来的牺牲品:凶杀的全部计划,所有的道德动因,甚至全部细枝末节,似乎都是命运向他提示的。一件无足轻重的小事,可是对拉斯科尔尼科夫的决心却有巨大影响——这就是**劫数难逃的偶然性**。大致也就在这时候,他由于筋疲力尽和痛苦不堪,想早些回家,但不知为什么去兜了一个没有必要的大圈子,突然到了干草广场,听到了一个小市民和莉扎韦塔——老太婆的同住人的谈话:小市民约她商量事情:"六点到七点,明天。"因此,老太婆将一人在家。他全身心感到,"无论是他的理智,或是意志都不再自由",凶杀最终定下。又是一个劫数难逃的偶然性。他在自己的居室中作最后的准备,把斧子挂到缝在大衣里面的绳套上。正在这时候院子里有人叫了一声:"早就六点了。""早就! 天哪!"他就奔了出去。作者直接指出:"拉斯科尔尼科夫近来变得迷信了……在这件事情上他后来总是倾向于看到某种似乎是奇怪和神秘的东西,好像存在着某种影响和巧合。"劫数难逃的偶然性吸引他去犯罪,"就像他衣服的一角卡在机器的齿轮里,把他卷入机器"。

陀思妥耶夫斯基是伟大的**现实主义者**,同时也是伟大的神秘论者,他感到现实的变化无常:生活对于他来说只是一种现象,只是覆盖物,在它下面隐藏着人的智慧无法理解和永远发现不了的东西。他好像是故意的,消除了梦境和现实的界限。有些人物,后来是鲜明、生动的,但开初却好像来自云雾,出自梦境:例如,一个在路上对拉斯科尔尼科夫说"杀人凶手"的陌生的小市民。第二天他觉得这个小市民只是一个幻影,是幻觉,可是后来又转变为一个活生生的人。斯维德里盖洛夫刚出场,也发生同样的情况。这个近似幻想的人物后来却是非常真实的典型;他也出自拉斯科尔尼科夫的梦境,出自他模糊的病态幻想,拉斯科尔尼科夫就像对神秘的小市民一样很少相信他的真实性。关于斯维德里盖洛夫,他问他的朋友、大学生拉祖米欣:"你真的看见他了? 看清楚了?""是啊,我记得很清楚;他就是在千人之中我也认得出来,我认人的记性很好……""嗯……就是,就是……"拉斯科尔尼科夫喃喃地说,"要不,你知道……我原以为……我总觉得……**这可能是幻想……**也许我真的疯了,只是**见到一个幻影!**"

这些特点赋予陀思妥耶夫斯基创作的画面一种阴暗、忧郁同时又迷人的色调,像是雷电的光照,虽然画面上只是日常的生活环境。我们从未想到过的深度和秘密在普通的生活琐事中被挖掘了出来。

不仅仅事件中命运的存在赋予陀思妥耶夫斯基小说古典意义上的悲剧激情,加深这种印象的还有时间统一(也是在古典的意义上)。在一天的时间里,有时几小时,大量的事件和灾难堆积重叠。陀思妥耶夫斯基的长篇小说不是平稳展开的叙事诗,而是许多五幕悲剧的汇编。缓慢发展的情节是没有的:一切几乎在瞬间完成,不可阻挡和热切地奔向一个目标——结局。

陀思妥耶夫斯基作品中对文化和日常生活的描写要比平稳的叙事诗人,例如塞万提斯和冈察洛夫等人少得多,其原因就在于情节发展迅速,戏剧因素占优势。在西班牙,根据《堂吉诃德》,在农奴制改革前的俄国,根据《奥勃洛莫夫》,比我们的六十年代根据《罪与罚》能更正确、更完整地再现生活的外部文化、风尚习俗和人们的情绪。

不能不提一下陀思妥耶夫斯基作品中的城市风景。他的描写非常表面,不过淡淡几笔,提供的不是画面本身,而是它的意境。有时他只用两三个词,提示一下闷热、石灰、脚手架、砖块、每个彼得堡人都熟悉的夏天的特殊气味,就足以使我们获得一个大城市的异常清晰的印象。就是没有任何描写,彼得堡在长篇小说的每个场景中都能感受到。

当需要确定并突现背景的时候,作者也只是偶尔匆匆画出一些特征:"天上万里无云,河水近乎蔚蓝色,这是涅瓦河上少有的,大教堂的圆顶……闪闪发亮,透过洁净的空气甚至可以看清楚它的每一个浮雕装饰……莫名的寒气总是从这瑰丽的全景向他飘拂;这华丽的景色对他说来充满与世隔绝的冷漠。"再看另一种调子:"在寒冷、阴暗、潮湿的秋夜,一定要潮湿的,行人个个脸色泛青发白,面带病容,要是下着潮雪,雪直落下来,没风……煤气路灯透过雪花闪闪发亮就更好,这种时候我喜欢听手摇风琴伴奏的演唱。"偶尔在明朗的夏夜,这座乏味的、忧郁的城市似乎也有感动的时刻,平静而又温顺地沉思的时刻;正是在这样的夜晚拉斯科尔尼科夫望着"最后一抹玫瑰色的晚霞,望着在浓重的暮色中一排暗淡的房子,望着左岸的一处顶楼上被刹那间的落日余晖照得像火光一样闪耀的小窗。望着暗淡的河水"。在陀思妥耶夫斯基的描写中有不少艺术处理非常出色的细节。例如,拉斯科尔尼科夫进入他杀人的那间居室:"一轮巨大的紫铜色的满月直接照在窗上。'这是因为月亮才这样寂静,'拉斯科尔尼科夫想。"

陀思妥耶夫斯基理解城市的诗意。他在首都的喧闹声中寻求美和奥秘,而其他诗人则从大海的絮絮低语中去探求;他们离开人们奔向"宽广喧闹的密林"①,而他则孤身一人踯躅在大城市的街头;他们望着星空发问,他则望着彼得堡被无数灯火照亮的秋雾沉思。在森林里,在大海边,在空旷的苍穹之下大家都见到了奥秘,大家都感受到了大自然的深邃,但在我们单调乏味的城市里,除了陀思妥耶夫斯基之外,没有一个人如此深刻地感受到**人生奥秘**。他是表现城市诗意的丰富和神秘并不比森林、海洋和星空逊色的第一人。

<br>

二

"杀死她,夺走她的钱,日后再用这些钱为全人类服务,给社会做好事:你看怎样,成千上万件善行还抵偿不了一件小小的罪行? 用一个人的生命换取几千人的生命,将他们从腐化衰败中拯救出来。一个人的死换来上百人的生——要知道这就是算术! 在社会的天平上这个愚蠢、狠毒的干瘪老太婆有多少分量? 无非一只虱子,一只蟑螂,而且连这还不如,因为老太婆更坏。她坑害别人。"这就是命运通过一个

---

① 引自普希金诗作《诗人》。

不相识的大学生,在拉斯科尔尼科夫决定成败的犹豫时刻引诱他的话。"一个老太婆算得了什么!"拉斯科尔尼科夫以后想道,"老太婆,也许这是个错误……老太婆是一种病态……**我想尽快跨过去……我不是杀死一个人,而是杀死了一个原则!**"

他的罪行是思想上的,就是并非出于个人目的,出于个人主义,像比较流行的犯罪事例那样,而是出于某种理论上的,并非追求个人利益的思想,不论它具有何种性质。

聪明的波尔菲里,司法侦查员非常理解这一点:"这是一桩荒诞、阴暗的事件,是现代事件,是人心发蒙的我们时代的产物……这是书本上的幻想,这是受到理论刺激的心态。**根据理论杀人。**"

拉斯科尔尼科夫处境的可怕和其全部悲剧性也就在于这种犯罪行为的理论性。对于他来说,罪人的最终出路——忏悔是关闭的;忏悔对于他并不存在,因为在杀人以后,当良心谴责折磨他的时候,他仍然相信为杀人辩护的理论。"他承认自己的罪行只在于:他承受不了自己的罪行,前去自首。"他杀死了原则,他的罪行比起一般的、出于个人目的犯罪,例如,他幻想中像幸福一样的抢劫,要无比深刻、复杂和难以纠正。"你知道我要对你说什么吗,"他向索尼娅承认,"如果只是因为挨饿才去杀人……那么我现在……是**幸福的**!你要了解这一点!"

最脱离实际、难以满足和具有破坏性的激情是信仰狂热,思想狂热。它能造就伟大的、任何诱惑都不能伤害的苦行僧,磨炼心灵,赋予其近乎超自然的力量。其他激情的瞬间焰火在信仰狂热的缓慢而不可战胜的发烧面前,无异燃烧的干草之于烧红的钢铁。现实既无法给予狂热者以片刻的满足,甚至也不能使他暂时解脱,因为他追求不可能达到的目标——将理论上的理想体现在生活中。他越是意识到目的不能实现,激情难以满足,激情就更为强劲。像罗伯斯庇尔和加尔文那样的思想狂热者身上，存在着某种真正可怕和几乎非人的东西。他们将成千上万无辜的人，为了上帝，送上火堆或为了自由，送上断头台，血流成河，还真诚地认为自己是人类的恩人和伟大的宗教法规的奉行者。人的生命和痛苦对于他们毫无意义；理论，逻辑公式就是一切。他们在人类中间铺设一条血淋淋的道路，就像光闪闪的刀刃切入血肉之躯那样毫不留情和冷静。

拉斯科尔尼科夫就是属于罗伯斯庇尔、加尔文、托尔克马达一类的思想狂热者，但并不完全，只是他全部身心的一个方面。

他**希望成为**一个伟大的狂热者——这是他的理想。毫无疑问，他与他们有共同之处：同样对人群的傲慢和蔑视，逻辑结论同样不容违反的残酷和不惜一切代价实现的决心，同样苦行僧似的头脑发热和思想信仰的狂热，同样强有力的意志和信仰。他犯罪以后，痛苦不堪，几乎已经失败，但他仍然相信自己的思想，他被它的宏伟壮丽所陶醉："那时我生平第一次有了一个思想，这个思想在我之前从来没有过，也没有谁想到过！谁也没有！我突然明白，就好像在阳光下那样清楚，为什么直到现在都没有一个人看到这些荒唐现象，从来没有，现在也没有一个人有这种胆量：只是拿起一切，让其他都见鬼去！我……想有这种**胆量**，所以杀人了……我仅仅想有胆量……这就是全部原因！""我需要的主要不是钱……我更需要别的东西，正是别的东西引诱我干了这事：当时我想知道，尽快知道，我，像别人一样，是虱子还是人？我能跨过这条界线，还是我不能？我敢俯身去拿，还是不敢？我是胆小的畜生，还是有**权**……"陀思妥耶夫斯基直接指出了拉斯科尔尼科夫身上狂热者所特有的残忍和冷酷："他的辩护理由，"作者指出，"打磨得像剃刀一样锋利。"甚至母亲，虽然热爱儿子，也在拉斯科尔尼科夫身上感觉到这种能毁掉一切的激情力量；只有脱离实际的思想才能在他身上引发出这种力量："他的性格从来不让我省心，甚至他只有十五岁的时候。我相信,就是现在他都能突然对自己做出从来没人做过和想做的事情……""您以为……我的眼泪,我的恳求,我的病,可能,我忧郁而死,我们的贫穷能阻止他?他肯定会非常冷静地跨越一切障碍。莫非他,莫非他已经不爱我们了?"

不过思想狂热只是他性格的**一个方面**。他既有温柔,也有爱、对人们的同情、感动的眼泪。

这也就是他的弱点,使他毁灭的原因。

拉祖米欣讲得正确:在拉斯科尔尼科夫身上"确实有两种截然对立的性格在轮流交替"。他身上有两颗心并存,互相争斗。他杀人,又对自己的牺牲品哭泣、怜悯;不是对老太婆,是对有着温柔而安详眼睛的莉扎韦塔。而真正的英雄,伟大的罪犯不会哭泣和怜悯。加尔文、罗伯斯庇尔、托尔克马达感觉不到别人的痛苦——他们的力量,他们的完整性就在于此;他们似乎是由一块巨大的花岗岩雕琢而成的,而陀思妥耶夫斯基的人物身上存在弱点的永不枯竭的源泉——双重性,意志的分裂。他本人也意识到这种导致他毁灭的弱点:"不,那些人不是这样造成的;可以为所欲为的**真正主宰**,他炮轰土伦,在巴黎大屠杀,遗忘一支部队在埃及,**牺牲**五十万人远征莫斯科并在维尔诺用一句俏皮话就对此敷衍了事;在他死后还把他当作偶像崇拜,所以,**一切**都是允许的。不,这些人不是血肉之躯,而是青铜铸成的!"

拉斯科尔尼科夫在犯罪后感到震动不是因为他双手沾满鲜血,他是一个罪犯,而是因为他产生了怀疑:他是罪犯吗?这种怀疑就是弱点的征兆,有权犯罪的人不会有这种征兆。"因为我……是虱子,"他咬牙切齿地说,"因为我自己,可能,比被杀的虱子更丑恶、更下流,而且我事先就预感到,等我杀人后我会对自己说出这话!难道还有什么能比这更可怕?啊,卑鄙!啊,下流!噢,我多么理解'先知',举着指挥刀,骑着战马:阿拉吩咐,服从吧,'战栗的'畜生!'先知'是对的,对的,他把精良的炮队当街排开,不管无辜的还是有罪的,统统炮打,连解释都不解释!服从吧,战栗的畜生,别想违抗,因为这不是你的事!……噢,说什么,说什么我也不会饶了老太婆!"

伟大的罪犯就会倒霉,如果他那被思想激情烧灼的心里哪怕有一丝人性!青铜铸成的人就会倒霉,如果他们内心的一角还有生气!只要良心发出微弱的呼喊,他们就会苏醒、领悟和毁灭。

拜伦创造了新人,新的英雄性格——海盗,恰尔德·哈罗尔德,该隐,曼弗雷德。[①] 当时社会上可以感觉到诗人所表现出来的情绪的苗子和萌芽。

于连·索雷尔是司汤达伟大的长篇小说《红与黑》的主人公。但是很遗憾,这部小说在俄国不太知名。于连就气质而言,他是拜伦作品主人公的亲兄弟,虽然他完全是独立的创作,没有受到拜伦的影响。

曼弗雷德和于连·索雷尔是充塞于十九世纪文学中的主人公的始祖,他们复杂系谱表中的个别后裔一直延伸到我们的时代。

这些人物的典型特征是:他们全是被社会放逐的人,与社会水火不相容;他们蔑视群众,因为人是奴隶。群众憎恨这些被放逐的人,但他们却以群众的诅咒为荣。在他们身上具有某种残暴、不近人情的东西,同时又有王者风范。像雄鹰在难以攀登的悬崖上筑巢一样,他们远离人群,生活在孤寂的高地。

他们从对被压迫者的奋不顾身的同情开始,通常以无辜者的流血告终。于连·索雷尔杀死了他爱的一位妇女。人的鲜血、罪孽压抑着海盗、曼弗雷德、该隐的良心。所有这些罪犯都是没有获得公认的英雄,"允许自己心安理得去杀人"。

---

① 拜伦叙事诗《海盗》《恰尔德·哈罗尔德游记》《该隐》《曼弗雷德》的主人公。

我没有发现拜伦的诗篇和陀思妥耶夫斯基的长篇小说之间有任何联系。这里也谈不上什么外来影响。但是类似哈姆雷特那样的、在当今我们的社会中还可以见到的一类人的伟大原始形象,在曼弗雷德和拉斯科尔尼科夫身上也具有某种世界性的、永恒的、与人性的基础结合在一起的东西,因此它能在各种不同的环境中不断出现。

在陀思妥耶夫斯基作品的主人公身上,也和拜伦诗篇中的典型一样,存在着对群众同样的憎恨,对社会同样强烈的抗议。他也蔑视他们,把他们看作"主宰"有权掐死的虫子。他杀人后,不认为自己有罪,只认为没有被理解而已。当索尼娅说服他忏悔,"接受苦难"和承认一切时,他傲慢地对她说:"别孩子气了,索尼娅……在他们面前我有什么罪? 干吗我要去? 我对他们说什么? 所有这一切无非是一个幻影……他们自己把成百万人折磨致死,还认为是美德。他们是骗子和卑鄙小人,索尼娅! ……我不去。我去说:我杀了人,但钱我不敢拿? ……要知道,他们会嘲笑我,说我:傻瓜,钱不拿。胆小鬼和傻瓜! 他们什么都不懂,索尼娅,他们也不配懂。干吗我去? 我不去。"当人们的生活中充满残酷和不公正的时候,人为规定的道德对一个英雄有什么意义?

"罪? 什么罪? ……我杀了讨厌、恶毒的虱子,放高利贷的老太婆……杀死她可以抵偿四十桩罪,她吸穷人的血,这能算罪行? 我不去想它,也不想洗刷它。""哥哥,哥哥,你这是说什么? 你毕竟杀人了!"杜尼娅(拉斯科尔尼科夫的妹妹)绝望地大叫。"大家都杀人,"他近乎疯狂地接着说,"世界上现在流血,过去也流血,流得像瀑布,像香槟,为此恺撒在卡匹托尔山①加冕,还被称作人类的恩人……我简直不明白,为什么向人群射炮弹、封锁围困是比较可敬的形式? 害怕缺

---

① 卡匹托尔山(Capitoline Hill),罗马城发源地的七丘之一。

乏美感是软弱的首要征兆!"他杀人不那样雅观,但也不那样有罪,像人们允许的那些**合法的**杀人。而这些下流的人群,这些卑鄙的贱民竟敢评论一个英雄,如果他一切顺利,他可以把他们全部掐死。"……难道,"他疯狂地叫喊,"在这未来的十五到二十年里我的心就会平静,我在人们面前低三下四诉苦,一开口就称自己是强盗?是,正是,正是这样!为此他们现在才要流放我,他们需要的正是这个……瞧他们现在在街上走来走去,他们中的任何一个人本质上就是一个卑鄙小人和强盗,比这还要坏,是一个白痴!要是免了我的流放,他们全都会义愤填膺而发疯!啊,我是多么恨他们!"

他本性中的残忍和傲慢因素被激怒了。他对人们的集中仇恨甚至超过了拜伦作品中的人物。

但是,拉斯科尔尼科夫也和他们一样,有时也以为他爱人们,他的温柔被否定了,没有被理解。他的爱是书卷气的,脱离实际的,冷漠的——就像曼弗雷德和于连·索雷尔的爱一样。他"只是为了自己希望自由"。[①] 他像拜伦作品中的人物一样,是彻头彻尾的贵族,虽然他贫穷和受屈辱。他那惊人的美也是"权力"的征兆。

这个有着一双熠熠生辉的黑眼睛,脸色苍白、清秀,体态匀称的年轻人使大家尊敬,或者,甚至引起一种迷信的恐惧。普通人在他身上看到某种"恶魔般的"东西。索尼娅直截了当地说:"上帝把他交给了魔鬼。"普通人拉祖米欣,虽然认识到他的不对,但还是崇拜他,在他面前小心翼翼。他像拜伦作品中的人物,拥有巨大力量,但都无益地耗尽了,因为他也是一个十足的幻想家,没有一点实际的体验,蔑视现实。

他喜欢孤独:"那时我像一只蜘蛛,缩在角落里……啊,我是多么

---

① 引自普希金诗作《茨冈人》。

恨这间陋室,我就是不想离开它。故意不愿意!"

他就是在失败后也并不认为自己已经失败。当大家都反对他,当他走投无路并准备上警察局自首的时候,他身上原来傲慢的信仰又出现了,他以信仰的巨大力量喊道:"……我从来也没有像现在这样不明白我的罪行!我从来,从来也没有像现在这样有力和坚信看法正确!"他傲慢地回应妹妹的安慰和她的眼泪:"别为我哭泣:我将一辈子努力成为一个既勇敢又忠实的人,虽然我是杀人凶手。也许,你日后会听到我的名字。我不会使你们丢脸,你会看到的;我还要证明……"

但是在拉斯科尔尼科夫身上已经没有任何浪漫的东西了:他的心灵被无情的心理分析透视到了最深层。这里也说不上有什么理想化。我们见到的不是自由奔放的精神、海盗或者至少是勋爵,而是一个贫穷的大学生,因为没有钱而辍学,几乎是乞丐。

作者并不想掩饰或美化拉斯科尔尼科夫的弱点。他显示拉斯科尔尼科夫的骄傲、孤独和犯罪并非源自他的力量和他对别人的优势,而是由于缺乏爱和生活知识。原来宏伟和阴郁的英雄雕像从台座上取了下来并使其声誉扫地。海盗、于连总是在卖弄,似乎在扮演某种角色,天真地相信自己的正确和力量。陀思妥耶夫斯基的主人公已经在怀疑他是否正确。那些人至死都不妥协,而对于陀思妥耶夫斯基的主人公来说,孤傲的状态和与人们的分离只是暂时的危机,**是向另一种世界观的过渡。**

他嘲笑宗教感情,可是他流着感动的眼泪恳求波列奇卡为他祈祷,提一下"还有奴仆罗季昂"。他怀着多少柔情回忆起自己原来的未婚妻,他出于同情而爱上她,这种爱只有完全忘我的人才有。"多么难看的……姑娘。真的,我也不知道,我那时怎么会依恋她,也许因为她总是病恹恹的……要是她是瘸子或者是驼子,我,也许,会更加爱她……是这样……像是春天里的梦呓……"拉斯科尔尼科夫的一个梦反映出他对童年时代的回忆,表达了他对不幸和被压迫生物的同情:酒醉的农夫抽打一匹套在一辆巨大而又笨重的大车上的驽马。男孩子"在马身边奔跑,他跑到前面,看到人们抽打它的眼睛,鞭子直落在眼睛上!他哭了。心里志忑发毛,泪水不断流淌。一个打手碰到了他的脸;他感觉不到,他搓着手,大声叫喊,扑向一个须发已白、摇头谴责鞭打的老人"。最后这匹马被打死了。它倒下了。"……可怜的小男孩已经控制不住自己。他喊叫着穿过人群,跑到黄褐色的驽马身旁,抱住那已经停住呼吸、沾满鲜血的脑袋,吻它的眼睛、嘴唇……"

拉斯科尔尼科夫虽然狠毒和高傲,但偶尔也能非常驯服。他到警察局自首。他心里并无悔意;有的只是恐惧和孤独感。他突然想起索尼娅的话:"到十字路口去,向大家磕头请罪,吻吻大地,因为你在她面前也造了孽,再向世人大声说:'我是杀人凶手!'他想起这些就浑身打颤……他在广场中央跪下,磕头到地,吻了肮脏的土地,感到喜悦,感到幸福。"

拉斯科尔尼科夫的孤独、叛逆和反抗社会的个性的极端发展达到了临界点,如果超越它,那将是毁灭,或者是向另一种世界观过渡。他以激烈的抗议否定了道德法规,最后他摆脱了履行自己责任的义务,把它看作是一种不必要的负担,一种偏见。他甚至不是把人视为奴隶,而是当成丑恶的虫子,如果它们妨碍了英雄,就应该掐死它们。任何孤独的生命处在这种冷酷的理论高度就会死亡。拉斯科尔尼科夫也必然毁灭,如果他心里没有深藏着另一种因素的话。陀思妥耶夫斯基写到他身上被压抑的但尚未死寂的宗教感情苏醒的时刻为止。

作者写到主人公在西伯利亚服苦役,思考着《福音书》,但还不敢打开它时,就不再继续下去了。

# 三

陀思妥耶夫斯基将拉斯科尔尼科夫的罪行与他当时的社会情绪和那一个时代的统治思想联系了起来。杀死一个放高利贷的老太婆，用她的钱可以为社会谋福利，作者对由此而产生的是否应该从道德的角度为这一罪行开脱的争论指出："所有这一切都是最普通的和最常有的、被他不止一次听到的**青年人的谈话和思想**，只是形式不同，**主题也不同**。"拉斯科尔尼科夫参与了长篇小说情节发生的时代，即六十年代的文学运动。他在发表于《定期言论》的《论犯罪》一文中表达了自己珍藏在心中的思想。

"我以为，如果开普勒和牛顿的发现由于种种阴谋诡计无论如何也无法公之于众，除非牺牲一个，十个，一百个，甚至更多人的生命，因为他们干扰这一发现，或者成了前进道路上的障碍，那么牛顿就有权，甚至有责任……排除这十个或者一百个人，以便使全人类知道自己的发现。"这就是拉斯科尔尼科夫激烈的、赤裸裸的理论信念。

这个问题可以归结到另一个更为深刻和重要的问题：什么是判断善与恶的标准——通过发现不变的规律来决定公共利益并以此来评价我们行为的科学，还是良心的内部声音，由**上帝**赋予我们的责任感，纯洁的、毋需理智帮助的神圣本能？科学还是宗教？

什么更高尚——人们的幸福，还是完成我们良心规定的准则？是否可以为了公众的幸福在个别场合违反道德规则。怎样与恶和暴力作斗争，仅仅以思想，还是以思想和**同样的暴力**？这些问题是我们时代的痛楚和哀伤，它们构成了陀思妥耶夫斯基长篇小说的主轴。因此这部作品体现了当代生活的一种严重的病症——这是注定只有未来的英雄才能解决的难题。

当拉斯科尔尼科夫向索尼娅提出一个抽象的逻辑问题,比较恶棍卢任和贫穷、忠诚的卡捷琳娜·伊凡诺夫娜·马尔梅拉多娃两人生命的价值的时候,她感到愤怒。

"为什么您要问不可能的事?"索尼娅厌恶地说。

"就是说,还是让卢任活着干坏事好!您连这种事都不敢决定?"

"我没法知道上帝的旨意……再说,**您干吗问不该问的问题**?这些空洞的问题有什么用?这怎么会让我决定?谁让我做法官:决定谁生谁死?"

索尼娅感到生活的无限困难和复杂;她知道,这类问题绝不能仅仅在理论的基础上获得解决,抹杀良心的声音,因为现实的一角可能提供几百万个最出人意料的具体情况,能将抽象的决定搞乱、撕裂,转化为荒诞不经的东西:"仅仅用逻辑,"拉祖米欣喊道,"是不能跨越本性的!逻辑只能预见到三种情况,而它们却有千百万!"

拉斯科尔尼科夫的道德"算术"的错误和荒谬在其罪行对于周围人们不可预见的后果中表露得特别明显。难道拉斯科尔尼科夫会想到,他不得不将完全无辜的莉扎韦塔和老太婆一起杀死,据索尼娅的说法:"她人好,必能见上帝。"他"举着斧子向她扑去……"可怜的莉扎韦塔之所以死亡就是因为主人公在他的精确计算中犯了一个小小的错误。

当他向索尼娅坦白一切时,他在道德上也已经完全将她置于死地了。他罪行的一个意外的后果便是一个偶然被怀疑是凶手的农民企图自杀。他指望利用老太婆的钱使杜尼娅摆脱斯维德里盖洛夫,结果正是由于他的犯罪使她落入斯维德里盖洛夫手中:后者知道了拉斯科尔尼科夫是杀人凶手,发现这一秘密使他拥有对杜尼娅可怕的权力。最后,难道他能预见到他母亲会死于难以忍受的想法——她儿子是杀人凶手?!

在理论上老太婆的存在是无益的,甚至是有害的——似乎可以像删除写就的句子中多余的词一样轻易和声色不动地抹去。但在现实中对谁都无用的一个人,却以成千条无形的也无法分析的线索,与和她毫无关系的人的生命联结在一起,从漆匠尼古拉直到拉斯科尔尼科夫的母亲。这意味着,对他说"不可杀人"的良心的声音不完全是不对的,而他却从自己抽象理论的高度蔑视良心的声音;这意味着,在解决道德问题时,不能完全依赖理智和逻辑。为良心的神圣本能辩护是这部长篇小说的伟大主题之一,因为良心的神圣本能被傲慢和阴暗的理性而不是真正的知识所否定了。

在生活中最可怕的不是恶,甚至不是恶战胜了善,因为可以指望这种胜利是暂时的,而是那种命定的法则,根据这一法则恶与善有时共处于同一行为中,在同一颗心中混合,交融,互相渗透,搅拌在一起,几乎不可能将它们区分开来。恶行和罪孽不仅对我们的感性具有巨大的诱惑力,对我们的理智也具有巨大的诡辩力量。恶的原始精灵,尽管具有非常恐怖的属性,并不那样可怕,如靡菲斯特,他从人类那里取走了最危险的和精致的武器——笑;又如路西法①,他从天上取走了最纯洁和明亮的光——美。

就在我们自己的心中,天使和恶魔永远在争论,而且最可怕的是,我们有时候不知道更爱他们之中的哪一个,更希望谁能获胜。恶魔不仅以享乐,还以自己的正确来吸引人:我们会怀疑,他莫非是真理没有被理解的部分,没有被承认的一面。一颗软弱而又高傲的心不能不对路西法的愤怒、桀骜不驯和自由作出回应。

---

① 路西法(Lucifer),《圣经·旧约》中堕落的天使,即恶魔。

长篇小说中平行展开的三个主要开端——拉斯科尔尼科夫、索尼娅和杜尼娅的悲剧——实质上只是奔向一个目标,就是表现在生活中善与恶神秘莫测和致命的融合。拉斯科尔尼科夫通过恶追求善,以公众福利的名义践踏了道德法规。但是他的妹妹,杜尼娅不也是做了同样的事吗? 她为了救她的哥哥把自己卖给卢任。与拉斯科尔尼科夫为了对人的爱而牺牲别人的生命一样,她为了对他的爱而牺牲自己的良心。"事情很清楚,"拉斯科尔尼科夫不满地喊道,"为自己,为了自己的安逸,甚至为了拯救自己免于死亡,她不会出卖自己,可是为了别人就出卖了! 为了亲爱的、无限崇拜的人就会出卖! 这就是我们全部问题之所在:为了哥哥,为了母亲她会出卖自己! 一切都卖! 啊,这时候我们,如果有机会,我们的道德感情也会拿去卖;自由,平静,甚至良心,一切的一切都会拿到交易市场去。连生命都搭上! 不仅如此,还想出自我辩解的理由,向耶稣会会员学习,一时也许可以安慰自己,使自己相信应该这样,**为了善的目的确实应该**。"拉斯科尔尼科夫清楚看出了杜尼娅的错误,但他没有发觉,这也是他自己的错误,他也是**为了善的目的**决定干出罪恶的行径。"……这种婚姻是卑鄙的,"他对杜尼娅说,"就让我是一个卑鄙的人,你不该……有一个就够了……我虽然卑鄙,但我不会认这样的妹妹为妹妹。选择我,还是选择卢任!"

他称自己是卑鄙的人,而波尔菲里则把他看成一个还没有找到上帝,不惜为他献出生命,正在受苦受难的人。拉斯科尔尼科夫也责备杜尼娅卑鄙。可能,他是正确的,但与这卑鄙掺和在一起的是高尚的英雄行为:她像她的哥哥一样,**半是罪人,半是圣人**。"您知道吗,"对理想主义毫无兴趣的斯维德里盖洛夫说,"我从一开始就感到遗憾,命运没有让你妹妹在二世纪或三世纪,出生在一个地方的大公或者小亚细亚的一个君主或总督的家里。毫无疑问,她会是一个经受得起磨难的妇女,当然,她也会面带微笑,当火红的铁钳灼夹她的胸部的时候。她会主动去接受这种折磨,而在四五世纪她会到埃及的沙漠中去,靠草根、狂热和幻觉为生,在那里修炼三十年。**她自己渴望和要求的仅仅是要为一个人尽快去受难,要是不让她去受难,她大概会从窗口跳下去。**"

索尼娅·马尔梅拉多娃也是一个受难者。她为了拯救家庭而出卖自己。她和拉斯科尔尼科夫、杜尼娅一样,"践踏了法规",为了爱而造孽,**也想通过恶取得善**。"你是个大罪人,"拉斯科尔尼科夫对她说,"你是罪人主要是因为你**白白**毁了和出卖了自己。这还不可怕!你生活在你深恶痛绝的污浊中,同时你自己知道(只要睁开眼就行),你这样帮不了任何人,也救不了任何人,这还不可怕!最后你告诉我,"他几乎疯狂地说,"在你身上这样的耻辱和这样的卑贱,怎样能与截然相反的神圣的感情融合在一起?"

他对索尼娅的判决也是对自己的又一次判决——他也是白白毁了自己的良心,他也生活在肮脏、卑鄙的罪行中,在他身上"耻辱"和"神圣的感情"也融合在一起。

拉斯科尔尼科夫认识到,他和索尼娅的罪是共同的:"我们一起去,"他满怀激情对她说,"我们一起被诅咒,我们就一起去!……""上哪儿?"她恐惧地问,不禁向后退。"我怎么知道?我只知道,走的是同一条路,这个我大概知道,仅此而已。一个目标!"就是去赎罪。**"难道你不是做了同样的事吗,"**他继续说,**"你也跨过去了……你终究能跨过去。**你毁了自己,你毁了**自己的**……一生(这都一样!),你原可以依靠自己的勇气和理智生活,现在你要在干草广场了结此生……不过要是你独自一个人,你是受不了的,你会发疯,像我一样。现在你已经像是疯了;我们应该一起走同一条路!我们走!"

索尼娅是罪人,但她和杜尼娅一样,既是圣人,也是受难者。拉斯科尔尼科夫是苦行者。西伯利亚的苦役犯把索尼娅当作圣母、当作救星不是偶然的；她——苍白、瘦弱、温顺，有着一双蓝色、安详的眼睛，几乎是在超自然美的光环中呈现在他们面前。

在长篇小说中，还有一个与基本主题联接在一起的人物，是所有人物中，包括拉斯科尔尼科夫在内，最富有艺术性和深刻的人物——斯维德里盖洛夫。他的性格是由惊人的对比、最强烈的矛盾所构成，虽然如此，也许，正因为如此，他才这样生动，以至不能摆脱奇怪的印象——斯维德里盖洛夫不止是小说中的人物，我们曾经了解他，见过他，听到过他的声音。

他是一个彻头彻尾的犬儒主义者。

当拉斯科尔尼科夫由于不满而控制不住自己，感到斯维德里盖洛夫马上就会侮辱他的妹妹，大声叫喊时："住口，别再说您那卑鄙、下流的丑事，您这淫荡、下流的色鬼！"斯维德里盖洛夫高兴得惊叹起来："席勒，我们的席勒，席勒！la vertu va-t-elle se nicher?① 您要知道，为了听您的叫喊，我故意要对您讲这类事。这是享受。"他向拉斯科尔尼科夫承认，在乡下"那些神秘的大大小小地方真把人给想死了，个中老手在那里会找到许多乐子。真了不起！"斯维德里盖洛夫过去犯有"刑事案件，其中包括残酷的和所谓离奇的行凶杀人，为此他太可以到西伯利亚去逛一阵子了"。

就是这个斯维德里盖洛夫也**有骑士般的大度**。他怀着卑鄙的目的将杜尼娅诱骗到自己房里。在他对杜尼娅的奇怪和无限的爱慕中有着许多粗暴和肉欲的成分，但是，可能，其中更多的是崇高和自我牺牲精神。房门关上了：钥匙在斯维德里盖洛夫的口袋里。她完全掌

---

① 法文：哪儿没有高尚行为啊？传说此话出自法国作家莫里哀。这是他对一个乞丐问他是否错给了他一个金币的回答。

握在他手中。那时杜尼娅拔出手枪。"他向前走了一步,枪声响了。"但子弹只是擦伤了他。

"好,没打中!再开一枪,我等着,"斯维德里盖洛夫轻声说,一面似乎阴沉地冷冷笑着,"这样慢,在您扣动扳机之前,我还来得及抓住您!……"

"放我走!"她绝望地说,"我发誓,我会再开枪……我……打死您!"

"好吧……三步之内是不可能打不死的。要是您打不死……那……"他双眼闪闪发亮,他又向前走了两步。

杜涅奇卡开枪,没打响!

"子弹没装好。不要紧!您还有火帽。装好它,我等着。"

突然她扔掉手枪……

"您放了我!"杜尼娅哀求说。

斯维德里盖洛夫打了个寒战……

"你就是不爱?"他轻轻问。

杜尼娅否定地摇摇头。

"也……不再可能? ……永远?"他绝望地喃喃说。

"永远!……"

一瞬间,斯维德里盖洛夫的内心经历了可怕、隐蔽的斗争……突然……他快步走到窗前站住了。

又过了一瞬间。

"钥匙在这里!拿去,快走!"

他的目光紧盯着窗外。

杜尼娅走到桌旁来拿钥匙。

"快走!快走!"斯维德里盖洛夫重复说,还是纹丝不动,没有转过身来。但是在这一声"快走"中,显然透露出某种可怕的音调。

杜尼娅懂了，拿了钥匙，冲到门口，迅速打开门，从房间里冲了出去。她离开后，"一丝古怪的微笑扭曲了他的脸，这是可怜、苦涩、无力的微笑，绝望的微笑"。

第二天黎明时分他自杀了。

拉斯科尔尼科夫为了思想自觉犯罪。斯维德里盖洛夫也自觉犯罪，但不是为了思想，而是为了享受。拉斯科尔尼科夫沉湎于恶的诡辩，斯维德里盖洛夫则醉心于它的诱惑。"在淫荡中，"他说，"存在着某种持久的，甚至不是建立在天性之上，也不决定于幻想的东西，某种像烧红的炭一样存在于血液中的东西，可以永远燃起欲火，还要保持很长时间，不论多大年龄，也许，很快也浇灭不了它。"

"我总觉得，"斯维德里盖洛夫要使拉斯科尔尼科夫相信，"您身上有某种与我一致的东西。"斯维德里盖洛夫甚至直接同情他的理论，即可以为了公众的利益犯法。与拉斯科尔尼科夫长时间谈话后他高兴地感叹说："瞧，我们俩是一条藤上的瓜，我说得不对吗？"他们两人都是罪犯，都有巨大的意志力，勇敢，都意识到他们生来要完成高尚的事业，而不是犯罪；两人在群众中是孤独的，两人都是幻想家，都被抛出了生活的一般条件——一个是被疯狂的情欲，一个是被疯狂的思想。

在圣洁的姑娘杜尼娅身上，显示出罪恶的可能性：她像索尼娅一样，准备出卖自己。在淫荡和无可救药的斯维德里盖洛夫身上出现了善和功勋的可能性。这里仍然是长篇小说的基本主题——生活永恒之谜，善与恶的融合。

退职的官吏马尔梅拉多夫是一个不知悔改的酒鬼。他的女儿去卖淫，为了得到几十卢布养家，使家人不致饿死，她将自己出卖给陌路相逢的人。"……是的……可是我醉醺醺地躺着。"马尔梅拉多夫说。他喝光了他女儿以卖淫挣来的最后几个铜板，在小酒店里，处在嘲笑他的、醉醺醺的游荡汉之间,对一个几乎素不相识的人讲述索尼娅的"黄派司"。"……只有可怜一切人,理解一切人,理解一切的主,"马尔梅拉多夫说,"才会可怜我们。他是唯一的。他才是法官,到那一天他会来,并问道:'那个为了凶恶、生病病的后母,为了她的年幼的小孩而出卖自己的女儿在哪里? 那个可怜自己生身父亲,没有出息的酒鬼,不害怕他恶行的女儿在哪里?'他会说:'来吧!'……他会原谅我的索尼娅,他一定会原谅,我知道他会原谅……他会审判所有的人并原谅他们,无论是好人,坏人,还是聪明人,老实人……他对所有人的审判结束后便大声呼唤我们:'你们也出来吧! 出来吧,酗酒的,出来吧,软弱的,出来吧,不知羞耻的!'我们大家便出来,也不害臊,站在那里。他就说:'你们都是猪! 都有兽的形象和印记;**不过你们也来吧!**'智者大声叫喊,贤者也大声叫喊:'上帝啊! 为什么你要接纳这些人?'他会说:'我接纳他们,智者,我接纳他们,贤者,因为他们当中没有一个人认为自己配得上这样的对待……'他向我们伸出双手,我们就跪下……痛哭……于是我们都明白了! 到那时我们全明白了! ……大家都会明白……上帝啊,你的天国降临吧!"

如果一个如此堕落的人的心里藏有这等信仰和爱,有谁敢说自己的亲人:"他是罪犯。"

杜尼娅、拉斯科尔尼科夫、索尼娅、马尔梅拉多夫、斯维德里盖洛夫——怎样决定他们是什么人:好人还是坏人? 从这命定的规律,**从善与恶必然的融合中**该得出什么结论? 如果你像《罪与罚》的作者那样了解人们,难道可以审判他们,难道可以说"这个错,那个对"? 难道罪行和圣洁在人的活跃的心灵中不是融入一个真实而又无法解开的谜? 不能因为人们正确就爱他们,因为除了上帝之外,谁都不是正确的:在杜尼娅纯洁的心灵中,在索尼娅伟大的自我牺牲中存在着罪行的种子。不能因为人们不道德而憎恨他们,因为没有一个堕落的人,他心中不保持着上帝美的反光。构成我们生活基础的不是"量器对量器"①,不是正义,而是对上帝的爱和慈悲的心怀。

陀思妥耶夫斯基——他是一个最伟大的现实主义者,他探测了人类痛苦、疯狂和罪恶的深渊,同时他又是《福音书》所宣扬的爱的最伟大的诗人。他的整部作品浸透着爱,爱便是它的激情,它的灵魂,它的诗意。

他理解,我们的辩解,在上帝面前,不是事业、功勋,而是信仰和爱。有谁的生活不是应受**惩罚的罪孽**,这样的人多吗? 正确的不是以自己的力量、智慧、知识、功勋和纯洁为骄傲的人,因为所有这一切都可以与对人的蔑视和仇恨结合在一起;圣人是比所有人更能意识到自己人性的弱点和缺陷,因而比所有人更能怜悯和热爱人们的人。我们每一个人,好人,坏人,寻求随便为什么"受难"的愚蠢的漆匠米科尔卡、放荡的斯维德里盖洛夫、虚无主义者拉斯科尔尼科夫、妓女索尼娅,大家都一样,大家在某处,有时远离生活,在心灵的最深处隐藏着一种激情,一种祈祷,它在上帝面前为人类辩解。

这就是酒鬼马尔梅拉多夫的祈祷:"你的天国降临吧。"

---

① 此句源自《福音书》。《新约·马太福音》第七章第一至三节:"你们不要论断人,免得你们被人论断……你们用什么量器量给人,也必用什么量器量给你们。"

# 《罪与罚》①

戴大洪 译

　　《罪与罚》是陀思妥耶夫斯基的第一部伟大作品。他在这部作品中第一次真正大胆地说出了折磨着他的疑问。迄今为止他一直站在法律一边。在人们看来,他所做的只不过是抬头越过善良之邦的城墙观察敌人。也许他比他的同胞更接近它:他与敌人在海洋餐馆一起吃喝,但他坚持付自己的饭钱。他会把账单随身带走,如有必要将用来证明他与邪恶势力毫无瓜葛。

　　到目前为止,他满足于表明一种简单的敌对态度,宣称自己无保留地站在善良一边。毫无疑问,对于那些甚至阅读过《被侮辱与被损害的》的具有洞察力的读者来说,他确实频繁提出了大量抗议。在他们看来,他似乎对敌人相当了解,比一个为纯真善良的事业而战的普通士兵所能知道的多得多。他们可能会认为,他至少应当是一个潜入敌营的间谍,而且是一个逐渐使敌人深信不疑的间谍,肯定曾经为他从事的工作忍辱负重。真正的圣徒所要避免的正是与恶人打交道,远

---

　　① 选自默里,《费奥多尔·陀思妥耶夫斯基:批评研究》,伦敦:Martin Secker,1923年,第102—128页。约翰·米德尔顿·默里(1889—1957),英国文学批评家、编辑。著有《济慈》《济慈与莎士比亚》《语体问题》等。

处依稀传来的恶人的低语让他害怕。他不愿面对面直视老对手,也不会为了注意对手的发色和眼神而暂时停下脚步来。

但是,即使陀思妥耶夫斯基对黑暗力量的熟悉了解让他们感到某种不安,他们似乎也保持着平静。显然,俄国社会对这位传统道德的新卫士非常满意。不过,就算他们是满意的,陀思妥耶夫斯基本人也不满意。他不能容忍他的表述竟然达不到其认知水平。他必须用他那富于想象力——谁知道产生这种想象力经历了多少切身体验——的语言表达他的思想,无论它将把他引向何处,因为他也被一个魔鬼控制着,这个魔鬼驱使他完成自己的使命。

于是,在《罪与罚》开篇第一章,善良之邦的城门咣咣作响,而陀思妥耶夫斯基则人在城外。他已经是个亡命之徒,只不过是个胆战心惊的亡命之徒,仍然被记忆中留存的平安意识所困扰。"'我想去干一件**那样的**事,却被这些小事吓住了。'罗季昂·拉斯科尔尼科夫心想,脸上露出古怪的微笑。"一件**那样的**事——这也许是能够给它下的最精确的定义了。当拉斯科尔尼科夫真的采取行动杀死放高利贷的老太婆阿廖娜·伊凡诺夫娜和她那单纯的妹妹时,在他沮丧地有所期盼的内心里,肯定产生了某种模糊的感觉。尽管所想象的行为确实具有巨大的力量,隐约的失望仍然让人感到不安。也许正是由于实际情况如此现实与真切,人们不安地感觉到,即使是一场可怕的谋杀,本质上也是对杀人意图的戏仿而不是对杀人凶手的戏仿,甚至不是对杀人凶手创造者的戏仿。但是,人们的头脑不再能够自由思考;它被固定在眼前浮现的具体场景上。犯罪发生,谋杀进行,由于是大胆实施的偶然犯罪,杀人凶手不会受到任何怀疑。只要在案件侦办初期意志坚定,那他就能逃脱惩罚。

尽管陀思妥耶夫斯基已逃出城外,城门对他也关上了,但是并没有人发现。他不是那种大喊大叫的人。如果善良之邦的公民坚持认为他是他们最勇敢的战士，是他们的道德规范的卫士，他不会以使他们耳聪目明为己任。他满足于做一名具有道德观念的作家，只要他们愿意相信他是这样的作家。凭借过去的大胆经验，他再次翻越城墙侦察敌情并将带回对于守城者来说如同三重铜墙铁壁的情报。他将让守卫城池的人看到，他们的道德力量建立在比人为法则更永恒的基础上；他将证明这所依赖的正是人类自身的本性。尽管拉斯科尔尼科夫已使自己逃脱了惩罚，但是，在沙皇的法令管辖不到的内心深处，他仍将在良心的折磨下不得不承认自己的罪行，最终自愿站出来接受对他的惩罚和磨难。

当然，就像小说中深谙分裂人格心理特征的波尔菲里·彼得罗维奇那样，一个能干的警察也能告诉他们这些情况，只不过教训不会如此令人难忘。从天才口中得到这些保证更令人欣慰；然而，苏格兰场没有天才，只有一些聪明的人。他们也许能够陈述法律，但是他们无法在人性中检验它。陀思妥耶夫斯基可以指出人类不朽品质中的道德因素，他能表现的正是驱使杀人凶手走向忏悔席的心灵律动。通过他的艺术表现，人们在观察陷入自己制造的痛苦中的杀人凶手时可以得到难以形容的安慰，他们看见他的嘴唇翕动，听见他从他嘴里"轻轻地，一字一顿，但又清晰地"说出的话：——

**是我那天用斧子杀了老太婆和她的妹妹莉扎韦塔，抢了东西。**

这就够了。由于人的心灵不可避免的律动，法律得到了维护。即使执法者可能力有不逮，良心也会撒下一张比法网更大的罗网，将社会的敌人一网打尽使其无法为害社会。善良之邦的公民们因此可以高枕无忧。

然而，尽管陀思妥耶夫斯基欺骗了他们，他并没有欺骗自己。他知道，他选中的拉斯科尔尼科夫是一个软弱的人，但这是一个肉体软弱灵魂却有决断力的人。拉斯科尔尼科夫甚至不愿亲口承认他为自己的罪行忏悔。**据报道**，在法庭上，"究竟是什么促使他来自首，对这个问题他直接回答说，是真诚的忏悔"，报道接着补充说，听众觉得"这一切几近笨拙"。陀思妥耶夫斯基知道这不是几近笨拙，而是相当笨拙，相当粗糙，相当不真实；因此，在让焦急的房东证明这种富于表演性的忏悔后，他毫不含糊地大胆说出了真相。真诚悔悟了一年后，在西伯利亚监狱的孤寂中，拉斯科尔尼科夫可以大声袒露他的心迹了。

哪怕命运能给他送来后悔——撕心裂肺、夜不能寐的火辣辣的后悔，把人折磨得就想上吊、就想投河的可怕的后悔！噢，要是这样，他会多高兴！痛苦和泪水——要知道，这也是生活。但他并不后悔自己犯罪。

至少，他本可恼恨自己的愚蠢，就像原先恼恨自己荒唐和愚蠢透顶的行为，使他进了监狱。然而现在，在监狱里，**有了空闲**，他重新判断和思考自己原先的种种做法，反倒不觉得这些做法有像原先，决定命运时，他所认为的那样愚蠢和荒唐。

"为什么，为什么，"他想，"我的思想比有史以来，在这个世界上蜂起的种种冲突的思想和理论更愚蠢？只要用独立、开阔、摆脱世俗影响的目光看问题，那么，当然，我的思想绝不是那么……古怪。噢，只值五戈比银币的否定一切的哲人，为什么你们半路上就停下了！"

"为什么我的行为在他们看来会是那样丑恶？"他暗自琢磨，"就因为这是暴行？'暴行'究竟什么意思？我问心无愧。当然，犯了刑事罪。当然，触犯了法律，流血了，那就根据法律处死……不就行了！当然，要是这样，许多造福人类的伟人，不是继承政权，而是夺取政权的伟人，应该在他们刚起步时，就把他们绞死。但那些人挺住了，所以**他们是对的**，我挺不住，所以我没有权利让自己跨出这一步。"

只是在这一点上，他认罪了：仅仅是他挺不住，投案自首
了。……


的确，就连痛苦也消失了——因为它不可能不消失，远离了深深
热爱生活的他。索尼娅对他的爱让他感到某种狂喜，使他忘记了一
切。我们被告知，在这种狂喜中，罪行的重负和过去的痛苦悄然离他
而去了。他的逻辑被忽略，他的意志在幸福中软化，但是：逻辑既没
有被抛弃，意志也没有被否定。没有一点点悔悟，只有接受索尼娅的
信仰的可疑许诺。"难道她的信念现在会不是我的信念？至少，她的
感情，她的追求……"该书末尾的这种渐弱趋势是关于未来的最暧昧
的预兆。也许拉斯科尔尼科夫确实已经完全忘记了他过去的决心和
推论，但是：忘记并不等于后悔。悔悟需要永远记住犯下的罪行。对
于拉斯科尔尼科夫我们可能最希望的是，他现在应当非常乐意回忆过
去，因为，只要他还能想起过去，过去的问题就仍然摆在他面前。

但是，早在拉斯科尔尼科夫远未冷静到正常程度时，陀思妥耶夫
斯基已经转身离他而去。拉斯科尔尼科夫之于陀思妥耶夫斯基，如同
之于他自己，只是其失败和软弱的牺牲品。他甚至不是一个失败的罪
犯，而是一个失败的慈善家。他意在行善，依靠的是正义。对于这个
年轻的堂吉诃德来说，赢得世界的同情并不难。他戴上头盔以博爱之
名纵马向前，这是一个为了全人类的生存与巨龙搏斗的圣乔治。拉斯
科尔尼科夫精心挑选了"一个虱子"、一只祸害人类的害虫，这只害虫
看守着暗藏在巢穴中的金银财宝，难道不能把这些财宝慷慨地用于慈
善事业吗？与他所蔑视的法律也许很快就能通过自身的法令做到的
事情相比，他这样做不是产生了更好的效果吗？通过谋杀，他为社会
除掉了一只害虫。如果受害者不是一个靠邪恶的盘剥为生的放高利

贷的老太婆，拉斯科尔尼科夫决不会举起斧头来；他决不会想到犯罪。他徒劳地叫喊：——

> 我想杀人，索尼娅，没必要狡辩，为自己杀人，只为自己！在这件事上我甚至不想对自己说谎！我杀人，不是为了接济母亲——那是胡扯！不是为了有钱、有权，做人类的恩人。那也是胡扯！

但这并不是胡扯。因为冷漠地叫喊正是其行为的必然结果，尽管这不是唯一的原因。只有在自负地夸夸其谈时，只有在陶醉于他是拿破仑的幻想中时，他才敢否认这一点。的确，杀人动机比这更深奥，他杀人是因为"他想显示这种胆量"。但这是他狂热的幻想。当他开始寻找"一个虱子"当他的牺牲品时，他已经做出了低级的选择。他梦想具有一种为了自己纯洁的主张把一切踩在脚下的意志；但他知道对他来说这只是个梦想，他知道，即使他能找到杀死这个放高利贷的老太婆的勇气，他也不能向自己证明什么。

> 证明我绝对是虱子，也许比我杀死的虱子更丑恶，更卑劣，我**早就预感到**，我杀她后，准会对自己这么说！难道有什么东西能跟这种恐惧相比！噢，庸俗！噢，卑微！

他在构想他的计划的第一时刻所梦想的气势恢弘的胜利意志已经蜕变成一种胆怯发抖的自嘲，它卑微虚弱得不得不依赖正义，独自恐怕连一秒钟也坚持不了。在梦魇的世界里，拉斯科尔尼科夫想象为了犯罪而犯罪；在清醒的世界里，他是成千上万为了行善而作恶的人之一。他从来没有在善良之邦的城墙外面铤而走险：如同波尔菲里·彼得罗维奇对他说的那样，他只是一个席勒，一个心地善良并且担任负责社会改良的城邦委员会主席的席勒。

拉斯科尔尼科夫的行为不是犯罪。他的所作所为只是违反了人类制定的法律；他像一个抓着保姆的手的胆小的孩子，因为赞成有益的破坏而行善。既然他没有犯罪，难怪他不悔悟。打败他的是他从不沉睡的良知：他受法律的管辖。他屈服于对手的重压而不是屈服于正义。正义站在他这一边，而且不只是他自己的正义——这是一种他没有勇气求助的力量，任何目光敏锐的人都会承认这种正义，社会本身在不久的将来也会认可这种正义。

因为他的行为不是犯罪，所以，对他的惩罚没有道理。陀思妥耶夫斯基明白，某个拉斯科尔尼科夫的命运是个微不足道的问题。罪恶在这个阶段还没有形成。"什么是犯罪？"拉斯科尔尼科夫在西伯利亚的监狱里问自己；而这确实是问题之所在。如果杀死"一个虱子"是犯罪的话，那么，犯罪只是一种叫法，一种约定，因为定义犯罪的法律就是一种约定。当拉斯科尔尼科夫咕咕哝哝地说"我想去干一件**那样的事**"的时候，这不是他想干的事。拉斯科尔尼科夫知道，犯罪是为了犯罪而犯罪，是恶意赤裸裸的行为方式。拉斯科尔尼科夫没有这种作恶的能力，他也知道自己不能。他亲密的朋友会告诉他他不可能作恶，因为他的本性是善良的。情况也许是这样的，然而，头脑清醒的拉斯科尔尼科夫怀疑，那是因为他意志薄弱。

但是，意志坚强的人情况如何？陀思妥耶夫斯基知道问题就在这里，因此，在《罪与罚》快要结束时，已经掂量出拉斯科尔尼科夫的分量因而发现他不合格的小说作者把注意力从他身上转向了斯维德里盖洛夫。斯维德里盖洛夫是这本书真正的主人公。拉斯科尔尼科夫本人承认这一点，因此，既然不能否认他们之间存在着某种共同之处，尽管他讨厌斯维德里盖洛夫，也不得不给后者让位。拉斯科尔尼科夫的潜力在斯维德里盖洛夫身上真实地体现出来了;大学生拉斯科尔尼科夫的辩证逻辑已经在这个人身上得出最后的结论。随着关于某种不像人干的坏事——伤害拉斯科尔尼科夫妹妹纯洁的心灵并对一个孩子的处子之身施暴——的传言,斯维德里盖洛夫第一次出现在书中。后面这件事是个谣言,不过他是这些谣言生生不息的动力,因为它们只不过是他身上的真实存在的象征。不错,当拉斯科尔尼科夫在梦境中经历犯罪那种扭曲、邪恶的恐惧时,这种有形的力量可以使他真正进入"梦与醒之间"的场景。

他艰难地喘了口气——但是奇怪,梦境似乎还在延续:房门洞开,门口站着个从未见过的陌生人,眼睛滴溜溜地在他身上打转。

拉斯科尔尼科夫还没完全睁开眼睛,便倏地闭上。他仰面躺着,一动不动。"这是不是还在做梦,"他想,又难以觉察地稍稍抬起睫毛看了看:陌生人仍然站在那里审视他,突然,他小心地跨过门槛,轻轻掩上身后的门,走到桌前,等了一会儿——这段时间里,他一直目不转睛地看着他,——接着悄悄地,没一点声音,在沙发旁边的椅子上坐了,把帽子放在脚边的地板上,双手拄着手杖,下巴搁在手背上。显然,他准备长久地等下去。透过眨动的睫毛,隐约可以看见这人已经不算年轻,身体结实,留一部浓密、几近白色的络腮胡子……

过了约莫十分钟。天还亮着,但已近黄昏。房间里一片寂静。甚至楼梯上也没传来一丝声响。只有一只很大的苍蝇嗡嗡叫着,拼命飞舞,不断撞在玻璃上。终于,拉斯科尔尼科夫忍不住了:他突然欠身坐在沙发上。

"说吧,您有什么事?"

"我就知道您没睡,只是装睡,"陌生人回答得很怪,泰然地哈哈一笑。"让我自我介绍一下,阿尔卡季·伊凡诺维奇·斯维德里盖洛夫……"

"难道这还是梦?"小说进入了下一章,因为斯维德里盖洛夫是邪恶意志的化身。陀思妥耶夫斯基在作品中出离了这座城市。他不再是一个胆战心惊的亡命之徒,而是一个敢于按照自己的想法和丰富的想象力行事的人。因此,斯维德里盖洛夫不仅代表了一种梦想和一种意志,而且还是一个人。他是年老的拉斯科尔尼科夫,不过,他的果决并没有随着年龄的增长而减弱,以致他将用他的意志支配一切。他凭借自身的力量特立独行,这种力量就是最大限度地认识生活并且用以征服生活的意志。他已经超越了善与恶。他决心使他的意志具有至高无上的权威。没有任何东西可以妨碍它。他采取了与整个生活作对的立场,以获取生活的奥秘。斯维德里盖洛夫是真实的,真实得甚至超越了现实,因此,他也是拉斯科尔尼科夫的梦想。成为斯维德里盖洛夫而不只是成为拿破仑——后者是使这个杀人犯魂牵梦萦的幻想。但是,斯维德里盖洛夫并没有杀人犯法,因为他知道这是不言而喻的,他也不会用甚至毫无说服力的谎言欺骗自己说正义站在他一边。他有自己的正义;其他正义只能贬低他的价值并使他的问题黯然失色。

而他的问题是这样的:什么应当占据上风,是我知道的我、自我,还是我不知道的某种力量? 我应当被迫接受任何凌驾于我自己的意志之上的意志吗? 尽管斯维德里盖洛夫在行为上似乎主要显示了邪恶的意志,但他远远不止于此。我们最初认为他似乎是邪恶的,因为故意作恶对于我们的认知具有重大的预兆意义。因为他做坏事,所以他是一个邪恶的怪物。不过,这个怪物还用同一只手行善;他放过了他想占有的拉斯科尔尼科夫的妹妹杜尼娅,后者当时就在他的控制下;他照顾索尼娅和马尔梅拉多夫家的孤儿;他送给他没有迎娶的小未婚妻一笔钱。在他身上也许可以发现善与恶并存,然而,他既不是一个有邪恶冲动的好人,也不是一个对善有所反应的坏人。尽管表面上矛盾重重,我们发觉他并没有自我分裂而是始终如一;他始终如一的秘诀在于他专一的意志。他以这种意志与生活以及生活的法则较量。他作恶不是因为他向往恶,而是因为他想超越它。在坚持主张的过程中,必须打破影响自由表达意志的所有束缚,这只是因为它们是束缚。他明知是作恶还要去干坏事只是被他内心深处向邪恶屈服的本能所驱使,因此:必须制服这种本能。像拉斯科尔尼科夫一样,他"想显示这种胆量",结果,他在自己身上发现了它。

在《作家日记》和书信中,陀思妥耶夫斯基一次又一次反复地把文学创造力定义为使"一个新词"变成文学术语的能力。斯维德里盖洛夫就是陀思妥耶夫斯基创造的新词。创造出这个人物标志着他开始取得自己独有的成就。他将把这一人物形象发展到难以想象的高度和深度,精炼改进使之越来越具有现实意义,直到人与非人最终似乎浑然一体。

因此,无论如何我们必须读懂斯维德里盖洛夫。他也许是从黑暗中走出来的一个怪物,但他也是人,也有人性。看他,当他诱使他以充满欲望的激情爱恋着的杜尼娅进入一个僻静无人的房间时,他打算强奸她吗?——他也不知道。但是,他的两眼开始闪烁兽性的光芒,几个月前,他眼中的这种光芒"让杜尼娅感到害怕,它越来越炽热,越来越放肆,终于引起她的憎恶"。为了在这种恐怖的气氛中保护自己,她掏出一把手枪向他开枪。第一枪打偏了;他站着没动。第二枪没有打响。

"子弹没装好。没关系！您那儿还有火帽。重新装一下，我等着。"

他站在她面前两步的地方，等着，用沉重而又火辣辣的目光看着她，当真铁了心。杜尼娅明白，他死也不会放她。"这……这样，当然，她这就打死他，才两步！……"

突然，她扔了手枪。

"扔了！"斯维德里盖洛夫诧异地说，深深舒了口气。他心里像是一块石头落地，也许，这不仅仅是死亡的恐惧，此刻，他未必怕死。这是解脱，可以结束他自己都说不清的更悲哀、更阴暗的感觉。

他走近杜尼娅，伸手轻轻搂住她的腰。她没反抗，但浑身抖得像片叶子，两眼央求地看着他。他想说什么，但嘴唇只是翕动着，说不出话。

"你放了我吧！"杜尼娅央求。

斯维德里盖洛夫打了个战栗：这声"你"和刚才的语气已经有些不同。

"你不爱我？"他低声问。

杜尼娅否定地摇头。

"也……没法爱我？……永远？"他绝望地轻轻问。

"永远！"杜尼娅轻轻说。

刹那间，斯维德里盖洛夫内心经历了可怕的搏斗。他用无法形容的目光看着她。突然他松手，背转身，快步走到窗前，站住。

又过了一刹那。

"这是钥匙。"

甚至比他所摆脱的死亡的恐惧更黑暗、更痛苦的感觉是什么？陀思妥耶夫斯基知道,我们或许也能知道。斯维德里盖洛夫敢于独自面对生活,敢于以个人意志与一切事物较量。最后他被打败了。他意识到自己孤独无伴孑然一身。他敢于尝试具有重大争议的事情。他明知是坏事还要去干,为的是能够知道是否存在着某种可以惩罚他的力量。他知道：他没有被打中。是的,如果他在干坏事的时候被打死,他的灵魂将会感到一阵狂喜。但是没有,什么事情也没有发生……

　　什么事情也没有发生意味着无计可施——对不可战胜的意志无可奈何。他提出了这个重大问题,而回答是死一般的沉默。在这种沉默中他可以听到他疲惫的心脏的每一次跳动,因为这种沉默他知道自己永远是孤独的。这种沉默和孤独甚至超出了他的英雄气概所能承受的限度。他变成了另一个人,这个人知道她厌恶他,但也希望在厌恶之外激起某种感情的火花,即使这种感情不是爱,它也将证明他最终不是孤独的。她向他开了两枪。他一动不动。他仍然拥有他的意志,即使行使意志的欲望已离他而去。第三次她扔掉了手枪。接着,旧情复萌,他心中燃起最后一线希望,于是,因绝望而情绪亢奋的他急切地问她是否爱他,问她会不会永远爱他。希望再次破灭了。他是孤独的;他已经跨越了人类所有经验的界限,他想知道生活的重负是否仅仅取决于他的意志,是否还取决于意志之外的什么东西,结果,他一无所获。现在只剩下一件事。他还没有尝试过死亡。他打算去死,因为死亡在于他的命运,他竟然想要拥有一切,而且想要拥有他不应拥有的东西。

　　不过,想要毁灭自己比确保胜利容易得多。斯维德里盖洛夫不会被人终有一死所蒙蔽。如果他知道自我毁灭是一切的终结,他就不会等这么久了。但是,这会不会只是另一个问题,另一种沉默,或是比沉默更糟糕的状况。

"怎么,要是这么说呢(请您指教):'鬼魂,这么说吧,是另一个世界的碎屑和断片,它的起因。健康人当然不必看到他们,因为健康人是最尘世的人,所以应当只过人间生活,好充分体验人生,遵守秩序。但你稍一生病,机体内正常的尘世秩序受到破坏,马上就会和另一个世界发生接触。病得越重,和另一个世界的接触也就越多。所以人一旦死了,就完全去了另一个世界。'我早就这么说了。要是相信来世,这个说法可以相信。"

"我不信来世。"拉斯科尔尼科夫说。

斯维德里盖洛夫坐着,一副沉思的样子。

"怎么,要是那儿只有蜘蛛或者诸如此类的东西?"他突然说。

"这人是疯子。"拉斯科尔尼科夫想。

"我们一直以为永恒是一种无法理解的观念,某种很大很大的东西!为什么一定很大?突然,根本不是这样,您倒想想,那儿只是一个小间,就像乡下的澡堂,熏得乌黑,角角落落都是蜘蛛,这就是永恒。知道吗,有时我觉得永恒就是这样。"

"难道,难道您就想不出比这更欣慰、更合理的东西!"拉斯科尔尼科夫痛苦地大叫。

"更合理?这怎么知道,也许这就挺合理,知道吗,要是我的话,就故意把它弄成这样!"斯维德里盖洛夫回答,无所表示地笑着。……


就连死亡也不是他的问题的答案。它只是还没有被尝试但必须去尝试的最后一个问题。然而,它是所有问题中最令人绝望的问题。这个重大问题此时面对的沉默无声到那时也许会引起笑声,引起粗俗、卑鄙、恶毒的笑声。

但是,因为想要无所不能而没有给意志留有余地的意志虽生犹死。所以,斯维德里盖洛夫那天一大早就踏上了"归途"。当时白蒙蒙的浓雾笼罩着城市,有一个正式的见证人在场,那是一名犹太人士兵,一脸怨天尤人的沮丧神情,头上戴着一顶阿喀琉斯式铜盔。

斯维德里盖洛夫掏出手抢,打开保险。阿喀琉斯扬起眉毛。

"嗨,干什么,这种玩笑这儿不许开!"

"干吗这儿不许?"

"这儿就是不许。"

"得了,老弟,不都一样。这地方好。要是以后有人问你,就说他去美国了。"

他把手枪抵住自己右面的太阳穴。

"嗨,这儿不行,这儿不是地方!"阿喀琉斯猛一哆嗦,瞳孔越睁越大。

斯维德里盖洛夫扣下扳机。

"发生犯罪了吗? 进行惩罚了吗?"陀思妥耶夫斯基不是代表拉斯科尔尼科夫而是代表斯维德里盖洛夫提出了这些问题。因此,拉斯科尔尼科夫的悔悟和新生不是回答,也不是荒谬地再次兜售所谓"通过受难净化心灵"的灵丹妙药。受难对于拉斯科尔尼科夫可能已经足够了,尽管陀思妥耶夫斯基把证明这一点留给了另外一个故事。他始终没有把这个故事写出来,可能是因为它不足以使他产生写作的兴趣。在陀思妥耶夫斯基看来,拉斯科尔尼科夫永远只能是一个不成熟的斯维德里盖洛夫,因此,一旦找到了与斯维德里盖洛夫的想象力斗争的勇气和能力,拉斯科尔尼科夫充其量就是斯维德里盖洛夫的一个傀儡。

实际上,《罪与罚》中与拉斯科尔尼科夫的新生、索尼娅·马尔梅拉多娃和她的家人以及卢任和拉祖米欣的境遇密切相关的那些内容作为结局并不重要。它们只不过是支撑生活理念的支架。马尔梅拉多夫一家代表世界上存在着苦难；他们在某种程度上体现了痛苦的现实。从睁开眼睛面对世界的那一刻起，陀思妥耶夫斯基就被这种可怕的现实深深地吸引，因此，痛苦是他所有作品无处不在的底色。通过在作品中赤裸裸地频繁表现痛苦，陀思妥耶夫斯基奠定了他所创造的那些人物的基础。他本人曾经面对痛苦。他的心灵备受一个问题的折磨，他毕生都在渴求这个问题的答案："上帝存在吗？"提出这个问题的卑微的人们逐渐厌倦了等待答案，他们缺乏一次又一次要求回答的意志或毅力，因而不知不觉地接受了一种让人心安理得的不可知论，满足于现状就行了。然而陀思妥耶夫斯基不是这种人。也许是因为他对物质生活要求不高，或者是因为他内心的激情传遍了全身，他从未仅仅满足于现状。他说"我被上帝折磨了一生"，因此，他毕生都在竭尽全力试图回答这个问题："上帝存在吗？"他把一个又一个斗士派上血淋淋的战场，像他本人那样去与生活进行抗争，有的甚至至死方休。

斯维德里盖洛夫是这些斗士的第一人。他可以说是陀思妥耶夫斯基在面对痛苦时激烈否定上帝的象征。否定上帝是要维护人们自己的神明。因此，陀思妥耶夫斯基构思了一个人，他竟然敢于按照自己的神明的旨意行事，他不接受自己之外的任何意志，他竟然具有足够的勇气竭尽所能坚持自己的意志。关于斯维德里盖洛夫的构思体现了一种不可动摇的辩证逻辑。如果在我自己的意志之外还存在着某种意志，那么，由于同时存在着痛苦，它必定是一种邪恶的意志，因此，为了与它和睦相处，我也不得不邪恶。如果在我之外并没有其他意志存在，那么，我必须绝对坚持自己的意志，直到它彻底摆脱外界的一切限制。所以，我必须邪恶。就这样，陀思妥耶夫斯基以理性塑造了这个人的骨架,然后又凭借想象力使其有血有肉。他使这个人物处于与生活搏斗的生存状态,结果,斯维德里盖洛夫最终死于自己之手。斯维德里盖洛夫没有找到答案,因此,他没有给陀思妥耶夫斯基任何回复:也许陀思妥耶夫斯基并没有指望得到回复,因为他知道他创造的这个人物注定要死去。斯维德里盖洛夫是受其创造者摆布的替罪羊。

然而,这个个人意志的化身应当毁灭于这种生活并不是陀思妥耶夫斯基的问题的答案:因为他问的是,如果一个人具有感受痛苦的心灵、思考问题的头脑和采取行动的意志,那他应当怎样生活?他应当像斯维德里盖洛夫那样完全我行我素而死去,还是应当像拉斯科尔尼科夫那样否认自己内心的力量而活着?拉斯科尔尼科夫胆小懦弱。他有头脑,但意志薄弱。不过,这也许是解救之道——实际上不是因为意志薄弱或缺乏意志,而是因为同样完全彻底的坚持。只有根据一个完人的榜样才能断言意志并没有导致自我的最终肯定,而是导致它的彻底毁灭。假设我们创造一个人,他是完全被动的,他将独自承受一切,那他就是一个完整的人,无异于一个斯维德里盖洛夫。

在这种逆反人物的创造方面,索尼娅·马尔梅拉多娃可以说大有前途。如果没有她的种种痛苦,索尼娅几乎并不存在。她肯定不真实,而且,与陀思妥耶夫斯基后来创造的那些女性相比,她只是一个概念化的人物。她远远不足以承载作为一种生活方式的自我毁灭的基督教理想,因此,陀思妥耶夫斯基并没有试图把这副重担压在她身上。当拉斯科尔尼科夫说着非常著名的那句话——“我不是跪你,我是对人的苦难下跪”——向她下跪时,索尼娅被赋予了某种角色。她本身微不足道;她代表了这个世界的痛苦,就像一个寓言中的人物。因此,她过度操劳及其不太真实的自我牺牲均无关紧要。当拉斯科尔尼科夫对她说出“你也跨过去了……拼死跨过去了。你毁了自己,毁了一生……**自己的**(这反正一样!)"这些话时,他肯定是在谵妄的状态下胡言乱语,因为他说的不是事实。索尼娅什么也没有做,她只是受苦,这也不是被她自己的意志所驱使,而是被她身外的某种不可测知的意志所驱使。

索尼娅确实是陀思妥耶夫斯基讲述的故事的一部分,但是,与他想要表现的理念相比,索尼娅作为其中一部分的这个故事几乎一点也不重要。某种类型的故事对于小说家来说是必要的,因此,由于采用了小说这种形式,陀思妥耶夫斯基也必须写出一个故事;然而,在更深刻的意义上,陀思妥耶夫斯基根本就不是一个小说家。小说家接受生活并且认为出生、进化和成长的伟大过程理所当然。他们在某种程度上被这种时间观念和进展意识洗了脑。陀思妥耶夫斯基不接受生活;他没有进化和慢慢成长的概念。他的思想不受时间的限制,因此,他的对手与其说是男女众生,不如说是暂时增加了死亡率的脱离现实的人物。他们的凡俗职业和尘世经历实际上只不过是使他们融入碰巧流行于他那个世纪的艺术形式的手段而已。随着陀思妥耶夫斯基艺术水平的提高及其思想进一步深入和扩展,我们将会越来越清晰地发现他们是一些具有象征意义的人物,对此必须有思想准备。这些人物当然是真实的,而且他们也是人,不过,他们的真实和人性不再属于现实世界。他们在这本书之前不曾存在,在这本书之后也不存在。他们是没有肉体的人。

归根结底,他们创造的不是人们希望成为的某种人,而是人们试图探索的某种灵魂。他们是对备受上帝折磨的心灵的想象,不是对富有而慷慨的天性的随意溢美和无意识复述。王侯神灵在这个想象的世界中共同奋斗,男女众生或多或少全都受到了魅惑,他们由于被魅惑而不再是男人和女人。因此,除非在现实的极端可能性是其终极的真实这一意义上,读者不会认为他们是真实的。在创作《罪与罚》之前,陀思妥耶夫斯基是一个传统和通常意义上的小说家。随着《罪与罚》的创作,他离开了物质世界一去不回。把他与物质世界联系起来的纽带自始至终细若游丝,就像把他的灵魂留在尘世的虚弱的肉体一样脆弱;但他现在露出了自己的本来面目:他是一个执着地探求痛苦的人。他利用斯维德里盖洛夫表达他的怀疑和痛苦,后者是他通过有血有肉的人物产生形而上绝望的一种手段。在斯维德里盖洛夫这个人物身上,最大限度地坚持个人意志实际上带来了孤寂和空虚。还有另外一种手段。与绝望的恶魔作斗争的第二部伟大作品是《白痴》。

# 《罪与罚》的城与人[①]

列·彼·格罗斯曼 作

糜绪洋 译

开始创作这部长篇小说前,陀思妥耶夫斯基刚度过了物质上极端艰难的一年。一八六四年七月十日,兄长米哈伊尔去世,他留给弟弟的是《时世》杂志彻头彻尾的烂摊子,两万五千卢布的债务,以及毫无收入来源的一大家子人。

一整年来,陀思妥耶夫斯基一直在狂热地寻找资金,在物质灾难的废墟中挣扎——他签署一张又一张期票,满足债权人的种种要求,击退公证人的一波波抗议,拯救自己的财产免遭清点,每分每秒都能感受到债务监狱的威胁。他四面出击,一边绞尽脑汁出售自己的旧作,一边为杂志寻找股东,向文学基金会[②]申请大笔补助,并与出版商斯捷洛夫斯基签订了近乎卖身性质的合同。一整年来,陀思妥耶夫斯基都不得不没完没了地与圣彼得堡的高利贷者、片警、律师以及各行各业的投机倒把者打交道:他的债主包括彼得堡的商人妇、诉讼代理

---

① 原载陀思妥耶夫斯基,《罪与罚》,莫斯科:国立文学出版社,1935 年,第 5—52 页。列·彼·格罗斯曼(1888—1965),俄苏文艺学家。著有《陀思妥耶夫斯基的诗学》《陀思妥耶夫斯基传》等。

② 一八五九年成立于彼得堡的旨在资助困难作家、学者或其遗属的慈善组织。

人、退休军人，甚至还有个普通农民。这是令人绝望，尽是没完没了的借贷、付账和罚款的一年，在他一生中，高利贷者和警察们还从没像在这一年中那样，扮演过如此非凡的角色。

他在彻底停办自己不走运的杂志后立刻开始写作一部长篇小说，小说的核心就是金钱问题，并且带有一八六五年彼得堡的所有典型特征——高利贷者、侦探和警察，拉斯科尔尼科夫微不足道的典当物，阿廖娜·伊凡诺夫娜的小额钞票，卢任和斯维德里盖洛夫面值几千卢布的五厘债券。作家的亲身经历使得小说日常生活画面中对金钱主题的刻画异常明晰，但与此同时，这一主题又是在最深刻的思想戏剧的冲突中展开的，而让这部讲述贫困的史诗变得无比尖锐的则是一个无法反驳的问题——无数年轻才俊因赤贫而凋谢，可大量物质财富却都被几个最坏的寄生虫、掠夺者捏在手中，这一切意义何在？在小说的核心，作家尖锐地提出了资本的主题，这个主题将与一出引人入胜的社会悲剧相结合，获得非凡的深度，而这在俄罗斯文学的发展历程中尚属头一回。

在这一年紧张的物质斗争中，陀思妥耶夫斯基为继续出版《时世》杂志而向莫斯科的老姨妈库马宁娜借款一万卢布这一插曲具有特别重要的意义。

在自己家庭内部，陀思妥耶夫斯基自身也真切感受到了拉斯科尔尼科夫的困境：一边是赤贫的年轻生命、先兄米哈伊尔的子女——一群有音乐天赋的年轻人和漂亮的姑娘；另一边则是一个已经昏聩的老太婆，手握着库马宁家族的万贯家财，却把大笔钱财投入到修缮教堂和追荐自己的灵魂上——小说里的高利贷者阿廖娜·伊凡诺夫娜也是这副德性，她在遗嘱中一个子儿也不愿留给自己的妹妹莉扎韦塔，却把所有的钱都捐给"某省的一座修道院，以永远追荐灵魂"。一八六五年九月二十日，当陀思妥耶夫斯基恰好开始写作《罪与罚》时，库马宁姨妈签署了一份遗嘱，指示将一万五千卢布用于安葬，追荐亡灵，赏赐神职人员,而侄子米哈伊尔和费奥多尔"据此遗嘱不应分得遗产"。

从米哈伊尔·米哈伊洛维奇去世到陀思妥耶夫斯基出国的这操劳的一整年里,作家不仅饱受种种烦心事务的折磨,还因迫不得已的创作贫瘠而苦恼万分:"整整一年几乎连一行字都来不及写!"但与此同时,他也在密切观察这个对他而言崭新的环境,观察围绕着金钱的斗争是如何赤裸裸地、厚颜无耻地在其中展开的,并为自己汲取灵感。就像当初走出苦役营后开始着手描绘"死屋"一样,如今在从事务的桎梏中解放出来后,他也开始写作一部长篇小说,小说的背景充斥着阴郁投机客和首都官人们的形象,在为拯救《时世》而狂热斗争的这一整年里,这些人在他身边紧紧地围成了一个圈。

高利贷者阿廖娜·伊凡诺夫娜,放贷收利的家具客房房东雷斯利赫太太,拿着别人借据讨债的切巴罗夫,靠从高利贷者那儿收购票据为生的骗子科赫——这些显然都是陀思妥耶夫斯基对自己债主的速写,后来他的妻子也描述过他们("这些票据倒卖人、官员的寡妇、家具客房的女房东、退休军官、低级别的诉讼代理人……")。

同样,在各种争讼、庭审间游走,打算在彼得堡开办一家公共律师事务所的彼得·彼得罗维奇·卢任其实就是作家与之打过交道的那个"诉讼代理人帕维尔·彼得罗维奇·雷任",因为欠了他四百五十卢布,陀思妥耶夫斯基的财产于一八六五年六月六日遭到清点。在小说的几个初稿中,这个人物一直就叫"雷任"。同样还可以推断,被写进小说、化身为片警尼科季姆·福米奇的就是"喀山街道第三街区"的片警,一八六五年六月六日陀思妥耶夫斯基正是和他调解了即将进行的财产清点这一棘手案件。

可尽管如此,一八六四年让陀思妥耶夫斯基"一次在三家印刷所印书,不吝惜金钱,不吝惜健康和精力,读校样,张罗作者,折腾审查,改文章,搞钱,忙活到早上六点,每天只睡五小时"的那令人绝望的紧张工作最终并没有达到预期的结果。

到一八六五年春天，杂志毫无疑问的彻底崩溃已是铁板钉钉。出版杂志的资金枯竭，《时世》宣告停刊，而陀思妥耶夫斯基的个人债券现在累积到了一万五千卢布。必须从办杂志和出版的狂热中抽身出来，回到自己基本的、主要的工作——文学中去。陀思妥耶夫斯基决定离开彼得堡去国外，以便远离这些琐事、债权人和警察，集中精力进行创作。

但到了国外，这出金钱的戏剧却仍在继续，甚至有愈演愈烈的趋势。斯捷洛夫斯基给的三千卢布几乎全花在了债权人和家人身上，陀思妥耶夫斯基只能怀揣很小一笔钱——仅一百七十五卢布——出国，但却心存虚假的希望，觉得自己要是能在威斯巴登的轮盘赌场赢上个一千法郎也好，然后用这笔钱够在欧洲待上三个月。结果在威斯巴登的五天里，他把连带怀表在内的一切都输得精光。如果说之前在彼得堡时，作家还只是被债权人围堵，不断受资产清查和债务监狱的威胁折磨，那么现在他面临的已是实打实的贫困——真的要饿肚子了。

一八六五年的威斯巴登信件是陀思妥耶夫斯基一生中极为惊人的文献："一大早宾馆通知我，不许给我提供午餐、茶和咖啡……""我已经连续第三天不吃晚饭，而是靠早晚的茶过活了。我根本也不太想吃，也真是奇了怪了。他们故意为难我，有时晚上拒绝给我蜡烛，这就很恶劣了……"陀思妥耶夫斯基就是在这种条件下着手创作自己最伟大的作品的。

饥饿和金钱的主题从来没有这么尖锐过。后来他在写给妻子的信中明确指出，这就是《罪与罚》诞生的时刻。后来在一八六八年四月四日，他告知安娜·格里戈里耶夫娜，自己决定向卡特科夫承认输掉了预支稿酬，并决定在一个完全隔绝的环境中开始创作新的长篇小说①，他

---

① 指《白痴》。

解释道："九点左右,输得精光的我在小径中散步,便有了这个想法。就像当初在威斯巴登时那样,我也是在输钱后想出了《罪与罚》,并且考虑与卡特科夫合作。"

作家的话应该这样理解:长期徘徊在其创作意识中的各种构思在财务崩溃的危机时刻产生了某种新组合,从而推出了长篇小说的一个尚不明确的新构思,而这个构思出乎意料地获得了来自这部庞大长篇小说核心主题的力量和终极说服力。

早在四十年代,年轻的陀思妥耶夫斯基就对彼得堡的社会反差惊讶不已。在一篇匿名文章中,他试图抓住帝国之都的复杂面貌,"这个华美富丽的彼得堡,它的喧声轰响,它的形形色色的人物,绵延不绝的尘事,内心深处的向往,绅士和浑蛋——杰尔查文所称的'大堆的垃圾','金玉其外的'和'原形毕露的'垃圾以及投机家、书商、高利贷者、催眠者、骗子、农夫等三教九流……"①值得注意的是,早在尼古拉一世时代,陀思妥耶夫斯基就已把目光投向了彼得堡的高利贷者和商人,投向了首都的光彩、奢华和"金玉其外的"垃圾。

在陀思妥耶夫斯基写作这最初几篇关于彼得堡的习作后过了十五年,当他从十年流放归来时,在他面前的已是一座彻底改头换面,有着新习俗和新社会关系的城市。

如今已是六十年代。在政治活跃程度上,这些年让陀思妥耶夫斯基想起了曾让他如此激动的四十年代末,当时他曾如此贪婪地关注着一场"极度不幸的法兰西痛苦面对的危机……"②

---

① 译文引自《费·陀思妥耶夫斯基全集——第 17 卷:文论(上)》,白春仁译,石家庄:河北教育出版社,2010 年,第 6 页。

② 译文引自《费·陀思妥耶夫斯基全集——第 18 卷:文论(下)》,白春仁译,石家庄:河北教育出版社,2010 年,第 716 页。

一八四八年就仿佛在二十年后重生了。"欧洲民主运动的再起,波兰的动荡不安,芬兰的不满情绪,所有报刊和整个贵族阶级的要求政治改革,《钟声》在全俄国的广泛传播,善于通过被检查的文章来培育真正**革命者**的车尔尼雪夫斯基的强有力的宣传,传单的出现,农民对当局'常常'动用军队和枪杀来**强迫**他们接受洗劫他们的《法令》所产生的激愤情绪,贵族—调停官的集体拒绝执行**这样的**《法令》,大学生的骚乱,——在这样的情况下,最慎重而冷静的政治家必然会承认革命的爆发是完全可能的,农民起义是当时非常严重的危险。"*

在这样一个令人不安和孕育着无数灾难的时代,陀思妥耶夫斯基在沉默了十年之后恢复了他的文学活动。

在这种充满不满的情绪、紧张的活力、不安的虚荣、危险的悲观、如火的幻想的新兴资本主义的动荡环境中,陀思妥耶夫斯基能够比拥有更为发达的货币积累形式的欧洲各国的诗人和理论家们更深入、更准确地抓住资本主义制度下人的形象。

这个时代正在从身上卸下农奴制和陈旧经济体系的千钧重担,只有在俄罗斯,小说家才能捕捉到这个时代的思想,感受它所培养出的各种典型。他不断试图界定这些时代自发潮流的来源和性质,并创造了一个完整的世界,其中的各位主人公能代表这个被资本彻底改变了的社会所能孕育出的所有的智识和道德类型。

也正是这个社会催生了陀思妥耶夫斯基几部长篇小说中的无数形象,他们营造了与自己密不可分的作家创作的独特的、不可再现的环境——"身处一个个耐火保险柜之间的各位先知们的世界"。**

拉斯科尔尼科夫的悲剧产生和发展的背景是六十年代深重的货

---

\*　《列宁文集》,第 4 卷,第 126 页。译按:译文引自《列宁全集——第 5 卷》,中央马恩列斯著作编译局,北京:人民出版社,1986 年,第 22—23 页。

\*\*　奥托·考斯,《陀思妥耶夫斯基和他的命运》,柏林,1923 年,第 64—119 页。

币危机。当时的各家杂志,包括陀思妥耶夫斯基自己的杂志都一刻不停地写着克里米亚战争后的经济困难。在很早的一期杂志中,陀思妥耶夫斯基就刊登了一篇席尔(Шиль)的长文章:"我们的钱去哪儿了?"这位金融学家指出,"缺钱是当今所有人的通病",并详细阐述了两位著名金融家邦格(Бунге)和希波夫(Шипов)围绕应如何避免"笼罩在我们头上的**贸易、实业和货币危机**"的论战之实质。*

日益严重的货币危机正是在一八六五年出现了急剧恶化,并对陀思妥耶夫斯基本人的事务产生极大影响,甚至迫使他彻底放弃出版自己的杂志。物价全面上涨首先打击的就是文学。"所有的杂志一下子就没人订了。"陀思妥耶夫斯基如是告知朋友俄罗斯的金融灾难。作家把一八六五年《时世》订户人数的锐减比作商人破产或工厂着火。

杂志社纷纷倒闭,信贷总额令人难以置信地下跌,政府一批接一批地发行债券,货币市场被纸钞塞得满满当当,国库被赤字压得喘不过气来。正是在这一年,好心肠的行人在路上给大学生拉斯科尔尼科夫施舍了二十戈比,而九品文官马尔梅拉多夫则编了这么一句谚语:"贫非罪……但一贫如洗,先生,一贫如洗就是罪了啊,您哪……"

要想理解拉斯科尔尼科夫的整个思路,就必须把他"如剃刀般磨尖的辩证法"代入一八六五年货币危机的恐慌情景之中。

长篇小说的全部情节都源于金钱问题。小说中的一个人物直接用经济原因,尤其是六十年代初的经济转折来解释拉斯科尔尼科夫的犯罪。对于卢任的问题"如何解释我们社会文明阶层的堕落",佐西莫夫大夫回答说:"经济上的变化太多……"

从《罪与罚》的前几句话开始,我们就会知道主人公"贫困潦倒",

---

* 《时代》,1863 年第 3 期,"当代观察"栏,第 54—87 页。

而他在小说中的第一次谈话就是和一个高利贷者为一件微不足道的典当物讨价还价。围绕着微不足道的数额所进行的斤斤计较的演算是用一种会计员、贴现人式的语言写成的，这种语言预示了一种全新的小说文体（"一卢布月息十戈比，一个半卢布您就得付十五戈比，您哪"，等等）。

这就是小说开头刻意为之的铿锵音调：贫穷、绝望、乏味的投机、贪婪的掠夺。几页过后，拉斯科尔尼科夫在和女仆的谈话中说出了自己的想法："'几个戈比能干什么？''你想一下子发财？'他古怪地看了她一眼。'对，发财。'他沉默了一会儿，坚定地回答。"然后是："靠这几个钱我能干什么？"很快，他的基本思想就被台球房里的一个大学生表述了出来，且后者把问题提到了另一个层面——拥有金钱和公平分配财富权利的问题。

"这种例子成千上万，到处都是！老太婆的钱可以用来办许多好事，用来改善社会，现在却要送给修道院！她这些钱能让几百，甚至几千人走上生路，把几十户人家从贫困、崩溃、毁灭、失足、性病医院里救出来。杀死她，夺走她的钱，日后再用这些钱为人类服务，给社会做好事：你怎么想，千千万万桩好事还抵不了一桩小小的罪行？"

这个时代的残酷经济正在以各种方式深化拉斯科尔尼科夫的计划。在小说里庞大帝国的中心晦暗的片段和悲剧性的场景中，这种残酷经济生动地展现在了主人公面前。被奸污的女孩、妓女、酒鬼、溺水的妇女，而在他们不远处就是生活美满的高利贷者、卢任们和斯维德里盖洛夫们——所有这些相遇和人物都在让拉斯科尔尼科夫的反抗意志不断变得坚定、尖锐。

他决心用他的计划和行动来战胜这个威胁所有年轻生命的可怕怪物——一座汇集着整个帝国的权力和力量的新资本主义城市，一座真正的八爪鱼城——它用自己的触角抓住了索尼娅、近卫骑兵林荫道上的女孩、马尔梅拉多夫全家和拉斯科尔尼科夫自己。

通过对主角的这种解读,陀思妥耶夫斯基触及了当时文学界一个最尖锐的主题:创造"新人"的形象。

自六十年代初以来,俄罗斯长篇小说就一直关注着勾勒年轻一代的形象。在陀思妥耶夫斯基着手写作《罪与罚》半年前,他的《时世》杂志就曾指出,"俄罗斯文学被有关新人的思想搅扰了"是当代文坛最重要的现象。"第一个开辟这项事业的是敏感的屠格涅夫,他打算在巴扎罗夫身上描绘一个新人。然后皮谢姆斯基写了《浑浊的海》,其中随着情节必需的进展,出现了新人的身影……《俄罗斯导报》刊登了《马廖沃》,而《现代人》则刊登了《怎么办?》,《祖国纪事》刊登了《在故乡》,《时世》刊登了《怪事》,还有《阅读文库》刚结束了《无路可走》的连载。这一切都围绕着一个中心点,也就是新人的形象;而如果我们继续按同样的道路前进,那么显然,还会有不少同类小说在前面等着我们。"*

对各种现实主题极为敏感的陀思妥耶夫斯基同样在一八六五年开始致力于这个由生活提出的最新任务。在《罪与罚》中,他既在拉斯科尔尼科夫身上体现了虚无主义的悲剧,同时又通过列别贾特尼科夫这个次要角色,以及在某种程度上还通过卢任的形象对激进派进行了讽刺。

通过这些角色,陀思妥耶夫斯基用新的形式继续着他在自己的两本杂志上发起的意识形态斗争。在长篇小说的辩论中,"根基派"和激进民主主义的思想展开交锋,仿佛是在延续《时代》《时世》与《现代人》《俄罗斯言论》的论战。为了完全理解小说中的这些思想脉络的斗争,我们必须考察陀思妥耶夫斯基的两本杂志所参与的这些论战。

---

* 《时世》,1865 年第 1 期,《时事编辑札记:新人》。作者是尼·斯特拉霍夫。译按:《马廖沃》的作者为维·彼·克柳什尼科夫,《在故乡》的作者为康·尼·列昂季耶夫,《怪事》的作者为尼·德·阿赫沙鲁莫夫,《无路可走》的作者为尼·谢·列斯科夫。

陀思妥耶夫斯基的杂志在攻击平民知识分子文学时,采取了一种独特的思想方向——"根基主义"。根据其奠基人的想法,"根基主义"符合农奴制改革后俄罗斯生活的新形势,它融合并调和了西方派与斯拉夫派这两个代表着"文明本原和人民本原"的曾经对立的流派。在《罪与罚》中,拉祖米欣和波尔菲里的话里(前者说"都快两百年了,我们什么事都不做",这里的"快两百年了"指的是从彼得改革以来;后者则说"受过现代教育的人宁肯坐牢,也不愿和我国农民这样的外国人生活在一起……")都有着这一理论的回响。

在政治层面,根基派持温和保守主义立场,在力推"人民性"本原的同时,完全接受亚历山大二世的君主制,并认为这是对俄罗斯而言最进步的统治形式。下面这句声明对陀思妥耶夫斯基的杂志而言是非常典型的:"所有人毫无疑问都知道,全天下的政府都羡慕我国政府在国内享有的信任。"*

起初这一思潮的宗旨是综合西方派和斯拉夫派,以形成一种独具一格的俄罗斯思想,但在彼得堡大火①和波兰起义之后,"根基派"明显转向了右翼斯拉夫派。

作为"根基派"的领袖之一,陀思妥耶夫斯基曾多次批评敌对派别领袖车尔尼雪夫斯基。如果说在一八六二年他仍指望与对手达成共识,并且在读到《青年俄罗斯》传单后②,还曾亲自去找过车尔尼雪夫斯基,让他制止可能发生的红色恐怖,那么在随后几年里对后者他已着手进行更坚定的意识形态斗争。

----

* 《时代》,1863 年第 3 期,"当代观察"栏,第 78 页。

① 1862 年春天发生在彼得堡的严重火灾。火灾原因至今没有定论,但人们普遍怀疑是革命者纵火所致。

② 此传单为大学生革命者彼·格·扎伊奇涅夫斯基在狱中所著。中译文可参看:《俄国民粹派文选》,中央马恩列斯著作编译局、国际共运史研究室编译,北京:人民出版社,1983 年,第 20—30 页。

对于一八六三年在《现代人》上刊载的车尔尼雪夫斯基著名的长篇小说《怎么办?》,陀思妥耶夫斯基用《地下室手记》的哲学论战进行回应,而对于车尔尼雪夫斯基的被捕和流放,他则用戏拟性随笔《鳄鱼》进行回应。最后,在《罪与罚》中,他尝试通过各种艺术总结来与虚无主义进行斗争:小说中除了拉斯科尔尼科夫在深度和戏剧性上都异常伟岸的形象外,还借助列别贾特尼科夫这一人物对信仰车尔尼雪夫斯基学说的激进青年进行了漫画式讽刺。

长篇小说《怎么办?》发行后立即被公认为革命民主主义的宣言(甚至其副标题也叫"新人的故事"),陀思妥耶夫斯基也正是把这部敌对派系的核心作品作为其论战的主要目标。《现代人》杂志的这部著名小说给他留下了极为强烈的印象。

车尔尼雪夫斯基理论的出发点也正是青年陀思妥耶夫斯基一度视为信仰的傅立叶主义。对未来黄金时代和普遍幸福的乌托邦式的憧憬在他的创作意识中留下了深刻的印记。但这些思想通过六十年代人的诠释后所获的新生却激起了作家的排斥感。傅立叶主义导致了虚无主义,而这是陀思妥耶夫斯基无法接受的。

陀思妥耶夫斯基通过《群魔》中的斯捷潘·特罗菲莫维奇·韦尔霍文斯基之口,道出了他对车尔尼雪夫斯基小说的印象:"我同意,作者的基本思想是正确的,但是这更可怕!同我们的思想一样,正是我们的思想;我们,我们最早树立它,培育它,准备它,——而且在我们之后他们自己还能说些什么有新意的话呢!但是,天哪,这一切是怎么表达的,歪曲了,糟蹋了!难道我们当年向往的是这样的结论吗?谁还能在这里认出最初的思想?"①

---

① 译文引自《费·陀思妥耶夫斯基全集——第11卷:群魔(上)》,冯昭玛译,石家庄:河北教育出版社,2010年,第375页。

曾经的彼得拉舍夫斯基党人陀思妥耶夫斯基对这部著名的社会主义长篇小说肯定也抱有同样的愤慨之情。如今他以车尔尼雪夫斯基鼓吹的思想作为出发点,构建自己的哲学作品,讲的是毫无意义的"理论"杀人及随之而来的心理惩罚。他把自己的拉斯科尔尼科夫拿来和基尔萨诺夫、洛普霍夫和拉赫梅托夫作对比。

同时代人立即意识到了这个形象的实质。陀思妥耶夫斯基的志同道合者、与他关系亲密的杂志编辑部成员尼·尼·斯特拉霍夫斩钉截铁地指出,在《罪与罚》中"我们第一次看到对不幸的虚无主义者、像一个人一般受着深刻苦难的虚无主义者的描摹……作者在虚无主义最极端的发展阶段,在再往下就无处可走的那个临界点上抓住了它……;展现一个人的内心中的生命和理论是如何斗争的,展现这场搏斗最殊死的阶段,展现最后胜利的是生命——这就是小说的任务"。*  有许多批评都指出了拉斯科尔尼科夫与巴扎罗夫的接近之处。

但与虚无主义斗争的倾向更剧烈地表现在长篇小说的诸多讽刺形象上。列别贾特尼科夫是"进步青年中最进步的一个","虚无主义者和揭露者","在一些有趣的、传奇般的小组里起着重要作用"。根据陀思妥耶夫斯基本人的定性,"安德烈·谢苗诺维奇……倾向进步,和'我们的年轻一代'为伍完全是出于激情。这是无数形形色色的庸人,思想幼稚的懒虫,什么都没真正学会而又刚愎自用的蠢货中的一个,这种人会在顷刻间追随最时髦、最流行的思想,使它立刻变得庸俗低级,使他们有时真诚信奉的一切立刻带上漫画色彩"。

这后来成为陀思妥耶夫斯基的惯用手法:在悲剧性主人公身边放置一些他的漫画倒影、"猿猴"、分身、冒名顶替者:在斯塔夫罗金旁边有彼得·韦尔霍文斯基,在伊凡·卡拉马佐夫旁边有斯梅尔佳科

---

\*  《祖国纪事》,1867 年第 3 期。

夫。而《罪与罚》中的列别贾特尼科夫与卢任也是如此。这两个与虚无主义有牵连的人——一个是为了前途，另一个是因为激情——用自己卑微的形象来反衬由拉斯科尔尼科夫戏剧化地、伟岸地呈现出的动作中的一系列特征和现象。

两个主人公都仿佛是对《怎么办？》的戏拟性注释。当列别贾特尼科夫声明"凡是对人类**有益的**，就是高尚的！我只明白一种说法：**有益！**"，或者当卢任宣布"请首先爱自己，因为世上的一切都建筑在个人利益上"时，两人都把洛普霍夫和基尔萨诺夫所宣扬的功利主义和理性利己主义理论夸大到讽刺漫画的地步。

列别贾特尼科夫推进了激进派媒体的观点，断言清洗垃圾坑"远远高于……什么拉斐尔或者普希金的活动，因为更有益"，或者说"绿帽子"是"恶俗的、普希金式的、骠骑兵式的说法，在将来的词汇里甚至不可思议"——这是小说在戏拟"对审美的毁坏"和对普希金的批判性重估，而这些现象对《俄罗斯言论》以及在某种程度上对《现代人》而言都是相当典型的。

但列别贾特尼科夫特别关注的是现代婚姻和两性关系问题。"要是我什么时候……合法结婚了，那我对您所谓的可恶的绿帽子，甚至感到高兴。到时候，我会对我妻子说：'我的朋友，原先我只是爱你，现在我尊敬你，因为你会反抗！'""我也许会主动给妻子找情人，如果她一直没有的话。'我的朋友，'我会这样对她说，'我爱你，但更希望你尊敬我——瞧！'……"

所有这些都话在戏拟性地转述洛普霍夫对薇拉·帕夫洛芙娜宣布的内容。我们知道，在车尔尼雪夫斯基的长篇小说中，婚姻问题和新式恋爱都在情节中占据核心地位。在小说的最开头，婚姻被认为是"笼头和偏见"。"难道你会不再尊重我？"洛普霍夫在得知自己的妻子爱上了基尔萨诺夫后问她。"别想着我，要想你自己。只有想你自

639

己,你才不会给我造成无谓的苦恼。""……没有自由便没有幸福。你不愿束缚我,我也不愿束缚你。如果你因为我的缘故受到束缚,我会苦恼",等等。①

陀思妥耶夫斯基在小说的整个织体中布满了对《怎么办?》主人公们思想、观察和格言的戏拟性反驳。车尔尼雪夫斯基的看法"假如终于出现了一批女医生,那真是一件了不起的事",以及薇拉·帕夫洛芙娜考入医学院这两件事引起了火药中尉的怀疑性反驳:"一个劲地往医学院钻,学解剖。您倒说说,我要是病了,我会叫个姑娘来治病?"《怎么办?》里描绘了将房间"分成中立的和非中立的两种"的体系,且"未经允许不得互相进入非中立房间"②,所以列别贾特尼科夫才会对索尼娅解释"未来社会中是否可以自由出入别人的房间"的问题。("这是最近讨论的问题:公社成员有没有权利进入另一成员的房间,男人的或者女人的,任何时候……")无独有偶,针对《怎么办?》中提出的男女平权问题,陀思妥耶夫斯基也用列别贾特尼科夫关于男女在打架时也应平权的理论来回应。但这并不影响他向卢任讲解"傅立叶体系和达尔文理论",这些理论的影响在车尔尼雪夫斯基的小说中非常明显。

一八六三年春读完《怎么办?》后,陀思妥耶夫斯基开始与这部在年轻一代中获得空前成功的描写新人的小说进行长期斗争。在《地下室手记》之后,这场斗争在《罪与罚》中得到了最明显的展开。如果说在列别贾特尼科夫和卢任的漫画形象中,作者是在嘲笑"虚无主义"日常生活层面的表面现象的话,那么在拉斯科尔尼科夫的形象中受到谴责的就是该运动对陀思妥耶夫斯基的"非理性"理想而言极端危险的

---

① 译文引自车尔尼雪夫斯基,《怎么办?》,蒋路译,北京:人民文学出版社,1990 年,第 297、302 页。

② 同上,第 399、401 页。

根本基础：理性、理论至上，理智运算的直线性和冷酷无情，在他看来，这种思维方式忽视了生命和自由意志的法则。

"理论本身应该冷冰冰。理智应该冷静地判断事物。"在车尔尼雪夫斯基的长篇小说中，洛普霍夫这么说道。"不过这个理论太残酷了吧？"薇拉·帕夫洛芙娜如是问道。"它对那些空虚有害的幻想是残酷的。"她的对话人坚定地回答道。①

正是为了"幻想"的权利，陀思妥耶夫斯基在自己的长篇小说中与这些冷冰冰的、残酷的理论的统治进行斗争。他把自己的主人公引向一场"拯救性的危机"，在这场危机中，"理论让位给生活，在意识中应该形成某些完全不同的东西"。

必须指出的是，与拉斯科尔尼科夫不同的是，六十年代的这场运动绝没有主张说贫困的大学生有权杀死高利贷者，而照车尔尼雪夫斯基的话说，冷酷的理论也是为了"教人获得温暖"："这个理论是无情的，可是人们奉行它，才不会可怜巴巴地成为无益的同情的对象。这个理论虽然像散文似的平淡，却揭示了生活的真正动机，而诗正蕴含在生活的真实之中……"②

正是为了对抗这种理论，陀思妥耶夫斯基从自由意志的立场和自己对"生活动机"多样性的理解出发，提出了"意识形态谋杀"的论点，这种谋杀据他所说正是源自冷冰冰的理论和革命思想的无情抽象。因此，《罪与罚》的刑事案件是"根基派"与虚无主义、《时世》与《现代人》、陀思妥耶夫斯基与车尔尼雪夫斯基斗争的一个主要阶段的体现。

陀思妥耶夫斯基也创造了一个与这些戏拟性形象相对立的理想

---

①　译文引自车尔尼雪夫斯基，《怎么办？》，蒋路译，北京：人民文学出版社，1990 年，第102 页。

②　同上，第 102—103 页。

主人公，一个有着健康的思想和活生生的事业、开朗精神和不懈活力的高尚的人——大学生拉祖米欣。作者所有的好感都集中在他身上。正是他提出了关于人格复杂性和多样性的"拯救性"原则，在他看来，人格是社会主义者的任何计划和理论都无法处理的。

他并不顾及遥远将来的各种世界性社会构建计划，他更愿意在实际可行且有着切近文化益处的狭小界限内着手进行出版、传播必需书籍的启蒙工作。像《莫斯科新闻报》这样的右翼机关报也欢迎这样的任务，认为它是与左翼思潮斗争的一种手段。亲政府的圈子认为，必须把传播"启蒙读物、文学作品、生平传记和旅行笔记"的事务牢牢握在自己手里，这样就能向青年人指出人民需要什么样的有益活动，从而能够对抗革命。因此卡特科夫的机关报大力支持"莫斯科图书传播协会"，并表明其成员中"有相当多的人是沙皇皇室成员"也就不足为奇了。*

陀思妥耶夫斯基引导他自己的"新人"走上了这条上层推崇的道路，同时也为之赋予了自传意义：拉祖米欣对出版活动的梦想就是陀思妥耶夫斯基从四十年代就开始酝酿的出版计划。同时他也是小说家最喜爱的那些思想的传声筒。正是拉祖米欣精确、完整地发展了《时代》和《时世》的主要信条，可以说，要是陀思妥耶夫斯基的月刊没倒闭的话，他完全能把拉祖米欣的独白当成纲领性文章收入其中。

让我们引述一段对于与六十年代人作意识形态斗争期间的陀思妥耶夫斯基而言十分典型的话。

从社会主义者的观点争起来的。这观点大家都知道：犯罪是对社会结构不合理的抗议——就是这样，没别的，没别的理

---

*　《莫斯科新闻报》，1865 年第 195 期。

由——没有！……

我可以把他们的书拿来给你看，他们认为一切都是"环境所迫"，没别的！这是他们喜欢的说法！从这里直接得出一个结论，如果社会结构合理，犯罪就会一下子全都消失，因为没什么可以抗议了，转眼间大家都成了好人。天性是不考虑的，天性给排斥在外，天性根本就不应该有！在他们那儿，不是人类通过**活的**发展的历史道路，自然地，最终形成合理的社会，而是相反，社会制度从某个数学头脑里一经产生，就会安排好人类的一切，转眼间就会使整个人类变得奉公守法，这可以超越任何自身发展过程，不必经历任何自身发展的历史道路！所以他们这样本能地厌恶历史："历史就是丑恶和愚蠢"—— 一切都被说成愚蠢！所以，他们这样厌恶活的生活过程：不要活的灵魂！活的灵魂要生活，活的灵魂不听力学支配，活的灵魂可疑！活的灵魂反动！这儿尽管有些死气沉沉，人用橡胶做也行——好在不是活的灵魂，没有意志，只是奴隶，不会造反！结果是他们把一切仅仅归结为砌砖和法朗斯泰尔里走廊和房间的配置！法朗斯泰尔造好了，可惜住法朗斯泰尔的人你们没有，人要活，人还没有走完生命历程，进坟墓还早！单凭逻辑甭想跨越天性！逻辑只能预测三种情况，情况却有千千万万！撇开千千万万，把一切仅仅归结为是不是舒适！这是解决问题最容易的办法！挺诱人，挺明白，还不用动脑筋！主要是不用动脑筋！生活的奥秘写上两个印张就全了！

完全可以将拉祖米欣的这段话当成《地下室手记》的一段异文，它与《时代》《时世》的纲领宣言和方针文章形成明显的呼应：对社会主义理论以及"正常地""数学地"组织社会的可能性之批评，对人的"非理性"本性之论证，对"历史道路"之辩护，"活的灵魂"（哪怕是反动的）与人类组织者的"逻辑"和"力学"之对立——这一切全都是根基派的教条。这里有几条内容直接针对的就是车尔尼雪夫斯基,就仿佛是在延续与其长篇小说和学说的论战。

陀思妥耶夫斯基的杂志在一八六一年断言,车尔尼雪夫斯基所做的"不多不少,恰好就是在否定历史"。* 拉祖米欣关于法朗斯泰尔的论述是对著名的"薇拉·帕夫洛芙娜的第四个梦"——其中畅想了"新俄罗斯"的傅立叶式集体宿舍的图景——的反驳。

长篇小说中"俄罗斯思想"的代言人大学生拉祖米欣就是这样的。陀思妥耶夫斯基赋予了他健全思想的权利,代价则是拒绝虚无主义教条的全部诱惑。拉祖米欣不承认让人服从理论的"进步主义者们":"你整个儿站在原则上,就像站在弹簧上,动都不敢动……你们这些进步的笨蛋,什么都不懂! 不尊重人,等于侮辱自己……""你们身上没一点独立生活的样子!"他批判佐西莫夫所代表的最新医学,因为它的经验主义无力研究"人的天性",也就是病人的意志、性格、心理活动;他还以同样的精神排斥当代司法,因为它不去通过事实、证据和姿态观察受审讯者无法辩驳的心理指标和"精神状态"。他以生命的鲜活进程的直接性和独特性的名义反对理论家、西方派和理性主义者。

他绝非脱离混乱、动荡的日常生活自发力量的书呆子。生活中的一切都让他觉得亲切,无论是拉维扎的小屋、帕申卡的小铺子,还是跳蚤市场里的旧书商。只要是直接、真实的完整经历,那就全都来者不拒。

他对一切心爱物的向往都是来自于此。从他口中道出的最严厉的斥骂是"从外语翻译过来的!"他的最凶恶敌人是"别人的脑子"。"独到的胡说,这几乎比重复别人的真理都强! 第一种情况,你是人,

---

而第二种情况,你只是鹦鹉!"于是,以独立的俄罗斯思想的名义,为了捍卫个体的意志自由,他与激进分子、否认者展开交战:"他们要求人完全没个性,这才够味!人就是要尽量不是他自己,尽量不像他自己!这在他们,认为是最高层次的进步。"

拉祖米欣就是这样一位活动家,他的天职就是按照自己国家有机形成的发展规律来推动它前进,不与各种守旧陈腐的传统决裂,也不脱离自己的根基。他是那些破落俄罗斯贵族中的一员,这个群体一以贯之地为陀思妥耶夫斯基提供了几乎所有的正面主人公、思想的承载者和希望的表达者。陀思妥耶夫斯基总是十分坚定地将自己视为这个群体的一员,正是对于这个群体的成员,他期待着他们能带领俄罗斯走出历史的死胡同,盼望着他们为俄罗斯带来拯救,为它开辟一条通往幸福和优良体制的正确道路。

拉祖米欣符合作者所有的世界观公设,因此也是陀思妥耶夫斯基心目中年轻一代的模范代表,小说家坚决地将这类人与车尔尼雪夫斯基的新人对立起来。通过这位"小的行动"学说早期预言者的形象,陀思妥耶夫斯基以自己的方式回答了其对手如此尖锐地提出的时代的紧迫问题:"怎么办?"——不,不要策划农民革命,也不要带领年轻一代在俄罗斯各县城建设社会主义乌托邦,而要在自己有限的实践领域努力工作,通过促进个体的富裕来扩展全民的幸福,同时扩充国内"最优秀的人"的数量,在自己的活动中不要根据别人的提示,而是遵循自己国家、自己天性和自己民族历史的律令。——退伍工程兵中尉陀思妥耶夫斯基兄弟在自己的杂志中就是这么写的。长篇小说中贫穷的大学生、贵族之子德米特里·普罗科菲耶维奇·拉祖米欣在毅然决然地反对急剧改变俄罗斯骇人现实的爆破性学说的时候,也是这么说、这么做的。这就是为什么在陀思妥耶夫斯基的小说中,他既能因为对社会有益的事业进取心而过上合他心意的富裕顺遂的平静生活,又能得到厌世者拉斯科尔尼科夫的信任、作者的同情、杜涅奇卡的芳心和俄罗斯的未来。

为了使自己的故事具有迫切的时代特征，陀思妥耶夫斯基决定把自己的构思在那个时代的主要思想、需求和事实之中展开，而围绕着其核心构思的这些思想、需求和事实会在读者的意识中留下当下公共生活的鲜活印象。发生了许多重大事件的六十年代往这部长篇小说中投入了科学界、报刊界、商业界、经济界和社会政治领域形形色色事例的回响。极具现实迫切性的一个个时代难题丰富了一桩心理学案件，杂志报纸争辩中使用的各种术语行话则让各位主人公的辩论和对话变得更为尖锐。*

靠着精湛的技巧和小品文作者般的机智，陀思妥耶夫斯基用与主人公职业或阶层相关的热点公共议题突出了他的心理特征。这位作家丰富的个人经验广泛地填补了公式化的政论结构，与此同时，除了尖锐的现实迫切性之外，他还为小说赋予了深刻的艺术生命力。

让我们在《罪与罚》的各位主要人物身上探究一番当代政论与小说家的个人经历的这种独特组合。

## 马尔梅拉多夫

陀思妥耶夫斯基传达的第一个情节就让我们觉得有点费解。为

---

* 长篇小说的标题本身就已能让我们联想起陀思妥耶夫斯基的杂志。正是《时代》杂志（1863 年第 3 期，第 17—53 页）刊登过某个叫 B. 波波夫的人的长文《罪与罚（刑事风俗史草）》。长篇小说一位主人公斯维德里盖洛夫的姓可能也出自当时的报刊（《火花》，1861 年第 24 期，6 月 30 日，第 359 页）。

什么整本书都是关于"醉汉们"的？重要得让这部二十印张大部头长篇小说从头到尾都涉及的"当代的醉酒问题"之实质到底是什么？当时的报刊能为我们澄清这种困惑。

当六十年代陈旧的酒类包税专卖制度被废除时，小酒馆老板和卖酒人开始用最不体面的手段来"灌醉"人民，因此在俄国开始有越来越多的人讨论醉酒问题。

一八六〇年七月四日，国务会议批准从一八六三年一月一日起对酒精实行消费税制度，取代原来的包税制度。起初人们设想，在新制度下国家将有更大的能力来处理酗酒问题，并提高"公共道德水平"，但这些希望彻底落空了："酒饮销售点"以惊人的速度在俄罗斯各地铺开了一个密集的网络，大大传播、助长了酗酒现象。

但最初这项改革被认为是进步的，甚至在出版物和社会上还引起了一些积极反应。陀思妥耶夫斯基的杂志就曾对此事评论说："正在退出历史舞台的包税人感觉到末日即将来临，于是便彻底放纵自己贪婪的念头，结果正如我们看到的那样，他们的做法却导致了人民开始戒酒，戒酒现象迅速传遍了俄罗斯的许多地方。这一现象来得出人意料，且势头不小；其中有种庄严的感觉，就像是胜利庆典。"

陀思妥耶夫斯基杂志尤其关注醉酒问题的"家庭"层面。在长文《法国工人阶级的家庭》（朱尔·西蒙《女工》一书的书评）中，作者描述了巴黎工人每周六在城郊小酒馆的醉酒狂欢，以及"作坊人"和"工厂人"凄惨的居家生活，他们的"孩子有的因为饥饿而死亡，有的因瘰病死在不生火的房间里没床垫和被子的床上"。*

陀思妥耶夫斯基的杂志收录了这些关于法国民风的文章，是因为同样的问题在当时的俄罗斯也非常迫切，这个问题也构成了这部关于

---

* 《时代》，1861 年第 11 期，第 304 页。

一八六五年的长篇小说的一个主要成分。

也正是在此时此刻,人们开始对允许酒类自由贸易的"酒饮改革"彻底失望。

一八六五年四月,在彼得堡成立了一个审查烈酒贸易规则的委员会,以限制"民众过度消费"酒精。这一事件在报纸杂志上引起了一连串的反响。

这些为数众多的文章揭示了酗酒与卖淫、结核病、失业、赤贫、遗弃儿童和家庭毁灭之间的联系,在这些文章的背景下,人们可以清楚地看到马尔梅拉多夫一家悲惨故事的主线,那些六十年代反酗酒大讨论的主要桥段——痨病、黄派司、开除公职、绝望的赤贫、虚弱不堪的儿童、在大马路上横死的父母——在这个故事中被呈现得几乎如宣传海报那般鲜明,同时又被小说家深化为一场真实的艺术悲剧。

在世界文学中,醉酒题材通常是从其欢快的、无忧无虑的、纯"福斯塔夫式"的一面来处理的,而这几乎是世界文学中首次用彻底悲哀的绝望来呈现整整一家子因可怕的"官家"毒药的祸害而堕落、毁灭这么一个朴素、骇人的故事。

马尔梅拉多夫一家的命运不仅极大地加深了《罪与罚》整体的悲剧色彩,而且还将小说与进步社会思想的一个话题联系在一起,从而给拉斯科尔尼科夫的经历赋予了陀思妥耶夫斯基总是想给自己的书页打上的那个"时代的签证"。

除此之外,还可以补充一些作家的个人经历。从某种意义上说,马尔梅拉多夫的原型还可以算上玛丽亚·德米特里耶夫娜·陀思妥耶夫斯卡娅(作家的第一任妻子)的前夫亚历山大·伊凡诺维奇·伊萨耶夫,一个陷于酒精无法自拔的西伯利亚小官吏。

酗酒话题之所以引起陀思妥耶夫斯基的兴趣,在某种程度上也和家庭状况有关:我们知道,作家的父亲和他的弟弟尼古拉都是酒徒。

作家的女儿曾回忆说:"祖父的酗酒也几乎成了他所有孩子的致命嗜好。他的长子米哈伊尔和幼子尼古拉都遗传了这种病……我父亲的癫痫病显然也是同样原因所导致的。"

在交织于小说家意识中的这些公共和个人因素的影响下,他创作中最伟大的形象之一就这么诞生了。与世界诗史中所有的巴库斯颂和潘趣酒歌悲剧般地对立起来的,是他在彼得堡酒馆地下室里那令人毛骨悚然的自白。

## 索尼娅

父母酗酒、物质上的贫困、过早成为孤儿、父亲再婚、受教育水平低下、失业以及各大资本主义都会的人们对年轻肉体的贪婪追求——这就是当时社会学捕捉到的卖淫的主要原因。陀思妥耶夫斯基的艺术敏锐性准确地考虑到了这些社会因素,并用这些因素定义了索尼娅·马尔梅拉多娃的生平。不过陀思妥耶夫斯基也可以从自己的杂志文章中得到一些线索。——《时代》杂志曾对"公共道德"问题给予极大的关注。

不难看出,陀思妥耶夫斯基的小说在描绘彼得堡的生活习俗时,对卖淫问题的关注程度不亚于对"大都市"的另一个恶疾酗酒问题的关注。中心女主人公索尼娅·马尔梅拉多娃,妓院老板路易莎·伊凡诺夫娜和她在警察局供述时描摹的那幅彼得堡廉价欢场的多彩画卷,精明、贪婪的德意志人老鸨,沦为斯维德里盖洛夫考究淫欲牺牲品的幼女,还有真正的"十字路口的维纳斯"——容貌可爱的杜克莉达,以及浑身乌青、嘴唇肿起的麻脸丑姑娘——通过这些林林总总的典型,小说家为我们展现了彼得堡的皮肉行业。

一八六二年,陀思妥耶夫斯基的杂志在米·罗杰维奇的文章《我们的公共道德》中指出,贫困是妇女"失足"的主要原因。缺衣少食、一贫如洗——这就是其主要促进因素。"贫穷,更重要的是贫穷的后果——缺乏觉悟、心智发展不足、无知——是我们社会失足的最主要原因,从其行业性质中可以清楚地看出这一点。"(我们不由想起索尼娅·马尔梅拉多娃的受教育程度——"才上到波斯的居鲁士")"甚至母亲也常常因为极度的贫困而把女儿卖去失足行当。"(在长篇小说中稍许缓和了一点:卡捷琳娜·伊凡诺夫娜是索尼娅的继母)这就是为什么不能因为她们悲惨的行当而谴责、排斥"这些多子家庭、退休官员抑或败尽家财者"的女儿们,"她们完全就是些没有饭吃、因贫穷而憔悴的女子,针线活害得她们手上扎满了针眼,可是这种细致、复杂的工作却只能给她们带来可悲的几戈比工资"。*

让我们回想一下马尔梅拉多夫的话:"一个穷苦、正派的姑娘,依您看,能用诚实的劳动挣多少钱?……一天挣不到十五戈比,阁下,要是这个姑娘正派,又没有特别的才能,哪怕她一刻不停地干活!再说,五品文官克洛普什托克,伊凡·伊凡诺维奇,您听说过这个人吗?做了半打荷兰衬衫,直到现在不仅一个钱没付,还跺着脚骂人,气呼呼地把她赶出来……"

在另一篇用姓名首字母缩写 П. С. 署名的文章《社会道德问题札记》中,作者提出了一个更深刻的问题,已不再仅仅是说要同情站街女子,而是在论述她们是否能够在从事侮辱性行业的同时,继续保持很高的道德感;换句话说,这里直接提出了索尼娅·马尔梅拉多娃的主题。

---

\* 《时代》,1862 年第 8 期,"批评观察"栏,第 60—80 页。

失足的外在表现形式与内在表现形式有本质差异,因此不能将它们捆绑在一起。在某条照明良好的热闹大街上一晚可以见到上百名失足妇女,但对她们的道德状况却还是一无所知。要想对此有个认识,就必须进入她们的内心世界,从那里用新的视角看待她们的行为……每个人的失足经历都是一个悲伤的故事,该道德家来管的应该是这些故事。但我们不知道这些故事;我们只是在市场上游走,四处打探价格,然后看到一大群筋疲力尽的失足妇女,看到一大堆货,还有同样多的贪婪顾客,然后就叫嚷起来:"哦,可怕!放荡笼罩着社会……"也许我们是对的,也可能是错的。我只是想说,我们对"失足"一无所知,虽然我们去过失足市场。我们看到的是失足现象的受害者、可耻交易的后果、市场的位置、一大堆货和顾客,但对失足本身却一无所知……在我们的这个市场上只有碎片、破灭的存在、饥饿、疲惫、嚎叫、胭脂和铅白、穷苦和赤贫:一言以蔽之,是一个漂泊社会的泡沫所抛出来的一切之公开表现……显现出来的只是人被撕碎后的残渣。

第二篇文章的作者与米·罗杰维奇展开辩论,他不同意仅仅将贫困视为社会放荡堕落的推动者。

如果说穷人失足的更多,那仅仅是因为穷人失足更容易被发现、更露骨、更无耻,但我们不要忘记,在穷人中间,失足具有的特点主要是恐惧、绝望、黑暗,能撕碎人的心灵,这种特点在一些英国作家的作品中曾如此强烈地震撼了我们,并且为失足赋予了深渊边缘的更具人性的意义。而考究的失足则是位于冷冰冰的算计舞台上。包围其步伐的是坚冰,有必要的话还可以是光泽和黄金。凡人往往看不见这种失足,更不明白这就是失足。但是毒素的酵母就来自这种失足,而这种毒素的毒性远胜过贫穷和无知。

这种将我们从索尼娅转向斯维德里盖洛夫的题材分化已经被作者当作一个很大的文学问题提出了;他呼吁当代作家为公共目的提供"失足妇女们的五六个生平史,不要遗漏任何细节和心理特征,真实地讲述出来……"

陀思妥耶夫斯基也许是接受了这一指示,重视它的意义,并将其保留在自己的创作记忆中。很快他就会着手为自己的"罪孽女子"们绘制出色的画像。《地下室手记》里的丽莎、索尼娅、纳斯塔西娅·菲利波芙娜、格鲁申卡——这都是陀思妥耶夫斯基为早在浪漫主义时代就已被人提出过的"崇高的交际花"题材所创作的天才变体。

但如果说这些形象的诞生尚可能属于浪漫主义的遗产,那么作家对它们的加工依托的则是同时代激进派小说的某些流派了。在《怎么办?》中就有一个妓女"复活"的详尽插曲。医学生基尔萨诺夫将站街女娜斯坚卡·克留科娃从妓院中救出,并让她做自己的女友。娜斯坚卡有肺结核,她在薇拉·帕夫洛芙娜的缝纫工坊中度过了自己短暂的余生。

在四十至六十年代文学中,对"恢复失足者"题材的这种加工已变得很寻常。在涅克拉索夫的一首诗中它得到了经典表述:

> 当我用热情的规劝
>
> 从迷误的黑暗中
>
> 救出一个堕落的灵魂,
>
> 你满怀着深沉的痛苦,
>
> 痛心疾首地咒骂
>
> 那缠绕着你的秽行;

结尾的两行诗非常典型:"要像一个真正的主妇/勇敢而自由地走进我的家去!"①

这样一来,当时的进步文学为资本主义社会的一大邪恶现象——卖淫——提供了某种解决方案。在与车尔尼雪夫斯基和激进文学争论的过程中,陀思妥耶夫斯基似乎提出自己关于卖淫问题的"反题":你们认为应该用自己无误的信念去拯救"失足妇女",并通过对理性生活的说教,将迷途的造物提升到自己受过启蒙的、人道的人格层次上;而我要让你们看看,你们的理智天性中有多少卑劣和恶意的东西,你们自以为是但实则一无是处,一个愿意承受并原谅最隐秘苦难的卖身姑娘的朴素心灵比你们不知道高到哪里去了。

这个主题在《地下室手记》中被明确提出,在《罪与罚》中得到了深化发展——借助索尼娅·马尔梅拉多娃的形象,陀思妥耶夫斯基给出了自己对进步文学提出的这个难题的解决方案,并视之为对失足妇女真正的理性拯救;也正是这个拿着黄派司、从事皮肉行业的姑娘将肩负起拯救、复活拉斯科尔尼科夫——这个陀思妥耶夫斯基心目中为了贯彻抽象原则,而用鲜血染红自己双手的杰出思想家、理论家——的重任。

正是这个为了三十卢布而卖身的索尼娅(犹大出卖基督不也是为了三十银币!)承载着温顺和利他这两个陀思妥耶夫斯基心目中的最高价值。这些价值将会拯救被冰冷理性的傲慢附体的虚无主义者拉斯科尔尼科夫。就像在描绘涅恰耶夫分子的《群魔》中一样,在《罪与罚》中她也是用了基督的话语,才从附魔者身上把群鬼驱赶了出去。小说的尾声中,拉斯科尔尼科夫的噩梦以及对他打算转向《福音书》这

① 译文引自《涅克拉索夫文集——第 1 卷:抒情诗》,魏荒弩译,上海:上海译文出版社,1982 年,第 125 页。

两个情节首次明确提出了后期陀思妥耶夫斯基的基本主题：用基督教对抗社会主义。在这一主题的发展过程中，其最早的体现者之一索尼娅·马尔梅拉多娃的形象出现在我们面前，她出乎意料地将"卫生保健"领域的时政话题与陀思妥耶夫斯基宗教哲学的若干基础问题结合了起来。

## 波尔菲里·彼得罗维奇

侦查员波尔菲里·彼得罗维奇的天才形象同样与当时的改革以及报刊媒体关注的焦点有着无形却紧密的联系。这位心理侦查大师认为，侦查员的工作是"一种独特的自由艺术"，他不仅通过逻辑和巧妙的游戏来对拉斯科尔尼科夫施加影响，在最后一次谈话中还施加了道德压力，他拒绝侦破一起重大案件能给自己带来的荣耀，以便拉斯科尔尼科夫能自首从而减轻罪行，他对自己的侦查对象有着关注的好感，甚至是真诚的感情（"我爱上了这个米科尔卡"）——艺术家、人道主义者波尔菲里的所有这些特征都契合陀思妥耶夫斯基理解中的司法改革的最当务之急：用一种有文化的新型侦查员取代"法警"、官员和受贿分子，这种新型侦察员将是法官的直接同事与帮手，他将不再是过去的宗教裁判所式的诉讼程序的陈腐伴侣。

这是第一批引起公众高度关注的改革中的一项。尼古拉时期俄罗斯国内生活的一大恶就是由区县法院、警察局的各个临时部门操办的极度原始的刑案侦查体系。司法程序与警务官员，即执法者的职责完全不相容，这导致了严重的滥权行为。必须将侦查从警察的职权中剥离出来。于是早在一八六〇年六月三日，也就是尚在进行农民、司法和其他各项改革之前，就开始了所谓的"警察改革"：侦查不再由警察进行,并集中于取代了从前"侦查警察"的新的司法侦查员这一职位上。

小说中的波尔菲里·彼得罗维奇是六十年代初对新的完美调查员的种种期望的艺术体现。他在法学院接受的不是普通的高等教育,而是特权教育,他读过大量文学作品(小说中他引用过果戈理),他与各个大学生小组保持联系,尽管已经三十五岁,却仍一直密切关注最新的理念和思潮。最重要的是,这不是一个平凡的警察系统的官员,而是一个了不起的聪明人,能够把"审讯"这一问题提升到辩证法和逻辑的非凡高度。面对拉斯科尔尼科夫的哲学思想,他把这个年轻的罪犯定性为"一个强大的战士",但在这场刑侦对决中,拉斯科尔尼科夫自己也可以这么给他的对手定性。

波尔菲里以极其微妙、精确和迅速的方式执行着他复杂的计划——使凶手永远处于不安状态,觉得自己处在被怀疑和即将暴露的威胁之下,把他神经质的天性引到激怒状态,然后他就会自己招供的。他只须和拉斯科尔尼科夫进行三次谈话,就能了结此案,并取得他所希望的结果——罪犯向警方自首。第六部结尾的那句话"是我那天杀了老太婆……"正是波尔菲里精湛的游戏取得了成果。除了各种形式上的审讯,他还能利用微妙的谈话和哲学讨论,以取得法庭所能期待的最全面的效果。

但与此同时他始终是"有人性的",对自己的牺牲品抱有深刻的同情。在与拉斯科尔尼科夫分别时,他说出了生动、深刻,且能带来道德支持与慰藉的话。这就是六十年代初政论家和司法活动人士想象中的那个有点虚幻的完美侦查员("诸君啊,要做人,而不是做官……"等)。也许陀思妥耶夫斯基也曾怀着越来越大的艺术专注来塑造自己的刑侦心理学家,直到六十年代中期,幻觉消散,积累起来的许多新的生活事实足以使人感到沮丧。即使在改革后,充当司法侦查员的主要

仍是没受过任何教育的人,"侦查警察"的人数反而增加了,旧的侦查
传统仍在延续。

公众对"理想侦查员"期望的破灭引出了长篇小说中刑侦大师的
完美形象。


## 拉斯科尔尼科夫


陀思妥耶夫斯基构思的这部刑事长篇小说是在俄罗斯法律思想,
尤其是犯罪学极为活跃发展的时代创作的。陀思妥耶夫斯基杂志上
论述侵害生命和财产的犯罪以及论述改造性刑罚的一系列文章的编
辑按语很可能就出自作家本人的手笔。

陀思妥耶夫斯基的杂志在刊登犯罪学学术文章的同时,又以《法
国刑案选》为总题发表了一系列长文。对我们而言这里尤为重要的是
《拉斯奈尔案》*一文,因为这位罪犯的真实情况与拉斯科尔尼科夫与
斯维德里盖洛夫的形象有相当可观的关系。

拉斯奈尔是商人的儿子。"他的面容很精致,并不缺乏高贵气息。
在讥诮的嘴唇上挖苦总是抖动着蓄势待发。"拉斯奈尔曾想致力于研
究法律;后来他谎称自己是"法学生"。

一八二九年,他与著名政治演说家本杰明·贡斯当的侄子进行了
决斗;拉斯奈尔杀死了自己的对手:"这场决斗为拉斯奈尔一生的第一
幕画上了句号,这是他与那群拥有不同寻常天性的人混在一起的最初
原因。他后来回忆说:'垂死挣扎的场面丝毫没有触动我。'"

出狱后"他一度想从事文学工作"——他写过歌曲和诗歌片段。

---

* 《时代》,1861 年第 2 期,第二部分,第 1—50 页。

但文学活动并不能令拉斯奈尔满意：他很快又与狱友们建立了联系和友谊，于是乎他的生活就仿佛分成了两半：他一会儿执笔写作，一会儿又去干偷鸡摸狗的勾当。在普瓦西监狱服刑期间，他写作了一系列关于监狱习俗和规矩的札记。很快他就去犯重罪了。拉斯奈尔和一名狱友一起用三面锉杀死了一个叫夏尔东的人和他的老母。抢劫结束后，"拉斯奈尔刚想打开身后的门，两个访客在门外叫起了夏尔东。拉斯奈尔平静地回答说他不在家，同时把这扇门挡住，由于门槛上有一块弄歪的小毯子顶着，所以门锁不上。假如这两位访客当时透过折扇半开的门看一眼的话，他们本可以看到夏尔东的尸体"。

被关押在狱中的拉斯奈尔从事着文学工作，并在谈话中发展自己的理论。他的诗集此时刚好出版。"十一月七日上午，拉斯奈尔来到医院的一间病房。许多作家、律师、医生等聚集在那里。拉斯奈尔坐到壁炉旁，大谈文学、道德、政治、宗教。其观点的犀利、机智，其记忆的精确、渊博使参加谈话者都大感惊讶。"[*]

当时的犯罪要闻对陀思妥耶夫斯基的长篇小说可能也有启发。一八六五年春，各家报纸上都充斥着军事法庭对商人之子格拉西姆·齐斯托夫进行审判的详细速记，他用斧头杀了两名女子，并劫走价值一万一千二百六十卢布的财物和金钱。一家报纸报道说："齐斯托夫杀害了两名老妇人的行径败露了，犯罪所用的武器是一把消失了的斧头，为了便于杀人，这把斧头被改装了一个短把手。"

------------

[*]　文章很可能是由陀思妥耶夫斯基编辑的。"你消失得无影无踪"（ты стушуешься，第37页）这个用语透露出他的写作痕迹（是陀思妥耶夫斯基把 стушеваться，即"消失得无影无踪"这个词引入文学的；关于这一点请参阅《作家日记》）。在《少年》的草稿笔记中提到过拉斯奈尔这个姓："少年进入地狱之夜，想着 Lacenaire。"同样在《白痴》中也有这么一句话："您要小心我们的这些蹩脚的拉斯奈尔们……"译按：《作家日记》中解释这个词来历的文章可见《费·陀思妥耶夫斯基全集——第20卷：作家日记（下）》，张羽、张有福译，石家庄：河北教育出版社，2010年，第886—890页。

至于可能的文学上的影响,值得一提的是,陀思妥耶夫斯基的《时代》上曾刊登过埃德加·爱伦·坡的两部犯罪短篇小说(《泄密的心》《黑猫》),这些故事用浓缩但极富表现力的方式呈现了凶手与侦探、警察之间的斗智斗勇。

就像小说中的其他主人公一样,要想最明确地呈现拉斯科尔尼科夫的形象,就必须先确定其阶级性质。就像陀思妥耶夫斯基笔下通常的情况一样,作品的中心主人公是一个破落贵族,他们在很大程度被去阶级化,但仍渴望保持这个已丧失联系的等级群体的智识传统和生活趣味。我们知道,这也是陀思妥耶夫斯基本人的处境,这种自传性的特点也被赋予了《罪与罚》的另几位主人公(就像在他几乎所有的其他作品中一样)。拉祖米欣称自己为"贵族之子",但渴望借助图书出版来跻身资产阶级;卡捷琳娜·伊凡诺夫娜自称"落魄贵族",她身处阿马利娅·利佩韦赫泽尔家具客房贫民窟的人渣堆中,却仍在肮脏的废品里小心翼翼地保存着中学毕业的优秀奖状。波尔菲里是法学家(即贵族),但却在五十年代就从事着相当可疑的"法警",亦即警探工作;最后,马尔梅拉多夫家的孩子们也都是在可怕的赤贫中一天天枯萎下去的"贵族子弟"。

长篇小说核心主人公的这一属性因此也就显得尤为重要。陀思妥耶夫斯基刚一开始创作《罪与罚》就已开始思考拉斯科尔尼科夫的阶级性质问题。

在批评文献中,这一问题也引起广泛关注,甚至引起了相互矛盾的解释。在一八六五年九月从威斯巴登写给卡特科夫的第一封信中,陀思妥耶夫斯基说,他的主人公"出身小市民"。一些研究者接受这一界定,他们认为,拉斯科尔尼科夫"是贫穷的小市民家庭出身"。* 这

---

* 亚·格·采特林,《罗季昂·拉斯科尔尼科夫的罪》,《罪与罚》后记,莫斯科、列宁格勒:国立出版社,1929 年,第 454 页。

一说法看起来能得到以下事实的证实：拉斯科尔尼科夫的家庭只有寡妇抚恤金这一份微不足道的收入来源。但与此同时,长篇小说的初稿中也有对主人公贵族出身的间接提及——普利赫里娅·亚历山德罗夫娜对儿子说:"拉斯科尔尼科夫是个好姓,虽然你父亲当过教师,但拉斯科尔尼科夫家族两百年前就出名了。"在小说本身中,主人公的外表("精致而匀称","精致的嘴唇","尽管地位低下,他的神态却有着和衣服不大相称的高傲")也表明他更像是贵族出身,而非小市民出身;身边人对拉斯科尔尼科夫的态度("'你是老爷!'苦役犯对拉斯科尔尼科夫说,'你哪能提着斧子去干这个。这根本不是老爷干的。'");陀思妥耶夫斯基指出拉斯科尔尼科夫最好的朋友是贵族("我是,请注意,弗拉祖米欣,不是拉祖米欣,尽管人家一直这么叫我,其实是弗拉祖米欣,大学生,贵族子弟,他是我朋友")——这都能让我们得出结论:就算陀思妥耶夫斯基在给卡特科夫的信里说的是实话,而非有某些特殊的目的,那么他对主人公阶级属性的最初界定也在创作过程中发生了变化。无论如何,在小说的最终定稿中,我们看到的不仅是贵胄后人精致的容貌,还能看到特权阶层的一个精神苗裔,他拟出了一套非常贵族主义的社会理论——强者有权对"战栗的畜生"进行绝对的统治。

## 斯维德里盖洛夫

　　早在八十年代,一位心理学家就认为斯维德里盖洛夫的形象是"陀思妥耶夫斯基所有作品中最优秀的":"也许在陀思妥耶夫斯基创作的所有的典型中,只有斯维德里盖洛夫将永垂不朽。"* 当代英国研

---

＊　　弗·齐日,《作为精神病理学家的陀思妥耶夫斯基》,莫斯科,1885 年。

究者米德尔顿·默里也表达了类似的思想。他说："在《作家日记》和书信中，陀思妥耶夫斯基不断让我们知晓何谓文学天才——也就是能在文学中说出'新的话'。斯维德里盖洛夫也同样如此：他是陀思妥耶夫斯基的**新的话**。这种类型的创造标志着他创作的巅峰。"[*]

这一巨大的艺术成就是长篇小说的形象构建总系统所决定的，而这些形象则因为涉及当时迫切的社会问题而显得尖锐。斯维德里盖洛夫自我介绍道："我穿得很体面，不算穷人。连农奴制改革对我们也没影响。我有林产，还有浸水草地，收入没减少。但……"

在我们面前的是一个大地主，其物质财富和个人权力已经受到农奴制改革的限制，尽管"林产和浸水草地"还依然握在手里。陀思妥耶夫斯基往他的生平中加入了关于一个受尽折磨、被自己老爷的"迫害和惩罚体系"逼到自杀的仆役的插曲。

初稿笔记中，主人公的蓄奴本能表现得更为强烈："他抽打农奴"，并"享用自己女农的贞操"。陀思妥耶夫斯基把仆人菲利普被他折磨到自杀的事情定在了五十年代末："六年前，还是农奴制那个时候。"需要记住的是，农奴制改革恰好是在《罪与罚》故事发生的前夕进行的。一八六一年的宣言宣布要进行改革，而一八六三年改革开始施行，根据当时陀思妥耶夫斯基的杂志的说法，百分之八十八点五的农奴"与他们的前地主最终明确了关系。"[**]

两年过渡期实际上没怎么改变地主的脾气，而在陀思妥耶夫斯基的杂志上，我们发现了一系列证据，证明农奴制的各种残酷传统，尤其是针对吃尽苦头的仆役们虐待仍在延续。

陀思妥耶夫斯基的杂志指出，"农民问题是一个贵族问题"，并且

---

[*]　约翰·米德尔顿·默里，《费奥多尔·陀思妥耶夫斯基：批评研究》，伦敦，1916年，第116页。

[**]　《时代》，1863年第3期，"当代观察"栏，第87—88页。

列举了时事中的一系列地主残酷对待仆役的突出案例*；米乌斯区的一个地主对一名作为家庭教师在他家住了六年多的少女做出的恶劣行径（企图用"四尺长的烟斗"殴打她，随后姑娘逃跑了），这一事件很容易让人联想到在大雨中坐农民的板车逃出斯维德里盖洛夫庄园的杜涅奇卡；最后还有一个用带子把自己吊死在客厅里的十三岁的农民女孩**。《罪与罚》中雷斯利赫上吊的侄女——"大约十五岁，甚至才十四岁的姑娘"，以及与之非常相似的《群魔》中上吊自尽的马特廖什卡，可能都与陀思妥耶夫斯基在其杂志中刊载的这个十三岁农民姑娘玛尔法·阿尔希波娃的真实形象有关。

　　为了将这个形象代入具有六十年代特色的氛围中，陀思妥耶夫斯基让斯维德里盖洛夫多次提及那个时代的轰动新闻。他对六十年代初"有益的言论公开"冷嘲热讽，"我们所有人都曾在所有报刊上共同讨伐过一个贵族——我忘了他的名字！——他在火车上鞭打一个德国女人，记得吗？当时，好像也是那年，发生了'《世纪》周刊风波'（《埃及之夜》，当众朗诵，记得吗？黑眼睛！噢，你在哪里，我们青春的黄金时代）……"斯维德里盖洛夫这是在回忆两起当时在报刊中闹出轩然大波的事件，《时代》杂志刊登的文章中也曾出现过这两起风波的余绪。杂志评论家当时写道："科兹利亚尼诺夫君……读者，请记住：铁路……车厢……一个德意志女人。"并让读者去读读《北方蜜蜂》中列夫·坎贝克的文章。第二起事件涉及各家报刊对彼·伊·魏因贝格的强烈谴责，原因是他对一位外省交际花朗诵《埃及之夜》一事写下了不敬的评论。这是因当时产生的"妇女问题"而涌起的"公民谴责"浪潮，而"妇女问题"也曾鼓舞过陀思妥耶夫斯基的政论激情。

---

　　*　　《时代》，1864 年第 7 期，第 98 页。

　　**　　《时代》，1861 年第 5 期，"国内消息"栏，第 17 页。

但到了一八六五年,对于进步和公民精神,对于农奴制和司法改革,对于妇女解放、民事婚姻和"有益的言论公开",剩下的已经只有冷嘲热讽了。

在斯维德里盖洛夫的形象中,陀思妥耶夫斯基的一个将来会得到全面发展的构思已初具雏形。这就是雷斯利赫的那个"被斯维德里盖洛夫残酷凌辱"后在阁楼里上吊的侄女。这个"被侮辱的幼女"的动机在《罪与罚》中响起了好几次(近卫骑兵林荫道上的醉酒女孩,拉祖米欣与波尔菲里的政论,斯维德里盖洛夫自杀前做的噩梦)。

这一动机后来在《群魔》(《斯塔夫罗金的自白》)中得到充分展开。但早在《罪与罚》的时代,这一主题就引起了作者的密切关注。根据索菲娅·科瓦列夫斯卡娅的说法,陀思妥耶夫斯基在一八六五年就已告知她和她的姐姐安·瓦·科尔温-克鲁科夫斯卡娅自己构思中的长篇小说里的一个场景:"主人公,一个受过非常精致、良好教育的中年地主"回忆自己"有一次是如何在纵酒狂欢夜后,在喝醉的同道们的挑唆下,强奸了一个十岁的幼女"。*

斯维德里盖洛夫形象耐人寻味的生命力也有一些真实的来源。照陀思妥耶夫斯基自己的说法,这位主人公描摹自他在鄂木斯克苦役营中的狱友阿里斯托夫。** 在小说的初稿中,他就叫这个名字。年轻的贵族,受过不错的教育,英俊聪颖,嘴唇上永远带着嘲讽的微笑,他是那类道德上的畸形,"一个怪物,一个精神上的夸西莫多"。阿里斯托夫"是一具生有一副牙齿和一个胃的行尸走肉而已。他贪得无厌,极力追求一些最粗鄙、像野兽般最野蛮的肉体享受,而且为了满足这

---

　*　索·瓦·科瓦列夫斯卡娅,《童年回忆》,载《欧洲通报》,1890 年第 8 期。

　**　在《死屋手记》的文本中,他被称作"阿—夫"。他的姓氏(阿里斯托夫)是安·格·陀思妥耶夫斯卡娅在《一本记录我藏书室书目和报纸的书》中透露的。参见《陀思妥耶夫斯基讨论会》,第 69 页。

类享受中最微小和最刁钻古怪的乐趣,他竟不惜使用最最冷酷无情的手段去杀人行凶。总之,他什么事都干得出来,只要能不露行迹就行。……这是一个例子,一个人的肉欲倘若不受任何内在规范和任何法律的约束,任其发展,将会达到什么地步"。①

斯维德里盖洛夫被构思成一个五十岁的阿里斯托夫,并在自己的外表上保留了其原型的一系列显著特征。但在艺术加工的过程中,这一形象有所缓和,甚至还做出了一些道德高尚的行为(照顾索尼娅,照顾马尔梅拉多夫的孩子们,放弃杜尼娅)。陀思妥耶夫斯基在这里进行了一项特殊的实验:他把真实生活中给他留下强烈印象的那个典型置于不同的场景中,给他安排了另一个年龄,但与此同时保留了此人所有不同寻常的特征。


## 卢　任


拉祖米欣的等级权利和爱国信念在陀思妥耶夫斯基的社会世界中开辟了一条通往企业精神和致富的宽广道路,但作家也创作了另一个令他十分厌恶的自由主义者和西方派暴发户的典型,他配得上《冬天记录的夏天印象》中欧洲市侩所受到的那种痛斥。这就是《罪与罚》中的彼得·彼得罗维奇·卢任。

陀思妥耶夫斯基不吝笔墨地描绘这个令他痛恨的六十年代自由资产阶级的讽刺形象。一个进步主义者,却又为了前程的缘故而追求婚后生活彻底的独断专行,一个靠四处游走办事挣了很多钱的大投机

① 译文引自《费·陀思妥耶夫斯基全集——第5卷:死屋手记》,臧仲伦译,石家庄:河北教育出版社,2010年,第98页。

者,非常擅长诬陷和诽谤。六十年代人有关功利主义的战斗理论从他口中道出后,便彻底丧失了信誉。与此同时,虽然作者对列别贾特尼科夫也有许多成见,但后者依然保持着思想激情的特征,甚至最后因为替索尼娅辩护而处在道德上的有利地位,而"进步主义的"掠夺者卢任却直到最终都是彻底的负面人物。

一向擅长用抨击性形象谴责自己敌人的陀思妥耶夫斯基很可能是在借这个"崛起的资产者"来痛击自己的一个不讲理的债主。一八六五年六月六日,由于未能支付欠诉讼代理人帕维尔·雷任的四百五十卢布,陀思妥耶夫斯基的财产遭到清点。在六十年代彼得堡的地址簿上能找到彼得堡司法厅的诉讼代理人"帕维尔·彼得罗维奇·雷任"。这显然是拯救《时世》的财政黑暗时期与陀思妥耶夫斯基签订过货币协议的人士之一。遭受财产清点这一事实几乎可以肯定地证明债务人与债权人之间有过龃龉。在《罪与罚》的初稿大纲中,杜涅奇卡的这位未婚夫和作家债权人的名字一模一样:"得让雷任在列别贾特尼科夫那儿被索尼娅战胜。"*

有关彼得·彼得罗维奇·卢任这位原型的资料并不多。一八六六年秋天,当陀思妥耶夫斯基创作《罪与罚》最后几部分的时候,雷任的名字在卡拉科佐夫案①的司法程序中闪烁了一下。"各位被告被提议为自己挑选律师。胡佳科夫想让维·帕·加耶夫斯基做自己的辩护人,伊舒京选择了德·瓦·斯塔索夫,尤拉索夫选择了帕·彼·雷任。"意味深长的是,在所有被告人选择的辩护律师中,只有尤拉索夫选择的雷任拒绝为其辩护:"由于雷任以从未受理过刑事案件为由拒

---

* 《费·米·陀思妥耶夫斯基档案选:〈罪与罚〉,未出版材料》,莫斯科、列宁格勒,1931年,第72页。

① 一八六六年四月四日德米特里·卡拉科佐夫在彼得堡夏园行刺沙皇亚历山大二世未遂,后被判处绞刑。

绝为尤拉索夫辩护,因此法庭指定 H. A. 季姆罗特为其辩护。"*

我们可以就此推断,雷任是首都的著名律师中的一员,他只受理民事案件(民事案件被认为比刑事诉讼有利得多),而且觉得有必要摆出拒绝为"弑君者"辩护的姿态来。特征不多,但都相当说明问题,并且证实了人物与原型的关联性。

卢任的形象也受到一些文学联想的影响。这个放荡的诉讼代理人、肮脏的律师,或者像卡捷琳娜·伊凡诺夫娜所说的那样,一个"讼棍",很可能与巴尔扎克和狄更斯长篇小说中各种传统的讼棍律师面具有某些联系。而在阴险狡诈、报复心强的彼得·彼得罗维奇的种种黑暗阴谋中,多少有些《人间喜剧》和伦敦贫民窟中地下犯罪世界黑吃黑斗争的痕迹。**

## 卡捷琳娜·伊凡诺夫娜

就在一八六五年,发生了一件抗击结核病史上的大事。科赫①的先驱,法国科学家维尔曼通过给豚鼠注射肺结核病人的痰液,首次科学、严谨地证明了肺结核的传染性。

陀思妥耶夫斯基有理由特别关注这种疾病:他的母亲和妻子都

---

\* 《卡拉科佐夫行刺》,莫斯科,1926 年,第 XVII 页。

\*\* 瓦·列·科马罗维奇根据陀思妥耶夫斯基侄女玛·亚·伊凡诺娃回忆录的说法,认为陀思妥耶夫斯基的妹夫彼·安·卡列平是卢任的原型(《文学遗产》,第 15 卷,1934 年,第 273—281 页)。但伊凡诺娃在回忆录中所说的卢任的原型并非彼·安·卡列平的儿子亚历山大·彼得罗维奇·卡列平(译按:原文如此),而是他的女婿瓦西里·赫里斯托福罗维奇·斯米尔诺夫(《新世界》,1926 年第 3 期,第 114 页)。

① 罗伯特·科赫(1843—1910),德国医学家。1882 年分离出肺结核病原菌,1905 年获诺贝尔医学和生理学奖。

是在相当年轻的时候死于结核病。后者故世于陀思妥耶夫斯基开始创作《罪与罚》之前不久：作家一八五七年以来的妻子玛丽亚·德米特里耶夫娜·陀思妥耶夫斯卡娅（跟前夫姓伊萨耶娃）在一八六四年四月十五日去世。她的死让陀思妥耶夫斯基非常痛苦。小说家将他对玛丽亚·德米特里耶夫娜的怀念融入了卡捷琳娜·伊凡诺夫娜·马尔梅拉多娃的形象之中。

早在西伯利亚归来后写的第一部大型长篇小说《被侮辱与被损害的》中，陀思妥耶夫斯基就描写了宁愿牺牲自己的感情以成全他人幸福的主人公的忘我爱情，从而再现了自己的西伯利亚罗曼史中的一个片段（牺牲自己，以成全玛丽亚·德米特里耶夫娜和库兹涅茨克教师尼·鲍·韦尔古诺夫）。

《罪与罚》里描绘了伊萨耶娃的衰弱和死亡。索尼娅的继母无论是内在气质还是外在容貌都让人联想到作家的第一任妻子。陀思妥耶夫斯基曾就玛丽亚·德米特里耶夫娜"激情的、多疑的、病态般异想天开的性格"写道："无时无刻不保持独到，思维健全，机智却又矛盾，无限善良，又真正地高尚——她是一位穿女装的骑士。"

根据安·格·陀思妥耶夫斯卡娅的说法，"在卡捷琳娜·伊凡诺夫娜的形象中描绘了玛丽亚·德米特里耶夫娜性格的许多特征"。长篇小说中对马尔梅拉多夫夫人肖像的刻画明显是在临摹作家已故妻子逐渐病危时期的相貌。保存下来的那幅玛丽亚·德米特里耶夫娜的肖像以及一些回忆录作者（弗兰格尔、斯特拉霍夫）对其容貌的描写足以让人确信她就是马尔梅拉多娃的原型。在卡捷琳娜·伊凡诺夫娜的命运中再现了陀思妥耶夫斯基第一任妻子一生中的若干状况。无忧无虑的青年时代，与一个无药可救的酒鬼的婚姻，"绝望的赤贫"，肺结核病情的加剧，突然发作的愤恨和事后忏悔的泪水——卡捷琳娜·伊凡诺夫娜的这些特点都是作家从自己身边人身上描摹而来的。陀思妥耶夫斯基在创造这一形象时也使用了玛丽亚·德米特里耶夫娜新库茨涅斯克来信的一些细节：在马尔梅拉多夫死的那天，卡捷琳娜·伊凡诺夫娜接受了"施舍"———一张三卢布的绿色钞票。[①] 马尔梅拉多夫夫人的死亡情景是陀思妥耶夫斯基在描写对自己第一任妻子弥留之际的印象，甚至有部分表达方式也类似陀思妥耶夫斯基在书信中对这一不幸事件的描述。"从费奥多尔·米哈伊洛维奇和其亲属、熟人的叙述来看，"安娜·格里戈里耶夫娜说，"玛丽亚·德米特里耶夫娜在生命的最后两年里并不完全正常。在莫斯科治疗过她的医生亚历山大·帕夫洛维奇·伊凡诺夫在一八六七年和我说过玛丽亚·德米特里耶夫娜临终前精神错乱的情况……"

## 佐西莫夫

《罪与罚》中描绘的医生是一个典型的时代人物。巴扎罗夫、洛布霍夫、德米特里·基尔萨诺夫和六十年代俄罗斯长篇小说中的其他"医学生"在某种程度上就像是时代的征兆。但与这些无情地消灭"一大堆青蛙"并献身科学工作的唯物主义者不同的是，陀思妥耶夫斯基描绘的是一个刚二十七岁就已发福的实践派医生、享乐主义者、花花公子。这个形象的各种特征很可能不是随便选取的；作家仿佛是通过这些特征在艺术层面上延续与激进派的论战，并使自己散文般平淡的主人公与那些"当代英雄"对立起来。

---

① 原文如此。事实上，马尔梅拉多夫死的那天，卡捷琳娜·伊凡诺夫娜接受的是拉斯科尔尼科夫的二十卢布。到后来带着孩子上街乞讨时，才收了一位警官的三卢布绿色钞票。

但这位实践派医师在小说中呈现了当时医学的一个迫切的倾向——对神经和心理疾病的兴趣。

若从专业来说，佐西莫夫是外科医生，但他却"研究精神病研究疯了"，"特别关注医学的这一异常有趣的科目"，"我们大家常常都跟疯子差不多"。这反映了一个时代的特征：在六十年代，除了犯罪学之外，精神病学在俄国也大受欢迎。对"疯人院"监狱般的制度进行了一系列改革，俄罗斯的各所大学都开设了神经病理学和精神病学教研室。

在俄罗斯精神病学的革新、复兴的最高潮时刻写就的《罪与罚》就带有这一当时的科学思想潮流的痕迹。从小说的前几页开始，我们就看到了诸如"疑病症""偏狂""忧郁症"和"静止的念头"这样的相关术语，这表明我们的心理学家兼作家正在密切关注这一"医学极其有趣的部分"的发展。再加上陀思妥耶夫斯基自己也是癫痫症患者，这使他不得不求助于各路医生，在六十年代初还找过许多国外的杰出专家。这无疑使他更为了解当时精神病学的各种迫切问题，并深化了其长篇小说中对精神病理学各种案例的刻画。

专业文献已经指出，陀思妥耶夫斯基用微妙而正确的手法用遗传原因解释了拉斯科尔尼科夫的精神负担：他的母亲也死于疯病。

因此，在一八六五年的社会中，《罪与罚》所刻画的这位爱偏离自己专长的外科去搞医学新潮流精神病学的年轻医生是十分典型的。

## 米科尔卡

我们最后再谈一个配角——油漆匠米科尔卡的形象。在长篇小说中正是他被视为体现了"根基派"基本和最高的教条——**人民性**。

身处这座可怕城市的堕落者和横死者、掠夺者和牺牲品、淫棍和妓女、变得冷酷无情的思想家和得意扬扬的资产者之间,这个农村来的人、真正的大地之子在砖石城市中迷途,但却没有丢失自己的真理,对于陀思妥耶夫斯基而言,他就仿佛是不会熄灭的拯救之光。这就是新知识分子拉祖米欣建立未来俄罗斯所需要的坚实基础。

在作者看来,被怀疑犯下实则是由大学生拉斯科尔尼科夫犯下的杀人罪的梁赞省扎拉依县农民尼古拉·杰缅季耶夫①由于其不自觉的道德力量,而与那个和人民的根基脱节,并"出于原则"而杀人的"理论家"相对立。

陀思妥耶夫斯基把他刻画成一个心地单纯的壮士,一个成年的"小孩子",这个形象被某些民间群体的悲剧性观点的各种特征略为加深。米科尔卡是邪教教派成员,他的祖上曾是"云游派"*,他自己则"接受某个长老布道",他愿意"受苦难"——自杀,或是在明明无罪的情况下去服苦役。

聪明的波尔菲里看出他"有点像艺术家",并且生动地描绘了这个民间典型形象:

> 他纯洁,对一切都很敏感。有良心,还好幻想。唱歌跳舞都行,故事,据说,也讲得很精彩,连邻村的人都会跑来听。学习也好,朝他伸个小指头,他会笑弯腰,还会喝得烂醉,倒不是贪杯,那是偶尔让人灌的,还像孩子……他很虔诚,天天夜里做祷告,读古

---

① "米科尔卡"是尼古拉这个名字的民间称呼"米科拉"的指小表爱形式。

* 米科尔卡性格中的这些特征或许与陀思妥耶夫斯基阅读迈科夫的长诗《流浪者》后产生的印象有关。一八六六年十一月十六日,陀思妥耶夫斯基就这部"戏剧场景"如是写道:"三个人物,三个云游派分裂教徒。这是我们诗歌中第一次有人选取了分裂教徒的日常生活作为主题。这是多么新鲜,多么有效果! 诗是多有力量! ……"(《书信集》,第1卷,第447页)

本"真"书,常常读得入迷。彼得堡对他影响很大,特别是女人,还有酒。到底容易学坏,把长老什么的全忘了……怎么,您不信这种老百姓里会有充满幻想的人?

陀思妥耶夫斯基心目中豪迈、不羁、好幻想和强大的"俄罗斯天性"就是这样的。俄罗斯民族的这一概括性特征接近《青年莫斯科人》的观点、斯拉夫派的理论和根基派珍视的理想。在波尔菲里的这段话中,仿佛能听到阿波隆·格里戈里耶夫、菲利波夫①的理论以及《时代》杂志所有主创人员话音的回响。也正是在这里波尔菲里研究了自己之前提出的前往大城市和两京挣钱谋生的农村人的日常生活和道德问题:"他们刚到两京和大城市中逗留没多久,看到了另一种生活,手里比自己的同乡们多了几个卢布,就立刻去做放荡的事情了。"*但一个善良而天真的力士、一个心灵诗人和独特的民间神秘主义者的共同形象在陀思妥耶夫斯基杂志的文章和艺术作品中不断出现。在这个农民起义和为土地与自由的斗争越发白热化的时代,作为《时代》编辑的陀思妥耶夫斯基却更愿意将人民描绘成农夫马列伊这样如同圣像画般的样子。而在这个差一点就要去用无意义的苦役来抵消一个虚无主义者所犯下罪行的扎拉依油漆匠的面容中,我们也能够明显地感受到这些特征。

除了长篇小说各个主要形象中所体现的过渡时期重大问题外,小说还具现了陀思妥耶夫斯基哲学政论的一个基本主题——农民阶层,他曾在服苦役期间与他们有所接近,而在二月十九日②之后,他们成为

---

① 捷·伊·菲利波夫(1826—1899),俄罗斯政治家、政论家、神学家,俄罗斯正教旧仪礼派的重要研究者。七十年代陀思妥耶夫斯基任《公民》杂志主编时曾与之有过往来。

* 《时代》,1862 年第 8 期,"当代观察"栏,第 68 页。

② 一八六一年二月十九日(公历三月三日)沙皇亚历山大二世颁布了解放农奴宣言。

670

俄罗斯知识阶层关注、焦虑和希望的中心。

这就是包罗万象的时代信息储备在小说中多姿多彩的体现,《罪与罚》的作者就从这些储备里面汲取了各种暗示、影射、"大大小小的词语"甚至完整的情节和形象。小说充斥着各种时代话题。假如说司汤达的《红与黑》最初的名称就是《一八三〇》的话,那么,就对时代思潮和风俗的典型反映而言,《罪与罚》也同样有资格用《一八六五》来命名。尽管它在陀思妥耶夫斯基的理解中有着超越时代的意义,但它首先仍是一部关于当下时代的小说。

陀思妥耶夫斯基生命中的许多时期都和政论有着关联,而政论也一直是他艺术作品的创作实验室。早在四十年代的小品文中,就出现了在陀思妥耶夫斯基早期短篇小说中得到充分阐述的主题。后来的《作家日记》对《卡拉马佐夫兄弟》来说也是同样的形象和情节上的源泉。而对《罪与罚》来说,陀思妥耶夫斯基的《时代》和《时世》这两本杂志也发挥了类似的作用,杂志的编辑工作结束时,恰好正是他开始创作这部中心作品的时候。

陀思妥耶夫斯基在一八六五年至一八六六年写的这部长篇小说标志着他的创造力进入全盛期。尽管在他随后的几本书中思想有了新深度,形象也极具悲剧性,但拉斯科尔尼科夫的故事仍然是陀思妥耶夫斯基一系列创作中的最高成就。

这是陀思妥耶夫斯基第一部成功做到用广泛、自由和全面的方式表达自己的想法,把自己历经考验的整个沉重阅历融入自己的构思,同时又保持其早期创作一些新鲜感的作品。能感觉到一个被解放的天才在客观条件长期的钳制和压抑后,终于第一次将翅膀张开到巨人般的宽度,自由地翱翔在应属于他的高度,且他自己也欣赏着飞行的魄力和勇气。

这种青春的勇气感和火热的创作陶醉感在陀思妥耶夫斯基笔下再也没有以这样纯粹的形式再现过。在随后的各部长篇小说中，往往会透出某种疲惫感，创作的音调高度并不总是一致，而且我们再也没能在任何别的地方看到像拉斯科尔尼科夫的悲剧那般跌宕起伏的故事。

《罪与罚》牢固确立了陀思妥耶夫斯基创作的特征形式。这是他的第一部以刑事案件为基础的哲学小说。这也是一部典型的心理小说，在某种程度上甚至是一部精神病学小说，既带有警察探案小品文小说的典型特征，也带有英国流派的"黑色"小说，即暗黑冒险小说的典型特征（陀思妥耶夫斯基年轻时就很喜欢所有这些体裁的典范作品）。

但就和陀思妥耶夫斯基的第一部作品一样，《罪与罚》首先是一部社会小说，它把当时庞大而沉痛的政治话题连带各种思想和社会力量的持续紧张斗争放置于密集的事件和辩证法的火焰之中。

如果说陀思妥耶夫斯基为一八四五年篇幅不大的第一部社会长篇小说赋予了传统的书信体形式的话①，那么在一八六五年，他把自己的第一部大篇幅社会长篇小说复杂又独特地构建成了一个在侦探情节背景上，与哲学对话交织在一起的，围绕一个确定问题展开的主人公的"内独白"。夹杂在凶手和警察、刑侦机构无尽游戏之中的，是拉斯科尔尼科夫漫长、深入的自我分析，以及他与波尔菲里、斯维德里盖洛夫和索尼娅的争辩——这就是《罪与罚》被充分展开的织体。

小说家把这一基础和当时最尖锐的时政话题——正是这些话题把一部以推理为基础的刑案小说变成了一部宏大的社会史诗——有

---

① 指的是《穷人》。

机编织在一起,而他的高超技艺就体现在其中。

《罪与罚》首先是一部十九世纪的大都市小说。资本主义首都广泛铺展开的背景决定了其冲突和戏剧的性质。酒铺、酒馆、妓院、贫民窟里的旅馆、警察局,大学生住的阁楼斗室和高利贷者的公寓,街道和小木屋,大楼中的院子和小木屋的后院,干草广场和运河——仿佛是这一切引起了拉斯科尔尼科夫的犯罪意图,并标记了其内心斗争的各个阶段。

陀思妥耶夫斯基在遵循早期自然派传统描绘彼得堡独特的"风景和风俗"的同时,仿佛将自己这部史诗性作品的抽象思想给具体化了。这位无法模仿的城市版画大师的描绘天赋为他笔下的斗争赋予了惊人的明晰性,并为其散文传递了鲜活的触感,这种触感使读者产生了一种生动的完整感和强烈的真实感。

世界小说史上没有一部作品能比《罪与罚》更有力地体现小说家的最高使命——在创造性的形象中体现他心目中的伟大思想,并使这些承载着庞大哲学构思的虚构人物栩栩如生。

写作这部"一桩罪行的报告"的原则并不是一下子就找到的。陀思妥耶夫斯基曾为他的这部长篇小说拟定了三种主要形式:(1)**我叙事**(Ich-Erzählung),即第一人称叙事,(2)由作者进行叙事的普通手法,(3)混合形式("[由作者进行的]叙事结束,日记开始")。第一种形式**我叙事**有两种变体:回忆很久以前的犯罪(八年前)或庭审自白。后一种变体尤其吸引陀思妥耶夫斯基,并且在很长一段时间一直主导着他的创作。——"受审的时候[我受审的时候就会]全都说出来。我会全都写下来的。我是给自己写,但让别人也读读,所有人都是我的法官[如果他们愿意]。这是自白[彻底的自白]。我什么都不会隐瞒",等等。

这种形式很可能是受了雨果的《死囚末日记》启发,陀思妥耶夫斯基对这部作品评价很高。在《温顺的女人》的前言中,他称之为"维克多·雨果的杰作"。关于拉斯科尔尼科夫的叙事一开始显然是按照雨果这部短篇小说的类型和规模来构思的,雨果写下的也正是一个被判刑的罪犯浓缩的自白,而自白始于这么一个让人震惊的开头:"判处死刑"(试比较陀思妥耶夫斯基的手稿:"我受审的时候")。雨果笔下随后也是被判刑者对审判的叙述:"我的案子开审已经三天了。三天里,我的名字和我的罪行每天上午都引来一大群听众,像乌鸦围着腐尸似的坐到了法庭大厅的旁听席上;三天里,那些法官、证人、律师和检察官像幻影似的在我面前晃来晃去,有时显得滑稽可笑,有时显得粗暴凶残。但始终是那么冷若冰霜,令人倒胃。"①

随后雨果的主人公打算写作完整的犯罪报告——"我的故事"。"也许还有时间写几页东西留给她[小女儿],让她有朝一日能看到,会为今天的事而哭泣。不错,应该让她从我的笔迹了解我的遭遇,了解我给她留下的为什么是一个带有血腥味的名字。"②

这一计划并没有在雨果笔下展开,叙事的中心仍然是死刑主题,它并没有被其他离题情节所掩盖。陀思妥耶夫斯基则决定把叙述的重点恰恰放在雨果所设想的犯罪史上。《罪与罚》和威斯巴登手稿的初步结构就是这样的。此外,拉斯科尔尼科夫做的关于老妇人的噩梦与雨果小说的类似内容也表明了《罪与罚》与《死囚末日记》之间的某种联系。

写作计划中法庭自白的一个变体是罪犯讲述八年前旧罪行的回忆录形式:"新计划。一个罪犯的叙事。八年前(从而能完全置身事外地对待它)。——那正好是八年前的事,我想按照顺序把一切讲清楚。

---

① 译文引自《雨果文集——第6卷:小说》,陈筱卿、廖星桥译,石家庄:河北教育出版社,1998年,第174页。

② 同上,第248页。

从我去她那儿抵押怀表开始……",等等。

**我叙事**这种类型难免会隔断叙事者不参与的全部情节,因此难以涵盖所有的情节可能性,这就使陀思妥耶夫斯基必须认真考虑采用另一种叙事系统。

他拟定了一个新的计划,其中叙事应该以作者的名义进行,但与此同时要把重点放在主角身上(从而保持起初第一人称叙述的线索):"另一个计划。以一个似乎不可见,但无所不知的作者的名义进行的叙事,但就连一分钟都不放下他,拉斯科尔尼科夫,甚至要有这么一句话:'这一切都是在如此不经意之间发生的。'"我们知道,这一计划很快就占据了上风,但有一点不同,那就是核心主人公在几乎时刻处在读者视线中的同时,在"斯维德里盖洛夫的史诗"的某些片段中被剔除了(在小说总的组成中为数相当不少)。

但在尽可能不抛下核心主人公的同时,在这些艺术探索过程中形成的以作者的名义进行叙事的原则为《罪与罚》带来了情节上的工整、统一和浓缩,这些特征使这部长篇小说成为陀思妥耶夫斯基的创作中在结构方面最优秀的作品。

最初**我叙事**的痕迹也在最终稿中有所体现:对事件的叙述几乎总是从核心主人公的主观立场出发,就像把整部小说变成了拉斯科尔尼科夫独特的内心独白,从而为他的整个犯罪史赋予了非凡的价值、紧张和趣味。

这部包罗万象的长篇小说聚焦在一个凭借穿透性情节贯彻小说始终的统一主题,而陀思妥耶夫斯基以罕见的技巧和克制完成了这一聚焦。完全没有作家其他作品中的那些离题话和"多层面性"(比如说,甚至连《卡拉马佐夫兄弟》的布局上的严整性都受到这种"多层面性"的明显损害)。一切都与中心联系在一起,被划进一个统一的圈里。从小说的最初几段开始,读者就知道主人公正在策划谋杀。在连续六章里，他都被犯罪的各种复杂动机和具体手法完全掌控。而如今在谋杀发生后，因其心理戏剧性而极为复杂的斗争展开了——这是拉斯科尔尼科夫与他的预谋、他的理论、他的良心的内在斗争，以及他与其最强大的对手波尔菲里·彼得罗维奇所代表的当局进行的外在斗争。这个杀人犯身边的一切都被逐渐卷入这场戏剧之中，他要么是自己对他们解开了秘密（拉祖米欣、索尼娅、杜尼娅），要么是无法向他们掩饰秘密（扎梅托夫、斯维德里盖洛夫、波尔菲里）。与侦查员的三次谈话是一场智力决斗，对它们的刻画是神来之笔，在世界文学中几乎没有在艺术上能与之媲美者。从谋杀后的最初几天起，拉斯科尔尼科夫那无法战胜的侦探对手就开始在他周围悄无声息，但却充满自信地画出一个精准的心理包围圈，在那个下雷雨的傍晚，在他们起初还十分平静的最后一次谈话中，这个心理圈终于自信、精准地合拢起来："'什么谁杀的？……'他反问，仿佛不相信自己的耳朵。'**您杀的，罗季昂·罗曼诺维奇！您杀的……**'他几乎耳语似的补充说，语气十分坚定。"拉斯科尔尼科夫所能做的只有屈服于波尔菲里的缜密逻辑和索尼娅的道德感化——最终他走向广场，向警察自首。

戏剧发展的线索从未被支线情节打断、改变。一切都为一个统一的情节服务，并将其突出、深化。马尔梅拉多夫一家遭受的彻头彻尾的悲剧是拉斯科尔尼科夫的理论和行动最强有力的论据，很快就会在小说中获得完全、深刻发展的母亲家书中提到的"斯维德里盖洛夫动机"也同样如此。斯维德里盖洛夫的形象和史诗绝非一个独立、平行的情节，而是精彩地照亮了拉斯科尔尼科夫的命运和人格。

小说中对肖像的描绘具有非凡的浓缩性和表现力。各位主人公的外表被以一种独特、凝练的表达方式呈现，他们预示了往后的那些著名形象，如斯塔夫罗金、格鲁申卡，但描绘《罪与罚》中的人物肖像尚不需要巨大的画布和深厚的透视背景。

用普希金最喜欢的修饰语来说,《罪与罚》中的陀思妥耶夫斯基就是一位"快手"画家。几根瞬息画就的细线条取代了通常长篇累牍的空间描写。只用了六行字,老太婆的肖像就有了某种浓缩了各种典型特征的独特力量,为这个形象赋予了惊人的生命力,使得拉斯科尔尼科夫行为中许多含糊和臆想的元素都因为她那令人厌恶的外表而得到了解释。

对斯维德里盖洛夫的刻画也体现了非凡的肖像画技巧:

> 这脸很古怪,有点像面具:白皙,红润,猩红的嘴唇,浅色的络腮胡子,浓密的浅色头发。眼睛不知怎的过于蓝,目光又不知怎的过于沉重、呆板。在这张漂亮,论年龄还显得异常年轻的脸上,有种令人极其不快的神色。斯维德里盖洛夫的衣着十分讲究,一身夏装,又轻又薄,他尤其得意的是衬衫。手指上戴着一枚镶有贵重宝石的大戒指。

后来,陀思妥耶夫斯基在著名的斯塔夫罗金的形象中进一步发展了这一简单的勾勒,但那时作家已经不再局限于只用寥寥几行字,而是用了整整几页。

我们再也不会在《群魔》或《卡拉马佐夫兄弟》中看到一八六六年全面又简短的人物肖像——比如对主人公拉斯科尔尼科夫的速写("他长得一表人才,漂亮的黑眼睛,褐发,中等略高的个子,瘦削,匀称"),或是给列别贾特尼科夫匆匆拍下的那张快照("憔悴、矮小,不知在哪儿当差,头发浅得出奇,两鬓肉饼状的胡子使他很是得意。另外,他几乎天天闹眼病")。

索尼娅、杜涅奇卡、卢任、马尔梅拉多夫、波尔菲里(婆娘般的脸上那令人难忘的白色睫毛)、林荫道上的女孩、漂亮的杜克莉达和她的麻脸女伴、投河的阿加菲尤什卡[①]、拉维扎·伊凡诺夫娜、火药中尉、扎梅托夫、米科尔卡、小市民、犹太士兵的肖像速写也同样既紧凑又有代表性。

陀思妥耶夫斯基的哲学小说搜集了最为丰富的彼得堡典型人物，让人联想起四十至六十年代一些杰出素描画家有关类似题材的画册或"全景图"。《罪与罚》中各个俏皮的、综合性的人物都极为典型且富有生命力，尽管有时对他们的描摹甚至带有些怪诞风格（"他跟这两个文书搭讪，只是因为他俩都长着一根歪鼻子；一个歪向右面，一个歪向左面"），陀思妥耶夫斯基仍不失为一个独特的、敏锐的写生画家。难怪他很欣赏加瓦尔尼，他在《被侮辱与被损害的》中提及过他[*]，而年轻时他也很欣赏《死魂灵》的插图师阿金，也喜爱涅瓦霍维奇的各种漫画[②]。

在《罪与罚》的彼得堡速写和素描画中，可以感受到作家对世纪中叶平面艺术家独特体裁的师承，后者用自己精巧的画针把形形色色的首都"生理"的风俗随笔给画活了。

人物的典型性不仅表现在他们的外表上，而且还被作家在每个人的言语特征中精妙地传达了出来。安年斯基正确地指出了卢任的"官僚主义"文体、斯维德里盖洛夫反讽性的漫不经心和拉祖米欣常常欣喜若狂的形象特征。同样也不难捕捉到法学家波尔菲里暗含挖苦的强干、务实的语言，以及马尔梅拉多夫的官僚言语中刻意表现出来的

---

① 原文如此。小说中跳河的姑娘应该叫阿夫罗西尤什卡。

* 陀思妥耶夫斯基的藏书中有加瓦尔尼的素描集《面具与面目》(《Masques et visages》,巴黎,1857 年)。

② 保罗·加瓦尔尼(1804—1866)，法国插画家；亚·亚·阿金(1817—1875)，俄罗斯插画家，他和叶·叶·别尔纳茨基合作的《死魂灵》插图由于受到鲁迅先生推崇，因此在中国也很有影响力；米·利·涅瓦霍维奇(1817—1850)，俄罗斯漫画家，俄国第一本讽刺杂志《混乱》的创办者。

礼貌——后者的言语中还点缀了大量教会斯拉夫语词,从而生动地表现出他堕落和受苦难的惊人故事。就算长篇小说没有创造出整整一本词典,它也用一种不可磨灭的独特性创造了各个主人公的语气、口吻系统。

除了一幅幅杰出的肖像画和风俗画,长篇小说还提供了一系列城市风景画杰作——那些散发着臭气、漫天灰尘,居住着作坊工人,开满酒馆和其他各类下流"机构"的首都"中区的这些大街小巷"。

陀思妥耶夫斯基在写作《罪与罚》时说过:"凄凉的、可恶的、臭烘烘的彼得堡很适合我夏天的情绪,甚至还可以给我写长篇小说带来一些虚假的灵感……"艺术家在之前的一些作品中就已经使用了有关这方面的一些准备素材。《罪与罚》中的彼得堡图景完成了陀思妥耶夫斯基在早期各部中篇小说以及服苦役后第一部长篇小说《被侮辱与被损害的》中的一大批彼得堡素描。

但真正为将来《罪与罚》的城市版画奠定基础的习作其实是青年陀思妥耶夫斯基的小品文,其中用非常具有典型性的素描描摹了被"细微的白色灰尘"笼罩的夏天的彼得堡。

在这部关于一八六五年的长篇小说中,这些早期草稿的闪烁笔触得到了充分的发展,流畅的素描被铺开成宽广的全景图。干草广场和三条小市民街贫穷的、令人反感的画面被伊萨基大教堂、滨河街、宫殿和林荫道的景象鲜明地突显出来了。彼得堡的街道、广场、胡同以及运河不仅是情节发生的背景,其轮廓仿佛也进入了小说人物的构思和行为。城市总是统治着人们,并主宰着他们的命运。

《罪与罚》以一种独特的手法将内心的戏剧带出到彼得堡的街道和广场上。故事总是从狭窄、低矮的房间被抛掷到京城街区的嘈杂中。在彼得堡的街上索尼娅将自己献祭,马尔梅拉多夫在这里被撞死,卡捷琳娜·伊凡诺夫娜在这里吐血,在消防塔前的大街上斯维德里盖洛夫开枪自尽，在干草广场上拉斯科尔尼科夫面对所有人认罪。多层的楼房、狭窄的胡同、尘土飞扬的街心花园和驼峰桥——十九世纪中叶这座大都市所有的复杂构造都逐渐发展成沉重的、无法捕捉的庞然巨物，悬在这位梦想着一个孤独知识分子能拥有无限权利和机遇的幻想家头上。彼得堡与拉斯科尔尼科夫的个人戏剧是无法分离的：它是一张织体，而拉斯科尔尼科夫的残忍辩证法则在上面织出了花纹。沙皇的京城把他吸进了自己的酒馆、警察局、饭店、旅馆。而在这整整一层浮垢和泡沫，连带着它的醉鬼、幼童诱惑者、妓女、高利贷者、侦探、结核病、花柳病、杀人犯和疯子之上，耸立着这座著名建筑师和雕塑家之城的建筑线条的严正图案，奢华地延伸着它的"庄严全景"，绝望地吹拂着"又聋又哑的气息"……在从《青铜骑士》和《涅瓦大街》直到安德烈·别雷的《彼得堡》的序列中，《罪与罚》可能仍然是描绘这座"光荣与不幸的花岗岩城"的最勇敢画卷。

我们可以从《罪与罚》的草稿得知，陀思妥耶夫斯基给自己设定了一个庞大的任务："在这部长篇小说中挖遍所有问题。"这个目标乍一看会让人感觉无法实现，尤其如果考虑到此书篇幅上的节省。但更令人惊讶的是，小说家完全实现了这项任务。"所有问题"确实都被"挖遍"了，无论是那些在所有时代都为人类思想所瞩目的问题，还是那些刚好在六十年代中期吸引同时代人注意的问题。

如果说陀思妥耶夫斯基在小说的主要层次中极为尖锐、富有张力地提出了他的各个哲学问题——强者是否拥有无限的权利、对荣誉的自我牺牲、"永恒的索涅奇卡"如何用无尽的情感来复活一个已变得残忍的人、"永恒女性"、在人心本身和人际交往法则中确立下来的善恶的界限等，那么我们可以发现，小说家同时也做到了往他的作品中巧妙地引入当时最热门的时政话题："醉酒的祸害"、司法改革、仆役问题、货币危机、虚无主义、犯罪学和精神病学的最新进展，等等。

陀思妥耶夫斯基在一部长篇小说中以《人间喜剧》般无所不包的规模展开了一幅丰饶的社会典型人物的画卷，并且从上到下展示了整个社会及其官员、地主、大学生、高利贷者、诉讼代理人、侦查员、医生、小市民、手艺人、神甫、小酒馆老板、拉皮条的、警察和苦役犯。这是由各种等级和职业的典型人物组成的一个完整的世界，他们被合理地囊括进一个意识形态谋杀的故事中。

陀思妥耶夫斯基精确地提出基本问题的方式也体现了这种宽广的涉猎，而这些问题仿佛也跨越了这部作品的边界，主宰了小说家的全部创作。在《罪与罚》里，他之前几部作品中的一些动机得到发展，而后期各部大型长篇小说中的思想和形象也清晰地显现出来。定义了陀思妥耶夫斯基早期创作的贫困、"穷人"、大都市被践踏的幼苗主题如今在对马尔梅拉多夫一家的描绘中达到了艺术表现力的巅峰。而就悲剧性的真实程度而言，马尔梅拉多夫一家远远超过了杰武什金们和普罗哈尔钦们[1]，即使《卡拉马佐夫兄弟》中斯涅吉廖夫一家的形象也不能达到这一高度，因为伟大艺术家的丰富的创作经验并不能取代索尼娅、卡捷琳娜·伊凡诺夫娜和"酒瓶官吏"马尔梅拉多夫形象中直接的创作戏剧性。

与此同时，这位《双重人格》和《女房东》作者对人格分裂、狂病和催眠状态等各种病态现象的强烈兴趣在《罪与罚》中铺成了一幅幅具有非凡艺术感染力和深刻科学意义的病理学图景。

但就连占主导地位的犯罪、谋杀、流血主题，以及随之而来无法避免的复仇、惩罚也已在陀思妥耶夫斯基的前几部作品中奠定了基础。长篇小说的这些内容从《死屋手记》中汲取了丰富的素材——既包括

---

[1] 作家早期作品《穷人》和《普罗哈尔钦先生》的主人公。

关于罪犯的心理学和杀人行为的甚为丰富的材料,也有对苦役营不朽的素描画,这些画作为拉斯科尔尼科夫的故事和斯维德里盖洛夫的史诗提供了一个深刻的主导动机。

最后,还有那部仿佛《罪与罚》直接的开场白和艺术导言的作品——这就是作家在动笔写作长篇小说前完成的《地下室手记》。《手记》给阿波隆·格里戈里耶夫留下了深刻印象,他认为正是在这部作品中,艺术家找到了自己的手法:"你就照这个样子写"——这是当时已在生死边缘的批评家留给其小说家友人的遗言。陀思妥耶夫斯基听从了这个建议。《罪与罚》是《地下室手记》的深入发展。拉斯科尔尼科夫和地下室人一样,为了自己的自由意志而批评世界不可动摇的法则,并因此与世界隔绝,在这种与人隔绝导致的智识和心灵虚弱、疲惫的状态中,他却出手拯救了站街女索尼娅。拉斯科尔尼科夫施加的是道德上的折磨,但从她这里得到的却是同情和怜悯的伟大馈赠。在许多主要问题上,《罪与罚》都是《地下室手记》的进一步发展,并用一场谋杀的悲剧和无数随之而来的心理学和道德问题将其复杂化。

但在广泛汲取青年时代各种基本动机的同时,长篇小说也预示了作家创作思想随后的各个阶段。拉斯科尔尼科夫关于权力和金钱的问题将会在《少年》中被重新提出。列别贾特尼科夫的形象是抨击虚无主义者的初次尝试,形式上还相当简略,但仍为《群魔》勾勒了坚实的轮廓,而一八六九年的政治事件①则为后者提供了讽刺能量的新源泉。而杜涅奇卡的形象在大大深化同时期创作的《赌徒》中"骄傲女孩"特写的同时,也预示了这一类型在阿格拉娅和卡佳·韦尔霍文斯卡娅两者身上的发展。

与此同时,拉斯科尔尼科夫的故事确立了陀思妥耶夫斯基新的、

---

① 指的是一八六九年的大学生谢尔盖·伊凡诺夫遇害案(即涅恰耶夫案)。

最终的"天才"手法,从现在起,他会用紧张刺激的刑事犯罪小说的形式展开一系列大型哲学著作。拉斯科尔尼科夫本身也是陀思妥耶夫斯基笔下的第一个"罪犯哲学家"类型,这种类型随后将获得一系列变体,直到体现在他最后一部长篇小说中那个精神杀人犯、杰出思想家——伊凡·卡拉马佐夫身上的新的深化形象。最后,拉斯科尔尼科夫的最后一场梦仿佛展开了《地下室手记》中的一个思想,预言了未来将在《群魔》《温顺的女人》《一个荒唐人的梦》《宗教大法官》中不断响起的诸多动机。这部广博的讲述一八六五年的长篇小说就像变戏法一样,搜集了散射在陀思妥耶夫斯基四十年代和七十年代作品中的思想之光。

尽管题材多样、复杂,这部作品叙事的主基调仍具有惊人的连贯性和完整性。这个主基调就仿佛汲取了那些个别场景、形象全部的语调和色调——索尼娅、斯维德里盖洛夫、拉斯科尔尼科夫、马尔梅拉多夫、老太婆各式各样的动机,目的是把它们融合在一起,并通过不断返回这些占主导地位且不断更替的主题,仿佛把长篇小说变成了一部关于当代彼得堡的交响乐,它把彼得堡的各种庞杂声响汇集在一起,凝聚在统一、有力、完整的拉斯科尔尼科夫的悲剧之中。

# 《罪与罚》与三一律①

康·德·莫丘利斯基 作

曹国维 译

　　作者遵循古典悲剧的同一性：同一地点，同一时间，同一事件。拉斯科尔尼科夫的故事发生在彼得堡。世上最奇特的城市产生奇特的主人公。在陀思妥耶夫斯基的世界里，地点和环境神秘地和人物结合在一起。这不是中性的空间，而是精神的象征。犹如普希金《黑桃皇后》中的赫尔曼，拉斯科尔尼科夫是"彼得堡的典型"。仅仅在这样忧郁和神秘的城市里，才会产生穷学生"荒唐的设想"。在《少年》中，陀思妥耶夫斯基写道："在这样腐败、潮湿、浓雾的彼得堡的早晨，普希金《黑桃皇后》中，赫尔曼（特立独行、非同寻常，完全彼得堡式的典型——出自彼得堡时期的典型）的野蛮幻想，我觉得，应该更加现实。"拉斯科尔尼科夫——赫尔曼的精神兄弟。他也幻想成为拿破仑，渴望力量，杀了老太婆。他的反抗结束了"俄罗斯历史的彼得堡时期"。在小说进程中，有几处简单的城市描写，提示舞台场景；但这些不多的显

---

　　① 本文选自莫丘利斯基，《陀思妥耶夫斯基的生平与创作》，巴黎：YMCA-Press，1947年（1980年重印），第238—245页。标题为编者所拟。康·德·莫丘利斯基（1892—1948），俄国文学评论家、哲学家。著有《果戈理的精神之路》《亚历山大·勃洛克》《安德列·别雷》《瓦列里·勃留索夫》《果戈理·索洛维约夫·陀思妥耶夫斯基》等。

著特征,足以使我们感受城市的"精神风貌"。拉斯科尔尼科夫在晴朗的夏日,站在尼古拉桥上,凝视"这雄伟壮丽的景色","莫名的寒气总是从这雄伟壮丽的景色朝他飘拂,对他来说,这豪华的画面充满与世隔绝的冷漠"。彼得堡的灵魂即拉斯科尔尼科夫的灵魂:其中既有同样的雄伟,也有同样的冷漠。主人公"对自己忧郁和神秘的印象感到惊奇,希望以后再来解开这个谜"。小说就是为了解开拉斯科尔尼科夫—彼得堡—俄罗斯的谜。彼得堡也是两面的,正像它产生的人的意识。一方面是沙皇的涅瓦河,湛蓝的河水映出以撒大教堂的金色圆顶——"雄伟壮丽的景色","豪华的画面";另一方面是干草广场和周围穷人蜗居的小街陋巷,肮脏和混乱。拉斯科尔尼科夫也一样:"他长得一表人才,漂亮的黑眼睛,中等略高的个子,瘦削,匀称",耽于幻想,高傲、善良、坚决。但这个"好人"有自己的干草广场,自己肮脏的"地下室":谋财害命的"设想"。主人公的罪,丑恶的,卑劣的,源于首都的贫民区、地下室、酒店和妓院。仿佛大城市蒸腾的毒雾,它污染的、狂热的呼吸,侵入穷学生的头脑,产生了他杀人的想法。酗酒、赤贫、罪恶、愤恨、凶悍、腐化——彼得堡全部阴暗的底层——引领凶手去往牺牲品的住所。犯罪的环境、街区和放高利贷老太婆居住的楼房,在主人公内心唤起的"厌恶",并不亚于他"荒唐的设想"。所以,他去"作了试探"。"街上奇热,还又闷又挤,到处是石灰、脚手架、砖块、尘土和租不起别墅的人熟悉的夏天特有的臭味。这一带众多酒店传出的腥臭,即便不是假日也比比皆是的酒鬼,为这幅图画抹上一道**令人反感**的阴郁色彩。**极度厌恶**的神色刹那间掠过年轻人的脸……"老太婆居住的楼房一面朝河:"楼里全是窄小的居室,住着从事各种行当的房客——裁缝、钳工、厨师、形形色色的德国人、妓女、小官员等等,进出的人全都来去匆匆,从楼房的两个门洞穿过。"

"试探"后,拉斯科尔尼科夫大叫:"噢,上帝! 这多恶劣。""无比厌恶的感觉"控制了他。干草广场和广场上的酒鬼、妓女和"匠人"与犯罪的想法，是同一心理状态的两种形象。体现心理和物质灵性的另一个例子，是拉斯科尔尼科夫住所的描写："这是一个小小的笼子，长不过六步，简陋不堪，黄色墙纸上有许多灰尘，边角都已翘起。笼子极低，稍稍高些的人站着都害怕，好像脑袋马上就会碰到天花板。"原先的大学生睡在"印花布包的大沙发上，常常不脱衣服，没有床单，盖一件上大学时穿的旧大衣"。作者把这个"黄色斗室"比作柜子、箱子、棺材。

这就是拉斯科尔尼科夫"设想"的物质外壳。他的住所是禁欲修士的居室。他把自己关在角落里，自己的"地下室"，躺进"棺材"，冥思苦想。他的整个生命进入"思想"；外部世界，他人，现实——不再存在。他幻想财富，同时绝对无私；幻想事业，同时专注理论。他无需食物，无需衣服，因为他是没有躯体的精神，**纯粹的自我意识**。他头脑里继续向我们讲述"地下室人"的思维过程。只有在这样拥挤和低矮的斗室里，才会产生犯罪的野蛮想法。思想吞噬古老的道德，腐蚀人的心理和机体的统一。拉斯科尔尼科夫必须经历苦难，非物质化，才会在自己机体内感受魔鬼的力量，进而反对上帝。"黄色斗室"——魔鬼嫉妒的孤僻的象征。自然和物质的世界，在陀思妥耶夫斯基笔下不是独立的存在；它被彻底人化和灵性化了。环境总是被表现为意识的折射，像是意识的功能。人的住所即他心灵的景观。

放高利贷老太婆的住所，同样是"心理"的：又暗又窄的楼梯，四楼，稍稍刺耳的门铃，只开小小一条缝的房门，用板壁隔开的昏暗的过道，最后，房间"贴着黄色墙纸，窗台上摆有天竺葵，挂着抽纱窗帘"。"家具全都十分陈旧，黄木的：一张曲木背沙发，沙发前有张椭圆形桌子，一张放在窗间的梳妆台，几把沿墙的椅子，两三张镶黄色框子的廉价油画，画着手托笼鸟的德国小姐——这就是全部家具。房间一角，一尊不大的耶稣像前点着神灯。一切都很干净，家具、地板，擦得锃亮，处处泛出光泽。"主人公立刻把自己的印象转化成心理评语："只有凶恶的老寡妇家才会这样干净。"这一环境的**毫无个性**，陈设的毫无生气，"德国小姐的市侩庸俗，神灯虚伪的虔诚，全都使人惊讶"。

拉斯科尔尼科夫的斗室是棺材，老太婆的住所是整洁的蜘蛛网，索尼娅的房间则是丑陋的板棚。"索尼娅的房间仿佛板棚，是个很不规则的四边形，这使房间显得奇形怪状。临河有三扇窗的墙，像是斜着隔断房间，所以，一角，极小的锐角，陷在深处……另一角却是奇大的钝角。偌大的房间几乎没有家具……破烂的黄色墙纸在所有角落都已熏黑……"，没有生气的房间、丑陋的角落，象征索尼娅被践踏的命运。拉斯科尔尼科夫脱离世界，住所便是拥挤的棺材；索尼娅面向世界，住所便是"有三扇窗的大房间"。斯维德里盖洛夫神秘地告诉拉斯科尔尼科夫："人都需要空气，空气，空气。"思想型凶手在自己棺材里，在没有空气的思想空间里，深感憋闷。他来到索尼娅有三扇窗的宽大板棚，呼吸大地的空气。

陀思陀耶夫斯基笔下的城市风光，必有"酒店"和餐馆。在喝醉的顾客的喊叫中，在嘈杂和腥臭中，他的人物进行激烈的思想争论，忏悔，决定"最后的问题"。环境的低俗被写到极限，之后便是奇怪的摄人心魄的抒情。在令人厌恶的混乱中，突然展现未知的美。拉斯科尔尼科夫从人行道沿着阶梯去往地下室，"恰巧这时，酒店里出来两个醉汉，他们相互搀扶着，对骂着，朝街上走来……后来，一下子走了一批，大约五个人，带着一个姑娘和一架手摇风琴……酒店老板穿一件收腰长外衣，里面是件油腻不堪的黑缎坎肩，没有领带，他的脸似乎整个儿抹了层油，就像铁锁。柜台后面站着一个约莫十四岁的孩子，另一个孩子更小，专替客人送酒上菜。柜台上摆着切碎的黄瓜、黑面包干和切成小块的鱼。这一切散发出非常难闻的气味。店堂里闷热，甚至坐着都难受,而且一切都带酒味,似乎只要闻闻这空气,要不了五分钟,人就醉了"。这家"酒店"即"微醺"的官员马尔梅拉多夫的世界。在弥漫的酒味中,在酒鬼的哄笑和漫骂中,他对拉斯科尔尼科夫倾诉自己悲惨的经历。他常常被手摇风琴和歌唱"小村"的七岁男孩颤抖的童音所打断。手摇风琴强化讲述耶稣接受酒鬼进入天国的激情:"他向我们伸出自己的双手,于是我们跪下……痛哭流涕……我们都会明白……到时我们都会明白……大家都会明白……连卡捷琳娜·伊凡诺夫娜……连她都会明白……上帝,你的天国一定降临!"

论宗教的张力,酒鬼在酒店的忏悔仅次于妓女和凶手阅读福音书的场面。陀思妥耶夫斯基的抒情总是"发自内心的赞美"。

忧郁的彼得堡、昏暗的大街小巷、运河、小河和桥梁、穷人蜗居的楼房、餐馆、地下室酒店、警察局、滨河街、群岛——这就是《罪与罚》的景观。没有任何"艺术描写"和"自然美景"。"事件地点"的枯燥记录,导演所作的情景说明。同时,整部小说充满彼得堡的空气,被它的光亮照耀。城市的灵魂附在拉斯科尔尼科夫身上,在他内心发声,就像街上手摇风琴伴奏下的歌声。"我爱听,他说,手摇风琴伴奏的演唱,秋天,晚上,又冷又暗又湿,行人个个脸色发白、发青,带着病容,更好是下湿雪,笔直笔直飘下,没风,知道吗? 透过雪花,亮着煤气路灯……整个彼得堡就在这些有魔法的文字中……"


陀思妥耶夫斯基的人物在精神上很少取决于季节和气候的变化。在他所有的小说中,极少气象的表达。但凡有气象表达,其中必有心理状态的变奏。自然现象,也像风景,仅仅存在于人的内心,为人而存在。拉斯科尔尼科夫实施犯罪,是在"七月初,异常炎热的时候",他在城里溜达。"过桥时,他平静地望着涅瓦河,望着**夕阳火红的余晖**。"犯罪后凶手去警察局,阳光刺眼。"街上又是奇热难忍:都这么些日子了,哪怕下一滴雨也好。又是尘土、砖块和石灰,又是铺子和酒店的臭味,又是不时看到的酒鬼……**阳光**明晃晃地直扑他的眼帘,眼睛生疼,晕头转向——发烧病人在阳光明媚的日子突然走到街上,常有这样的感觉。"拉斯科尔尼科夫——夜猫子;他的斗室几乎总是昏暗的;他是阴暗骄傲的灵魂,他对统治力的幻想,产生于阴暗。他和阳光照耀的现实生活格格不入,他和"白天的意识"绝缘。但正是"设想"促使理论家行动:他只能从抽象思维的阴暗中走向生活,碰撞现实。白天的阳光使他目眩,仿佛阳光之于夜鸟。他从抽象的寒冷中来到夏季的彼得堡——又热又臭又闷的彼得堡。这强化他神经质的愤怒,催生疾病的幼芽。阳光揭露他的无助和软弱。"他连杀人都不会",一个失误接着一个失误,就像飞蛾扑火,直接进了波尔菲里·彼得罗维奇的罗网。在陀思妥耶夫斯基笔下,太阳是"活生生的生活"的象征,足以战胜通向毁灭的理论。拉斯科尔尼科夫走进"被夕阳照得很亮的房间"。他头脑里闪过一个可怕的想法:"就是说,那时太阳也这么照着!"罪犯对太阳的恐惧包含着毁灭的预感。

白天揭露拉斯科尔尼科夫的面目,夜晚在自己的黑暗中吞噬他的同貌人斯维德里盖洛夫。一个人凌辱神圣的大地—母亲,断绝与人间家庭的联系,毁灭自己人格,便会置身于莫名的宇宙权力之下。自杀前夜,斯维德里盖洛夫奔波在无人的街道上,雷雨倾盆。虚无的魂灵在他的血肉之躯中,知道了大自然暴动中自己的"宿命"。心灵的骚乱和大自然的骚乱交加。这一雷雨夜的描写是陀思妥耶夫斯基"神秘现实主义"的巅峰。

晚上十点前,斯维德里盖洛夫是在"各种酒店和肮脏下流的场所"度过的,在某个游乐型的花园里听了手摇风琴的演奏。"晚上又闷又暗。快十点时,已是满天可怕的乌云——随着一声惊雷,下起瓢泼大雨,雨水不是一滴滴,而是一串串击打地面。不时闪起电光,每次闪电延续的时间可以从一数到五。"午夜,他朝彼得堡方向走去,在一家肮脏的、木结构的旅馆里租了间房,但这个小小的笼子未能拯救他免于狂暴的大自然的威力。它追踪他。"这窗外肯定是花园,"他想,"树木的声音多响,我讨厌这声响,特别是夜里,狂风暴雨的黑夜,感觉糟透了!"雨水、潮湿、河水,唤起他无法忍受的反感。"我平生从没喜欢过水,风景再好,也不喜欢。"他受噩梦的折磨:被他凌辱的小姑娘——投河自杀的小姑娘,躺在棺材内的鲜花中。他打开窗户:"风发狂似的刮进他拥挤的斗室,刹那间仿佛冰冷的霜花裹住了他的脸……沉沉的夜色中,响起一声号炮,接着又是一声……呵,号炮!涨潮了,他想。"

投河姑娘的形象朝他扑面而来,就像潮水。潮水报复凌辱者。斯维德里盖洛夫自杀,在潮湿的晨雾中,肮脏的街上,湿漉漉的树木间:"乳白色的大雾弥漫在城市上空。斯维德里盖洛夫沿着又滑又脏的木砖路,朝小涅瓦河方向走去。他恍惚看见小涅瓦河夜间陡涨的河水、彼得岛、湿漉漉的小路、湿漉漉的青草、湿漉漉的树木和灌木。"他停在带瞭望塔的大楼前,扣下扳机。


"同一时间"在悲剧小说中,和"同一地点"一样,得到严格遵守。在陀思妥耶夫斯基的世界里,计时方式不同于我们的现实世界。他的人物不是生活在"计数的时间"里,而是生活在"现实的长度"里。时间一会儿无限延长,一会儿压缩,一会儿几乎消失。根据人物内心紧张的程度,时间片断容纳可多可少的事件数量。在布局中,时间转换很慢;从行为的发展中加快,到崩溃前化作旋风。和地点一样,时间被彻底人化和灵性化了:这是人的意识功能。在构思《罪与罚》时,作家告诉卡特科夫:拉斯科尔尼科夫"从犯罪到彻底崩溃经过几乎一个月"。在打字稿中,这段时间进一步缩短。很难相信,小说复杂多样的事件,可以容纳在两个星期的框架内。拉斯科尔尼科夫的故事始于"七月初,一个异常炎热的傍晚"。作者精确地计算日子。第一天,主人公去作"试探",认识马尔梅拉多夫。第二天收到妈妈的信,去市里乱走,在干草广场偶然获知,老太婆明天晚上七点,将一个人在家。第三天,实施凶杀。至此,第一部结束:它包含三天的事件——准备和实施犯罪。第二部,拉斯科尔尼科夫的时间意识熄灭:他病了,陷入昏迷。"有时他觉得他已经躺了一个月,有时又以为还是那一天。"第四天,主人公回到现实。时间节奏急剧加快。第三部和第四部的事件总共只占两天。临近结局,主人公又没了时间程序。"对拉斯科尔尼科夫来说,这是一段古怪的日子:像是大雾突然从天而降,把他锁进无可逃遁的痛苦和孤独。他深信在很多问题上,当时估计错误,譬如某些事情发生的时间和期限。"世界不再现实:时间和因果关系在罪犯意识中渐渐模糊。他脱离现实次序。他的消沉"仿佛某些垂死的人病态的漠然——渐趋虚无"。

准确界定时间和时间不断缺失之间的反差,是细腻的艺术手法。拉斯科尔尼科夫作为思想者、理论家,生活在时间之外;拉斯科尔尼科夫作为行动者,进入时间。他的犯罪是思想和现实中断的节点。犯罪被许多准确的时间规定所环绕。


古典悲剧第三个同一——同一事件,决定悲剧小说的结构。《罪与罚》——一个思想,一个人,一个命运的故事。所有人物和事件都处于拉斯科尔尼科夫周围。他是动力的中心:他发散线束,又回收线束。小说的四十个情节,他参与了三十七个。两个次要情节:马尔梅拉多夫一家的故事和拉斯科尔尼科夫妹妹杜尼娅的故事,没有独立意义。它们是主人公命运的一部分,他的两种思想斗争的体现。善良的无力和苦难的无用,具体为文官酒鬼马尔梅拉多夫的家庭。在家庭环境中出现了索尼娅的形象。她是主人公善的天使，同样，杜尼娅体现哥哥关于牺牲无益的思想；她也出现在家庭环境中（拉斯科尔尼科夫一家——母亲和妹妹），还引来了神秘地关联到主人公的斯维德里盖洛夫——他的恶的天使。凶手内心善与恶的斗争，物化为两个人物——索尼娅和斯维德里盖洛夫的对立。拉斯科尔尼科夫的意识在三个层面展开。他面对他们，就像中世纪神秘剧中处在善恶天使之间的人。当马尔梅拉多夫家庭中突出索尼娅，并和主人公有了个别交往，这一情节的结构功能便告结束。较之拉斯科尔尼科夫的故事，它的提前结束，预示两次令人印象深刻的灾难结局（第二部末尾马尔梅拉多夫的死和第五部末尾卡捷琳娜·伊凡诺夫娜的死）。杜尼娅的故事也有两次灾难（与卢任决裂，与斯维德里盖洛夫决斗）。这三个情节线索只有一次交汇：在悼念马尔梅拉多夫的丧宴上，杜尼娅原先的未婚夫卢任诬陷索尼娅，拉斯科尔尼科夫保护她（第五部末尾）。在第六部，次要情节结束：马尔梅拉多夫夫妇亡故，杜尼娅嫁给拉祖米欣；只剩主人公和自己两个神秘的伴随者——索尼娅和斯维德里盖洛夫。构思原则分三部分：一条主线和两条副线。主线——一个外部事件（凶杀）和长长一串内心事件（感受和认识这一事件）；副线——猛烈的、震撼的、戏剧性的外部事件的叠加：马尔梅拉多夫被马踩踏；半疯的卡捷琳娜·伊凡诺夫娜上街卖唱，吐血昏厥。卢任诬陷索尼娅偷窃，杜尼娅朝斯维德里盖洛夫开枪。主线是悲剧，副线则是渲染。主线的结局是灾难，副线的结局则常常是灾难的模仿——风波：杜尼娅和卢任决裂，悼念马尔梅拉多夫的丧宴。

拉斯科尔尼科夫不仅是小说的结构中心，也是精神中心。悲剧发生在他内心，外部事件仅仅暴露他内心的冲突。他必须经历痛苦的两重人格，"自身承受所有赞成和反对"，进而有所觉悟。他自己就是自己的谜，不知道自己的尺度和自己的极限；他朝"自我"的深渊望下去，面对无底深渊，他头晕了。他考验自己，进行试探，问自己：我是谁？我能做什么？我有什么权利？我的力量多大？在陀思妥耶夫斯基的所有小说里，中心人物都在解开自己个性的谜（拉斯科尔尼科夫、梅什金公爵、斯塔夫罗金、韦尔西洛夫、伊凡·卡拉马佐夫）。在这个意义上，作家的艺术创作构成自我认知的统一进程。其表层是揭示心理，但深层是本体论。人心中，上帝的形象，个性的不朽，自由，罪孽。人揣摩自我，同时又是他人探究的对象。陀思妥耶夫斯基的人物——天生的心理学家和先知。他们怀着无限的贪婪审视主人公，就像波尔菲里·彼得罗维奇审视拉斯科尔尼科夫。他对他们来说也是谜，他们不倦地解谜。每人发现始料未及的气质，并按自己的理解，说明新的性格特点。自我认知的前后过程被他人的认知过程所补充。母亲、妹妹、拉祖米欣、波尔菲里、索尼娅、斯维德里盖洛夫、扎梅托夫，几乎书中所有人物都在评价拉斯科尔尼科夫。《群魔》中所有人物同样揣摩斯塔夫罗金。陀思妥耶夫斯基的主人公都是唯灵论的：这是纯粹的意识；人物意识悲剧性地分离，又力图融合；相互斗争，又相互渗透。

在自我认知过程中显示个性，个性在自我完善中是强大的（"上帝的形象"），但在客观现实（"罪孽"）中又是虚弱的。个性类似上帝，就有自由，但没有自由，就是恶魔。"这是恶魔和上帝的斗争，斗争场所就是人心。"米佳·卡拉马佐夫说。

自我认知即接受挑战，善与恶你死我活的驱逐。所以，陀思妥耶夫斯基的小说，都是"悲剧小说"。

# 罪与罚：我们自己犯下的谋杀罪①

R. P. 布莱克默 作

鲁跃峰 译

糜绪洋 校

《罪与罚》影响了大多数读者。这影响既直接又明显且非常充分，就好像是发生在隔壁的谋杀案一样；读这本小说时，你几乎亲身参与了犯罪，那些谋杀的琐碎细节萦绕于心，挥之不去。除了这第一重直接影响以外，我们感觉到，它还有第二重影响：正是我们自己某种方式的精神参与才促成了这一特殊罪行的再现，帮助澄清了由此而遗留下来的一般意义上罪的真正本质。我们发现，正是由于这第二重影响，我们早已身不由己地被这桩犯罪案件的本质所困扰，再也无法摆脱。正是这第二重影响几乎耗尽了我们所有的注意力，使我们无暇进一步思索。但是还有一种渐进的第三重影响，它不仅出现在最后，而且几乎从一开始到最后都在，它再一次激起了我们孜孜不倦的好奇心。这就是陀思妥耶夫斯基所说的"罚"的影响。这位小说家用艺术手段把这三重影响结合在一起，同时冲击着我们的灵魂。只是我们当时没有意识到这三重意义的存在，所以当它最终显现时，我们必须精

---

① 选自布莱克默，《欧洲小说十一论》，纽约：A Harbinger Book，1964 年，第 119—140 页。R. P. 布莱克默(1904—1965)，美国文学批评家、诗人。著有《伟大的代价》《亨利·詹姆斯研究》等。

心分析,再现这三重影响。这样,我们最终才得以评估我们所知道的是什么——拉斯科尔尼科夫的一生所带来的启示,我们自己一直都知道我们自己精神上存在着某种东西,却不明白那到底是什么,那就是:我们评估了自己的罪。

犯罪首先是一种违反人类法律、社会或宗教制度的行为;某种意义上,任何行为都可以被理解为犯罪,因为如果无法找到其所违反的制度,那么它就可以被称之为无秩序的行为——违反了尚未出现但由于这种无秩序的行为而必然会出现的某一制度、习俗或规定。这一观念来自对卢梭落满灰尘的愿景的逆向推理。如果正如卢梭灵感突现时想到的那样,生活的恶主要来自人类的制度①,那么倒过来说,我们的制度很可能产生于我们的恶,虽然这听起来不那么有灵感,但也同样可能。还是拉福格②说得最好,并且还以一种诗意的逻辑爆发出了呐喊:

> 走开,乏味的重复!
> 生命是真实和犯罪!

拉福格的这一呐喊,代表了每一个先在想象中实施自己的罪行,哪怕只是一瞬,然后才付诸行动的罪犯心中必定存在的那种诗意的感觉。罪犯后来所想象的到底是什么?那属于另外一个问题,我们以后

---

① 卢梭认为:在自然状态中,就是动物所处的状态和人类文明及社会出现以前的状态中,人本质上是好的,就是他所说的那种"高贵的野蛮人"(noble savage)。好人被他们的社会经历所折磨和侵蚀,因而变得不那么好了,社会的发展导致了人类不幸的继续。他认为知识的积累加强了政府的统治而压制了个人的自由。他认为:自然就是人建立自己个性和个人世界过程的自发性。所以,自然意味着内心的状态、完整的人格和精神的自由,而社会在文明的幌子下对人进行关押和奴役。

② 于勒·拉福格(Jules Laforgue, 1860—1887),法国象征主义诗人。

会再讨论。现在我们只讨论罪行的想象过程,讨论这种内在呐喊中所包含的解脱的前景。

对于拉斯科尔尼科夫来说就是如此。如果我们用拉福格的这两行诗来感受他的犯罪实施过程,他犯罪的动机和他后来大多数行为的外部逻辑就不难理解了。这就是《罪和罚》里的我们所说的那种第一重影响层面里的故事。这几乎就发生在我们身上;这是一场谋杀,只是由于某种意外的幸运,我们自己才没有犯下这种罪过——正如我们没有赚到一百万,没有赢得一场比赛,也没有征服欧洲一样,但是一切皆有可能,而且正因为我们还没有做到,也许它还会引诱我们去杀人。从象征性意义上来说,在受到诱惑和采取行动之间,没有任何距离。由于这种象征性的力量,拉斯科尔尼科夫的故事不仅可能会发生,而且极有可能会发生,更重要的是,当我们开始关注此事时,不仅仅是极有可能会发生,而且是它确实已经发生了。让我们再接着详细讨论。

我们很容易相信,这个既骄傲又敏感的年轻人犯谋杀罪的诱因是急于逃脱那种无法忍受的境况,就是那种贫困不堪、债务累累、食不果腹、衣衫不整、悲观厌世和孤独寂寞;因为拉斯科尔尼科夫已经到了山穷水尽的地步,甚至连思想都成了奢侈品——那种奢侈的幻觉性歇斯底里症;那是一种极端的状态,只有最狂热的梦才算正常活动。这也是寄生虫所处的境况,因为拉斯科尔尼科夫已经到了依赖他的母亲和妹妹来帮助他的境地,事实上她们负担不起这种帮助,她们只能出卖自己,违心嫁给富人,被人奴役来帮助他。知道自己是寄生虫的年轻人正处于无比尴尬的境地;他的自豪感使他无法强求家人帮助;这就是拉斯科尔尼科夫的状况,他躺在阁楼中,犯下了象征性的谋杀罪。他骄傲地欺骗自己,认为进行谋杀就象征着他母亲和妹妹的自由,也象征着他自己的自由。他给自己那黑暗的动机披上了一件善举的光环,然后把这光环看作是动机,从而忘记了他因内心黑暗而去谋杀到底是什么性质。但是食不果腹,伸手索取,这并不是拉斯科尔尼科夫的骄傲所要忍受的全部。他还处在这样一种境地,他是个骄傲的聪明人,他直到现在什么都没做,并且深怕自己根本就是无事可做,除非他没事儿找事儿。他不仅对自己的贫穷或家庭无能为力,更为可怕的是,他什么都做不了。他的自尊心是这样强烈,普通人所做的任何平凡的事情他都不屑一顾。普通人——他的母亲,他的姐姐,他的那些个被遗忘的朋友——能做的任何平凡的事情对于他来说都不堪忍受,这就是他的骄傲。他是谁也无法帮助的那种人。在更深的层次,他还是所有人中最不好接触的那种。因为他必须在某些非凡的行为中为自己创造出一种形象,行为举止要与普通人背道而驰,要超凡脱俗,和他自己身上那普通的部分背道而驰。他自我感觉极为良好,并狂热地忘记了自己到底是谁。他再也无法摆脱这种狂热,所以一旦有了谋杀的念头,他最终必然会犯下谋杀的罪行。

这时谋杀早已完全被想象成是必要的行动,但是其恐怖行为的出发点却是善良和自由,这种情感可以用不同的方式加以解释,要么是因为想要摧毁现有秩序,要么是为了掩盖秩序摧毁后的混乱,或者说到底,是由于想使几种混乱达到平衡,从而形成一个新的秩序。在第一重直接影响的层面上,拉斯科尔尼科夫的故事与摧毁秩序有关。这是一部情节剧,它使我们全神贯注,无法放下。在《罪与罚》里,陀思妥耶夫斯基详细地全面阐述了拉斯科尔尼科夫的秘密生活和私密冲动的种种切切,这就构成了故事的第二重影响,并把我们带到了第二阶段,作家塑造的拉斯科尔尼科夫的人格掩盖了第一阶段的混乱。实际上,这两个过程是同时进行的,无论我们进入第二阶段有多远,第一阶段永远不会被落下,它始终在场,其情节和形象此刻成为某种框架,承载着第二阶段的意义。这就是说,陀思妥耶夫斯基作为小说家非常成功;如果他的故事在某一时刻看来已经落后,那只是在现实中它已经走在了我们前面，当我们赶上的时候，我们会看到，在我们没有注意到的时候又发生了多少事情。罪的故事与罚的阐释紧密结合，演员创造表达自己行为的本质和意义的角色，拉斯科尔尼科夫最终成为其犯罪的产物，但依然依靠它来掌控我们的注意。

陀思妥耶夫斯基就是这样掩盖了拉斯科尔尼科夫企图破坏秩序而导致的混乱。借助第三种可能性，想象力不仅在作家塑造的人格中掩盖了混乱——我们身上的本质性混沌，而且还进一步平衡了对这几种相互对立的混乱——混沌的张力——的感知，从而形成一个新秩序。但是这种可能性和陀思妥耶夫斯基几乎没有多少关系。这并不是说他一定不能胜任这项工作，而是他的洞察力的性质、来源和方向并不能让他肩负这项任务。他对必要性的看法更简单，他对可能性的感知更为简化，不足以让他完成这项任务；因为他的观点是原始基督徒式的，他内心的洞察力又是如此强大，所以他对其他一切都视而不见。对陀思妥耶夫斯基来说罪孽深渊的边缘就是因信得救的地平线，受难是愿景的条件。**宗教罪孽**即罪，因信受难即**罚**。

如果我们再进一步考察这种洞察力的运作过程，那么很明显，生命这种行动本身就是罪，这种因为信仰被迫以放弃生命的行动为代价，接受生命的苦难，就是实现救赎——或者，如果你喜欢一种不那么神学的说法，那就是实现人格的融合或圆满。罪孽越大，救赎就更大，这听上去很富于戏剧性，可是这确实是对的。还有一种听上去武断但也正确的说法，那就是某一种犯罪行为比另一种犯罪行为，甚至都比所有的犯罪行为都更为罪孽。假如他当时没有离开过自己的房间去谋杀，那么拉斯科尔尼科夫的罪，及作者塑造的受难中对这种罪的罚本会是同等大小。可惜小说家的想象力没有孕育出那样的结果。想象力需要意象，就像愿景需要寓言，思维需要准则一样，然后构思才能被实现;也就是说,人的官能满足不了自己的需要,他们只好借助现成的而不是创造的象征,而最好的象征他们是在暴力故事、暴力感或暴力迹象中找到的。

所以,我们怀着那种能够挖掘意义的急迫注意力观察着这一过程,拉斯科尔尼科夫轻率地犯下了残忍的谋杀罪行,并想借此成为一个英雄,成为一个完完全全的人。当闻到浓浓的血腥味时,任何动物即使根本不饿都会把另一只动物扑倒在地,而这并不意味着什么。拉斯科尔尼科夫谋杀了那位恶毒的放高利贷的老太婆,用他的话说,这只虱子早就该死了。这件事情对于我们来说却有着非凡的意义。这一切始于彼得堡的臭味,详细谋杀计划的臭味,公寓的臭味,无时不在的人类内心的肮脏愿望,以及受害者透过门缝窥视的闪闪发光的眼睛。当第二章里,我们在臭烘烘的酒馆里见到马尔梅拉多夫,听到了他那醉醺醺的、奴颜婢膝的、喋喋不休的忏悔,他妻子卡捷琳娜身患疾病,惨遭别人羞辱,对他发脾气,揪他的头发,他的女儿十分柔顺,生活所迫,无奈之下做了街头妓女时,这种意味就变得更为深长,无可挽回地意味深长。我们不可能说这些是以何种方式使拉斯科尔尼科夫动机变得更加丰富多彩的,但就像臭味、暴力和酗酒的总体意象一样,我们不可能不知道,而且是非常准确地知道,它们为之增添了多少色彩。我们可以说,这些意象让拉斯科尔尼科夫,以及通过拉斯科尔尼科夫从而让读者,在某种程度上直面一种死气沉沉的人类堕落,而标示这种堕落的是一些在他赞成它们的同时却反抗他的意象。

无论如何,这些意象——为了故事目的的缘故——很适合他,适合他把母亲来信中告知他的事情视为进一步堕落。在他打开这封信之前,我们就看到他在自己肮脏的房间里胡思乱想,试图一夜暴富;然后在信中他知道了他的妹妹杜尼娅到底是为了什么要把自己卖给卢任做妻子。杜尼娅自己已经准备好,或者说被迫去做那种非常现实的、平庸的事情,而这正是拉斯科尔尼科夫,这个非凡的人,做不到的,而这还恰恰是为他而做的。这对他来说更是难以容忍的屈辱。她的婚姻就像索尼娅的卖淫。正是因为这一点,就像哈姆雷特一样,谋杀的想法在他的脑海中自然而然重新出现,他发现自己老早就预感到这个念头还会出现,它已经变成一种在很大程度上不依赖于他的现实,唯独有一点:它需要有个人去完成它。

那些没有深度的小说家至此很可能已经着手准备完成谋杀了,但陀思妥耶夫斯基对这次谋杀的真谛了解更深刻,知道现在还不是时候,还需要酝酿,等待时机成熟。拉斯科尔尼科夫走出家门,去呼吸一下新鲜空气,以摆脱他的困境所带来的压力。但是结果却是谋杀的愿望愈发强烈,他没有找到任何解脱的出路。他走在林荫大道上,忽然撞见了一个醉醺醺的年轻姑娘,衣服被撕破了,举止粗俗,显然是刚刚被勾引失身,接着又被抛弃了的那种情况。现在那个胖胖的绅士显然是在追逐她。这显然是索尼娅和杜尼娅的化身,这一幕更是给他带来了双重压力。出于被扭曲了的可怜的自尊心,他几乎全面崩溃,优柔寡断的头脑中,首先出现的想法是要拯救那个女孩,然后马上放弃了,那不是个好主意;他想起了那个关于邪恶的百分比理论,即"一定数量的人"必然会走上那条路。于是强忍住了自己的厌恶,他决定马上去看拉祖米欣,那个一切顺其自然的头脑简单的家伙。但是他又改变了主意,直到"那件事儿"做完之后他才能去看拉祖米欣。这个堕落的女孩的意象使他谋杀的愿望更加强烈。他自以为是地为自己想好了解脱之计,逃到涅瓦河上几个绿树成荫的岛上,那里没有恶臭,没有酗酒,也没有人类的污秽。人类的污秽更强大。他先买了一杯伏特加,然后筋疲力尽地走回家去,半道上拐进灌木丛里,在里面睡着了。在灌木丛里,做了一个噩梦,梦见了一匹栗色小马被打死了,因为它拉不动全人类。在梦中,马死去,他急忙去亲吻它流血的脸，就在这时梦醒了。醒来时是他最想放弃犯罪的时刻，也是最近的一次，他在谋杀前突然意识到了犯罪的本质。"仿佛整整一个月，一直在他心里糜烂的脓包破头了。自由，自由！他自由了！现在，他已经摆脱这些妖法、巫术、魔力和邪祟的控制！"他已经达到了莎士比亚的那个与《罪与罚》类似的戏剧——《一报还一报》中所说的那两种祈祷的交叉点①，此刻，人类心中善和恶都是一种祈祷姿势创造出来的。

我们该会记得，决定了这起谋杀的实属巧合。拉斯科尔尼科夫在回家的路上碰巧听说，第二天晚上七点，那房东老女人将只有她一人独自在家。听到消息的那一刻正是他打算放弃谋杀念头的时刻，事实上，他那时已经开始恢复了理智和意志。但是，就在此刻，就在这种巧合之中，恶念开始变得狂野起来，就像他身上一种疾病发作了，摧毁了他的意志和理智，也就是说摧毁了社会秩序中的分寸感。有些人对使用巧合吹毛求疵，认为这是在看不起偶然性，但事实恰恰相反，艺术中的巧合，就像生活中的巧合一样，会强化那种必然性的感觉。因为巧合是艺术家的常用方式，用来再现我们身上那些并不属于我们自己的力量。巧合，如果处理得当，会创造出我们内心的另一个自我，我们永远也无法避开，也无法遇上的另一个自我。

在这种情况下，陀思妥耶夫斯基花了大量篇幅铺垫出一系列绝妙的巧合，正是这些巧合促成了这起谋杀，从而使它成为处在拉斯科尔尼科夫及其受害者之间的一种独立存在者。当他爬上楼梯时，他觉得阿廖娜·伊凡诺夫娜应该已经准备好了，准备好被他谋杀，因为他觉得谋杀正处在他们之间的某处，不是两者中的任何一个，而是两者都同样可触及。陀思妥耶夫斯基有着非凡的洞察力，他总是能看到施动

---

① 典出《一报还一报》（《量罪记》）第 193 行。

者和受动者都被牵连进来了，而且他们被它联系在了一起。在本书中，施动者比受动者对自己被卷入有更强的意识；而在《白痴》中则恰恰相反；受动的梅什金对施加在他身上的行为表现得比行为施加者更有意识或者说更有代表性。在《罪与罚》中，索尼娅也许才是对应梅什金的人物，因为无论行为施加者是否意识到，对她来说所有的行为都会发生，而且，会是完完全全发生。也许是因为拉斯科尔尼科夫是另一种类型，他需要的是那种必须自己先亲手去做，然后对他来说才可信，才完全有意义的行为。直到自己谋杀完毕他才相信这起谋杀发生了，甚至此刻，他还不能真的完全确信。这谋杀不断地从他记忆中消失，他意识到他已经忘记了这件事，或者说这是一件他必须重新回忆的事情，必须得去格外重视，所以，除非他承认自己做了，否则这种谋杀就会毫无意义；而对索尼娅来说，一旦她得知此事，一旦她接受了他内心的种种想法，她就会对此确信无疑，完完全全知道这谋杀意味着什么。一无所有的索尼娅身上可以包容一切；而自认为无所不能的拉斯科尔尼科夫却对任何事物都不可能包容很久。要是但丁在的话，他应该知道如何惩罚他：在无尽的地狱中寻找一面镜子。但陀思妥耶夫斯基却宁愿改变他，以拯救他，或者更为准确地说，以展现那个在索尼娅的眼中即将得到救赎的他。

但他的改变并没有持续多久，在书中他也从没有永久地改变过；他永远无法摆脱那件将他定格了的谋杀，也无法摆脱塑造它的那些意象：恶臭、贫穷、酗酒、虚荣、病态的饥饿、淫荡和智识上的放荡，这些意象使得谋杀变成了一种独立的生命存在，具有乞灵和成长的双重力量。起初，他为了伴随谋杀而来的那些意象和病态而忘记了那桩谋杀本身，当他回忆起来的时候，他发现，他已经不再感到那谋杀在他身后，而是发现谋杀不知道因为什么原因已经超越了他，出现在他前面，他只好全力追赶。与其说自那个谋杀中得到了自由、力量、圆满，不如说他比以往任何时候都更加失落、更加矛盾,他此刻所有的只是"零碎的思想碎片"、猜疑、狂热、惊恐和宣布自己与众不同的新的诱惑。当然,这只是罪之罚的第一阶段,罪以谋杀为手段,力求彻底解决他那不圆满的生活问题,可是他应该会发现自己不仅比以往任何时候都不那么完整,而且更加肆意妄为,实际上已经逻辑混乱到了危险的境地,人格已处于消散的边缘。他活在一种挥之不去的晕眩中,他能往自己生活中召唤的只有那些愤怒、恐惧的幽灵。他处在一个相对其一贯的骄傲而言十分屈辱的处境,他作为一个完全善良的人在这种处境中完全无能为力,就像索尼娅一样。他不知道自己该做什么,也不知道能为别人做什么。当警察因为他的女房东卖掉他那张欠条传唤他时,他觉得自己被那种阴郁的感觉困住了,只剩下"痛苦的、没有尽头的孤寂和冷漠的阴暗感觉",他知道自己在任何情况下都无法向任何人求助了。我们会有这么一种感觉,陀思妥耶夫斯基可能会停下来,到此为止,因为他已经把拉斯科尔尼科夫送上了一条罚即罪的意义所在的不归路。因为在基督徒的心理中,没有人可以在谋杀中使自己生命圆满,所以在罪行施为者的一生中,那件事的意义永远无法达到圆满。只有天罚才能要么使人圆满,要么使事件圆满,要么使其意义圆满。

但谋杀的行为和其含义的意义还在继续增长。意义增长没有极限。就在他清醒地意识到自己内心产生了那种极为痛苦的孤独感时,他听到了警察们在讨论这起谋杀案;也就是说,这是他第一次从外界了解这次谋杀事件,警察讨论的不是他犯下的谋杀案,而是一个无人领有的客体;那时他马上就有了一种坦白的念头,承认那事儿就是他自己干的,但警察局里那油漆的刺鼻味道和创造的痛苦使他头晕目眩,昏了过去。他清醒过来,走了出去,只给人们留下一个奇怪的印象和意味深长的沉默。

围绕着这个奇怪的印象和意味深长的沉默,一场追捕游戏就上演了,这占据了小说其余的篇幅。拉斯科尔尼科夫认定,自己的奇怪行为已经引起了警方的怀疑,于是开始玩起了一种复杂而奇特的游戏,或者更确切地说,是一套游戏。他追踪警察的进展,怂恿警察追捕他,而他自己也在继续研究这谋杀过程的种种切切,认可了它,但是被追问时总会否认。所有这些轻率、曲折、徒劳的行为导致他创造了这样一种谋杀的意象,这意象最终压倒了他。他玩弄手段以便让别人来玩弄他。整个事件中,除了谋杀这一不平常的现实之外,没有任何关于他的事情可供任何人相信。假如被捕和监禁不是他的最终目的的话,他就不会把这两件事弄得这么板上钉钉。只是他在拖延时间,把这游戏玩儿得兴致勃勃,推动它发展,以获得游戏的全部乐趣。

首先,他激起了拉祖米欣对他无意的怀疑,然后又是佐西莫夫对他的怀疑。这位医生对他的怀疑可能是相当有意的,因为只要有机会,他都会"好奇地"看着拉斯科尔尼科夫,尤其是拉斯科尔尼科夫自己开始在一个平行的、任意的意象中——一个你只消看一眼它就会满溢、颤抖的意象——体认谋杀的那一幕之后。这个意象降临时,拉斯科尔尼科夫正卧病在床,听着医生和拉祖米欣在谈论这场谋杀,以及一个房屋油漆工是如何被卷入其中时,在场的娜斯塔西娅突然说莉扎韦塔也给杀死了。


"莉扎韦塔?"拉斯科尔尼科夫喃喃着,声音勉强可以听见。

"莉扎韦塔,做小买卖的,兴许你不认识? 她到这儿楼下来过。还替你补过衬衫。"

拉斯科尔尼科夫朝墙壁转过身,在黄底白花的肮脏墙纸上,挑了一朵画有褐色线条的呆板白花,审视起来:一朵花上有几片叶子,叶子上是什么形状的锯齿,一共多少线条? 他觉得他的手脚麻木了，就像瘫痪，但又没试着动一动，仍然执拗地看着那朵白花。

女佣第一次提起了另一起谋杀——偶然谋杀莉扎韦塔的事儿，就这样，这起谋杀变得十分清楚了。我们感受到了拉斯科尔尼科夫脑海中发生的事情，感觉谋杀仿佛在他面前再次上演，在他手中再次实施：就像他从壁纸上摘下那笨重的白花的扇贝花瓣一样。心思简单的拉祖米欣可能什么也没看到，但是医生看着这个有着不同想法的灵魂时，肯定看到了拉斯科尔尼科夫在花里看到的东西，即使他当时还不能说出那到底是什么。正如陀思妥耶夫斯基所深知的那样，大象无形的意象或最传统的意象，可以最充分地表现最深刻的象征，只要被道出时有足够的张力即可。还有一个这种意象的例子，拉斯科尔尼科夫要去一个酒馆，后来他就是在那个酒吧里遇见了扎梅托夫，并对扎梅托夫坦白自己就是谋杀犯。路上他遇到了一群喝了酒的女人，一些已经四十多岁了，但有些才十六七岁，这些女人"眼角上几乎都有乌青"。拉斯科尔尼科夫，就像他自己说的那样，出来就是为了结束这一切，看到这群眼青嘴肿的女人，若有所思，意识到即使是最糟糕的生命也是珍贵无比的。

只要能活着！活着，活着！不管怎么活——只要活着就行！……说得真对！上帝，太好了！人是卑鄙的！因为这个，说人是卑鄙的，那人自己也是卑鄙的。"过了一会儿，他补充了自己的想法。

于是，他接着玩起他的生命冒险游戏，就像哈姆雷特对罗森兰兹和基尔登斯特恩玩的那种一样，他在一家酒馆里喝茶时对疑心重重的警察扎梅托夫也玩起了这种游戏,借此让自己的生命变得珍贵。在这一场景里,就像和波尔菲里的那两个伟大场景,也像和斯维德里盖洛夫的最后一个场景一样,我们看到拉斯科尔尼科夫怀着一种终极的、战栗的顽固,紧紧抓住当初他那超人的骄傲角色不放,抓住小躯壳中的拿破仑那样的角色不放,他之所以越发绝望地紧紧抓住这个梦想,是因为他在进入角色后,就知道它是一种错误,这是一个受天谴者——其生活因天谴而甜蜜——的角色。

与此同时,随着对**罪**的领悟,**罚**的增长的过程当然也出现于这些场景之中,但在其他的场景中这个过程早已被怂恿出现——有他的母亲和妹妹,卢任、拉祖米欣还有马尔梅拉多夫一家的场景;然后在其他场景中,尤其是索尼娅的场景中,罚的增长的过程趋于完善,虽然,要是其中没有波尔菲里和斯维德里盖洛夫的那些场景的话,这些场景很有可能既无生命又无意义。在这些场景之间有着一种协同增效作用——既一起作用,又相互作用——正如拉斯科尔尼科夫性格中骄傲、刚愎自用的部分和温顺、顺从的部分这两者之间的协同作用一样。因为这种协同增效作用而产生的统一性并不是因为各部分之间有任何逻辑或有机联系,恰恰相反,而是因为相互冲突的各种要素在相互平行的合作中得以戏剧化,正如它们所展示的那样,除了对立之外,它们从来没有真正相遇过。我们越是强行把它们合并在一起,它们就越是迥然不同。这种融合,如果可以被称之为融合的话,是相互冲突元素的戏剧性产物,而不是元素本身的产物。

我认为,正是因为隐藏在这字里行间的某种含义,我们有必要探讨陀思妥耶夫斯基的"双重人格"理论,无论我们考虑单个人物,还是整本书,两者之中都包含冲突的双重性。让我们先来来看看拉斯科尔尼科夫,他通常被认为是典型的陀思妥耶夫斯基的双重人格角色。他既刚愎自用,又缺乏毅力,既骄傲又屈辱,他既爱索尼娅,同时又很恨她,他既喜欢拉祖米欣,又无法容忍他,他既想随时忏悔,又时时受到诅咒,他很善良,足以献出自己的一切,与此同时,他又很邪恶,竟然夺取了别人的生命;总之,他的人格缺乏确定性,在他身上,任何情绪或行为都可能发生;在他身上任何角色都会暂时占据主导地位,而另一个角色亦可能会随时取而代之,因为它实际上一直在暗地里占据主导地位角色的。但他又不是这些角色的轮换,他是所有角色共同作用的产物。在任何一对角色中,一个角色可以被认为是另一个的理念,而另一个角色又是这个理念的实现,唯一的变化是,在某个特定时刻,哪个是理念,哪个是现实。这和谋杀的理念与墙纸上白色花的意象那种关系相当相似,我们还可以把它颠倒过来,说这是花的理念和谋杀的意象之间的关系。我们所得到的是在相互冲突的各种性格元素之间勉强维持的暂时稳定的状态。平衡随时会打破,但在打破的同时也会立即达成新的平衡。我们本可以感受到这一切,正如我们同样可以感觉到自己身体中相似的生理状态一样——身体不适,然后再恢复正常——只是由于语言本身的问题和陀思妥耶夫斯基的趣味的问题使我们无法感受到这一切。陀思妥耶夫斯基喜欢在每个元素中找到其对立面,并把各类纯粹类型公式化。而那些不能证明这一类型的特征都被他暂时忽略了。通过语言和它的辩证模式,陀思妥耶夫斯基的想象力,为了吸引尽可能多的注意力,就这样捕捉到了那些微妙的打破平衡的时刻,从爱到恨,从骄傲到屈辱,从理念到行动,从意象到张力。就这样,通过这种对平衡的打破,通过对平衡被打破时刻的关注,我们看到了每一种情况下平衡的打破如何产生了另一种情况的平衡。通过有意地看到他们分开,我们似乎深刻地看到他们正在把什么结合起来。

对陀思妥耶夫斯基这一概念有了初步了解之后,我们可以说拉斯科尔尼科夫依次与小说中的其他人物相互达成平衡。在这个过程中,其他人物和他们的故事,也都会显现出自己的意义,但是这种意义与他们身上作为种种纯粹性格类型表现出的任何东西都有很大的不同。当然,要不是这些纯粹性格类型中的许多活生生的细节,它们的整体冲突也不会有什么意义。从拉祖米欣到波尔菲里,斯维德里盖洛夫,到索尼娅,还有其他人莫不如此。举个例子,让我们先来看看马尔梅拉多夫一家,考虑一下,陀思妥耶夫斯基能想到把他们写进拉斯科尔尼科夫的故事和其因罪受罚之中是多么令人吃惊的一件幸事。他们这些人本来是要被写进一本叫作《醉鬼》的小说里的,毫无疑问,只写这几个人的故事,以展现一个穷苦家庭的主人由于酗酒无度而导致的所有病痛和羞辱。当拉斯科尔尼科夫碰巧在酒馆里遇到老马尔梅拉多夫时,听到了他那谦卑的忏悔,产生了显然是莫名其妙的同情。幸运的是,陀思妥耶夫斯基放过了他们,让他们都走了,他们自己的过去、现在和未来也都消失了。事实是,他们之间有着很深的共同之处,还有马尔梅拉多夫身上拥有他目前还没有但注定会拥有的命运。马尔梅拉多夫说,除了他那生病的和有点疯狂的妻子之外,他没有别的地方可以求助了,这就是他们的共同之处。拉斯科尔尼科夫马上就明白了,求助的不是那个善良的酒鬼马尔梅拉多夫,而是被侮辱的那个马尔梅拉多夫,他匍匐在泥土里挣扎,头发被揪下来,马尔梅拉多夫跪在泥里,而拉斯科尔尼科夫自己目前还没到那种境地,但很快就会到的。拉斯科尔尼科夫说,人这种下流的东西,对什么都会习惯的! 并补充道:但如果人不是下流的东西呢?

这个场景有点儿像狄更斯小说中的那些宏大场景,直接观察来的漫画化描述,也许这就是陀思妥耶夫斯基自己读狄更斯的方式。其不同之处在于陀思妥耶夫斯基用基于热情的严肃的注意力取代了狄更斯为观察而观察的兴趣,用宗教的尊严取代了狄更斯痛苦的社会意识。马尔梅拉多夫这个人物,和米考伯一样,能够超越自己的形象表达很多东西，因为他有些类似小丑；他可以为交谈而交谈，为做戏而做戏；他可以诚实，也可以放过自己，只是为了看看到底会发生些什么；他可以看到自己最坏的一面，这样才能达到最好的状态。马尔梅拉多夫也是这样做的，为了把自己表现得淋漓尽致，也为了拉斯科尔尼科夫，为了这部他不经意找到了自我的奇怪的新型小说，他造就了索尼娅的性格和人格，因为拉斯科尔尼科夫需要她的救赎，以实现自我，小说的结构和情节也需要索尼娅才显得完整。马尔梅拉多夫不仅仅是成就了索尼娅，他还通过马尔梅拉多夫这个角色，创造了各种与小说有关的场景，他的死亡，他的葬礼，他的妻子卡捷琳娜抒情式的疯狂，以及她在大街上的死亡之舞，所有这些背景，既新奇又丰满，都是由心不在焉的拉斯科尔尼科夫在酒馆与那个醉酒的小丑的偶然相遇所产生的。马尔梅拉多夫自己以及他的每一个家庭成员的命运，都因他的酗酒和无耻行为注定要悲惨无比。所有这些都促使拉斯科尔尼科夫加速走向自己的命运。

他们一起为拉斯科尔尼科夫提供了对立面。因为拉斯科尔尼科夫首先必须行动，那么他们就要去承受那行动后果。他是罪犯，他们就会是受害者，是那种一般意义上的受害者，就像拉斯科尔尼科夫感觉高利贷老太婆等待被杀害的时机"成熟"一样。对老醉鬼马尔梅拉多夫来说，他已是堕落得不能再堕落，早已无路可走；你只要给他堕落机会，他就一定会欣然接受。卡琳捷娜也总能在每个人所说的话中都找到对自己的侮辱，马尔梅拉多夫在家或是外出都被她想象成一种对她的侮辱和伤害。孩子们就更惨了，甚至连他们生病和衣着不整都能招来残暴的虐待。至于索尼娅，她不仅渴望和愿意受辱，而且还要求更为惨烈的屈辱。她做妓女出卖自己的肉体，这个瘦弱的小鸟样的女孩子，身体几乎都没有发育好，她自己要做出无比堕落的样子，因为毫无疑问，不堕落的任何人，不想洗劫最后一个正直的城堡的任何人，对她来说都毫无用处。索尼娅必须出身于这样一个家庭才行，因为只有在这种极度屈辱的经历中，才能孕育出她那完美的谦卑。屈辱（humiliation）这个词变化为谦卑（humility），一个音节之差导致了意义的巨大变化，由于这一巨大变化，当他们被诅咒时，她却受到了神的赐福。正是深深了解陀思妥耶夫斯基的纪德发现，在谦卑打开天堂之门的地方，羞辱打开了地狱之门。索尼娅得到神的赐福是建立在地狱的深渊之上的。她接受了这种可以将两者分开的经历的一个更糟糕的阶段，并化为内在的力量。

因此，当拉斯科尔尼科夫接触到马尔梅拉多夫及其他的妻子时，当他用他的智力去审视探索这家人时，他们在拉斯科尔尼科夫注视下，就变成了一种隐秘的地狱，一种深不可测的深渊，不为一般人所理解，而这种地狱的深渊，不管多么骇人听闻，都是拉斯科尔尼科夫的智力可以看穿的。但是索尼娅，不会被拉斯科尔尼科夫的智慧所看穿，就像她的灵魂无法通过她身体的堕落而被玷污一样，这才是她人格的秘密。她身为妓女的吸引力在于：无论她怎样做她都不是在卖淫；那就是她能胜过拉斯柯尼科夫的力量，那是完全谦卑的力量，在别的地方陀思妥耶夫斯基称之为这个世界上最强大的力量。这是拉斯科尔尼科夫不能通过任何行为获得的力量，要想获得这种力量只能通过模仿，通过遭受她所受的难才可以。她受难的力量，受难带来的幸福，与其说是征服了他，倒不如说是感染了他或孕育了他。因为他并没有被征服，尽管看起来他以后一定会被征服；他开始反击，他感受到她的善良，在她的信仰面前感到羞愧，这激怒了他的自尊心，挑战了他一贯为之自豪的智力，结果每当他需要在她那儿寻求安慰和力量的时候，他却不得不折磨她，并在各个层次上排斥她。他爱她的同时也恨她，对于这两种情感他感受不到什么区别，最多是理智上还知道它们是怎么回事儿。这充分说明了陀思妥耶夫斯基的判断从心理学角度来说有多么**严密**,因为只要稍稍停下来判断一下,就可以看出,就像拉斯科尔尼科夫所背负的仇恨或骄傲一样,爱或谦卑是索尼娅生活的负担。如果索尼娅觉得为他担当就是爱,而出于爱为他担当就是自然而然的了,而拉斯科尔尼科夫一定会觉得她的爱的负担是无法忍受的。他确实是一个**回头浪子**,他找到了愿意为他担当的那份爱,这就是他原先逃离的那份负担。下面这句话拉斯科尔尼科夫不是说索尼娅的,而是在去找她之前想她时说的,所以听起来特别到位:"噢,要是我只是一个人,谁也不爱我,我也从来不爱谁,那有多好! 那就没有这些啰唆!"

记得在小说里早些时候,拉祖米欣曾向杜尼娅解释过,她的哥哥也许不懂得爱。拉祖米欣可能只是说拉斯科尔尼科夫是一个孤独的人,但他的字面意思确实也是对的;如果一个人得到了一份爱,但却不愿意付出以回报这份爱,那么我们就可以说他不懂得爱。如果这个人真心实意地爱上一个人,可是他却不明白这是在把人类最沉重的负担强加于她,那么我们也可以说他不懂得爱。索尼娅自己天生知道爱是什么,这直觉既源于内省,也源于对外部世界的反思,这是她存在的一种条件,也是她早已认可的双重负担。

就像存在于高利贷老太婆与拉斯科尔尼科夫之间的罪一样,索尼娅和拉斯科尔尼科夫之间也存在着她对爱的直觉,索尼娅对它的感受是如此强烈,以至于他也一定会知道,受到她的影响,拉斯科尔尼科夫逐渐认识到了这一点,这是一种爱,这是一个不可玷污的妓女的坚不可摧的爱,且与性无关。这并不是说它可能不是属于性爱范畴的,甚至它还有可能采取了某些终极的精神放纵的手段,而且仍然属于基督教的洞察力范围之中,而是说陀思妥耶夫斯基实在是无法创造出一种超越性意识最肤浅方面的性格或情绪。他笔下的人物都不是太监,也不是被剥夺了性能力的人,而是他们生来就没有性的概念。陀思妥耶夫斯基处理的都是愿望落空的爱情;正因为这个原因,陀思妥耶夫斯基才能将爱表现为纯粹的精神禁欲。这也是为什么在别人看来是一个妓女在对纯洁进行浪漫幻想，陀思妥耶夫斯基看到的则是一种高过头的、无所不包的现实：对纯洁理念的一次真正戏剧性的演绎。这也是为什么他经常把自己的角色与玷污未成年女孩的想法联系在一起，因为所有人都会明白，在这些女孩身上性尚未成熟，这样一来，淫荡就会只属于那些邪恶的淫棍。

如果这些话有助于解释具有圣人品格的索尼娅的性格和力量，那么它们也有助于理解其他人，尤其是斯维德里盖洛夫之谜，我们下面再分析他。现在让我们先来考虑他与拉斯科尔尼科夫的妹妹杜尼娅的关系。陀思妥耶夫斯基笔下这位花季少女品行端庄；她和她的母亲都属于陀思妥耶夫斯基笔下画廊里的正派女性人物，她们都很淳朴，人又很聪明，既真诚又慷慨，虽然有时会冲动，但又极为可靠，几乎在他的每一部小说里都有她们的样本——只举一个例子，《白痴》里的叶潘钦夫人和她的女儿阿格拉娅就是这样。他们总是起到同样的作用，就是用来衬托拉斯科尔尼科夫和梅什金这样的扭曲的或身不由己的人的惊世骇俗行为。虽然经历过各式各样的暴力伤害和动乱，但是她们总能保持尊严，品行端庄；正是在她们的良好品行对比之下我们才进一步理解了好天使和坏天使、光明天使和黑暗天使的意义，这两种天使的行为构成了小说的主要情节。她们这种类型非常可爱，没有什么弱点，而且只以正面人物的身份活跃在小说里。

在《罪与罚》里，她们代表了拉斯科尔尼科夫所没有的正常行为；她们代表了他摧毁的社会秩序；由于拉斯科尔尼科夫的缘故，她们，以及她们的生活才有了意义。同样地，骨子里面属于资产阶级的卢任，和虚无主义改革者列别贾特尼科夫都是漫画似的人物，一个是恶意的，另一个是善良的，都属于正常社会秩序里产生的怪人，发展到极端就是超级自我主义者拉斯科尔尼科夫和超级皈依者索尼娅。但这些人物的部分含义还出自那位斯维德里盖洛夫"神秘"的性格,他人很有野心,是个恶魔,放荡好色:一个神秘的人物,他的邪恶集中在他所宣称的但从未表现出来的强烈、过度的性欲上。作为性行为的一个例子,斯维德里盖洛夫是难以置信的。性之于陀思妥耶夫斯基象征着一种邪恶的、破坏性的力量,陀思妥耶夫斯基自己可以感知但却无法测量,也无法命名。斯维德里盖洛夫的性欲这一方面一直都是陀思妥耶夫斯基试图解释,试图将其戏剧化,并想将其召唤出的那种力量,他似乎从来不能理解这种力量,但他知道这种力量一定存在。它是一种孤独的力量,既笨拙又骄傲,总是徘徊在自杀的边缘;它挥之不去,又总在寻衅滋事;它是"他者"的力量,是另一个自我,自我的阴暗面的力量,是魔鬼在我们体内创造的秘密世界的物质和动力,是我们大家传统生活中成功地忽略了的那种力量。我们往往在别人身上寻找它的存在,而不是在我们自己身上——就好像别人是我们的另一个自我一样。因此,斯维德里盖洛夫试图引诱杜尼娅的企图使她的灵魂岌岌可危,准确地说,是斯维德里盖洛夫的技巧使其灵魂岌岌可危,斯维德里盖洛夫向拉斯科尔尼科夫述说了他是怎样以纯洁为切入点来进攻她的。斯维德里盖洛夫促使她的纯洁,不是她那些更基本的感官,而是促使她的纯洁多多少少对他产生了欲望。而她起初在最后关头得救了,按照玛尔法·彼得罗夫娜的说法,是由于的她的纯洁与她的欲望的混淆而得救了。拉斯科尔尼科夫很清楚这种危险——他的妹妹可能会被玷污,她的正派可能会以某种方式受到诱惑,那诱惑是斯维德里盖洛夫以慷慨大度、助人为乐的新面孔出现的。他不理解的是这种玷污、这种侵犯的是怎样发生的,门被锁上了,杜尼娅在那个孤零零的房间里因为受到侵犯而极为愤怒,她拼了命地想开枪打死他。留给她的只是一种非常含混的绝望的挣扎——是那种徒劳的精神激动所导致的,拉斯科尔尼科夫的罪与惩的故事在她身上没有来得及展开。人们不知道在那个场景中,是杜尼娅受到了斯维德里盖洛夫的影响,还是斯维德里盖洛夫从杜尼娅那儿受到了他想得到的那种影响。无论如何,他们之间有些事情过去了,斯维德里盖洛夫因此完蛋或是心满意足,放空或是彻底占满。无论当时发生的是哪种情况,斯维德里盖洛夫在剩下的时间所做的一切都顺理成章了——他拜访他那未婚妻小姑娘,他的告别礼物,旅馆房间里的冒险,床上的老鼠,那个五岁的女孩,她的微笑在他的梦里变成了妓女的狞笑,洪水的梦境,也就是最终审判的来临,以及黎明时的自杀。我们觉得斯维德里盖洛夫的谜团是,要么它的结局超出了我们的理解,要么它并不真的存在——这是魔鬼的问题。无论如何,除了拉斯科尔尼科夫,斯维德里盖洛夫对大家的使命已经完成了,只有拉斯科尔尼科夫除外。

他与拉斯科尔尼科夫的关系都超出了他与其他人关系的范围和意图,无论这些关系实际上在多大程度上取决于其他人而存在。因为斯维德里盖洛夫是整个故事的背景。他先于罪出现,在某种程度上诱使罪发生,是第一个觉察到罪的人,而且在某种程度上终结了罪,却没有达到罚(因为他没有拉斯科尔尼科夫遇上了索尼娅的好运气)。他是拉斯科尔尼科夫的视角更简单的化身,他是拉斯科尔尼科夫的另一个自我,一面拉斯科尔尼科夫从来不敢去看的存在之镜。他是拉斯科尔尼科夫的另一个自我的谜团。他给人的感觉是象征性的,因为他总是神秘莫测。因为他在这之前一直是个神秘的人,因为神秘而无巧不成书地展现自己,他在前进的过程中获得了意义,但是这意义却不甚清楚。他的优势就是不被充分理解,我们抓住了他但没有理解他,我们总是差那么一点点就能理解他。事实上,我们经常以为完全理解了他,但是当我们停下来质疑我们所理解的是什么时,当我们发现他恰恰代表了我们内心的秘密生活时,驱使我们进入无法理解的行动时,我们才知道,我们并没有理解他。就像《群魔》中斯塔夫罗金的性格一样,陀思妥耶夫斯基在其笔记中说,他不是用来被理解的,而是种种凶兆、可能性以及神秘的事物的汇集,他是对除了象征意义之外不能表达的东西的象征性阐述。他就像是我们所想依靠的承诺,只是我们知道它无法兑现。我们想看清他的时候,他像我们身后的地平线一样退去了。

也许我们可以说,斯维德里盖洛夫想象了一种我们无法触及但总是随时准备压倒我们的秩序,掩盖了拉斯科尔尼科夫的罪所带来的混乱。他是深渊之谜的象征,也是陀思妥耶夫斯基的想象深度的有力见证,证明陀思妥耶夫斯基自己就能够信手创造出各种长着过于蓝的眼睛、有着过于青春肉体的活生生的人物。

这同样是对陀思妥耶夫斯基技能的考验——不是他的深度,而是他的技能——他既能够使用下面这个书中主要人物,又好像他根本没有创造出这个人物一样。我指的是那个三十五岁的叫波尔菲里的没有职业负担的知识分子,他的整个生活就是致力于追踪调查拉斯科尔尼科夫,实际上他的一生已经结束了。他已没有余生可度了,与他所剩下的生活没有任何关系,除了理智地探索,大胆地推测,他的余生已经与他自己没有任何关系了。波尔菲里是道德疲劳的牺牲品,除了充当智力小丑之外,他不属于任何层次的存在。他代表秩序;他理解欲望、野心和各种行为,但他不知道行为的根源和目的,就像是溺水的人,在水中挣扎了那么久,他总想抓住稻草,抓了那么长时间,只可惜,虽然有那么多稻草,虽然去抓的技巧也那么熟练,可是到底他也没能抓住任何一根。但是他很不真实,他的作用就是作为情节的中介,是某种可以推动故事发展的东西;他是一个有所求者的智识幻想,如果他没有自己冒出来的话,那么拉斯科尔尼科夫一定也会发明他。就像在诸多人物中,斯维德里盖洛夫和索尼娅代表的是拉斯科尔尼科夫的秘密自我的从属部分,以及从属部分的冲突;而波尔菲里代表的则是那种人造的、智识的自我的最完美可能性，正是这种自我的帮助说服拉斯科尔尼科夫犯下了谋杀罪行，因此，他也是驱使拉斯科尔尼科夫坦白认罪的最合适的工具。就是波尔菲里这个人，他没有道德，没有信仰，他只是一种骄傲的智力活动，每当他来冷酷地调查追问时，拉斯科尔尼科夫就会处于崩溃的状态，就像斯维德里盖洛夫或索尼娅可以给他力量一样。波尔菲里能预测到他必定会做什么，并且可以向他指出这一点，那个站出来用无罪的肩膀承受苦难的农民就是一个例子。他知道拉斯科尔尼科夫的智识能知道一切东西，也许他知道它一定会崩溃，但他不能把拉斯科尔尼科夫推过崩溃的边缘，因为他只会按惯例行事，只会机械地记忆。他理解罪，因为他就代表着犯罪的目的，并且知道犯罪的原因是什么，但他无法理解到罚，即罪的完成，因为罚必须发生在灵魂区域里的，那个领域是他这种人无法掌控的。在这个领域，各种理性、论点、秩序的所有武器只是杂乱地堆放在一起，并且必须被清理出去；在这个领域，所有那些内心清白者若要承担起负罪感，都要使罪孽、施为的自我顺从信仰、等待的自我，而在陀思妥耶夫斯基原始的基督教洞察力看来，后者之所以等待，只是为了被创造。

我想，至此为止，我们既触及了那些构成拉斯科尔尼科夫犯罪的明显和直接的影响因素，也触及到其带来的行动后果，我们还触及到我们所理解的各种人物中所表现出来的这些元素给我们所有人带来的意义——"我们所有人"指的不是俄罗斯人，也不是受辱狂，也不是只出现在陀思妥耶夫斯基小说中的那些扭曲的阴暗人物，而是毫无例外深深卷入了**罪**的本质的我们所有人。就这样拉斯科尔尼科夫这个专有名词就留传下来了，把**罚**的本质的象征牢牢地固定在**罪**之本质上了。我不知道还有这么现成的一个词，因为我们已经完全脱离了那些洞察和意象的思维方式，它们的张力既简单又直接，是陀思妥耶夫斯基的第二天性。我们缺乏那种先天的信念，在开始思考之前的信念，而陀思妥耶夫斯基早就用这种信念掌握了人与上帝的关系。但至少在这里，我们陈述了陀思妥耶夫斯基的那些重大和永恒的主题。为了惩罚拉斯科尔尼科夫，为了使其得到报应，为了赎罪，陀思妥耶夫斯基只需要创造出拉斯科尔尼科夫与上帝的关系，只需要说明作为上帝造物的人类本质之中产生这种关系的方式就可以了，这种人类本质与作为一种思想体制的人类社会的结构相去甚远。陀思妥耶夫斯基相信，无辜的基督以一己之力承担了世界上所有无辜的人的痛苦，并借此将他们与罪人一起救赎，同样，我们每个人身上也都有一个无辜的我，必须承担自己身上那个罪人之我所导致的苦难。在陀思妥耶夫斯基看来，在我们的罪中，我们创造了我们的负罪感。也许常见的错误逮捕的例子能够使我们类推出陀思妥耶夫斯基的用意。突然遭到无辜逮捕时，我们当中有谁不会立即开始评估我们自己的负罪感，哪怕是对于那件导致自己遭受无辜逮捕的罪行的负罪感？正是因为你意识到了自己的无辜有着随意性、危险性的特征，使得你会更清楚地评估这种负罪感。同样的，负罪感的深度也会由你信仰的深度来衡量，如果你有足够的想象力，信仰的深度就会改变你。

应该强调的是，陀思妥耶夫斯基设想的是自我的彻底改变，而不是改革。改革只会处理对社会的有罪行为。只有那种通过苦难的彻底改变才能消除存在的负罪感。

最后，为了找出那些可以澄清陀思妥耶夫斯基罚的观念本质的方法，我们可以使用我国近代史的一些例子做一些比较。当穆尼①从他那一代被非法监禁的人中释放出来时，很快发现他连象征性的尊严也

① 托马斯·约瑟夫·"汤姆"·穆尼（1882—1942），美国政治活动家和劳工领袖。他与沃伦·K.比林斯一起被判一九一六年旧金山战备日爆炸案罪名成立。当时许多人认为，穆尼案是冤案。他在监狱里服刑二十二年，最后在一九三九年被赦免出狱。

没有,最多只是体现了制度正义的失误;斯科茨伯勒男孩①也是如此;十九世纪的德雷福斯②也是如此,因为德雷福斯也没有尊严。但是,如果我们想想萨科和万泽蒂③,难道我们内心不会立刻产生一种感觉,他们伟大而可怕的象征性尊严难道不是由于万泽蒂极其谦卑地承担了杀害他的工业社会的全部毁灭性罪责吗? 万泽蒂在法律上是无辜还是有罪,已经成为一个与本文不相干的问题。但是,他的临终前的言辞、书信以及他最后的行为方式以某种方式所赎的罪责,也就是我们的罪责,却成了一个永恒之谜,因为万泽蒂,像拉斯科尔尼科夫一样,谦卑地匍匐在上帝脚下,在所受惩罚的屈辱中表现了自己。

---

① 斯科茨伯勒男孩,一九三一年三月,九名年龄在十三至二十一岁之间的黑人男孩乘坐穿过亚拉巴马州乡村的敞篷货车时因斗殴被捕入狱。随后被控强奸了两名搭乘同列货车的白人女孩——鲁比·贝茨(Ruby Bates)和维多利亚·普赖斯(Victoria Price)——而受审。事发地点是斯科茨伯勒,当时是一个不为人知的小城镇,但即将因美国历史上最著名的民权案件之一而名声蜚扬。这是一个有关种族主义、成见和性禁忌的故事,发生在当时种族隔离状况严重的美国南方的腹地。九名男孩中有八人被草率地定罪,判处死刑。当年只有十三岁的罗伊·赖特(Roy Wright)幸免于最终的死刑判决。

② 一八九四年法国陆军参谋部犹太籍的上尉军官德雷福斯被诬陷犯有叛国罪,被革职并处终身流放,法国右翼势力乘机掀起反犹浪潮。此后不久即真相大白,但法国政府却坚持不愿承认错误,直至一九〇六年德雷福斯才被判无罪。

③ 萨科—万泽蒂事件,美国在二十世纪二十年代镇压工人运动中制造的一桩假案。一九一九年开始的经济危机使美国国内阶级矛盾激化,罢工浪潮席卷全国。一九二〇年五月五日,警察指控积极参加工人运动的意大利移民、制鞋工人 N. 萨科和卖鱼小贩 B. 万泽蒂为波士顿地区一抢劫杀人案主犯而加以逮捕。虽然他们提出了足以证明自己无罪的充分证据,仍被判处死刑,在全世界范围内引起巨大的抗议浪潮。萨科和万泽蒂的辩护律师在判决后,一再要求复审,并六次提出新的人证物证,均为法庭拒绝。一九二七年八月二十二日,在国际抗议声中,萨科和万泽蒂被处决。此后,人们不断要求为萨科和万泽蒂昭雪。半个世纪后,由马萨诸塞州州长 M. S. 杜卡基斯组织法学专家,对该案进行全面复审,一九七七年七月十七日宣布萨科和万泽蒂无罪,恢复名誉。

# 拉斯科尔尼科夫的世界[①]

约瑟夫·弗兰克 作

戴大洪 译

当西方批评界对陀思妥耶夫斯基的评论不是在他的作品中寻找宗教信仰的支撑时，大多数评论都是从心理学或个人生平的角度看待他的。初读陀思妥耶夫斯基的作品立即产生的强烈印象是对反常的意识分裂状态的热情探索；结果，这使人们想当然地认为，如此精湛的对于内在心理冲突的描写只能来自直接经验。于是，人们对陀思妥耶夫斯基的个人生平进行没完没了的挖掘、分析和推测，希望发现一些可以破解其创作之谜的心理创伤。

当然，俄国批评界自从布尔什维克革命以后采取了一种不同的方针。它试图从社会心理学的角度解释他（他是"一无所有、无依无靠的小资产阶级知识分子"的一员，他的性格反映了这个阶层的一切不正常状态），同时进行了真正的历史调查，在陀思妥耶夫斯基的小说与他那个时代的文化史之间发现了许多有趣的关系。（公平地说，我还应

---

①　原载一九六六年六月号《文汇》杂志，第 30—35 页。约瑟夫·弗兰克（1918—2013），美国学者，普林斯顿大学比较文学荣誉教授，斯坦福大学比较文学和斯拉夫语语言文学荣誉教授。著有五卷本陀思妥耶夫斯基传以及《宗教与理性之间：俄国文学与文化随笔》《回应现代性：文化政治随笔》等。

当提到列昂尼德·格罗斯曼、尤里·特尼亚诺夫和维·弗·维诺格拉多夫等多位批评家所进行的出色的文体研究,他们的研究为当代人理解陀思妥耶夫斯基的艺术打下了基础。)然而,由于陀思妥耶夫斯基仍然是当今苏联文化的那些奠基人——不是马克思和恩格斯,而是俄国激进传统的代表人物别林斯基和车尔尼雪夫斯基——的最强大、最具有毁灭性的敌人,所以,苏联对陀思妥耶夫斯基的研究不可避免地存在着认识上的障碍和阐释上的浅薄。

尽管我不接受苏联研究陀思妥耶夫斯基的理论前提,但我认为,俄国人强调他的作品的社会文化特征是正确的。因为,作为探究理解陀思妥耶夫斯基的思想和艺术的一种方法,西方片面地强调心理学和个人生平肯定具有很大的局限性和虚假性。关于任何一位作家,我也许会坚持同样的主张;不过,现在我的主题并不是批评方法,我只是想说,在所有伟大的现代作家中,我觉得,就陀思妥耶夫斯基而言,这种传记式的文学批评似乎**最缺乏**启迪作用。


如果说陀思妥耶夫斯基享有什么声誉的话,那肯定是作为一位伟大的意识形态小说家的声誉——他也许不是最伟大的意识形态小说家,因为这还需要与斯特恩①和塞万提斯进行比较,但他至少是十九世纪最伟大的意识形态小说家。因此,如果他的这种地位得到了非常普遍的认可,那肯定是因为他富于创造性的想象力主要是由他那个社会和时代的问题而不是由他个人的问题和困境所激发的。或者换一种角度反过来说,他总是能够把个人困境与他那个时代在俄国发生的各种思想及价值观念之间的激烈冲突联系起来。

---

① 劳伦斯·斯特恩(Laurence Sterne,1713—1768),出生于爱尔兰的英国小说家,所著长篇小说《项狄传》(1759—1767)和《感伤旅行》(1768)是独具特色的幽默讽刺作品,被认为是现代心理小说的先驱。

这就是为什么陀思妥耶夫斯基小说中的心理描写尽管生动而令人难忘，却始终只是用来表现道德伦理和意识形态——在陀思妥耶夫斯基敏感地认为所有道德价值观念与俄国社会和文化未来的命运有关这个意义上的意识形态——的终极意义这一主题的一种手段或工具。更具体地说，他根据俄国知识分子吸收外来的西欧思想（并且按照其准则生活）所必然产生的那些内在心理问题看到了所有道德伦理问题。陀思妥耶夫斯基十九世纪六十年代初期在报刊上发表的大量文章（其中大部分尚未译成英文）或是更便于利用的旅欧游记《冬天记录的夏天印象》（1863）包含了一部根据这种思想斗争想象出来的完整的俄罗斯文化史。俄国这种长期的思想斗争在十九世纪六七十年代动荡演变的俄罗斯有了新的类型和形式，如果没有意识到陀思妥耶夫斯基想要描述突然出现在他身边的这些**新的**类型和形式，我们甚至不可能迈出理解这位小说家的主要目的的第一步。

正是根据这种观点，我们必须非常认真地对待陀思妥耶夫斯基关于"现实主义"的说法——在我看来，这种说法完全合理。但是，请让我们澄清一下这种"现实主义"的本质以及陀思妥耶夫斯基的想象力的本质。他很清楚，他不是一个描写正常的、范围适中的个人和社会经验意义上的"现实主义作家"。这就是为什么他说他喜欢"幻想现实主义"；不过，他用这个术语表达的意思非常明确也非常具体。他的意思是，他的创作过程一向是从他在俄国激进派知识分子当中发现的某种流行的学说开始的。这种学说以白纸黑字的形式出现在大家正在阅读的杂志上或小说里，因此，在这个意义上它完全是"现实的"——尤其是因为陀思妥耶夫斯基相信思想具有现实意义。但他采用了这种学说，继而想象**如果**真的将其付诸实践并贯彻落实其全部含义所可能产生的最极端的后果；正是在这个方面，他的心理学天赋为他戏剧性地表现这种思想无情地转变成现实生活之"幻想"提供了帮助。

陀思妥耶夫斯基十分清楚,绝大多数激进派知识分子决不会以他在拉斯科尔尼科夫之类人物身上描述的那种极端方式坚持所讨论的那些学说,也不会以那种极端方式影响他们的生活。但是,这些接受十八世纪莱布尼茨学说的人在现实生活中与庞格罗斯博士及其学生憨第德几乎毫无相似之处。① 然而我们不能否认,《老实人》戏剧性地表现了十八世纪文化的"真实"状况。(这使人们联想起,在陀思妥耶夫斯基身后留下的未完成的计划中,有一项计划是写一本俄国的《老实人》。)确切地说,陀思妥耶夫斯基的小说主人公所信奉的学说、这些学说驱使他们采取的行动与他们那个时代的俄国文化之间存在着同样的关系。实际上,我认为把陀思妥耶夫斯基定义为独具特性的小说家的最好方式是称之为天生喜欢创作**哲学故事**的作家,尽管恰巧出生在这个盛行现实主义小说的世纪,但他具有足够的心理学天赋使他笔下的人物生动逼真并且把一种**风格**与另一种风格融为一体。顺便说一句,这就是为什么除了十八世纪的机械唯物主义在十九世纪六十年代的俄罗斯像在狄德罗时期的法兰西一样重要之外,人们经常特别指出《地下室手记》与《拉摩的侄子》*的相似之处的原因之一。

现在我想把对陀思妥耶夫斯基的这种普遍看法应用到与解释他的第一部伟大小说《罪与罚》有关的一些问题上。如果陀思妥耶夫斯

---

① 庞格罗斯博士(Dr. Pangloss)和憨第德(Candide)均为伏尔泰一七五九年发表的哲理小说《老实人,或乐观主义》(Candide, ou l'Optimisme)中的人物。这部小说讽刺了当时乐观的唯理性哲学,尤其是莱布尼茨的哲学。

\* 《拉摩的侄子》(Le Neveu de Rameau)是狄德罗所著对话体小说,创作于一七六二至一七七九年间,发表于一八二三年。

基一向是以俄国激进派知识分子所信奉的某种学说开始他的创作的话,那么,什么是他的出发点呢? 我认为,这个问题的答案不仅将为我们深入阅读这部小说提供一个入口,而且还将解释在陀思妥耶夫斯基的发展过程中为什么出现了《罪与罚》。通常,人们把这部小说与他在西伯利亚服刑联系起来,首先是因为他在小说的尾声里使用了这一背景,其次是因为据信他在这一时期把注意力集中在犯罪问题以及罪犯的心理上。没必要否认这些理由;但是,如果这是全部情况的话,那就不能不让人感到奇怪:陀思妥耶夫斯基为什么在出狱之后没有写《罪与罚》而是写了许多别的作品。事实上,正如我们所知,《罪与罚》不可能构思创作于一八六五年之前,因为陀思妥耶夫斯基能够像拉斯科尔尼科夫一样去想象的俄国文化环境在那之前还不存在。

只要我们观察一下十九世纪六十年代初期和中期的俄国文化——就我们的目的而言,这意味着观察一下激进派知识分子所信奉的那些学说,我们就能很容易地发现体现在拉斯科尔尼科夫身上的"现实"。首先,所有激进派知识分子全都相信,英国功利主义理论解决了道德伦理和个人行为的一切问题。这造成了极大的混乱,因为只有在俄国,我们才能发现这种独特的法国空想社会主义的大杂烩,它结合了边沁和穆勒关于人性源于利己的个人主义的观点,相信未来可能出现一个道德尽善尽美的仁爱世界。更有甚者,俄国激进派分子以其惯有的充满激情的极端和狂热信奉他们所谓的"理性利己主义"学说。他们相信抽象的理性对于错综复杂的道德生活是一种绝对可靠的指引,为了找到与此类似的情况,我们必须追溯到威廉·戈德温。①我之所以在这里提到戈德温的名字,既是因为他在十九世纪六十年代

---

① 威廉·戈德温(William Godwin, 1756—1836),英国政治哲学家,报刊政论作家和小说家,英国浪漫主义文学运动的先驱人物。著有《政治正义》(1793)等著作。他相信理性是人类行为的向导,可以指引人们做出正确的选择。

初期通过俄国激进派分子的精神导师尼·加·车尔尼雪夫斯基对俄国产生了直接影响,也是因为俄国当时的文化环境与法国大革命时期英国的文化环境非常相似。

像戈德温一样,俄国人也在努力发展一种伦理学,借用哈兹里特《时代的精神》中的生动语言①,这种伦理学试图"越过北极圈进入冰天雪地的极地,在那里,头脑不再因为感情而狂热",因此,关于《罪与罚》,没有人作出过比华兹华斯《序曲》中的那一段诗句更精彩的评论②,华兹华斯解释了抽象的理性如何以其非理性的辩证逻辑欺骗自己:

> 这是一切事物迅速堕落的
> 时代,某种理论体系
> 立即受到欢迎,它保证人类的愿望
> 与情感分离,今后将会
> 永远处于更纯洁的适宜环境。
> 那是一个吸引人的地方,
> 因为热忱能够进入其中恢复活力,
> 各种激情在那儿都有表现的权利,
> 而且绝不会听到有人叫它们原来的名字。

这一段诗句的最后两行比堆积如山的关于陀思妥耶夫斯基的文学批评精确得多地定义了《罪与罚》的主题。实际上,如果我们打算理

① 威廉·哈兹里特(William Hazlitt, 1878—1830),英国作家,写过许多优美的散文,《时代的精神》(1825)是其最动人的作品。

② 威廉·华兹华斯(William Wordsworth, 1770—1850),英国浪漫主义诗人,自传长诗《序曲》(1850)回忆了他一生中各个时期的思想感受,被认为是他最重要的作品。

解陀思妥耶夫斯基及其知识界盟友（阿波隆·格里戈里耶夫和尼古拉·斯特拉霍夫）在面对十九世纪六十年代的俄国激进分子时所采取的立场，我们只能以英国第一代浪漫主义作家对法国大革命的反应作为参考。此外，如果戈德温鼓励了激进分子的话，那么，阿波隆·格里戈里耶夫特别推崇的卡莱尔的著作①则为反激进派阵营提供了支持。

因此，我们绝非偶然地发现，拉斯科尔尼科夫根据功利主义的推断策划了犯罪；在陀思妥耶夫斯基看来，这正是问题的本质。而且我们还发现，与戈德温一模一样，拉斯科尔尼科夫相信他的理性可以克服最基本、最根深蒂固的人类情感。人们应当记得，戈德温坚持认为，理性将会（或者应当）说服他置烈焰焚身的母亲或妹妹于不顾而去抢救费奈隆②，因为对于人类来说，"这位著名的康布雷大主教更有价值"——他在《政治正义》一书中是这样写的。无论信奉弗洛伊德学说的精神分析学家如何看待这一论点，戈德温认为它遵循了一种根据功利主义推算而来的无可挑剔的逻辑，以人类的普遍利益作为最终的准则。我们应当注意到，拉斯科尔尼科夫确信，他能够根据完全相同的推论实施一次完美的犯罪。

拉斯科尔尼科夫从理论上断定，普通罪犯出于需要或者恶意进行抢劫和盗窃；可是，因为他们在内心深处承认自己正在违反的法律正当有效，所以他们在犯罪时控制不住自己的情绪，到处留下各种线索。他们的良心的非理性力量妨碍了他们的行为的理性清醒。但是，拉斯

---

① 托马斯·卡莱尔（Thomas Carlyle, 1795—1881），苏格兰作家，著有哲学和历史学著作，抨击工业革命导致的社会不公。

② 弗朗索瓦·德·萨利尼亚克·德拉·莫特-费奈隆（François de Salignac de la Mothe-Fénelon, 1651—1715），法国天主教大主教，神学家和文学家。

科尔尼科夫确信,这种事情不会发生在他身上,因为他知道,他所谓的犯罪不是犯罪。理智使他相信,犯罪使他得以完成的善举远远超出他的罪行所造成的危害。因此,他的非理性的良心不会扰乱扭曲他的理智,所以他不会神经失控犯下错误。

就这样,拉斯科尔尼科夫的思想源于十九世纪六十年代中期俄国激进分子的意识形态并且形成了《罪与罚》中理性与非理性之间的基本心理冲突。不过,另一个重要的意识形态因素源于一八六〇至一八六五年间俄国左翼思想的演变。在这一段时间里,我们发现了由于种种原因从空想社会主义理想向愤世嫉俗的精英主义理想的某种转变,前者给予民众半宗教式的赞美,后者则强调精英个体为谋求人类幸福而独立行动的权利。


一八六三至一八六五年间发生在俄国文化生活中的最重要的事件是两派激进分子——传统的空想社会主义者和新生的虚无主义者——之间的公开论战。陀思妥耶夫斯基主编的《时世》杂志发表了一些文章分析评论这场重要的论战并且立即非常敏锐地意识到,它标志着激进思想演变过程中的一个决定性时刻。"子辈已经拿起武器向父辈宣战,一代人要取代另一代人。"《时世》杂志当时的首席评论员斯特拉霍夫讽刺地写道,"一份曾经是进步刊物的厚重杂志变成落后刊物了,取而代之的另一份厚重杂志已经成功地沿着进步的道路继续前进。"更重要的是陀思妥耶夫斯基本人所写的一篇关于这一场激进派之间的自相残杀的文章,他将其称为"虚无主义者内部的**教派分裂**(Раскол)";而俄国文化史至今仍以这种说法称呼整个事件。只是在这一切发生了几个月而《时世》杂志也倒闭之后,陀思妥耶夫斯基才在所写的一封信中简要讲述了他构思的一个故事,这个故事的内容是一名受到某种"不成熟的离奇思想"影响的年轻大学生犯下了谋杀罪;因此,我认为,我们可以从两个方面证明这场虚无主义者内部的**教派分裂**与《罪与罚》之间的必然联系。

一方面是陀思妥耶夫斯基把小说中带有喜剧色彩、与人为善的空想社会主义者列别贾特尼科夫与拉斯科尔尼科夫本人——他已经不再是一名空想社会主义者而是一名虚无主义者——区别对待。这位空想社会主义者赞成心平气和的宣传说教,喜欢以讲道理的方式劝说人们相信空想社会主义事业(这就是他借书给索尼娅的原因),他认为,拯救人类关键在于公共生活的合理安排。就在两年之前创作《地下室手记》那个时期,这些问题还非常重要;但是,俄国的情况变化得飞快,如今它们已经过时。拉斯科尔尼科夫认为所有这些都是无用的废话;他觉得时间已经不多了,必须立即采取行动而不再满足于对未来的乌托邦幻想,因此,精英个体具有自行实施决定性打击的权利和义务。

我们可以在拉斯科尔尼科夫的著名文章《论犯罪》里发现这一新情况的另一种反映。对于这篇文章的每一个观点,已经成为虚无主义者喉舌的那份"厚重杂志"《俄国言论》都有可能提供一段相应的引文。虚无主义者的主要发言人是德米特里·皮萨列夫,他以抨击艺术毫无用处——当然,这只是另一次功利主义推算的应用——而著称。只要回顾一下皮萨列夫和他那一派的观点,我们就会发现这些无可争议、名副其实的左翼激进分子对民众——他们可能正是希望为了民众改变世界——表现出极度的蔑视。我们还发现他们利用社会达尔文主义的论点证明强者与弱者之间难以根除的差别的合理性,并且证明强者**有权**践踏弱者和没有价值的人。

实际上,《俄国言论》最好斗的撰稿人瓦尔福洛梅·扎伊采夫——他后来流亡国外成为巴枯宁的追随者——甚至为奴役黑人进行辩护,他的理由是，黑色人种天生低劣，如果不被奴役的话，他们将在为生存而与白人斗争的过程中被彻底消灭。尽管皮萨列夫并没有为扎伊采夫的结论而只是为他的前提进行辩护，扎伊采夫的观点仍然遭到大多数激进分子的否定。虽然只是少数激进分子的观点，但这正是功利主义搭配虚无主义的一贯应用，因此，陀思妥耶夫斯基认为，它暴露了新生激进意识形态真正的道德后果。这一背景解释了经常被人论及的拉斯科尔尼科夫的"尼采"特征。早在一九一三年，托马斯·马萨里克就在他那本不可不读的《俄罗斯精神》一书中指出了在皮萨列夫身上和俄国虚无主义中表现出来的这样一些"尼采"元素；但是，在那以后没有人给它们哪怕一点点关注，也没有人指出它们与陀思妥耶夫斯基的关系。

我希望，所有这些现在能让我们更好地理解陀思妥耶夫斯基创作《罪与罚》的意图。在我看来，他的目的是要描写这种激进的俄国虚无主义意识形态中不可避免的矛盾之处。为了达到这一目的，他采取了（他成熟作品的）常规做法，想象一个年轻的理想主义者把虚无主义那些"不成熟的离奇思想"付诸实践，这个年轻人的性格特征体现了虚无主义相互矛盾的各个方面。这时陀思妥耶夫斯基非常清楚，激励俄国普通激进分子的是慷慨助人和自我牺牲感情冲动。无论他们如何看待他们的"理性利己主义"的务实性，他们被博爱、同情、无私以及帮助、治愈、抚慰苦难者的欲望所打动。他们的道德本质深深地植根于基督教和俄罗斯的土壤（陀思妥耶夫斯基认为两者是一回事），总体上与他们附带吸收的、他们认为他们正在按其行事的西方思想并不和谐。因此，我们在陀思妥耶夫斯基的主要作品中一次又一次看到他戏剧性地描写俄国知识分子内心的冲突，他们在非理性（顺便说一句，非理性在陀思妥耶夫斯基的作品中绝不是弗洛伊德那种概念，而是像在莎士比亚的作品中一样通常指道德）与某种不讲道德的理性之间摇摆不定，在自己天生的情感与思想意识之间左右为难。

在《罪与罚》中，陀思妥耶夫斯基给自己安排的任务是以自我觉醒的形式描写这种内心冲突，让拉斯科尔尼科夫**自己**逐渐发现某些互不相容的东西在他的思想中可怕地混杂在一起。这就是为什么拉斯科尔尼科夫在小说的开头似乎是一种犯罪动机，而在小说的结尾，当他向索尼娅进行那一番著名的忏悔时，似乎又是另一种动机。许多批评家认为这种明显的双重动机是小说的一个败笔，是陀思妥耶夫斯基没能在艺术上一以贯之地塑造人物。另一方面，菲利普·拉夫最近断言，这正是这部小说的伟大之处——正是因为没有提供一个明确单一的犯罪动机，陀思妥耶夫斯基揭示了"现代人格错综复杂的本质"，或者说揭示了"人类意识无边无际、深不可测"这一惊人的事实。

然而，这两种观点同样都有严重的错误。* 这本书的全部意义恰恰在于拉斯科尔尼科夫为其罪行的辩解从一种到另一种的变化过程，他也在这一过程中发现了他的行为真正的本质。即使没有我简要说明的历史背景，对于每一个尊重陀思妥耶夫斯基运用小说技巧的能力并且研究了小说第一部分具有独创性的奇特结构的人来说，这一点都应当非常清楚。

例如，为什么陀思妥耶夫斯基在犯罪实际发生的前一天才开始他

---

* 自从一九六〇年在《党派评论》上首次发表以来，菲利普·拉夫具有启发性的文章《〈罪与罚〉中的陀思妥耶夫斯基》被广泛转载和阅读。所以，我们似乎应当纠正一个重要的事实错误，因为拉夫先生的文章肯定起到了扩散这个错误的作用。

拉夫先生认为他在黑格尔的《历史哲学》中发现了一个长期被人忽视的拉斯科尔尼科夫的"伟人"理论的"来源"。作为证明陀思妥耶夫斯基熟悉这本书的证据，他引用了陀思妥耶夫斯基（一八五四年二月二十二日）所写的一封信。陀思妥耶夫斯基在这封信中列出了他需要的一些书籍，除了别的书之外，他写道，"一定要把黑格尔的书寄来，尤其是黑格尔的《历史哲学》……"不过，与这封信的原文对比之后发现，陀思妥耶夫斯基要求给他寄的是《哲学史讲演录》而不是《历史哲学》。

731

的叙述而又通过一系列倒叙传达拉斯科尔尼科夫的**主观**动机？原因之一当然是为了在第一部分的结尾取得出色的戏剧性反讽的效果。因为导致推断得出拉斯科尔尼科夫的利他性功利主义犯罪理论的整个过程只是在小酒馆那一段情节里才被详细说明。拉斯科尔尼科夫在小酒馆里听见一个大学生和一名青年军官争辩的正是他的理论；而这是他即将实施犯罪之前的最后一段重要情节。（顺便说一句，我们应当清楚地记得，当青年军官怀疑是否有人可能实施这种犯罪时，大学生反驳道，如果没有人这样做，那就"不会有伟人了"。因此，拉斯科尔尼科夫理论的"伟人"内涵从一开始就存在，并不是后来突然加进去的。）从时间上讲，小酒馆这一段情节与谋杀本身处在一个时间序列的两端；但是，陀思妥耶夫斯基用他的叙事手法巧妙地把它们压缩在一起——而且是为了一个非常重要的目的。所以我认为，如果我们在这里领会了陀思妥耶夫斯基戏剧性反讽的主题意义，我们就会得到一种可以阐明令人非常头疼的拉斯科尔尼科夫的犯罪动机问题的模式。

陀思妥耶夫斯基合并压缩时间序列的目的显然是为了向读者淡化拉斯科尔尼科夫的**主观**动机。拉斯科尔尼科夫杀死靠典当放高利贷的老太婆时所处的被催眠般的歇斯底里状态以客观而且富有戏剧性的方式非常清楚地表明他不是根据他的利他性功利主义理论实施的犯罪。无论拉斯科尔尼科夫认为自己是什么人，这时他都是在其他力量的控制下而不是根据这种理论行动的，只是因为我们刚刚在一两页前看见过这种理论，所以它仍然在我们的脑海里呼之欲出。因此，陀思妥耶夫斯基的叙事手法是要迫使全神贯注的读者向自己提出拉斯科尔尼科夫的**真正**动机可能是什么这个问题。

现在我认为，这本书第一部分的整个结构意在通过同样客观而且富有戏剧性的方式为这个问题提供一种解答。第一部分包括两个交替展开的情节序列。在一个主要由倒叙组成的情节序列中,我们了解到拉斯科尔尼科夫的过去、他那令人绝望的家庭状况以及促使他犯罪的所有情况。这些情节塑造了他性格中利他的一面,并且强化了我们对他的感性认识:本质善良,富有人性,同情苦难者。正是他本性的这一方面使他永远不同于真正的罪犯,并且使他想到通过未来造福于人类补偿他的罪行——即使人们真的可以称之为罪行。不过,我们在这一部分也看到了他在**行动**,在关于马尔梅拉多夫及其家人的一系列场景中,在关于林荫大道上年轻女子的那一段情节中。在这些情节中我们还注意到,一种非常重要的辩证逻辑出现了,它像后来的戏剧性反讽一样,以完全相同的方式削弱了他的利他性功利主义理论的基础;实际上,戏剧性反讽只不过是整个这一系列手法高超的描写最后逐渐达到顶峰。

在每一段情节中,拉斯科尔尼科夫最初纯粹是出于天性对人类苦难的景象做出反应,他本能地匆忙出手扶危济困。但是,在某一时刻,他的个性一下子发生了彻底转变。他突然退缩,变得冷漠和倨傲,不再悲天悯人而是开始憎恨人类的软弱和卑鄙。每一次这种感情的变化都暗示了应用功利主义算计的结果。例如,他饥肠辘辘却把身上的所有钱留给了马尔梅拉多夫一家;但是,当他走到外面时,他开始为这种做法轻蔑地嘲笑自己。为什么?他想,因为"他们毕竟有索尼娅而我自己也需要钱"。这让他想到人类之所以卑鄙是因为他们对任何事情都能习以为常——例如,靠女儿卖淫挣钱为生。

同样的情况在关于林荫大道上那个年轻女子的情节中以更长的篇幅出现了。这个女子显然已经被侵犯过,她还面临落入另一个勾引者之手的危险。拉斯科尔尼科夫最初对她出手相救,但是随后再次因为冷漠的厌恶情绪转身走开。"让他们自相蚕食吧,"他自言自语地说

（终究是一种典型的达尔文主义观点）。接着，他又思考了马尔萨斯的论点：为了保护社会，一定"百分比"的人无论如何必须消失，因此，怜悯和同情完全找错了对象。俄国学者最近在《俄国言论》所发表的一篇扎伊采夫的文章里追踪到了"百分比"理论。扎伊采夫将这一理论用于慈善目的，他认为，既然丑恶行为和犯罪是不可避免的自然现象，那么，惩罚作恶者和犯罪者就是错误的。不过，陀思妥耶夫斯基以最大多数人的最大利益为标准把同样的观念用于拉斯科尔尼科夫也许更合乎逻辑。

接着，在揭示拉斯科尔尼科夫计划犯罪的主观、利他动机的**追溯**过程中，每一步都伴随着另一段**向前发展**的情节，这些情节及时削弱了这种动机，显示出他的思想对其情感的**真正**影响。读者能够清楚地看到，每当拉斯科尔尼科夫在功利主义思想的影响下行动时，他的内心深处就释放出一种仇恨人类、冷酷无情的极端利己主义情绪，尽管他仍然以为他热爱人类。对拉斯科尔尼科夫的思想如何扭曲了他的情感进行的这种戏剧性的反复说明或许可以解释为什么就连那些指责陀思妥耶夫斯基使拉斯科尔尼科夫的动机前后矛盾的评论家也从来没有声称他的所谓艺术瑕疵严重损害了这部小说的原因。显然，这些评论家能够感觉到拉斯科尔尼科夫精神世界是统一的，尽管根据他们对这本书的错误解读无法解释这种统一，也无法解释如何达到的这种统一。

我所说的现在大概足以解释，当拉斯科尔尼科夫向索尼娅坦白他为自己犯了罪并且仅仅是为了看看自己是否强大到拥有杀人的权利时，一点也不令人意外。这只是他的自我认知，陀思妥耶夫斯基从小说一开始就让读者感觉到了这种认知。不过，陀思妥耶夫斯基非常巧妙地处理了《罪与罚》结构与主题之间的关系，请让我根据我对这种处理的一些观察总结一下。

陀思妥耶夫斯基在小说的第二部分开始缩小读者对拉斯科尔尼科夫的认识与拉斯科尔尼科夫对自己的认识之间存在的差距。因为，在第二部分中，随着拉斯科尔尼科夫从病态中逐渐恢复过来，他开始思考其罪行的所有反常之处并意识到，他不再知道自己**为什么**而犯罪。他在这个问题上面对着他过去所写的文章《论犯罪》，这篇文章说明，极端利己主义在很大程度上始终是对人类的功利主义之爱不可分割的组成部分。尽管陀思妥耶夫斯基早已小心翼翼地预示了这一题旨，但是，在它恰当地解答了拉斯科尔尼科夫对其罪行的疑问并使读者的初期印象具体明确下来之前，他并没有充分地展开它。不过，犯罪的经历立即使拉斯科尔尼科夫认识到，激起他对人类无私之爱的情感无法与想要成为拿破仑、成为梭伦①和莱库古②所需要的情感共存。因为，被其使命感所支配的真正的伟人不可能关心他为谋求其未来的幸福而践踏的苦难的人类。

拉斯科尔尼科夫最初的理论一旦因此而土崩瓦解，他就面临在索尼娅非功利主义的基督教之爱和自我牺牲与斯维德里盖洛夫导致自我毁灭的道德尽失之间的选择。于是，小说后半部分的结构明显表现出它的目的，它是想敦促激进派知识分子中的那些陀思妥耶夫斯基的读者，他们必须在爱的信条与力量的信条之间做出选择。正如我试图说明的那样，两种信条都在名为俄国虚无主义的冲动和理念的奇异混合中体现出来。因此，俄国激进意识形态在十九世纪七十年代发生的变化——当时"理性利己主义"被一种关于爱的基督教世俗伦理所取

---

① 梭伦(Solon，约前638—约前558)，雅典政治家和诗人，曾任雅典执政官并进行宪法和司法改革，改革成果被称为"梭伦的法律"。

② 莱库古(Lycurgus)是传说中的公元前八世纪斯巴达政治改革家，历史上是否真有其人至今存疑。——译注。

代——也许表明陀思妥耶夫斯基对虚无主义的抨击确实产生了某种影响。

请允许我补充说明一点,有一个情况一直让我很感兴趣:年轻敏感的皮萨列夫在阅读《罪与罚》时情绪失控痛哭流涕。他的反应是否与震惊地意识到什么事情有关? 即使有关,这也没有妨碍他立即写了一篇文章——这篇文章已经成为俄国文学批评的经典之作——证实,拉斯科尔尼科夫犯罪的真正起因是饥饿和营养不良。

# 《罪与罚》的背景①

约瑟夫·弗兰克 作

戴大洪 译

意大利小说家阿尔贝托·莫拉维亚曾经在一篇相当轰动的题为《马克思与陀思妥耶夫斯基决斗》的文章里说过,《罪与罚》"将长期作为理解最近五十年间在俄国和欧洲发生的事情的一种不可或缺的重要手段而为人们所铭记"。为什么? 他解释说,因为"尽管[拉斯科尔尼科夫]没有读过马克思的书并且认为自己是一个超越善恶的超人,但他已经初具人民委员的雏形;第一批人民委员其实出自拉斯科尔尼科夫所属的同一个知识分子阶层,与他的思想观念完全相同——他们同样渴望社会公正,具有同样可怕的思想一致性,行动同样坚决果断。而拉斯科尔尼科夫的困境正是人民委员和斯大林所面临的同样困境:'为了人类的利益杀死放高利贷的老太婆(读作"消灭资产阶级")是正当的行为吗?'"——也可以把莫拉维亚所举的例子换成稍微新一点的:消灭富农(кулак)是正当的行为吗?②

---

① 选自弗兰克,《俄罗斯棱镜》,普林斯顿:普林斯顿大学出版社,1990 年,第122—136 页。

② 莫拉维亚这篇文章的有关内容可以很方便地在 W. W. 诺顿版《罪与罚》中找到,这个版本是杰茜·库尔森英译并由乔治·吉比安编辑的,包括许多重要的资料(见第 642—645 页)。

关于陀思妥耶夫斯基的伟大小说《罪与罚》的这种观点发表在赫鲁晓夫谴责斯大林罪行的同一年（一九五六年）并且受到直接的影响，乍看起来它似乎只是对某个政治论点的巧妙的文学例证，不应把它当作对陀思妥耶夫斯基作品的评论认真看待。毕竟，拉斯科尔尼科夫与政治革命真的有什么关系吗？根据小说的描写，他的犯罪完全属于个人行为，与任何较大规模的社会政治运动毫不相干；而且，虽然他非常熟悉他那个时代学生激进分子的社会主义理论，但他坚决与他们**划清界限**。此外，他并不是什么人民委员，因此，即使他确实"渴望社会公正"，那也肯定不能说他具有"思想的一致性"（他实际上总是摇摆不定），也不能说他的"行动坚决果断"（他是在某种半睡半醒的恍惚状态下杀的人）。

尽管可以对莫拉维亚的评论提出如此具体的异议，但是，他的基本观点仍然被人们普遍接受。人民委员、斯大林与拉斯科尔尼科夫之间存在着某种逻辑关系，而莫拉维亚以其敏锐的洞察力触及了一些根本的东西，即使没有他说的那么确定和直接。与其说拉斯科尔尼科夫是一名人民委员，不如说他体现了陀思妥耶夫斯基卓越非凡的预见性。陀思妥耶夫斯基预见到，最终将如何产生这一类人，他们登上历史舞台对于俄国可能预示着什么——对于世界的意义如今已经显现出来。《罪与罚》的用意是要人们警惕陀思妥耶夫斯基眼中的这种怪胎的诞生，如有可能务必使其胎死腹中；莫拉维亚的评论的价值在于指出了小说的这一方面，它经常被人们所忽视，或者没有受到足够认真的对待。不过我们将要看到，正是由于这种试图把握当时社会文化现实的道德含义的努力，陀思妥耶夫斯基创作了一部随着时代的发展越来越切中时弊而不是越来越不合时宜的作品，自从一八六六年首次发表以来，几乎没有什么作品可以与它的艺术力量相匹敌。

# 一

《罪与罚》是陀思妥耶夫斯基第一部重要的小说，人们或许还可以感觉到，他的天赋在这部小说中以最纯粹、最清晰的形式表现出来。他从西伯利亚流放（1850—1859）——其中四年是在苦役营里度过的——归来五年之后开始创作这部小说，那是他与哥哥米哈伊尔在十九世纪六十年代初期共同编辑的两份文学-政论杂志中的第二份杂志倒闭后不久。这部小说的写作正值一个个人极度痛苦的时期，当时陀思妥耶夫斯基的私生活突然遭遇灭顶之灾，他正在竭力寻找一个新的立足点进行重建。他的第一任妻子——他曾经称之为"红装骑士"，她的某些性格特征在卡捷琳娜·伊凡诺夫娜·马尔梅拉多娃身上表现出来——在长期生命垂危、历尽令人心碎的痛苦后于一八六四年四月因肺结核去世。几个月后，与他合作默契一起工作的哥哥米哈伊尔突然死亡。尽管陀思妥耶夫斯基在哥哥去世之后甚至像古代的奴隶一样拼命工作竭力维持他们的《时世》（《Эпоха》）杂志的运转，但事实证明他的努力是徒劳的，而且使他背上了巨额债务。

由于在圣彼得堡被债主逼债，他希望去欧洲旅行获得一点平静。以前在欧洲的旅行逗留曾经使他的癫痫有所缓解，而且他还期待与他过去的情人、年轻作家阿波利纳里娅·苏斯洛娃重聚，他对她依旧怀有强烈的感情。他一直与她保持通信，仍未放弃使她回心转意的希望。因此，陀思妥耶夫斯基在一八六五年春天忙于为这次旅行四处筹集必要的资金，并且设法从为帮助贫困知识分子和大学生而设立的文学基金会（陀思妥耶夫斯基在一八六三至一八六五年间担任该组织管理委员会的秘书）弄到了一笔贷款。他还与几家期刊杂志接触，商讨写一部新的长篇小说的想法。

陀思妥耶夫斯基在写给《祖国纪事》杂志编辑安·亚·克拉耶夫斯基的一封信中描述了自己新的想法："我的小说题为《醉鬼》，与当前的酗酒问题有关。它不仅涉及这个问题，而且表现它所衍生的一切问题，尤其是它将生动地描写家庭以及这种情况下的儿童教育等等问题。"他还说，小说的篇幅至少三百页，也许更多；他要求预付三千卢布，对于他这种地位的作家来说，这比通常的稿费标准低得多。尽管迫不得已放弃了作家的自尊，他的要求仍然遭到了拒绝。结果，陀思妥耶夫斯基不得不向冷酷无情的出版商 Φ. T. 斯捷洛夫斯基求助，后者付给他所要求的稿费以换取出版三卷本陀思妥耶夫斯基作品集的许可，陀思妥耶夫斯基同时保证在一八六六年十一月一日以前向斯捷洛夫斯基提供一部新作，至少是一部中篇小说。如果作者没有履约，斯捷洛夫斯基就获得了陀思妥耶夫斯基未来所有作品的出版权，为期九年，不必支付任何报酬。

我们无法确定写作《醉鬼》的计划是否在陀思妥耶夫斯基这封信中寥寥数语的基础上有所进展；他敷衍的语气使人相信，他顶多可能只是草草地记下了一些初步的笔记。此外，这些话表明他正在构思一部社会问题类型的小说，而在其文学生涯的这一时期，他对写作此类小说几乎没有什么兴趣。但是，他这样谈论这部小说也许只是为了加强它对一位持怀疑态度的编辑可能产生的新闻时事吸引力，也许还因为克拉耶夫斯基曾在二十年前发表过陀思妥耶夫斯基早期创作的此类作品，例如《穷人》和《诚实的小偷》，这些作品以深刻感人的同情笔触描写了醉鬼。不过，学术界一致认为，陀思妥耶夫斯基为这部小说积累的所有素材最后都被用在了《罪与罚》中与马尔梅拉多夫一家有关的辅助情节上。

与斯捷洛夫斯基签订的合同使陀思妥耶夫斯基得以在把大部分

稿费分配给债主、养子帕沙和已故哥哥的一大家子人之后出国旅行。途中他在威斯巴登停了下来，希望在那里通过赌博充实一下钱包，结果很快就把他所剩不多的钱给输掉了。因为无力支付旅馆的账单，为了等待使他可以重新踏上旅程的钱汇来，他被滞留在这个德国矿泉疗养地足足两个月时间。阿波利纳里娅·苏斯洛娃前不久在看望他之后刚刚离开威斯巴登，从他写给苏斯洛娃的一封信中所摘录的这一段内容可能在某种程度上集中反映了他的心态：

> 我的情况糟糕**透顶**；不可能比这更糟糕了。此外，肯定还有我尚未得知的不幸和坏消息。……我在这里住着仍然不给饭吃，这已经是我第三天以早晚的茶水充饥了——真是让人不可思议：我一点也不想吃东西。最糟糕的是他们对我处处设限，晚上有时不给我蜡烛，（尤其是）当先前的蜡烛快要燃尽时，就连最短的蜡烛也不给。不过，我每天下午三点离开旅馆，直到六点才回来，以免别人觉得我根本没有吃饭。①

正是在个人蒙受耻辱因而内心极度愤怒——当时他肯定能够感觉到某个拉斯科尔尼科夫对社会不公的所有仇恨在自己的内心深处沸腾——的这一段时间，我们第一次看到他要把一个故事最终写成小说的打算。

陀思妥耶夫斯基在写给朋友亚·彼·米柳科夫的一封信中请他向杂志推荐一篇小说并且争取弄到一笔预付的稿费。没有具体谈到小说的内容，陀思妥耶夫斯基只是向米柳科夫保证，"人们将会关注

---

① 引自《费奥多尔·陀思妥耶夫斯基书信选》(约瑟夫·弗兰克和戴维·I.戈尔茨坦编辑，安德鲁·麦克安德鲁英译；新泽西州新不伦瑞克，1987)，第219页。

它,谈论它……我们当中还没有人写过这种类型的东西;我保证它的独创性,对了,我还保证它有抓住读者的力量"。可是,彼得堡的杂志都不感兴趣,结果,陀思妥耶夫斯基不得不在极不情愿的情况下给老对手米哈伊尔·卡特科夫写信。卡特科夫是近来转向保守的《俄国导报》杂志具有影响力的编辑,他还是屠格涅夫和托尔斯泰的出版商,不过,在这个特定的时刻幸运的是,这两位作家最近都没有向他提供新作,于是,他接受了陀思妥耶夫斯基计划中的小说。在陀思妥耶夫斯基的个人文件中找到的小说家这封信的草稿让我们看到了他这部新作最初的基本构思。

他把这篇小说称为"一次犯罪的心理报告",犯罪的是"一个被大学开除的年轻人,出身于小市民阶层,生活在极度贫困中"。他受到"周围环境中流行的'不成熟'的离奇思想"的影响,"决定"通过杀死一个靠典当放高利贷的老太婆"一举摆脱自己令人厌恶的处境"。

> [她]愚蠢而且病态,贪得无厌……凶狠邪恶,吞噬别人的生命,虐待妹妹,把妹妹当成她的佣人。"她一无是处。""她为什么应当活着?""她对什么人有哪怕一点点好处吗?"这些问题使年轻人迷惑。为了使住在外省的母亲生活幸福,为了把受雇于一户地主人家做侍伴的妹妹从这家主人淫荡的勾引——这种勾引使她有失去贞操的危险——中解救出来,为了完成自己的学业、出国深造,以后终生做一个正直的人,坚定不移地履行"对人类的人道义务",他决定杀死她。即使人们真的能把对一个耳聋、愚蠢、邪恶、病态的老太婆——她不知道自己为什么活在世上并且可能在一个月之内自然死亡——采取这种行为称为犯罪,他所履行的"对人类的人道义务"最终也会"抵偿"他的罪行。

陀思妥耶夫斯基还说明他打算如何安排故事情节。一个月过去了，"没有人怀疑他，也不可能有人怀疑他"，但是，"犯罪的整个心理过程就在这一段时间里逐渐展开，杀人凶手面对着无法解决的问题，突如其来的种种意想不到的情感折磨着他的心灵。天堂的真理、人间的法律产生了作用，结果，他最终**不得不**投案自首"。驱使他这样做的是"与人类疏离的孤独感"，他在犯罪之后切实体验到的这种感觉一直折磨着他。最后，"罪犯决定承受苦难为自己赎罪"。陀思妥耶夫斯基还说，报纸最近刊登的与受过教育的年轻一代的各种犯罪行为有关的报道使他确信，"我的**主题**一点也不稀奇古怪"，并且举出两起大学生在冷静算计思考之后所实施的谋杀为例。（《费奥多尔·陀思妥耶夫斯基书信选》，第 221—223 页）

## 二

最初很可能是陀思妥耶夫斯基一直密切关注的报刊上的此类报道激发了他的想象力，使他产生了创作一篇可以迅速完成而且能够畅销的小说的想法。不过，如果他是这样捕捉到具有轰动效应的最新题材的话，那是因为他长期专注犯罪与良心的问题，而且还因为，由于十九世纪六十年代的俄国激进分子试图在更加"理性的"基础上建立新的道德规范，此类问题已经成为亟需解决的现实问题。

陀思妥耶夫斯基在苦役营服刑那几年使他直接接触到人类经验的一个令人恐惧的广阔领域，他朦胧地感觉到可能出现一个令人恐惧的世界，在这个世界里，人们不再只是以区分善恶来控制行为。例如，他在苦役营回忆录《死屋手记》中写道，在几乎全是杀人犯的农民囚犯身上，没有任何明显的"内心痛苦"的迹象，这让他感到非常震惊。但是他也注意到，"几乎所有囚犯都在睡梦中胡言乱语"，而且他们的梦话通常都与他们残暴的过去有关。也没有任何农民囚犯拒绝接受评判他们的道德规范；在复活节举行的礼拜仪式上，他们全都跪下来祈求基督的宽恕。

真正让陀思妥耶夫斯基感到恐惧的根本不是什么农民，而是一个聪明、漂亮、受过良好教育的上流社会成员。陀思妥耶夫斯基写道，这个名叫帕维尔·阿里斯托夫的囚犯是个"最令人厌恶的典型，他证明一个人可以沉沦堕落直至坠入万丈深渊，证明一个人可以毫不费力或悔恨地消除自己的所有道德情感"。阿里斯托夫是个奸细和告密者，因为诬告各色人等策划反政府的阴谋，然后又用靠陷害他人从秘密警察那里骗来的钱花天酒地而被送进苦役营。陀思妥耶夫斯基认为，当道德规范土崩瓦解或者遭到毁灭时，永远存在发生这种堕落的可能性；苦役营的见闻还使他相信，这种堕落发生在受过教育的精英当中的可能性比发生在民众当中的可能性要大得多。当斯维德里盖洛夫这个人物——他完全是拉斯科尔尼科夫的另一个玩世不恭的自我——第一次出现在陀思妥耶夫斯基早期为《罪与罚》所作的笔记中时，他的名字是：阿里斯托夫。

不过，陀思妥耶夫斯基在《死屋手记》中还提到了另一类受过教育的人，但他并没有把这一类人与他的任何难友联系起来；我们似乎可以认为这是通过想象对陀思妥耶夫斯基本人情况的反映，他默默沉思着自己年轻时的革命热情。（我们也许还记得，这些热情包括计划发动一场血流成河的农民革命。）这一类人与农民罪犯完全不同，他们可能犯下了残忍的杀人罪，但却"从不……反省自己的罪行……甚至还认为自己做得有道理"。这种另类犯罪者是"受过教育的有良知、有觉悟、有同情心的人。早在对其施加任何惩罚之前，他内心的痛苦足以将其折磨至死。他对自己所犯罪行的自责比最严厉的法律冷酷无情得多"。在陀思妥耶夫斯基将要向卡特科夫提供的小说中,这是被他当作主人公的那个人物的原型。

陀思妥耶夫斯基对犯罪主题和良心问题的着迷肯定是由这种直接的印象和思考引起的,再加上他热衷于阅读莎士比亚、席勒、普希金、雨果和狄更斯等人的作品,在这些作家的作品中,此类问题一次又一次得到有力的体现。但是,由于十九世纪六十年代俄国社会文化思潮的动荡起伏,他的注意力特别集中。激进派迫切要求发动革命并且坚信不久的将来会发生一场革命,同时忙于重塑构成道德规范的整体观念。受到杰里米·边沁和约翰·斯图尔特·穆勒的功利主义学说——卡尔·马克思认为这种学说是中产阶级为资本家的自私进行的辩护——的影响,俄国激进派最重要的思想家尼古拉·车尔尼雪夫斯基公开表示,"理性利己主义"比基督教信仰所宣扬的旧的良心观念更为可取。人性是"自私的",因此,人们喜欢一切对自己有利的东西;自我牺牲的概念是有害的无稽之谈;不过,人们通过运用理性将认识到,他们的最大利益在于把他们的个人利益与绝大多数人的最大幸福等同划一。由于天真地相信理性思考的力量可以控制主宰人类精神的一切爆炸性潜能,这些思想在从西伯利亚归来的陀思妥耶夫斯基看来似乎是最愚蠢、最危险的幻想。因此,他在十九世纪六十年代初期的主要作品(《被侮辱与被损害的》《冬天记录的夏天印象》和《地下室手记》)全都试图揭露这种学说的局限和危害。

实际上,如果寻找某种模式概括陀思妥耶夫斯基历经流放的磨难之后所写的这些作品的特征,我们可以认为它们是一种辩证混合物:他把他在观察和自我审视的受难时期所认识到的东西应用于他归来之后所遇到的激进派知识分子的理论。在西伯利亚时期所积累的印象——当然包括他对自己的过去的探究分析——显然包含在他后来的所有作品中。但是,他从来没有为呈现这些印象本身而简单地描述它们（即使是在以新闻特写形式写成的《死屋手记》中）；它们总是对准激进派知识分子哲学信条的道德含义。这两种因素的结合以及它们之间的张力使陀思妥耶夫斯基的作品既有显著的人性深度，又有智慧哲理的高度。他估量了激进意识形态对人性中必然存在的真实成分——在西伯利亚，人性中这些真实成分的存在给他留下非常深刻的印象——可能产生的影响。他采取的做法是，富有想象力地预测这些激进理论落实**在人的行为中**的后果并以他在早期作品中已经显示出来的那种无与伦比的心理描写天赋戏剧性地表现它们。

## 三

最初只是打算写一篇关于"一次犯罪的心理报告"的篇幅较长的短篇小说的计划并没有存在多长时间。陀思妥耶夫斯基的笔记本中有最初这个计划的一份草稿，它集中表现了故事的讲述者在犯罪之后所体验的绝望的痛苦和强烈的孤独，他感到自己与人类完全疏离了。以第一人称叙事方式写成的这篇小说更像《地下室手记》那种自我揭露的忏悔而不像我们熟悉的《罪与罚》。这个版本在人物开始表示怨恨、反抗和愤怒并且经历沮丧和绝望的时候没有了下文，而这给人的印象是，人物本身的发展超出了陀思妥耶夫斯基最初设想的界限。一旦认识到笔下的人物**既**性格叛逆**又**内心痛苦，陀思妥耶夫斯基就不可能再把他限制在最初设想的狭隘范围之内了。

也许正是在创作的这个阶段，陀思妥耶夫斯基决定把这篇小说与先前计划创作的《醉鬼》合二为一，从而引进了马尔梅拉多夫一家，特别是引进了索尼娅，以便产生拉斯科尔尼科夫自愿投案的过程。就这样，"一次犯罪的心理报告"扩展成为陀思妥耶夫斯基第一部描写思想悲剧的长篇小说，这部作品以一个在当时流行的激进思想影响下谋杀犯罪的主人公为中心，展现了广阔的社会场景。然而，随着作品涉及的范围在陀思妥耶夫斯基笔下不断扩大，第一人称叙事方式所带来的技术问题越来越严重地困扰着他。第一人称叙事方式是他早期灵感的自然选择；但是，随着短篇小说变成一部长篇小说，实践证明这种叙事方式越来越难以为继了。

例如，因为对自己的罪行感到震惊，拉斯科尔尼科夫的精神状态必须呈现出持续的混乱和困惑；有时他几乎不知道自己在干什么，但在这些草稿中还要求他充当清醒可靠的叙述者，这说明他是在极不真实地转述其他人物的长篇大论，而且明显带有别人的语气和神态。由于陀思妥耶夫斯基一心想把他的重点始终放在拉斯科尔尼科夫意识中的道德挣扎上，他尝试了各种办法解决他的难题。一种办法是设想拉斯科尔尼科夫在服刑期满之后开始坐下来写作，这样就能平静地思考一切往事；但是，陀思妥耶夫斯基最终决定改用第三人称叙事方式。他在（一八六六年二月）写给弗兰格尔男爵的一封信中提到了这件事，他在这封信中向朋友透露，虽然他在十一月底已经写好了许多并已定稿，但是，"新的叙事方式、新的作品结构吸引了我，因此我重新从头开始了"。

不过，尽管选择了这种新的叙事方式，陀思妥耶夫斯基仍然不想放弃像计划中那样主要通过拉斯科尔尼科夫的感受看待世界所带来的好处；他的笔记本显示，他认真地考虑过如何保留这一优点。"从无所不知、无形存在的作者的角度叙述，"他匆匆记下，"一刻也不离开他［小说人物］，甚至可以说：'一切完全是偶然发生。'"因此，陀思妥耶夫斯基告诫自己尽量靠近拉斯科尔尼科夫，即使是在评论他的行为时，也要把注意力继续集中在这个人物身上。这种手法当时极具独创性，它使陀思妥耶夫斯基得以在摆脱第三人称叙事方式的局限性的同时保留其心理上的亲密感。它还使他成为亨利·詹姆斯和约瑟夫·康拉德那一类作家进行叙述视角实验的先驱,尽管康拉德强烈的反俄倾向可能使他不承认从陀思妥耶夫斯基那里学到了许多东西。(在《在西方的注视下》的读者看来,康拉德显然对《罪与罚》烂熟于心。)

到这时,陀思妥耶夫斯基在他写给卡特科夫的信中所描述的拉斯科尔尼科夫最初的犯罪动机也值得关注地扩大了范围。帮助家人的愿望不再是他的主要动机,他把这种愿望与一种更加宏大的设想联系起来,帮助家人只是其中的一部分。两年前,苏斯洛娃曾在笔记本中记下了他们一起在都灵旅行时陀思妥耶夫斯基所发表的一通言论。"就在我们吃饭时,他看着一个正在上课的小姑娘说:'喂,想象一下,你在那儿有个像她一样的小女孩儿和一个老人,突然某个拿破仑说,"我想毁掉这座城市。"在这个世界上事情往往是这样。'"作为无情、暴虐的专制权力的化身,拿破仑长期以来如鬼魂一般出没于俄国人的想象中,而陀思妥耶夫斯基熟悉许多文学作品,包括他喜爱的普希金作品,在这些作品中,拿破仑的形象经常被当作不受任何道德因素约束的权力意志的象征。不过,俄国文化的这种拿破仑情结——也许可以这么称呼它——最近重新焕发了活力,与之联系在一起的不是这位其身影赫然笼罩着欧洲浪漫主义的令人敬畏的皇帝,而是十九世纪六十年代的俄国平民知识分子——陀思妥耶夫斯基最为关注的新一代知识分子。

这是激进意识形态自身内部发展演变的结果。就在陀思妥耶夫斯基创作《罪与罚》的前一年,这一意识形态的一个新的变种开始对俄国社会文化环境产生越来越大的影响。它在本质上是我们已经提到的"理性利己主义"学说的一个衍生物;但是,它比车尔尼雪夫斯基更加强调个人的自我实现,强调立即享受使人快乐的生活而不是为了在相当不确定的未来实现公共社会的幸福而推迟这种享受。这一激进主义新的分支与德米特里·伊·皮萨列夫的名字联系在一起,通过对拉斯科尔尼科夫与笨拙迟钝但本性善良的空想社会主义者列别贾特尼科夫的形成对比的描写,陀思妥耶夫斯基戏剧性地表现了这两种思潮。"那个傻瓜拉祖米欣为什么要辱骂社会主义者?"拉斯科尔尼科夫问自己,"他们是勤劳的商人:他们关心的是'大家的幸福'。不,我只有一次生命,不会再有第二次;……我想为自己活着,否则还不如根本不活。"

这只是皮萨列夫的思想对陀思妥耶夫斯基塑造其中心人物产生影响的方式之一。更重要的是皮萨列夫在一篇关于屠格涅夫的《父与子》——这也是陀思妥耶夫斯基非常欣赏的一部作品——的著名评论文章里所发表的一些言论。在这篇文章里,针对自己所属的激进派阵营中诋毁《父与子》的那些人,皮萨列夫为这部小说进行辩护。按照他的说法,小说人物巴扎罗夫是当代新的激进主义英雄的典范,因此,皮萨列夫对巴扎罗夫的赞美大大超越了屠格涅夫对其持怀疑态度的既欣赏又贬损的描写。实际上,皮萨列夫把巴扎罗夫这个出身卑微的俄国激进知识分子几乎提升到了超越善恶的尼采式超人的高度。他宣称,"无论是在他之上,还是在他的身外或内心,[巴扎罗夫]不承认任何监管者,也不承认任何道德戒律和原则。"而且,"除了个人修养之外,没有什么能够阻止他杀人越货……也没有什么可以激励他在科学和社会生活领域探索发现"。皮萨列夫因而断言,巴扎罗夫在心理上没有任何道德顾忌;所以,他完全像看待杰出的文化成就或社会生活的重大变革那样同等看待普通的犯罪。

这种思想的变换贯穿了拉斯科尔尼科夫狂乱的独白;因此,如果我们要去寻找拉斯科尔尼科夫那篇具有决定意义的文章《论犯罪》的源头的话,那么,我们必须再次转向皮萨列夫(尽管在这方面他通常被人们所忽视)。与拉斯科尔尼科夫一样,皮萨列夫在两类人——过着

"习以为常、睡梦一般平静"的生活、"像植物一样生长"的民众与极少数为自己的目标活着并努力的"另类人士"——之间划了一条明显的界线。这些"另类人士""永远[与民众]格格不入,永远轻蔑地看待民众,同时又永远为提高民众生活的幸福水平而努力"。皮萨列夫写道,民众"不会有所发现也不会犯罪";但是这些"另类人士"几乎都会以民众的名义并且为了民众的利益而断然行动,毫无疑问,他们同样拥有拉斯科尔尼科夫要求赋予他的所谓"非凡人士"的那种违反道德戒律的**权利**。

我认为,正如我们在小说中看到的那样,这种观点在创造拉斯科尔尼科夫这个人物时得到了体现。拉斯科尔尼科夫"付诸实践"的"'不成熟'的离奇思想"不再只是十九世纪六十年代初期在俄国普遍流行的功利主义思想,不再只是以前曾与天真的乌托邦式人道主义思想——陀思妥耶夫斯基用列别贾特尼科夫这个人物嘲笑了这种思想——结合起来的功利主义思想。相反,它是以皮萨列夫所宣扬的具有里程碑意义的第一个尼采式超人形象巴扎罗夫为代表的功利英雄主义的最终体现;当陀思妥耶夫斯基兴奋地构思他的小说时,他发现自己设想的正是这种后果。"如今皮萨列夫走得更远,"一八六二年他在笔记本中写道;另外,在小说的草稿中,想娶拉斯科尔尼科夫的妹妹为妻的奸猾律师兼资本家卢任在一番专门抨击慈善和悲悯的道德意义的言论中明确提到了皮萨列夫——陀思妥耶夫斯基后来把他的名字删掉了。意味深长之处还有,拉斯科尔尼科夫承认,卢任的言论再次系统阐述了导致自己杀人的同样学说。①

---

① 关于皮萨列夫这篇文章与《罪与罚》的关系,更多的情况请参阅本文作者所著《陀思妥耶夫斯基:自由的苏醒,1860—1865》(新泽西州普林斯顿,1986),第十二章,特别是第172—178页。皮萨列夫这篇文章可以在三卷本的《皮萨列夫文学批评文集》(列宁格勒,1981)中找到,见第一卷,第235、233页。

# 四

因此,《罪与罚》是陀思妥耶夫斯基努力戏剧性地表现他所察觉到的潜藏在俄国虚无主义意识形态中的危险的产物。尽管这种危险对社会的危害肯定存在,但是它对整个社会的危害并不是太大,它主要威胁的是年轻的虚无主义者自身。陀思妥耶夫斯基非常清楚,无论是否认为他们的"利己主义"具有无可辩驳的合理性,激励普通俄国激进分子的是慷慨助人和自我牺牲的感情冲动,他们被最高尚的情感——同情、无私、博爱——所打动。当陀思妥耶夫斯基这部小说完成并且发表了大约一半时,第一次有人刺杀沙皇,行刺者是一名与拉斯科尔尼科夫具有颇多相似之处的前大学生;尽管刺杀行为让陀思妥耶夫斯基感到震惊,他还是给卡特科夫写了一封不同寻常的信,对接着出现的普遍诋毁年轻一代的做法提出异议:

> 在我们俄国人当中,在我们可怜无助的男女青年身上,仍然具有社会主义将赖以长期存在的我们自己永恒的**基本**特征,那就是,他们乐于助人的热情和纯洁的心灵。他们当中有数不清的流氓和恶棍。但是,各种各样的中学生和大学生——我见过他们中的许多人——为了荣誉、为了真理、为了真正有益于社会而非常纯真、非常无私地变成了虚无主义者。您知道,他们抗拒不了这些愚蠢的[激进]思想,误以为它们无比正确。(《费奥多尔·陀思妥耶夫斯基书信选》,第228—230页)

陀思妥耶夫斯基正是在这种思想格局中创作他这部小说的,如果我们从他那个时代的角度解读《罪与罚》的话，那么，它的目的就是要让激进分子自己认识到他们深信的那些东西的**真正**含义及其道德情感来源与他们的信条明确证明正当合理的残忍行为之间的根本矛盾。陀思妥耶夫斯基给自己设定的任务是，以自我觉醒的形式表现这种矛盾冲突，让拉斯科尔尼科夫自己逐渐发现其意识形态中互不相容地混合在一起的荒谬思想大杂烩。这就是为什么拉斯科尔尼科夫在小说的开头似乎是一种犯罪动机（希望帮助家人然后致力于慈善事业），后来，当他向索尼娅进行那一番著名的忏悔时，似乎又是另一种动机（希望证明自己"能否跨过障碍……我是不是一个胆小鬼或者我是否有权"）。

许多批评家认为这种明显的双重动机是小说的一个败笔，是陀思妥耶夫斯基没能在艺术上一以贯之地塑造人物。然而，仔细阅读我们会发现，在整个第一部分，陀思妥耶夫斯基为让读者看到拉斯科尔尼科夫最终将有自知之明做了精心的铺垫。他暗示，每当拉斯科尔尼科夫被他那些"思想"支配时，他的性格就会从具有人的反应和同情心变成傲慢自大、鄙视一切并且对他人的痛苦漠不关心。小说的重点在于揭示这种内在的辩证逻辑：不可能将那些激励拉斯科尔尼科夫把自己想象成人类恩人的情感与那种把他可以随心所欲地无视道德准则的观念付诸实践的要求结合起来。正是因为拉斯科尔尼科夫不能完全压制自己的道德观念和良心发现，他才无法实现跻身"拿破仑"之列的野心，尽管这种道德良知已经被十九世纪六十年代可以证明杀人有理的激进意识形态扭曲到非常荒谬的程度。

关于拉斯科尔尼科夫，苏联最优秀的陀思妥耶夫斯基评论家之一米哈伊尔·巴赫金曾经说过，"出现在他视野中的某个人足以立即成为他的个人问题的具体解决方案"；陀思妥耶夫斯基巧妙地把这种隐含的意识形态结构与其内在的侦探小说故事情节交织在一起。喝醉了的马尔梅拉多夫以无依无靠的上帝弃儿的强烈宗教感伤情绪对抗拉斯科尔尼科夫时髦的功利主义,对抗其"理性"万能的信条,他希望基督宽恕众生的奇迹出现,这恰恰是因为他非常痛苦地意识到,他**最不具备**得到这种宽恕的资格。为了创造艺术奇迹,陀思妥耶夫斯基设法使马尔梅拉多夫富于自我牺牲精神的妓女女儿索尼娅那充满同情心的爱达到了远远高于感伤小说陈腐情节的水平。无法想象比**他们**赖以生存的价值观与拉斯科尔尼科夫试图付诸实践的价值观之间更大的反差;两者并存构成了这部小说的核心。

我们应当强调的是,马尔梅拉多夫一家的价值观并不是正统教会虚伪的老生常谈(通过卡捷琳娜·伊凡诺夫娜与前来为她垂死的丈夫主持临终圣礼的神父尖刻绝望的对话,陀思妥耶夫斯基对**这些老生常谈**采取了嘲讽的漠视态度)。相反,他们的价值观是原始基督教的末世论道德,主要强调宽恕一切和富于自我牺牲精神的爱的至关重要性,强调山上宝训的信条以及圣保罗认定把基督钉死在十字架上"对希腊人来说是愚行"。陀思妥耶夫斯基热情地相信,这种精神特质存在于俄国农民生活的核心,因此,他通过**分裂派教徒**(раскольники)尼古拉这个人物表现了这种民间风貌。尼古拉是那个错误地受到犯罪指控的房屋油漆工,但他因为感觉到自身有罪而愿意认罪,以便把"受苦"当作一种赎罪的方式。民众中真正的**分裂派教徒**与新近从知识分子中产生的假**分裂派教徒**之间的这种反差是陀思妥耶夫斯基的意识形态潜台词的重要组成部分。

在小说情节的层面之下,另一些人物也与拉斯科尔尼科夫有关联。心地善良、热情奔放的拉祖米欣(他的姓氏中含有"理性"这个俄语词汇,似乎暗示了陀思妥耶夫斯基关于应当如何体现这种素质的看法)是陀思妥耶夫斯基塑造的俄国青年的形象,他希望看到这种俄国青年取代拉斯科尔尼科夫那种消极而且满腹怨恨的激进分子。拉祖米欣具有俄国人"开朗豁达"的天性；他跳进生活的海洋中遨游而且——与他的朋友拉斯科尔尼科夫正好相反——快乐地面对生活的逆境，他纵容迁就自己但从不忘记道德准则。卢任和斯维德里盖洛夫两人都体现了拉斯科尔尼科夫所信奉的功利"利己主义"，这种利己主义不是沦为资产阶级唯利是图的理由根据，就是沦为贵族阶层感到厌世之后的放荡纵欲。我们也不应当忘记那位调查犯罪的出色警探波尔菲里·彼得罗维奇，他洞悉拉斯科尔尼科夫扭曲的灵魂深处，真的想把拉斯科尔尼科夫从疯狂和绝望中拯救出来。波尔菲里也许可以被认为是一个父辈的形象，他代表了历经磨难的陀思妥耶夫斯基，以同情和悲哀的目光注视着自己年轻时的革命妄想和狂热的转世再生。

正是在拉斯科尔尼科夫意识到自己不可避免地将随着功利利己主义这两种蜕化变质的替代品之一沉沦堕落因而恐惧地退缩后，他终于选择了索尼娅。不过，他的让步与其说是放弃了他的想法，不如说是承认了个人的脆弱。但是，到了备受批评和误解的尾声，在他突然做了一个梦之后，这些最终也不算数了。他梦见了一个世界，在这个世界里，**每个人**都感染了相信自己是"非凡人士"的病毒，他们的超人智力使他们拥有不受控制的绝对权力；结果是无休无止的相互残杀和社会动乱，通过所有人对所有人的全面战争实实在在地实现了霍布斯①式的自然状态。只是在拉斯科尔尼科夫富于想象力地以这种方式"终结"了自己的信念之后，他才真的允许自己设想也去接受索尼娅的信念，尽管全书始终显示，这些信念实际上一直存在于他的内心深处和灵魂之中。

---

① 托马斯·霍布斯（Thomas Hobbes，1588—1679），英国哲学家，现代政治哲学的奠基人之一。他不相信上帝，认为唯一能把社会团结起来的办法是强大的社会制度和强有力的统治者。他的著作《利维坦》（1651）阐述了这些观点。

# 五

　　这篇介绍性文章的兴趣主要在于提供与陀思妥耶夫斯基这部小说杰作的由来有关的信息并将其放在他那个时代的社会文化背景下讨论。但是,天才的真正标志是根据无论处于何时何地的个人世界的矛盾和问题或个人经历开始创作的能力,天才还可以用这些东西进行创作却决不丧失与未来对话的可能性,因为它们对于阐明人类的某些永恒状况具有启迪作用。正如威廉·布莱克①所说,这种创造者具有"在一粒沙子中发现一个世界/从一朵野花中看见一座天堂"的能力。根据十九世纪六十年代俄国严重的社会动荡和相当幼稚空洞的激进学说(也就是说,以更广阔的哲学视野来判断),陀思妥耶夫斯基设法对某种自身发生冲突的良心进行了自《麦克白》以来最精彩的描述。只要"汝不可杀人"的戒律仍然是犹太教和基督教道德准则的一部分,拉斯科尔尼科夫的痛苦就将直接引起每一个像索尼娅一样凭直觉认为人的生命是(或应当是)神圣的读者的情感共鸣。索尼娅与拉斯科尔尼科夫之间的冲突提出了关于继承了希腊-罗马文明和基督教信仰双重传统的西方文化的一些最深刻的问题,它以如此令人痛苦的壮美戏剧性地表现了正义与仁爱这两种理想之间的冲突。通过悲剧性地把握人类所面临的最严重的道德-哲学困境,这些内容达到了唯有埃斯库罗斯的《欧墨尼得斯》、索福克勒斯的《安提戈涅》和莎士比亚的《一报还一报》可以与之相提并论的高度。

---

　　① 威廉·布莱克(William Blake, 1757—1827),英国诗人,水彩画家和版画家。最著名的作品是插图诗集《天真与经验之歌》(1794),其中包括他的诗歌和作为诗歌插图的手工版画作品。

不过，如果说陀思妥耶夫斯基的《罪与罚》提出了这些"永恒的"问题，那么，它还以一种既有独特的现代（用这个词表示法国大革命以后的历史进程）特征又有显著的时代意义的方式理解它们。正如目光敏锐的波尔菲里·彼得罗维奇对拉斯科尔尼科夫所说，"这是一起离奇古怪、晦暗不明的现代案件，这是一个发生在人心迷乱的当代的事件……现在我们有充满书生气的梦想，有一颗因为各种理论而躁动的心。"或是像另一名曾经的激进分子华兹华斯稍早一些在长诗《序言》中对法国大革命的评论：

> 这是一切事物迅速堕落的
> 时代，某种理论体系
> 立即受到欢迎，它保证人类的愿望
> 与情感分离，今后将会
> 永远处于更纯洁的适宜环境。
> 那是一个吸引人的地方，
> 因为热忱能够进入其中恢复活力，
> 各种激情在那儿都有表现的权利，
> 而且绝不会听到有人叫它们原来的名字。
>
> （《序曲》，第十一卷）

华兹华斯的最后两行诗句深入到了《罪与罚》的核心，并且提前准确地定义了拉斯科尔尼科夫将在自己身边发现的事情。

陀思妥耶夫斯基的小说，尤其是《罪与罚》读起来让我们感到令人吃惊的即时直观，因为它们产生于一个其面对的问题仍然具体摆在我们面前的世界，在那个世界里，陀思妥耶夫斯基设想的情况（希望它们不会成真）如今已经变成司空见惯的现实。我们现在可以看出莫拉维亚在多大程度上讲的是事实以及《罪与罚》与过去五十年的历史关联到了什么程度。因为，尽管拉斯科尔尼科夫没有读过马克思，但他**确实**读过车尔尼雪夫斯基和皮萨列夫，人民委员更多地接受的是这两人的思想而不是马克思的思想的教育。

历史上的所谓俄国虚无主义在十九世纪后期被其他国家轻蔑地认为是俄罗斯精神的一次特殊的失常。但是，由于某些引人探究的原因，如今它已在世界范围内成为一种更加普遍的现象。以出于善意的暴力造福于人类并且消除不公正这一概念从来没有如此广泛地被人们所接受；不再只是针对特定的个体而是针对群体的恐怖主义行为已经成为日常生活的一种现实，还有人用最高尚的动机证明这种行为正当合理。对恐怖犯罪分子的不满持同情态度的那些人可能会像陀思妥耶夫斯基同时代的同一类人那样说，他的小说并没有为其如此动人地表现的社会问题提供真正的解决方案。这是无可争辩的事实；然而，陀思妥耶夫斯基的目的并不是为已有的解决方案再增加一种解决方案。相反，他的目的是强调，如果忽略了激励着索尼娅的同情与爱的价值观念——因为这种价值观念作为拉斯科尔尼科夫情感的一部分始终存在，它使她也能拯救他——**任何**解决方案最终都将是不人道的，因而在道德上也是不可接受的。

# 《罪与罚》的"人名诗学"[①]

糜绪洋　作

对不少中国读者而言,阅读俄罗斯文学,尤其俄罗斯长篇小说的第一个障碍便是人物无穷无尽又千变万化的名字——在没有原文知识的读者眼中,作品人物的名字只是一连串没有任何意义的拗口音素,可事实上优秀作家从不会为自己的人物随意起名,这些人物的名字浅则能暴露人物在现实生活中的原型,揭示其族裔、职业、性格特征,表明作者对人物的态度,深则具有很强的象征意义,是理解人物形象乃至整部作品主旨的一把钥匙。

在中国文学中,为人物姓名赋予文学性的往往是名、字或绰号,因为姓只能在较小的范围内选择,而起名则有自由发挥的空间。而在一神教传统影响下的俄罗斯,情况恰恰相反:名和父称往往只能从为数不多的几打基督教教名中选取,姓却不受太多限制,可随意杜撰。

在俄罗斯的"人名诗人"中,列夫·托尔斯泰算是中规中矩、老老实实的代表,其主人公的人名往往只是人物原型名字的简单变体,如

---

①　原载《北京青年报》,2016 年 10 月 28 日。略有修订。糜绪洋,俄科院俄罗斯文学研究所(普希金之家)副博士生。

《战争与和平》中保尔康斯基（Болконский）就是从其原型沃尔康斯基（Волконский）微调后得来①，而从《安娜·卡列尼娜》的主人公列文的名字中则能看出其原型就是托尔斯泰自己（列夫 Лев > 小名廖瓦 Лёва > 名变姓得廖文 Лёвин > 列文 Левин）②。而另一些人则不满足于这种简单变化，十八世纪的喜剧诗人常爱为主人公杜撰一些讽喻性很强的姓，比如在冯维辛的《纨绔少年》中，反面人物叫普罗斯塔科夫（Простаков，憨人）、斯科季宁（Скотинин，牲畜），正面人物则都是普拉夫金（Правдин，真话）、斯塔罗杜姆（Стародум，老而智）等，人物形象可谓一目了然。果戈理将这种传统发扬光大，据说当时的人在读他的喜剧剧本时，一读到人名就会开始捧腹大笑。陀思妥耶夫斯基继承且大大深化了这一传统，可谓是这一派中的登峰造极者。下面我们以《罪与罚》中一些人物的姓名为例，管窥一下陀氏"人名诗学"的魅力。

罗季昂·罗曼诺维奇·拉斯科尔尼科夫（Родион Романович Раскольников）。Раскол，分裂，这个词精确地抓住了小说主人公性格与世界观的特征：善良与残酷、温顺与暴躁并存，凡事好走极端，在信仰与怀疑中艰难徘徊，心中怀有高尚的救世理想，却又坚信为达目的可不择手段。③ 在历史语境中，раскол 特指十七世纪中叶俄国发生的教会分裂，拒绝接受宗教改革的分裂派教徒（раскольник）受到沙皇政权残酷迫害，不惜以极端形式反抗，誓死坚守信仰。陀思妥耶夫斯基

---

① *Эйхенбаум Б. М.* Лев Толстой：Исследования. Статьи. СПб.：Изд-во СПбГУ，2009. С. 58，459-460.

② 由于俄语正字法中通常不区别 ё 和 е，因此无论廖文（Лёвин）还是列文（Левин）都会写成 Левин。在托尔斯泰的构思中，《安娜·卡列尼娜》的这位主人公应该叫廖文（而 Левин 其实是一个传统犹太姓氏，通常译作莱温），但奈何多数读者无法领会作者的意图，以讹传讹后列文逐渐成为定解。

③ *Бем А. Л.* O Dostojevském. Sborník statí a materiálu. Praha，1972. С. 278.

在苦役营中便与受迫害的分裂派教徒有了深入接触①,他笔下的分裂派往往是一些狂信者,认为苦难是通往救赎的唯一道路,甚至愿意无条件地追求苦难(小说中把拉斯科尔尼科夫犯下的杀人罪揽到自己头上来的油漆匠米科尔卡即为一例)。拉斯科尔尼科夫的母亲提到过:"拉斯科尔尼科夫这姓为人所知已有两百年了",而她写给拉斯科尔尼科夫的信中则提到他们的家乡是 P 省(指梁赞省)。从小说故事发生的年代往前推两世纪,正好是教会分裂的时代,而梁赞周边则是分裂派运动非常活跃的区域,这都微妙地暗示了拉斯科尔尼科夫家族与教会分裂的联系。② 难怪警探波尔菲里·彼得罗维奇曾向拉斯科尔尼科夫暗示,后者内心深处也有分裂教徒自愿承担苦难的倾向,而斯维德里盖洛夫也如此看待拉氏的妹妹杜尼娅——这分明是拉斯科尔尼科夫的"家族遗传病"。③ 在陀氏的作品中,分裂不仅仅和宗教史联系在一起,更被视为彼得大帝改革的双重结果——在底层,加剧了教会分裂,催生更多分裂派教徒,而在上层则导致贵族、知识阶层与人民的分裂,产生了虚无主义。④ 而在拉斯科尔尼科夫身上正集中体现了这两种分裂。

主人公的名、父称、姓都以 Pa-音开头(Родион 与 Романович 中开头的 Po-音节因不在重音位置而需弱化为 Pa-),如同不详的雷声轰

---

① 可以参看《死屋手记》中对这位信仰旧仪礼派长者的动人描绘。见《费·陀思妥耶夫斯基全集——第 5 卷:〈死屋手记〉》,臧仲伦译,石家庄:河北教育出版社,2010 年,第 50—52 页,第 176、211、323 页。

② Альтман М. С. Достоевский. По вехам имен. Саратов: Изд-во Сар. ун-та, 1975. С. 41. 值得一提的是,油漆匠米科尔卡和拉斯科尔尼科夫家族一样来自梁赞省。

③ Там же. С. 44-47.

④ 陀氏六十年代的政论中对宗教分裂与彼得改革的关系有过集中论述,尤其是《理论家的两个阵营》一文。见《费·陀思妥耶夫斯基全集——第 17 卷:文论》,白春仁译,石家庄:河北教育出版社,2010 年,第 476 页及以下。

鸣。① 分裂甚至出现在其姓名的结构中。罗季昂的词源来自希腊语"罗得岛人",而父名罗曼则来自拉丁语"罗马人",希腊与罗马、正教与天主教同存于一个人身上。② 考虑到陀氏对天主教充满敌意的态度,它们的关系只能是你死我活的斗争,而不是和谐共存。与此同时,拉斯科尔尼科夫的母亲和妹妹总是用罗佳(Родя)、罗坚卡(Роденька)这样的昵称形式来称呼他(多达百余次)。而在没有语言学知识的普通俄罗斯人听来,"罗佳"很容易让人联想到род(族、种)、родной(亲、亲人)、родина(故乡)等充满"向心力"的词(这种"民间词源学"在陀氏的"人名诗学"中十分常见),象征着主人公与土地、人民、俄罗斯的内在联系,与"拉斯科尔尼科夫"中强调分裂、离心的虚无主义倾向截然相反。于是"罗季昂"与"拉斯科尔尼科夫"之间的斗争就成了整部小说的线索。③ 当主人公最终下定决心前往警局认罪时,也就是"罗季昂"最终战胜"拉斯科尔尼科夫"之时,"火药中尉"波罗赫与他之间一段表面看来十分费解的对话便有了高度的象征意义:

> ——说实在的……您叫什么来着? 叫什么来着? 对不起……
>
> ——拉斯科尔尼科夫。
>
> ——就是:拉斯科尔尼科夫! 难道您以为我忘了! 您千万别把我当那号人……罗季昂·罗……罗……罗季昂诺维奇,好像是吧?

---

① *Бем А. Л.* Указ. соч. С. 258.

② *Ма В.*(马文颖). Антропонимика романа Ф. М. Достоевского «Преступление и наказание» как художественная система. Автореф. дис... к. ф. н. М., 2015.

③ *Тихомиров Б. Н.* Почему Родион Раскольников? // Русская речь. 1986. № 2. С. 35-39.

索菲娅·谢苗诺夫娜·马尔梅拉多娃（Софья Семеновна Мармеладова）。Мармелад，柑橘果酱、软糖。父亲自甘沉沦、终日酗酒、惨死车轮下，母亲死于肺病，大女儿被迫去当妓女，年幼的几个孩子注定进入孤儿院，并重复长辈的悲惨命运。陀氏将自己在彼得堡贫民窟所见闻的苦难浓缩在一个家庭中，却送给他们一个如此甜蜜的姓。这种反讽背后透出的是作家对人类苦难束手无策的痛苦和深刻同情。Софья 源出希腊语"智慧"，而在陀氏的创作中，基督徒的谦卑、恭顺是这种智慧的同义词。除了马尔梅拉多娃，陀氏作品中还出现过几位索菲娅：《群魔》中的福音书推销员索菲娅·马特维耶夫娜·乌利金娜、《卡拉马佐夫兄弟》中老卡拉马佐夫的第二任妻子索菲娅·伊凡诺夫娜·卡拉马佐娃、《少年》中主人公的生母索菲娅·安德烈耶夫娜，她们都是和马尔梅拉多娃一样的"温顺的女人"。①

阿尔卡季·伊凡诺维奇·斯维德里盖洛夫（Аркадий Иванович Свидригайлов）。俄语读者一下就能听出这不是一个传统俄罗斯姓。曾有一位叫什维特里盖拉（Švitrigaila，俄语 Свидригайлов）的立陶宛大公。陀氏很清楚自己父系一支的立陶宛起源，因而一直关注立陶宛史，想必知道这位大公的存在，此君名字中的-гайл-或许让他联想起德语 geil（好色的）一词，于是便为笔下的淫棍挑了这样一个姓。

此外，在十九世纪中叶，《火花》（«Искра»）杂志在俄国外省红极一时，杂志中最受欢迎的栏目"观众来信"专门报道外省城镇中的各种丑闻。但审查制度禁止在这类小品文中提及真实人名乃至地名，因此杂志编辑杜撰出一系列名称对应现实中的地点、人物，而斯维德里盖洛夫便是乌克兰一座城市中某恶棍贵族的代号——难怪这个古怪的姓中还带有些西南俄方言色彩：свидый，酸涩的；хайло，喉咙。在陀

---

① *Альтман М. С. Указ. соч. С. 174-176.*

氏写作《罪与罚》时,其弟弟安德烈刚好去过那座城市,发现这个名字在当地尽人皆知,甚至已成了一个普通名词(试比较在《罪与罚》中,拉斯科尔尼科夫在近卫骑兵林荫道上看到一色鬼意欲对民女图谋不轨时,就曾呵斥他"你这个斯维德里盖洛夫"),很可能他在回到彼得堡后将这一有趣见闻告诉了哥哥。为笔下人物赋予这个在当时广为人知的名字,作家也就为其附上了这个名字给读者带来的联想:一个胡作非为的典型旧式地主。

　　然而陀氏却绝非要沿着这条针砭时弊的路一直走下去,恰恰相反,他不断地在和这些新闻工作者进行论战。在斯维德里盖洛夫与拉斯科尔尼科夫对谈时,斯氏的话从内容到文体都充满了对《火花》的戏拟与反讽。而无论在性格、心理还是思想上,陀氏的这一主人公都比《火花》杂志里那个片面、扁平的恶棍深刻得多,而通过用斯维德里盖洛夫来命名自己的人物,陀氏是以艺术家和思想家的身份,对那些只知揭露社会阴暗面的媒体人进行反驳:你们所追求的"真相",只不过是现实的一个维度而已。[①]

　　相比起复杂、深刻的斯维德里盖洛夫,他的老乡彼得·彼得罗维奇·卢任(Петр Петрович Лужин)的名字就简单粗暴得多:лужа,水塘。卢任的灵魂就是这么一个水塘,渺小而肮脏。彼得,源出希腊语"石头",彼得·彼得罗维奇,石中之石,心肠冷酷可见一斑[②],卢任是作家心目中俄国新一代资产者的集体缩影。

　　① *Коган Г. Ф.* «Загадочное» имя Свидригайлова... («Преступление и наказание» и периодическая печать 1860-х годов) // Известия АН СССР. Сер. лит. и яз. Т. 40. 1981. № 5. С. 426-435.

　　② *Касаткина Т. А.* Время, пространство, образ, имя, символика цвета, символическая деталь в «Преступлении и наказании». Комментарий // Касаткина Т. А. (ред.) Достоевский. Дополнения к комментарию. М.: «Наука», 2005. С. 241-242. 试比较本书所收录的列·彼·格罗斯曼《〈罪与罚〉的城与人》一文中提供的另一种说法。

莉扎韦塔·伊凡诺夫娜（Лизавета Ивановна）。这个名字让读者立刻联想到俄罗斯文学中上一位著名的莉扎韦塔·伊凡诺夫娜——普希金《黑桃皇后》的女主人公。[1] 名字的相同呼应了两个人物境遇的相似：两位莉扎都要看一个恶毒老太婆的眼色生活，普希金的赫尔曼害死伯爵夫人的同时也毁了莉扎的幸福，而拉斯科尔尼科夫在杀害阿廖娜·伊凡诺夫娜后又把无辜的莉扎韦塔·伊凡诺夫娜灭口。和各位索菲娅一样，在陀思妥耶夫斯基的诸多作品中，许多叫莉扎韦塔的人物也有共性：从《罪与罚》中的莉扎韦塔·伊凡诺夫娜，到《群魔》中玛利亚·季莫菲耶夫娜所讲述的修道院里的莉扎韦塔师太，再到《卡拉马佐夫兄弟》中的臭丫头莉扎韦塔，都属于俄罗斯宗教传统中的"圣愚"类型。[2]

德米特里·普罗科菲耶维奇·拉祖米欣（Дмитрий Прокофьевич Разумихин）。Разумиха，理性的（女）人。就拉祖米欣的文学形象而言，这里的"理性"与其说是思想、哲学意义上的，毋宁说是性格上的，更精确地说，这种"理性"其实是指审慎（рассудок）。难怪卢任在一次对话中误将拉祖米欣称作拉苏特金（Рассудкин）。[3] 让一个局外人不小心说错某个人物的名字，表面看像是个多此一举的插笔，实际上却通过这个犯错—纠正的过程来揭示人物姓名的内涵，这是陀氏常爱玩的文学游戏。

安德烈·谢苗诺维奇·列别贾特尼科夫（Андрей Семенович Лебезятников）。Лебезить，巴结、讨好。在手稿中，拉斯科尔尼科夫告诉拉祖米欣，一定要先拥有一笔财产，才能为未来的理想铺平道路，否则就要"谄媚、巴结（лебезить）、附和"，就会有"赤贫时在卢任面前

---

[1]　*Бем А. Л.* Указ. соч. С. 268.

[2]　Там же. С. 176-177.

[3]　*Ма В.* Указ. соч. С. 24-25.

巴结（лебезятничество）的画面"。① 针对小说的主要论战对象——六十年代以车尔尼雪夫斯基为代表的激进进步主义青年，陀氏在手稿中写道："虚无主义是思维上的奴颜媚骨，虚无主义者是思维上的奴才。"列别贾特尼科夫是作家为当时的虚无主义者绘就一张漫画：他们既是自己思想的奴隶，也是卢任这样的新兴资产者的奴隶。②

《罪与罚》中有两个米科尔卡（Миколка）：一个是凶案现场楼下的分裂派油漆匠，揽下一桩别人犯的凶杀案，只为了背负苦难，迎接救赎，另一个是拉斯科尔尼科夫行凶前所做噩梦中的马车夫，兽欲发作的他把自己的马活活打死。这两个同名人物其实是拉斯科尔尼科夫双重人格的化身（陀氏常用的表现手法）。另一方面，米科尔卡是尼古拉（Николай）在民间，尤其是在农村的昵称形式，而尼古拉在俄罗斯是一个很常见的人名。没有父称，没有姓，只有一个再普通不过的名字，在这一意义上，两个米科尔卡不仅仅象征了主人公的双重性，更象征了俄罗斯人的双重性——任何一个俄罗斯人在内心深处都既是天使般的油漆匠米科尔卡，又是魔鬼般的马车夫米科尔卡。③

即使是一些一带而过的次要人物，陀氏也常会为他们赋予意味深长的名字。索尼娅沦为妓女、拿到执照后，无法再和父母一起待在原住处，便搬进了卡佩尔纳乌莫夫（Капернаумов）的公寓。全文中仅有的两处对这家人的描写在风格上都颇为怪诞：卡佩尔纳乌莫夫瘸腿、斜眼，相貌古怪，他的妻子和所有孩子都像是受了惊吓后再也变不回去那样，僵着脸张着嘴，他们全家人都口齿不清。卡佩尔纳乌莫夫这个姓的词源显然是福音书中的地名迦百农（Капернаум）。耶稣离开家乡拿撒勒，去迦百农后治病、驱鬼、收门徒发迹。卡佩尔纳乌莫夫一

---

① *Альтман М. С.* Указ. соч. С. 160.

② *Ма В.* Указ. соч. С. 26.

③ Там же. С. 20-21.

家接纳了索尼娅，就像迦百农人接受了耶稣，而这瘸腿、斜眼、口齿不清的卡佩尔纳乌莫夫一家子，就像是来找耶稣看病的癫痫、瘫痪的迦百农人在十九世纪俄罗斯的投影。

但除此之外，卡佩尔纳乌莫夫这个姓还有更切近作家所处时代的影射意义。在十九世纪中叶的彼得堡，"迦百农"也是廉价小酒馆的代言词，而卡佩尔纳乌莫夫第一次被提及，正是发生在一家"迦百农"里，出自谢苗·马尔梅拉多夫这位"迦百农"常客（在俄语中也可以用"卡佩尔纳乌莫夫"表示）口中——这与其说是个巧合，倒更像是作家精心编排的一个玩笑。① 更微妙的一点在于，上文提到的《火花》杂志的各位主创人员都是尽人皆知的"迦百农"常客，于是乎，当陀氏说卡佩尔纳乌莫夫一家人全都口齿不清时，他很可能也是在暗讽《火花》杂志的那些名记们文风拙劣。②

在一个次要人物名字的背后，都紧紧交织着福音书故事、意识形态论战和文学恶作剧，这可以说是陀氏创作复调性的浓缩体现。总而言之，"人名诗学"是陀思妥耶夫斯基诗学的一个重要组成部分，没有对其创作整体的把握，就无法理解他的"人名诗学"，而要更好地理解其创作整体，"人名诗学"就是个不可回避的方面。

---

① *Альтман М. С.* С. 55-57.
② *Коган Г. Ф.* С. 430.

# 编后记

　　"文学纪念碑"中有相当一部分作品是关于陀思妥耶夫斯基的,且远未完成,有回忆录,有日记,有传记,还会有相关批评作品。陀氏本人的作品各大出版社一出再出,我也就没什么想法。加上这套丛书很少单收虚构作品,这也是与俄罗斯那套同名丛书分野所在。此前所出的那本不幸的故事集倒是例外,不过它本就是高浓度的纪实文学,文学与历史的惊人融合。

　　面前这本附带学术评论的《罪与罚》译本收入丛书实在偶然。"世界散文作品精品文库·俄罗斯卷"《白天的星星》中收入的曹国维老师翻译的几篇散文给我留下深刻印象,想着约请曹老师继续翻译,通过徐振亚老师的介绍,2017 年 12 月 2 日,我登门拜访曹老师。交谈中得知曹老师目前基本在陆续修订旧译(比如《大师与玛格丽特》),精力不足以另启译事,不过旧译《罪与罚》版权还在手上,如果某家出版社不能尽快履约,就可以交给我。曹老师聊起了这个译本的"坎坷"流转历程。曹译《罪与罚》最终是由北京燕山出版社 2000 年推出的,2008 年出了第二版,2007 年台湾商周出版社出过一版。虽然不是主流外国文学出版机构推出,销量及口碑都还不错。上海外国语大学有篇学位论文就是从比较《罪与罚》三种译本来论风格的传达,整体上倾向于曹译本的处理方式。曹老师比较自得的是其译本语言的精当,进

769

而是氛围的营造，换言之，此次修订"主要关注拉斯科尔尼科夫思绪的紧张、突变、跳跃和文字的急促"，以呈现陀思妥耶夫斯基笔下歇斯底里的情绪，曹老师说自己"在翻译过程中，尤其是小说前半部，确实感到这种情绪有股裹挟的力量"。

修订后的译本诚然如此。原有译文已经相当准确，曹老师仍对字词作了极简化处理，最大程度地删削，这样一来，中文的优势发挥出来，平常不觉得多冗余的词汇剔除了，描绘心理动作的词汇更为明晰，整体的动感就出来了。同时，曹译本对语汇的选择也更加贴合人物的身份和所处环境，一切看是否得体。这些尤其表现在凶杀前后的相关章节（第一部第六、七节以及第二部第一节）。兹举一例：

> 拉斯科尔尼科夫站在门后，紧紧握着斧子。他就像经历一场噩梦。要是他们闯进来，他甚至准备和他们搏斗。他们打门和商量时，他有好几次突然想立刻结束一切，从门后朝他们大喝一声。有时他又想趁门没打开，跟他们骂架，嘲弄他们。"尽快了结吧！"这念头掠过他的脑海。

> 拉斯科尔尼科夫站着，紧握斧子。他就像在梦中。他甚至准备和他们搏斗，只要他们进来。他们打门和商量时，他有几次突然想立刻结束一切，从门后朝他们吼叫。有时他想跟他们骂架，嘲弄他们，趁门没打开。"尽快了结吧！"他脑海里一闪。

有时，我真的挺担心这种修订方式会过度。曹老师太专注于词语的干净利落产生的力量，连标点也不放过，比如，有感叹号的地方，"啊"之类字眼尽量都去掉。姑且看看效果，等待读者体验吧。抛开具体文本不说，这种方式凸显了汉语的一大优势，即充分的关联及暗示。

除非特定的文体要求，汉语的常态当如此。作为编辑，我觉得也学到了不少。

再说回去。我被曹老师说动了。考虑到我们社并非主流外国文学出版社，加上丛书的主旨和惯例，我说服曹老师不仅是出小说文本，还可以收入相关的权威评论，这样可以面对不同阅读需求的读者，而且也符合丛书定位。在我报选题的过程中，经历了两个大学社的相继承诺与放弃，最终，《罪与罚》（学术评论版）加入了"文学纪念碑"。

一如既往，我再次求教于一直给我帮助的俄语文学青年学者糜绪洋（通常以"公爵"或各种变体而闻名网络，以下称公爵）。我们一起开始设计评论部分的篇目。最初的设想里，俄罗斯科学院新版三十五卷本陀氏全集《罪与罚》的题解篇幅至少七八万字，如果引进过来，肯定比河北教育出版社的中文版全集更为完备。但考虑到版权以及出版时间还是放弃了这一方案。希望以后有机会单独引进。

接下来考虑的就是诺顿批评版的标准模式了。但中文排版必然比英文版篇幅大，就不可能收太多文章，哪怕是节选。选择有代表性的评论，要考虑的因素有年代、国别、评论重点，而且最好是国内还没有翻译过的专论。

曹老师最先提议收入梅列日科夫斯基的专论，这篇最初发表于1890年，可以算是早期评论，也能体现梅氏的宗教哲学视野，本身文采飞扬。严格说来，倒是应该收录十九世纪六十年代陀氏《时代》同人斯特拉霍夫的即时评论，更有现场感。

我首先想到的是陀氏传记或评传作者。一来读者相对熟悉他们的作品，二来他们擅长的传论结合的论述方式更易于读者接受。比如丛书正在进行中的约瑟夫·弗兰克的五卷本传记，第四卷涉及《罪与罚》的就有三章，分别是思想源头、叙事演变、文本绎读。光第七章文本绎读就有五万余字。弗兰克关于《罪与罚》在二十世纪六十年代即有心得,也就是发表于《文汇》杂志的《拉斯科尔尼科夫的世界》,对于拉斯科尔尼科夫的犯罪动机提出了别开生面的分析。这篇也曾选作Bantam 图书公司版《罪与罚》的导读。此后他还曾专门探讨《罪与罚》的思想源头(《〈罪与罚〉的背景》)。传记扩展深化了这两篇专论。限于篇幅,本书就单收这两篇。况且戴大洪老师正在翻译传记第四卷《非凡的年代》,明年此时应该能与读者见面。

列昂尼德·格罗斯曼的陀氏传记,是苏联青年近卫军出版社著名的"名人传"系列作品之一,八十年代即由王健夫老师翻译过来。格罗斯曼是苏联陀氏研究绝对的大家,相关传论皆已成为经典。在《陀思妥耶夫斯基传》(1965)中,他将《罪与罚》概括为"一部忏悔录式的长篇小说",从构思过程、对小说本身的剖析以及陀氏写作时的生活状态等角度切入,是中文世界里能够看到的最为平实精到的论述,虽然限于时代背景免不了有一点老腔调。

英国二十世纪上半叶的文学研究名家约翰·米德尔顿·默里,写有大量的作家评传,包括莎士比亚、济慈、陀思妥耶夫斯基、曼斯菲尔德、劳伦斯等人。社科文献出版社编译的《陀思妥耶夫斯基的上帝》中收有他的《陀思妥耶夫斯基:批评研究》中论斯塔夫罗金那一部分,我当初读过之后即为其对人物精神状态的绝妙把握而叫绝。后来有幸买到了这本书的重印本(1923;首印,1916),这次刚好用上,选收其中专论《罪与罚》一章。这篇中他对于斯维德里盖洛夫这一人物的剖析很见功力。默里的论述也反映了二十世纪初英国接受陀思妥耶夫斯基的基本态度。

康斯坦丁·莫丘利斯基是侨民作家,传记名家,创作了大量俄罗斯作家的思想传记。尤以《陀思妥耶夫斯基的生平与创作》(1947)最为厚重。第十三章专论《罪与罚》,俄语版有三十二个页码。曹老师翻译时觉得论述生平部分可能与其他文章重复,仅留下在创作手法上用了古典主义的三一律那一部分。

当然，设想中还有以"复调小说"理论在中国知名度很高的米哈伊尔·巴赫金，曹老师认为巴赫金不是专论《罪与罚》，加上译文流布甚广，可不收入，遂放弃。我编辑过尼古拉·别尔嘉耶夫的《陀思妥耶夫斯基的世界观》，他从思想主题的角度（爱、革命、恶等）对于陀氏的世界观有过旋风般的激情论述，同样因为不是专论，加上宗教哲学维度已有梅列日科夫斯基一篇，也放弃了。俄国形式主义文论家维克多·什克洛夫斯基的《赞成与反对》也是陀氏研究的名作，我一直想引进，但关于《罪与罚》不是专章论述，加上没有合适译者，也放弃了。

公爵推荐了"新批评"的名家 R. P. 布莱克默，还有列昂尼德·格罗斯曼的长篇导读。布莱克默我没怎么关注过，但他是"新批评"的代表之一，从细读的角度对于《罪与罚》的道德意涵作了深入解读，读者代入感会很强。格罗斯曼这篇此前我也没听说过，但以格氏的造诣，这等篇幅的导读确实再合适不过了，正好不用选收已翻译过的传记中的章节。这篇标准导读约三万余字，除探讨小说涉及的经济背景和社会思潮外，依次分析主要人物，对于小说叙事角度的演变亦有理论阐释，非常全面。

最终，我们确认了评论部分的七篇译文。公爵论述陀氏"人名诗学"那篇，主要是为普通读者考虑。读者经常抱怨读俄罗斯文学作品一大门槛就是人名的长度与花样：名加父称加姓，各种"斯基""维奇"满天飞，昵称、指小表爱一大堆，还没怎么读就已昏头。公爵这篇生动的介绍文章可以让读者迅速把握俄语人名的命名规律和特定内涵，原来人名也是一门诗学。

本书预告出去之后，不少朋友疑惑于"学术评论版"的指称，所以这里对缘起与具体组成作些说明。有机会的话，倒是想专门辑录一本关于《罪与罚》或陀氏另外几部经典长篇的译文集。英语世界里已有诺顿批评版或哈罗德·布鲁姆所编文集珠玉在前。

如今庞大的清样摆在面前,是时候表达谢意了。

曹国维老师提供了一个精益求精、文质兼备且本应传播广泛的译本,同时承译了一篇重要的文本,校译了一篇。评论部分打头的梅列日科夫斯基那篇译者是已故华东师大俄语系资深教授冯增义老师,我曾经帮上海书店出版社编订过冯老师与徐振亚老师合译的《陀思妥耶夫斯基论艺术》,以这样的方式与冯老师再次产生交集,颇有些感慨。新译文本中戴大洪老师承担量最大,戴老师是弗兰克五卷本陀思妥耶夫斯基传的主要译者,译笔工整,笔力万钧,虽非专业出身,但理解的到位与用词的准确让人每每叹服。鲁跃峰老师是"文学纪念碑"新加盟译者,此次承担的是布莱克默的长文,他相当投入,极为谦逊,数易其稿。公爵的热心与勤奋自不用多说,格罗斯曼那珍贵的导读文本他真的是在百忙之中译出,我们同时在做好几件事,经常他问我,他到底要先做哪件。徐振亚老师借我的那本 1972 年版的陀氏画传再次发挥作用,就像已出版的三卷陀氏传记那样,本书所附图片皆出于此。此外,圣彼得堡大学博士生王虹元帮助公爵获得格罗斯曼那篇长文的电子版;公爵谈论"人名诗学"的文章经尚晓岚女士之手发表于《北京青年报》,晓岚女士前不久不幸逝世,此篇不妨作为对她的纪念。

以上种种皆铭感在内!希望这个复合的译本能够在读者中立住脚!重读细读陀思妥耶夫斯基,何不就从《罪与罚》,就从这个版本开始!

魏　东

2019 年 4 月 24 日

## 图书在版编目(CIP)数据

罪与罚:学术评论版/(俄)费奥多尔·陀思妥耶夫斯基著;
曹国维译.—桂林:广西师范大学出版社,2019.6(2023.6重印)
(文学纪念碑)
ISBN 978 - 7 - 5598 - 1513 - 2

Ⅰ.①罪… Ⅱ.①费… ②曹…Ⅲ.①长篇小说-俄罗斯-
近代 Ⅳ.①I512.44

中国版本图书馆 CIP 数据核字(2018)第 300591 号


罪与罚:学术评论版
ZUI YU FA:XUESHU PINGLUN BAN


出 品 人:刘广汉
策　　划:魏　东
责任编辑:魏　东
助理编辑:陈天祥
装帧设计:赵　瑾
广西师范大学出版社出版发行

( 广西桂林市五里店路9号　　　　邮政编码:541004 )
( 网址:http://www.bbtpress.com )

出版人:黄轩庄
全国新华书店经销
销售热线:021 - 65200318　021 - 31260822 - 898
山东韵杰文化科技有限公司印刷
(山东省淄博市桓台县桓台大道西首　邮政编码:256401)
开本:690 mm×960 mm　　1/16
印张:49　　　　　　　　字数:500 千字
2019 年 6 月第 1 版　　2023 年 6 月第 3 次印刷
定价:108.00 元

如发现印装质量问题,影响阅读,请与出版社发行部门联系调换。